한국전쟁 이야기 집성 10

- 우리에게 전쟁이 남긴 것 -

신동훈 김경섭 김귀옥 김명수 김명자
김민수 김정은 김종군 김진환 김효실
남경우 박경열 박샘이 박현숙 박혜진
심우장 오정미 유효철 이부희 이승민
이원영 정진아 조홍윤 한상효 황승업

저자 소개

신동흔: 건국대 국어국문학과 교수
김경섭: 을지대 교양학부 교수
김명수: 건국대 박사과정
김민수: 건국대 박사과정
김종군: 건국대 HK교수
김효실: 건국대 박사과정 수료
박경열: 호서대 전임연구원
박현숙: 건국대 전임연구원
심우장: 국민대 국어국문학과 교수
유효철: 건국대 박사과정 수료
이승민: 건국대 박사과정
정진아: 건국대 HK교수
한상효: 건국대 강사
김귀옥: 한성대 교양교육연구원 교수
김명자: 건국대 박사과정 수료
김정은: 건국대 강사
김진환: 통일부 통일교육원 교수
남경우: 건국대 HK연구원
박샘이: 건국대 석사과정 졸업
박혜진: 서울대 박사과정 수료
오정미: 건국대 전임연구원
이부희: 건국대 석사과정 수료
이원영: 건국대 강사
조홍윤: 건국대 전임연구원
황승업: 건국대 박사과정 수료

한국전쟁 이야기 집성 10

초판 인쇄 2017년 6월 20일
초판 발행 2017년 6월 25일

지은이 신동흔 외 ❙ **펴낸이** 박찬익 ❙ **편집장** 권이준 ❙ **책임편집** 정봉선
펴낸곳 ㈜ **박이정** ❙ **주소** 서울시 동대문구 천호대로 16가길 4
전화 02) 922-1192~3 ❙ **팩스** 02) 928-4683 ❙ **홈페이지** www.pjbook.com
이메일 pijbook@naver.com ❙ **등록** 2014년 8월 22일 제305-2014-000028호

ISBN 979-11-5848-308-1 (94810)
ISBN 979-11-5848-298-5 (세트)

* 책값은 뒤표지에 있습니다.

이 책은 2011년도 정부(교육과학기술부)의 재원으로 한국학중앙연구원의 지원을 받아 수행된 연구임.
과제번호: AKS-2011-EBZ-3101. 과제명: 한국전쟁 체험담 조사연구

황승업 한상효 조홍윤 정진아 이원영 이승민 이부희 유효철 오정미 심우장 박혜진 박현숙 박샘이 박경열 남경우 김효실 김진환 김종군 김정은 김민수 김명자 김명수 김귀옥 김경섭 신동흔

한국전쟁 이야기 집성 10

우리에게 전쟁이 남긴 것

(주)박이정

일러두기

1. 이 책은 2011년도 정부(교육과학기술부)의 재원으로 한국학중앙연구원의 지원을 받아 수행되었다. 과제명은 "한국전쟁 체험담 조사연구"이다. (과제번호 AKS-2011-EBZ-3101).
2. 본 자료집은 개별 구연자를 기본 단위로 하여 구성된다. 현지조사를 통해 수집한 약 300건의 자료 가운데 가치가 높다고 판단되는 162건(공동구연 포함)의 구연 자료를 선별하여 주제유형 별로 나누어 각 권에 수록하였다.
3. 본 자료집은 한국전쟁 체험을 기본 축으로 삼는 가운데 전쟁 전후의 생활체험에 관한 내용까지를 포괄하였다. 자료는 제보자가 구술한 내용을 최대한 충실히 반영하는 방식으로 정리하였다.
4. 본 자료집에 이야기를 수록한 구연자들에게는 사전에 정보 공개 동의를 받았다. 구연자가 요청한 경우나 기타 필요하다고 판단되는 경우에는 구연자 성명을 가명으로 표기하고 사진을 생략하였다.
5. 구연자 단위로 구술내용을 반영한 제목을 정하였으며, 기본 조사 정보와 구연자 정보, 이야기 개요, 주제어를 제시하고 나서 이야기 본문을 실었다. 구술내용을 쉽게 이해할 수 있도록 하기 위해 본문 사이사이에 중간 제목을 넣었다.
6. 이야기 본문은 녹음된 내용을 그대로 받아 적었으며, 현장상황을 생생히 전하기 위해 조사자와 청중의 반응 부분을 함께 담았다. 본 구연과 상관없는 대화나 언술은 조금씩 덜어낸 곳도 있다.

머리말

– 수백 명의 구술로 만난 한국 현대사의 생생한 진실 –

처음에 저이들이 누군가 하고 경계심을 나타내던 노인들은 한국전쟁 때의 사연을 들려 달라는 말에 대부분 몸가짐을 달리하고서 조사자들 앞으로 바짝 다가왔다. 당시의 상처를 되새기기조차 싫은지 조사자들을 외면하거나 구술을 사양하는 분들도 있었지만, 자신이 겪은 역사의 진실을 후세에 알려야 한다는 책무감을 나타내는 분들이 더 많았다. 일단 이야기가 시작되면 조사자들이 할 일은 거의 없었다. 그분들이 가슴 밑바닥으로부터 끌어올려 구연하는 놀라운 이야기들에, 60년이 넘도록 가슴속에 생생하게 간직해 온 그때 그 순간의 삶의 진실에 충실히 귀를 기울이는 것으로 충분했다. 조사가 더 늦어지지 않아서 이분들이 그토록 남기고 싶어하는 역사적 체험을 갈무리하게 된 것은 정말 다행스러운 일이었다.

그간 한국전쟁 체험에 대한 조사는 역사학 쪽에서 많이 이루어졌었다. 전쟁의 주요 국면에 얽힌 역사적 사실과 관련되는 정보를 얻는 데 주안점을 둔 조사였다. 이야기 형태의 체험담은 주로 전쟁 참전용사의 수기나 학살피해자들의 진술이라는 형태로 보고가 이루어졌다. 말 그대로 사람을 죽고 죽이는 '전쟁'에 초점을 맞춘 이야기들이었으며, 다소 특수하고 주관적인 방향으로 치우친 성향이 짙은 이야기들이었다. 체험이나 시각이 양 극단으로 나누어진다는 점도 두드러진 특징이었다.

이에 대하여 우리는 처음부터 보통사람들의 다양한 경험을 두루 포용한다는 입장에서 한국전쟁이라는 역사에 접근했으며, 제보자의 진술을 구술 그대로 충실히 반영한다고 하는 학술적 방법론에 의거하여 현지조사와 정리 작업을 수행했다. 그 조사는 구술사보다 구비문학적 방법에 입각한 것이었다. 한국전쟁을 축으로 한 역사적 경험이 구체적 사건과 정경을 생생하게 담아낸 '이야기'로 포착될 수 있도록 하는 데 최대한 신경을 썼다. 그 작업을 하는 데 큰 어려움은 없었다. 수많은 제보자들은 전쟁에 얽힌 기막힌 사연들을 지니고 있었고, 그것을 곡진하게 풀어냈다. 간혹 세상에 대한 논평을 연설 형태로 풀어내는 제보자도 있었으나 경험의 연장선상에서 충분히 그리 할 수 있는 바였다. 우리는 성실한 청자가 되어 그 이야기에 함께 했다. 제보자들의 구술을 가능한 한 끊지 않았으며, 때로는 탄성과 한숨으로 동조하기도 했다. 그렇게 그들의 구술은 오롯한 삶의 담화가 될 수 있었다.

한국전쟁 체험담 자료조사는 조별 작업으로 수행되었다. 서너 명씩 조를 이루어서 지역별로 제보자를 물색하고 조사를 진행하였다. 총괄적 조사인 만큼 지역별, 유형별로 균형과 다양성을 확보할 수 있도록 신경을 썼다. '보통사람'들을 기본 축으로 삼는 가운데, 한국전쟁에 대한 특별한 체험을 한 제보자들을 다양하게 찾아내고자 했다. 전체적으로 남성과 여성 제보자를 균등하게 포괄하였으며, 제보자 구성과 구연내용이 이념적으로 좌우 한쪽에 치우치지 않도록 했다. 한국전쟁이라는 현대사의 국면이 '있는 그대로' 다양하게 포착될 수 있도록 노력했다.

전체적으로 한국전쟁 체험담을 구연한 화자는 약 300명에 이른다. 자료공개 동의를 얻은 194건의 자료로 한국전쟁 구술자료 DB를 구성하여 결과를 보고했다. 그 중 자료적 가치가 높다고 생각되는 자료들을 선별한 뒤 자료의 재점검과 교정 작업을 거쳐 최종적으로 10권의 자료집에 162건(공동구연 포함)의 자료를 수록하게 되었다. 자료는 인상적인 사연을 중심으로 하여 주제유형 별로 분류함으로써 다양한 전쟁 경험이 일목요연하게 드러날 수 있도록 했다. 각 권별 구성을 간단히 소개하면 다음과 같다.

1권 – 이것이 전쟁이다: 전쟁이란 어떤 것인지, 그 참상과 고난과 단적으로 잘 보여주는 이야기들을 실었다. 특정 지역의 전쟁 경험을 여러 제보자가 다각도로 구연한 자료를 나란히 수록하여 전쟁체험이 입체적으로 드러날 수 있도록 했다.

2권 – 전장의 사선 속에서: 다양한 참전담 자료를 한데 모았다. 육군 외에 해병대와 해군, 공군, 경찰, 치안대 등 다양한 형태로 전쟁을 체험한 사연들이 실려 있다.

3권 – 피난 또 하나의 전쟁: 피난에 얽힌 다양한 사연을 모았다. 북한에서 월남한 사연과 남한 내에서의 피난에 얽힌 사연, 피난 수용소에서 생활한 사연 등을 수록했다.

4권 – 이념과 생존 사이에서: 이념 문제로 갈등과 고난, 그리고 피해가 발생한 사연들을 모았다. 보통사람들이 좌우 이념의 틈바구니에서 어렵게 세월을 헤쳐온 사연들도 수록되어 있다.

5권 – 총칼 아래 갸륵한 목숨: 전쟁의 와중에서 죄없이 억울한 죽음과 피해를 겪은 사연들을 모았다. 역사적으로 이름난 주요 사건 외에 일반적인 피해담도 포괄하였다.

6권 – 전쟁 속을 살아낸다는 일: 전쟁의 와중에서 보통사람들이 겪은 다양한 고난 체험을 펼쳐낸 이야기들을 모았다. 특히 여성들의 전쟁고난담이 주종을 이룬다.

7권 – 내가 겪은 특별한 전쟁: 남다른 위치 또는 특별한 직업을 바탕으로 한국전쟁을 특수하게 치른 사연을 전하는 이야기들을 한데 모았다.

8권 – 전쟁 속에 꽃핀 인간애: 전쟁의 와중에 인정을 저버리지 않고 서로를 돕거나 살린 사연 등 미담의 요소를 포함한 사연들을 수록했다.

9권 – 전쟁체험, 이런 사연도: 전쟁중에 겪은 놀랍고 기막힌 사연들을 담은 자료들을 모았다. 설화적 요소가 있는 이야기들도 이 권에 수록했다.

10권 – 우리에게 전쟁이 남긴 것: 한국전쟁 체험을 전하는 한편으로, 전쟁에 대한 분석과 논평을 적극 진술한 사연을 모았으며, 전쟁 후의 사연을 주요하게 구연한 자료들을 수록했다.

160명이 넘는 역사의 산 증인들이 펼쳐낸 생생한 한국전쟁 이야기들은 그간 공식적 역사를 통해 알려진 것과 다른 차원의 의미 있는 자료가 되어줄 것이다.

이 자료집을 통해 사실로서의 역사와 이야기로서의 역사 사이의 균형이 이루어질 수 있는 중요한 기반이 갖추어진 것으로 생각한다. 앞으로 역사적 경험에 대한 문학적 연구의 새로운 장이 열릴 수 있기를 기대한다. 그를 통해 역사적 삶의 총체적이고 균형있는 재구가 가능하게 될 것으로 믿는다. 아울러 이 책에 실린 수많은 사연은 소설이나 드라마, 다큐멘터리, 공연과 웹툰, 게임 등 문화예술 창작에도 좋은 소재가 되어 줄 수 있을 것이다.

이 책은 한국학중앙연구원 기초토대연구 지원 사업에 힘입어 진행되었다. 적시에 지원이 이루어져서 중요한 조사사업을 차질 없이 수행하게 된 것을 다행으로 여기며 연구지원에 대해 감사의 뜻을 밝힌다. 그 의미 깊은 사업을 실질적으로 맡아서 감당한 핵심 주역은 현지조사와 자료정리의 실무를 맡아 수고한 전임연구원과 연구보조원들이었다. 팀장을 맡아서 일련의 길고 힘든 작업을 훌륭히 감당해준 김경섭, 박경열, 박현숙, 오정미 박사와 김명수, 김명자, 김민수, 김정은, 김효실, 남경우, 박샘이, 박혜진, 유효철, 이부희, 이승민, 이원영, 조홍윤, 한상효, 황승업 연구원의 노고에 감사와 사랑의 마음을 전한다. 공동연구원으로서 현지조사와 연구작업을 적극 뒷받침해준 김귀옥, 김종군, 심우장 교수께도 깊이 감사드린다. 까다롭고 복잡한 출판 작업을 기꺼이 맡아서 좋은 책을 만들어주신 박이정 출판의 박찬익 사장님과 김려생님, 권이준님, 정봉선님을 비롯한 편집자들께도 이 자리를 빌려 감사의 뜻을 전한다.

이 책은 다른 누구보다도 이야기를 들려주신 제보자들에 의해 이루어진 것이다. 조사자들을 반갑게 맞이해 주시고 가슴속에 묻어두었던 이야기를 풀어내 주신 역사의 주인공들께 머리 숙여 감사드린다. 그분들의 분투와 고난을 잊지 않고 대한민국의 미래를 훌륭히 열어나가는 것이 우리의 몫일 것이다.

2017년 6월

저자를 대표하여 신 동 흔

차례

머리말

01. 어린 아이의 눈에 비친 전쟁 전상국 • 11
02. 1.4 후퇴 때 피난 나온 이야기 김정희 • 57
03. 인간의 도리를 아는 사람과 그렇지 않은 사람 김수남 • 105
04. 남편에 대한 원망과 죄책감으로 눈물짓다 조명순 • 143
05. 보상받지 못한 전쟁 변영식 • 163
06. 피난 갔으면 1등 국민, 피난 가지 않았으면 2등 국민 송규섭 • 187
07. 국민 방위군 사건의 실상 서성석 • 209
08. 피난민에게 들은 '비 내리는 고모령' 노래 김항중 • 241
09. 북에 두고 온 남편과 남에서 만난 남편 김순희 • 267
10. 혼자서 당차게 이겨낸 전쟁이야기 신영길 • 279
11. 어린아이가 겪은 파주의 6.25전쟁 황도흠 • 299
12. 교사 남편을 대신해 생계를 책임진 피난살이 한채남 • 319
13. 홍천의 6.25전쟁 강정식 • 353
14. 북쪽 신의주로 피난 간 사연 민순근 • 377
15. 세상을 나와 전쟁을 이긴 소녀 박명옥 • 393
16. 전쟁이 가져온 다사다난 인생유전 김창배 • 429

어린 아이의 눈에 비친 전쟁

전 상 국

"전쟁은 진행형이다. 그게 지뢰밭으로 남아 있으니까, 자기 안에. 저 바깥에 있는 지뢰밭이 문제가 아니라."

자 료 명: 20130217전상국(춘천)
조 사 일: 2013년 2월 17일
조사시간: 90분
구 연 자: 전상국(남 · 1940년생)
조 사 자: 신동흔, 김종군, 김진한, 김경섭, 오정미, 조홍윤, 황승업,
이원영, 김명수
조사장소: 강원도 춘천시 (김유정 문학관)

[조사과정 및 구연상황]

제보자는 아동기에 분단과 한국전쟁을 겪어서 자세한 전쟁체험은 없다고 구술을 시작했다. 그러나 10살 전후의 기억을 또렷하게 하고 있었고, 작가로서 한국전쟁을 어떤 입장에서 다루어야 하는지 명확하게 구술하였다. 분단

정국에서 알게 된 빨갱이는 평범한 우리의 이웃이며, 한국전쟁은 같은 동포끼리 살육을 저지른 비참한 전쟁이므로 우리 모두가 마음속의 지뢰밭을 품고 사는 형상이라고 표현했다. 더불어 분단체제 속에서는 한국전쟁에 대한 이야기나 글쓰기는 '한편의 서서 이야기하기'일 수밖에 없다는 한계를 지적하기도 하였다. 이념갈등으로 피해자이면서 가해자인 입장인 우리는 대체로 피해자의 처지에서 이야기를 구술하는 경향을 가지고, 이는 분단체제가 지속되는 가운데는 벗어날 수 없을 것이라고 진단했다.

[구연자 정보]

전상국은 1963년 소설 〈동행〉으로 등단한 소설가로, 1940년 강원도 홍천에서 태어났다. 〈우상의 눈물〉, 〈아베의 가족〉 〈남이섬〉 등 한국전재의 참상을 드러내고 상처의 회복을 이야기하는 작품을 주로 썼다. 1972년에 교직생활을 시작하여 1985년까지 국어교사로 재직하였다. 1985년에 강원대학교 국어국문학과에서 조교수로 임용되어 2005년까지 교수로 재직하면서 학생들을 가르쳤다. 현재는 김유정 문학촌 촌장을 역임하고 있다.

[이야기 개요]

1.4후퇴 때 한국전쟁 격전지 중 하나인 홍천 산마치 고개로 피난 가서 많은 죽음을 경험했다. 비좁은 공간에서 궁핍한 피난생활을 하며 도덕이 무너지고 인간성이 상실되는 모습을 목도했다. 수복 후 고향에 돌아와 친구들이 경험한 중공군 이야기를 듣고 전쟁놀이를 하며 놀았다. 마을사람들은 인민군 패잔병에게 당한만큼 돌려주자며 잔인한 방식으로 보복 살인했다. 유년시절에 겪은 전쟁 체험을 바탕으로 〈아베의 가족〉, 〈낭미섬〉, 〈길〉 등의 소설을 썼다.

[주제어] 빨갱이, 겨울난리, 인민군, 완장, 피난, 화톳불, 소, 이질, 염병, 경찰가족, 중공군, 수복, 전쟁놀이, 패잔병, 미곡상, 보복

[1] 빨갱이가 괴물이 아닌 평범한 이웃이라는 사실에 혼란을 겪다

그런데 저한테는 뭐 채록할게 뭐 없으실 것 같은데. 전 전쟁을 두고 직접 당사자도 아니고 겪은 당사자가 아니기 때문에, 이 뭐 한국전쟁 그 얘기를 정리하시는 것 같은데. [조사자: 저희는 따로 질문지 가지고 다니면서 여쭤 보는 게 아니고 이야기를 저기, 듣는 거라서 그때 뭐 직접 겪으신 거나 아니면 옆에서 보고 들으신 거나, 생각나는데 잊지 못할 것만 쭉 이야기 해주시면 저희는 이렇게 듣고 그런 식으로 이야기를 수집하고 있습니다.] 저도 대학 있을 때 애들 데리고 채록도 많이, 민속 쪽, 그 많이 강원도 고거 다니고 했는데 어렵드라구요, 그 사람들 얘기 듣는 게. 그 뭐 기껏 얘기 해놓고, 아주 뭐 신나게 얘기 해놓고,

"어휴 대단하십니다."

이러믄 뭐,

"테레비 다 있는, 나오는 거예요. 거 지난번에 다 나온 거예요."

자기가 또 재구성해서 전부 얘기하구. 그게 원래, 그 원래 그 것은 사라져 버리고 또 테리비전은 만들잖아, 얘기를. 또 만들더라구. 그래서 저는 또 뭐 작가니까, 제가 각인된 것들을 작품으로 또 아무래도 풀어낼 수밖에 없었겠죠. 그대로는 아니지만은 많이 변형 되서나마 흘러 나갔기 때문에 이렇게 제가 겪은 얘기는.

그 저는 인제 그 뭐 분단 문학 쪽 그걸 해왔기 때문에, 그 전쟁 얘기만 나오면은 그 당대 겪은 사람들과는 좀, 나하고는 좀 차별화된 뭔가 있지 않았을까 그걸 인제 찾아보는 과정에, 그 차별화 된 거를 작품 속에 써야 되는 거죠, 인제. 당사자들은 뭐 어차피 자기가 겪은 얘긴데 결과적으로 나중에는 어느 편에 서가지고 그 얘기를 하게 되더라구요, 되돌아보면은. 그 뭐 자기가 적과의 만남이라든가, 적 그 뭐, 자기가 피해자, 뭐 인제 가해자 입장은 안 되고 대개 피해자 입장에서 인제 모든 걸 진술을 하는데.

제가 인제 그 당시 당대 전쟁을 겪은 사람과 다르다면은, 나는 그 열 살

때 이제 전쟁을 치렀거든요. 초등학교 4학년 땐데, 그때 전쟁을 치룰 때 그 남북이 인제 어떤, 그 저는 인제 그 전쟁이 하나의, 분단의 하나의 결정적인 계기지.

분단은 이미 되어 있었잖아요. 인제 그게요, 분단은 뭐 사실 해방 그 공간부터 전 분단이라고 보기 때문에, 왜냐면 제가 어렸을 때 전쟁이 나기 전에 전쟁을 알게 되는 게 뭐냐면, 일선 저 강원도 홍천, 저기 살았기 때문에 전방에 인제 그 군인들 국방군이라고 드나들고, 뭐 피도 흘리고 나오고 그때도, 어떤 그 쪼끄만 규모의 전쟁들이 많이 있었잖아요. 그걸 보는 거죠. 그래서 아 근데 그걸 보는데 어른들이 들락거리면서 싸우고 군인들, 듣는데 우리는

'그 뭘까 저 안에는 뭐가 있는데?'

거긴 빨갱이가 있다 그러잖아요, 빨갱이. 우리 어렸을 때는 빨갱이, 빨갱이들이, 아 빨갱이는 그러믄 우린 빨갱이를 한 번도 못 봤는데, 굉장히 무섭고 뭐 어떤 건 뭐 머리에 뿔이 나고, 뭐 여튼 굉장한 그런 존재로 빨갱이라는 것. 그러니까 어린 시절에,

'아 빨갱이는 무서운 거. 그 사람들은 사람을 죽이고 뭐 무서운 것들이다.'

라는 생각을 하고 있다가, 인제 그 당시 홍천읍에 살을 땐데, 경찰서 앞에 우리가 살았거든요. 그런데 경찰서에 매일 그 뭐 사람들이 잡혀오고 뭐 그러더라구요. 아이들이, 지금도 기억에 나는 게,

"빨갱이를 많이 잡아 왔다."

이거죠. 그날 그래서 빨갱이를 잡아왔다 그래서 뭔가 하고선, 그래서 우리가 담 너머를 넘겨 보고 뭐 그랬는데, 포승줄에 이렇게 묶여가지고 이렇게, 경찰서 뒷마당에 쭉 매서 한 십여 명이 앉았는데, 그중에 내가 아는 아저씨도, 이웃집 아저씨도 거기 있더라구요. 그게 빨갱이래요, 그게. 아니 빨갱이라는 게 저런, 왜 난 무서운 그런, 뭐 머리에 뿔이 나고 뭐 좀 이상한 존재인 줄 알았더니 내가 잘 아는 그 아저씨도 거기 있더라구요. 그리고 그냥 뭐 우리와 같은 똑같은 옷을 입고 똑같은 얼굴을 한 사람들. 그때 그 어렸을 때

충격이 굉장히 컸던 것 같애요, 빨갱이 얘기는.

'그럼 빨갱이 얘기는 왜 저런 걸까?'

에- 그러고 인제, 그런 과정이 인제, 아버지가 또 이제 전쟁이 나기 전에, 아버지가 또 뭐 그 경찰이 한테 아무튼 누구한테 잡혀갔어요. 한 뭐 보름 만에 아버지가 돌아오셨는데, 그때 두루마기를 입었는데 피범벅이 돼서 돌아왔더라구요, 아주. 그러니까 하여튼 경찰서 들어갔다 오믄 뭐 그게 아주, 우리 아버지가 뭐 빨갱이로 잡혔는지는 모르지만, 뭘 우리 아버지가 그 당시 뭘, 예전에 들어보니까, 아버지한테 들어보니까 별거 아니야. 그 먹고 살면서 뭐 이게 열 명 싸인을 해서, 지금 싸인이지. 뭘 했더니 그게 인제 뭐 잡혀 들어가서 인제 고초를 겪고 나와서 집에서 굉장히 앓으시더라구요. 그래서 아 이게 참 그,

그래 저는, 어른들이 생각하는 빨갱이에 대한 어떤 인식이 그 어린 나이에 좀 달라지는 거죠. 우리아버지도 그렇게 잡혀가고 뭐 그 뭐,

'뭔가 이게?'

뭐 이런 생각을 이제 갖겠고, 좀 혼란스럽죠.

에- 그리고 인제 전쟁이 일어났거든요. 전쟁이 일어나서 그 이제 북한군이 이제 이짝에 진주했잖아요, 인제. 진주하고 뭐 이러는 과정에 그 북한군들이 어린애들을 많이 만났어요. 열여섯 살 이렇게 된 애들이 많은데, 우리 집에 와선 할머니한테 뭐 이래 뭐 얘기도 해달라고 그러고 뭘 해선, 밥도 해달라고 주는데 아이들이 그 인민군이 장총, 자기들 보다 큰 장총을 끌고 다니고, 아주 힘도 없어. 근데 애들이 표현이, 표정이 좋은 거지, 애들이. 그러고는 애들이니까 끌려왔지만은 배도 고픈 표정이고 뭐 이런데, 그러다가 이제 이렇게 뭐 실탄을 장전하다가 오발을 한 거야. 하다가 우리 집 거기에 쏴가지고 흙이 떨어져 내리고 놀라고 뭐 이러니까, 이게 걔들이 더 놀래 도망가고 뭐 이러더라구요. 뭐 하여튼 이제 그런 식으로 걔들이 인제 여름날이니까, 여름에 강가에서 목욕하는 애들 뻘개벗고 뭐 이러고, 전연 다르지 않은 거죠.

어린 나이에 그게 다른 게 느껴지지 않는 거야. 뭐

'빨갱인데 분명히, 왜 무섭지 않을까?'

뭐 뭐 이런 것들이 나한테 이제 그 오게 된, 뭐 내가 작가가, 뭐 얘긴 관계없지만, 작가가 되고도 그런,

'그런 그 인식이 필요한 것이 아닌가?'

좀 객관화, 객관적으로 본 거 같애요. 그런 결과적으로 따져 보면.

[2] 완장 찬 아저씨에게서 전쟁의 살기를 느끼다

그래서 인제 6.25를 인제, 저기 피난을 못 갔죠, 그러니까. 정신없이 피난을 못 가고, 에- 뭐 시골에 들어가서 집을 버리고 숨어살고, 뭐 이렇게 하다가 에- 저기, 다시 읍으로 이제 그 읍에 사람이 나오니까 그 읍이 거의 다 이제 그때는 불타버리고, 집도 없어지고 뭐 그랬다가 다시 또 겨울전쟁이 났죠, 내년에. 우린 그걸 '겨울난리'라고 그러잖아요. 1.4후퇴.

겨울난리가 나가지고 그때 아버지가 그 하도 겁을 많이 먹어가지고, 그때 그 겁먹은 게 뭐냐믄, 그 마을에서 사람들을 빨갱이, 그니까 우리 이웃사람들이 전부 이제 둘로 나눠지더라고요. 한 사람은 완장을 차고 다니는 사람, 그 눈에 막 광기가 돌고 살기가 돌고, 그게 갑자기 괜찮은 아저씨들이, 예를 들면 내가 그때 경찰서에서 본 그 이웃집 아저씨도 읍내서 완장을 차고 다니고 뭐, 눈에 피, 뭐 살기가 팽팽히 돌고 막 사람들 잡아가고 뭐 죽였다는 얘기 들리고, 이게 어른들이 무섭더라고요. 고 어른들의 눈에 내 어렸을 때는 살기를 본 거 같애. 그 전쟁의 살기.

뭐 그니까 우리 어려서부터 숨어 살고, 뭐 이거 잘못했단 큰일 나니까 외부에서 또 맨날 어디가 숨어계시고, 그니까 우리가 사람들 만나는 게 무섭더라고요, 이제. 그 전쟁이 그때 그렇게 다가오더라고.

'어른들이, 저렇게 착하고 친절하던 아저씨도 사람이 저렇게 변하는구나.'

뭐 갑자기 그런 느낌이 들면서, 그러니까 지금으로 생각하면 그게 아이가 본 그게, 가해자가 아니라 피해를 봤던 사람들이 어느 날 가해자가 돼 있는 거야, 그게. 이 가해자가 됐고, 그냥 그 사람들한테 가해를 했다고 하는 사람들은 도망 다니고, 이제. 그런 피해적인, 어려서는 그게 상당히 혼란스러웠어요.

'왜 어른들은 저렇게 무섭고, 눈에 살기가 돌고, 뭐 저 팽팽한 살기, 증오, 이게 뭘까?'

[3] 피난길에 수많은 죽음을 목격하다

이게 풀리지를 않은 채 이제 겨울 난리가 나가지고, 아버지가 피난가자고 해서 이제 피난을 하고 다녔지, 청주까지. 청주 가는 과정에 인제 전쟁을, 뭐 다 그 당시엔 전쟁이니까, 그 적군이 앞서서 인제 나와서 인제 좀 그 전투가 벌어지면서, 가면서 사람 죽은 것도 어린 날에 많이 보는 거죠. 겨울날인데 인제 그 눈 속에 가다가 보면은 이렇게 그 사람들이 죽어있는 모습들, 그런 것들을 봤는데, 그 난 지금도 그 죽음이 그렇게 무섭지 않았다는 거.

근데 왜 죽은 거를 꽤 많이 봤는데, 그 고개에서, 지금 홍천에서 산마치 고개라고 인제 그때 그 1.4 후퇴 때 좀 저기, 먼저 좀 접전지였는데, 거기를 통해서 피난 나갔는데, 하여튼 그렇게 뭐 죽음을 봤는데, 어려서는 왜 죽음이 그렇게 무섭지 않았는지를 모르겠어요. 하여튼 신기해서 들여다보고 뭐 하여튼 그랬던 거 같아요. 상황이 하도 무섭고 그러니까. 그런 시체 같은 게 무섭지 않았던 거 같애요.

[4] 피난지에서 빈집 차지해 자고, 주인 없는 소를 잡아먹다

그래서 인제 그 피난을 갈 때 열 살 이니까. 그 이제 그 와중. 왜 피난이라는 게 그게 유민들이죠. 뭐 그냥 떼를 지어서 흘러가는 사람들, 그냥 길에 빽빽- 했고, 가운데 군인들이 뭐 가끔 트럭에 하나 뭐 달려가고 이렇게 가는데, 방을 얻어야 하잖아요. 그럼 인제 우리 식구들은 놔두고 아버지가 가서 그 인제 방을 얻는 거예요, 인제. 아침에 인제 일찌감치 열시 쯤 출발했으면은, 한 열두시부터는 아버지가 먼저 가서 방을 얻으면 우리는 천천히 걸어가면서 아버지 그 마을로 들어가는 마을만 보면서 근처에 기다리면, 방 얻었다고 가면은 방도 얻지 못하고 이제 여럿이, 이런 방만 아니면 좁은 방에만 한 삼십 명 씩 막 자고, 화톳불을 또 마당에 피우고 뭐 이래서 그러구.

또 인제 그 주인들 다 피난을 갔잖아요, 그 당시. 우리가 인제 피난을 홍천읍에서 나가면은 그 마을 사람들은 또 하나도 없어요. 다 빈집을 차지하고 주인 행세를 하고, 뭐 파먹고 뭐 파먹고, 뭐 이래가지고 자고. 그 소 있는 거도, 뭐 어디 가니까 소를 잡았다 그러더라구요, 소를. 그때는 기억이, 그 집에 소를 안가지고 나갔는데, 소를 뭐 콩을 많이 멕였다 그러든가 뭐 그래가지고, 소가 뭐 배 뭐 터졌다 그런든가, 하여튼 콩을, 뭐 그런 어렸을 때 들은 거. 그래서 그 소고기 쫌 이렇게 얻어 먹구.

그리고 인제 마구간 같은데서 자구. 뭐 그리구 제 개인적인 체험 하나가, 이런 그 방에서 드러눕지 못하잖아요. 애들은 드러눕지만, 어른은 요렇게 쪼그려 처량맞으게 이렇게 붙어 있다구. 방에 요렇게, 방에 누가, 그런 데 서로 붙은 데서, 가운데 이렇게 붙어 있으면은, 그 잠이 들었다가 보면은 그 오줌이 마렵잖아요. 오줌 누러 가다가 그 어떤 애를 밟았던 기억. 밟았는데 개가 아주 소스라치게 뭐 울고. 어린애였던 거 같애, 하여튼. 그게 지금도 기억해. 걔가 뭐 어떻게 된 거, 간지 모르겠는데, 하여튼 내가 더듬거리고 가다가 밤에 걔를 밟았는데 어린애가 막 울던 기억.

그 인제 그런 기억도 있으면서, 피난을 가서, 뭐 피난 간 얘기들은 뭐 다 어린 시절 다 비슷하지만, 있을 데가 없으니까 에 인제 그 어느 산골짜기, 인제 광산 마을에. 이제 그 광산촌 있는데 그 앞에 인제 쪼끄만한 집들 버린

거 있잖아요. 거기 가서 모두 기거를 하고, 어떤 굴속에도 있구, 청주근처에. 내가 요즘 거길 찾을려고 해도 뭐 다 변했더라구요. 밑에는 강이 흐르고 그러는데, 그때 고 피난민 수용소 있기 바로 전에,

[5] 배급을 더 받기 위해 죽은 노인의 시체를 모른 척하다

아 그 광산 골에 들어가기 전에 피난민 수용소, 뭐 청주 이러면, 놓고, 이러면 인제 고등학교나 중학교 그런데 가서 피난민 수용소가 있잖아요. 그때 피난민 수용소 할 때 잘 기억나는 건, 하여튼 그때 배급을 받는 거예요, 인제. 피난민들한테 배급을 주는데, 우리 바로 옆에 뭐 교실에, 이렇게 뭐 이렇게 한 식구 두-시-넷 자니까. 뭐 보따리 가끔 뭐 이렇게 쌓아놓고 칸을 놓고 자는데, 바로 우리 옆에 집이 뭐 이렇게 포대기 같은 걸로 한 사람 덮었는데, 노인이 죽었는데 그거를 얘기를 안 하는 거야.

왜냐면,

"그 저 왜 얘기 안하냐?"고.

우리 아버지가.

"아 왜 그렇게 저 돌아가셨는데 왜 그러냐?"고.

그러니까,

"얘기하지 말라."고.

인제 그 쌀 좀 더 탈려고, 며칠. 그 며칠을 더. 난 그 바로 옆에 집이 그 아저씨가 기억도 안 나지만, 우리 아버지한테 얘기 하지 말라고, 그걸 그게 하루 탔는지 이틀 탔는지 기억은 없지만, 하여튼 그런 걸 보고.

[6] 피난길에 많은 사람들이 전염병에 걸리다

또 그 피난민 수용소에서 내 동생도 하나 뭐. 그땐 다 이질이라고 앓았어

요, 배앓이. 뭐 제대로 못 먹으니까. 뭐 막 가서 뒤에서 전부 똥이, 똥 밭이지 뭐. 내동생도 그때 거기 하나 거기서 죽구. 또 그런데 먹어야 되니까. 배급 나오는 거 가지고 못 먹잖아요. 그러면 인제 어머니가 가서, 여자들은 청주 시내나 어디 가서 밥을 얻어 와야 되는 거예요, 이제. 좀 시내 들어가서 밥 얻으러, 나는 인제 그 동생들과 인제 어머니 올 때 기다려가지고 다리 깨에 가서 기다리면, 어머니가 인제 밥을 가지고, 인제 바가지죠. 바가지로 얻어 가지고 오면은, 내가 이렇게 앉았으면은,

"어, 너 있니?"

이러면서,

"이리 갖다놓아라."

그러면은 내가 먼저 막 들여 먹는 거지, 인제. 그러면은 어머니가 인제,

"고만 먹어라."

이래가지고 데려오면은, 식구들 갖다 데려오면은, 나는 거기 집에서가 또 먹구. 그러니까 우리 아버지가 그걸 알구, 우리 아버지가 못 먹게 하기도 하고, 뭐 이런, 그때 배가 고프니까, 어린 나이니까.

그렇게 거기서 생활하다가 피난민 수용소에서 못 있고. 그 담에는 하여튼 어떻게 됐는지 광산 골 앞길로 들어가게 됐는데, 그 지금도 그 골짜기가 기억나지만은, 그 우리 집 식구들도 전부 병을 앓았어요. 그때는 장질부사죠. 그 당시 옘병이라고 그랬어요. 열병이지, 열병. 뭐 전부가 앓아눕고 뭐 그랬는데, 그 우리 작은아버지가 그 어서 소식을 듣고 저 아래 와가지고는, 옘병 걸렸다고 하니까는 우리 작은아버지가 안 오시더라구, 옮는다구 그래서.

"나 도로 간다."

그래가지구 우리 아버지가 막 화를 내시더라구. 어 그래도 왔다가야지, 기껏 소식을 해서 사람을 찾았는데 옘병, 이 골짜기에 옘병 앓는다고 그래서 안 오시니 그게. 그때 나도 뭐 열 내고 앓고 전부.

그때 우리 식구를 먹여 살린 한 사람이 있는데, 우리 집 보따릴 지고 나간

아저씨가 하나 있는데, 그 분이 밥을 해. 그 분은 병에 안 걸렸어요. 그분이 밥을 해주고 이렇게 참 바른 분인데. 어쨌든 나도 인제 열병에 걸려서 뭐 정신없고 헛소리 하고, 뭐 이러다가 다시 살아나긴 했는데, 우리 식구들은 살아났는데.

[7] 전쟁 통에 먹여 살릴 수가 없어서 출산한 아이를 죽이다

바로 이렇게 우리 집에서, 우리가 사는 남의 집에서 바라보면 저기 언덕에 집 하나가 있었는데, 쪼끄만 집인데 아주, 그 집에 그 두 아이가 있었어요. 그러니까 여자애가 위인지 남자애가 위인지는 모르겠지만, 어린애들, 나보다 좀 더 어렸었드라고, 나하고 비슷하거나. 어린애들이 둘이 있었는데, 그 아이들이 지금 잊혀 지지 않거든. 그거는 뭐 직접 내가 본거니까.

난 뭘, 왜냐면 저 아이들을 봤는데, 어 다른 건 못 봤는데, 이 아이 어른들, 할머니라든가 전하는 얘기가, 그 집 그 애기 엄마가, 애기 엄마가 그 집에 와서 애들을 낳았대요. 그 전쟁 속에 애기를 낳았는데, 배가 고파서 먹지를 못해가지고 그 애를, 물솥에 갖다가 집어넣었대요. 그 애기 낳은 거를 갖다가 그래가지고, 애 죽고 여자는 빨게 벗고 미쳐가지고 막 그러니까, 이 할머니가 찾아다녔다 그러던데 그 여자도 죽었다 그러더라구요, 산에서.

그러니까 애기도 죽고 그 엄마도 죽었는데 그 아이들만 남았잖아. 내가 본 거, 아이들만 남았는데, 그 아이들이 그때 이른 봄이었는데, 양지쪽 이렇게 논두렁에 둘이 앉었고, 그 모습, 그런데 그 경찰 가족이야, 경찰 가족. 근데 인제 그 아버지가 언젠가는 찾아, 그 엄마가 그랬다고 아이들이, 어른들이 전해주더라구.

"니들은 아버지가 언제고 찾아 올 거니까, 그러니까 여기 떠나지 말고 여기서만 기다려라."

그리고 인자 애기를 낳았다고 그러는데, 지금 그 궁금한 게 그 아이들이 엄마 아빠를 찾았는지 어떻게 됐는지, 내 또래거나 나보다 더 뭐 그런 아이들인데, 청주 어느 골짜기에서 엄마가 그렇게 죽구, 그런데 그 기억이라는 게 자꾸 변형되잖아요. 그 엄마가 죽은, 그 할머니나 우리 집들이 전부, 그 내가 어머니가 죽은 건 못 봤거든요. 어머니가 죽은 건 못보고 그랬는데, 그 어머니가 어떤 어머니였는지, 그런데 그 기억에 남는 건 두 아이들만 본거야. 그 엄마의 기억도 없고, 뭐 애기 가졌던 그 기억도 없는데, 두 아이만 하여튼 양지쪽에 앉아 있던 모습. 그게 인제 각인이 된 거죠. 그런 것들.

[8] 수복 후 고향에 돌아와 친구들에게 중공군 이야기를 듣다

그러고 인제 수복이 돼가지고 인제, 인제 고향에 올라왔는데. 집은 뭐 다 초토화 되고, 읍인데 없어지고, 그래서 내가 태어난 시골, 저 강원도 홍천 내촌면 물걸리, 거길 갔는데, 그때 이제 오니까, 수복 돼서 고향에 돌아오니까, 가장 뭐 내가 힘들었던 게 피난을 가지 않고 그 시골에 남아 있었던 아이들, 그 아이들의 체험, 이게 엄청 부러운 거야.

그 아이들은 주공, 중공군을 본 거야. 중공군이 뭐 밥을 어떻게 끓여 먹고, 부엌에서 요강에다가 뭐 퍼먹고, 뭐 하여튼 별 얘기, 방바닥에 뭐 땅에 있는 걸 파서 가져가고 뭐, 그 하여튼 중공군이 하던 얘기들, 그러니까 중공군이 타고 왔던 말들이 그 이제 뭐 뒷산을 뛰어다니고, 뭐 잡고 뭐. 하여튼 그 중공군들과 그 아이들이 만났던 그 체험이 나한테는 아주 굉장히, 내가 작가가 된 게 아마 내가 겪지 못했기 때문에 그걸, 그래서 그거 시골이거든. 시골마을에서 그 얘기를 너무 들어서, 기가 죽어서 애들한테 그냥 아주 뭐 맨날 듣기만 하구 이러다가 읍내에 다시 나왔거든요.

중학교를 읍내로 나와가지고, 그 때가, 그때부터 내가 거짓말, 참 작가가 돼가지고 거짓말 한 거야. 이제 내가 겪은 것처럼, 중공군 본 것처럼 뭐 이래가지고, 뭐 별 얘길 다하고, 뭐. 그런데 그런 얘길 하고, 그 근거 없는 거짓말

은 없잖아요. 그런데 진짜 아이들한테 들은 얘기고,

[9] 마을 여인이 군인들에게 난행당해 목매 죽다

또 하나는 그 장솔리라는 내마을인데, 지금도 그 마을은 있지만은 그 왜갈봉이라는 산이 있는데, 아이들이 오니까 저 나무, 나무를 벤 게 있어요. 굉장히 큰 소나문데, 비었는데, 저 나무를 벤 걸 마을 사람들이, 그걸 쉬쉬하며 얘기하는데, 어떤 여자가 일곱 병장한테 그 뭐 난행을 당하고, 며느리, 누구네 집 며느리라 그러더라구, 아주 목매달아 죽은 거야.

그런데 난 목매달아 죽은 거를 못 봤잖아. 근데 소나무는 보잖아. 그거는 보이잖아. 그런데 나는 그걸 보는 거처럼 자꾸 생각을 하는 거야. 살면서 내 머릿속엔, 그게 여자가 혀 깨물고 죽고 있고, 뭐 이게 그 여자가 당하는 모습, 왜 지금 그게 봤다고 느끼는지 난 참 미치겠어, 본거는 분명히 아닐 건데. 그런데 어린 시절에 본 게 그렇게 자꾸 각인이 되면 자기 것처럼 되더라고. 인제 그래서 그런 것도 있고.

[10] 전쟁이 끝난 후 아이들끼리 전쟁놀이를 하다

그 담에 어린 시절에 전쟁이 끝났으니까. 전쟁 끝난 다음에 시골에서 아이들이 할 수 있는 일이라는 건, 다른 놀인 아무것도 없으니까, 전쟁놀이해요. 본 거, 본 거. 저– 쯤 강 건너 저 마을, 광돌리라고 있는데, 우리는 물걸린데, 저 마을 아이들과 우리 마을 아이들과 저기서 싸우는 거야.

이 그때는 맨–, 뭐 이 그저 이 폭탄이 터지면 쥐똥화약이라고, 그 터지지 않은, 그 불발 돼서 그걸 이걸 깨면은, 그 안에서 이런 쥐똥 화약이 이만큼씩 쏟아져. 그럼 뭐 그거 분류해놓고, 그 다음엔 인제 총을 만드는 거야. 총알이 맨– 이니까. 뭐 M1 총알이니 뭐, 칼빈 총알이니 맨– 총알이니까, 그걸 갖다 인제 총을 이렇게 만들어 놓구서는, 넣어서 쏘면 이렇게 탁 터지니까, 탁 터트려서 총알을 빼고, 이 안 화약을 반만 덜구, 다시 꽂아가지구 총을 진짜 쏘면서 그런 놀이를 했는데, 근데 그 맨날 사람 죽이고 이런 놀이를 하면서, 왜 전쟁놀이를 그렇게 모두가, 아주 밤이구 뭐구 전쟁들에 매달려가지구.

[11] 종전 후에도 마을 인근에서 전쟁 때 죽은 시체를 많이 보다

난 어렸을 때 그것들의 대장 애가, 거기 지금도 설치고개라구, 에- 설치고개라는 고개가, 지금 길도 거기 뚫렸지만은, 그 설치고개 그 골짜기에 갔다 오니까, 내가 제일 기죽은 게 중공군이 뭐 하여튼, 뭐 1사단이라고 그러드라구. 말은 1사단이라고 하는데, 근데 1사단은 아닐 것 같고, 사단이 그 골짜기는 다 들올린 없고 하믄 중대병력정돈 된 거 같애요. 네이팜탄이라고 해, 불로 뿌리는 거, 미군. 그걸 태워서 아주 그 골짜기를 태워서 다 죽었다 그러드라구, 아주.

근데 뭐 그 지금도 그 마을 사람들은, 거기 뭐 냄새가 나구, 무슨 뭐 귀신이 나온다고 그러지만은, 어렸을 때 거기까지가 한 2키로 되거든요, 우리 마을에서. 그 얘기가 하도 전해지고 그러니까 거기까지 갔다 오는 거야. 가서 인제 그 골짜기에가 뭐 중공군들, 그 농구화 신 떨어진 거 뭐 별게 다 있다구, 그런 거. 그 수류탄, 방맹이 수류탄이라구 해, 터치던 쪼가리 뭐 이런 거. 하여튼 뭐든지 가서 하나 얻어 와야 되는 거야. 전쟁이 끝난 다음 전쟁놀이 했던 그 체험이 나한테는 굉장히 그 중요했던 거 같애요. 가서, 그 몰래 가 숨어가지구, 인제 근데 나는 겁이 많아가지구, 뭐 애들이 가는데 갔다 왔다구 해서, 거기까지는 가지도, 골짜긴 들어가지도 못하고 기다렸다가 애들이 얻어온 거 이렇게 좀 주면은, 얻어다가지고 제출 하고 뭐 이랬는데, 밤에 거기까지 가서 뭐 잠복도 하고 이런, 그러니까 내가 보지 못한 중공군, 근데 피난 갔다 오면서 시체는 많죠.

뭐 길 같이 논두렁 같은 데 보면, 농구화가 있으면, 아버지가 농구화,

"이게 뭐야, 이게?"

쓸 만한가 하고 탁 걷어차면 발목이 나오고, 그땐 뭐 맨–시체였으니까, 우린 그땐 그 시체는 참 흔하게 봤던 거 같애요. 그러고 인제 마을에서, 인제 중공군들은 가고 전쟁이 인제 다시 그, 저– 짝에 낙동강까지 내려갔잖아요. 그럼 우린 홍천 쪽이니까 낙동강까지 내려갔다가 다시 후퇴했잖아요, 인제. 후퇴할 때 그 여름에. 여하튼 내가 제일 그 전쟁을 겪은 게 이제, 그 가해자와 피해자가 인제 바뀌는 과정.

[12] 마을사람들이 복수심으로 인민군 패잔병을 죽이다

우리는 인제 피해가 적다고 하는데, 우리 마을 사람들은 인민군들이 이제 패잔병들이잖아요. 전쟁이 이제 거의 끝, 자기네들이 저기 졌으니까, 인제 뭐 떼를 져서 마을을 지나가면은, 그럼 마을이 온다 그러면 그 패잔병들 몇 명 안 되는 패병들을 잡는 거예요, 모두가. 모든 마을들이 그게, 마을에 주어진 임무에요, 그게. 그 하여튼 거기,

"우리가 이렇게 당했으니까 너덜도 잡는다."

그래서, 사실 그 인민군들이 죄가 없은, 없고서는 그냥 군대 갔다 그랬는데, 그 불쌍한 거, 총을 매고 오든가 그걸 잡는 거 하고 마을 빨갱이들 잡는 거. 이 마을 빨갱이들 잡는 거는 나는 직접 봤기 때문에, 그 마을에 아무개 뭐개 해서 마을 빨갱이를 잡는데, 그 뭐 인민연장이니, 무슨 청년 연장이니 무슨, 저 그 여러 거 그 명칭이 많더라구.

그 사람들을 잡는데, 어느 골짜기에 인제 닭 잡았다고 해서 초청을 해 놓구, 그 거기 동막골이라는 데 거길 정해놓고, 인제 그 사람, 술 한 잔 얻어먹으러 인제 올라왔을 때 모두, 뭐 낫을 뭐, 이런 거 하나 들고서 죽이구, 죽였는데 그 사람 이 죽이다가, 뭐 인민군들이 온다고 그러니까 죽이다가 그냥

간 거예요.

그러니까 이 사람이 거기 그 장터마을까지가 한, 지금 다녀본다 그러면 1.5키로 정도 되는 거예요. 자기네 집이 거기 있는데, 거기까지 기어 내려간 거예요, 인제. 창자를 끌어 끌어안고 뭐 그러면서 그러는데. 근데 나는 그때 그 소리를 듣지 못, 나는 들었다고 느끼는데, 한 이웃이니까. 근게 그 윤 아무갠데, 그 어머니가,

"이 노무 시끼 죽어라― 죽어라―."

밤새 그냥

"아―, 아―!"

우는, 남자 우는 소리가, 아프다고 우는 소리가 들리고, 그 엄마가 죽어라고 소리치구, 맨날 이랬던 거. 지금 이 그게 난 귀에 생생하게 들리, 근데 들었는지 모르는데, 하도 얘기를 많이 들었으니까. 들은 것처럼 느끼게 되는 거야.

근데 그, 그러다가 인제 결국 죽구, 그 동생이 인제 복수하러 뭐 온다 그래서, 마을 사람들이 피해구, 뭐 인제 뭐 이런 것들. 그러면서 인민군이 이 마을 지나가는 거는 잡는 거 많이 봤어요, 하여튼 그거는.

그 인민군들도, 그 뭐 청년단들이 뭐 인제, 그 군대 갔다 패잔병이 와서 그 총 하나 가지구 숨어 있다가, 이제 다시 수복되니까 인제 마을 사람 모아가지고, 이제 결사대를 만들어서 잡으면은, 그 난 인민군들 잡으면은 대개 나이도 있지만, 어린 사람들 보면 막 울어, 막 우는 걸 잡아서, 울면서 이 품에서, 난 그 두 사람인가 봤는데, 이 품에서 막 끄낸다구, 그러믄 막 죄― 붙들고 끄내면 태극기, 태극기를 똘똘 말아가지고 여기다 매구 있어. 매구 있다가, 에― 들구

"대한민국 만세!"

뭐,

"이승만 만세, 대한민국 만세!"

이렇게 만세를 부른다고. 살려달라는 거야, 이게.

'이런 게 저 그 아마 패잔병들이 사는 자구책이 그게 아니었는가.'

이게,

"이걸 어디 잡히면, 이거만 뵈면 산다."

뭐 이런 식으로. 그런데도 인제 그 죽이죠.

인제 사실은 인제, 그 요번에 내가 '남이섬'이라는 저번 때 쓴 소설에다가, 그대로는 아닌데 하나, 실제 얘기를 한번 내가, 다 소설은 뭐 겪은 일을 고대로 쓰진 않았지만, 저에게는 실지 근거가 되는 얘길 써봤는데, 인민군들을 마을마다 죄 잡아 죽이기도 하고, 잡아서 인제 어따 가둬 놓잖아요, 인제. 가둬놨다가 인제 인근 군부대, 멀리 떨어진 데, 거다가 인계를 했다고. 인계를 하다보면 초등학교, 거기 인제 내가 있던 초등학교에 인민군들을 거기 가둬놨다라고 그러드라구요. 그런데 그 인민군을 끌구 가다가, 하여튼 뭐 적, 뭐 또 다른 인민군들이 뭐 온다 그래서 그런지, 하여튼 골짜기서 다 죽였거든요.

근데 그건 우리 작은아버지가 보셨기 때문에, 스무 명 정도, 우리 아버지, 작은아버지는 그때 작은아버지가 명단도 만들으셨던 분이시니까. 그 스무 명 정도를, 골짜기에서 땅을 파고 죽였다 그러드라구. 근데 지금 거기 인제 고속도로가 지금 뚫렸어요. 거기도, 난 거기를 갈 때마다, 그 동막골인데,

'야, 저기 스무 명이 묻혔었더랬는데.'

마을 사람 누구도 그거를 얘길 하지 않는 거야. 그게 이제 내가 소설에서 말한 '지뢰밭'이지. 자기들은 아니까, 마을 사람들은 누구, 자기 집에 누가 할아버지라든가 큰아버지가, 누군가 거기 참가해서 그 인민군을 죽인 거였는데, 근데 저게 죽였지만, 지금은 그 시골사람들이 뭐냐믄, 가진 생각은,

'이 세상은 또 바뀐다.'

이거야. 늘 그 생각이 있어요. 그 생각이 있어. 그러니까 불안에 떠는 거야, 불안에 떨어서, 그래 나는 거기를, 고향에 갈 때마다 맨날 거기를 지나가

면서, 멀리 지나가면서, 그들이 죽은, 내가 죽는 모습은 못 봤지만, 거기 묻혀있을 때, 이래 산에 올라가다가도 이렇게, 벌초 올라가다가도,

'아, 저기에 있구나!'

그 숲이 우거진 데 있어, 왜.

'저기서 죽였겠구나.'

뭐 이런데. 지금은 그 위로 고속도로가 뚫렸더라고. 어떻게 됐는지, 근데 누구도 그 얘기를 하면은, 그 얘기를 안 할려고 그래, 어른들은. 근데 아이들은 모르지, 뭐 나처럼 기억 해는 애들도 있구,

"하— 몰라. 그거 몰라."

그런 얘기 모른다 그러는데, 나는 그게 이게 머릿속에 백혀 있는 거지.

'그 골짜기에 사람들이, 스무 명 정도가 죽어있다.'

그래서 내가 남이섬이라는 소설에서 주장한 게, 아니, 그들도 전쟁의 피해잔데, 뭐 발굴을 국군 유해만 해야 하는가, 난 그들도 해야 한다는 거를 내가 사실 제시 한 거거든. 이 지금, 이 뭐에, 국군 유해 파다 보면은, 인민군들 유해도 나온다고, 더러. 지금도 가보면은, 나오면은 그거 파주로 가져간다구. 파주에 그 '인민군의 묘'가 있어요, '인민군의 묘'. 내 거기를 그, 갖다 묻는 데가 있는데, 거기도 그 엄청난 얘기죠. 그게 나는 그렇게 죽은 사람들을 우리 골짜기에, 군인들이 어서 얼마나 죽었다는 기억들만 해도 파놓으라는데, 인민군 죽은 기억들은 지금 전부 잊었다고 생각하고 얘길 안하거든.

나는 그 어렸을 때 본 그 구덩이에, 인민군들을 한번 파줬으면 하는 거, 이 함부로 얘기는 못하지만은, 그 함부로 얘긴 못하지만은, 그들이 거기서 묻혀있다는 걸 생각하믄은, 분명한 건데 그거는, 근데 이걸 뭐 다 함구하고 있어야 되잖아. 이걸 얘기하면 안 되는, 우린 아직 그 시대에 살고 있기 때문에,

[13] 유년시절 겪은 전쟁체험을 바탕으로 전쟁을 객관적으로 다루고 싶다

그래서 나는 '전쟁은 진행형이다.' 그게 뭐 왜냐면, 그게 지뢰밭으로 남아 있으니까. 그것, 그 건드리면 안 되니까. 자기 안에, 저 바깥에 있는 지뢰밭이 문제가 아니라.

내가 어렸을 때부터 전쟁을 경험, 지금은 지금도 나는 작가니까 그래도 그런걸 뭐 토로하고 그러지만, 마을 사람들은

'세상은 또 바뀐다.'

하고 알고 있어요.

'언제나 바뀔 수 있다.'

그게 매년 바뀌는 걸 계속 겪어 왔기 때문에. 특히 일선지방에선 뭐

"인민군이 들어왔다! 몇이다!"

이래. 즈기 저, 지리산도 늘 그랬잖아요, 거. 그래서 그런 그 어떤 무서움 같은 거를 어른들이 가지고 있는데, 나는 그거를 좀 더 객관화해서,

"왜?"

하고 이렇게 인제 묻는 형식으로, 지금

"왜?"

하는 묻는 방식이 왜 이렇게 죽어야 되고, 왜 이렇게 되는가 묻는 방식이, 나는 작가로서 소설쓰기로 내 각인된 게 되지 않았는가!

근데 인제 그렇게 내가 6.25 겪은 얘기 외에는, 뭐 전쟁, 뭐 얘기를 그 다음에 수없이 듣잖아요. 에- 수없이 사람들한테 별 얘기, 뭐 국군 뭐 포로로, 저 인민군 포로로 잡혀가지고, 포로 된 사람들 얘기, 참 그 실감나고 그러는데, 나는 그걸 겪지 못했지만은 그들이 겪은 얘기 속에는, 에- 그 인제 당대에는, 그 어른들이 얘기해보믄 어느 쪽을 분명히 선택해가지고 있다구. 자기가 그 뭐 피해자라는 거, 그리고 자기는 잘못해서 뭐, 자기 잘못이 아니라,

어떻게 했든 자기는 했고, 자기가 죽인 건 아무것도 아니고, 에- 인제 죽인, 적이 된 그것만 기억들 할려고 하고.

근데 인제 난 유년시절에 겪었기 때문에 비교적. 그걸 저 합리화시키면 객관적으로 다뤄보지 않았는가, 뭐 이런 얘기를 할 수 있겠네요. 그래서 난 유년시절에 뭐 내 겪은 거 뭐 고정도죠, 뭐 다른 거 뭐 본 것도 있겠지만은.

[14] 〈아베의 가족〉은 최초의 기억을 통한 작법(作法)이다

인제 뭐 물어보시면 뭐 제가, 생각은 안 나는데, 고 갑자기 지금, 그게 몇 년 전으로 돌아갔나? 열 살 때니까 지금 한, 62-63년 전으로 돌아가서, 벌써 62-63년 전에 그, 근데 그, 이렇게 뭐 진술하고 그러면, 그 어린 시절에 그거를 믿을 수 없는 것도 많더라구요.

난 학교에서 왜 아이들한테, 뭐 작법 가르켜 줄 때, 나는 그 최초의 기억, 인간이 최초의 기억이 중요하다고 그래서, 최초의 기억을 애들 써내라 그래서 받잖아요? 그러면, 어떤 애가 그러더라구. 그 아버지하구 엄마하구 같이 살았는데, 자기가 그 엄마 등에 업혀 있는데, 아버지가 싸우다가 엄마한테 무얼 던졌는지 그때 저, 그 사발인지 뭔지 하여튼 허연 건데, 던져가지고 엄마가 이마에 터져가지고 피가, 좌우간 엄마 등에서, 그 어렸을 때 그 기억이, 그 사건 각인, 그 최초의 기억은 아주, 어떤 사람은 두 살 때 기억 같은 거, 세 살 때 기억도 얘기하는 사람이 있구. 어떤 사람은 좀 더 늦은 기억이 있는데, 자긴 여하튼 세 살 땐가, 네 살 땐가, 엄마가 여기 터져가지구 피가 막 쏟아진 거를, 자긴 그걸 최초의 기억이라고 어떤 애가 써내고. 그래서 내,

"사실입니까?"

아- 그렇다구, 또 실감나게 그 얘길 하더라구.

그런데 나중에 그 아이가 나를 찾아 왔더라구. 찾아와서 자기도 그거를, 선생님이 쓰라고 해서 내가 써냈는데, 저도 그게 다- 평생 잊지 못 했었는데,

엄마가 지금 아파 계신데 한 번, 엄마 옆에 가있는 동안에 그 얘길 했더니,

"니가 뭘 잘못 알고 있구나, 그건 내가 터, 이마가, 내가, 아버지가, 맞은 게 아니라. 내가 화가 나서 아버지한테 뭘 던졌거든, 그래 가지고, 아부지가 그때 피가 나왔지."

이래더래. 이 이게 기억이라는 게. [조사자: 거의 정신분석학적인……] 네, 네. 그 아이는 어머니는 항상 피해자라고 생각했기 때문에, 그렇게 될 수 있지 않은가. [조사자: 시 쓰는 제자가 하나 있는데 자기 엄마 뱃속에 있을 때를 기억한다고 하더라고요.] 네, 네.

[조사자: 〈아베의 가족〉 같은 경우는 직접 겪으신 건 아니고, 이렇게 어디서 들으신 내용이신가요?] 그때 그 소설 같은 경우는, 대게 인제, 뭐 체험된 것들이 있을 수도 있겠지만, 제 경우는 〈아베의 가족〉 같은 경우라든가, 제가 모델이 있는 소설을 딱 한 번 써본 게, 그 〈지빠귀 둥지 속의 뻐꾸기〉라고. 그 저기 소양강을 배경으로 하는데, 중편이었는데.

어떤 여자가 미군, 헌병, 이 미군하고 이렇게 살다가 애를 하나 낳았는데, 그 애를 하나 낳아가지구, 그 여자가 그 애 낳았는데, 애가 첨에는 깜둥이가 아니고, 이렇게 정상적인 애루, 이렇게 태어나서, 그랬더니 나중에 보니까, 손톱이 뭐 달라지구 그러면서, 어느 초등학교에 내 친구가 있었는데, 그런 애가 있다라더라구요. 애들이 놀리는데, ○○라구 그랬는데, 근데 그 엄마가 그 애 때문에, 그 애는 결국 미국으로 가버렸어요. 아빠 찾아갔는데 그 맨날 그 애 생각하구, 혼자 시골에, 지금 돌아, 그 양반 돌아가셨지만은, 산다 그러더라구.

그 시골에 그 노인, 여자 분을 찾아가서, 그 술을, 맨날 술 먹는 거야. 주군약수터라고 있는데, 맨날 술, 집 주변에서 인제 술 먹어서, 나도 같이 술을 먹으면서 얘길 들었는데, 얘기가 절절하더라구. 그래서 그 얘길 들은 거를 바탕으로 해서, 그 〈지빠귀 둥지 속에 뻐꾸기〉라구, 그 하나 썼는데, 아– 그거 쓸 때 난 얼마나 힘들었는지요.

왜냐면 이미 체험된 얘기, 남들이 체험했던 얘기를 내가 소설을 만드는데, 상상이 넘어서질 않아요, 그게. 소설쓰기는 이게, 실지 체험된 얘기가 강하면 그게 안 나온다고, 사실은. 이게 상상, 소설은 상상하는 즐거움, 그래가지구 자꾸만, 상상할수록 전부 붙어나가는데, 그게 너무 압권이니까, 그러니까 더 이상 나갈, 내가 상상해봐야 별거 아니라는 생각 때문에, 아주 굉장히 애를 먹었던 생각나거든요. 그래 인제, 〈아베의 가족〉 같은 것도 쓰고 나니까, 많은 사람들이,

"그 어디 있던 얘기냐?"

그래서 〈아베의 가족〉 그 현장, 이제 배경으로 삼은 게, 여기 홍천, 춘천, 저기 춘천댐, 왜 그 인남리라고, 거기가면은 대학생들이 그전에, 제가 왜, 〈아베의 가족〉 다룰 때, 거길 답사도, 학생들도 오고, 부산에서도 오고, 날 보고 안내하라고 하면, 거길 가면은 전부가, 그 아베가,

"어서 아베를, 어서 죽이고 왔어요?"

진짜 아베가 있었던 걸 믿고. 또 그,

"아베 할머니의 무덤은 어떤 거예요?"

난 그 무덤 있는지도 모르고 그냥, 고등학교 때 행군을 가다가 그 마을을, 지금 수몰됐지만, 수몰되기 전에 마을에 한번 뭐 인제, 교련 선생님이

"아— 저 마을이 아름답다."

이러면서, 우릴 세워놓고 그 마을을 구경시킨 그게 있어가지고, 참 근데 나중에 수몰 돼서 그 마을이 없어졌거든. 물속에 들어가 없는 마을인데, 서울에 살 때 소설, 서울에서 일어난 이야기지만, 그걸 그 아베의 어머니가 초등학교 선생을 하다가, 강원도에 어느 시골에 부면장 집으로 인제 시집을 와서, 남편이 저 군인 끌려가고, 뭐 인저 임은 끌려가고, 그래서 인제 난행을, 미군들에게 난행을 당해가지구 낳은 애가 아벤데. 뭐 그런 얘기는 우리 전쟁에서 얼마든지 있었잖아? 그래 난 그런 얘기를 쓰다보니까. 일선, 38선 근처니까.

'아, 그 마을을 하면 되겠다.'

그러니까 그 마을을 그냥 그린거야. 그 마을을 그렸는데, 나는 그 샘골이라고 그랬나? 샘골로 그렸는데, 나중에 알고 보니까 샘마을이더라구. 난 그 마을을 그냥, 고등학교 때 한번 내려다본 마을이고 가보지 않았는데, 수몰됐는데, 근데 온 사람들은, 전부가 실제 〈아베의 가족〉은 있었던 얘기로 생각할려고 그러고,

"어느 집이에요, 그 집은? 그면 수몰됐으면 어느 곳?"

근데 어느 방송국에서 나와서 굳이 돈을 내고 배를 빌려서 수중 촬영 했어요. 면사무소는 어디구, 뭐 어쩌구, 그 소설에 나는 머릿속에서 그린 걸 갖다가 그걸 첨부할려고 그러구. 요새도 며칠 전 KBS가서 찍는데, 그 아베 할머니 무덤을 또 굳이 만들어야 한다고, 무덤, 나는 뭐 그 무덤 있는지, 구멍가게가 그 인제, 그 주인공이 톰이라는 미군병사를 그 현장에 데려가는데, 구멍가게 가서 얘길 듣게 되는데, 구멍가게가 어디냐구, 저 구멍가게가 없잖아. 그 지금도 없는데 구멍가게를 이 사람들이 필요로 하는 거야. 소설을 현실로 자꾸 이렇게 생각하곤, 작가는 인제, 독자들이 그렇게, 그게 그 쓴 사람의 얘기, 또 실제 얘기기를 바라는 그런 기대감이 있잖아요. 인제 그걸 이용해서

"이거 내 얘기야, 실제 있었던 얘기야."

이렇게 시치미, 능청 떠는 거잖아요.

그런데 〈아베의 가족〉, 그 쓰고 나서 인제 그게 드라마도 나갔어요. 인제 아베가 없어지고 그때 그 김혜자, 뭐 최불암 뭐 이래서, MBC가 그때 6.25 특집극으로, 특집극이란 걸 우리나라에서 처음 만든 거야. 80년에, 그래가지고 나갔는데, 그때 그 시청단이 많구, 책이 좀 팔리구 그러니까 아-, 전화 걸었는데, 아베가, 소설에서는 아베가 없어졌잖아. 그냥 어머니가 그냥, 미군 뭐 걔 때문에 못가니까 고향마을에, 할머니 무덤까지 한 번 데려온 것까지 소설이 끝나잖아요.

그런데 죽었는지 모르는데, 내가 이걸 드라마 끝나구, 뭐 그 다음에 편지를 참 많이 받았어요. 아베가 있다 이거죠. 청주 어디 어느 집에 있는데, 걔가

뭐 스무 살인데 어디 있구 뭐 어쩌구, 아베가 그렇게 많은 거야. 그러니까 이 세상에는, 그니까 개연성이죠, 개연성. 그 또 전쟁이 일어난 어떤 마을엔 비슷한 얘기가 전부, 요번에도 가서 뭐 그 아베를 거기 노인이 뭐, 그때 6.25 날 때 열여섯 살이라든가 뭐 그랬는데, 살았다 그러는데, 아 그 내 소설 내용은 모르지. 근데 얘길 하는데, 뭐 인제 아베, 그 뭐 잃어버린 아이, 그러니까

"아이구, 또 그 얘기구만?"

그 피난 나가다가, 등짐지고 가는데, 애 있는데, 인민군이 쫓아오지. 애를 지고 가는데, 애가 흘러버린 걸 모르구 그냥 갔대. 그래가지구 애를 흘리구 가가지구, 그 집에 와서 뭐 며칠간 찾았다나? 애 흘리구 간걸, 근데 애가 얼루 갔는지 없대는 거야. 그러니까 비슷한 얘기가 많다구. 그 전쟁이 일어난 나라에는 어느 마을이구, 그런 그 개연적인 그런 그것이 인제 얼마나 있다는 걸 알겠는데, 인제.

그래서 인제 '아베의 가족'을 가만히 생각하면, 정말 그거는 철저하게 그건 픽션인데, 거긴 뭐 내 머릿속에서,

'전쟁이 일어나는 땅에서 얼마든지 있을 수 있다.'

이 있었던 개연성을 찾아서 그린 건데, 독자들은 그거를 원하지 않고 실제 얘기였으면 하는 바람, 누구든지 거기가면 지금도,

"그 아베의 집은 어디쯤이었나요? 그면 어디쯤 태어났나요?"

뭐 이런 식으로 묻고 그러는데. 근데 진짜 근데 그 마을에 한 분이 사시는데, 아– 이분이 너무, 황당하게 얘기를 막 하는데, 그 마을 사람들을 방송국이 가서 뭐 취재를 하니까, 이분 얘기가 너무 과장이 되는 거야. 그냥 왔다 갔다 하면서, 줄잡을 수도 없구.

그래서 그분들이 인제, 당사자로서 자기가 인제 겪은 사람들은, 그게 인제 그 윤색도 많이 되더라구. 윤색이 그냥 많이 되구, 그 뭐 어떤 사람이, 뭐 미군 병산가 누가 군복을 줘가지고, 이렇게 자기가 이렇게 입구 있었더니 헬리콥터가 내리더래. 그러더니 뭐 경례를 하더래. 그렇게 경례를 받았다 그러

구 뭐, 이렇게 아주, 하여튼 제가 뭐, 전 어렸을 때 겪었기 때문에, 그래서 뭐 작가는 이제, 겪지 않았지만 상상해서 본 거, 아니어도 인제 있었을 만한 걸 복원해 내는 일, 이 뭔 저, 작가는 복원하는 거라 그래서, 지금 아마 하시는 작업들이, 바로 인제 그 판의 복원작업이라고. 자기 기억에 사라지는 것들을, 이렇게 지금 인제 모아 놓으실라구 그러는데.

[15] 전세에 따라 가해자와 피해자가 돌고 돌다

[조사자: 피난 못가시구 전쟁은 나구 해서, 인민군들이 막 처음 들어오고 할 때, 그때 기억은 뭐 없으신가요?] 그때는, 6.25 막 터질 때 들어올 때는 군인, 인민군들이 막 트럭타고 오는데, 그- 냄새가 나더라구, 휘발유 냄새. 그때 우린 뭐 읍내 차도 못 봤는데 걔들이, 먼 데서 오는 차들이니까 휘발유 냄새가 뭐 진하게 나구, 뭐- 오는데, 근데 벌써 인민군들이 오는데 마을 사람들이 벌써, 환영하는 사람들이 있어. 붉은 완장차구, 그 사람들이 인제, 뭐 이미 벌써 그 숨어있었던 거지, 인제 지가 빨갱이라고 해가지구 인제. 그 사람들의 세상이 온 거지, 인제.

그러니까 그 사람들이 더 무섭더라구. 실지는 인민군들, 군대들은 안 무서워요, 사실은. 그 나는 지금두, 전쟁에서 인민군들이라고 해서 인민군들이 하나도 무섭다는 생각이 안 들었으니까. 인민군들이 죽이는 것도 못 봤구 뭐 하니까. 다만 그 인민군들을 이제, 패잔병을 죽이는 마을사람들, 또 그 마을 빨갱이라는 사람들이, 자기 평소에 원수진 사람들을 잡아다 죽이는 거, 이런 거는 뭐 봤으니까. 그 인제 가해와 피해가 순환하는 과정, 그 인제 그런 인심의 변화, 뭐 그런 것들이 전쟁에서 가장 그랬던 거 같애요.

지금 강원도에 지금 한 80정도 된 분들은 다- 그 전쟁얘기 하라면 다- 모두들, 노인정 같은데 가서 그 6.25 전쟁 얘기 하라면, 그래서 인제 우리 신동흔 선생님 하고 제가 모셨지만, 우리 이야기 대회, 그 할라고 하는 것도 그런 체험에 대해, 그 얘기도 인제 좋지만, 이제 정말 이야기꾼을 우리가 찾아야 되는데, 에– 우리가 소설로 쓰는 이야기와, 정말 구전시켜서 되는 이야기, 이게 가치가 좀 다를 수 있다고 보기 때문에, 그래 인제 그 김 교수가 앞으로 좀 많이 도와주십시오.

[16] 피난 수용소의 배급이 부족하자 아이들이 신문팔이로 돈을 벌다

[조사자: 저도 제가 촌놈이 돼서요, 지리산 밑에 촌놈이 돼서. (웃음) 어렸을 때, 그래서 그런 거, 피난민 수용소에서는 오래 계셨던 건 아닌가보네요?] 네, 몇 달, 한 두어 달 있었던 거 같애요. 그런데 그 배급, 얘들이 배급을 안 줘가지고, 또 식구들 외라비('줄줄이'라는 뜻으로 보임) 데리고 골짜기 가서. [조사자: 아–, 배급이 끊어져서 골짜기로 옮기신 거예요?] 예, 그랬던 거 같애요. 배급이 그랬다가 또 뭐 어떤 사정으로, 뭐 식구가 많아서, 하여튼 뭐 왜 안줬는지 여하튼 배급이 안 되니까, 내가 볼 땐 거기서 나가버리더라구요, 그때는.

피난 때, 청주 가서 그 피난민 수용소에 있는데, 그 배급이 안 되니까 아이들이 돈을 벌어야 된다구. 난 평생 그, 그 당시 신문이 나오드라구요. 신문을 그때, 20부를 아부지가,

"그 너두 신문 한번 팔아봐라."

이래가지구 돈을 줘서 인제 신문 지산지에 가서 신문을 20분가 하여튼 사가지구 팔라고 했는데, 뭐 동아일본지 뭔지, 뭐 여하튼 목소리가 안 나오는 거예요, 신문 팔아야하는데. 목소리 크게 뭐,

"동아일보!"

이래가지구 이제 골목을 돌며 신문을 파는데 안 나오더라구요. 그래서 한 부도 못 팔았어요. 지금도 그게 한 부도 못 팔으구, 그 다리께 와가지구, 그냥 신문 가지고 들어가기 뭣해서 그냥, 그 신문을 그냥 물에다가 이렇게 그냥 흘렸던 기억이 나는데.

[17] 전쟁 때 가장 무서운 것은 배고픔이었다

근데 그 전쟁 그러면 그때 열 살 나이에 그 열세 살까지 그때 삼 년 동안 치룬 전쟁 속에서 내가 느끼는 거는, 그 뭐 배고픈 공포. 뭐 그 어른들이 이 그래서,

'어른들이 무섭다.'

마을 어른들이고 뭐 하여튼, 그 어른들의 인심, 그게 무섭다는 거 하구, 그냥 배고프다는 거, 하여튼 배는 하여튼 많이 고팠던 거 같애요. 그래서 늘 그 왼 형제들이, 그때 내가 또 맏이여서 그런지 밥을 갖다 뭐 해놓고 그러면, 우리 아버지가 나를 이렇게 친다구, 허겁지겁 막 배고프니까 먹으면. 우리 동생들이 몇 명이구, 하나 죽었지만, 세 명인가 네 명 있는데, 사람은 그 이렇게 이럴 때, 어려울수록 사람은, 저기 밥 먹을 때는,

'세 숟갈만 더 먹으면 되겠다, 먹고 싶다.'

할 때 숟갈을 놓는 거라구 우리 아부지가, 그 어린 나이에 그게 늘 강조하는거야, 그게. 그래 내가 정신없이 먹으면 이렇게 해구선, 사람은 더 먹고 싶을 때

'세 숟갈만 더 먹었으면.'

그럴 때 밥숟갈을 놓는 거라구. 그래서 난 그때부터, 그 이제 하여튼 밥을 지금 빨리 먹어요. 우리 집사람하고 먹으믄, 우리 집사람은 시작도 안했는데 벌서 난 뚝딱 먹고 있어요. 빨리 먹어야 되니까. (청중 웃음)

그래 지금 6.25 때 굶은 사람들, 6.25 때 그 가난했던 사람들 얘기허는 거 들으면, 우리 어렸을 때 하여간 그래도 뭐 어른들이 멕였겠죠. 지금 가난하곤 뭐 다르죠. 그래 중요한 게 그 전쟁 속에도 먹어야 된다는 것, 그 먹는 게 참 그게 제일 심각했던 것 같애요. 아이 신 선생한텐 제가, 제가 그 당시 당했으면은 뭐 전쟁한 얘기 뭐 좀 쓰고 했을 건데, 그 얘기가 없어가지고 죄송합니다, 이거. [조사자: 아유, 아닙니다. 그런 말씀을……] 이 저 우리시대가

끝난 거야. 우리시대도 인제, 전쟁을 기억하는 그 열 살, 그 시대가 이제 마감되는 거야, 인제 없어지고.

[18] 아버지가 영문도 모른 채 잡혀가서 고문 받다

[조사자: 그 어르신, 저기 그 아버님은 어떤 일을 그렇게 당시에 하고 계셨었어요?] 우리 아버지는 그 전에 그 홍천읍에 사실 때, 나와서 사시는데 그때 왜 미곡상, 뭐 인제 쌀 같은 걸 뭐 어디 가서 사가지고 뭐 읍내를 가서, 시골에 가서 모아다가 이렇게 팔고, 그래 넘기고 뭐 이런 일을 하셨거든요.

그런 일을 하셨는데, 근데 아버지가 하여튼 뭔가 그 잡혀가서 하여튼 한 보름 정도 된 거 같아요. 우리 할머니가 맨날 울고 그랬는데, 피투성이가 돼서 들어와서 그냥 그 이 누워계시던 생각이 나는데, 그때 하여튼 우리아버지가 세상을 무서워하더라고요, 그때 그 아주 데어가지고.

그 인제 이청준이가 뭐 쓴 소설처럼 그 당시는, 지금은 그런 거 들으면 순간의 선택이 결정적이잖아요. 그런 뭐, 이제 뭐 이청준이 쓴 그 무슨 글 읽어보면 밤에는 인제 그 지리산에 있는 그 반란군 그들이 내려오고, 또 낮에는 경찰이 들어오고. 근데 이제 가장 사실 무서운 적이, 실체를 보이면, 이 세상에 무서운 폭력은, 총 들고 이거는 볼 수 있으니까, 그것도 무서운 거지만 그거 보단 눈에 보이지 않는 것, 이게 제일 무서운 건데, 그게 그 사람들은, 이제 인민군이고 경찰은, 이 내가 상대하는 사람을 알아야 되잖아요. 이게 빨갱인지 뭐인지 알아야 되니까,

"너 뭐냐?"

하면서, 자기 먼저 않고, 실체를 보이지 않고 후레쉬만 비추고, 후레쉬 불 속에 노출돼가지고,

"너 어느 편이냐?"

물어봐. 그 어느 편 말 잘못하면 죽는 거야, 이제. 그래서 그, 거기 저 남쪽

에선 뭐 그 말 잘못한 사람들 전부 이 초등학교 앞에 몇 백 명 모아놨잖아, 군대에서. 그렇게 말하게 만들어가지고 뭐, 또 다른 옷 변장해 가서 입고 와서 무슨 편이냐고 물어가지고, 그렇게 막 가둬놓고 죽이고, 전쟁은 그런 거니까요, 순간에. 그래서 뭐 하나 도장 잘못 찍거나 그러면 뭐 다 가는 거지, 뭐.

근데 우리 아버지는 하여튼 그, 돌아가셨지만, 나는 그게 궁금하잖아. 우리 아버지가 왜 그렇게 도대체 무슨 죄를 지어서 그렇게 그 고문 받고 와가지고 그렇게 그 고생헌 후에 세상을 무서워하는지. 아버지한테 물어도 아버진 그 얘기 안하더라구요.

"뭐 한번 내가, 도장 하나 잘못 찍었다."

그냥 그런 정도더라구요.

[19] 〈남이섬〉은 전쟁 경험을 바탕으로 창작된 소설이다

[조사자: 소설 〈남이섬〉에 나오는 어떤 그 인물이나 사건들 중에는 실제…….]

예. 거기는 지금 이 저 이름은 바뀌었지마는 그 얘기, 거기 나오는 주인공들은 전부 내가 만든 거고, 화자도 거기 뭐 두 인물 나오는 것도 전부 만든 거고, 뭐 여자들도 제가 만든 거고, 없는 거고.

다만 거기 남이섬, 그게 지금은 왜 그 파평에 있는, 그게 무슨 섬이라고 그러죠? 고 앞에 남이섬 우에 있는, 고 왜 거기서는 페스티발도 하고 뭐 그러던데, 여기가. [조사자: 자라요?] 자라섬! 자라섬 거기서 사람을 그 몇 십 명 인민군들이 죽였잖아요. 마을 사람들 잡아다. 그건 사실이거든요. 그거는 내가 그 얘기를 한번 들은 적 있죠. 그 얘기를 들어서, 그 얘기를 바탕에 놓고 만든 거죠.

뭐 그런, 근데 내가 체험 이 얘기하고, 체험을 진짜 뭐 그 당시 했다 그러면, 소설 못 썼을지 몰라요. 오히려 그 상상이 체험되지 않은 상태에서 그렇게 좀 그려보는 것, 그니까 그 섬에서 사람들이, 인민군들이 거기다 사람을 끌어다 놓고 몇 십 명을 죽였는데, 그걸 진짜 내가 그 당시 현장에서 그걸 봤거나 그랬으면 좀 얘기가 달라질 거예요. 나는 인제 그 죽은 과정에,

'왜 그들이 그렇게까지 죽어야 되고, 죽은 다음에 그 중에 혹시 산사람은 있지 않을까?'

이런 생각들을 자꾸 갖게 되고, 산 사람은 없는데.

근데 지금도 뭐 거기 한번 가시면 방하리라고 마을, 남이섬에서 건너가지고, 그래 남이섬이 이제 가평에서 배 타고 들어가잖아요. 가평 건너편에 길이 좀 잘 뚫렸어요. 거기루 들어가면 방하리라는 마을이 있거든요. 그 짝 그 동네 마을 사람들이 많이 잡혀 나와서 죽었다는 얘길 들었거든요. 저는 그 가평군에서 나온, 가평에 뭐 반공 무슨-무슨 책이 있어요. 거기 그 기록을 내가 본거죠. 그리고 노인, 한 노인을 만내러 갔더니, 그 노인은 기억은 하는데 얘기를 안 할라 그러더라구요. 자기 얘길 무슨 일인지 안 할라 그래서, 뭐 그냥 못 듣구 말았는데,

'그 다음에 채록을 해서 좀 써야지-, 써야지.'

굉장히 오랫동안 머릿속에다 있다가 결국은 채록은 못하고, 그 기록만 가지구 내 머릿속으로 이제 남이섬을 다시 좀, 고증했다 그럴까요? 복원해서 인제 한번 해본 거죠. 근데 실제 그 섬에도 그런 얘기가 많이 있었었겠죠, 인제 남이섬에도.

[20] 피난 갔다 돌아와서 고향 친구들에게 중공군 이야기를 듣다

[조사자: 근데 궁금한 게 고 홍천에 돌아 가셔서 동네 남아 있던 친구들 얘기할 때, 중공군들 만났던 기억들 이런 거 이야기 했잖아요. 그게 대략, 딱 듣기에 좋았던 기억들이 많은 거예요? 아니면, 밥 뺏기고 막 그랬던……] 아, 재밌죠. 지금 무슨, 신기하니까. [조사자: 구체적으로 어떤 건지가 좀.] 그러니까 인제, 내가 시골 마을에, 태어난 마을에 들어가서, 아이들이, 중공군을 직접 본 아

이들. 근데 홍천읍에 나오니까, 홍천은 다 피난 갔던 애들이고, 인제 모르니까 나는.

그 아이들한테 내가 본 것처럼, 아이들한테 들은 게 뭐냐면은, 그 중공군들이, 그 뭐 애기하자면, 무식하지만 규율이 엄격했다는 거, 아주 뭐 그 사람들 UN 군처럼 뭐 좀 막 그렇게 하는 게 아니라, 대장 말을 잘 듣고 순진하고, 아주 뭐 그런 것들. 그 아주 바보스러운, 그 인간적인 그런 게 중공군이 들어오더라구, 나는.

그리고 인제 말들, 중공군이 타고 왔던 말들이 뭐 어디 있다든가 그런 애기들, 하여튼 중공군 애기, 그리고 저 뭐 미군이들 한번 지나갔을 때 한번 있었던 애기들, 나는 보지는 못했지만 그걸 내가 진짜 본 것처럼 애기를 하게 된 것, 그러니까 거짓말이 자꾸 늘게 되는 거지. (청중 웃음)

[21] 전쟁은 동질이 이질화 되는 것이다

[조사자: 지도 숙관력이 좀 없어서 그러는데, 그러면 6.25 나기 전 38 기준 자체가 홍천하고는 좀 이쪽, 홍천 한 그쪽인가요?] 좀 멉니다. 그 저, **[조사자: 선생님 고향하고 38선이?]** 홍천, 그 제가 태어난 마을, 거기 홍천읍에, 읍에 살다가 전쟁이 났거든요. 여기서 뭐 가깝죠. 그러니까 거기도 저기 전선에서 그렇게 멀지는 않아요. 홍천읍에서. 고서 인제 나가는 거죠. 고 인제가 38선이니까. **[조사자: 신남, 예. 신남 고 올라가다보면……]** 고기서 그러니까, 지금 가면 한 시간 거리에, 차로 한 시간거리 정도에 그 38선이 있었으니까. 거기선 뭐 늘 차가 왔다 갔다 하고, 거기 군사 통로죠, 뭐. 루트죠, 늘 뭐. **[조사자: 그럼 그 당시 100리나 150리 거리에 38선이 있었을 땐가요?]** 고정도 될 거에요. 100리, 사십 키로가 100리지? 한 50키로 그렇게 되겠네요.

그래서 국방군이라고, 우리는 어렸을 때 군인은 국방군, 그담에 저쪽은 인민군이라고 말을 알기를 전쟁이 나고 인민군을 알았고, 빨갱이. 뭐 그래서 늘, 그 국방군들이 피를 흘리고 오고, 뭐 늘.

누구 또 오늘 채록하실, 여기 준비 되셨나요? [조사자: 선생님께 많은 걸 여쭤보기 위해서요. (웃음) 말씀 워낙, 재밌게, 쏙쏙 들어오게 하셔가지고 저희가, 기억하시는 거 있으시면 다 이렇게 듣고 싶어가지고…….]

[조사자: 그 골, 골짜기 건너가서 사셨단 집은, 그 수용서 나와서 그거는 원래 주인이 있던 집입니까? 아니면 뭐, 없는 집을 몇 집이 들어가서 그냥 사셨던 거예요, 선생님 청주에서?] 아, 없는 집이죠. 주인 없는 아주 시골 골짜기 광산 터니까. 광산이 왜 이렇게 막사, 저 같은 거 지어놓은 거 그런 데, 그런 데 가 살았지, 뭐. 집 같은 것도 아니죠. 근데 아주 저 왜 그, 다락 논이라고 그럴까? 골짜기에 다락 논이 있고, 고 집이 이렇게 있는데, 그 아이들이 하여튼 턱 괴고 맨날 이렇게 양지쪽에 앉았던, 그 엄마가 죽은 담에, 예, 그건 뭐 잊혀 지지 않더라고.

그래 아직 맨날,

'그걸 찾아보는 방법 없을까?'

사람이 기억, 이름이라도 기억했으면 뭐, 이름도 기억 안 나고 그냥, 그리고 인제 우리가 거기를 이제 그 인민, 저 피난민들이 서로 돈들을 모아서 인제 트럭을 인제 하나 구해 가지구 인제 여-러 집이 굴렀잖아. 그런데 우리가 그걸 인제 온다 그러는데, 걔들이, 그 어른들이, 난 생각이 안 나는데, 어른들이 그러는데, 그 차타는 데까지 쫓아 나와서 바라보더라 그러더라구. 거 걔들은 거기 두고 왔다고 우리 할머니가 그 얘기를 제일 많이 하더라구, 이제.

"그 엄마가 뻘게 벗구 미쳐 가지구 산에서 죽구, 애를 다 끓여 먹을려구 뭐 그렇다."

그러면서 뭐. 그 미칠 만하면 해장, 해산을 하구, 허- 배고프면 그런 일도 벌어지는가 봐요. 그 뭐 닭으로 보이는지 뭐인지. 뭐 그런데 경찰 가족이기 때문에 인제 더 아빠가 없이 걔들은, 엄마가 데리구 피난을 갔겠죠.

그러는데. [조사자: 저희는 그 전쟁 체험담을 전국을 돌면서 이제 어르신들을 만나서, 이야기를 해보면 항상, 정해진 레파토리 식이지요. 뭐 항상 뭐 이쪽 남성분들은 좀 전쟁영웅 식으로, "내가 빨갱이를 몇 이를 죽였다." 뭐 이런 식으로 얘기를 한다든지, 그렇지 않으면 뭐 결국은 "인민군들은 다 나쁜 놈들이었고, 이랬다"라는 만행들에 대해 주로 얘기하다 보면서, 이제 저희는 실제로 한국전쟁체험담을 조사를 하고 이렇게 하는 과정에서도, 지금 자꾸만 뭔가 좀 고착화되고 하는 이 분단 의식들이나, 이런 부분들을 좀 해소할 방안들에 대해서 좀 더 찾고 싶은 그런 욕심도 있는데, 그런 이야기들을 찾기 쉽지 않은데 선생님이 저렇게, 선생님의 말씀 가운데 조금 객관화된 시각들이 참 필요하다는 부분들이 와 닿는데요. 선생님이 생각하시기에 인제 그런 전쟁이야기를 하시는 분들이, 선생님들이 저희들 보단 많이 만나셨을 거고, 또 살아오시면서 쭉 이, 접하셨을 텐데, 선생님께서 인제 이렇게 저 그런 부분들이, 어떤 부분에 해소가 가능하고, 그러니까 저희가 찾는 이야기들은 조금 화합할 수 있는 이야기의 장으로 갔으면 좋겠다는 욕심이 저는 좀 강하거든요. 그런 이야기도 조금 돼야 되는데, 점점 더 시대가 나아졌다고 하는데도 자꾸 경색국면으로 이야기를 끌어가는 노인정의 어르신들도 저희가 종묘공원이나 서울 탑골공원에 노인 분들이 많이 나오시는데, 한동안은 저희가 거기 출입을 못할 정도로 젊은 사람들…….] 아—, 거기가 굳어있죠, 이념. 그런 노인일수록 강하다구요. 강해서, 한 번 나쁜 거는 계속 나쁘고, 그러니까 그 저쪽의 입장이라든가 그런 건 생각을 안 하고,

"내가 피해만 당했다, 내가 전쟁만 나지 않았으면 내 이 꼴로 살지 않는데."

뭐 인제 피해를 당했다는 그건데. 결국 당사자들이 본인 겪은 전쟁, 그리고 나 같이 그 유년시절에 그 어떤 각인된 그 기억으로 사는 사람들, 상당히 차이가 있는 거 같애요. 그래서 저도 인제 옛날 사람들, 전쟁 겪은 사람들 많이 만났거든요. 만나 얘기 듣다보면 이, 어떤,

'전쟁은 정말 끝나지 않았다. 이거 지금은, 이게 지금은 냉전시대, 그냥 냉전의 한 그 형태로 전쟁은 지금 지속되고 있는 거다.'

하—, 나도 뭐 그래서 내가 남이섬을 쓴 동기가 바로 그거죠. 인제 이게 모두가 지금 마음에 지뢰밭을 다 가지고 있으니까, 먼저 터질 수 있는, 그니까

겁을 내고 있고, 아직도 그니까 전쟁이 끝나지 않았다는 거, 분단, 그니까 이 지금 남북이 분단 되서 이렇게 사는 것이, 외국에서 뭐 문화의 이런 그 하나라고 그러지만 하나의 특수 형태거든요. 이 저는 많은 사람들의 얘길 들으면서 결론은, 그 전쟁이 가져다 준 거를 난 객관적인 시선으로 보면,

'모든 거를 인제 파괴했다. 질서라든가 어떤 의미라든가, 가치라든가, 이런 것들을 전부 파괴해가서 동질이 이질화 됐다.'

그러니까 내가 그 어린 시절에 본 것들을 가만히 보면은,

'저 어른은 저래서 안 되는데, 원래는 착한 사람인데 전쟁이 일어나니까 저렇게 바뀌었다.'

이렇게 그 동질이 이질화 돼가지구, 이게 이렇게 되면서, 에- 남북이 인제 이념화 돼서 갈라지는 과정에서, 난 그래서 둘 다 피해자라는 입장이죠. 난 지금도 철저하게, 남과 북은 절대 피해자라는 그런 생각 속에 있는 것이, 그럴 수 백에 없는 것이, 에- 그때 그 사람들이 만약, 그 내가 어떤 그 소설에 그걸 쓴다고 하면은, 그 살아가는 과정에서 자기가 사는 모습 속에, 사는 모습 속에, 피해 받은 것도 있지만, 가해한 것도 숨어들 있을 거예요. 그런데 사람들이 지금은 가해한 거를 알더라도, 그걸 알아야 되는데, 자기도 전쟁 속에서 가해한 걸 알아서 인식을 해야 되는데, 그거를 알려고 하지 않는 거. 숨길려고 하는 거. 이게 인제 이념화 되는데 가장 이제 무서운 것이 아닌가.

[22] 우리 사회 내부의 전쟁은 지금도 진행 중이다

근데 그 아까 그대로, 전쟁은 또 일어날 것 같은 두려움, 뭐 이런 전쟁의 무서움을 겪은 사람들이. 그 자기 가지고 있는 어떤 그런 두려움이 지금도 살아있지 않는가. 그래서 어떤 그, 그 전에 게오르규, '25시' 작가 있잖아요. 걔가, 그 양반이 그리스정교인데, 인제 그 양반이 그때 한국에 몇 번 나왔어요. 나올 때 어느 잡지사가 그 저 그 분하고 인터뷰를 해보라고 하더라구요.

그래서 인터뷰를 하는데, 그 사람이 와서 한국을 얘기 하면서,

"한국은 참 이해하기 어려운 나라다."

25시에 나오는 자기, 그 루마니아 자기 주인공들, 비슷한 인간들은 같은데, 상황과 모든 게 다르다 이거지. 이 나라는 이해할 수 없는 게, 일선에 가보면은, 그 저 판문점 같은 데 가면, 적이 분명히 있는데두, 이쪽 서울에 조금 내려오면 뭐, 건물 서구 뭐하구 뭐, 사는 거 보면, 이게 적 같지 않대. 그런데 어느 순간에 좌우지간 이건 적들이고, 여긴 딴 세상이래. 가보면 이건 딴 세상이구, 그런데 어떻게 이런 게 있을 수 있느냐 이거지.

그러면 여기가 이러면 여기도 이럴 텐데, 여기하고 이 여기 이 부딪힌, 이 때의 이 심각한 거 하고, 여기는 전현 없다는 얘기지. 그니까 지금 시간이 흐를수록 젊은 세대들이 그 전쟁 같은 거 이제 잊고 있잖아요. 이제 나이 많은 사람들이 잊어선 안 된다고 자꾸 조명하는 게, 그걸 인제 강요하는 게, 자기가 믿고 있던 어떤 가치들, 그런 이념들, 이것이 인제 훼손될까봐 이제 두려운 건데, 하여튼 그 말하는 사람들 얘기를 통해서, 저는 그 전쟁을 이렇게, 분단을 이렇게 생각하게 되더라구요.

에- 이념 문제는, 두 부모가 갈라졌다, 아버지와 어머니가 결국 갈라서는데, 인간은 엄마 아빠가 이혼하면 자식들은 피해자잖아요. 그건 뭐 엄청난, 그건 뭐 그런데, 우리는 지금 요새, 지금 법원이고 뭐고 인식을 해서 그 책임을 묻고 그러지만은, 외국은 그래서 애도 안 낳으려고 그러잖아요. 얼마나 무서워요, 갈라진다는 게.

그런데 우리는 갈라질, 외국사람은 갈라질 때에는 갈라질 이유가 있어서 분명하게, 하지만은 애는 책임을 지지 않았어? 뭐 이거 독일 같은 나라는 특히 이거, 애만은 이건 누구 중에 하나는 철저하게 지고, 이게 자기 자식들이니까, 이것만은 책임지는 건데, 우리나라는 요즘에 이제 법으로 책임을 지게 만들지만, 갈라서면 없잖아요. 책임 안질라고 그러는 거잖아요, 갈라서면서.

우리나라가 분단되는 순간에, 왜냐면 그 부모가 서로가 증오, 에- 그니까

한국전쟁의 특징은, 분단은 증오가 문제니까, 증오라는 건 불신에서, 불신에서 증오가 생기는데, 갈라서면서 부모가 이러는 거죠. 그 외국 사람은 갈라선 뒤로도 자식 데려오고, 가서 또 전 남편하고 술 한 잔 먹고 얘기도 하고 오고, 와이프하고 얘기하고 오고, 또 애 데려다 주고 오고, 이렇게 인제 되는데, 우리는 갈라서는 순간에, 한국 분단은 뭐냐면은, 적을 만드는 거지 인제.

"니 애비가 저거 사람도 아니다, 죽일 놈."

그 애한테 죽일 놈 만드는 거야. 북쪽 죽일 놈, 죽일 놈 만드는 거야. 그 엄마도 남편도,

"니 에미가 그 사람이냐?"

그쪽은 아주 그걸 심어준 거예요, 우리나라 분단에서 문제는. 난 그래서 내가 한때 매달렸던 그 소설의 그 테제가 뭐냐면 '불신',

'한국사의 모든 것은 불신인데, 불신은 바로 전쟁에서 왔다. 분단 · 전쟁에서 왔다. 이 전쟁은 아버지들의 책임이다. 그 이념을 만든 그 아버지들, 그 부권, 결국 부권이 비겁하고, 부권이 무너졌기 때문에 모든 게 무너져서, 부권이 무너지면 믿음이 무너지기 때문에, 그래서 불신, 불신이 낳는 건 증오다.'

그니까 이 시대의 모든 증오를, 나는 그 증오로 인제 보고 그 불신으로 봤는데, 이 한국이 지금 분단 상황에 우리가 봉착한 거는 그런 불신 속에서,

'이거는 하나도 없어지지 않았다.'

그때 왜 우리가 70년대 내가 서울에 가있을 땐데, 그 이후락이 뭐 북한에 갔다 오고, 막 그래가지구선 그때 막 열리는 거 같았잖아요, 금방 이래가지구. 나 그때, 나 거 판문점 쪽 그때 무슨 일로 가는데, 판문점 쪽에 사람이 쫙– 서고, 그때 대표단들 가고, 그때 뭐, 세상이 막 달라지는 거 같이 그 막 흥분해구, 뭐 굉장히 그랬어요.

그때 난 그때 인제 소설을 내가, 다 그게 실순데, 쓰기 시작했는데, 그때 그걸 보면서 뭐,

'착각이야. 인제 우리는 더 멀어질 거야.'

난 작가적으로,

'와 저렇게 하니까 이게, 이게 문제야. 인제 저거 보고오고 저러다가 어느 순간에 더 물러설 거야.'

나는 이게 맞더라구. 갔다 온 다음에 그냥, 남쪽이 가서, 저 남쪽에서 보고 왔거든. 가니까, 우리보다 새마을, 우리 새마을 운동이 그쪽 보고 한 거 아니야. 거긴 더 잘 살구, 뭐 더 저기 저 다 돼요. 그러니까 그거 배우라니까. 가보니까 저건 사는 뭐,

"사람 사는 세상 아니다."

이렇게 되고, 남쪽과 북쪽이 서로 똑같이 이거 엄청 멀어졌거든요, 그때. 그때 그것이 나는 우리나라를 결정적으로 멀리하게, 섣불리 접근해서 그냥 헤어졌다가, 부부가 그래서 원수가 되어 있는데, 무조건 그냥 만나면 덤벅 될 줄 알았거든, 사전에 탐색도 안하고. 그런데 그게 그 엄청나니 떼어놓은 거죠.

그 다음에 또 몇 번 접근했잖아요. 그럴수록 점점 그것이 지금 계속 있는 거, 그런 그 분단의 어떤 비극이 바로 그런 상대에 대한 불신, 증오, 그 노인들 아마 탑골공원에서 만나면 그 증오일 거예요. 아마 그 사람들 아직도 그대로 남아 있어. 자꾸 그걸 키워. 속에서 키우고 있는 거예요. 지우고 화해할려고 안 하고, 세월 지났으니까,

"아휴, 그럴 수밖에 없지.'

이런 게 아니라 점점 키워가는 거, 세상이 아마 저 그런 논리로 좀 세상이 펼쳐져 있는지 모르지만 그렇더라구요. [조사자: 선생님을 한번 통일인문학연구단에 모시고 강의를 하는 게, 정말 많이 가슴에 와 닿는 말씀이네요.]

[조사자: 오늘 아침에 집에서 나오는데, 전철역 사거리에 '핵으로 위협하는 김정은을 응징하라!' 이렇게 딱 표어가 붙어 있는 거예요. 어느 단체 이름도 없고, 하얀색 바탕에 까만 글씨로 쫙– 현수막이, 사거리 거 사람들 다 보는 데. 기관도 없어요, 어디서 붙여놨는지. 거 뭐 말씀 들어보면 지금도 그게 계속 작동하고 있

는 거죠.] 그러니까 말들을 함부로 못해요. 그래도 진보 세력들이, 그래도 꽤 용기를 가지고 말하는, 저기 인제 그랬지만, 거기도 문제가 있지마는 이쪽에도 풀기 어려운, 풀 수가 없어요. 그냥 그래서 항상

'전쟁은 진행 중이다.'

한국 전쟁은 난 진행형이라고 보기 때문에, 사람들이 말할 수 있는 걸 말해야 되는데, 우린 말할 수 있는 풍토가 안 돼요. 말했다가는 안 되는 거예요. 지금 인제 그래서 그것이 근간에 모든 사람들이, 이 진술하는 사람들 전쟁 얘기 속에는 반드시 있어요. 이거는 어느 부분은 감추고 있다고. 어느 부분은 얘기할 부분은 얘기 하지 않고, 어느 부분은 감추고 있는 거지.

그래 난, 저 그래서, 난 작가로서 좀 객관적으로 보면서, 북쪽에 뭐 황석영도 갔다 오고, 뭐 그러면서, 근데 인제 그때 작가들 북한에 간 적 있잖아요? 황석영이 그때 인제 자기 갔다 왔다고 교육하더라구요. 그리면서는

"아-! 북쪽에 가보면, 이제 뭐 묘향산 가면은, 거기 아침에 일어나서 뭐 츄리닝 입고, 뭐 남녀가 뭐 이렇게 다니는 사람 보면 다 가짜라고 생각하면 된다."

그 뭐, 그게 선입견이 들어오는 거야, 벌써. 그 얘길 듣고 가지 말아야 되는데, 황석영이가 살다온, 황석영이한테 들으면, 거긴 전부 그 가짜로 보이는 거야, 전부가. 대동강 거기서 저 물, 저 뭐야, 거기서 낚시질 하는 사람들 거 엄청 다니면 많잖아. 거 전부 가짜야, 우리가 보면. 근데 가짜 아닐 수 있거든. 근데 우리는 벌써 그 교육 속에는 그 가짜라는 거, 이게 전부 돼있기 때문에 이걸 지울 수가 없는 거지.

그래서 나는 그때 그 평양 가서 있으면서, 거기 작가들도 그때, 거긴 뭐 김일성상, 그게 거기 작가, 제일 높은 작가드라구. 아파트 제일 좋은 거 주고 뭐 이러는 작간데, 그 다음에 뭐 김정일상 뭐 무슨 작가 이런데, 그 작가들하고 술도 먹으면서 이렇게 지내보는데 그 뭐 작가들도 그런 거 있지마는, 나는 그래도 작가로서 객관적으로, 저기도 사람 사는 세상이고, 상당히 다른 생각

을 가지고 갔거든요. 근데 막상 현장에 가보니까, 내가 교육받고 뭐 이렇게 된 것이, 이게 너무 강하다는 거. 풀 수 없다는 거.

그러니까 왜냐면 그게, 그 쪽이 전부 그런 건 아니지만, 그 쪽에선 벌써 그렇게, 우린 머릿속에 굳어져 있는데다가 그들도 그렇게 그런걸 보여주니까. 뭐 예를 들어서, 그 버스를 타고, 고려 호텔에서 나와서 버스를 타곤, 난 잘 볼라고 맨 앞, 운전수 뒤에 앉으면, 이렇게 앉았으면, 출발하기 전에 밖을 내다보면은 전부 이거 달고 다니잖아요, 이거. 이거 뺏지를 전부 달고 다닌다구. 뺏지가 크고 작구 그렇드라구, 그것도. 몇 개가 있더라구. 그래서 궁금해서 내가,

"그 기사님 저 뭐 하나 물어봐도 돼요?"

그러면서,

"예, 물어보시우."

해서,

"아니 나는 여기서 며칠 와 있는 동안에, 이 길 다니는 사람이 하나도 이거, 뺏지 안 단 사람이 없는데, 김일성 이 흉상, 이거 안 다는 사람이 하나도 없는데 이상하네요. 잊어먹는 사람두 없어요?"

난 기냥 그랬더니, 날 이렇게 쳐다보더니,

"그럼 선생님은 심장을 떼어놓고 다니십네까?" (웃음)

심장을 떼어놓고 다닐 거냐니까, 그 사람들에겐 심장이야, 이게. 근데 우리가 그거 이해 못 하면은 안 되거든, 사실은. 그리고 어느 마을에 어느 도시에 가도,

"김일성 뭐 수령은 뭐 살아 계시다."

이래가지구. 그게 유훈정치라는 거, 그게 그들이 사는 방법이라구. 핵도 그렇구. 그러니까 우리가 그거를 이해, 나는 이해가 되더라구, 그게. 심장이야, 그들에게는 심장. 그들에게 지금 심장인데, 그러니까 왜 그 심장에만 왜 살 수 있는가를 우리가 이해할려면, 이쪽 사고로는 이해가 안 된다고, 그게.

근데 인제 그거를 우리가 이해할 수 있을 때 진정 화해가 되는데, 아 근데 참 이해가 어려울 것 같드라구. 나도 막 그 흔들리구 그러는데, 다른 사람들은 참.

하여튼 그 불신 이게, 그리구 특히 전쟁 해 그 불신을 만든 게 아버지들이죠. 결국 아버지, 난 그 이념이 그 아버지 대립이라고 보는데, 그 부권을, 뿌리죠, 뿌리. 그걸 찾지 못하고 어설픈 인제 남의 어떤 생각이라든가, 뭐 외세 이런 것들을 자꾸 생각하는 과정에 인제 그게 굳어진 게 아닌가 해서, 아버지들이 그니까, 아버지들이 그니까 결국 남한 같은 경우, 북한은 그렇게 경색되고 그런, 그런 심장, 그런 쪽으로 변하지만, 남한은 위선이잖아요, 위선, 정치가들.

그래서 내가 예전에 정치가들 앞에서 뭐 얘기할 기회가 있어서, 내가 그때 네기 〈시이코〉라는 소설책을 냈을 때어서, 나는 그 전쟁이 끝난 뒤에 우리들 몸속에는 모두 악령이 있는데, 그 악령, 그 작가 같은 경우는 그 악령이, 살아 숨 쉬는 악령을 풀어내서 사는 사람들인데, 정치가들은 뭐냐? 난 그럴 때, 이 사회 우리 주변에는 좀 사이코틱한 사람이 많잖아요. 굉장히 사이코가 많다구, 아주. 근데 싸이코들을 위해서 우리는 몸을 모두 피하잖아요.

사이코를 통으로 보면서, 그 싸이코를 추적해 들어가면 반드시 6.25 전쟁, 거기에 그 경개가 이랬어요. 부모의 어떤 무슨 뭐가 됐건 하여튼 이게, 그런 내가 그 인제 소설 쓸 때, 그게 전부 그런 자체서 보면 거기에 되어 있는 거야. 이게 그렇게 사이코로 사는 거야. 그럼 난 그 싸이코를 뭐라 규정했냐면은, 정치가들 앞에서 얘기한 게,

“그 성공한 악이 정치가고, 성공한 악. 실패한 악이 사이코다.”

같은 악은 악인데, 악의 부제도 성공한 악이, 내 그때 정치가들한테, 그 김종필 씨도 있죠. 인제 이게 근데 허허- 웃대.

“성공한 악이 난 정치가라고 본다.”

그렇게 나는 정치가를 나는 싫어하거든요. 이게 나도 한국에 살면서 나는

전쟁을 치룬 사람으로서 나는 정치가를 지금도 싫어해요. 아주 정치가라면, 이게 '정치가'라는 말을 내가 처음 쓰면, 사실 '정치쟁이'죠. 우리나라에 '정치가', '가'를 이룬다면 이건 대단한 거 아냐? '가'가 있지 못한 거야, 우리는. '꾼'들, '정치꾼'들만 있기 때문에 이 정치꾼들은 나라를 위한다고 그리고 뭐하고, 나는 보이니까, 그게, 그 위선.

그래 내가 소설을 그 전에, 악의 문제를 다룬 소설들은 그런 위선에, 눈에 보이는 악 같은 거, 사이코 같은 거, 그러면 거기에 접근 못하게, 접근 못하게 하니까 점점 무서워지잖아, 악이. 그걸 포용, 접근하게 해야 하는데, 사실 북한도 접근하게 하면은 이게 부드러워 진다구. 그런데 짤라 노니까 안 되는 거지. 근데 자꾸 그런 악을 갖다가 배제시키는데, 그 배재시켰더니 강해지구, 또 여기 있는 정치가 같은 그런, 그건 위선이지, 위선.

'이 위선이 나는 실지 눈에 보이는 악보다 더 나쁘다.'

뭐 이 생각을, 이제 그걸 정치, 정치 아니라 전쟁과 곁들여 생각하면 그 생각을 안 할 수가 없어요. 늘 나는 그래. 정치 불신, 난 아마 이게 병일 거야. 난 이게 좀 정치에 대한 긍정적인 것도 많이 있을 텐데, 아– 정치가 난 좀 싫어요. 그 전쟁이란 원론에 들어가 보면은, 그 다– 그걸 이용해 먹는 거짓말들이고, 전부 그렇거든. 뭐, 6.25 체험 얘기 나오다가 별 얘기 다 나와 가지구.

[23] 〈길〉, 〈아베의 가족〉 등의 소설은 전후의 갈등 문제를 담고 있다

[조사자: 그 전쟁 이후 얘기가 하나 궁금한 게 있는데, 저희 시골도 그렇구, 전 시골이 전라돈데요, 그 이게 빨갱이 세상이었다가, 인민군 후퇴하고 서로 보복하고, 요런 과정에서 인제 결국엔 마을 사람들끼리 죽고 죽이는 일이 있었던 거잖아요. 그 결국에 자손들이나, 그 미망인들, 그런 사람들이 어쨌든 그 마을에 살거든요. 그래서 어떤 마을은 자손들끼리 화해가 잘 돼서, 또는 부인들끼리도 잘 사는 경우도 있었고, 어떤 마을은 지금까지도 원한처럼 해서 마을 길 하나 사이에 두고

갈라져 살기도 하는데, 선생님이 고향 떠나오신 후나, 뭐 홍천에서 지금까지 쭉— 그런 후손들이 살아오면서 있었던 일들이라든지, 혹시 뭐 갈등이든 화해든 요런 것들이 있을까요?]

지금 뭐 구체적인 건 생각이 안 나지만, 지금 말씀하신 그런, 그 당시 그 전쟁 전후의 어떤 문제로 해서, 그 서로 사이가 안 좋은 이런 집안 간에 뭐 이런 거는, 뭐 그건 한 집안에서도 있잖아요. 집안에서도 뭐 큰아버지가 뭐 어쩌구 하면, 그건 그게 인제, 결국 아까 얘기한대로 이 흘러 내려가는 거예요. 어떤 피 속에 흘러서, 그게 어느 순간에 터지게 되고 뭐, 그런 거는 난 많이 본거 같은데, 구체적인 생각은 안 나지만 아마 따지다보면 꽤 많이 나올 거예요. 그런 것들이 뭐 내 소설 속에 담기는 건 아닌가, 이런 생각도 하게 되네요.

제일 문제가 그거죠, 뭐. 그게 벌써 전쟁 치룬 지 벌써, 우리가 육십 여년 지났으면, 사실 그거 다 없어져야 되거든. 그게 근데 없어지지 않고 있는 거지. 왜냐면, 이제 우리 시대가 지나면 끝날 거예요. 사실 우리 좀, 어른들 시대가 지나면 다시, 지금 아이들은 그게 근데, 어떻게 교육을 받는가가 또 문제지. 인제 어떻게 남겨지는가가 문젠데.

(조사자가 제보자의 책에 사인을 부탁하여 구연이 잠시 중단됨)

난 사실 여기 김유정 얘기만 하는 덴데. 내가 오늘 내 얘기까지 했다는 게 참 신기하네요. 이 방에 김유정 혼이 놀랠거야, 지금. 맨날 김유정만 팔아먹어서, 김유정, 김유정, 김유정 얘기. 나 그래 작가로서 내 얘기는 안 해요. 여기는 대학생들이 오구, 뭐 내 책도 이런 걸 안하고, 김유정 얘기로 모든 걸 몰아가는데, 오늘 어떻게 하다 보니까 내 유년 시절도, 전쟁 얘기까지 내 얘길 하게 됐네요. 참. 김유정이 놀라겠네. (웃음)

[조사자: 언제 선생님, 소설 얘기만도 좀 듣고 싶은데요. 너무 재미있어요.] 어휴, 소설은 [조사자: 한번 건대에서 한번 모셔야 될 것 같아요.] [조사자: 연구단에서 한번 모시는 것도……]

[조사자: 전쟁을 이혼에 비유하신 그 표현이, 너무 가슴에 절절히 와 닿아요.]

[조사자: 아 읽으면서 좀 궁금했던 게 그 〈남이섬〉에서의 남이도 그렇고, 〈아베의 가족〉에서도 엄마도 그렇고, 좀 상처받은 남자들이 자꾸 엄마 같은 존재한테, 기대는 거 같은 거예요. 실질적으로 자기도 일어설 수 있는데, 왜 꼭 엄마를 이렇게, '엄마의 문제가 뭐였을까?' 이렇게 궁금해 하는 게, 이렇게 어렸을 때 전쟁 겪으셨으니까. 그때 전쟁을 겪어서, 자식의 입장에서 그때 여성, 엄마로서의 여성이 겪는 그런 모습이 어떻게 보였는지, 좀 엄마가 어떻게 중요하길래, 아까 부권 상실도 얘기 하셨지만.]

그러니까 엄마는 결국 피해자죠. 결국 우리나라는 뭐, 옛날부터 들어서 엄마들은 그 피해자로 그렇게 되는데. 그래서 인제 사실 지금 제대로 그 읽으셨네요. 난 작가가, 독자가 어떻게 해석해주는가가 중요한 건데, 참 바람직한 그 설명은 특히 좋았는데, 나는 그게 왜 그런지는 모르지만은 그, 우리 어머니는 좀 아주 말씀을 많이 안 하시고, 살면서 자식한데 뭐,

"이 노무 새끼!"

자식 욕을 한 번도 안하신 분, 이렇게 살다가 돌아가셨는데, 아버지는 좀 욕을 많이 하셨거든요. 근데 인제 우리들, 가부장제 남자들 다 그래 그런 식으로, 근데 인제 아버지한테 우리 어머니는 아주 꼼짝 못하고 사신 분이었고, 뭐 그런 것도 뭐 심리적으로 뭐 있을 수도 있겠지만, 내가 그 살면서 주변에 보면, 저 소설 속에도 저것 뿐 아니라 많이 드러나는 게, 그 어머니라는 그 모성, 그거가 굉장히 좀, 뭔가 우리가 일반적으로 얘기하는 그런 거 이상을 넘어서는 뭐가 있는 거 같애.

그래서 그 내가 그 〈아베의 가족〉을 쓰구 이럴 때, 거기 주경이라구, 엄마죠, 아베를 버리고 간. 나는 그게 뭐냐면은 그 '땅'이라고 보거든요. 이 흙, 땅. 어머니는 땅이고, 아버지는 비가 될 수 있고, 빛이 될 수 있고 뭐 이런 건데, 빛이 안 비치는 그 책임도 있고 그런데, 땅은 싹을 틔워야죠. 뭐가 있어야 싹을 틔우는데, 엄마는 그 싹을, 그러니까 모든 것이 생명의 근원, 그리

고 모든 것이 어렵다든가 힘들다라든가 이럴 때는 어머니 품에 묻히는 건, 땅에 기대는 것, 그런 거, 어머니가 그래서, 그 어머니 역할을 했으면 하는 바람, 어머니,

'마지막 돌아갈 수 있는 곳이, 그 구원이 어머니 아닌가.'

'그 아버지에 대한 실망, 그 북한에 대한 실망이, 그 어머니를 찾게 되는 이유가 아닌가.'

그래서 그 때 내가 쓴 소설에 그, '길'이라는 장편이 있었어요. 그 인제 연작으로 쭉― 쓰다가, 그 상상력으로 썼죠. 그 인자 저 북한으로부터 어느 남매가, 엄마가 하도 종용을 해서,

"느 아버지 찾아봐라."

그래 가지구, 아버지를 찾아서 남매가 남쪽으로 넘어서, 이제 살아가면서, 근데 그걸 분절, 이렇게 나눠서 소설을 쓰다가, 이건 굉장히 늦게까지 좀, 큰 작품을 쓸라고 그랬었거든요.

그런데 쓰고 있는 과정에 무슨 일이 터졌나면, 'KBS 이산가족' 그게 터진 거야. 그래 내가 소설 속에 구상한 거는, 이 남매 그 아버지가 남쪽에 와서 정치가가 돼가지고, 자기는 북쪽에서 오고, 이산가족, 이산민들이 많이 그 당시 있으니까, 이 사람들을 이용해서 정치가의 꿈을 키울라고 그런 거야. 그래 가지구 그때는 여의도가 아니구 종로에다가 이산가족 연구소, 이산가족 만남장소를 만들어 가지구, 그 때 생각도 못했는데, 작가로서 그걸 풀어놓고 쓸려고, 막 이런 식으로 그럼, 별 사람이 다 모이구 뭐 이래 가지구, 이걸 구상해 놓구 고 전까지 썼는데, 이게 터지니까 끝.

소설은 뭐 절대 안 돼. 그 이상을 그 감동을 작가가 아무리 써도 넘어설 수가 없어. 그 이산가족 만남은, 젊은 분들은 모르겠지마는, 그건 굉장한 감동이었거든. 거 뭐 철철 흐르는 감동인데, 이 그걸로 끝난 거죠.

그때 그 소설 속에 나온 게 인제, 결국 어머니가 자식들한테 끝까지 아버지를 찾게 만드는 것, 그런데도 아이들은 늘 엄마는 피해자고 엄마한테 돌아가

고 싶은 생각이 있던 거, 뭐 이런 거를 썼던 생각이 나요. 그래서 내 개인적인 그런 건 뭐, 아버지가 좀 엄마, 우리 어머니한테 심하게 했던 거, 뭐 이런 거만 생각나지. 왜 어머니가 뭐 작품에서처럼 어떤 역할을 했는가? 하여튼 작품 쓰면서, 얘기헌 대로,

"대지다. 어머니는 대지."

내 머릿속에, 작품 속에, 그 '아베의 가족' 같은 어머니는 대지고, 그 대지가 자기가 품고 씨앗을 한 걸 갖다가, 씨앗을 싹 틔울 수 있는 다른 것을 버리고 갔거든요. 그 대지가 마음이 편할 수 없는 거지. 그러니까 미국에 가서도 그렇게 이상하게 될 수밖에 없다는 걸, 이 생각을 아마 소설에 담으려고 그랬던 거 같아요. 답이 안 돼서 미안합니다. (좌중웃음) 더 심오한 질문을 했는데.

[조사자: 전쟁체험담을 들어, 들어 보면은 할아버지들한테 들으면 벽을 많이 느끼는데 할머니들이 해주시는 얘기를 듣다 보면은, 뭔가 이게 그 화해할 수 있는 가능성 같은 걸 거기서 저희가 찾게 되는 거 같습니다.]

1.4 후퇴 때 피난 나온 이야기

김 정 희

"임진강을 건너오니까, 이북에서 오던 사람들이 가진 돈을 다 버리잖아. 서울 들어가면 못쓰니까. 강 옆에 돈이 무지하게 쌓여있는 거야, 이북 돈이"

자 료 명: 20120214김정희(안산)
조 사 일: 2012년 2월 14일
조사시간: 2시간 2분
구 연 자: 김정희(여 · 1932년생)
조 사 자: 박경열, 오정미, 유효철, 김명수
조사장소: 경기도 안산시 상록구 (구연자의 집)

[조사과정 및 구연상황]

김정희 화자는 조사팀의 김명수 연구원의 고모이다. 연구원의 말에 의하면 고모님이 예전부터 한국전쟁에 대한 경험을 자주 얘기하였고 이야기를 잘 하신다고 하였다. 조사는 화자의 자택에서 진행되었는데 동생분이 함께 참석하였다. 화자가 이야기할 때 동생이 이야기를 덧붙이기도 하고 응수하기도 하였다. 조사가 2시간이 넘게 진행되는 동안 연구원은 화자의 기억이 떠오르지 않는 부분이 있거나 놓치는 부분이 있으면 자신이 들었던 기억을 되살려 질문하는 방식으로 다시 기억을 상기시켜 주었다.

[구연자 정보]

1932년생으로 태어난 고향이 평안북도(현재 자강도) 벽동군이고, 이후 평안북도 자성에서 자랐으며 전쟁이 날 무렵에는 평안남도 순천에서 생활하였다. 전쟁이 났을 때 19세였고 남동생은 13세였으며, 둘째 남동생은 백 일쯤 된 갓난아이였다. 이북에서 살 때 교직생활을 하며 배급을 받았는데, 부르주아인 집안 성분 때문에 피난을 나오게 된다. 전쟁 무렵 아버지는 철도기술자로 젊었을 때 화약을 지고 가다 팔을 다쳐 한쪽 팔을 자른 상태였다. 아버지가 피난생활 중 2년간 장티푸스를 앓게 되면서, 장녀인 화자는 남동생을 데리고 잡곡 장사를 하여 생계를 유지한다. 스물네 살에 시집을 가서도 집안 남자들을 먹여 살리느라 일을 많이 하며 고생하였다. 슬하에는 1남 1녀를 두었다.

[이야기 개요]

어렸을 때 압록강 근처에 살고 있어서 가족들은 아버지를 따라 중국을 종종 왕래한 경험이 있다. 흥남철수 때 철도기술자들에게 LST를 태워 준다고 하였지만, 가족과 함께 탈 수 없다고 하자 아버지는 배를 타지 않는다. 그리고 일사후퇴 때 가족들과 함께 걸어서 피난을 나온다. 이북 피난민들은 빨갱이라 하며 구타를 당하기도 하고, 추위와 굶주림 속에 전염병에 걸리기도 한다. 사리원에서 중공군을 전멸하기 위한 미군의 폭격이 시작되었고, 그 폭격으로 앞서 가던 피난민들이 모두 죽는다. 피난 행렬 뒤에 있어서 목숨을 구한 화자는 간신히 목숨을 구하고 대전까지 피난을 간다. 이후 청주를 거쳐 춘천으로 이주하였고, 몸이 불편한 아버지를 대신하여 어머니와 함께 어렵게 살림을 꾸려 나간다. 분단체제와 피난생활 속에서 이북민에 대한 이남의 차별대우와 인텔리 및 부르주아에 대한 공산당의 차별대우를 모두 경험한다. 전라도와 경상도는 피난을 가지 못하게 막는 군인 때문에 내려가지 못한다.

[주제어] 압록강, 자강도, 북한, 중국, 교직생활, 부르주아, 1.4후퇴, 피난, 중공군, 옹진, 미군, 폭격, 피난민, 구사일생

[1] 부르주아인 성분을 중농으로 고치고 교직 생활을 하다 피난을 나오다

학생들은 육이오가 누가 먼저 침략했다고 생각해. 어디. [조사자: 북한에서 내려왔죠.] 그런데 어떤 사람은 북침했다고 그런 사람도 있더라고. [동생: 그 때 내가 몇 살?] 열세 살. [동생: 열세 살 때인데 중학교 2학년이었어. 내가] 거긴 천지애가 다르니까. [동생: 중학교 2학년이어서, 2학년생은 3층에서 공부를 했는데, 육이오가 가까이 되면서 오월 달쯤서부터는 걔네들이 소련에서 무기를 밤에만 운반을 했는데, 삼팔선으로. 그때는 걔네들이 급했던가봐. 그저 공남에서 내려다보면 천막을 치고 대포 탱크 그다음 기차에 장갑으로 저기 된 기차가 있어, 옛날에는. 그러고 병력을 실어 나르는데. 그러고 얼마 있다 보니까, 우리 외삼촌이 군대 갔대. 우리 외삼촌은 일본 군대 갔다가 만주에서 팔로군(八路軍)으로 있었거든. 근데 이렇게 전쟁 나기 전에 우리 외삼촌이 전쟁 경험이 있으니까 그때 군대를 간 거야, 우리 외삼촌이.] 그니까 시발점은 어디서부터 해야 하나 묻는 거야.

[조사자: 그럼 할머니, 그럼 일단 제가.] 물어보면 내가 대답할게. [조사자: 그 존함부터 먼저 여쭈어볼게요, 성함이 어떻게 되세요?] 김정희 [조사자: 김 정 자, 희 자, 연세가 어떻게 되세요?] 32년 12월 15일생이여. [조사자: 32년생이세요?] [동생: 80세지?] 해는 나이는 81세지. 만으로 따지면 그렇고. [조사자: 여

기 주소가 경기도 안산시 상록구가 맞아요?] [동생: 상록구] [조사자: 할머니 고향은 어디세요? 고향] 글쎄. 고향 어디라고 말해야 될지, 잘 모르겠는데 난 고향도 있고 키워준 고향도 있는데, 키운 건 지금 말하면 왜 이북에서 자강도라고 있지. 자강도야. 평안북도 자성군 자성면 읍내리야. 읍에서 살았거든. 그때도 거긴 읍이 됐어. 좀 커서.

[조사자: 그러면 피난은 몇 세에 내려오신 거예요?] 열아홉 살. [조사자: 고 때부터 얘기하시면 돼요. 피난 나올 때부터.] 응. 근데 육이오는 언제 났는지는 모르고, 왜냐면 비밀이니까. 모르고. 나는 거기서 일 년 동안 교직생활을 했어. 그랬는데 학교를 출근하니까, 그때는 어느 때인가 한가하면 학생들은 다 놀고 방학 때야. 그랬는데, 우리 한반도 지도를 그리라고 그려. 근데 난 그림에 소질이 없어. 못 그려. 그래서 그래도 내가 성인이니까, 지도를 그리는데.

진격하잖아 그러면, 그 진격하게 되면 각 게시판에다 붙여, 그걸. 압핀으로 붙여갖고 그리는 거야. 근데 어느 날 낙동강 거기를 가더니, 그리라는 말을 안 하더라고, 멈추더라고. 그래서 '이제는 인민군이 지는구나.' 그랬는데.

우리 피난 나오는 건 일사후퇴 때인데 미군이 많이 들어와서. 이제 우리도 모르게 그냥 어떤 날, 어떤 사람이 우리들 전부다. 우리 성분이 뭔가 하게 되면은 이북에는 성분이래는 게 있지. 우리는 이북사람이 부르는 성분이 부르조아지야. (웃음) [조사자: 그러시구나.] 어. 부르조아지여. 근데 어디 또 취직도 못하고 그럴 형편인데.

내가 거기 나와서 선생으로 일 년 근무하게 된 것은 뭣 때문에 근무하게 됐냐면, 거기는 민청회라고 있어. 민청회라고 있어. 어디냐 하면은 여성동맹 있잖아, 국민청 있잖아. 그니까 16세, 만16세 이상은 [동생: 민청회라는 것이 청년단체야] 청년단체야. 청년단체. 그런데 거기서 책임자가 뭐인가 하냐면, 여기로 말하자면 사무장이지. 사무장이 내가 사정을 해서. 거기도 사가 없는 건 아니야. 개인적으로 친하면 그래서 우리 성분이.

우리는 밤중에 나와서 뭘 몰라. 아무것도 갖고 나온 것 없이 산 데가 (평안남도) 순천이여. 근데 거기서 육이오를 맞은 거야. 그래서 내가 직장에 다닌 것도 내 성분이 중농으로 고쳤어. 그래서 취직을 했는데, 육이오가 언제 나왔는지 모르고 그걸 늘 매일 가서 체크를 하는데, 어느 날 갑자기 체크를 안 하게 되더라고. 그래서 '지는 구나' 이렇게 생각하는데.

어느 날은 갑자기 뭐이냐면 군복을. 많이 죽고 그러니까, 인제 많이 나가니까 군복이 있어야 할 것 아니야. 근데 그거를 군수창에서 하는 게 아니라 폭격 받아서 다 공장이 무너졌어. 그니까 어디서 나오면, 이북에 함경도에 제동탄양이란 데가 있어. 거기서 만든대요. 굴 안에서 몰래 만든다고. 그래서 그거를 가서 수급해오라고 그래.

그래서 내가 어떤 군인차를 탔는데, 거기 군인은 여자를 못 좋아해. 만약에 여자를 좋아했다는 걸 알면 즉결 총살이야! 즉결 총살 알지. 재판도 안하고 그냥 죽이는 거. 여기 여우는 박건형, 다 삼팔선에서 직결 총살당한 사람들이야. 민노당, 뭐 그 책임자들. 그래도 요즘 청년들이 사상이 안 좋은 건 내가 슬퍼. 왜. 거기서 겪어봐서. 그래서 가보니까 인민군이 전부다 팔다리 부서진 놈, 죽은 놈, 몇 천 명이 전부다 굴 안에 있더라고. 그걸 보고서 지는 줄 알았어. 그래서 거기서 군수물자를 갖고 와갔고, 이제 각 부대에다 돌려주는데 그 군인이 갖고 가더라.

근데 하루아침에는 출근하는데, 보니까 미군병사가 팬티만 입었어. 거짓말 아니야. 팬티만 입었는데, 런닝구도 없이, 그거이 포로병이래. 근데 그 포로가 우리 사는 거기 와서 한 보름 동안 있었어. 시가행진을 해. 이놈들이 팬티만 입혀서 시가행진을 시키더라고.

[동생: 신발도 없어. 그런 미군을 우리가 봤거든. 근데 피난 나오다가 임진강을 건너와서 미군을 만났는데, 아유 우리 한국 사람을 종 취급을 하는 거야.

"이 멍청 씨발놈아."

막 발길로 차고 몸수색하고, 좋은 거 금붙이 같은 거 있으면 뺏기도 하고. 거기 오니까 그러더라. 그래서 그러는 거야. '저 새끼들 그지 같은 새끼들이 여기오니까.'] (웃음) 그래서 많이 그 사람들이 포로병들이 많이 힘들었어.

그래서 하루는 또 나갔어. 출근하러 나가니까, 내가 제일 나이 어리고. 우리 선배 선생님께서 하던 말이 그래. 회의를 한대요. 근데 뭐냐 하면 여기 둘러서 길거리 나가서 십자거리 나가서 전부다 사람을 잡아 오(라)는 거야. 이제 남자는 잡아다가 군인 시키고 여자는 간호장교 시킨대. 그러면서 잡으러 나가는데, 나야 뭘 알겠어. 열아홉 살 났으니까. 그러니까 뭘 모르는데, 그 선생님 하시는 말씀이 그래.

"김선생."

그때 완장을 만들어 오래.

"자격증 있는 사람은 손을 들라고."

하니까, 그 선배 선생님께서 여자 분인데 손을 들더라고. 그러니까

"짝을 지어서 가는데, 그럼 누구하고 가겠나?"

그러니까 그 선생님, 나(화자 지칭)하고 간다고 그러더라고. 그니까 나를 구제해줄라고 그랬던가봐. 자기딴에는. 나이도 어리고. 그러니까.

그래서 오는데 이제 학교 정문을 나오는데, 하는 말이 그래.

"김선생, 저기 집에 가지 말고 부모님이랑 데리고 전부 다 그 집에서 피난해서 우선 모르는데 농촌이라도 가."

그러더라고. 그 양반이. 왜 그러냐고 그러니까,

"이제 잡혀가면 영원히 못 온대. 죽고."

그 말을 듣고 그래서 피난 나오게 된 거야. 그래서 피난 나오게 된 건데.

[2] 피난길에 얼음 강을 건너며 추위, 폭격, 구타, 질병 등 많은 고통을 당하다

우리는 피난 나오기 전날 밤에 뭐했냐면, 이제 소를 잡아서 소의 갈비가 두 쪽이지. 이북 사람은 갈비를 잘 먹어요. 그래서 갈비찜을 무쇠 솥에다가 아침 일찍이 했는데. 열시가 되니까, 이제 아버지 친구들이 와서 피난 나오자고 그래. 그래서 그거 맛도 못 봤어. 그니까 내가 뭐를, 내가 뭐를 갖고 나왔겠어. 식사도 못하고 나왔으니까.

그러니까 이불은 하나인데, 우리 둘째 동생 그때 낳아갖고, 한 팔십 일 됐나. [동생: 백 일 가까이 됐었어.] 그런 동생이 있어. 그러니깐 그거 업고 나오는데 뭘 가지고 나오겠어. 그냥 이불 하나하고, 뭐 옷가지하고 아무것도 못 갔고 나왔어. 자꾸 나오라고 하니까. 그래서 피난을 나오게 된 거야. 육이오 때.

그리고 밤이면은, 낮에 폭격하면 밤이면은 이제 복구사업을 하는 거야. 이제. 피난 나오기 전에. 그때가 뭐이가 생겼냐하면 처음으로 생긴 게 조명탄이라고 하늘에 불빛이 생기더라니께. 미국 사람들이 하늘에 띄우더라. 비행기에서 이제 해가지고. 그니까 복구사업도 못해. 그러니까 다리는 끊어지고 전부 다 다리가 끊어졌어. 그래서 우리가 고생한 거는 일일이 말할 수 없어. 지금은 이렇게 늙어서 뭘 모르지만, 그때는 우리가 철도 길로 처음에 피난을 나왔어. 그러니까 부산까지, 평양에서부터 부산까지 간이역까지 내가 다 따로 했었어, 역 이름을.

그런데 피난을 나오기 시작했는데, 우리 집은 순천이니까 평양 나와서 자게 됐고, 그때 대동강은 우리가 도강했지. 얼었지. [동생: 얼음 위로 저 더 위로 올라가서] 아주 추웠어. 날이 [동생: 그날 추웠어. 10월 3일쯤 됐나. 11월 초예요.] 그래서 11월 초도 안 됐을(아닐) 거야. 12월 말 일쯤 됐을 거야. 왜 우리가 크리스마스 때 임진강을 건넜으니까. [동생: 그렇지.] 임진강을 건넜으니까.

근데 그래서 어데가 얼음이 얼었나 보는데. 얼음도 이렇게 두껍게 얼어야지. 이렇게 쪼금 언 데는 사람이 워낙 밟고, 소달구도 있고 말도 못해. 길이 났으면 그 사람들이, 뭐라 해야 할까. 시장판도 아니고, 이게 말도 못해.

그러니까 이제 그렇게 걸어오면서 그럼 먹는 것은 어데 있나. 쌀은 조금 지고 나오고, 가진 것은 아무 것도 없어. 나올 수가 없잖아. 그냥 막 나가라고 했으니까. 그래서 인제 우리가 도강을 했어. 우리가 건너가서 하는데. 어데서 그때 뉴스를 들으니까, 사람들이 뭐인가 하면 중공군이 전쟁을 도와주러 이북 전쟁을 도와주러 나왔대. 그니까 중공군은 인해전술이라고 사람 방패로 이렇게 막잖아. 그렇게 나왔다 그러더라고.

그러니까 우리가 어딜 왔냐 하면은 사리원 왔을 적에 사람이 죽었나? [동생: 사리원 왔을 때 우리가 폭격 받았기든.] 미군 전투기가 폭격을 하는데 피난민이 거기서 다 죽었어. [동생: 다 사람이 차서 이렇게 오잖아] 길이 메어지게 오는데 왜 폭격을 했나. 피난민을 가장하고 그 가운데 중공군이 있대는 거야. 그러니까 폭격을 했다는 거야. 우리는 어디 있었냐 하면은 우리는 그 다리 밑에 거기. [동생: 언덕 위에 올라간 사람은 다 죽었어.]

근데 우린 밑이야. 그래서 그니까 거기서 우리가 살아난 거야. 그러니까 그 뒤부턴 밤에 [동생: 밤에만 피난을 가는 거야. 낮에는 숨어있고.] 그러면 밤에 이제 길을 걸어, 그러면 그 길이 4키로 됐던가봐. 사람 죽은 그 거리가. 그러면 아무도 묻어줄 사람이 없잖아. 그러면 밤에 이렇게 걸으면 딱딱하면은 내 생각에 '어 이건 죽은 사람 머리.' 그리고 저기 인제 밟아서 뭉클하면 '이건 사람 배다!' 그랬는데 신을 보니까 밸(배알, 창자)이 따라 왔어. 그렇게 전쟁이라는 게 비참해. 그러니까 다시는 이 나라에 전쟁이라는 게 없어야 된다는 거야.

근데 미군도 부러 그런 거는 아니야. 왜 그러냐하면 거기에 섞어, 섞어 있었겠지, 없겠어? 있었겠지. 그니까 그렇게 죽어서, 거기서 피난민이 몇 천

죽었을까. 원래 이 걸어올 적에 이렇게 내가 갈 길이 없어. 뭐이냐 하면 사람을 따라가면 밀려서 가는 거야. 사람이 얼–마나 많이 갔던지. 그니까 다 죽었어.

그리고 남자들은 그 다음에 사리원 지나서는 뭘로 왔냐 하면은 철길로 왔어, 이제 철길로 넘어서서 왔는데, 우리가 잘 적에 어디서 잤겠어. 그러면 마당이나 돼지우리나 뭐 외양간이든 상관없어. 그냥 아무 데나 이불 펴고 자는 거야. 식구들이 자고. 그러니까 애기가 있는 사람들은 얼마나 힘들었겠어. 오줌 싸지 똥 싸지. 기저귀는 없지, 생각해봐. 기저귀가 뭐 있겠어. 그렇게 피난 나와서. 나중에는 그렇게 힘들게 피난을 왔는데.

우리 지금 미군이 주둔하고 있는 것은 서부전선이고 우리 국군이 한 데는 동부전선 아니야? 그러니까 서부전선을 이렇게 죽– 들어왔지, 삼팔선이. 삼팔선에 와서 어떤 사람을 만났는지 우리는 몰라. 근데 우리 아버님이랑 우리, 시커먼 어떤 놈이 때렸는지 모르지만, 우리 그때 많이 맞았어. 누군지도 몰라. [**동생**: 왜냐하면 옹진에서 가면 그 어디지. 거기에 자체회원들이야.] 그래서 매 많이 맞았어.

[**동생**: 근데 우릴 만나니까 이북에서 나온 빨갱이 새끼들이라고. 그래서 우리 아버지가 다 돌아가시게 여기가 깨지고. 그렇게 우리가 거기서 (맞았어). 왜냐면 서울에는 쌀이 없대요. 그래서 이제 거기 개성에서 우리가 나온 판문점 조금 지났을까, 그전에 거기에 쌀 창고가 하나 있는데, 문이 열렸어. 그래서 우리가 거기서 쌀을 퍼다가, 벼니까 절구통에 찌서 서울 가져가려고 그렇게 준비하던 게 내가 어렸어도 생각이 나. 그리고 우리가 피난 나올 때 제일

어려운 게 뭐이냐 하면은 강 건너는 거야. 강을 만나면 어떻게 할 수가 없어. 다리가 있어야 건너가는데 다리가 없으니까, 이제 거기서 사람이 건널 수 있는 데를 찾는 거야. 그래 피난민이 죽 가다보면 그런 데가 있어. 또. 그래서 우리가 제일] 힘들었어. [동생: 산 넘는 것은 별거 아닌데 강 건너는 것은 참 고생이 많았어]

그랬는데 거기서 막고서 그 힘든 상황 속에서 또 우리 50년생 동생이 안산 사는데, 다 죽어가더라. 그러니까 피난 이렇게 더 걸을 수가 없더라고. 그런데 개성 와서 이렇게 많이 아파서 죽기를 기다릴 수밖에 없잖아. 산거를 묻을 순 없고, 놓아줄 수도 없고. 그런 게 거기에 어떤 할머니가, 파뿌리를 참기름에다 해먹으라고 하는데. 그 집에가 참기름도 있고 파뿌리도 있더라고. 잘 사는 집이 됐던가봐. 그래서 그거 먹으니까 이상하게 낫더라고.

또 그래서 업고 임진강 앞에 딱 왔는데, 임진강이 전부 녹아서 물이 됐버렸어. 근데 웬 도라무깡(드럼통)이 그렇게 많았지. 기름 도라무깡이야. 짝 이렇게 있더라고. 그랬는데 우리 어머니는 돌아가지고 안 계시지만, 그 분이 원래 나이 젊어서도 걸음을 못 걷고 뚱뚱한 편이라, 걸음을 못 걸어. 그래서 내가 그랬어.

"우린 어머니 때문에 중공군한테 잡혀 죽갔다."

그랬어. (웃음) 그러니까

"자, 너희들만 가라! 나는 애기하고 있겠다."

근데 이제 그 말이 저절로 튀어 나왔어.

"우리는 어머니가 걸음을 못 걸어서 중공군한테 잡혀 죽겠다고."

이제 그러니까는,

"나하고 있으니까는 그 식구 외에는 다 가라. 너 아버지하고 너하고 너 큰 동생하고 가."

그랬어.

그랬는데 딱 임진강 거기 왔는데, 미군이 총을 딱 건너는 것이 보여. 이렇게 임진강이. 그때는 그렇게 겨울이 돼서 그런지 다 보이고 넓어보이질 않더라고. 지금은 어떻게 됐는데 넓어 보이더라고. [동생: 물이 들어왔다 나갔을 때라 그래요.] 그러니까 넓어보이진 않는데, 물은 깊더라고.

그런데 도라무깡이 있는데, 가만히 있고. 무슨 나뭇대기도 있고 그런데 다른 사람들 보니까 나뭇대기를 타고 이렇게 헤엄쳐서 건너가더라고.

"우리도 저렇게 건너가면 어떻겠냐?"

그런데 우리 큰 동생이니까, 나이 어려도 큰 동생이잖아. 그러니까

"네가 그러면 건너가보라."

그러는 거야.

그러면 내가 밥해먹는 냄비가 있잖아. 냄비 없으면 밥 못 해먹잖아. 길거리에서도 해 먹고 아무데서나 해먹어. 그랬는데 인제 건너가더라고, 근데 잘 건너가더라고. 그랬는데 보니까, 식구들이 다 못 건너가잖아. 도로 건너왔어. 짐은 놔두고. 그러면 그 다음에 또 건너와서 애기를 네가 업었어. 그리고 또 건넜어.

그다음에 이제 가만히 이렇게 보니까 우리 어머니가 못 건너니까. 나하고 우리 아버지는 건넜어. 또 건너는 거야. 그래서 이제 어머니를 태우고 건넜어. 아마 얘가 네 빠리빠리해서 네 번인가 몇 번 [동생: 물이 녹아가지고, 물이 들어올 때 인가봐. 얼음을 받쳐주니까 얼마 안가서 건너올 수가 있었어.] 몇 번 건넜다니까.

[3] 전쟁 때 처음 본 미군에 대한 기억을 떠올리다

[동생: 건너오니까 딱 임진강을 건너오니까, 이북에서 오던 사람들이 이북에서 가진 돈을 다 버리잖아. 이제 서울 들어가면 못 쓰니까. 그래, 강 옆에 돈이 무지하게 쌓여있는 거야, 이북 돈이.] 그게 이북 돈이 이북 돈도 아니야. 왜그냐면 일본이 망해서 간 다음에 소련 사령부가 들어오면서 군표야.

말하자면 군인이 찍었어. 그니까 그때는 연방정부가 되서, 소비에트공화국이 되거든. 그러니까 지금은 다 해방이 되서 뭐 그런데 [동생: 지금은 소련이지.] 지금은 러시아라고 그러는데, 그땐 소련 연방이라고 그랬어.

왜 그러냐면 요즘에 루마니아, 체코슬로비키아, 뭐 전부다가 거기야, 시리아 살바토르 전부다 거기야. 그랬는데 그 균표를 찍었는데, 전부다 버렸어. 전부다 버렸어. 그니까 가진 것이라고는 내가 가만히 생각하니까 금반지, 그 우리 또 이북에서도 우리가 잘 살아서 또 쫓겨나왔거든. 쫓겨나왔다 지금 어쨴가 뭐 가진 것이 없잖아. 쪼그만 한 거 몇 개 있었어. 그래서 이제 그거만 했는데.

내가 내 자랑이 아니라 열아홉 살 땐 무척 이뻤어. [조사자: 지금도 무척 고우세요] (웃음) 무척 이뻤는데, 내가 피난 나오면서 세수 한 번도 안했어. 왜냐히면 여기 미군이나 국군은 여자들을 좋아하는 것 같아서, 내가 솔직한 말이 그래요. 인민군은 못 그래. 내가 알잖아. 직결(즉결) 총살이야. 그 즉시 총살이야. 그래서 정말 그것들이 또 많이 선전했잖아. 미군이 들어 오면은 흑인이 들어와서 다 잡아가고, 아주 나쁜 사람들이라고 선전을 했는데, 그것도 그거지만 보니까 많이 여자들 많이 건드렸어. 그거는 누가 그렇게 당한 사람이 많으니까. 그러니까 나는 두 달은 안 한 것 같애. 그렇게 건너왔어.

그 다음에는 임진강을 건너오니까, 미군이 내내 이렇게 참 차별대우를 많이 하더라고. 그런데 그때 우리가 뭐이 있었냐 하게 되면. 어떤 사단, 어떤 사단장님이 그땐 사인을 찍을 수 있어, 뭐 증명을 만들 수 있겠어. 자기가 싸인을 해주는 거, 하나 이제. [동생: 여기서 북침해가지고 평양 탈환하고 그러고 나서 우리 국군이 들어왔을 때, 우리가 그걸, 안내장을 받은 게 있었어.] 받은 게 있었어. 인제 그걸 내미니까 가라고 그러더라고.

그런데 그때는 우리 신발이 다 떨어져서 버선발로도 댕기고 맨발로도 댕기고 뭐. 그리고 얼마나 지뢰가 많은지, 남자들은 오줌을 누워야 되는데, 내려가야 오줌을, 사람들이 이렇게 있는데 오줌을 누겠어. 그러니까 이제 철길로 내려가는데, 오줌을 싸러갔다가 죽은 사람 많아. [동생: 지뢰를 설치했는데, 길로만 쭉 가야되는데] 탕탕하고! [동생: 이제 임진강 건너서 살았다고, 미군들 만났으니까, 국군들 만났으니까 살았다고 그러면서 이제 소변 보러간 사람 그 자리에서 터지는 거지.] 펑 하면 죽고 펑하면 죽더라고, [동생: 그니까 이 전쟁은] 있어서는 안 돼! [동생: 요즘에 개 값만도 못해] 맞아! 개도 그렇게 안 죽을 거야.

[동생: 그러고 뭐 이 우리 살던 곳은 아까 누님이 얘기하시던 대로 미군 포로가 있었거든. 그래서 육이오 때 순천 내려가는 데에, 뭐인가 하면 이 공수부대가 낙하를 했어. 공수부대가 거의 새까만(흑인) 사람들이더만. 그때는 미군도 흑백이 갈라가져 가지고 까만(흑인) 부대는 까만 부대로 통성돼있고, 흰(백인) 놈들은 흰 놈들끼리 부대가 따로 편성돼 있는데. 낙하산 부대도 그런 스타일이더라고.

우리가 피난 나와 있었는데, 어머니가 물독을 이었던가.

"저거저거저거저거."

막 손짓하면서,

"그래 엄마 왜 그래?"

그랬더니,

"저거 보라!"고.

그래 보니까, 저녁때야. 공수부대가 내리더라고.

왜냐면 그 미군들을 구출하기 위해서, 커다란 공수부대가 내리더라고. 그런데 그거 보니까 대포도 실어 나르고, 짚차고 비행기가 짚차도 이렇게 가지

고 와서 내리고, 그런 걸 우리가 처음 목격했어. 그전부터는 그 이 우선 흑인들은 보기가 사실 저기 하잖아.]

그땐 처음 보니까 무서워.

[동생: 무섭더라고. 그랬는데 왜냐하면 평양을 탈환하는 날, 평양에 국군이 올라오는 날, 우리 순천에 내린 거야. 그런데 그전에 이미 그 전에 벌써 만포쪽으로 갔어. 포로들은. 이미 북쪽으로 갔을 때야. 근데 그때 평양가면서 순천에 내리니까, 그 역사적으로 그런 것은 여기 와서 봤어. 김일성이 타고 가는 차. 승용차를 박물관에서 봤거든. 그 차도 버리고 도망을 간 거야. 그때. 이제 낙하산부대가 내리니까.

근데 참 낙하산 천이, 그때 보니까 우리 생전 알지도 못하잖아. 그거 막 시골 사람들이 바리바리 싣고 가는 거야. 줄이 또 얼마나 좋은지, 옷 해 입고. 그러다가 얼마 있다가 우리가 피난 나왔으니까.]

[4] 이북 주민들이 중국 팔로군들을 먹이고 재워주다

[동생: 우리 고장은 화학공장이 있었어. 순천. 평양남도 순천이라는 데는 이 서울에서 수원 고런 데야. 평양에서 수원 오는 고 정도의 거리의 평양남도의 순천이라는 데가 있는데, 거기서는 만포선하고 교통의 요충지야.] 경의선, 경원서 거기서 갈아타. 신의주 가고 원산가고, 만포가고.

만포가 뭐인가 하면 그거 지금 해방 돼서 그런 소리 안 쓰는데, 지금으로 말하자면은 자강도야. 자강도. [동생: 근데 만포가 왜냐하면 그 수풍댐, 수풍댐이 막으면서 우리 고향이, 우리 아버지 고향이 평안북도 벽동군이라는데.

근데 수몰이 됐어. 그래서 이제 이상한 것이 우리가 이제 어른들한테 들은 거지. 나 낳기 전이니까. 그래서 우리가 평안북도 자성이라는 데를 간 거야. 만포지라는 데가 뭐이냐면 지관 바로 건너, 건너가면 바로 지관이야. 왜냐하면 광개토대왕비가 있는 데가 그 만포지에서 바로 건너가면 압록강 건너가면]

겨울에는 이렇게 건너가면 어른 애 하면은 단동 금방 가. 난 또 어려서 아버지가 자전거 타고 얼음 위로 가. 이제 해봤거든. [동생: 압록강이 얼으니까. 차도 건너 댕겨.] 차도 건너 댕기고 그런 땐데.

그래서 육이오 때 그 이북사람들이, 얜 나이 어려서 잘 모르지만 한 뭐 열 살도 안됐을 때인데. 왜냐면 장개석 군이 미군이 많은 비행기고 탱크고 뭐고 많이 줬잖아. 그랬는데도, 그랬는데도 졌어. 팔로군(八路軍)한테 졌어. 근데 그때 우리 집에 팔로군이 이렇게 밀려와서. [동생: 지금 중공에 있던 이가 대장정이라 그래가지고 장개석 군대한테 해방 후에 밀려가지고 만주 쪽으로 막 도망갔어. 자꾸 이렇게, 그때 공산당이 상당히 어려울 때인데, 걔네들이 우리가 압록강 강변에서 살았으니까. 가까운데 살았는데, 도망가다가 우리나라로 온 거야. 이북에는 김일성이 그땐 있었으니까. 우리나라. 그래서 우리 집에서도] 열여섯 사람인가 공짜로 보름동안 밥 멕이고, [동생: 그 정도로 팔로군이 많이 어려웠어.]

그래서 육이오 때 참전해 준거야. [동생: 장개석 군대가 너무 썩어서. 그 차를 주면 그 다음날 모택동한테 넘어간다는 거야. 우리가 들은 얘기야. 그러니까 망할 수밖에 더 있어.] 그래서 그때 이북에서 팔로군을 안 도와줬다 치게 되면, 망했는지도 몰라. 그랬는데 이북에서 압록강변에서 팔로군을 집집마다 그냥 [동생: 재워도 주고. 역사적으로 나올 거야, 그것이] 재워주고 밥 먹여 주는 거야. 실지 우리가 밥해줘서 멕였으니까. 큰집에는 열 사람 넘고 작은 집엔 두 사람, 세 사람. 뭐 이렇게 전부 배정해서 멕였다니까. 그러더니 그 사람들이 팔로군이 가니까. 장개석이가 대만으로 도망갔다고 그러더라고. (웃음)

[동생: 그러니까 우리도, 중공군이 나온 이유도 여러 가지 역사적으로 많이 책도 보고 했지만, 그 우리가 우리한테 신세를 졌었어. 그러고 우리 한국사람, 조선족이 팔로군에 많이 있었어, 팔로군에 사실. 일본놈 시대에 독립을 위해서 가 있던 사람이] 그래. 그런 사람들이야. 그때 팔로군은. [동생: 공산주의 사상이 물든 사람이지. 근데 그때 공산주의사상에 물든 사람은, 그래도 공산주의가 부르조아라면 반동이거든. 근데 전체 다 배운 사람이 공산주의야. 전부다 공산주의자가 된 거야. 왜냐면 그 책을 보면 참 계급도 없고 다 같이 잘 사는 사회가 된다고 하니까, 좋을 수밖에. 그러니까 사람들이 다 이렇게 넘어간 거지. 그래서 요즘엔 뭐 지난번에 이어령이 그 양반의 말 들으니까, 요즘에 중국으로는 자본주의가 가고, 미국으로는 막스, 막스 엥겔스가 미국으로 간대 (웃음)] 그럼. 요즘은 좌우가 이젠 구분이 차차 안 된다. 근데 그때만 해도 철저하거든. 우리가 왜냐하면 고향서 나온 이유가 자작, 중농이라는 것은 내가 농사를 졌는데, 농사를 좀 많이 지은 사람을 그 이북에서 성분으로 말할 때 중농이라고 해. 그러고 내가 남의 집 소작으로만 살았다하면 그 소작으로, 진짜 농민의 농민이라고 해. 그걸. 그리고 상공인 장사하는 걸 부르조아지, 부르조아지라고 해. 그건 소련말이니까, 뭐. 그런 그렇게 해서 요즘에도 그런 말 대학가에도 많이 있더구만. (웃음)

[5] 사회주의 영향으로 이북의 생활환경이 변하다

근데 한 가지 답답한 건 그래, 요즘 청년들을 보면. 우리나라가 분단되지 않았으면 사회주의도 민주주의도 자본주의도 다 수용할 수 있어. 분단된 국가잖아. 근데 어떤 사람들이, 누구라고 말하진 않지만. 거기 가서 직접 평민으로, 정말 하계급으로 한번 살면 며칠 살기도 힘들 거야, 우리나라 사람들은. 그런데 그걸 모르고 이렇게 날뛰는 것을 보게 되면 참 우리 세대가 죽으면 정말 답답하고 암흑 같겠구나. 아무것도 없구나 싶더라고. 왜그냐면 명수

(조카)도 보면 무슨 데모도 가고 가더라고, 갔는데. 나는 그 데모 자체가 나쁘다는 게 아니라.

근데 우리나라가 분단만 안 됐으면 데모도 하고 아무 걸 해도 좋아. 왜그냐면 우린 단일민족이야. 이북사람도. 단일민족인데 그 사람들이라고 잘 살아야 하잖아. 근데 정말 비참해. 우리 있을 때도 하다못해 참기름 장사도 국가에서 했지, 개인 것 하나도 없어. 그러면 냉면장사도 우리 정식으로 시켜먹으면, 냉면장사도 다 그거 협동조합에서 하는 거야. 그리고 무슨 그러잖아. 이젠 내가 소련말 배운대도 오래 돼서 몰라. 이젠 내가 어렸을 적에 배웠는데, 코러스라고 하고 소려호두라고 하는데, 뭐 계급농장, [동생: 협동농장] 협동농장, 뭐 이러잖아.

그러면 생각해봐. 협동농장 처음에는 좋지. 노동자 농민도 좋지만, 자기 것이 아니고 전부다 일단 농사지어서 다 갖고 와서, 똑같이 그러면 누가 열심히 일하겠어, 생각해 봐. 열심히 일하겠어! 학생들 같으면. 노는 놈도 한 말 주고, 일 열심히 한 몸도 한 말 주고. 그런데 누가 열심히 하겠어? 그거이 차차루 차차루 하면서 나태해져요.

우리 살아있을 동안은 여기에서 고무신을 기차에다 실어다 줬어요. 저기 신의주까지. 여긴 전기가 없었어. 근데 그때는 수력발전소가 거기에 있었으니까 [동생: 육이오 전에는] 육이오 전에. 다 거기서 고무신을 갖다놓고 저 물물교환을 했어. 여긴 전기주고, 그러다 어느 날 갑자기 김일성이 전기를 끊어버렸어. 신경질이 나니까. 그래서 여기가 그때 산 사람들은 다 잘 알거야. 그니까 하는 말이 그거야. 우린 단일민족이고. 이북 사람이 됐든, 이북의 정치하는 놈이 됐든, 다 우린 같은 사람들인데, 단지 이념이 틀려서 그런데. 왜그냐면은 우리는 겪어 봐서 알지만. 자기 것은 아무것도 없어. 자기 것은 아무것도 없어.

그러면 그거이 해가 자꾸 가봐. 이북에 가면 얼마나 우리 학교 뒷산에서도 자연 스키장이야. 왜그냐면 나무가 낙엽송이 얼마나 좋았게. 근데 지금은 한

그루도 없대. 다 찍어서 팔아먹고 중국에다. 중국에다 팔아먹고 떼고, 그러니까 벌거숭이가 되니까 자꾸 비만 오면 전부 다 (산사태) 되잖아. 거기 약초도 많고 무척 좋은 데였어요. 땅도 좋고. 그랬는데 왜 못 살겠어? 그래서 못 사는 거야.

그러니까 나도 막스 엥겔스 배운 사람이야. 그걸 행동으로 안 옮기고 그냥 책자에서 보던 것은 참 좋아. 훌륭한 일이지. 근데 린닌(레닌) 자신도 암살당했어. 스탈린이 보낸. 그러면 린닌도 암살 안 당해야 하잖아. 누구도 동등한 입장인데. 자기가 해먹기 위해서. 그리고 우리나라를 분단시킨 건 모택동하고 스탈린하고 미국이야. 볼 것 없어. [동생: 얄타협정이란 게 있잖아요.] 그래서 분단된 거야.

[동생: 분단이 비극은 비극이죠. 우리가 이북에선 나 같은 형제는 학제가 바뀌었어. 해방되고.] 5년제야. [동생: 내가 5년제. 우리가 나온 다음에는 전쟁 때는 그쪽에는 4년제로 바뀌었다고 그러더라고. 근데 우리 때는 5년제야. 그런데 고향에서 5학년 졸업하고 중학교 들어갔다가 육이오 바로 전 해에 아버님이 나를. 왜냐하면 우리 집안이 쫓겨나니까, 할아버지 할머니가 고향에 계셨거든. 나도 거기 같이 있었어. 그러다가 나를 아버님이 9월 달인가 10월 달 쯤. 아버님이 나를 데리고 갔지. 육이오 전 해에 내가 이제 순천이라는 데를 나와서, 중학교가 가을 학기였었어. 가을에 이제 내가 2학년이 된 거야.]

나도 열아홉 살 때 교편을 잡은 이유는 뭐인가 하면은. 편제가 바뀌어서 대정시대(大正時代, 다이쇼 천황의 통치 시기는 1912년부터 1926년까지의 시기이나 화자는 일제강점기를 통칭하여 부르고 있음) 때 여학교 들어갈 적에는 그때는 5년제야. 5년제. 지금으로 말하자면은 6년이나 되잖아. 중고등학교. 근데 6년제에서 5년제로 줄었어. 그런데 내가 어릴 적에 공부를 잘 했나봐. 한 반을 월반을 했어. 월반을 했는데.

또 소련이 들어와 갖고 편제가 바뀌니까, 4년제로 바뀌었어. 그러니까 내가 졸업을 일찍이 탄 거지. 한반 월반하고 편제가 바뀌어서 월반하고. 그랬으니까 2년은 이제 덜 한 거지. 그래서 한 건데.

[6] 절박한 피난민들에게 떠도는 소문들이 영향을 주다

나는 전쟁이라는 것은 있으면 안 된다고 생각해. 아이고 낭중엔 맨발로 왔다니까. 그리고 기차, 우린 기차를 안탔어. 기차를 타면 죽어. 끼어서 죽고 [동생: 떨어져 죽고, 떨어지고] 그 기차 지붕 꼭대기에 사람이 타. [동생: 화물기차] 그러면 쪼그만 덜컹하면 떨어지는 거야. 그렇게 돼 있어. 다친 놈 있고 죽은 놈 있고 그렇지. [동생: 다 걸어와서 우리식구가 고생은 했지만 무사히 왔어.] 다 살았어.

[동생: 근데 임진강 건너서 서울로 와야 하는데 서울에는 복구가 다 안됐거든. 그래 이제 배로 이제 마포나루에서 영등포로 건너와야 하는데 사람들이 다 그러는 거야.

"거기 가면 못 걷는대."

아이 그때는 유언비어가 많은 거지. 남의 말을 솔깃 잘 듣고 올라가는 사람들이야. 그 사람들이 다 내려오는 사람들이 아니라 올라가는 사람들이야. 그래서 임진강에서 돈도 한 보따리 메고 가는 사람들이, 올라가는 사람들이. 개성으로 이제 들어가는 사람들이야.

"근데 거긴 쌀값이 비싸고 서울은 못 살 데다."

그래서 이제 피난민이 너무 많이 몰려가지고 강을 못 건넌다고.

그래서 우리가 그 행주, 행주산성 그 건너편에 천주교회에서 일주일, 삼

일인가, 삼 일인가를 묵었지, 한 삼 일. 마룻바닥에서 삼 일. 거기서도 배를 순서대로 타야하는데, 밤잠 자고 또 나가면 또 많이 있어 못 탔어.

그래서 할 수 없이 거기서 수색으로 건너 와가지고, 이제 한강. 한강 바로 밑의 다리 밑 나루터에서 나루로 이제 건너서, 그날이 일사후퇴라고 그러는데, 우리가 1월, 2월 1일인가, 영등포에 도착했어. 1월 1일인가. 나중에 보니까 일사후퇴라고 그러더라고. 그때. 우리는 전쟁 때이니까 일사] 일사후퇴가 뭐인지, 뭐.

[동생: 여기서 이제 서울을 포기한 날이, 일사후퇴, 그 중공군이 나오니까, 포기한 날이. 우리도 사실은 아버님 혼자만 넘어 올라면, 이제 만포 아니아니, 평양서.] 여현 쪽으로 넘어왔는데 [동생: 거기 가서 배 타고 넘어와야 되는데, 아버지가 혼자 가긴 안 되니까, 우리 식구를 다 데리고 나올라고.]

[동생: 이제 마지막 기차야. 이제 평안도 순천에서 출발을 해가지고 평양은 다리 위가 완공되지 못하니까. 이제 평양가기 전에 그 뭐지, 무슨 역이더라. 거기에 우리가, 거기 와서 우리가 내렸어. 그래가지고서 새벽에 나와 가지고 막 그 얼음 일대 밑으로 해서. 그렇게 걸어 올라가서 얼음 언 데로 우리가 피난을 나왔는데, 우리가 나와서 한나절 계속 걸어도 평양 시내를 벗어나질 못했었어. 근데 벌써 그때 그 둑에 그때 피난민들이 미처 나오질 못했거든. 근데 왜 피난민이 많이 나왔냐 하면은 안 나올 사람들도 많이 있었어. 근데

"원자탄을 쓴다."

이 말이여.

"미군이 자꾸 도망을 가면 원자탄을 쓰면 우리 다 죽는다. 그러니까 나가야 산다."

우리 머리에 딱 백(박)힌 거야. 그게. 일본의 히로시마 원자탄을 우리가 알거든. 그러니까 또 미국에서 그걸 쓰면 우린 다 죽으니까, 어떡해서든지 나가야된다 그 말이여.]

[7] 공산주의 이념과 모순되는 공산당정치 아래의 현실을 경험하다

[동생: 근데 그렇게 나와야, 나와야 되는 사람도. 대개 이북에서 이제 이북이 원래는 계급이 없다는데, 계급이 더 엄격해.] 왜 없어! [동생: 당원이냐 아니냐를 가지고 따져. 당원이면 출세할 수 있어. 근데 시시한 당원은 탄광 같은 데 가서 저거나 해 먹어야 해. 그것도 저기 뭐야 저저 혁명 가족이나 이런 사람들은 뭐 장관도 되고 좋은 학교도 가고 그러잖아. 당원도 다 당원이 좋은 건 아니야. 말단에서 고생하는, 그런 그래도 걔네들은 월급이나 제대로 타니까, 먹을 걸, 식량배급을 일반인보단 많이 타니까. 걔네들도 조금만 해도 지도자가 되고 그러니까.

근데 우리 저 내가, 내가 처음 해방 돼가지고 우리는 쫓겨났어도 고향에 할아버지 할머니가 살았는데, 우리 친구가 같은 반 친구가 있었거든. 걔 아버지가 뭘 했냐 하면은, 이 저기 뭐야, 우체부, 우체부였어. 우체부였었는데, 해방된 후에 걔 아버지가 그 뭐야 무슨 강도 학교를 나와 가지고 우리 동네에 우리 군에 군수로 왔어. 그래 내가 그 친구 때문에 걔네 집에 가서 그래도 좀. 우리는 그땐 몰락된 집안이고, 걔네는 승승장구하는 집안이니까, 거기 가서 많이 얻어먹던 그런 기억도 나. 왜냐면 전체 그런 사람들을 세뇌교육을 시켜가지고 출세를 시켰어.

근데 나중에 어떻게 하냐면 대게 함경도 사람들을 평안도에 갖다 써버렸어, 김일성이가. 그러니까 이 평안도 사람들은 함경도 사람들만 보면 화가 나는 거야. 악질이었거든. 내무서관이고 무어이고 다 함경도 사람들이 평안도 사람들 못살게 구는 거야. 잡아가고 뭐.

그런데 나중에 여기 와서 들으니까, 함경도는 평안도 놈들을 몽땅 나쁜 일을 시키는 거야. 정치범이고 뭐 이런 거 사상이고 잡아가는 그러니까, 함경도 사람들은 평안도 사람이라면. 그 처음에는 함경도 사람하고 평안도 사람하고 우리 호남네 영남, 이거이 문제가 아니었어. 왜냐면 사상적으로 이렇게 사람들이 그랬기 때문에 그런데 그래서 지금도 맨날 함경도 아바이들이라고 우리 또래들은 그래. 농담 삼아서. 빡치기 새끼들.] 뭐라고 맨날 [조사자: 뭐라고요?] 빡치기. (웃음) 빡치기. 평안도 사람들이 싸울 때 머리를 잘 받았거든, (웃음) 참 갓난 새끼들.

그래서 우리 농담을 그렇게 많이 했는데, 여기 와보니까 그런 정치가들의 사상에 의해서 우리는 완전히 나눠지는 거야. 그런데 여기는 나도 가만히 보면은 여기도 영호남이 서로 자기네한테 유리하게 써 먹을려고 정치가들이 그렇게 만든 거야. 이제 우리가 뭐 지금 차차 통합되니까. 뭐야 새누리당인가. 걔네들도 요즘 정치 약간 좌야. 약간 좌야. 보수세력이 볼 때 그래. 그러면 통합민주당은 뭐야. 더 좌로 가야되겠지. 더 좌로. 더 좌로 가면 저 누구야 그 걔네들은 설 땅이 없잖아.

그 무슨 당이지? [조사자: 옛날에는 민주] [동생: 아니, 아니 노동자한테] 노동당. [동생: 민노당인가. 걔네들은 설 땅이 없어. 걔네들이 우로 가야 해. (웃음) 바뀌어지는 거지. 우리 세대들은 이제 다 육이오 때 참 하루에 이십 이삼십 키로 걸어서, 이삼십 리지. 한 12키로?] 더 걸을래야 걸을 수가 없어. 앞의 사람이 있는데 어떻게 더 걸어! 이렇게 이렇게 밀려가지. [동생: 그러고 낮에는 폭격을 했으니까 미군이 먼저 빨리 서부전선에는 대개 미군이 있다가 빨리 후퇴를 해버렸으니까. 우리는 그걸 따라서 나오다보니까.]

[조사자: 예전에 할아버지가 쉽게 오실 수 있었다고 그랬던 게, 식구들이랑 안 가면 혼자 가셨으면 쉽게 가실 수 있다고 하셨잖아요, 요녕이라는 데가 어디에요? 그 고모가 그때 요녕에서 이렇게 오면 쉽게 배타고 오면 금방 오는데, 식구들이랑 가느냐고 그랬다고 그러셨던] [동생: 아니야. 신남포에서. 아니야. 신남포가 아니라 어디지?] [조사자: 그 말이 중국 아니죠?] [동생: 중국 아니지. 우리는 이미 평안남도 순천이라는 데 와서 살았으니까.] 그럼. [동생: 참 폭격은 엄청 받았다.] 자고나면 그래. 우리 집에서 얼마 안 돼, 자고나면 구뎅이가 아파트 한 동 들어갈만치 파여. 아따~.

[동생: 지금 말하면 거기선 쌕쌕이라고 그랬지. 전투기지. 그놈이 오면 또랑이라도 들어가고. 이 폭격기가 미군 폭격기가 오면 이백 미터 사백 미터고 뛰어야 해. 거기선 죽으니까. 우리 있는 데는 화학공장이 있어가지고, 군수공장이 있었으니까 밤낮없이 폭격을 했어. 그래서 우리 집이 뭐인가 하면 폭격에 기차 바퀴 있지. 기차 바퀴가 붕 날아와서 우리집 대들보를 뚫고 안으로 들어왔어. 그런데 그거 치우고 수리 다하고서 살지 못하고 우리가 피난 나왔어. (웃음)]

근데 왜그냐면 난 믿는 사람이라 되서 그런지 모르겠지만, 하여튼 간에 사람의 생명은 하나님께 있다고 봐. 왜그냐면 총알이 빗발쳐도 지나가고 그냥 물에 빠져도 살고, 그냥 병에 걸려도 살고. 병에도 걸려서 얼마나 혼났다고. 그래도 살고, 이래도 살고. 그래서 그게 사는 것이 내 마음대로 되는 것이 아니라고 생각하는데, 물론, 지금 우리가 사는 이 세상도 그런데 학생들은 이 나라를 짊어질 사람들인데 함부로 행동하면. 왜그냐면 조국이 없는 사람이 외국에 나가봐. 얼마나 천대가 심하게. 그걸 알아야지.

그니깐 이제 그런데 이북을 찬양하는 사람을 보면 '가서 며칠 살아봤으면 좋겠다. 그러면 이북에 가 살지 여기서 살면서 비판하냐?' 이거야, 내 말은. 가 살아야 된다고. 그러면 대우를 받으며 살게 될 것 아니야? 가게 되면, 이북에 가게 되면 특별히 대우를 해주는데, 사는데(살 수 있는데). 왜 안가고 여기서 살면서, 여기 밥을 먹으면서 여기를 비평하냐? 이거지.

[동생: 막스나 엥겔스주의는 얼마나 우리나라, 전 세계에 훌륭한] 그거 왜그냐면. 그 사상은 그래서 암살당한 거야. [동생: 그걸 이용해서 자기가 정권을 잡았지만, 공산당이 정권을 잡았지만, 계급사회가 더 엄격한 계급사회가 소련이야. 협동공장에서 일 안해.] 안하지 왜 해! [동생: 나중에 내가 얘기 들어보니까, 시베리아 쪽, 이쪽에 가니까 이 칫솔 치약이 없어서, 소금으로 하는데 소금도 얼마나 귀한지 공산당이 망할 때쯤 돼서. 그 후에 공산당이 망할 때쯤 되서는 소련이 아마 비참했던 모양이야.

근데 초창기에는 걔네들이 전 세계를 공산화시키기 위해서 원조도 많이 하고, 사상이 좋잖아. 그 말 들으면 진짜 좋아. 나쁜 것 하나도 없어. 근데 실제로 보면 그건 아니야. 어쨌든 2년 전쟁으로 미군하고 걔네들이 결국은] 우리를 갈르는 거야. [동생: 근데 요즘은 자본주의도 어떻게 해. 빈부격차 심하고 뭐야.] 학생들은 그것 때문에 그런 것 같애. [동생: 많은 은행 망하면 우리나라도 마찬가지. 은행 망하면 몇 십조 원씩, 가난한 사람들 밥 먹기도 힘들지. 그러니까 기분 나쁘지. 서민 생활하는 사람은. 요즘은 미국에서 데모가 그래서 난거 같애. 내가보면. 은행에서 뭐 몇 천억 달라씩은 대주면서 가난한 사람들은 맨날 더 가난해지니까. 더 양극화되는 거지.] 그거이 문제여.

[동생: 그 미국은 지금 공산주의 사상이 돼가고 중국은] 자본주의야. (웃음) [동생: 밥 먹고 등따시니까 이제 자유도 있고 재미있게 살아야 하잖아. 중국은 많은 사람들이 깨었기든. 그러니까 데모도 하잖아.] 데모가 어디 있어. [동생: 총살이야. 이유 없어] 재판 안 해. 그냥 총살. 뭐라고 그러면서 총살시키는 줄 알아. 이렇게 해방 금방 돼서는 왜 불순분자가 많잖아. 일본에서 일본사람 등에 업고 해먹은 사람, 악질분자들 있잖아. 그 사람들 할 적에 세워놓고 여럿이, 그거이 인민재판이야.

재판소에서 하는 인민재판인데 거기에 몇 사람을 심었나. 그러면

"저 사람을 죽여야 옳습니까? 살려야 옳습니까?"

그러면

"살리겠습니까?"

그러면 가만히 있어.

"죽여야 되겠습니까?"

그러면

"네."

하면서 손들어. 그게 군데군데 사람이 있다가. 그렇게 해서 그 사람들 보는 앞에서 총살해.

그러니까 학생들은 인민재판 모를 거야. [동생: 왜 몰라. 알지. 요새 책에서 다 봤을 텐데] 그래도 보지는 못했잖아! 아니 그니까 그게 말로만 들었지 직접 눈으로 못 봤을 거 아니야. 얼마나 비참한 줄 알아 [동생: 영화에도 나오고 그러는데. (웃음)] 직접 사람이 죽는 걸 본 사람은 어떻겠어. [동생: 그만큼 전쟁이라는 건 비참한 것이니까, 중국인들의 사상은 올바르게 갔으면 좋아. 공산주의도 나쁜 것은 아니니까. 정치가들이 나쁜 거지.] 맞아. 그놈들이 나쁜 거야.

[8] 분단으로 인해 형제가 서로 대립하게 된 친척을 떠올리다

[조사자: 저희 피난 내려오셨을 때 포천까지 내려오셨어요?] 아니여. [동생: 대전까지. 대전. 근데 대전 가니까 경상도 쪽으론 못 가게하고 전라도 쪽으로 가라는 거야. 전라도 쪽에는 공비니 뭐니 많았거든, 유난히. 그러니까 그쪽으로 가면 죽는 줄 알고 안가는 거야. 그래서 대전에서 머물렀어. 그렇게 됐어. 그때도 유언비어 요만한 거 하나 터지면 쫙– 퍼져. 그 많은 사람이 안– 가. 죽는다는데 왜 가.]

고모가 친구가 없잖아, 아무도. 같이 나온 사람이 있어, 있는데 이젠 이름조차 잃어버렸어, 오래되니까. 그래서 다 우리 청주서 청주(에서) 살았거든, 청주 시내에 살았는데. 여자 친구들이 정말 단짝 친구들이 있는데, 하나도 그 다음에 헤어져서 서로 만나보지 못해서 남들이 동창회한다고 해도 부럽고, 없잖아. 일가친척이 없잖아.

친척이 하나 있는데, 정표나게 굴었다고 우리아버지가 가질 않았어. 제주도 경찰국장도 하고 [조사자: 제주도에서요?] 어. 경찰국장도 하고 또 그 다음엔 청주서장도 하고 그랬어요. 옛날에. 우리아버지 외삼촌 아들이지. 그랬는데 (외삼촌) 아들이 둘 있는데 다 저기 여 일본에서 유학을 했지. 한 아들은 머리가 무척 좋아. 그래서 뭐했냐면 저기 이북에서 여기로 말하자면 경제계획 세우잖아, 일 년 거. 일 년 거 세우고, 담당자 돼서. 머리가 얼마나 비상한지 몰라.

근데 그 양반(아버지의 외삼촌)은 대정치 때 뭘 했냐하면 순사노릇을 했어. [조사자: 왜정 때?] 어 (웃음) 그럼. 그러니까 그게 우리민족이 참 아이러니한 거야. 왜냐면 자기 아버지는 일본에서 봉급을 받고 여기로 말하면 경찰로 근무했다가 해방이 돼서, 해방 전에, 아마 고만뒀어. 고만둔 지 오래 됐어. [동생: 대정치 때 경찰이면 악질인데.] 근데 그 양반은 그, 그런 형사가 아니고 뭐이냐 하면은 관리가 달라. 그 탄광이나 [동생: 청소담당, 그런 거만 했나봐. 위생계지 위생계.] 위생계야. 화학 그거 공사하고 그랬어.

그래 인제 최창락이가 알지? 최창락 이름은. 금광왕 아니야, 금 캐던. 그 사람 광산에서 할아버지(아버지의 외삼촌)도 저기 여 한 일 년 근무했대. 그러면 그때 순사가 봉급이 18원이고, 할아버지 봉급은 60원이 됐대. 그러니까 세 배를 받은 거야. 어릴 적에. 어릴 적에. 한 열아홉 살. 그때 거기 광산에서 일한 건, 할아버지가 위생계에서 일하니까 들어간 거야. 빽으로. 빽으로 들어가서 일한 건데.

그 양반(아버지의 외삼촌)은 참 비참한 것은 뭐인가 하면은 예수는 안 믿었고. 우리 고모할머니(아버지 외삼촌의 부인을 호칭)는 장로교회 권사님이셨어, 예수를 진실히 믿으신 분인데. 큰아들은 여기 와서 사법계통에 있고. 작은아들은 경제계획원에 있으니까, 이북에. [동생: 경제계획원은 공산주의 저기에선 국가에서 모든 걸 치사를 내려도 국가에서 배급을 줘야 하잖아. 그 인민경제의 그걸 모든 것을 경제계에서 나오거든. 사회주의에서는 그거이 최고의 엘리트지. 전 국민을 멕여 살리는 것이 사회주의니까.]

그러니까 그 생이 얼마나 부모로서는 비참했겠어. [동생: 한 놈은 이 위(이북)에서 출세했고, 한 놈은 여기서 경찰이고. 그래서 우리나라 역사가 일본 치하에서부터 이미 우리나라는 비참하게 가서.] 가족끼리 그렇게 총부리를 겨누게 생긴 거야. 그래서 나는 이번 선거 때는 학생들이 잘 판단했으면 좋겠어. 왜그냐면 없는 사람 살리게 [동생: 지금 학생들은 더 잘 알아요. 노인들은 걱정할 것 없어요. 진짜 우파노인네들은 그런 걱정을 많이 해. 세월은 점점 더 좋아지고 있는데. 지금 우리나라는 축복 받은 나라여.] 맞아. 축복받았지.

[동생: 지금 우리나라 같은 나라는 세계에 없어.] 그리고 생각해봐. IMF때도 우리나라는 단일민족이니까 단결이 잘 된다. 서로 싸우다가도 큰일이 있으면 단결이 잘 되잖아. 그러니까 금 모은 거 봐. 어떤 경제학자가 그리스보고 한국도시 그렇게 하라. 그런데 데모만 하는데. [동생: 우리는 IMF때 금반지고 뭐이고 다 갖다 내서, 우리나라가 그때 뭐 34달라인가 정부에서 가지게끔 되었잖아.]

그리고 화폐는 개인은 쓰지만 엄밀히 말하면 세계에서 볼 때 종이쪼가리 아니야. 금은 화폐가치보단 아주 좋은 것이 아니야? 그러니까 금을 팔아서 달라를 들여 온 거야. 그러니까 빨리빨리 하는데. 단일민족이야. [동생: 너무 빈부격차가 심해져서] 맞아. 그게 걱정이여. [동생: 우리 정치가들이 지금 해결해야 될 것이 아마 그걸 거야. 차차. 뭐 근데 자꾸 복지복지하면 그것도 우리가 생각할 때 걱정이야.] 그리스 같은 데 망한 게 복지가 많아서 망한 건데. [동생: 복지 안하면 누가 찍어 주냐.] (웃음) 안 찍지.

[9] 피난을 나와 잡곡장사와 가정교사 등을 하며 생계를 잇다

[조사자: 그 예전에 대전에서 친구들이 있으셨다고 했잖아요. 그때도 다 피난가도 사람 사는 세상이니까 뭐 같이 놀기도 하고 그러지도 않았을까요?] [동생: 배도 많이 곯고 굶기도 많이 했지만 그래도 살 사람은 다 살아.] 근데 굶는 것은 피난 나오면서 쌀은 집안마다 쌀은 있더라고, 그런데 굶는 것은, 해먹을 수가 없어서. 폭격은 심하고 또 뭐 할 때가 없어. 잘 때도 없고. [동생: 우리 반찬은 뭐인가 하면은 소시지 있지. 오다가 미군, 미군 소시지 깡통 네모나고 요만한 거 있어.] 레시온. 씨레이션 [동생: 그 소시지 깡통을 세 개를 우리가 짊어지

고 왔어. 밥 먹을 때마다 그거 한 숟가락 퍼서 하면은 (웃음) 짭짤하잖아. 그렇게 나오고.]

[동생: 나는 또 뭘 지고 나왔냐 하면은 이불을 지고 나왔는데, 내 이불은 너희 집 작은아버지 기저귀 기저귀야. 이불에서 솜 꺼내서 이게 넣다가 어서 똥 싸면 버리고 또 내 이불에서 솜을 빼서. 우리 누나는 뭘 했냐면 저 양은냄비하고 저거 이고, 아버지는 쌀하고 큰 이불 하나 지고. 우리엄마는 작은 아버지 업고. 우리가 그렇게 피난을 나왔어.] [조사자: 할아버지 팔은 어떻게 하다 그렇게 되셨어요?] [동생: 할아버지 팔은, 할아버지가 아까 얘기했잖아. 저거 저 화약을 지고 가는데 일가견이 있었어. 근데 그때 다쳤어. [조사자: 거기서요? 전쟁 때문은 아니고?] 전쟁 때문은 아니고. 그 그래서 그때는 의술이 발달되지 않으니까, 요만큼 다쳤는데 잘른 거지. 그래서]

그러니까 아버지가 팔이 없으니까. 처음에 피난 나와서 너, 큰아버지(청중인 큰 남동생) 데리고. 또 우리 아버님은 왜 그렇게 장티푸스를 앓는데. 그때 사람들은 보통 옘병(염병)이라고 했는데, 옘병을 앓는데, 한 2년은 앓았어. 그러니까 무엇을 해먹고 살아야 하나 그것이 문제더라고. 그런데 내가 애를 데리고 뭐를 했냐 하면은 잡곡 장사를 했어. 그땐 뭐 장사할 게 없잖아. 잡곡 장사, 뭐인가 하면은 지금은 팥, 콩, 깨, 뭐 고추, 이런 장사를 하지, 쌀장사를 우리가 못하잖아. 그러면 큰아버지(큰 남동생) 더 클 것도. 난 그때 그걸 짊어지고 잡곡을 두말씩 짊어지고 댕겨서 더 못 컸다고 난 생각해. [동생: 장에 가서 사다가 도시에 파는 거야.]

그러면 그때는 뭐라고 그랬냐 하면은 5일장을 보면은 31일 있는 날을 놀지. 항상 내가 다리 아픈 걸 생각하면 그때 그렇게 많이 고생해서 아픈 거 같애. [동생: 그 후로는 미국에서 원조가 많이 나와서 콩하고 알랑미(안남미)하고, 월남쌀이지, 뭐야 뭐 그때 보리쌀은 새파랬어. 이상하게. 그거 배급도 좀 타고 우리가 살아난 거지. 미국에서 원조를 받은 건 그때 많은 사람이 살은 거지.]

우리가 청주로 이사를 간 이유는 우리 같이 교편 잡은 사람이 한 사람 있고, 또 그 양반의 오빠가 소, 우리는 보통 말하면 소몰이 오빠라고 하는데, 다른 사람들은 소대가리라고 해. 왜 그냐면 싸움을 하는데 얼마나 잘하는지 몰라. 근데 그때 어디 있었냐 하면은 그때 CIC라고 정보기관이 있었거든. 육이오 끝나고 나서. 거기에 계셨어. 그러니까 뭘 잘 얻어다 주더라고. 그래서 좀 편히 살았어. 그 양반하고. [조사자: 청주에서요?] 그럼.

그랬는데 돈이 좀 모였어. 내가 뭘 했냐 하면은 저기 거기 청주 은행, 있었거든 그때 있었는데, 그 은행장님의 애가 열한 살 인가 됐는데, 수학이 빵점이야. 아주 몰라. 고모(조카인 조사자에 대한 자신의 호칭)는 학교 댕길 적에 좀 머리가 좋았던가봐. 수학을 잘 했거든. 그러니까 우리 (고모) 할머니가, 은행장 마누라랑 저 교휠 댕겼거든. 그러니까 우리 (고모) 할머니가 권사잖아. 그러니까,

"우리 조카딸이 수학 잘하는데 그러면 가정교사로 써 줄 수 없나?"

했어. 그래서 그 집 가서 한 달에 쌀로 백미를 서 말 받고, 그때 돈으로 얼마를 받았어.

돈이 좀 모이니까, 할아버지(자신에게는 아버지) 장사하기를 좋아하잖아. 그것도 너희 그 아빠(조카인 조사자의 아버지를 가리킴, 막내 남동생)만 데리고 간다. 데리고 어디 갔냐면 춘천 가서 3년이나 소식이 없어. 그런 양반이 어디 있겠냐!

근데 우리는 없었어도 잘 살았었어. 왜그냐면 내가 타온 그거 있잖아. 쌀하고 그니까 그렇게 돈이 모이더라고. 그리고 걔가 시험을 잘 치면 또 보너스 주더라고, 보너스 주고. 그리고 가면 그때는 떡도 말로 주더라고, 그렇게 되면 우리 같이 사는 동네사람들 전부다 주는 거야.

할머니(조카에 대한 호칭, 자신에게는 어머니)가, 할아버지(조카에 대한 호칭, 자신에게는 아버지)가 팔이 없으니까는 둑에다가 저기 경찰서에서 허가 얻어갖고 둑에다 하꼬방(상자같은 작은 집)을 지었는데, 할머니가 다 지었

다. 손으로. 구들장도 할머니가 놓고. 연탄 그것도 할머니가 놨는데 얼마나 뜨끈뜨끈 살았는지 몰라. 옛날에는 적산가옥(敵産家屋)에서 지하실에서 살았는데 우리 집을 하나 만든 거야. 그래서 그 다음에, 춘천 간 다음에 살기가 저기하진 않더라고. 내가 돈을 번거야. 그 집에 가서 이렇게 돈을 버는데 춘천 올 때까지 그 집을 댕겼어.

그러니까 나도 어릴 적에도 주일학교도 더러 댕겨도 봤고, 그러니까 이제 거기서도 우리 (고모)할머니가 권사니까, 그러니까 내 믿음은 언제일 것도 없어. 그저 태어나서부터 믿은 거야. 그냥. 그 할머니가 나 태어나서 자기 아이들은 유학가고 그러니까 날 데려다 젖 뗄 때까지 키웠대요. 심심해서 그냥, 심심해서 그냥.

[동생: 병이 왜 이렇게 도는지, 그때 나중에 보면 '화학전을 썼다.' 이제 그렇게 났는데. 피난 나와서 어디 갈 때가 없으니까 수용소라고 해서 학교 같은 데서 살잖아. 그러면 아침마다 떼죽음이야. 장티푸스가. 그래 우리아버님이,

"우리 여기 있다가 다 죽겠다, 가자!"

그래서 이제 집을 하나 방을 하나 얻고, 따로 멀리 떨어진 데 그렇게 살았는데. 내가, 그때 말하면 전라도 말로 염병이라고 그러더라고.] 네가 먼저 아팠나? [동생: 내가 제일 먼저 아팠어. 근데 이 영양이 없으니까, 병은 났는데 일어나 걷지를 못하는 거야. 그렇게 그 사람들도 전쟁에서 죽는 것보다도 피난 나와서 병나 죽는 거야.] 병나 죽는 사람들도 많더라고. 근데 할아버지(아버지)는 애가 좀 나으니까, 할아버지(아버지)가 아프더라고. 그리고 그 안양 큰아버지(조카에게 둘째 큰아버지, 화자에는 둘째 남동생)는 너 큰아버지는 뭘 했냐하게 됐냐면은 천연두를 앓았어. 그때. 마마병. 그래서 그때 곰보 되고. 그 마마병이 전염이 되서 나도 아팠어.

근데 나는 그냥 두어 개 나고 말았어. 왜 그냐면 나는 그래도 이북에서 의사의 집동네에 살았거든. 우리가게가 옆에 바로 병원이야. 지금으로 말하자면 의원이지. 그래서 [동생: 예방주사를] 예방주사를, 지금도 큰 거, 그것도

한번 맞지 않고 여러 번 맞았더라고. 자국이 보니까. 그래도 우리는 살기가 괜찮았나봐. 그러니까 옛날사람이 예방주사도 맞히고. 그랬지. 그리고 고급빵도 길 건너가면 고급빵집도 있었어. [조사자: 북한에서] 아니, 대정시대(大正時代) 때. 그니까 그래서 그것 먹고. 요짝으로 가면 중국 호떡집이야. 이제 거 장사거리거든. 얘는 잘 몰라. 왜그냐면 나만 어려서는 이제 걸로 당기고, 거기서 할머니가 가게를 했으니까. 그래서 잘 먹고 잘 컸어.

고런 데서 이제 살고. 경찰서도 많이 드나들었어. 왜그냐면 파리 잡게 되면 파리 마리를 해갔고, 양은그릇을 줘. 그러면 그거 잡아갔고, 동네사람 것 다 모아다가 갖고 가. 조금 주면 울어, 거기서. 그러면 할 수 없어 형사들이 알잖아, 할아버지(자신에게는 아버지)를.

"에이. 김상 딸은 왜 이렇게 고집이 센지."

그러면서 상품을 주고 그랬어.

그러니까 피난 나와서도 평안도 여자라면, 내가 잡은 잡곡은 누가 안 잡았잖아. 막 울잖아. 그렇지 않으면 식구를 굶겨죽이게 됐으니까. 그러니깐 그때는 시골서 가져오게 되면 우리가 팔면, 만약에 석 되를 사게 되면 넉 되를 팔 수 있었어, 그렇게 많이 주더라고. 그 사람들은. 그러니까 서로 우리만 하는 게 아니라 다른 사람들도 해. 그런데 내가 일단 먼저 딱 잡으면 그 사람들이 도망을 가. 왜그냐면 울거든. 울고 막 그러니까. 그렇게 안하면 못 살겠더라고.

할아버지(아버지)가 옘병을 일 년 반이나 앓았는데. 그럼 누가 벌어먹어. 내가 벌어먹여야지. 큰아버지(큰 남동생) 데리고. 그러니까 고생도 많이 했지. 어린 것이 따라 당기고 그냥 노는 날도 없이, 아프고 나고. [동생: 전쟁은 비참해. 사람 죽은 것도 많이 보고] 비참해. 안해야 돼. 내가 그러잖아. 딱딱하면 머리고 뭉클하면 배라고. 밤에 걸으니까 안보이니까, 덮어놓고 앞 사람 가는 길로만 가. (웃음) [동생: 그때 미국에서 새로운 폭발을 우리나라에 썼거든. 근데 그거이 뭐냐 하면은 거기 불붙는 거야, 불붙는 거] 조명탄이라고.

[동생: 아니야. 불붙는 건데, 그거 무슨 탄이라고 하더라. 근데 그거는 불이 붙으면 여기 붙으면 여기 붙으면 이거 치면 여기 붙고, 온몸이 타서 죽어. 무슨 탄이라 하더라. 한국전쟁에서 그걸 처음으로 썼대. 근데, 살면서 불에 타죽는 사람도 봤거든. 삐쩍 말라가지고 작아지더라고.] 소도 타 죽고. 그러면 또 산 사람은 그 소 벗겨서 고기 먹느라고 그러고. [동생: 네이팜탄이다. 네이팜탄.] [조사자: 네이팜탄?] [동생: 한국전쟁에서 처음 썼대.] 그러니까 전쟁은 안해야 해. 세계적으로 전쟁 안 할려고 노력하잖아. [동생: 열 손가락 안에 드는 나라인데, 얼마나 우리나라가 축복받은 나라인데] 그럼. 이젠 잘 살아야지. 그렇게 고생했는데, 선배들이 얼마나 고생했어. 그러니까 빈손으로 와서 자식 고생시키고. 다 그래도 대학 보내고, 시집장가 보내고. 그렇게 살았잖아.

그런데 지금도 힘들게 사는 사람은 영남 쪽이나 전라도 쪽이 많은 거 같애. 옛날에도 우리 잘 살 적에, 그 일본치하에서도 올라오게 되면 전부 전라도나 경상도에서 많이 오더라. 그래서 그때 많이 만주로 가고 시베리아고 가고 그랬나봐. 소련 블라디보스톡으로 가고 그랬어.

우리 할머니(어머니)는, 우린 그때는 사는 것은 그때도 우리집에 큰– 풍금이 있었어. 그래서 고모(자신 호칭)가 피아노 쪼금 치는 거야. 좋은 세월 만났으면 공부도 더 했을 거고, 근데 세월을 잘 못 만나서 그렇지. (어머니께서) 소쿠리 장사, 체 장사. 고향에 안 가고 자리 잡아갖고. 고향 사람을 불러들이더라고.

[10] 고향의 지역 환경 및 어릴 적 이북 생활의 추억을 떠올리다

그 시대도 정말 살기 힘든. 왜냐면 토지는 다, 지금 생각하니까. 내가 어려서 몰랐지만, 왜 동척회사라고 있잖아. 동척주식회사 있었잖아. [조사자: 동양척식주식회사.] 어. 주식회사가 전부다 잡아 갔고, 일본 놈들이 다 먹었잖아.

그러니까 조금 농사 지던 것 어떡하겠어. 그니까 이북에서 많이 살았어, 전라도 양반들이. 그래 소작농을 많이 했어. 그때는 소작농이면 집도 주고 밭도 주고 다 줬어. 그렇게 살았어.

[조사자: 이북이 더 잘 살았구나] 어. 그땐 잘 살았지. [동생: 호남이나 영남쪽에서 못 사니까, 일제치하지. 그때 만주로 가잖아, 만주로. 살러 만주로 간다고. 그때 우리 동네를 거쳐 가. 그니깐 거의 그러면 갈 때가 없는 사람은 그 사람들은 집 주고, 소도 한 마리 주고 그렇게 해서 농사를 짓게 만들어. 그리고 우리 작은 할아버지가 삼판을 했어. 산에 목재 잘라서 이제 강물로 뗏목으로 내려 보내는 그 삼판을 했는데. 거기에 가서 일하라고 우리 할아버지가 보내. 그럼 거기에서 집 주고 소 주고 그럼 이제] 잘 살더라고.

[동생: 겨울에, 겨울에 나무를 끌어내려. 눈 왔을 때. 봄에 강가에 내려놨다가 이제 떼를 묶어가지고 이제 만포진까지 가. 옛날에는 신의주까지 갔는데, 이제 수풍댐이 생겨서 만포진에 큰 제재소가 있었어. 일본 놈들이 만든 커다란 제재소가 있어. 거기서 글리로 갔어. 그러니까 압록강 거쳐서, 만포진 거기 들어가면, 거기서 뭐, 저 목재가 다 제질 해서 나왔어. 전국적으로 군용으로 그렇게 다 나왔어. 우리 고향으로 가면 이런 나무가 엄청 많으니까,] 지금은 없대잖아! [동생: 지금은 하나도 없대.] 하나도 없대. 어쩜 그렇게 다 팔아먹었는지. 중국한테 다 팔아먹었대. 중국.

[동생: 그때는 우리 사는 동네에 중강진이라는 데가 있어] 학생들도 지리 배웠으면 알겠지. 제일 추운 곳인데. [동생: 우리나라에서 제일 추운 곳이고 축구소(축구경기장)가 일본놈 시대 때부터 있었어.] 비행장 있고. [동생: 비행장 있고. 근데 거기 1월 달 평균 기온이, 우리 고향이 뭐였냐 하면은 마이너스 21도야. 1월 달 평균 기온이, 그때는. 지금은 아니겠지. 더워졌으니까.] 지금은 최고 올라갔을(내려갔을) 때가 28도. 내려갔다 그러더라고. 추운 날. [동생: 여기도 나오지, 우리 저기에서도 나오지. 전국적으로 나올 때 보면. 그렇게 추워.

겨울에는 아무것도 못해. 눈이 보통 일 미터 이삼십 정도 쌓일까. 그러면 눈 위에가 녹아. 녹으면 밑에는 눈이고 위에는 얼음이야. 참 썰매 잘 달려. (웃음) 그러다 푹 빠지면 나오면 돼. 이 만큼씩이지. 쑥 눈에 들어가지. 그래서 나도 어렸을 때, 스키도 많이 탔어. 거기 스키는 여전히, 여기 스키, 타는 스키가 아니라. 산에서 눈 오면 길 없이 막 타는 거니까, 이렇게 돼 갖고 밑에 홈이 파 있어.] 거기가 우리 때에도, 지금은 초등학교라고 하지만, 뒷산 낙엽 속 밭에, 거기는 자연스키장이야. 눈이 오게 되면. [동생: 잘사는 집 애들은 서울에 이렇게 유학 왔다가도 오잖아, 거기서 스키 타지.] 압록강에서도 스케이트타지. 그러더라고, 유학 갔다 오다가. [조사자: 압록강에서 스케이트를 타요?] 그럼!

[동생: 압록강은 일본놈 시대에는 중국하고 국경이지. 국경이래지만 아무나 통행을 자유롭게 했어. 그게 얼음이 얼면은.] 야, 거 만주는 일본한테 먹혔잖아. 그러니까 그러지. [동생: 트럭이 그냥 건너 댕겨. 다리 필요 없어. 겨울에는 차도 뭐이고 그냥 댕겨. 그 거기 건너가면 나도 아버지 따라 건너서 갔는데, 중국 가서 호떡 사먹고 그런 기억이 나.] [조사자: 중국이요?] [동생: 중국 가서] 관동. [동생: 거기서 그때에 아버지 말씀 들으니까, 통행이나 이런 건 자유로운데, 물건을 나를 때는 세관에서 세금을 받았다고 그러더라고. 난 어려서 모르지만. 근데 걔네들은 우리나라보다도 더 사는 게 어려워 중국 사람이.]

잘 사는 사람은 잘 살아. [동생: 잘 사는 사람은 부자는 아주 부자고, 못사는 사람은] 아주 부자는 마누라가 많아서, 우리 동네에 중국 학교의 여선생이 나보고 그래. 내가 자기아버지가 잘 산대. 장개석씨인데. 그럼 몇째 딸인가. 열여섯째 딸이래. 그럼 엄마는 몇째 마누라인가라니까, 열한 번째 마누라래. 내가 그 소리 듣고 (웃음) 그렇게 중국이 잘 살았어.

소련도 러시아시대 때, 대정 러시아시대 때는 잘 살았어. 아주. 우리 김일성이도 원조 많이 받았잖아. 군수물자지만. 아프리카고 뭐고 그렇게 하는 나라가 칫솔도, 치약도 없이 그렇게 나라가 찌그러졌으니. 우리나라에서 노태우 때인가 8팔팔 때인가 30억 달라인가 줬다고 그랬잖아.

김영삼 때 아닌가. [동생: 그때 30억 달라인가 줬다고 그랬잖아. 그때 그거이 걔네들이 다 생필품 사다가 쓴 거야. 그거이. 근데 요즘엔 우리한테 갚을래니까 어때. 탱크하고 그따구 가져오잖아, 우리가. 대포하고] (웃음)

[11] 춘천에서 동생이 학업을 이어 나가며 이남 생활에 정착하다

[조사자: 내려오셔서 큰아버지(큰남동생) 학교는 어떻게 하셨어요?] [동생: 그때 우리가 춘천 와서 살기가 좀 좋아져서 2년 반, 한 삼 년. 다시 내가 중학교 2학년으로 들어갔어. 그때. 난 이제 영어도 하나도 모르잖아. 수학이나 역사 이런 거는 다 봤는데. 이북에서는 소련말을 배웠고, 그것도 또 인제 그것도 알면 ABC나 같은 거거든. 그러니까 2학년에 들어가니까 이 영어를 따라가기 힘든 거야. 영어는 맨날 점수가 형편없었어. 그래도 2학년 들어갔다가 얼마 있다가 3학년 올라가지고 3학년 졸업했는데.]

[동생: 그때 3학년 때 그때 학교를 줘서. 그 전에 하꼬방, 하꼬방에서 공부를 했는데, 천막하고. 이제 학교를 군사원조를 받아가지고 이제 학교를 지었는데, 이쪽에 채 짓지를 못하고 강당만 짓고. 우리가(우리 졸업생들이) 내가 4회 졸업생인데, 춘천중학교.] 춘천고등학교 나왔어, 너희 큰아버지. [조사자: 그래요?] 그럼. 춘고 나왔어. [동생: 중학교 4회 졸업생인데, 그래서 나와 가지고 또 고등학교를 들어가니까 그때 고등학교, 춘천고등학교가 강원도에서는 제일가는 학교였어. [조사자: 예, 맞아요. 지금도 그렇잖아요.] 실력이 보통 아니면 못 들어가지. 강원도에서 뭐 강릉 속초 이런데서 다 오거든. 근데도 난 어떻게 합격을 했어, 누나 덕분에.] 내가 수학 가르쳤어. (웃음) [조사자: 그랬구나.]

[동생: 그래서 춘천고등학교를 갔는데, 고등학교 가서도 1학년 때는 그 학

교 짓느라고, 그 소양강가 (가)갖고 자갈돌 주웠어. 오전공부만 하고 오후에는 가는 거야. 왜냐면 쎄멘트(시멘트)나 유리나, 이런 목재 같은 거는 걔네들이 주지만, 이제 자갈 같은 건, 우리 학교에서 대야 되거든. 그러니 강에 가면 자갈이 많잖아. 거기서 요만한 거 딱 콩크리(콘크리트)하기 좋은 거, 골라서 이렇게 쌓아 놔. 쌓아 놓으면 나중에 미군들이 실어가다 우리학교 갖다 줘서, 그렇게 해서. 그때 우리도 공부도 사실은 1학년 때는 제대로 못했어요.]

[동생: 2학년 때는 열심히 했는데. 그래도 머리가 좀 깨이니까, 그런대로 사회생활을, 그래도 밥은 먹고 살았지. 그때는 돈이 없어서 대학을 못 가서 그렇지. 인문계 나왔으면 대학을 가야 할 거 아니야. 근데 내가 생각을 잘못한 거야. 대학을 갈라고 인문계를 갔거든, 힘들어도. 그때는 사범대학이라는 데가 춘천에 있었어. 놓고 있었고. 사범학교를 갔으면, 거기서 3년 나왔으면 초등학교 선생이라고 해먹었을 텐데. 지금쯤이면 교장 되고 은퇴했을지도 모르잖아.]

[동생: 근데 그 가야하는데 욕심이, 그래서 인문계를 들어가서. 인문계 들어가면 뭐 있냐. 그래서 내가 한전 가서 전기, 졸업하고 가서 그 배웠잖아, 한전에 가서. 전주(전신주)도 타고 전선 이거, 그때 AID 차관으로 우리나라에 공사 많이 할 때잖아. 농어촌 전화사업이라고 해가지고. 박정희시절에, 그때 전기일을 해서 그거 가지고 여태까지 먹고 사는 거야.]

[12] 피난민으로 무시받기도 했지만, 이북사람으로서 자긍심을 가지다

[조사자: 그럼 이북에서 왔다고 막 그런 거는 없었어요?] [동생: 초창기에는 우리가 적응하기가 힘들었어.] [조사자: 어떤 거?] [동생: 여기 사람들이 우선은 멸시하지, 그렇지. 그리고 아무 것도 없잖아. 가난해서 빌어먹을 놈들이거든, 다. 여기 사람들이 보면 자기네한테 부담만 되는 거 아니야. 그러니까

차별이 좀 있었지. 그리고 또 뭐이, 또 뭐이가 기분 나쁜가 하면. 그래도 이북에서는 공부는 다 했거든, 의무교육이니까. 여긴 돈 없으면 공부 못하잖아. 그랬는데 처음엔 적응이 안 되니까. 요즘에 새터민들이 그래서 걱정이여. 이제 적응이 되니까. 그래면 이제 돈 잘 버는 사람이 최고지.] (웃음)

[조사자: 근데 그때 뭐 상처받으셨던 일이나 그런 거 혹시 없으셨어요?] [동생: 큰 상처는 없었지만, 기분 나쁜 일은 그런 거는 있었지. 왜냐하면 피난민들. 어디 가면 피난민들.] 난 그러면 싸워! 가만히 안 있어. [동생: 그럼 화가 나니까 싸워. (웃음)] 고모(자기 호칭)는 쌈(싸움) 참 잘 했어, 그것 때문에. 보통 싸움 안하는데, 그런 것 있으면 싸움해서 내가 이겨야 돼. [동생: 피난민 주제에 뭐 이렇게 나오면.] [조사자: 그런 식으로 얘기를 해요?] [동생: 그럼. 그럼. 피난민들이 자기네한테는 골치 덩어리였으니까, 여기 사는 사람들은]

그래도 가만 보면 우리 이북 사람들이 확실히 머리가 좋아. 이제 공부하는 거 보면. [동생: 다 먹고 살았잖아.] 아무것도 없었잖아. 빈손이지. 정말 빈손이지, 빈손이지. [동생: 그래서 국제시장도 생기고 남대문시장도 생기고, 그러고 또 서울에 가면 해방촌이라고 있지. 해방촌. 그 해방촌이 평양서 이제 전쟁 끝나고, 끝나기 전이지. 일본시대에 잘 살던 사람들이 공산주의가 되니까, 다 숙청 대상이거든. 그 사람들이 이제 월남을 한 거야. 월남을 해서 모여 사는 데가 해방촌이야. 근데 그 사람들이 기술이 다 좋아. 고무신도 만들고 직조 공장도 하고, 그 해방촌이 유명했어. 육이오 전에는 책을 써서 경제적으로 육이오 나고 그 다음에 다시 그렇게 됐지만]

그 전에 온 사람도 많아! [동생: 그 전에 온 사람들은 거기서 고무신, 성냥 뭐 그런 가내수공업을 그 거의 다 이북사람들이 시장을 점령했었어. 그리고 또 충청도 가면 유구라는데 있어. 유구. 거기는 뭐인가 하면 우리가 내려올 때, 피난 올 때에 정감록이란 거 알지?] [조사자: 예. 정감록] [동생: 거기에 계룡산에 가야 산다고 했어. 거기가 그래서 그걸 목표로 사람들이 그리 그리로 가는 거야. 가는 길목이 유구야. 그런데 거기서 이북 사람들이 살게 되니까,

직조공장이 참 유명했어. 동네 처녀들은 거기 가서 다 일했으니까. 그래서 이북 사람들이 부산, 부산의 자갈치 시장이고, 이런 거 다 이북 사람들이, 국제시장이라고 있잖아. 그러 다 이북 사람들이. 함경도 사람들이 거기 또 많이 있지. 거기서도 함경도하고 평안도 사람들하고] 싸와! (웃음) [동생: 싸움 많이 했어. 서로 물건 사고 팔아야 되는데]

그 전에 내려와서 의대생이 많아. [조사자: 의대생이요?] 응. 왜그냐면 우리 고향 사람들은 대게 똑바로 말해서 서울대학밖에 [동생: 서울대학도 대학이 아니였어. 그때는] 아니야. 그때는 대정시대에 이제 경성제대거든. 제국대학, 그거 하나밖에 없고. 고려대는 보성전문이고. 연대는 연희전문이고. 그건 기독교 선교사들이 한 거 거든. 그래서 의사가 많아요, 이북 사람이. 왜그냐하면 일본이 정권 잡았을 때도 여기 와서도 다 의대 댕겼어. 서울 의대. 지금은 서울 의대, 경성의대 댕겼어. [동생: 잘 사는 사람은 서울이나 아니면 동경에 가서 공부했어.] 서울이나 동경이나. 다 공부했어. 의사들이 많아. 그러니까 늙은 사람이 많잖아. 늙은 의사들은 전부 이북에서 동경이나 서울 제대(경성제국대학) 나왔어. 우리나라에 대학이 하나인데. 지금 몇 백 개씩 되니까 대학 나와도 쪽을 못 쓰지.

[동생: 나랑 직장 오래 같이 댕긴 함경도 북청 사람이 있어. 근데 그때에 서울에는 물이, 한강 물 떠다 먹었어.] 맞아. 수도 없어서. [동생: 수도가 없으니까. 물장사를 북청사람들이 했어. 그래 북청물장수라는 그런 말이 나오잖아요. 북청사람들이 물장사를 해서 애들 교육을 서울에서 다 시켰어요.] 그러니까 함경도 사람이 많다니까. 의사가. [동생: 이 삼팔선이 막혀있을 때도 거기서 여기 와서 이제 거기서 고향 떠나와서 여기 와서 애들 공부를 시킬려고 물장사 한 거야.

그래서 그때는 서울에, 서울에 잘 사는 사람들이 많잖아. 물을 독 있는 데까지 길어다 부어 넣었죠. 그 물을. 한강에서 퍼다가. 겨울에. 그래서 그 북청 사람들이 제일 많았어. 요즘에 우리 병원에 가면 중국 동포가 간병인으로 많은 식으로, 지금 중국 동포 없으면 우리나라 간병인 없어.] 간병인이 힘들어. 힘들어. [동생: 시대 흐름이 그래] 피난민이라는 소리 이젠 안하지. 저희보다 더 잘 사니까. 못하지.

근데 못된 사람들이 똥을 함부로 싸는 건 확실해. 그래갖고선 [동생: 없지. 남의 집 변소에 들어 가면은 여자들은 길거리에서 싸기는 해야 할 것 아니야. 뭐든 지 잘못된 건 피난민이 했다고] 피난민이 했다고. [동생: 그런 것이 상당히 비하되는 거지. 낮춰보는 거지. 그건 이북사람만 그런 것이 아니고 서울사람들도 피난 내려와서 있었으니까, 그 사람들도 똑같이 당한거야. 그 다음부터 동화된 거지. 육이오 때, 서울서도 피난가고 그랬잖아. 그때 점점 동화된 거지.

그 서울말을. 그때는 우리가, 우리가 이북말을 투박하게 쓰니까 그렇고, 서울말은 남자형제도 저희 형 부를 때 형이라 안 부르고 언니, 언니 하더라고.] [조사자: 서울에서요?] [동생: 서울사람들은] 근데 아마 우리 한국 내에서도 함경도 사람들이 생활력이 제일 강할 거야. 악착 같애. 아주. 너희 고모부도 함경도 사람이야. 여자 안 시키고 잘 해. 무엇이나. [동생: 함경도 아바이들이 지독해.] 응. 잘 해. [동생: 속초가면 아바이 마을 있잖아.] [조사자: 예, 저희들도 갔다 왔어요.]

근데 여기 처음에 올 적에는 글도 거꾸로 보고 책도 거꾸로 보는 사람이 많았었어. 여기 공부 안 시켜서. 저 아랫녘에. 가면 많더라고. 그런데 이북에서는 공부 안 시키면 학교 안 보내면 저 아부지 영창 잡아간다. 영창 생활시켜. [동생: 의무교육을 선포하고서는. 농촌에 일 시켜야 되고 그러면, 아들 딸 안 보내는 집이 많아. 옛날에는 잡아가.] 영창 데려가. [동생: 그니까 할 수 없이 문맹퇴치라고 그래서] 그러니까 글 모르는 사람은 없어.

[동생: 문맹퇴치라고 그래가지고 공산주의가 돼가지고는 나흘마다 야학을 해. 할머니고 뭐고 제 이름을 쓰고 저거 못하면 안 돼. 강제로 동원 돼서 가서 공부해야 되는 거야. 그래서 문맹퇴치라는 것은] 이북엔 그거 하나는 잘

한 것밖에 없어! [동생: 훌륭했어. 여기 나와서 생각해보면] 여기는 많더라고. [동생: 그 할머니 할아버지들이 누가 가서 글 배울라고 그래] 우리 나이 또래 사람이 그 전 때는 나이 젊어서 보면 대개가 글을 몰라. 그렇더라고. [동생: 여기 우리 노인정의 할머니들도 글 모르는 이름 못 쓰는 할머니 많아. 팔십 구십 살 난 노인네들] 졸졸 따라 당기더라. 졸졸 따라 당겨. [동생: 걷기 힘든 할머니들 내가 또 차 태워가지고] 그러니까 졸졸 따라 다녀.

[동생: 여기 보면, 딸들은 거의 공부 안 시켰다고.] 내 나이 또래는 많아, 공부 안한 사람. [동생: 근데 여학교라고 댕긴 사람은 다 잘 살았잖아.] 옛날에는 저기 그냥 여학교만 나와도 장관부인도 하고 대통령부인도 할 수 있어. [동생: 농사짓는 집에서는 학교를 안 보냈기 때문에 그랬고. 도시에 사는 사람들은 어떡해서든지 자기 자식들 보내고. 그래서 다들 그래도 생활력이 강한, 그런 걸로 공부를 했으니까. 공무원도 되고, 다 되고 그랬잖아. 그때에 여기 보면 전라도가면 곡창지대잖아. 근데 자기 땅이 없어. 그때도 보면. 자기네 싸락에서 봄에 되면, 빌려와. 한 노간 빌려오면 가을에 농사지어서 두 가마 지어야 돼.] 그런 게 어디 있어.

[동생: 그니까 농사짓는 사람은 점점 어려운 거야. 근데 거기서도 머리 좀 깨고. 나같이 못사는 사람이 돼서 쌀을 몇 가마 일 년에 벌었다하면, 논 한마지라도 사고 열심히 일해서. 그런 사람들은 제대로, 제대로 살고. 어려운 사람도. 그러니까 자기 노력이지. 여기서는 자본주의 국가에서는 지가 돈 잘 버는데 뭐라고 할 사람이 있어. 농사 잘 지어도 마찬가지. 그런데 지금 농촌은 굉장히 잘 살아. 소 값 내렸다고 징징 짜고 바람 불었다고 징징 짜지. 그 사람들 참 잘 살아. 진짜여. 옛날 생각하면 이건 말도 안 돼. 그리고 요즘에 농촌 가봐. 거기. 새마을사업 때 그거 했던 거 뜯고, 새로 기왈 얹었거든. 집이 얼마나 좋은지 몰라. 근데 왜냐. 땅값이 올라갔어. 그래서 몇 마지기라도 가지고 있는 사람들은 다 잘 살아. 그래서 지금 농촌이 우리나라 농촌이 칠프로 된다고 그러던가요?]

근데 아주 못 사는 사람들도 물론 있지. [동생: 우리 초창기에는 농사 지으며 사는 사람이 우리 어려서는 칠십 프로였거든. 근데 지금은 바뀌어서 십 프로 미만 아니야. 농사짓는 게.] 근데 우리나라에서 농사만 지어 먹고 살 수가 없지. 바보가 돼서 FTA하는 건 아니잖아. 농사만 지어서 먹고 살 수가 없어서 하는 거지. 누구는 뭐.

나는 그걸 생각해, 늙어서도. '미국에는 땅덩어리가 크다. 우리나라의 몇 배나 될까.' 이렇게 생각하고. 우리나라를 생각하면, 일 대 일로 한다는 것은 우리의 욕심뿐이야. 우리의 욕심이야. 만약에 내가 많이 갖고 있고, 학생이 조금 갖고 있는데 똑같이 돈을. 내가 많이 냈는데, 분배 똑같이 갖겠다 그러겠어? 그거여. [동생: 숫자로 보면 육이오 때 아마 몇 백만이 민간인이 죽었을] 죽었을 거야. 얼마나 많이 죽었는지 몰라.

[13] 공산주의 체제 속 지주 집안의 가산을 몰수당하고 배급을 받다

[조사자: 그럼 두 분이 나이 차이는 어떻게 되세요? 나이 차이?] [동생: 누님하고 나하고. 육 년 차이. 나 열세 살 때 나오고 열아홉 살 때 나왔으니까.] 그래도 우리는 내가 교육공무원이라고, 그래도 거기도 우대해줘. 왜그냐면 배급을 타는데 나는 '쌀만 서 말 준다.' 그렇게 하고 부양가족은 옥수수를 [동생: 50 대 50으로 줬어] 그거 먹고 어떻게 살어.

[동생: 초창기에는 그래도 배급을, 걔네들도 우리 육이오 나기 전에는 50 대 50으로 줬어. 잡곡 하고. 우리 아버지는 50 대 50으로 부양가족 받고, 누님은] 쌀만 서 말 받고 [동생: 걔네들은 또 교육자를 굉장히 우대해.] 옷도 일 년에 두 벌씩 준다. (웃음) [동생: 모든 사상이 거기에서 나오기 때문에. 애들 세뇌교육을 시켜야 하니까. 지금도 애들이 제일 무서운 거야.] 김장철에는 고춧가루도 다 줘. 우리만 주는 거야.

[동생: 세뇌교육을 어떻게 하냐면 지 아버지 어머니를 고발해. 아버지 어머

니를 고발해야 내가 출세 해. 당원이 돼. 지 아버지 어머니 탄광에 가서 죽든지 말든지.] 초창기엔 그랬어! [동생: 우리 누나쯤 나이 된 사람은 뭔가 해야 될 것 아니야. 아버지래도 고발해. 반동이라고. 고발해야 되는 거야. 집안에서 할아버지 할머니하고 살아도 자식들한테 말도 못해. 무슨 말했다간 어떻게 될지 모르니까.] 지금은 안 그런 가봐! [조사자: 지금은 뭐 안 그러죠.] 그땐 그랬어. [동생: 초창기엔 공산주의고 그렇게 엄격하고 무서웠어.] 근데 그것도 공산주의가 점점 희석이 되는 것 같애. 희석이 되는 것 같애, 거기도. 처음엔 무서웠다니까. [동생: 당원이 되면. 그런데 그런 새끼가 출세를 하겠어. 맨날 말단에서나 굴러먹지.]

[조사자: 그럼 예전에 북한에 계셨을 때, 땅이나 이런 거 좀 갖고 계셨어요?] [동생: 우리 할아버지, 조상 때 땅이 많아서, 그래서 우리가 지주에 속하는 그런 신분에 있었거든.] [조사자: 그러면 예전에는 현물세를 냈다고 그러던데요, 그 전에는?] 그때는 우리는 농사를 안 지었으니까 모르는데, 논 한 뼘이 있잖아요? 그러면 토지계획 한 위에, 토지계획을 딱 하니까, 농민들이 소작만 하다가 '살았구나.' 그래서 막 이제 말 잘 들었죠. 정부에서 하는 시책을 말 잘 들었어. 근데 가을이 딱 되니까, 여기서 한 평을 딱 잡아. 그래서 소출을 딱 계산을 해. 그래가지고서는 거기서 이 현물세라고 해, 현물세. 그걸 딱 부과해.

그러고 보니까 옛날에 지주한테 뺏기는 거나 똑같은 거야. 알고 보면. [조사자: 나라에다 그만큼 바치는 거.] [동생: 근데 그것도 그나마도 육이오 이후에는 협동농장이 되버리니까, 같이 농사지어서. 그전에는 땅을 배분했어요.] 무상몰수 무상분배! [동생: 여기서는 유상으로 저거 해서 여기도 토지] 토지개혁 하기는 했대. [동생: 천석꾼, 만석꾼한테 땅 해가지고 물어주고 이제 단위, 그래서 여기서는 토지개혁을 했는데, 이북에서는 강제로 해 버렸거든.] 내 것은 없어! 아무것도. [동생: 개인이 가질 수 있는 거구나, 그런 것이나 내 것이지. 그 집, 집도 뭐이고 내 것은 하나도 없어.]

내가 아까도 그러잖아. 우리 집에 풍금이 있었는데,

"김동무."

우리아버지 보고,

"김동무, 딸만 배우면 안 되니까, 이거는 갖다가 학교에다 줘야 한다고."

그러고 그 소리 한마디 하면 갖고 가는 거야. 내 것은 없는 거야. 내 것이라도 내 것은 없는 거야. 그렇게 말한다니까. [조사자: 그럼 풍금을 뺏기셨어요?] 응 [동생: 풍금이 뭐야. 땅도 뺏기고 집도 뺏기고. (웃음)] [조사자: 치사하게 그런 것을 가져 가냐?] 아니, 학교를 의무교육이라 많이 신설하니까, 풍금 없는 학교도 있잖아. 피아노는 둘째로. [동생: 피아노는 고사하고 풍금이래도 없잖아. 옛날이니까.]

근데 우리 학교는 일본이 들어와 갖고, 나 초등학교 댕길 때, 국민학교인데. 왜그냐하면 내가 그때 졸업할 때가 34회생인가, 오래된 학교야. 그러니까 참 많아, 물품이. 의무실도 있고 학교가 컸어. 대단히 컸어. [동생: 그때는 국민학교야. 국민학교라고. 나도 일학년. 누나 졸업 할 때 나 일학년으로 들어섰거든. 일학년 들어갈 때도 그때는 시험보고 들어갔어. 주소, 아빠, 엄마 이름. 일본말로 다 해야 돼. (웃음)]

[조사자: 그게 시험이에요?] 어! [동생: 시험이야. 글도 못하는 애들이 많으니까.] [조사자: 일본말로 그걸 해서.] [동생: 그렇지.] 그래서 좋은 학교 댕겨서 뭐 비품이나 그런 거 많았어. 근데 해방 돼서 하니까, 학교가 늘리니까 어쟁이떠쟁이(어중이떠중이) 다 댕기니까, 어떡하겠어. 없잖아. 그러고 생산을 안 하잖아. 지금 우리나라에선 돈이 없지, 물건이 없냐. 물건이 없으니까, 그러니까 그거 빼앗아갈 만해. 여럿이 배워야 되니까. [동생: 귀했지. 그때는. 잘 사는 집이니까 . 풍금이 어디 있어. 말도 안 되지. 고 저 돌리는 축음기. 유성기, 유성기라고 했어. 그것도 할아버지(구연자의 아버지)는.] 할아버지는 그거 틀어놓고 노래도 하고 혼자 댄스도 하고 그랬어. (웃음) 할아버지(구연자의 아버지). [동생: 우리 어렸어도 괜찮게 살았었던 거 같애.]

[14] 인텔리와 부르주아에 대한 북한의 차별 및 통일되지 못하는 남한 현실을 토로하다

[조사자: 그런 것 아세요? 최승희나 뭐 이런 거] 그럼 알지. 최승희는. 알지. [조사자: 할아버지가 그걸 좋아했다고.] [동생: 유명한 이북에 공산주의는 선전 선동이란 게, 사람의 이걸.] 거 저기 댐 밑에 가면 김일성이가 특별히 최승희를 사랑해서 무용용사라고 큰 거 지은 게 있어. [동생: 나중에 숙청당했다고 그러더라고. 우리 이북에서 피난 나왔으니까 모르잖이, 그 후에는. 근데 숙청당했다고 해.] 왜그냐면 남편도 [동생: 그 공산당원이 될 수가 없어, 부르조아거든.] 그리고 인텔리자거든, 그들이 말하는. 남편이 저기 여 안막(安漠)이라고. 딸이 안성희라고 그러잖아. 무용가거든. 근데 남편은 소련으로 귀화했었어. 그래야만 둘이 좋아지내지. 사랑했나봐.

[동생: 여기서 그 블라디보스톡에서 차를 타고 기차를 타고 그때 모스크바까지 40일이 걸렸어. 그때는. 그 완행인지 모르지만. 그 기행문을 안막이 유명한 소설가이면서 시인이었어, 그 양반이 기행문을 써서 나도 읽었었어.] 응. 기행문 썼어. 기행문 쓰고 저희들은 연애하고. (웃음) 세계적인 무용가야. [동생: 그 지금도 춤 솜씨를 표현하는 사람이 없잖아.] 김백봉이가 올케인데, 김백봉 연구소가 있었지, 언제. 이젠 죽었겠지. 춤사위도 옆에서 바로 배웠으니까. 자기 올케니까. 손아래 올케. 동생의 댁인가 그랬는데. 그 울 밑에서 조금 가게 되면 돼.

거기서 철로를 놔서 김일성대학을 경치 좋은 데 놨어, 그리고 뭐 인텔리계 부르조아 집 자손은 거기다 원서를 못 내. 안 받아줘.

"너넨 과거에 잘 살았으니까, 고만하고. 못산 사람들이 공부도 해야 되고 잘 살아야지."

말은 맞는 말이지. 그래도 실천이 안 가.

[동생: 그 전쟁만 없으면 아까 누님이 얘기했잖아. 공산주의고 뭐고. 우리

나라 통일됐으면 그거 개의치 않아. 갈 필요가 없어. 요즘에도 좌경 저기 한 사람은

"육이오 때 통일 됐으면. 공산주의건 뭐이건, 통일되는 것이 낫지 않겠는가."

그 말도 옳은 말인 거 같애. 내가 지금 생각해 보면. 절대 왜냐하면 우리나라는 우선 통일을 해야 되는데, 이젠 통일되기 글렀잖아. 통일 못해, 이젠. 어떤 학자가 봐도 우리나라 통일된다는 사람은 없어. 지금. 절대 없어.] 통일되는 거 좋아하지 않으니까. [동생: 양쪽의 정권도 그렇겠지만 중국이 가장 변수잖아. 중국은 이북이 있어야 완충지대가 되니까. 중국은 절대. 일본이라고 우리 통일되는 거 좋아하겠어. 소련도 마찬가지고. 강대국이 미국도 엄격히 따지면 좋아하지 않을 거야.] 안 좋아해. 그건.

[동생: 지금은 순순히 지네 말 잘 듣지만, 나중에 저희 말 안들을 거 아니야. 통일 되면 우리도. 뭔 소리야. 중국 모양으로. 미국에서 뭐이라 하면 맞짱뜰래, (웃음) 나와야지. 그게 얼마나 멋있는 거냐! 미국이 세계 최고라고 하지만 지금 미국은 썩어가고 있어. 솔직히 말하면. 종교적으로 보면 엄청 문제가 많아요. 영국 같은 데 가보면 교회가 술집이여, 옛날에 교회가. 교회 없어.] 종교적으로 썩었어. [동생: 교회가 없어, 먹고 마시며 노냐고.] 영국이 원산지인데 그렇게 썩었으니, 뭐. [동생: 영국이, 개신교고 감리교고 영국에서 다 태어난 거거든] 썩어서 안 돼. 썩어서. [동생: 그 교회가 술집이야.] 술집이야. 솔직히 말해서 그래. 그리고 춤추는 데고.

[15] 갑작스런 피난길에 두고 온 가산과 가족 이야기에 안타까워하다

[조사자: 할머니 그러면 시집은 몇 살에 가셨어요? 시집] [동생: 좀 늦었지.] 그럼. 시집이야 한 스물네 살쯤 갔지. 그때는 안 갔어야 되는 건데. [동생: 그때는 육이오 때 보니까 스물둘 되기 전에 다들 시집가고 그랬어.] 근데, 난

지금 홀로 사는 사람도 좋다고 생각해. 왜그냐면 자기 마음대로 살잖아. 여자는 태어나면 부모 밑에 살다가 남편, 그 다음에 아들 밑에서 살잖아. 자유가 없잖아, 하나도. 혼자 살아야 자유가 있지.

[동생: 옛날에는 그렇잖아. 내 가족이 없으면 못 살잖아. 지금은 요양원이라도 가서 다 살잖아. 그땐 그런 게 없었으니까 매 맞으면서도 살아야 되지. 지난번에 캐나다 갔더니 남자가 무지하게 많이 매 맞는다고 그러더라고. 왜 그러냐고 그랬더니 이혼하면 재산을 몽땅 다 줘야 된대.] 아직도 남자가 여자 많이 때려. [동생: 그 나라는 여성이 최대 우대를 받는 나라더만, 내가 가보니까. 최고더라. 매 맞아도 살아야 된대.] (웃음)

[동생: 아이고 참 고마웠어요. 옛날 얘기도 하게 되고, 여러 가지로. 뭐 역사적으로 증명된 것도 있고. 우리만 아는 것도 있고. 다른 사람들이 볼 땐 좀 문제가 있겠지만, 육이오 때 산.] 난 지금도 생각이 나, 갈비찜해서 하나도 못 먹고 왔어. 세상에 나오면서 배가 고프니까 '세상에 그걸 좀 싸갖고 올걸.' 그때는 비닐종이가 있어? 비닐종이가 있으면 쌌을지도 모를 거야. 비닐종이도 없잖아. 그릇도 플라스틱 없잖아. 다 무거운 그릇 밖에 없잖아. 무엇에 싸갖고 와.

[동생: 우리가 막 먹을 참이야. 한 10분 후에는 먹을 참인데, 아버님이 딱 오셔.

"차가 떠나니까 나가자 이거야."

그래 쳐다보며 나오는 거지. (웃음)]

그러니 뭐를 가지고 가겠어. 십 분, 이십 분 있다 나오는데, 사진 한 장을 못 갖고 왔는데. [동생: 냄비 같은 거 그저] 냄비도 야, 가다가 주은 것 같애. [동생: 아니야. 평양 들어가기 전에 무슨 역이야.] 주웠어. [동생: 맞아, 거기서 거기서 그 집에서 나도 운동화 하나 얻어 신고 그랬어] 주웠어. [동생: 그래서 운동화 나는 예비용이 있었어, 그걸, 나올 때에. 그 집에서 하나 얻은 거. 나중에 빈집인데, 나중에 가보니까 공산당 높은 사람네 집이였었나봐.

철도청의 무슨 역장이나 그런, 거기 가니까 물건이 많더라고. 우리는 없을 땐데, 그때. 가보니까 운동화가 있더라고.]

[조사자: 그거 하나만 가져오셨어요? 딴 건 안 갖고 오고?] [동생: 딴 거 필요가 없는데.] 짐이 돼서, 그잖아. 안양 큰아버지(둘째 남동생) 업고 오는 것만 해도 힘이 드는데, 뭐를 갖고 오겠어. 짐을 제일 많이 지고 왔어.

[동생: 그때 내가 제일 그거 한 것이 그때 철도청에 있는, 철도국에 있는 사람이 결혼을 막 한 사람이 있었어. 내가 어려서도 그래. 근데 신부야. 근데 신부를 놔두고 가야 하잖아. 그러니까 갔다가 또 와서 손잡고 그러고 또 가. 그러고 또 와서 손잡고 또 와. 내가 어려서도 그런 걸 목격했어. 그 참 그래서 인제 여기 나와서 그 사람을 만났어, 아버지가. 아버지가 철도청의 합숙소에 우리 아버지가 계셨을 때이니까, 철도 사람 잘 알아. 우리 아버지가 밥 해줘야 먹고 사니까, 밥 해주는 거, 합숙소에, 그 양반을 만났었어. 그땐 혼자 그렇게 와서, 아마 장가가서 다, 손자 따로 했을 거야.]

[조사자: 그때 왜 여자를 놔두고 혼자 갔어요?] [동생: 아니, 왜냐하면 신남포인가. 거기에 엘에스티인가 있는데, 남자만 태워준다는 거야. 아, 직장이니까 철도 기관사이니까, 기술자만 태워준다는 거여. 가족은 안태우고. 우리 아버지는 철도청에 같이 있었지만, 철도청에 같이 있었지만. 우리아버지 또 혼자 (피난) 갔으면, 우린 (피난) 안 갔지.]

근데 우리아버지는,

"그게 아니고, 난 가족하고 같이 가겠다."

[조사자: 멋있으시다.] 그래서 우리 식구가 그나마 나온 거지.

엘에스티 배 이제 저 흥남철수 작전에서 거기 엘에스티가 네 대인가 세 척인가가 거기서 나왔고, 여기서는 흥남포에서는 한 척만) 흥남부두에서 탄 거야. 뭐 여기 와서 결혼했는데. [동생: 함경도 사람들은 엘에스티 타고 일주일만에 부산에를 갔고, 우리는 (걸어서) 한 달 두 달 거의 다 되서야 대전 갔고. 그 차이점이 얼마야.]

그리고 그 배는 거제도에 있어. 지금도 거제도에 영철이(구연자의 아들) 큰 형(사촌형)이 살잖아. [동생: 그러니까 그때 흥남 쪽에 함흥이나 흥남 쪽 사람들은 엘에스티 탄 사람들은 편히 왔지. 밥 얻어먹으면서. 그것도 못 탄 사람들 있잖아. 눈보라가 휘날리는, 굳세어라 (금순아).]

[16] 시집살이에 고생하며 독실한 신앙심으로 살아가다

그때는 우리 시집에 가게 되면 전부 남자들만 있어. 조카들이고 뭐이고 전부 남자들만 있는데. 여자는 누가 있냐하면 영철이(아들) 큰아버지가 여기 와서 젊은 여잘 얻었어. 그런데 하나밖에 없어, 그러고 나 있고 그러고 누가 있더라. 세 사람 있거든. 전부 다. 우리 일할 때는 죽도록 해야 해. 그 장정들이 얼마나 많이 먹겠어.

근데 다 출세했어. 방송국의 노 씨 있는 것은 전부다 영철이 형(친척 형)들이야. 처음에 마산 방송국에서 저기 우리 작은 어머니가, 작은 어머니 오빠가 거기서 국장 했어. 마산 방송국 국장했는데, 그 양반이 서울로도 다 취직시켜 줬어. 그때. 노종택인가 그런 사람들도 전부다 우리 조카들이야. [조사자: 아 그래요? 노 씨] 그런데 그럼, 그럼.

우리 족보 안 찾아 왔다고 우리 작은 할아버지, 저기 작은 시아버지 있을 때 찾아 갈라고 했는데 난 예수 믿으니까 안 찾아갔어. 왜그냐면 족보 안 생각하니까. [동생: 족보가 뭐 필요 있어. 가족들 보면(되지).] 그리고 내가 그거 안 찾고 그런 건. 가면 예수 못 믿게 되니까. 난 이북에서부터 믿은 사람이니까. 그래서 시집 식구들하고 상대 안하는 거지. 그 집에 믿는 사람 하나도 없어. [동생: 경제적인 것도] 다 잘 살아. 의사고, 뭐 영철이 사촌 형은 대우 조선 거기 생겼을 때에 저기야. 배 설계하는 사람이야. 서울대학 수석으로 합격하고 수석으로 공대 졸업한 사람이야. 그 식구가 머리가 좋아.

인간의 도리를 아는 사람과 그렇지 않은 사람

김 수 남

"아, 소가 아니라 금덩어리를 팔아 줘도 애 낳은 애미를 끓여 맥여야지, 굶기고 내비두고 가면 어쩔 거냐고."

자 료 명: 20130513김수남(인제)
조 사 일: 2013년 5월 13일
조사시간: 80분
구 연 자: 김수남(여 · 1933년생)
조 사 자: 오정미, 김효실, 남경우
조사장소: 강원도 인제군 인제읍 김순희 화자의 집

[조사과정 및 구연상황]

이른 아침에 김순희 화자의 인터뷰 약속을 잡고 할머니의 댁에 찾아갔다. 댁에는 김순희 할머니뿐 아니라 김수남 할머님도 조사자들을 기다리고 계셨다. 씩씩하고 호탕하신 성격의 김수남 할머니는 김순희 할머니의 전쟁구술을 옆에서 도우신 후, 묻기도 전에 본인의 이야기를 시작하셨다. 김수남 할머님은 전쟁 직후에 여기저기에서 중매가 들어왔다는 이야기로 전쟁담을 시작하셨다.

[구연자 정보]

김수남 할머니는 매우 씩씩하고 호탕하신 성격으로, 두 번의 결혼을 하셨다. 어릴 적의 할머니는 피난 중이라도 부지런하고 생활력이 강했기에, 전쟁이 끝나자마자 주변 이웃들이 서로 중신을 세웠다. 결국 마을의 옆집 아들과 결혼했지만, 첫 번째 남편은 끝없이 바람을 피우다가 결국 본인을 쫓아냈고, 할머니는 다시 그 생활력으로 재혼을 하게 되었다. 최근 몇 년 전에, 두 번째 남편도 치매를 앓다가 자살을 하여 돌아가셨다.

[이야기 개요]

이야기는 크게 두 가지의 에피소드이다. 첫 번째는 전쟁 직후에 한 두 번의 결혼 이야기와 두 번째는 피난 중에도 생활력이 강하고 인간의 도리를 알았던 아버지에 관한 이야기이다. 첫 번째 남편과 두 번째 남편이 인간적인 도리가 상반된 인물들이었다면, 피난 중에 출산한 며느리를 버리고 간 옆 집 아주머니와 그 며느리를 챙겼던 아버지 역시 상반된 인간적 도리를 가진 사람들이었다.

[주제어] 결혼, 피난, 도리, 아버지, 남편, 출산, 산모

[1] 전쟁이 끝나자 끊임없이 중매가 들어오다

[조사자: 몇 년생이세요, 할머니? 아니면 연세로 말씀해 주셔도 돼요.] 팔십일. [조사자: 팔십일?] 응. [조사자: 고향이 여기세요?] 난 여기야. 여기가 고향이야. 인제가 고향이야. 고향에서 이제 늙어 죽게 생겼어. (웃음)

[조사자: 결혼은 언제 하신 거세요?] 열여덟 살 때. [청중: 열여덟에 갔으면 많이 갔네, 난 열다섯에 했는데.] 열여덟에 했는데 중인애비(중신아비)들이 자꾸 중인을 넣으러 댕기면서 딸 키워 삶아먹을라고 그래서, 그때도 내가 욕을 했어. 당신네들은 새끼 잡아먹는 거 봤냐고. (웃음) 그런데 그 영감이 계속 중인을 넣었어. 나한테 욕을 먹어 가매. 앞뒷집에서 결혼을 했는데, 앞뒷집이니 다 아는 사람이지 뭐. 그런데도 피난 갔다가 오니깐, 난 아침을 하구. 그런데 그 영감이 와서 얘기를 해. 그 놀러왔거니 했지, 중인을 놓으러 온 줄 알았나? 우리 오빠는 결혼해구 이제 갔는데, 그래서 조반을 해서 갔지. 채려서 같이 먹었어, 그 아저씨랑. 그랬는데 먹구는, 그때는 옛날이니까 발방아를 찧어서 먹었잖아. 그래 이제, 올케는 친정 갔는데 오기 전에 쌀을 좀 찧어 놔야 되겠어. 그래서 베(벼)를 그 앞에 집 방아다 말려서 걷어 놨는데, 그 베를 가져다 옆에 방앗간에서 방애(방아)를 찌니깐, 그 집 식구들이 나와서 방애를 찌어 주고 아버지를 들어라가 그래는 거야. 그래, 아버지는 들어가서 엄마한테 가서 그래더래.

"야, 그만해도 딸 덕 봤다."

이러더래. 이제 그 날 말을 띄어 준거야, 나를. 그런데 나가니까 뭐, 부엌에서 뭐, 고등어를 굽구 뭐, 밥을 해더라고.

"이 집에 누가 손님이 왔수?"

그 집 방아로 뛰 들어가면서.

"예, 손님 왔어요."

웃으면서. 기분이 이상하더라구.

그래 나가서 이제 방아를 찧는데, 시어머니 자리가 나와서 시누들이랑 방아를 찌어 주면서 아버지를 들어가라 그래. 방아를 찌가지고 들어가는데, 가을인데, 우스스한게, 축축한게 그래. 그래, 들어가면서 내가, 엄마는 이제 속병을 앓아서 드러누웠는데, 이불에다 발을 쑥 집어 누면서,

"아유, 엄마, 오늘 날이 추워."

"그래, 춥다."

"아버지는 어디 갔지?"

"모르겠다, 딸 덕 봤다면서 어디로 가더라."

"엄마, 그 아저씨는 여기 왜 왔대지?"

"너 중인 누러 왔었어." [조사자: 너 중매하러?]

"응."

그래.

"그래 뭐라 했어?"

"너 아버지가 말 떼 줬단다."

"에이씨, 만날 과부 새끼, 홀애비 새끼 하더니, 과부 새끼한테다 줘!"

[조사자: 홀애비 새끼한테 줘요?] 과부 새끼한테. 그 시어머니가 과분데 이제, 재혼해서 와서 살지. 그래 '아버지는 맨날 과부 새끼, 홀애비 새끼 그래 가면서 그래, 과부 새끼한테다 줘?' 어매한테만 그랬지 아버지한테는 무서워서 못 그랬어. 그래서 이제 우리 올케 오기 전에 방아를 찌어다 놓고, 어머니 이불 속에 들어갔다가 잠이 깜빡 들었는데, 오빠가 왔어.

"야, 너 여기서 자?"

"울고 자빠졌더니 잔다."

그래.

다 들었지. 듣고 가만히 있었지.

"왜 울어?"

"시집 줬잖니."

"누구한테다?"

그러니까,

"앞에 집에다 줬단다."

그러니 암 소리도 안하더라구. 어느 나쁜 놈한테 줬을까봐 오빠가

"누구한테다?"

그런 거야.

"앞에 집에다 줬단다."

그러니까, 사람은 괜치 않지. 근데 과부 새끼다 이거야. (웃음) (신랑이) 나랑 동갑이거든. 그런데 앞뒷집에 살면서도 말 한 마디 안 해봤어. 옛날에는 여자하고 남자하고 얘기하고 뭐 그랬나? 같이 살면서도 얘기를 안 했어. 그런데 그 노무 집이 중인애비를 여러 번 넣었는데 하루 세 집이가(집에서) 말이 떨어져 왔더래. [조사자: 어머!] 그런데 난 아침 식전에 떨어지고, 점심 때 떨어지고, 저녁 때 떨어지고. 서이가 말을 끊어가지고 왔더래. [청중: 서이(셋)를 어떻게 다 줘. 쪼개 줘야지.(웃음)]

그래서 시어머니가 그랬대.

"야, 말이 서이가 떨어졌는데 어느 색시한테 갈래?"

어느 색시인지는 못 봤지. 나는 앞뒷집이서 매일 봤으니까 하는 걸 다 알지.

"뭐, 속 아는 사람한테 가지 뭐. 속 아는 게 첫째지."

이래더래.

그래서 이제 나한트로 말이 떨어진거야. 아, 그 다음에, 올케도 오고 다 왔는데 아, 이게 뭐, 지랄해구, 말을 해주는데, 처남의 댁이라고 뭐, 들왔다 나갔다 지랄을 해는 거야. 아이, 꼴베기 실어서, 부엌으로 들어오면 나는 방으로 들어가구, 방으로 들어오면 나는 부엌으로 쫒겨가고 이랬어. 그래 잔치하도록 말을 안 했어. 근데 가만히 생각해보구

"아, 인제 오면 그러지 말아야지."

이래구 있는데, 보면 볼수록 도망가고 싶어. 그래 이제, 도망을 댕기고 그러다가, 동짓달 열여드레 날 결혼식을 핸거야. 구월 달에 말을 뗐는데. 아이고, 그때도 군인들이 많아가지고, 난리 나고 끝인데 군인들이 많았지. 근데

그날 결혼식이 세 집이가 있었어. 우리는 시아버지가 구장을 하니깐, 이장, 이장을 해니깐, 우리 집에 와서는 못 그래는 거야. 못 그래구 와서 바깥에 와 뭐, 색시 좀 봐야지 뭐, 누굴 봐야지, 이지랄만 해고, 시아버지가 이장이니깐 들이 뎀비지는 못 한 거지. 그런데 어느 집엔 가서 아, 색시를 노래 시켜야 한다고 끌어내고, 신랑을 달아 묶는다고 두드려 패고 그래서 걸음을 못 걷는다고 소문이 나더라고. (웃음) 그런데 우리 집은 시아버지가 이장이니까 와서 그 지랄은 못하고, 바깥에서만 지랄하다 가고, 가고 그랬지. 아이구, 그 때는 군인들이 들락 날락 해구 뭐, 난리는 끄치는 데, 그래두 뭐, 난 아주 바깥에 나가지를 않았어. 그 새끼들 오면 지랄할까봐. 맨날 방구석에 들어앉았지.

[2] 바람난 남편과 살아가다

그, 아이구, 신랑이라는 게, 외아들이거든? 그 저만 좋아라고 키워서 저만 중한 줄 알았지, 아무도 몰라. 시방처럼 누가 그래. 저녁이면 왔나부다. 가면 간 가부다. 그렇게 살았지 뭐. 꼴갑에 나가서 또 딴 여자를 보는 거야. 꼴갑을 해구. (웃음) 거기에 시집갔다가 안 살고 온 여자가 있거든. [조사자: 아-.] 거기를 댕기고 그래. 댕기겠으면 댕기고. 근데 그까짓 거 너 지랄한대면 내가 무슨 상관있냐. 그저 오면 오고, 가면 가고. 그래 우리 시어머니가 그래.

"야, 너 바보냐? 미화냐(바보, 미친 여자를 가리키는 표현)."

그래.

"왜유?"

"그 새끼 그 지랄하는 거 가만두니?"

제 꺼 가지고 저 지랄하는 거 내비두지 머이라 그래, 내가. (웃음) 우리 시어머니가 나 상관 안 한다고 말을 해. 왜 그걸 말 안 하고 가만 두냐.

"지 꺼 가지고 저 지랄하는데 가만 두쥬, 뭐."

"참, 너두 이상하다."

시어머니가 그랬다니까. 자기도 영감을 읃어가지고, 재혼을 해서 얻었는데, 이제 나이가 먹어노니까 애기를 못 낳잖아. 난리에 그 아들들이 다 죽었어. 그래서 작은 마누라를 얻은 거야. 나 결혼식 할라고 가지러 대니면서 시어머니를 가서 데리고 온 거야. 고기장사 대니는 여자를. 아들 하나, 딸 하나 있는 걸 데리고 온거야. 아 그래, 내가 집이 들어가니까 그 집에 뭐 마누래를 데려왔다드라 그래. 같이 살았지 뭐. 같이 살믄서 저쪽에다 집을 읃어서 방을 따로 내놔 줬는데 시아버지가 거기 가면, 시어머니가 쫒아가서 싸우고, 밤새도록 싸우고 그래. 아들이 가서 끌어 붙잡고 와서 지랄 해는 거야.

"아, 어머니는 어머니가 얻어주고 왜 동네 개를 짖기고 그러냐구."

아주 동네 개가 짖으면 거가서 싸움을 해는 거야. (웃음) 그래면 가서 어머니를 끌고 와서 지랄을 해는 거야.

"아, 가서 신발 벗기 전에 데리고 온 건 누군데 왜 가서 그러냐고. 내비두지. 어머니가 낳아 주지 못할 땐, 아들을 낳던 딸을 낳던 하지."

"아니, 니 똥구멍서 애가 나오면 쥐가 나와라."

하면서 욕을 해는 거야. (웃음)

아주 무지막지하게 욕을 해, 우리 시어머니가. 그러면 아들이 집이 와서 욕을 해고 지랄을 해는 거야. 그럴 걸 왜 데려왔냐 이거야. 애를 낳던 딸을 낳던 내비두지, 왜 그렇게 가서 액담(악담)을 해냐구. 남새시럽게. 그러더니 아들을 낳았어. [조사자: 오-.] 아들을 둘을 낳았다구. 짐 여 신풍리 살어. 날 보면 아주 형수라고 깍듯이 인사해. [조사자: 오-.] 같이 낳았지. 내 아 낳는다구, 내가 애를 먼저 낳았어. 시아버지가 그래.

"야, 내 놓을 적 말이지. 니가 낳았다니께 우리 마누래 낳은 거 보덤 들 반갑더라."

이래. 손주를 낳으니까 자기 아들을 낳은 거 만침(만큼) 안 반갑더라 이거야. 그래 시어머니가 애중(나중) 낳았거든. 우리 애를 삼월 달에 낳았는데, 한 사월 달인가 오월 달에 낳았어. 요 신풍리 살어. 전에 내 생일 때도 왔더라고. 오면 아주 지금도 꼭 형수라고 그래. 그렇게 살다가, 그래도 그 할머니하고 한 번도, 같이 밥을 해먹고 살면서 싫은 소리 한 번도 안 했어. 그러니까 그 할매 아직 살아서 서울 큰 아들한테서 살잖아. [조사자: 시어머니는 돌아가셨고?] 그럼, 우리 시어머니는 돌아가셨지. 그 할머니 아즉(아직) 안 죽었어. 그래 나하구 만내면, 얘길 너무 해면, 그 아들이 그래.

"아니 밤새도록 잠을 안자고 얘기를 해구두 아즉도 얘기가 남았수?"

"야, 형수하고 얘길 할라믄 죽을 때까지 해도 못 다핸다." (웃음)

그 할머니도 아직 안 죽고 살아 있어. [청중: 짐치 얻으러 갈라고 여기다가 짐치통 내놓구 나 원. (웃음)] 저, 돗나물 김치? 고걸 가주구 가? [청중: 그럼, 이걸루 먹지.] 그렇게 살다가 이제 다– 죽구.

[3] 피난을 나갔다 다시 돌아오다

[조사자: 그럼 할머니 몇 살 때 전쟁이 난 거예요?] 열일곱 살 적에. 처녀 적에. [조사자: 아, 열일곱 살 때 전쟁은 났고?] 열일곱에 나서 피난을 안동까정 글쎄, 가서 살다가 한 해 겨울 나고, 열여덟에 온 거야.

떠나오는데, 구월 달에 오는데, 여길 오는데, 우리 아버지가

"야, 오늘은 못 가겠다. 내일이나 가야겠다."

그래서

"아부지, 죽어도 오늘 가야돼. 아주, 새벽 조반 해먹고 쉬지 말고 죽어도 가면 거 갈 수 있어. 하턴 릿수가 꽤 멀다."구.

"야, 못 간다."

"하여튼 가 봐유. 구월 구일 날이 뱀이 들어가는 날인데 우리 피난 갔다가 땅 속으로 죽으러 들어가유? 안돼유, 오늘 가야돼." (웃음)

그래서 일찍 왔는데 여기 상남이라구 거기를 와서 모두 길 둑에 죽– 보따리를 지고 앉아 있으니까 백제동 사람들이 거길 부역을 나왔다가 보더니 '아이고, 희숙이네 아니냐.' 고 소리를 지르고 쫓아오더라고. 거서부텀 보따리 그 사람들이 다 지고, 집을, 백제동을 들어오니까 아직 해가 있더라고.

그렇게

"아, 구월 구일 날은 뱀이 들어가는 날인데 왜 그날 갈라 그래냐구, 오늘 가야 한다."구.

그래구 왔는데, 그래 우리 아버지가 그래. 시방은 내가 수남이라고 그러지만, 그땐 필례라고 그랬어. 딸을 자꾸 낳으니까 고만 낳으라고. 필례라고 그랬는데,

"야, 그래도 필례가 유기돼 돼긴 됐구나."

그래.

그래 그날 들어오는데 오빠는 혼자 전장을 돌아대니다가 와가지구 집을 짓느라구, 집을 다 짓고 맷질(매닥질: 반죽이나 진흙과 같은 질척한 것을 아무데나 함부로 뒤바르는 짓)을 해더라구. 구녕으로 이렇게 내다보더니 쫓아 나오더라구. 집을 다 지어 놓으니까, 와서 잘 살았지 뭐. [조사자: 아–.]

[4] 바람난 남편이 두 어린 딸과 함께 쫓아내다

그래서 살다가 그놈이 날 싫대. 싫다는데 뭐 어떻게 살아. 그놈이 싫대 날. 마누래를 몇 개씩 얻어가지고 지랄하는 걸 가만 내두니 내중(나중)에는 날 가라고 내쫒더라고 뚜드래 패 내 쫒더라고.

'씨팔놈, 내가 너 아니면 어디가 죽을 줄 아니.'

애, 지집애 둘을 데려서 내 쫓는 거야. [조사자: 어머.] 너이(넷)을 낳았는데. 둘은 냄기고 작은 거 둘은 날 데리고 가래. 안 데리고 가면 죽인대. [청중: 아, 내비두고 오지 그걸 왜.] 그래도 그 죽이는 걸 어떻게 봐유. 죽이면 어떡

해. 그걸 데리고 나와서, 시어머니가 차를 태우러 데리고 나오면서,

"어디, 종점에 가 탈래?"

"어머니, 내가 이 나이에 못 살고 쫓겨 가는데 어디 챙피해서 종점에 가 타유?"

그래 중간에 가 앉아서, 또 비가 죽죽— 주륵 와서 앉아 있으니까 차가 오더라구. 차를 타고, 뭐 차비, 돈이나 있어? 그 살림살이 다 때려 부신 고물을 팔아서 시어머니가 돈을 몇 쪼가리를 주더라구. 그걸 가지고 타고 가는데 저 동산만치 밖에 못 온거야. 와서, 비가 오는데 내려서, 아이구, 비가 오는데, 내렸는데 어떡하나. 그 끝내 외딴 데 집이 하나 있더라구. 거길 찾아 갔어. 애를 하나 앞세우고, 업고. 가니까 두 늙은이가 살더라구. 아 그래.

"아이구, 어디로 가는 사람이 이렇게 들어 왔냐?"구.

"아이구, 지나가는 사람인데 비가 오고 그래서 저, 하룻밤 자고 갈라고 왔어요."

그러니까

"아— 어여 들어오라구."

아무것도 먹지 않으니까 배들이 고프지. 애들은 배고프지. 저녁을 해서 먹고, 그래구, 그 두 늙은이가 혼자 살면서, 그 아주머니는 나보고 가지 말고 거기 살래. 그래서 거기서 살믄서 그 빨래니 뭐니 다— 해서 아주, 겨우살이 꺼정 다 빨아가믄서 거기 한 열흘 있었나봐. 그렇게 빨래해서 다 해 다듬어서 꾸매주고(꿰매주고) 그러니깐 아주 가지 말고 거기서 신랑을 얻어서 살래.

"아이고, 내가 서방에 진저리가 난 놈인데 무신 서방을 얻어유. 저 춘천 언니네 집으로 갈랜다."고.

그래 갔어.

아, 가다 보니까 이것들이 배고파 죽는다고 지랄하고, 다리아파 죽는다고 못 간다네. 길 옆에 집에 뭐 화로에 짐(김)이 올라오더라고. 밥을 한 술 얻어 먹을까하고 들어가니까 신랑이 읍에 갔는데 와야 먹는대. 나 같으면 그 찬

밥 한 숟갈 주겠어. (웃음) 안 주는 거야.

"야, 이 세월에 밥을 얻어먹으러 댕기는 내가 미화다."

그래서 갔지. 가니깐, 길옆에 늙은이들이 풀 깎느라구 길옆에 죽 있더라구.

'아이고, 내가 별 수 없다. 내가 죽어야 겠다.'

애들을 저기 신작로 멀리 저짝에다 갔다 놓구 신작로 나가 죽어 버릴라고, 나가다가 생각하니께 또 생각이 따로 나는 거야. 안 죽을 사람은 그래.

'야, 죽을라면 내가 혼자 죽지 왜 애먼 사람 죄를 입히냐.' 차에 갈려 죽으면 그 사람 벌이잖아. '왜 그래냐.' 그래 도로, 거기 펄썩 주저앉아서 가만- 있다가 애들이 애미한트로 기어 오는 거야. 그래 데리고 신작로로 걸어가다 보니까 사람들이 풀 깎느라고 잔뜩 있어. 한 집이, 길옆에, 또 연기가 무럭무럭 나고 있어. 그래서 또 들어 간거야, 거기를. 또 들어가니까, 거긴 담배 농사를 해는데, 담배 건조실 짓느라고 점심을 해가지고 밥을 해 푸더라고. 근데 할아버지 제상이 있더라구. 제상에다가 밥을 차려다 놓고는 가면서 애덜이, 그 전에는 그릇이나 있수? 바가지다 이렇게 보리밥을 해다 퍼 주고서는 애들을 맥이고 있으래. 애들은 그걸 먹으니 보리밥이고 뭐이고 배부르니 좋지. 그 먹고, 농사짓는 집이 가게에 얼마나 지저분하게 널어놨는지, 간 뒤로 내가 청소 싹 해고, 해고 나니까,

"아이고, 이 아주머니가 청소를 다 했네."

그래.

"아니, 가만히 앉아 있으니 뭘 해유."

[5] 새남편을 만나다

그 밥을 와서 같이 먹고 그래는데 (그 집의) 오촌 숙모가 온 거야. 거서 벌써 애기를 해가지고 온 거야. 와서 보고, 또 보고. '저 할머니가 왜 저렇게 날 자꾸 볼까.' 그랬거든. 그래 이제 밥 먹고도 설거지 다 하고 그랬는데 간다

고 그러니까 어디로 가냬, 그 집이서.

"아니, 춘천 언니네 있으니까 언니네 간다."고.

그랬지. 가지 말고 여기서 자고 가래.

"아이고, 이제 애들 밥도 먹고 배부른데 가야죠."

아니, 못 가게 붙잡아.

그런데 시어머니 자리를 또 불러냈어. [조사자: 어머, 시어머니 자리를? (웃음)] 아이고, 우리 매느리 노릇하고 가래. 가지 말래. 그래서

"아이고, 내가 서방에 진저리가 난 사람인데 무슨 서방을 읃어유. 서방이 죽지 않고 살아 있어유."

그러니까, 아니래. 마땅한 사람 얻으라고. 아들이 혼자되어서 혼자 있는데 좀 가래. 안 간다고. 그러다가 해가 다 간거야.

"이젠 오지도 가지도 못해유. 우리 집으로 가유, 우리 집이 가 자유."

그 시어머니 자리가 그래. 저-기 골짜구니 외딴 데 집이 하나 있더라구.

(도시락을 가져다주는 분이 와서 잠시 대화가 끊김.)

그래서 시어머니 따라서 그 집을 가니깐, 아주 외딴 데 집인데, 마루가 이렇게 높더라구. 그래 거 가 있는데, 가다가 그 집을 백히는(밝히는) 거야. 홀애비 집이라고. 그런데 홀애비 집은 홀애비 집이야. 밥을 퍼먹다가 주걱을 솥에다 걸어 놓고 지집애들이랑 어디로 다 간거야. 하난 열두 살이고, 하난 일곱 살이야, 지집애들이. 그래서 이제 시어머니 집에 가서 앉았드라니까 어디로 통화를 해서 영감이 온 거야. 영감이 왔는데 마루에 높은 데 앉아서 보니까 더 쪼끄만거야. (웃음) 쪼끄매. 쪼끄만게 까불까불 들어오더라구.

'참, 쥐고 장 찍을 데도 없이 생겼구나.'

이러구 내다보고 앉아 있는데 [조사자: 어떻게 생겼다고요?] 쥐고선 장을 찍을 데도 없이 생겼다 이거야. (웃음) 좀 커야 쥐고 장을 찍지. 쥐고 장 찍을 데도 없이 생겼더라고.

'저게 영감은 영감이구나.'

아이고, 내가 뭘 영감 덕을 볼라고 영감을 얻나. 새끼들이나 키울라고 그래지. 그거 죽이지도 못 하고 어떡하냐고. 어디가 밥을 한 숟갈 얻어먹을라고 해도 밥도 안 줄까, 뭐, 그러니까 할 수 없이 읃어 가긴 읃어 가야겠는데, 내가 영감 덕 볼라고 얻는 것도 아니다. 새끼만 설움 주면 그날로 간다고 생각하고 영감한테 그랬어.

"나는 먹지 못해 영감 얻는 것도 아니고, 영감이 그리워 영감 얻는 것도 아니다. 저 새끼들을 키울라고 그러니까 살다가 눈 한 번이라도 흘키는 거 보면 난 안 산다."

그러니까

"아, 나도 역시 안 가린다고. 나도 지집애가 둘이고 거기도 둘이니까 같이 함 살아보자."

이러는 거야.

아니, 이노무 지집애들이 지랄하구 엄마라구 그러면서 초매(치마) 끝에 달라 붙어가지고 떨어지질 않는 거야. 지집아 둘이 달라 붙어가지고. 내가 데리고 간 거 둘이지. 지집애 너이가 달라붙어서 지랄을 해. 아이고, 참, 별일도 다 봤다. 애들이 새엄마라면 치를 떠는데 어째 저럴까. 엄마가 얼매나 그리우면 저럴까. 엄마가 봄에 삼월 달에 죽었으니까. 그래서, 그게 불쌍해서 내가 살아 준거야. 영감이 좋아 살은 게 아니고. 얼마나 불쌍해 그것들이. 아주 안 떨어져. 초매 꼬리에 붙어서. 붙어서 돌아댕겨.

그래 하루는 이웃집 친척에 딸 잔치 했다는데 아, 잔치 먹으러 오라고 그래. 그래서 그 너이를 데리고 갔는데, 아이, 챙피해 죽겠는 거야. 이거 도로 오지도 못하고 가지도 못하고. 지집애들이 졸졸졸졸 따라 댕기니. 아 그, 여러 사람들은 마당에다가 상을 놓고, 상을 채리는데 지 새끼들 떡을 다 집어주고 우리 애들은 떡도 하나 못 얻어먹어. 그래니 그게 먹고 싶어 죽을라고 그래지. 국수를 이렇게 채려주길래 그걸 한 그릇 씩 얻어먹고, 즈이 친한 편이 저기서 씨부렁 거리드라고. 일로 오라고 그러니까 왔어. 그래,

"야, 그 떡좀 한 개씩 얻어다 줘. 나 챙피해서 갈래."

"아, 왜 가유?"

"아이, 챙피해. 나 갈래. 애들이 떡 달라고, 먹는 걸 보고 저래니 어떻하니."

떡을 얻어다 주더라구.

그걸 데리고 와서는 다시는 어디를 안 갔어, 내가. 잔치를 해든 환갑을 해든 뭘 하든 안 갔어. 그래니 지금도 그 얘길 해. 엄마가 가면 가 얻어먹을라고 놀러도 안 가고 거기 지키고 있으면 엄마가 안 가더라 이거야. 그래서 못 얻어먹었대. 그래서 내가, '한 번 그래서 혼 났는데, 두 번 다시 가냐? 내가 안 가면 너희도 안 가는데, 내가 가면 너희를 다 데리고 가야 하는데 챙피스러워서 안 갔다.' 엊그저께도 와서 그 얘기를 해는 거야. (웃음) 아주 떡 먹고 싶어 죽겠는데 따라갈라면 엄마가 안 가더래. (웃음) 그래서 키웠는데, 시방 내가 낳은 것 보담 그것들이 더 잘해요. [조사자: 오~.] 큰 거는 작년이 환갑, 용띠야. 전에도 와서 그 얘기를 해는 거야.

"울 엄마, 내가 놔줬으면 갈꺼였는데 내가 붙잡아서 못 갔어. 어디가면 좋은 데로 가서 고생도 안 할걸."

이 지랄을 하더라고. (웃음)

나 살아온 거 생각을 해면, 책을 매도 몇 권을 매고도 남어. 배가 고파 죽겠어서 양조장에서 술비지를 사다 먹을래도 그것도 못 사다 먹어. 술비지 요만한 양갱이로 하나에 오백 원씩 하는데 그거 돈이 없어서 그것도 못 사다 먹었어. 그, 늦게 가면 그것도 못 사. 신작로 바닥에 가서 자빠져 자는 거야. 그럼 우리 시방 죽은 아들을 데리고 가서, 저녁때는 따뜻핸데, 밤이 되면 세멘트(시멘트)가 식어서 차갑다고. 그러면 담요를 갔다가 덥어주고 거기서 지키고 앉았는 거야. 그랬더니, 그거 파는 총각이

"넌 쬐끄만게 날마덤 그렇게 비지를 사러 오니?"

그러니까 우리 집은 저 뒤에 있다고 그러더래. 그래 한 번은 비지를 줘서 뒤로다 돌려놓고 안보내더라고. 거기 있으라고. 그래 너 어매가 누구냐 그러

니까, 저기 있다고 그러니까 아들이냐. 아들이라고. 혼자 이거 하나 사가지고는 식구가 못 먹으니까 두 그릇을 사야 되는데 못 사니까. 그런데 지가(술비지 파는 총각이) 갸를 데리고 우리 집을 와본거야. 와보더니,

"아이구, 진짜 그러네."

여느 때는 안 그러더니, 가면 걔 꺼는 이렇게 수북하게 꾹꾹 눌러서 담아주는 거야. (웃음) 비지를. 그래구, 빵두 사주고 이래. 그렇게 신세를 지고 그렇게 살았는데 못 살고 죽었어. 올해가 환갑인데. 엊그저께 환갑 지내갔어. 그래서 매느리한테다

"거, 옷을 해 태우고 그래야 한다는데 헐쭘한 걸로 태우고 술 잘먹는 놈 술이나 실컷 줘라."

그랬어. (웃음) [청중: 아주 이른 새끼구만. 환갑이 지난 걸 보니까.] 그럼. 스무 살에 낳았는데. 스무 살에 낳아서, 챙피해서 젓도 못 맥였어. 감추고 대니다 시아버지한테 혼났다고. 언제까정 감추고 맥이냐고. 챙피해서 이걸(젖가슴을) 못 내놓겠는데 어떡해. [청중: 그 전에는 다 그랬어.] 시아버지한테 혼났다니까.

[조사자: 그래도 두 번째 결혼하신 남편 분은 착하셨어요?] 착했어요. 생기긴 고렇게 생겼어도, 마음은 그만이야. 내가 이제, 밭이 골짜구니 안에 있으니 올라가면 한 나절, 내려오면 밤중인게야. 그래서 거 밭 밑에다가 집을 짓고 살자구. 토막집을 낭구(나무) 짤라다 해 놨는데, 살다가 그 장마 동안에 벼락(내용상 산사태를 말함)을 맞았네. 내가 그때 죽을 건데 또 살았어. 저만큼 떠내려 가다가. 일어나 살았다고. 우리 시방 여기 있는 애들은 쪼끄만거 갓난 애를 방 안에다 눕혔는데, 아, 거기서 일어나 나와가지고 흙 뭉탱이가, 애애 – 거리면서 문을 여는데 안열리니까 확– 째배당기니까 문이 부서지면서 열어 지는데, 애는 읎구, 그 토막집은 안허물어 졌으니까 꼭대기에 애를 데리고 세 식구가 거기 앉아 있는 거야. 아니, 애를 끌구 거길 들어가면 어떻하냐구, 내가, 흙 뭉탱이가, 애를 둘둘 말아서 등에다가 업고 나오는데 또 내려오더라

고. 또 내려오는데 집으로 안 들이치고 개울로 내려가더라고. 그래서 나와가지고 산등으로 해서 가니가 울 영감은 따라오면서

"아이고, 내 금덩어리 같은 새끼 죽겠다고."

그저 중얼중얼 대면서 그래.

"아이! 중얼대지 말고 오기나 해!"

그래 가가지고 이제 시어머니네 집을 들어가니까 산등으로 그저 물이 (무릎을 가리키며) 여기까정 오는 거야. 가서 애를 내리 놓고는, 그 흙 뭉탱이를 빗물에다 씻겼어. 애는 콜–콜 자. 병이 나서 잔다는 거야 이놈의 영감은. 숨은 경기도 있다. 자다가 죽는 수도 있다.

"아니, 초사 좀 떨지 말고 가만 놔두라고. 가만 자는 애를 가지고 왜 그러냐."고.

그랬지. 애 키우는 건 내가 더 잘 알지 뭘 그러냐고 그랬어. 멀쩡하게 아주 콜–콜 자는 거를 글쎄 자다가 죽는대, 숨은 경기래. 그런 소리 초사 떨지 말고 가만 있으라고. 아침에 일어나니께 빵긋 빵긋 웃고, 그래. (웃음) 그래서 살은 게 시방 여기 데리고 있는 거야. 지집애만 둘을 낳고 마누래가 죽었는데, 서이를 낳았는데 처음 난 거는 죽고 둘은 있고. 그래서 그거 갓 마흔에 첫 버선이라고 아들을 봤는데, 죽인다고 그렇게 중얼중얼. 초사를 떨지 말고 가만히 있으라고. 그게 컸는데 병도 안 하고 아주 잘 커. 그러니까, 댕기다가 넘어져가지고 무릎을 깠는데, 난 그게 아물고 괜찮겠거니 했지. 우리 지금 인제 있는 막내를 그때 낳았는데.

"엄마, 나 다리가 아파."

"그거 안 아물었니?"

"아니, 아물었는데 이렇게 됐어."

보니깐 이게 아주 부어서 내복을 입었는데 벗기지를 못 해. (무릎을 가리키며) 여기가 이렇게 부은 거야. 벌겋게. 그래서 지 아베가 칼로 찢어서 내복을 벳기고, 그때 여기 보건소가 있었어. 보건소를 데려가니까 삔세트(핀셋)로

푹– 하고 찌르니까 시뻘건 피고름이 시커먼게 그렇잖아. 그저 깔고 올라앉아서 디립다 짜니까 우케 짜졌어. 그래 여기 펠레집에서 식배(식비)를 대고 먹었잖아. 거기서 댕기질 못해서. 근데 거기다 놓고는 친구들이 그저 오도바이(오토바이)도 태워서 댕기고, 저가 업고도 댕기고, 리아카(리어카)로 태워가지고 댕기고. 여기 중고등학교 댕기면서. 그래 댕겼는데, 고등학교를 댕기고 그래 이제, 뭔약을 해서 맥이면 나을까, 벨(별) 약을 내가 다 해 맥였어. 아, 그, 송장 뼉다구를 먹으면 낫는다, 그 병이, 그 고름이 낫는다. 저 거제도 가서 그, 사람 태우는 데. 거 가서 얘기를 해니께, 그 집 아줌마가

"내가 오늘 아침에 젊은 사람이 있는데, 죽은 게, 저기 있다, 내가 그거 갖다 주겠다."고.

그래, 뼉다구를 갖다 주더라고. 어서 누가 볼까봐 저 외딴 데 가서 이렇게 빻았어. 빻아서 가져와서 그걸 환을 지어가지고 맥였단 말야. 그래, 그래 그랬는지 저래 그랬는지 그 담엔 고름이 안 나더라고. 고름이 안 나서 학교를 댕기고 마쳤는데, 대학교를 갔는데, 서울 가서 대학교를 댕기다가 방학 때 와가지고

"엄마 나 다리 수술핼래."

"수술을 어떻게 하니?"

"방학동안에 수술을 해야지."

저 춘천가서 수술을 했는데, (허벅지를 가리키며) 여기서 이만큼을 쨌어. 그래구 그걸 했는데 아주 징그럽지 뭐. 그래 한 달을 거기 있으니까 그게 아물더라고. 그래도 지깐에는 이제 한 달만 해구 학교를 댕길라고 했는데, 다리가 뻗정다리가 됐는데 어떻게 가. 그래서 그 해 겨울을 낫지. 저 관대리 집에서. 그렇게 있으니, 뻗치고 댕기니 어떡해. 그래서 그 해 묵어서 그 이듬해 다시 또 갔어. 다시 갔는데 저 누나들이, 내가 와서 키운 누나가 가서 식모살이 해서 돈을 많이 벌었어요. 그래가지고 동생을 데려다가 거기서 대학을 댕기게 한거야. 그렇게 했는데, 어떤 잡놈이 또, 아주 쫓아 댕기고 지랄이 났

어, 같이 살자고. 쫓아 댕기고 지랄을 해서 저– 부산으로 가서 도망을 가서 있었는데, 거꺼정 쫓아가서 지랄을 하니까 할 수 없이 또 살은 거야. 지가(딸이) 나이가 서른세 살 이니까 애를 못 낳을 줄 알고 애가 하나 있는 남자를 얻었어. 근데 이 잡놈이 가더니 금방 또 애가 생겨서 낳았어. 지가, 딸이. 그래서 아들만 둘이야 시방.

근데 그 잡놈이 그 지랄하고 딴 여자를 데리고 또 딴데로 갔어. [청중: 남자놈이?] 그럼. 벌써 몇 년 됐잖아. 아 쬐끄말 적에 그랬는데, 시방도 걔들이 조가 안 한대. 조가거든? 그 아들이 그래.

“할머니, 난 조가 안 해. 박가 할 거야.”

즈이 아버지한테 맹일(명일, 명절) 새러도 안 가고 여기루 와. 전에도 와서

“할머니, 난 박가야. 조가 아니야. 더러워 조가 안 해.” (웃음)

그거 내가 키운 게 그렇게 잘해. 얘를 가리키다 그 놈이 그 지랄하고 다 털어 쳐먹고는 그러니까 또 작은 누나가 또 가리킨 거야. 일곱 살 먹은 거. 그게 또. 그 누나네 집에 가서 배우는데, 그것도 또 하우스 농사나 짓고 그러니 편안치 않잖아. 그러니까 우리 증평 가 있는 딸이 그게 또 한 학기는 대줬어, 돈을. 안내양을 해서. 그래서 안내양을 해서 그걸 또 벌어 대. 지집애들 서이가 모아서 그걸 대학교를 가리킨거야. 전문대학교를. 그것도 전문대학교를 삼 년을 댕겼어. 다리 수술하는 바람에. 그것들이 그래서 내가,

“야, 누나한테 전화 좀 해라.”

“엄마, 뭐이라고 전화를 해.”

“아, 잘 있냐고, 잘 있다고 해면 돼지, 뭐 별거 해니? 넌 누나 모르는 척 하면 안 돼. 엄마보덤 누나가 나. 누나 공 모르면 안 된다.”

지금도 그러지. 아주 안해여.

[6] 전쟁 중에도 아버지는 인간의 도리를 다하며 살았다

[조사자: 할머니, 그때 전쟁 이야기 한 번만 다시 해 주세요. 열일곱 살 때 전쟁이 났던 거예요?] 응. [조사자: 그러면 그때 같이 피난 다녔던 가족이 어떻게 되는 거예요?] 어머니, 아버지, 식구들 다 갔지 뭐. [조사자: 식구가 어떻게 되는데요?] 동생, 남동생, 여동생, 또 언니들이 하남 있었는데 우리 집에 와서 있다가 같이 피난을 나갔지, 언니들도, 두 내우(내외) 하고. [조사자: 오빠도 계셨잖아요.] 오빠는 군인으로 이북에 뺐겼지. 그래서 우리끼리 갔지. [조사자: 올케 언니나 조카는 없고?] 그때는 약혼만 해 놓고 안 했어, 결혼을. 그래서 전에, 그래서 내가 환갑 먹을 갔다 왔잖아. 팔순 먹으러. [조사자: 아-.]

그런데 아, 피난을 가다가, 매둔지골이라고 있거든? 그 고개를 넘어가야 상남을 가는데, 거기를 가다가, 모두 같이 가던 식구들이 저 빈 집이 있으니까 거기다가 발을 좀 녹여가지고 간대, 발 시리대. 그러니까 아버지가

"발 시리고 어째고, 우린 그냥 가자. 이럴 때는 여럿이 몰켜(몰려) 가면 안 돼. 우리 식구는 우리 식구끼리 가자."

아버지가 앞장을 서더라구. 그래서 거기를 올라가니까 매둔지골이라는 고개에 군인이 보초를 서다가, 개가 있더라고. 개가 으르르 하니까 (혀를 차며) 뚝뚝뚝 이러더라구. 그래더니 빨리 넘어 가래. 그래 우리가 넘어 가고 그 패들은(집에 남은 사람들) 거기서 불을 쬐고 오다가 총기를 들이대서 딸이 총에 맞아 죽은 거야. [조사자: 아이고.] 우리랑 같이 우리 집서 저녁을 먹고 같이 떠났는데. 나보다 한 살 더 먹었거든. 무경이라고 그래. 아, 지 농 속 보따리, 한 보따리를 지고 오다가 자빠지니까 그걸 풀어서 덮어놓고 왔대. 어머니가 거기 엎어져 우니깐 여느 사람들이 어머니는 끌고 오고 송장은 거기다가 놔두고. 아, 와가지고 그냥, 맨날 딸 이름을 부르고 울고 통곡을 하며 울고 지랄을 해는 거야.

(김순옥과 함께 살고 있는 청중(김순희)가 딸과의 약속 때문에 나가야 한다

고 해서 잠시 이야기가 중단 됨.)

내가 어디까지 얘기 했지? [조사자: 그 아주머니가 딸을 잃어가지고 막- 매일 울었다구요.] 응. 피난 나가면서 맨날 울고 앉아서 울고 매일 찾고 그러는 거야. 아들, 매느리는 다 갔는데. 우리 아버지는 그게 못마땅해서 죽겠어. 자기네가 잘못해서 그렇지 우리가 올적에 왔으면 안 그랬잖아. 불 쬔다고 지랄하다 그랬지. [조사자: 더 있겠다고 그래서.] 그래서 우리보담 뒤로 왔지. 아휴, 매냥 그 지랄을 해는 거야. 에유, 시끄러워 죽겄어. 그러더니 어디꺼정 가다가 큰 매느리가 애기를 낳았어, 밤에 자다가. 애기를 낳았는데 그걸 내버리고 가는 거야. [조사자: 그 아주머니가?] 그 할미가. 작은 매느리, 작은 아들을 데리고 밤중에 가는거야. 가더니 그 꼭대기에 빈 집이 있는데 거가서 자빠져 자면서 그 매느리는 뭐를 끓여 주지도 않고 그냥 가는 거야. 애를 낳고. [조사자: 애를 낳은 며느리랑 애기를 두고 가요?] 그 아들하고 서이 식구 놔두고 작은 아들하고 작은 매느리하고 세 식구가 똑하니 가는 거야. 지 막내하고 너이가.

그러니까 우리 아버지가

"저놈의 할미 싸가지 없는 건 알았지만, 못된 마음이, 맏며느리가 애를 낳았으면 뭐 국이라도 끓여 맥여 기운을 채려가지고 데리고 가야지 혼자 저렇게 간다."

이래. 아침이 되니까 아버지가

"이 사람아. 저 동네 나가 보게. 그래도 사람이 있는 집이 있겠지. 가서 장이나 한 사발 사고, 시래기라도 사다가 국을 끓여 맥여야 하잖니?"

그래니 나가더니 참, 시래기하고 장하고 가져왔더라고. 그래 이, 피난 가는데 그릇이나 있어? 요만한 새옹(놋쇠로 만든 작은 솥), 밥 한 되도 못되는 새옹에다가 시래기를 몇 가닥 넣어서 삶아가지고 행궈가지고 밥을 해고 그래는데, 시애미가 또 완거야(온거야). 와서 욕을 해, 욕을 퍼붓고 지랄을 해는 거야. 소 팔아서 예팬네 국 끓여주고 자빠졌다고. 그래 우리 아버지가 또 욕을 해.

"아, 소가 아니라 금덩어리를 팔아 줘도 애 낳은 애미를 끓여 맥여야지, 굶기고 내비두고 가면 어쩔 거냐"고.

"가지 왜 또 왔냐"고.

아버지가 욕을 막 하니까 그만 쫓겨 가드라고. 쫓겨서 또 글로 뛰가. 그러더니, 그래서 그 국을 끓여 맥였어. 한 삼일 있다가 가니 뭘 제대로 먹어? 밥이나 뭐 제대로 있어? 먹는 처럼 했지. 그래서 데리고 한 삼일 있다가 가자고, 데리고 가는데, 이제 하루 죙일 간 게 한 오 리나 갔는지. 내성이래는 동네를 갔는데, 그 길옆에 앉아서 쉬더라니까 군인들이 나와서 어서 왔냐. 우리 기린서 왔다니까 강원도 기린서 왔다니깐,

"아이고, 우리가 거기서 전쟁을 했는데 세상에 거기 사람들이 그렇게 대우를 잘 하더라. 떡을 해다가 주질 않나, 국을 해다 주질 않나, 우리가 그렇게 대우를 받고 왔다."고.

그래 장교한테 들어가 그 얘기를 해니깐 아주 고기, 소고기 미역국을 끓여서 밥을 했어. 다 들어오래. 다 들어가서 이제 밥을 잘 얻어먹었잖아.

이제 쉬서 이제 간다고. 그러니깐 어디 가서 이 사람들 방을 얻어 주래. 그때는 방위대라나 뭐라나 그 사람들이 있었어. 그 사람들을 시켜서 방을 얻어 줬어. 우리가 간다고 그러니까 그 군인들이

"이 애기 엄마랑 신랑하고 둘이 여기 며칠 있다가 좀 기운을 차려가지고 가라."

그랬더니 죽으라고 지랄하던 할미가

"아니, 시어머니인 내가 구완을 해야지, 신랑이 뭘 아냐."고.

아, 지랄을 해고 지가 거기 있는 거야. 그래 이제 며칠 간 있다가 신랑이 데리러 갔어. 데리고 오는데 집집마다 들어가서

"어제 난 애기 엄마 좀 도와 달라."

그러더라구.

[조사자: 그 시어머니가?] 응. 그 할미가. 들어가기 싫어 죽겠는데 안 들어가면 욕을 막 해구. 그래 우리한테 와가지고 그 얘길 해.

"씨팔년의 할미. 누굴 죽으라고 내비리더니 쳐먹는 데는 지가 쳐먹을라구. 지가 지랄하구 시애미 노릇 할라구 그런다."고.

그래더니, 그 애를 죽일라구, 큰 매느리 낳은 애를 다 죽일라구 내비리고 간 게, 그때는 작은 매느리 애를 글쎄 양잿물을 맥였어. 죽일라구. [조사자: 작은 며느리가 낳은 애기를?] 응. 그건 컸지. [조사자: 어머! 큰 애기를? 세 네 살은 된 애기를?] 세 네 살은 안 됐어. 한…… 돌 지냈어. 그랜데 그거 둘을 이렇게 놓고 동서들 둘이서 큰 개울에 가 빨래를 해고, 더 빨래할 거를 가져올라고 큰어머니가 들어오니까, 마당쪽에 들어오니까 아가 깔딱 넘어가는 소리를 하더래. 그래 뛰 들어가니깐, 그 작은 매느리 애를, 잿물을 이렇게 맥이고 숟가락을 선반 위다 얹더래. 그래 큰어머니가 뜨물(쌀뜨물)을 갖다가 애를 휘둘러 놓니까, 입 안이 홀—딱 가져가지고, 젖을 빠냐, 뭘 맥이면 먹냐, 명이 기니까 안 죽고, 아주 꼬질꼬질 말라서. 그래도 안 죽어. 명이 길어서 안 죽어. 젖도 못 빨고 그래. 그 욕을 큰며느리가 죽을 때까정 욕을 퍼 부은 거야. [조사자: 시어머니를. 그렇죠.] 갖다 고발을 해서 영창 보내야 한다고 그래. 그러니까 아주 (손을 비비며 비는 시늉을 하며) 다시는 안 그런다고, 한 번만 봐달라고. 그래 쪼끔만 하면 시어머니한테 그 얘기를 들이 대구. 아주 설움받다가 죽었을거야. 그래고는 헤어졌는데 죽었는지 살았는지. 그래 이제 피난하고 집이를 들어갔는데, 작은 아들이 군인을 갔는데 군인 가서 죽었어. 그 지집애 하나, 그거 하나 남기고 죽었다고. [조사자: 그 약 먹은 애기도 죽고?] 안 죽었어. [조사자: 그럼 걔는 살았는데, 그 작은 아들이?] 응. 아들이 군인 가서 죽은 거야. 딸 하나만 냄기고. 그것도 죽었으면 아들 씨도 없을 건데. 지집애 하나 되는데. 이제 어떻게 됐는지 어디가 다 죽었는지 살았는지 몰라. 한 이웃에 살았거든. 우리 아버지한테 욕깨나 먹었지 그 년의 할미. (웃음)

"그 따구로 해고, 저런 할미는 죄 받아 죽어야 하는데 안 죽는다."고.

우리 아버지는 아주 대꼬지 같애. 피난 가면서도 어디 가서 소금 한 알갱이 남의 거는 건들지 말래는 거야. 나 지구 가는 게나 먹지. 옛날에는 시방처럼 비니루 봉다리나 있어? (양손을 모으며) 저기 사기, 사리 단지 요만한 거 하나에다가 장아찌, 마늘 장아찌 썰은 거를 넣어가지고 갔어. 그거를 한 조가리씩 먹고, 반찬이라고. 장도 요만한 데다가 담아가지고 가고. 피난 가도 나 가지구 간 게나 먹지 남의 거는 아주 손을 대지 말래. 피난 댕기는 게 그 따구로 맘씨를 먹으면 안 된대. 아주 그래, 어느 한 군데를 가니깐, 노루 고기를 이만한 뚝배기다 하나 담아서 냉장고, 냉장고나 있어? 탁자에다 넣어 놨두라구. 우리 형부가 그 걸 한 동가리를 먹어 보다가 아버지가 난리를 치는 바람에 못 먹었지. 남의 거 건들지 말라고 난리를 쳐서. 그래구 피난 가서 살면서 맨날 그래.

"아이구, 형부, 그걸 먹었으면 시방꺼정 그게 있수?"

그 얘기를 자꾸 해요. 근데.

"아이구, 처제는 아버지 소리가 듣기 싫은 가봐."

"듣기 싫지 그럼, 피난하는데 근드리지 말라는 게 뭐가 그리 나빠요. 그래서 우리 피난 하나도 건드리지 않고 피난 잘 하고 들어가니까 됐잖우."

하나 실수 없이 가 피난하고 들어 왔지. 우리 아버지는 아주 대꼬지 같애. 남의 거는 소금 하나라도 대지 말랬는데 어떡해. 아이구. (웃음) 친정이 여기 용문 살아. [조사자: 누구?] 친정이 용문 산다고. 전에 올케 팔순이라서 가서 읃어 먹고 사흘을 놀다가 왔어. 우리 오빠는 나보다 세 살을 더 먹어서 팔십서이야. 근데 아주 죽을라는지 이렇게 부었어. 그래서 그걸 보고 눈물이 나서 올 수가 없더라구. 세 밤을 자고 왔는데 좀 나지구, 밥도 조금 잡숫구 그러는 걸 보구 와서, 어제도 전화 했는데 괜찮더라구.

[조사자: 그럼 피난 중에 누가 다치거나 가족 중에 누가 다치거나 그러지는 않으셨어요?] 아니, 그런 일은 아예 없어. [조사자: 다행이네요. 다행이야.] 그, 나

도 드날 적에 우리 동생 하나가 홍역 하다가 죽었어. 죽은 걸 갔다가 파묻고 갔는데, 갔다와서, 어딜 갔나 해서 나중에 나올 적에 내가 낭구 짝을 내버리고 업고 올랬더니 안 나오더라구. 흔적도 없더라 어디로 갔는지. 뫼(묘)를 갔다가 파묻었는데 다 파헤쳐서 어떻게 됐는지 흔적도 없더라구. [조사자: 아, 피난 나올 때 홍역에 걸려서 벌써 죽어버려서 묻어주고 왔는데.] 그날 저녁에. 그날 저녁에 묻고 그날 저녁에 도망을 간 거야. [조사자: 응-. 그리고, 피난을 갔다가 와서 다시 봤는데 없구나.] 일 년을 나서 왔는데. 흔적도 업더래. 다 파헤쳐서. 뭐 불룩한 건 뭐 먹을 거 파묻었나, 군인들이 전부 다 파헤쳤대. 그래, 송장 구댕이도 몇 번을 파헤쳐서 갖다 묻은 사람이 있다고 그러더라고. (웃음) 세 번씩 묻었대. 갖다 묻으면 뭐이 먹을 걸 묻었나 또 파내고, 또 파내고 그래서. (웃음) 에이구, 부모는 그런 거야. 가서 일 년을 나서 왔는데도 뭐이 살아 나오나? 나오길.

아이구, 피난 가서도 첨에는 맨날 먹을 게 없지. 먹을 게 없어서 굶는데, 어서 방앗간에서 그 까부는 거를 까불라고 그러드래, 우리 언니를 보고. 그래 촌에서 살던 사람이 까불기를 좀 잘하나? 아 까불어 주니까 아이고, 누가 올 사람 있으면 데리고 오라고 그러더래. 그래 우리 어머니하고 가서, 이웃 사람도 가고. 그러믄 키질을 할 줄 모르니까 많이 못 까불지. 우리 엄마랑 올케랑은 키질을 잘 하니깐 키를 까불으면 쌀이 나오잖아. 싸래기를 아주 가져가지 못하게 가져가라고 그러더래. 그렇게 잘 까분다고. 그래 그 이튿날 오라 그래구. 몇 일을 가 까불었어. 그래구 그걸 갖다가 떡을 해 먹구.

한 번은, 몰르구, 뫼를 캐다가 뫼를 넣구 시루떡을 해서 가져갔더니 거기 사람이 '아이구, 할마씨, 약 사가지고 떡 팔러 댕기소. 이 떡 먹으면 병나서 죽습니다.' 이러고는 안 사먹더래. 그냥 가져와서 우리가 먹었는데 진짜 먹으니까 설사를 해더라고. 그 뫼떡은, 우린 그 전에 그게 좋은 줄 알았거든? 그거 뫼를 먹으면 설사를 핸대. [조사자: 뫼가 뭐에요?] 뫼라는 게 여기 있거든? 땅에 나는, 하얗고 지다란 거 있어. 그래, 그렇게도 살아보고, 또, 두부를 해서 두부 장사도 해보고. 그렇게 사는데, 그 담에는 아버지가 인제 면사무소에 일하러 댕기는데, 일 하면 배급을 한 식구 늘려서 주는 거야. 우리 식구가 많으니깐. 그래 가믄 날마나 지서하고 면사무소하고 그 청소를 해는데 송장이 날마담 나온대. 때려 죽여서. [조사자: 아이고, 전쟁 끝난 다음에도?] 전쟁때지 그때가. 전쟁 때 피난 나가가지고. 그게 인제 빨갱이 잡아다가. 때려죽이는 거야. 바닥 빨갱이가 그렇게 많아.

그래서 우리도 몰랐는데 바닥 빨갱이 집에 가서 살은 거야, 우리가. 거기다 읃어서 살았는데. 아, 첨에는 늙은이들만 사는데 불을 못 때서 방이 아주 삼천 냉방이야. 더운물 하나 씨나(쓰나) 뭐, 그래서 우리가 거가 살면서 가 낭구를 줏어다가 불을 때고 물을 퍼다 데우면, 가매(가마)로 하나씩 더운 물을. 더운 물 실컷 쓰지 불땐다믄 방에다 들여놓고. 할머니가 아주 좋아 죽을라고 그래.

"아이고, 처자가 잘 해서 우리 집이 뜨뜻해다."구.

그래, 나 같은 지집애가 또 하나 있는데, 이게 바닥 빨갱인 줄 몰랐지. 내가 이게 곰보해는 병이 걸린 거야. [조사자: 오–.] 마마가 걸려서 아–주 말도 못하게 돋았지. [조사자: 할머니가?] 내가. [조사자: 어머, 어머.] 그래 이제, 아침에 두부를 해서 어머니는 두부 팔러 가고, 설것이를 다 하고 나니깐, 아주, 골이 아픈데 어떻게 핼 수 없이 죽겠는 거야. 그래 이제 물만 잔뜩 퍼다 놓구, 들어가 자빠져서 아주 죽겠는데 어머니가 오더니

"아, 이년이 뭐를 해느라구 불도 안 때냐."

이러는데 들어와 보니 내가 아주 죽을라고 그래지.

"야, 야가 왜 이러지? 야가 홍역을 했는데 홍역을 또 하나? 그램 그 토끼똥 있지?"

토끼 똥을 어디 가서 주서다가 볶아서 물을 해서 먹으라고 주는 거야. 홍역할 때 그걸 먹으면 빨리 내 돋거든? 그래서 홍역을 또 해나, 홍역을 했는데 또 해나. 가재를 잡아다가 뚜드려 한 꿈을 해서 또 맥이구. 그 빨리 나오는

거야. 아주 그냥 돋은 데 또 돋고, 덕새기로 돋아. 배만 안 돋아. (팔을 만지며) 아주 이런 데는 아주 홍몸석이 됐지 뭐, 이런 데는. 그랬는데 아버지가 맨날 날마다 가서 송장을 치고 오내. 그걸 치우라고 그러면 거기서 그래.

"아이구, 난 이걸 치우면 안 되는데."

그럼 왜 그러냐구 그런대.

"집에 그렇게 마마 앓는 사람이 있는데 이걸 해면 나 집에 못 들어가는 대유."

"아이고, 아저씨 방법이 있어요. 가서 손 밑에 고망을 훑어서 물에다 타서 세수를 하고 들어가면 괜찮아유."

이러더래. 그래도 들어가 문을 열면 내가 자빠져 죽는 거 같애서. 아주 그럼, 내가 욕을 막 하더래.

"아버지는 드럽게 그딴 거나 치우고 대닌다."구.

아부지를 욕을 막 하더래. 그 벌써 다 알더래유. 아, 드럽게 그런 거나 치우고 대닌다구.

"야, 어떡합니까. 치우라는데 어떡합니까."

딸인데도 그저 존대를 해서 (웃음) 그렇게 그랬대. 날마다 그걸 치우라 그래니 안 치우지도 못 하고. 참 그렇해구 댕겨. 그래 내가 천명인게 죽지 않고 살았어. 그 지집아가 날마둥 마룻 바닥을 두드리고, 궁덩궁덩 뛰면서 우린 어얘라고 안 가냐. 나한테 옮으면 어쩌라고 안 가냐. 그 병이 나한테 옮으면 어쩌라고 그러냐고. 악을 악을 쓰고 지랄해.

"아이구, 아버지. 나 저 간나 소리 듣기 싫어 어디 거적데기라도 쓰고 나가요. 나 못 살아. 나 저 간나 저 지랄해 못 살아."

그러니까 저기 집이 허물어진 데, 폭격에 집이 허물어져 벽이 두 개만 남은 데. 거기 또 진흙 논이 있어. 돌을 주어다 거기다 비슷하게 쌓아 놓고, 솔개비를 꺾어다 얹어서, 그땐 뭐 비니루나 있어? 그렇게 얹어서 해구, 그걸 의지하리라구, 고리로, 거길 데리구 간 거야. 데리구 가, 불을 때고 들어가니깐,

불을 때니깐 짐(김)이 새려서(서려서) 물에서 빠져 나온 거 같애. 그런대도 안 죽어. 명 길면 안 죽어. 아, 그래서, 그렇게 했더니 동네 사람이

"아이구, 저 집은 인저 집안이 망했다. 저 아가씨가 죽으면 저 동네가 망한다"고.

"저 놈의 집구석에는 기둥 뿌리도 안 남아 난다." 그랬는데, 아 그게 바닥 빨갱이 집이다 이거야. 그래서 아주 사람들이 와서 불을 홀랑 싸놓구 그것들을 내쫒아 버렸지. 그래두 내가 일어난 다음에.

그래서 내가 싸리나무를 한 단 해서 갖다 줬어. 그 집이다. 그랬더니 동네 사람이

"세상에, 저 아가씨가 죽지 않고 살아서 저 나무 해다 주는 거 보라구." 나무 해다 준 것도 때지도 못하고 그저 빨갱이 집이라구 불을 홀딱 싸놨어. 어디로 갔는지 죽었는지 몰라. 빨갱이 집이 그래서 그렇게 지랄 핸거야. 아들이 와서 마루 밑에 숨어 있었대. [조사자: 아-.] 그래가지구 우릴 내쫒을라구 지랄 한거지. 바닥 빨갱이가 더 무수워. 진짜, 명 길면 안 죽어.

아, 그래가지구 거기서 사는데 그 옆에 집이가 거촌이라고 부자야 그 집이. 그 논이 거기 있는데 내가 일도 해주고, 짐 맬줄 아냬. 아, 농촌 집에서 짐 맬 줄 몰라.

"아, 맬 줄 알지요."

그랬더니 보리밭을 매달래. 보리를 베고 거기다 조 심은 걸 매는 데 가서 까꾸로 타구서는 이렇게 이렇게 호미로 긁더라구. 아, 그걸 못해? 내가 가 했지. 그랬더니

"아, 아가씨는 어떻게 그렇게 배웠냐."고.

"아, 우리가 농사짓고 살았는데 그걸 못 해유?"

며칠 있다가 그게 배기면 드문 드문 놔두고 씨를 속아서, 속아 내비리고 김을 매놓으면 아주 빳빳하게 고냥 있지. 나더러 아주 맡으래. 그 밭을 맡아서 다 해래. 그래서 날마담 그렇게. 우리 어머니는 또 시장에 식당집에 가서

식모, 설겆이 해는거 해준 거야. 벌어먹고 살아야 하니까. 그래가지구 뭐, 나물도 뜯고 벨 짓을 다했어. 칼나물을 뜯어다 파랗게 삶아서 가져가면, 장을 달라면 아주 장을 이렇게 항아리다 해 놓구 먹었어. 거 읃어다가. 장을 나물하고 바꾸자고 하면 혹해구 다 퍼줘. 거 먹다 못 먹고 두고 왔는데. (웃음) 그래, 어디 가던지 부지런하면 안 굶어 죽어. [조사자: 오-.] 아, 그 집이가 그래, 날 매느리 삼겠다구 매느리 달라구 우리 아버지를 구슬리니깐 구수하게 듣더라구. 아부지한테는 무서와 못 그래구, 어머니한테

"날 주기만 해봐라. 가면, 망신을 해거나 말거나 내가 아부지 쫓아서 갈거니깐. 날 여기다 갖다 둬? 나도 고향에 가야지."

아버지한테는 무서와 못 그러구, 엄마한테만. 안 주더라구. 그 집에서 그래 우리 맘을 살라구, 저게가 산이거든? 거기서 낭구를 해다가 팔아먹구 살래. 내가 해가라구 그랬다고 소리 하구 낭구를 갔다 해래. 밤이면 가서 낭구를 잘르면 토막은 어매하고 나하고 어디가 감춰 놓고, 조금씩 해서 말려서 그 내성 장에 가서 팔고 그랬어. 그때는 시방 생각하면 아버지가 나이가 그래 많지도 않았는데

'아버지는 나이가 많아 힘들어서 안 돼거니.'

해구.

이러게 한- 단을 아버지더러 묶어 달라고 그래. 아버지 지구 가는 게 나아, 나 이구 가는 게 나아. 고개를 넘어서 장거리 가서 한대 모으면, 아버지 지게가 제일 크거든? 둘이 지구가. 가져가는데. 가면 아버지는, 들어가는 길로 가면 후떡 팔고 와. 그래, 어떤 사람은 구녕이 영글다 싶으면

"아이구, 글로 애 대가리도 빠져 나가겠네."

이러더래. (웃음) 사러 온 사람이. 우리 아버지 꺼는 둘이 가져가 한대 모았으니까 단단하고 좋지. 그러니까 후떡 먼저 팔고 오고. 한 번은 낭구를 비러 산에 가서 낭구를 비는데 아버지는 낭구를 베고 우리는 가만히 거기 자빠져 있다가 뭐이가 훅 하더니 번쩍 하더라구. 호랭이가 지나갔는지 뭐이 짐승

이 지나갔어. 아, 그담에 그걸 또 가지러 가재는데

"아이구, 아부지 내일 가져가. 나 싫어."

아버지는 낭구 비느라 못 들었지.

"아버니 나 오늘 짝에는 가기 싫어 내일 가져와."

어머니가

"야, 그게 뭐이 큰 짐승이냐."

아버지한테는 얘기도 안 했지. 우리끼리 어머니 하고 나하고만 알고. 그래구, 갖다 말려서는 쪼끔씩 해서 갖다 팔래, 그 할아버지가 그래. 많이 해면 누가 뭐이라 그래믄 내가 해라 소리 했다 하지 말구, 훔쳐다 파는 걸로 해라 그러더라구. 그렇게 해서 해먹고 살다가, 돈을 우리는, 피난 가서 돈을 모아 가지구 왔어. 그때는 옷감도 없었잖아. 어디서 인조때기 옷을, 오빠 결혼 시킬라고, 풀무다리 갖다가, 해 입히니까, 거기 사람이 산골 사람이

"아이고, 그 집이, 희숙이 색시는 아주 뭐 옷을 그렇게 잘 해왔대. 아이구, 그 집은 어디가서 돈을 그렇게 잘 해서."

시방은 그런 인조때기가 없어. 그 인조때기 옷을 그렇게 했는데도 아주 잘 해왔다고 소문이 났어. 그래서 해서 오빠 결혼식 해구. 나도 그 해 결혼식 해구. 그래 난 아무 것도 없는데 나를 옷 해주느라구, 엄마가

"아이구, 저거 몇 마 끊어다가 속옷이라도 해 줘야지, 겉옷 벗은 건 보면 알지만 속옷 벗은 건 모르는데."

아버지가 "아, 집에 식구가 뻘거대구(벌거벗고) 있는데 뭘 해 입히냐."구.

아버지가 아주 펄쩍 뛰는 거야. 엄마한테

"엄마, 아무 소리 해지 마. 아무 소리도 해지 마."

그래구 피난 가서 옷을 해주는데, 초마를 통초마를 해 줬는데, 내가 그걸 벅벅 뜯었어. 엄마가

"그러 왜 뜯냐?"

"고쟁이 맨들라구 그거 좀 끊어다 주라니까 아버지가 집에 식구가 뻘거대

구 있는데 뭘 해주냐."구.

그러더라구. 그래서

"엄마, 아무 소리도 해지 마."

그걸 쥐 뜯어서 고쟁이를 해서 (웃음) 입구 갔지. 시집을 가서 그렇게 살았어.

우리 시어머니가 주변머리가 없어. 마음만 좋았지. 없는지 모르는지 주변머리가 없어. 그래서 인제, 시집가서, 내가 다 해먹고 살았지. 시향가대를 부치는데, 시어머니가 핼 줄 알아야 해지, 아무것도 모르지 그래.

"아, 어머니 뭐를 어떻게 해야 되쥬?"

그러면

"지가 잘 알면서 지가 해지, 내가 뭘 알아."

떡이구 뭐구 다 나한테다 미루고 뭐 몰른대는 거야. 그래서 한 번은 시향을 지낼라고 떡을 해서 그 이튿날 동네 사람들 노나 먹을라구, 제사 지낼 건 담아놓구, 이제 쓸어서 동네 줄건 담아서 한대 해서 둘이 들어다가 헛간에다 갖다 놨거든. 아침에 인나니까 떡을 다 가져가고 없는 거야. [조사자: 오-.] 딴 게 한 사발은 남았어 그래서,

"아니, 엄니 큰일 났어유."

그러니까

"왜?"

"떡을 뭐이 다 가져가고 떡이 없어유."

가져간 거는 짐작은 해지. 그래두 보질 못 했으니. 같이 들구간 년의 여팬네가 갖다가 감춰 놓고 겨우 내 구워 쳐먹더래. 아이구, 짐작은 했지만 보질 못 했으니, 그 집 매느리가 그래.

"아이구, 친구, 그 떡 누가 가져간 줄 알아? 우리 시어머니가 가져가서 군영감 맨날 구워 맥인다? 냄새만 피우고 난 하나 안 줘."

그 난리에 나간 애가 죽었는데 딴 영감을 봐가지구서 맨날 거가서 떡 구워

먹고 있더래. (웃음) 그래 내가

"잘 먹고 잘 살라 그래."

진짜 옛날에는 먹을 게 없으니까 그 지랄을 해. 남 쓸라고 해 놓은 걸 가져가면 어떻하냐 글쎄. 속알찌가, 속알딱지가 그렇게 없어. 시방 다 죽었어 그것들.

[조사자: 그럼 할머니 피난 갔다가 몇 년 만에 다시 오신 거예요?] 피난 갔다가 이 년 만에 왔지 뭐. [조사자: 피난 갔다가? 아~.] 열일곱에 갔다가 열여덟에 와서 열여덟 먹던 해에 결혼식을 했다구. 스무 살에 큰 아들을 낳았는데 죽었어. [조사자: 아~. 첫 아이가?] 응. 그걸 낳고서는 챙피해서 젖을 안 먹인다고 시아버지한테 혼났어. 언제까정 그렇게 감추고 안 맥일 거냐고. 아, 어른들 있는데 젖을 훌떡 내 놓는게 얼매나 챙피해. [조사자: 첫 애 낳았을 때? 그렇지.] 그래서 애를 안고 내 방에, 웃방에 가져가 맥이고 그러니까, 언제까정 그렇게 숨어대니며 맥일 거냐 그래. 그랬지만 어떡해. 챙피해 죽겠는데. 시방들은 신랑 친구고 뭐이고 다 맥여. 신랑 친구가 와도 이거 못 내놓고 맥였어. 욕했다구. 버르장머리 없이 그렇게 한다구. 동갑이었었는데 작년에 죽었어.

[7] 첫 번째 남편이 죽고 두 번째 남편도 죽다

[조사자: 첫 번째 남편 분이?] 응. 저 거제도서 양로원에 가 있다가, 뭐이 돈을 대? 한 달에 오십만 원씩 내라는 걸 돈이 있어? 안 대고 몇 년을 있으니까, 이천만 원 가져와 송장 찾아가라 그러드래. 그래서 원주 딸이 있는데 전화를 했어.

"거 찾아다 뭐할래, 구어 먹을래, 삶아 먹을래, 그거 내비려두지, 이천만 원이 어디 있어. 송장을 찾아오니."

그래두 새끼니까, 서울에 딴 마누라 얻어가 낳은 아들이 있거든. 아들한테 전화하니까 애 애미가 그런 게 어디 있냐고 개지랄을 하더래. 언제는 좋다고 살구선. 그래서 아들이 오면서 제 누나한테 전화를 해서 서로 연락을 해서 가서 걔가 육십만 원 해구, 딸들이 둘씩 육십만 원 해구. 천이백만 원을 들고 가서 사정사정을 해서 찾아다가 화장을 해서 홍천에다가 갖다 뿌렸대.

그런데 귀신이 나한테 보여. 평생 안 오더니 죽던 날 밤에 글쎄, 새벽에 아주 젊어서 고대루 보이더라구. 그래가지구,

"이 씨팔놈이 왜 꿈에 보이나."

이랬더니, 딸이 그래, 아침에. 아버지가 죽었다구. 그래

"야, 그놈이 글쎄 내 꿈에 보이더라."

"엄마가 조강지처니까 꿈에 보이겠지 뭐."

그래도 생각은 했나봐. 꿈에 아주 젊어서 고대로 그렇게 보여. 그런데, 죽었는데 작지도 않은데 고냉이(고양이)만 하더래. 빼짝 말라서. 시체가 고냉이만 하더래. 딸이 그래.

"엄마, 우리 아버지 그렇게 적지는 않았는데 고냉이만 해."

"그럼, 말라서 굶어 죽은 게 그럼, 싱싱하냐? 그렇게 뭐이가 들여다보지 않았는데 거기서 대우를 했겠어?" [조사자: 그렇죠.]

그러니까 말라 죽었지. 아들네 집에 있을 때, 아들네 집에 갖다 뒀었거든. 그래 내가 가면 그랬어.

"야, 이놈아. 너는 언젠가 나한테 한 거 그 죄를 다 받아야 뒤질 거다. 그때 죄 받을 때 봐라. 니가 나한테 한 걸 안 받을 줄 아냐. 그 죄 다 받아야 뒤질 거다."

그랬더니 대답도 안 해. 그 여팬네를 한 번은 욕을 해더라고.

"씨팔년, 개 같은 년."

욕을 해. 그래서 내가

"뭘 그렇게 욕을 하는데?"

아무개 애미를 욕을 한 대.

"왜?"

"아, 내가 그 곁에 있는데 딴 놈을 데리고 자냐."

"넌 개새끼겠다. 내가 곁에 있는데 왜 딴 여자를 데려와 자빠져 자냐."

그러니까 말도 못 해. 내가 그 소리 핼 줄 모르고 그 지랄했지.

[조사자: 그럼 그때 데리고 오신 두 따님은, 같이 쫓겨 난 두 따님은 지금 아버지를 아버지로 생각해요, 아니면 낳으신, 거제도에서 돌아가신 분을 아버지로 생각해요?] 거 아버진지 어쩐지 가서 두 형제가 장사 지내고 왔어. 둘을 데려와 키웠는데, 하나는 내가 키워서 일곱 살 먹은 걸, 찾아 간다고 찾아 가더니 춘천서 시내버스에 깔려서 죽은 거야. 사월 초파일 날 구경 간다고 두 형제가 가다가 언니는 안 건너고, 동생은 건너가면서 '언니 빨리와.' 그런데 시내 버스가 치어서, 벌벌 기어 나오더래. 그걸 다시 밀으니깐, 배로 넘어와서 죽었잖아. 그래 하난 죽었어. [조사자: 아, 할머님이 데리고 나오신 두 딸은 계속 키우신게 아니라] 계속 키웠지. 계속 키웠는데 일곱 살 먹어서 학교 보낸다고 찾아 가더라고. 춘천 살면서. 찾아 갔는데 그 사월 초파일 날 구경 간다고 가다가 차에 갈려 죽고, 하난 살았어.

큰 거는. 원주 사는 걸 뭐. 내 생일 때도 왔다 가고. 그 둘을 아주 늙은이가 맨날 업고 댕겼지. 맨날 업고 대니면서 키웠어. 그래 그 내가 데려다 줬다고 그렇게 맨날 술만 취하면 욕을 하는 거야 날. 그게 말밥을 먹냐, 개밥을 먹냐, 왜 갖다 줬냐. 왜 갖다 줘서 차에 갈려 죽게 했냐고. 여기 있으면 안 죽었지 않냐고. [조사자: 아, 여기 남편 분이?] 응. 죽을 때까정 그 얘길 해다 죽었어. 맨날

"아버지!"

하고 딱! 업히고 그 지랄을 했거든. (웃음) [조사자: 두 번째 남편 분은 정말 착하셨네요.] 아, 착하나 마나. 근데 죽을 때 가니깐 망령을 피워서 나를 어디 가서 못된 짓 한다고 자꾸 욕을 하는 거야. 욕을 해서 내가

"아이구, 진짜 못 살겠다."

며느리한테 내가

"내가 그런 짓을 할 거 같으면 저런 영감하고 살겠냐."

스물두 살을 더 먹었으니깐. [조사자: 아! 그러셨어요?] 아버지 같은 사람하고 살았지. 그러니 글쎄 영감 생각 안하고 애새끼 키울 생각으로 살았다니깐. 그런데 늘그막에 날 그렇게 욕을 하는 거야. 한 번은 매느리랑 다 어디 갔어. 나 혼자 있을 때는 괜찮은데 매느리가 있으면

'진짜 저 늙은이가 뭔 짓을 해러 댕기나.'

그럴 거 같은 거야. 챙피해 죽겠는 거야. 매느리가 어딜 갔는데, 한 번은 술을 가지고 들어가서 한 대접 붓고, 한 잔 먹고 내가, 내가 술을 안 먹거든. 내가 먹으라고 그러니까 안 먹어. 눈치 채고 안 먹어. 내가 한 잔 들어 마시고 맥살(멱살)을 니미, 쪼끄맣거든. 맥살을 번쩍 들어서 저 구석에다가 딱 밀어 댔지. 그러고는

"대라. 어떤 놈인지 대. 안대면 너 죽고 나 죽자. 내가 이런 소리를 들을 거 같으면 너 같은 영감을 얻지도 않았어. 이 드러운 놈의 영감."

그러니까 대롱대롱 매달려서 안 그런대. 술을 안 먹는대. 술을 먹으면 자기가 그러니까. 술을 안 먹는대. 그러더니 몇 일 눈치를 보면서 살- 안 먹더니, 안 먹기는 뭘 안 먹어. 또 먹어. 그러니 매느리가 그래.

"어머니, 어머니 없으면 안 그래요. 그러니까 어머니 큰 집에 가서 실컷 놀다 오세요. 거제도."

그래서 내가

"그래, 그래. 없어도 괜찮겠니?"

그러니까

"아이, 어머니 없으면 안 그래요."

그래서 하루는 내가 아침 먹구서 "나 오늘 아들네 집 갈거야. 거제도 갈거야."

그러니 이렇게 쳐다봐.

"언제 올라구?"

“죽으면 올거야!”

그랬는데 나오던 날 죽었어. [조사자: 어머, 어머!] 어떻게, 진짜 입초사가 뭐래더니, 그래서 가서 있다가 사월 초파일, 낼 모래 제사가 돌아오는데, 노는 날이니까 막내가 온 거야. 거길 왔어. 그 이튿날이 토요일인데, 그래서 내가

“너 왜 왔니?”

“엄마 보러 왔지. 놀기두 하구. 낼 갈거야.”

“낼 갈 거를 뭐해러 오냐.”

또 전화를 했어, 매느리가.

“아버지 잘 하고 계세요. 어머니 실컷 놀다 오세요.”

그러더라구.

그래서 있다 보니까 아침에 온다고 그러니까 아들이 못 가게 해.

“아, 어머니 뭘 가요.”

“야, 이상하다. 저 까마구까지 와서는 날 보구 까옥까옥 하고 짖는다.”

그러니까 “에이 까마귀가 짖기는, 여긴 까마귀가 많이 그래요.” 그래.

“아니야, 막내 갈 적에 가야 돼겠어. 제사도 낼 모래 있구.”

“아니, 제수씨가 잘 해는데 뭐이 그래요.”

“에이, 가야지.”

그래서 떠나 온 거야. 오는데, 어디만큼 왔는데 전화가 왔드래. 여기 아들이 전화를 했더래. 아버지 돌아가셨다구.

“엄마 벌써 아침에 갔어.”

그 날이 토요일인데 아주 차가 맥혀서, 그 쪼끄만 차만 발발 거리지 큰 차는 몇 대 없어. 못 가. 하도 서 있으니까 기사도 승질이 났는지

‘아이, 저거 싹 갈고 가 버릴까.’ (웃음)

아주 저 있는 것도 진저리 나니까. 여느때면 여길 오면 일곱 시도 안 돼는데, 벌써 원주 오니까 아홉 시가 넘었어. 아주 깜깜해. 아홉 시가 넘어서. 여

길 차가 와서 스니깐 증평 간 딸하고 우리 조카하고 서 있어. 왜 이렇게 오래 걸렸내.

"차가 막혀서 그러지. 차가 막히는 걸 어떡하냐. 뭐 느이 아버지가 죽기라도 했니?"

내가 또 그 말이 쑥 나온 거야. 그런데 죽었다는 소리도 안 하고 우리 딸이

"가보면 알아."

이 지랄 해.

그래 들어오니깐 불을 환하게 켜 놓구, 동네 사람이 모여서 난리지. 그러니까 영감은 와서 있는데 아들이 없어.

"민성이는 어디 갔니?"

"아버지가 죽었다고 잡아갔어요."

아버지가 그렇게 죽었다고 지서에서 잡아 갔대. [조사자: 왜? 아버지가 왜?] 아버지가 목을 매달아 죽었어. [조사자: 네?] 목을 매달아 죽었어. [조사자: 그냥 돌아가신 게 아니라?] 응. 그래서 아들을 잡아 갔대. 이장 양반이 가서

"아니, 이 아들이 얼마나 효잔대 그러냐."구.

막 얘기를 해서

"몇 번을 그러다가, 이번에는 못 봐서 돌아가셨어요."

그런거야. 몇 번을 그랬어. 자꾸 자꾸 그랬어. 전에는 밖에서 보니까 벽을 손으로 톡톡 찍어서 구멍을 내서 목을 메더래. 그걸 보고 잡아다가 병원에 가서 손을 치료 하고 그랬지. 또 한 번은 아들이 들어오니까 뭐이를 썻다가 벗었다가 해더래. 올가미를. [조사자: 망령이 드셔서?] 그럼. 아들이

"아버지 뭐해요?"

그러니까 이불 밑에다 쑥 넣더래. 내가 일하고 들어오니까 나한테 쓱 던져.

"이게 뭐냐?"

그러니까

"아버지가 그걸 썻다 벗었다 해요."

그래. (웃음) [조사자: 그러셨구나.] 그럼. 몇 번을 그렇게 했어. 또 한 번은 여기 집에 옥상에 빨래 줄을 매 놨거든. 거기다 대고 허리띠로 목을 매더래. 아들이 보고 가서 허리띠를 집어 던지니까 저 아랫집 전화 줄에 턱 가서 걸린 거야. (웃음) 그래서

"아이고, 난 아버지 때문에 못 살겠어. 오늘도 그러길래 내가 뺏어서 던졌더니 저가 걸렸어."

그래. 이번에도 내가오니까 자꾸

"뭐, 묶을 거를 좀 줘."

그래. 그래서

"뭐이 쓰게?"

그랬더니 그냥 잡고 다닌다는 거야. 그래서 보니까 아들 넥타이 안 쓰는 게 있어. 그걸 줬더니, 세상에 그게 방법이래. 목을 매는 데는 그게 방법이라는 거야. 그래 (문을 가리키며) 그걸 가지고 여기 계단에다 맨 거야. 그 날도 뭘 해서 저그 둘이 싸웠대. 싸웠는데 며느리가 밤에 간다고 지랄하니까 아들이 밤에 차도 없는데 어딜 가냐고, 날이나 새고 가라고. 날 샌 다음에 밥도 안 해먹고 친정으로 간거야. 아 그랬는데, 밤에 술이 취했으니까 늦게 자다가 문이 열려서 이렇게 보니까 아버지가 없더래. 찾아 댕기니까 거기서 그래고 있더래. 그래서 빼다 놓고 뭐 코를 빨고 입을 빨고 난리를 쳐도 안 돼. 저 집으로 내뛰어서

"왜 그러냐?"

그러니까

"우리 아버지가 이상해요."

추럭(트럭)으로 모시고 가니까 벌써 숨 끊어진지 오래라고 그러더래. 그래 갖다 놓은 거야. 내가오니까 그렇게 되었으니

'야, 진짜 입초살이 뭐래더니 그 말이 옳구나. 죽으면 온다더니 죽었구나.'

진짜 죽었나 열어보니 쭉 뻗어 있어.

“예이, 씨팔놈아. 나 그렇게 속 썩이고 그렇게 죽냐.”

욕을 해고.

아들은 안 오니 어떡하나 그랬더니 가서 사람들이 데리고 온 거야. 아버지가 망령이 나서 돌아가셨지 아들이 잘못해서 그런 거 아니라고. 데리구 와서 저녁을 먹으라니깐 우리 아들이 통곡을 하면서

“아버지는 굶어서 돌아가셨는데, 난 안 먹을 거라고.”

[조사자: 자녀가 할아버님하고 몇 남 몇 녀를 낳으신 거예요?] 내가 여기 와 너이를 낳았지. 딸 둘, 아들 둘. 그러니까 키운 거 둘 있고, 딸이 여섯이야. 그래 이번에도 (생일) 다 왔지. 엄청 많아. 아주 눈물이 나올라고 그러는 걸 내가 억지로 참았네. 큰 아들도 있을 자리인데 없지. 영감 없지. 나 홀홀 단신 앉아서 뭘 먹으라고 채려 주냐고. 못하게 했거든. 그랬더니 야들이 그렇다고 안 해냐고. 그래서 얻어먹었어. 우린 여적지 봉사 했는데 받아야 하지 않냐고 해서. 지랄을 해는거야. 에이구, 나 살은 거 말도 못해. 맨날 두드려 패서 골병이 들어서 이렇게 아파 죽겠고. 난 두드려 패면 날 잡아 잡수 하고 도망을 안 가. 그러니까 우리 시어머니가

“넌 참 지독하다. 왜 도망을 안 가니.”

“챙피하게 무슨 서방한테 맞고 도망을 가요. 죽으면 죽었지.”

그래서 시방 이렇게 아픈 게 그래서 아퍼.

남편에 대한 원망과 죄책감으로 눈물짓다

조 명 순

"내가 바로 살러 갔어, 보고자파서. 긋드니 군인 갔는데 뭣허러 오냐고. 나중에 전사당했다고"

자 료 명: 20130820조명순(무주)
조 사 일: 2013년 8월 20일
조사시간: 20분
구 연 자: 조명순(여 · 1934년생)
조 사 자: 박현숙, 조홍윤, 황승업
조사장소: 전라남도 무주군 설천면 삼곡리 (구연자의 집)

[구연자 정보]

조명순 제보자는 1934년생으로 전라북도 부안 변산에서 태어났다. 제보자는 17살에 결혼을 했다. 남편은 한국전쟁에 참전했다가 전사하였다. 몇 해 전부터 이병상 제보자와 부부의 연을 맺고 있다. 전 남편과 살 때는 남편의 여자 문제로 상처를 많이 받았다. 그래서 구연 내내 전 남편에 대한 원망과

한탄조였다. 그러나 지금은 자상한 이병상 제보자의 사랑을 듬뿍 받으며 행복하게 살고 있다.

[이야기 개요]

여성 반란군들이 마을에 내려와 반지그릇, 고무신, 소금, 짜놓은 베 등 생필품을 모두 가져가버렸다. 처음에는 무서웠는데, 점차 그들에게 익숙해져 무섭지 않았다.

인민군이 마을에 들어왔을 때 17살에 결혼한 새색시인 제보자에게 여성 위원장을 맡으라고 했지만, 맡지 않고 모임에 나가기만 했다. 이웃동네에 남편이 경찰이고 아내가 빨치산이었는데, 남편이 빨치산들에게 총을 쏘고 나중에 확인하니 아내가 죽어있었다는 사연도 들려주었다.

시집을 오니 남편이 헤어진 아내와 만남을 가지다가 집에까지 데려와 한 방에서 함께 생활하였다. 남편에게 영장이 나오자 남편이 병역을 기피하여 제보자 친정 숙부네로 도피시켰다. 남편이 두 아내를 데리고 산다는 사실을 뒤늦게 알게 된 제보자 친정식구들이 남편에게 한 아내만 선택하여 살 것을 강요했다. 남편은 둘 다 포기할 수 없다면서 홧김에 집을 나와 군 입대를 했다. 전쟁에 참전한 남편이 전사하였다.

[주제어] 빨치산, 폭격, 봉화, 사기결혼, 입대 기피, 도주, 참전, 전사, 재혼

[1] 육이오 때 동네에서 빨치산 겪은 이야기

[조사자: 그러면 그때가 어르신이 몇 살 때세요?] [이병상: 그때가 시물 에 일곱인가 여섯, 여섯인가 해방이 됐거든요. 그 자 육이오 사변이 터졌거든요. 그래가지구 여기 치안에 나온 게.] 나 열 여섯에. [이병상: 한 삼십에, 삼십 살 됐었지. 그저 육이오 사변 나서, 날 때는 시물 일곱 살인가 여섯이었어요.]

유월 달에 육이오 나서 팔월에 해방이 됐는가] [조사자: 그러면 어르신이 한참 치안대 활동하고 계실 때?] 아니 내가 인자 얘기허께. 할아버지하고 나하고는 인제 만난 지 칠 년 됐어. [조사자: 아, 그러셨구나.] [이병상: 우리 식구가 같이 만내서 살든 사람 나보담 다 세 살 아래여.]

[조사자: 그럼 할머니 얘기는 또 다른 이야기네요. 얘기 좀 해주세요. 그때 겪으신 일들?] 나는 나 열일곱 살 열여섯, 열일곱 살에 결혼했거든. 열일곱 살에 이월 달에 결혼했어. 근디 유월 달에 육이오 돌아왔거든. 유월달이. 유월달이 육이오 돌아왔는디. 그때가 뭐 내가 사연 있었어, 사연이. 그래갖고 여 밭이서, 밭을 미든 비양기가 막 까마구떼 같이 폭격을 혀. 밭이다. 밭이다. [조사자: 밭에?] 으. 밭이다. 그러든 밭이서 꿩 기어가듯기 사람들은 안 죽을라고 다 기어갔는디. 나는 기양 죽고살고 앉었었어. [조사자: 배포가?] 죽기만 바래고. 내가 그런 사연이 있었어. [조사자: 아, 사연이 있어서?] 응. 열일곱 살 먹었는데. [조사자: 아이고 그 어린 나이에요?] 응. 그래갖고, 그양 앉었었어.

근데 그래갖고는 인자 나, 나, 나는 산 것 얘기허믄 눈물 나와. 그래갖고 방을 없어, 방이 없어서 이살 갔는디 넘으 뒷 독으다 솥을 걸고 갔어. 뒷 둑으다. 근게 큰방서 불을 때믄 우리 방을 불을 못 때고, 밥을 못 허고, 우리방서 밥 허믄 큰방서 밥을 못 허고. 그믄 인자 이롷게 나 혼자 있으믄, 저녁에 이짝에서 폭격허고 저짝에서 폭격허고. [조사자: 근데 왜?] 육이오 돌아왔은게, 육이오. 육이오 돌아와서 빨치산들이.

빨치산들이 막, 근디 내 동네가 스파이가 있으야 털어가드만. [조사자: 뭐가 있어야?] [이병상: 반란군. 사상 다른 사람. 사상이 달러서, 저.] [조사자: 아, 사상이 다른 사람?] 으. 사상이 다른 사람은 가서 연락병을 하거든. 근디 내 동네서 없으믄 안 와. 내 동네와도 안 떨어가드라고.

근디 우리 동네는 다 떨어갔어. 여자들이 오믄 막 반지그릇까지 다 뒤지드래야. 고무신까지 다 가져가드랴. [조사자: 여자반란군들이 내려와요? 마을에?] 어. 여자반란군들이 내려오믄. 근게 우리 작은집은 이웃 동네그든. 이웃동네

왔는데 반지그릇까지 다 뒤지드랴. 근디 첨에는 무섭든디, 들어옹게 안 무섭드랴. 막 가지라가고 소금이고 뭐이고 막 가지가라고 헝게, 다 안 가즈가드라네. 근디 그때 밤에 불 쒸놓고 내가 베를 짰거든. 베 알제? [조사자: 알죠.] 밤에 촛불 쒸놓고 베를 짜는디 빨치산들이 뒤에서 그양 후다딱딱 뛰어서 우리 마당 앞으로 가도 안 들어와. 동네 빨치산이 없은게. 동네가 빨갱이가 없은게. 근디 밤에 그양 총을 여그서 쏘고 저그서 쏘믄 그양 베랑빡이 툭툭 뚫고 들와. 총을 쏘믄. 그놈 안 죽을라고 나 혼자 방바닥에 붙었다가 또 베랑빡에 붙었다가. 나 그랬어.

그리고는 그때 내가 열일곱 살에 결혼했는디 나보고 위원장허라 그러드라고. 그때 위원장했으믄 내가 죽었어. 죽었어. 자다가도 수송목아지 시고, 고구마순 시고, 호박 시고. 자다가라도 회의허러 나오믄 나가야 혀. [조사자: 근데 안 한다 하셨어요?] 위원장을 안했어. 그도 나가기는 해야 혀. 나가기는. 회의허러 나가야제 안 나가믄 난리난게. 근디 그때 내가 지금같이만 글 알았어도 내 성질에 위원장 했을 거라. 근디 그때는 가위가 격자도 몰랐거든. 기윽 자도 몰랐어. 근디 사람들이 나보고 날랍고, 날랍고 영리허고 잘 허게 생겼다고 하라고 허네. 근디 안했어. 글을 몰라서 못했어. 지금 같이만 알믄 허지.

그래갖고 밤에는 산에가 봉화불이 좍 써져. 빨치산들 빨갱이들 불이. 근디 그날 저녁에는 안내려와. 회의허니라고 불을 써주고. 불 안 써질 때는 내려와. 근디 여기 사람들 못 달려들어. 그 사람 내려올 때는 후퇴했다가 그 사람들 올라가고나믄 내려와. 오드라고, 여그 사람들로. 그래갖고 우리가 저녁이믄 이불보따리 이고 저녁이믄 피난가기가 어려와. 낮이는 오고 밤에는 피난가고. 나도 그런 시상을 살았어. 그래갖고는 우리 이웃동네에다가 막 그 좋은 집에다 불을 놔서 그양 그 집을 다 태우고.

또 우리 이웃동네는 남자가 있자, 인자 경찰인데 여자가 빨갱이여, 어츠게. [조사자: 남편은 경찰이고?] 어. 여자가 빨갱이 따러갔는가, 저 산 우게가 앉았

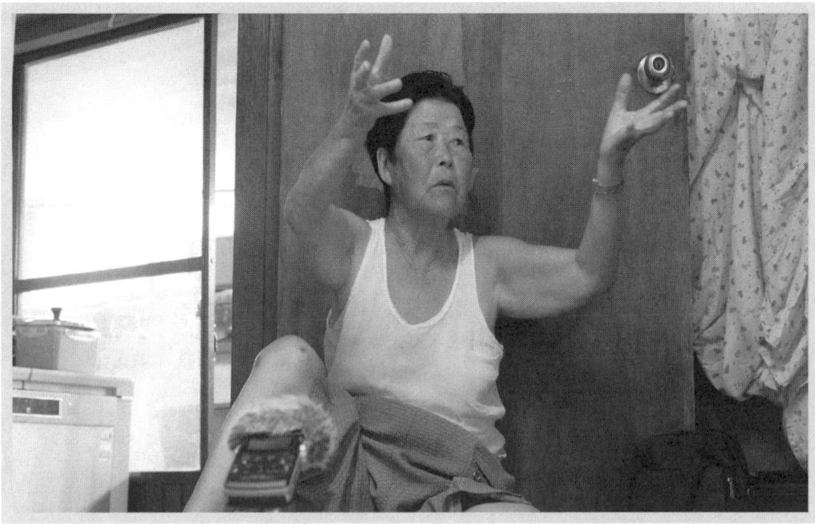

은게, 남편이 그 자기 부인인줄 모르지. 안 죽을라믄 내려오라고. 근게 안 내려온게 총을 쏴부리고 가서 봉게 자기 부인이라. [조사자: 어머나.] 자기 부인을 쏴 죽였어. 여그도 그랬어. 그래갖고 팔월에 해방됐잖아. 나도 고생 많이 했어. 하늘 밑에 나같이 고생한 사람이 없어. 나는 그런 사연이 있었어. [조사자: 얘기하시긴 어려우시구요?] 막. [조사자: 말도 하고 싶지 않아?] 말도 못 허지. 우리 남편이 군인 가서 전사당했어. 나 열일곱 살 먹어서 열아홉 살에 혼자 됐어.

[2] 재혼해서 잉꼬부부로 사는 이야기

그래갖고 이 앞으로 나온 것이 어츠게 살았다가, 인자 저 중국 놀러가서 할아부지 만난 지, 인자 칠 년 됐는디. [조사자: 놀러가서 만나셨어요?] 응. 관광, 놀러가서 만났는디 진짜 잘 만났어. 여그 무주 군내서는 소문났거든. [조사자: 어떻게 소문났어요?] 무주 군내서는. 이 관광 놀러 갔는디 나는 젤로 앞

좌석에 타고 저 양반은 중간에 탔어. 근디 희안허게 내가 장난 일어나도 않었어. 차안에서. 근디 어트게 그리, 나도 모르게 그리 가졌어. 나도 눈이 상당히 높으거든. 높은데. 지금은 저 양반이 저러고 멋졌는데 지금 멋지지.

그때는 이자 혼자 살고, 혼자 계시고 양복때기 입고 키도 찌깐하고 한디 하나님이 엮어줬어. 진짜배기로 엮어줬어. 그래갖고 그 옆에 구십 살 자신 [이병상: 여덟 살이, 나보다 여덟 살이 더 자신 노인이 나하고 같이 앉았어.] 할아부지가 계셨는디. 어 같이 앉았는데 그 할아부지가 성질 고약허대. 근디 내가 가서 가서는

“할아부지 내 좌석으로 좀 가시오, 가시지요”

그렁게 그 할아부지가 중신애비라. 젊은사람이 뭔 으른을 이리 가라 저리 가라고 그룷게 했으믄 내가 무심해서 도로 왔지. 근디

“가라그믄 가죠”

그러고 가시드라고. 그래갖고. [이병상: 그 양반이 나이가 차이가 나도 나를 믿고 어렵게 생각하고 그랬었어요.] 아주 이 양반은 동네서도 어려워서 젊은 사람들 우리 집 잘 안와. 이 양반이 넘으 혼인날 다 받아주고 집 날 다 받어주고 이름 다 지어주고. 또 집 지믄 상량 져주고. 참 맘씨가 좋아. 근게 무주군에서 상장이 이룷게 생겼어, 상장이. 좋은 일만 좀 당신은 해봤으믄 해봤지, 구십 한 살 먹도록 넘헌테다 입다툼을 한번 안 해보고. [이병상: 도지사 상장도 한 두 번을 받았고.] 가만있어 내 얘기 끝나믄.

아 그래갖고 거가 앉아있응께, 가이드가 둘이 소근거리고 연애건다고 거그서 결혼식을 시키네. 가이드가. 주례 스고 신랑신부 입장허고 손잡고 결혼식을 했어 차안에서. 그르고 신랑신부 노래시키고. 그랬는디 그래갖고는 인자 배를 타고 거시기 허는디 사월 달에 갔다와서 저양반이 생전 여자한테 여자들이 자꾸 꼬시서 전화해서 가지 전화하는 양반이 아니여, 저 양반이. 실수를 하믄 어쩌까 허고. 받어주믄 괜찮은디 안받어주믄 그른 실례가 없다고.

아 그래갖고 사월 달에 갔다왔는디 칠월 달에까지 전화가 없어. 근디 이제

전화번호는 서로 적어줬지. 우리는, 나는 무풍 살고. 여 무풍, 무풍 알잖아. 여 이웃동네 설천 너메. 거그 살고 여그 살고 몰랐거든. 전화번호만 적어줬어. 전화번호만 적어줘갖고. 인자 칠월달이 내가 자다 생각헌게 심심하드라고. 그서

"에이 전화나 한번 해봐야겄다."

전화를 걸었다 이자.

"안녕하세요, 건강허세요?"

헝께 그룹게 달게 받을 수가 없어 좋아서. 아 긋드시 하룻밤 자고낭게

"나 커피한잔 얻어먹으러 가까요?"

그래. 그서 어쪄. 사람 집에 사람이 오신다고 허는데 못 오시게 허겄어. 막차로 왔어, 막차로. 그래갖고 바로 그양 자부렀지. 그래갖고 우리 집이다 놓고 사흘을 갖돠놓고 내가 꼬치 따부렀네. (청중 웃음) 사흘을 갖돠놓고. 긋드니 좋다. 그래갖고는 인자 가을에 인자 여그 초대를 해서 와봤어.

와본게 근디 내가 참 성질이 까탈스럽거든. 이 이불 여간 넘으 이불에다 발도 못 너. 그룹게 험상헌 집에서 밥을 못 먹어. 근데 와서 밥을 먹어도 그룹게 맛있고 냄새를 맡어봐도 냄새 한 방울 안 나네. 홀애비 냄새가 안나. 홀애비 냄새가. 그래서 와서 봉게 방은 도배를 멫 백년이나 안 했는가 시커멓고 싱크대는 다 뿌서져서 이룹게 올라가고 방은 여가 그냥 사람 둬명 누워서 자게 파지고 걱정스럽대. 아이고 사람은 진국인디.

그러드라고.

"돈 보고 올라믄 오지 마쇼."

그러드라고. 나 돈 통장에 백만 원뱀이 없은게, 돈보고 올라믄 오지마라고. 그래 내말이 나는 돈 보고 사람 안 사귄다고. 사람이 첫차지 없으믄 내가 벌어 멕인다고 그랬어. 없으믄 내가. 내가 어디 가믄 하루에 쌀 한 말씩은 서로 준다고 나도 인심을 얻어서. 무주군내서 나도 모른 사람이 없거든. 나도 이날 평생 팔십 살 먹어서 넘한테 나쁘단 소리 안 들어봤거든. 없으믄 내가 벌어멕

인다고 그러고 왔어.

그랬드니 꺽정스럽드라고. 봉게 보따리는 책보는 열댓 개나 여그저그 싸놓고 빤스는 시커머니 세탁기다 그양 둘러갖고 말려서 놓고 말려서 놓고 때도 하나도 안지고. 지금은 기양 칠 년 됐는디 이태까장 화장, 어느 아침 화장 안 시킬 때가 없어. 내가 할아부지를. 그래갖고 일 년을 내 무릎팍에다 뉘여놓고 아침이믄 멘도질해서 화장, 세수시켜서 멘도질해서 화장시켜서 그롷게 허고. 발을 다 씻겨드리고 일 년을 그랬어.

그랬는디 일 년 지내서 내가 여그 사고 나서 바싹 깨져부렀어. [조사자: 교통사고 나셨어요?] 으. 여그 깨져부렀어. [이병상: 넘어져서.] 그래갖고 전주 남강병원에 가서 나섰어. 전주 남강병원. 그랬지. 팔뚝 여기 뿐지러져서 또 수술했지. 갈비 뿌러졌지 성헌 데가 없어. 그도 저 양반이 병원, 병원. 전주 거창 대전 병원마다 둥둥 떴어. 대처나 구십 한 살 자신 양반이 어츠게 저롷게 간호를 하는가. 얼굴 한번 안 찌끄려. 얼굴 한번 안 찌끄려. 그롷게 잘해줘. 나 칠 년 됐지. 이때까지 청소 한번 여그 했으믄 사람이 아녀. 청소 한번 안 해. 할아부지가 다 혀. 할아부지가. 나를 이만.

그리고 이태까정 반말 한번 안 해.

"어쨌어요, 식사 더 허세요."

그러고 첨에 와서는 무주만 가도, 무주만 가셔도 볼일 있어 가셔도 한 시간에 전화 다섯 번씩 혀. 한 시간에.

"미안해요 타관에 혼자 계시게 해서 미안해요, 미안해요."

근디 인자는 가믄 전화도 안 혀. 전화도 안 혀. 그때는 나갈깨미 그랬댜. 나갈깨미.

그래갖고 와서 그양 살림을 필요없는 거 내버리고 옷도 다 버리고. 나 와서는 한복만 입히거든. 우리는 무주군에도 소문났거든. 둘이 다도 한복입고 만날 나가도 손잡고 다닝게 만날 사람들이 어즈께도 갔드니 뒷모습을 보고 사진 찍고 앞모습을 보고 사진 찍고. 무주강게도 그냥 비디오가 여기서 찍고 저리 가믄 또 저리서 찍고. 관광 댕겨도 참 축하드립니다. 우리도 저렇게 살아야 헌디 비결이 뭐인가요, 그러고. 그룹게 우리같이 참 무주서도 잉꼬부부다고 소문났어. 잉꼬부부다고. 우리는 젊은 사람들 못지 안허게 살어. [조사자: 그러게. 배워야겠네요.] 응. 못지 안허게.

그러고 나 혼자 만났어도 칠 년 됐어도 나 혼자 사탕하나도 내가 안 사먹는 성질이거든. 그러믄 저 양반허고 나하고 인자 딱 두 개가 있네. 드리믄 서로 미뤄. 그믄 내가 한번 나도 안 먹고 내쏩시다. 버려버립시다. (웃음) 맘이 애려. 곧이를 탁탁 들어, 곧이를. 나 쪼끔 마음이 안 좋았다, 밤에 나가믄 또 따러와. 어디 가서 죽을깨미. 따러와. 또 화장실 가서도 미처 안 오믄 화장실 와서 확인혀. 뭔 사고 났으까. 그룹게 자상허셔.

근게 우리 죽어서두 나는 의사보구두 말 할텨. 내 무릎팍에서 운명허게 아무리 영안실에 들어가도 중환자실에 들어가도 내 무릎팍에서 숨지게 해달라고. 우리는 죽어서두. 그래갖고 절에 댕기시고 나는 예수 믿거든. 근디 아 절도 안가고 따러오대. 나 따러오쇼 그려. 그서 내가 신앙만큼은 못 따러가요, 그랬드니 당신이 따러 오드라고. 평생 살 양반 속을 안 아프게 해야 헌다고 세례도 받고 집사여 인자. 하나님 뱀혀주셨어, 하나님이. 그니까 우리는 더 이보다 더 바랠 것이, 대통령도 우리겉이는 안 살거든. 돈이 문제가 아니고 내 맘부자여.

그 우리는 서로 동네만 가드래도 손 붙잡고 한복 입고. 내 한복 봐. 전부 한복 입고 다녀. 그니께 문 앞에만 나갈래도 한복입고 나가고. 어즈께도 뱅원에 강게, 의사가 그려.

"어디 잔칫집 가실라요?"

(이병상 화자가 한복을 가리키심) 그서 원장이 어디 잔칫집이 옷을.

나 오셔서는 양말도 이틀을 안 신겨. 양말도 이룹게 흰 양말. 껌은 양말은 껌다고 메칠 신거든. 근데 흰 양말은 딱. 그 사람들 그려. 저런 양반 얻을라고 해도 저 할머니같이 허들 못해서 못 얻는다고. 나는 오로지, 오로지 하나님 다음에는 저 양반.

나 우리 자식들도 인자 왔다갔잖아. 그양, 다 그양 우리 딸이거든 그게 이 양반 딸이 아니고. 환장을 혀, 우리 아버지. 아버지 얼굴 좋다고, 그양. 아버지 늙으믄 엄마 책음이다고, 엄마 책음이다고 그러고 케이크 사갖고 돈 십만 원 너갖고 시방 오늘 갔다 오늘 간 거야, 애들땜이. 우리 딸들도 좋다 허고 이집 딸 우리 새끼 십 남매여. 똑같어 우리 오 남매 여그 오 남매. 근디 여그도 아들 하나 우리도 아들 하나 똑같어. 근디 여그 새끼들도 그룹게 잘 헐 수가 없어.

[3] 이미 결혼한 사람에게 속아서 시집 가 맘 고생한 이야기

[조사자: 할머니 고생 많이 하셔노니까 지금은 또 이렇게 행복하시나보다.] 그려도 포부는 있지, 포부는. 나 고생한 것은 나 났을 때 우리 아부지가 오십 멫 살이 오십 멫 살에 아들을 났는디 그 다음에 나를 났댜. 그담에. 그래갖고 아들 젖 못 먹였다고 두 살 먹어서 젖 못 먹게 가시내가 태어났다고 나서 태도 안 끊고 끄랭이다 구석에다 처박아부렀대 죽으라고. 그래갖고 한나절 지나서 봉게 안 죽었드래. 그래서 나를 키웠어. 어트게 계모보다 더 했어 오마이가. [조사자: 딸이라고?] 어찐지 하이간 계모보다 더 했어. 크드락 시집가드락. 계모보다 더 했다니까. 오믄 다 계모네. 글때부터 해갖고 시집 갤혼해서 갖고 어츠게 산 중을 몰라.

[조사자: 할머니가 열일곱에 결혼을 하셨어. 그리고 어떤 전쟁을 가신 건데요?] 어? [조사자: 영감님이 어떤 전쟁을 나가신 거예요? 육이오 전쟁을 나가셨어요? 그때 전사하셨다는?] 아니. 육이오 지내서. [조사자: 육이오 지나서 전쟁을 가셨어요?] 응, 육이오 지내서. [조사자: 그럼 할머니는 반란군 올 때는 결혼하시기 전이네요?] 응. 그래갖고, 반란군 올 때지. 나 유월 달에 갤혼해갖고 열일곱에 해갖고 열아홉 살에 군인 갔은게. 군인 갔은게. 그래갖고 지원해서 군에

가서 전사당했어. 그른데 내가 시집을 둘러서 갔어, 속아서. 속아서. 속아서 가갖고 [조사자: 어떻게 속으셨는데요?] 스무살 먹어서 장가가고 스물한 살 먹어서 나한테 장개오고. 장개를 [조사자: 두 번 가?] 돌만이 왔어. 돌만이. 돌만이 와갖고 그 여자 첫날 저녁부터 신랑허고 잠을 안 잘라고 하드래. 그래갖고 그롷게 살라고 해도 잠을 안 자갖고 그 외아들인디. 그 군인갈라고 항게 어마이가 가시내가 그뿐이냐 또 장개 들여준다, 그러고 나한테 장개왔는디 우리는 깜짝 속았어. 그래갖고 나한테 장개올라고 날 받은게 가시내가 마음이 돌아스드래.

그 친정이 이웃동네라. 우리 시집이 말, 그 친정식구들뿐이라. 이 동네가. 근게 자꼬 삶어댕게 넘어가지. 갤혼해갖고도 자꼬 저녁 오믄 가고, 가고. 나는 몰랐어. 제삿집이 간다고 친구 집이 간다 허고. 그르고 자고오고 그러고 분을 발르고 즈 아부지같이 옷을 꼭 저롷게 입고 멋쟁이 내고 그롷게 갔다가 아침에 밥 먹고 오고 그랬단 말이여. 그도 몰랐단 말이여.

그래가지고 이 유월 달이, 내가 이월에 시집 강게, 유월달이 할머니 벤사가 있드라고. 할머니 이. 유월달에 그 각시가 온다고 하드라고, 그 각시가. 각시가 온다고 해서 나보고 암말도 말라고 하드라고. 그날 만큼은 조용허니 허자고. 그래 인자 우리가 장손이거든. 장손잉게 할머니 벤사 있은게 우리가 다 불간접을 해. 우리 신랑이 성인 노릇을 허고 근디 인자 여름이거든. 유월 달 제산게. 작은 집이 갔다온게, 벤사가 작은 집이가 있었어. 작은 집이 갔다온게 우리 집이 막 사람들이 막 나. 그 여자가 왔드라고. 근게 사람들이 전부 내 얼굴만 바라보는 거야.

그도 내가 어려서부텀 마음을 착하게 썼어. 근게 늙어서 저런 양반을 만났지. 아 조강지처 박대허믄 삼 년 빌어먹는다, 삼대 빌어먹는다 하드라. 내 그 소리 들었거든. 그서 내가 인자 작은 집 제사지내러 안 갈라고 우리 방에가 있은게, 자꼬 가자고 하드라고. 가야지 당신이 가야지 ,안 가믄 안 된다고. 나를 데리고 가는 줄 알았어. 긋드니 바로 이웃동넨게 날 앞세워놓고 집이 가서 그 각시허고 같이 오드라고. 근게 시숙들이 집안에서 다 내놨어. 살게, 맘 돌아서서 살게 헐라고 벨 굿을 다 허고 신랑 오줌을 받아서 멕이고 마당에다 막 치고 굿을 허고 벨 짓 다 허도 마다 헌디 나한테 장개 올라고 날 받아놓게 마음이 풀어지드래.

그래도 참 열일곱에 갤혼 해갖고 열아홉까지 혼자, 둘이 살았잖아, 한 집이서. 근디 참 나 고생 많이 했어. 우리 방이 여그서 요만해. 여그서 여그서 요만. 그름 인자 내가 시어마니하고 내가 저거 방 비켜줘야 할 거 아니여, 왔은게. 못 비키게 혀. 기어이 한 데 델꼬 살라고. 서이 누븐 딱 쨍기잖아. 서이 누븐 딱 쨍기라. 이 베랑빡이 내 신랑이라. 베랑빡만 보고 자믄 눈물이 팍팍팍팍팍 쏟아지고 둘이 지어서 생지랄병 혀도 그런 것은 눈에 안 뗘. 하나 눈에 안 띠어. 내가 인자 꽃 같은 세상을 비렁내 났잖아. 내 신세가 왜 이룹게 생겼냐허믄 이 베랑빡이 내 신랑이라. 그 한 일 년을 내 옆에도 안 오고 거그만 환장허드라고. 근디 여자가 못났어. 못났어.

그드니 한 일 년 지낸 게 그때는 인자 내 손으로 오대. 탁 뿌렸어. 탁 뿌렸드니 일어나서 이 허리빠, 허리빠로 뚜르러 패드라고.

"너그 집 가그라."

그서 내가 우리 집 행길이거든. 행길 똑 떨어졌어. 디려다 도라고 디려다주믄 내가 갈란다고. (화자 눈물 흘림) 밤중에 어쯔고 가겄어. 나 거다 행길에 다 띠다 놓고는 들어와 인자 둘이 자는 거야, 둘이. 거 내가 손 너서 대문을 끌르고 그 자는 꼴 뵈기 싫어서 마루도 안 올러가고 뜰을, 마루 밑이서 앉어서 닭이 앞에서 고물고물 자. 내가 앉아서

"닭아 닭아, 니 신세허고 내 신세허고 똑같다."

그르고 인자 밤새드락 앉았다가 날이 훤히 새드라고.

날이 새서 인자 각시가 밥허러 나오드라고. 밥허러 나와서 내가 저가 누워 있었어. 근게 밤에 뚜드러 맞었으니까 부섰지. 막 빰을 이리 때리고 저리 때리고 했는디. 그 시누들이 셋이여. 손우 시누들이. 집안에서는 그 여자를 그

여자를 쪽을 못 펴. 집안에서는. 근게 시숙도 그려. 지가 아무리 혀도 집안에서는 안 받아들인다. 그도 본인이 받아들인디 어쩌. 그 내 한번은, 인자 맨몸만 왔어. 맨몸만 와갖고 옷도 내 옷 입고 화장품도 내꺼 쓰고 그려. 그릏게 내가 나 혼자 입는 옷, 성질이 아니거든. 같이 입어. 근게 신랑이 한번은 둘이 다듬이질 허는데 나는 기왕이믄 좋게 지낼라고. 근게 어디 가믄 쌍둥이다, 혀. 옷도 똑같이 입고 키도 똑같으고 쌍둥이다겨. 그러믄 이 여자가 또 나가서 들어가서 또 딴 옷 입네. 딴 옷 입어. 나는 될 수 있으믄 잘 허고 살라고. 근게 친정은, 저그 친정에서 나를 이렀어. 저 친정에서 나만 이렀어. 쌈 안하고 잘 허고 지낸다고. 그 인자 한번은 다듬이질 헝게 뚜드러 패드라고.

"니가 살러왔냐 엿보러 왔냐. 살러왔으믄 당연히 니 것을 갖고 와서 쓰고 니 것을 갖고 와서 입고 허지 왜 맨몸만 와서 이러고 있냐?"

그러드라고. 나는 뚜드른 꼴은 못 보거든. 말렀어. 이 썩을 년이 자다가가 나 이릏게 뚜드러도 일어나도 안 혀. 말리도 안 혀. 말리도 안 혀. 그래갖고 어서 거시기 두 몸에서 새끼하나도 안 났어. 문 닫어버렀어. 문 닫어버려.

그래갖고 이자 사는디 가만, 인자 내가 그르다가는 우리 친정서 인자 알었어. 그래갖고는 인자 내가 살림을 났어. 나 살림 내도라. 그르자 함께 사는디 너이, 너이 밥상을 허잖아. 밥을 너이 먹잖아. 그믄 시어마이가 꼭 고깃국이라도 있으믄 내기다만 떠놔. 신랑도 내기다만 떠놔. 나를 따독거려야 집안이 편하거든. 근게 나보고 사람들 다 빙신이라고 그랬지. 그때 못 봐줬으믄 못 봐줘어. 근디 첫날저녁은 내가 먼저 했어. 그 여자는 첫날저녁부터 마다했은게 뭐 못 했지. 근게 호적상으로는 내가 큰어마이지. 근디 신랑은 스물 한 살 그 각시는 스무 살 나는 열일곱 살. 그릏게 살았어.

그래갖고는 한번은 외갓, 외갓집이서 외갓집이서 잔치헌다고 기별이 왔드라고. 가라고 그랬어, 서이 가라고 나는 안갈란다고. 안 갈라고 허대. 서이 갔어. 강게 혼인이 깨저부렀다고 혀. 그래서 도로 왔어. 그래갖고는 인자 재차, 재차 보냈는데 왔드라고. 그래서 둘이 가라고 했어. 그때는 가대. 갔는데 이자 미영을 잣는데, 시어매 그때 허리 아퍼서 똥을 받어냈어, 똥을.

그래갖고는 미영을 품앗이허러 갔는데 어트게 큰어마이 작은 어마이 소리가 나오드라고. 집에 와서 막 시어마이 누웠는데 일어나도 못하는데 막 방짝을 침서 내가 이자 비린내가 팔팔 난데 큰어매 작은년 소리가 어디서 나오냐고. 막 그릉게 시어마이가 누워서 막 고함을 질르네. 우리 집에가 감나무가 산중이라 막 있어. 그러믄 둘이 미영을 잣으믄, 아 꽃 같은 각시가 둘이 있은게, 신랑이 얼매나 좋겄어. 오면은 감을 흔들어서 홍시를 따다 놔 주고. 넘들 봐라 넘들 잘, 잘 살으라고. 넘들이 자꼬 쌈 붙일라고 해도 잘 살으라고 그릏게 타일르고. 똑똑해. 똑똑허고 그른 인물이 없어. 너무너무 잘 났어. 그도 사진 한번 안 찍어보고 친정, 그릏게 열일곱 살 먹어서 거시기 열아홉 살 먹다락 친정 둘이 한번 안 가봤어. 친정 어머이가 오라고 안 헝게.

그러는데 막 이자 신랑이 잔칫집에 갔다 왔대. 근게 내가 쌈을 시작헐라고 했어. 이자 밥을 채려다 중게

"밥 없어요?"

그러드라고.

"밥없어요?"

그러드라고. 그서

"밥 있어요. 밥 있는디 나 종 아니요."

내가 쌈을 걸을라고. 이자 여자는 부엌에 서서 들어 오도 않고. 쌈을 걸을라고. 나 종 아니요, 언제는 보기 싫다가 언제는 보고잡다고 와갖고 내가 작은년 소리 듣게 생겼냐고. 막 그랬드니 신랑이 화를 팍 냄선 작은년들이 뭣이 잘나서 작은년 큰소리냐고 막 처가집 식구들 욕을 허드라고. 욕을 혀. 노상 징그랍게 했어. 그 여자 오믄 첨에는 그냥 사랑땜에 못해갖고 사랑땜에 못해. 남자는 여자가 싫단게 남자는 정을 더 퍼붓은게, 첨에 딜여다놓고 방에서 길쌈이나 하고 나는 부엌에서 밥이나 챙겨먹고 그랬어. 고생 말도 못했어.

그래갖고는 인자 아이고 내가 신랑이 군인 영장이 나왔드라고. 영장이. [조

사자: 그때도 같이 있었죠?] 으, 같이 있는데 영장이 나왔드라고. 영장이 나와서는. 아이 영장이 나오잖애. 여그 살으라 그랬어. 신랑이 여기 군인 나와서 살으라 그랬어. 내가 살림을 내도라고 그랬어. 함께 있다가는 이거 죽도 밥도 안 되게 생겼어. 살림 나갖고, 니가 잘 사나 내가 잘 사나 내가 악을 미고 누가 잘 사는가 해보자. 뭣 있시야지. 그서 베를 짜가고 이자 밀을 한말 싹을 받어갖고 고놈을 딱딱 갈어갖고 나가서 한 달 두 달 먹었어도 그대로 있어. 안 먹어서. 어서 쑤시 한말 들어오믄 그놈 먹고 있대고 콩 한말만 들어와도 입대고 내가 악을 미고 살라고. 그래갖고는 누가 고구마를 캐러 오라그러드라고. 고구마를 캐러 오라개서 인자 그르자 거시기 고구마순 갖다가 여그 낫으로 끊어갖고 빼를 이릏게 갈라부렀어. 그래갖고 손이 이릏게 붓드라고.

그래갖고 있는디 신랑은 인자 응, 그러자 신랑이 영장이 나왔어. [조사자: 살림은 나셨고?] 응? [조사자: 살림은?] 아니 살림 안 났고. 안 나고. 영장이 나왔는데, 응 그래갖고, 이 잊어뿐다 벌써 멫 년이여. [조사자: 영장 나와서?] 영장 나와갖고 가라, 항게 마다하드라고. 훈련받을 때 각시 따라가라 항게, 각신 안따라갈라고 혀. 그서 시어마니하고 나하고 서이 학교마당 갔다. 이자 갔는데 금방 점심을 같이 먹었는디. 으 그래서 살림났다. 살림 나갖고 내가 니가 잘 사나 내가 잘 사나 해갖고, 그때 육이오 났었잖아. 그릉게 산중서 막 피난들이 나왔었거든.

인자 손이 이릏게 생깅게, 동네사람들이

“아무개 떡 감을 외상으로 줄 팅게 친정이 들잉게 들려가소, 들려가소.”

거시기 어, 그래갖고는 친정에 갔다 손 비기 전에. 친정에 가서 아이고 나도 친정에 좀 감이라고 사서 친정에 댕기러 가야겄다 살림났은게. 친정에 감을 한 접 이고 친정으로 강게 아부지가 소쿠리 맹글고 그때는 간솔, 소나무 간솔로 불 쐈거든. 간솔 이만치허고 보리쌀 몇 되허고 뭐다 장만해서 주드라고. 근디 주일, 내일 아침이 주일인데 오늘이여. 온게. [이병상: 산골 있었네, 산골.] 부안 벤산이거든. [이병상: 그때도 산골에서나 그런 불 땠지 이른 데서는 안 땠어요.] 부안 벤산. 그래서 길, 집이를 온게 영장이 나왔다고 허드라고. 그리서 집이를 안가고 인제 주일 아침은 거그서 밥 해먹고는 영장이 나와서 인자 학교를 갈라고 헌게 갈, 강게 금방 점심 먹으러, 학교에서 밥 먹었는디 아 신랑이 없어진 거라. 그드니 거그서 부안인게 처가집이. 부안 읍내고 부안 옹댕이고. 어매가 왔드라고 친정어매가.

"야야 심서방 우리집으로 왔은게 너는 너그 집으로 가믄 탄로가 난게 너그 외갓집으로 가그라."

그러드라고. 그서 외갓집 가서 하룻저녁 자고 친정에 갔어. 근게 친정에가 있대. 거그서 와서 친정에서 하루저녁 자고 우리 신랑은 인자 외갓집으로 피신을 보내고 나는 집으로 갔지. 벌써 다 알제. 그란디 하이간 신랑 오드락 내가 악을 메고 고구마 캐러갔다, 이 모냥이 됐어.

그래갖고는 밤을 주길래 친정으로 팔러간게 우리 친정 작은아부지가 씨앗이부대였어, 그때. 씨앗이부대믄 높아. 헌병도 꼼짝을 못혀. 씨앗이 부대믄. [조사자: 씨앗이 부대요?] [이병상: 그전에 군인이서, 씨앗이부대가 군인들을 감시하는 씨앗이 부대.] [조사자: 헌병 같은 건가봐요?] [이병상: 응. 말하자믄 정보과 모냥으로 군인들이. 군인 씨앗이 부대라믄 아주 벌벌 떨었어.] [조사자: 친정에서?] 응. 작은아부지가. 나 요만해서 보고 시집가서 봤어. 나 한 댓 칠팔 살 먹어서 보고 시집가서 봤은게. 그려

"형수 저것이 왜 저렇게 됐소?"

깜짝 놀래는 거야. 그서 이자 이만저만해서 시집간 것이 잘 못쳐서 그랬단게. 양 중신애비를 불르고 신랑 거가 있는디, 그양 막 잡아 자치고 허네. 잡아 자치고 그양. 우리 집이서 사흘 저녁을 자는디 한 방으루 작은 아부지가 들어가도 못하게 혀. 그르고는 이자 거시기 저 아무라도 하나 버리라. 너그한테 아무것도 없고 몸땡이만 찬 몸이 양처가 뭐이냐. 근게 아무라도 하나 버리라, 한게 당돌혀. 그도 씨앗이 부대라고 무선 줄도 모르고 둘다 다 안 버린다고 한 거라. 둘다 다. 둘다 다 안 버린다고 한 거라.

그래갖고는 잡어자쳐갖고는 인자 거시기 생활유지비를 내야할 거 아니요. 그 돈 가져 오드라고. 가져다 놓는 거라. 그 돈 가져왔어. 내 살림은 다 실고 오고. 돈 가져 왔는디 내가 안 받었어. 안 받고 양쪽을 내가.

"아이고 작은 아부지, 때리지 마세요. 때리지 마세요."

근게

"오냐 안 때린다."

양처 하나도 안 버린다, 한게 그냥 막 쳐대대.

그래갖고는 이자 가는데 죄인인양 절을 하고 가는데 미치겄드라고. 그 질로 지원해버렸어. [조사자: 홧김에 가셨구나?] 홧김이. 그래갖고 전사돼. 근게 내가 죽인거야. 근게 작은 아버지 생각하믄 미워. 너무 잘났어. 말도 못허게 잘 났어. [이병상: 씨앗이 부대믄 벌벌 떨었는데, 뭐.] [조사자: 자원을 하셨다는 걸 어떻게 아셨어요?] 바루 내가 간게 지원해서 가부리고 없드라고. 내가 간게. [조사자: 그리고나서 소식을 전혀 못 들었어요?] 지원. 내가 바로 살러 갔어. 보고자파서 굿드니 군인 갔는데 뭣허러 오냐고. 그드니 나중에 전사당했다고. [조사자: 전사 통지서가 왔어요, 집에?] 우리 집 오자니 그리 왔지. 그리 왔지. 그래갖고 전사당했어. [조사자: 그거 받고는 어떠셨어요, 심정이?] (한숨 내쉬며) 아휴 말도 못하지 뭐. 신랑이 없어. 대한민국에서는 그룹게 영리헌 사람이 없어. 참 영리혀. 영리허고 깔끔하고 인물 잘났어. 글고 저 양반 닮았어 저 양반. 재치가 잘잘잘잘 혀. 그른게 씨앗이 부대에서 둘이 안 버린다고 하지. 무서서도 아무라도 버린다고 허지. 무서서도 그 여자 버린다고 헐 것이여. 얼매나 대가 당찬지. [조사자: 그러면 통지서만 왔어요? 아니면 유골도 함께 왔어요?] 몰르지 인자. 내가 안 갔은게, 몰르지.

[조사자: 그러면 그 전부인은 갔어요?] 나보다 먼저 팔자 고쳤대야. 애기가 없은게. 그르고 집안에서 다 싫어허는디. 집안이서. 그 사람은 다 사람같이 대하들 안 해. 기를 못 펴. 근디 내가 내가 될 수 있으믄 잘 허고 지낼라고 저 사램 없으믄 내가 좋고 내가 없으믄 저 사람이 좋고. 생각허믄 불쌍허거

든. 기를 못 핀게. 그려서 쌍둥이같이 지냈어. 쌍둥이다갰어. 근디 이 여자가 쌍둥이다고 허믄 듣기 싫어서 가서 옷을, 옷을 또 갈아입고 와.

[조사자: 그러믄 할머니 그 소식을 듣고 나서 살고 싶지가 않아서 폭격이 와도 그르고 계셨던 거예요, 안 피하고?] 응. 어쨌든 그랬어. 그 아니, 신랑 살았을 때도 내가 폭격을 안 피했지. 그랬지. 유월 달인게. 폭격허도 안 비켰어, 이러고 있었어. 죽고 싶어서.

근게 저 양반이 할아부지가 너무 고마워. 나는 이날 이룧게, 근게 사람들이 맘이 너무 좋아서 우리 친정 사촌들도 그려. 맘이 너무 좋아서 늦바리들. 우리 사춘 친정서들까지 좋아혀. 저 할아부지를. 안 좋아허는 사람이 없어. 나를 이룧게 생각헐, 더 생각허믄 내가 죽어. 더 생각허믄 죽어. 내가 오죽하믄 삼서 그려. 지금도 팔비개를 허시네. 내 살 안다고는 안 주무셔. 내 살, 이자 늙어서 말은 안 듣는데 내 살 안다고는 안 주무셔. 그르고 남, 아 나 원하는 것은 하이간 다 해준다니까. 다 해줘.

[조사자: 할머니 전화 처음 왔을 때 기분이 어떠셨어요?] [이병상: 기분이 좋았지요.] [조사자: 그냥 좋아요?] [이병상: 혼자 몇 년 살다가 가만히 겪어보니까 마음이 좋고 성질이 괜찮드라구요. 기분이 좋았지요, 뭐.] 당신 아들이 반대허믄 의절허고 나하고 살랜다고. 그러고 나도 그렇고. 나도 우리 새끼들이 마다고 하믄, 이 저 의절허고 살래.

[조사자: 그러믄 함께 살 때 자제분들은 할아버지 어디 안 계신 줄 몰랐었어요?] 응? [조사자: 할아버지 사흘 동안 할머니 집에 가 계셨으면 자제분들이 할아버지 찾을 만도 한데?] 아녀. 왔다 가셨지. 근디 처음이, [이병상: 자주 오고 다 좋아혀. 메누리들도 다 좋아혀.] 처음이 이자 할머이를 하나 사귔다, 그러고. 칠월이 사구고 팔월이 아들집이 며느리 집이 갔어. 명월 시러. 명월 시러 갔는디 보도 안 헌 머느리가 시어머이 옷 해 입으라고 돈 삼십만 원하고 이받이 장만한 것 추석에 헌 것 싹 동으로 해서 우리 집에 보냈드라고. 다 알었어. 다 알었어. 그래갖고 우리 메누리가 대한민국에서 우리 아들 잘 생깄어.

(사진을 가리키며) [이병상: 저 우리 아들 며느리여.] 참 교양 있고 얌전해, 우리 며느리가. [조사자: 다 좋게 보시니까 이쁘고 그렇죠.] 우리 메누리 같은 사람 없어. [조사자: 흠 잡을라고 해봐요, 끝이 없지.] 근디 우리 큰딸이, 여그 큰딸이 몇살 차이, 시방 육십 일곱이거든. 그려도 어머니, 어머니 어머니 말도 못혀. 우리 어머니 같은 사람. 첨에 여기를 왔는디 식당에 데리꼬 가서 고기를 막 싸서 입에다 너주네.

보상받지 못한 전쟁

변 영 식

"인민군하고 남한군인 하고 죽어서 썩은 게 자고 일어 나니께 펴래. 곰팡이가 하얗게 다 배겼어."

자 료 명: 20120622변영식(공주)
조 사 일: 2012년 6월 22일
조사시간: 1시간 44분
구 연 자: 변영식(남 · 1925년생)
조 사 자: 박경열, 유효철, 김명수
조사장소: 충청남도 공주시 하대3구 (구연자의 집)

[조사과정 및 구연상황]

변영식 화자는 동네 주민들의 제보로 만나게 된 화자이다. 오랫동안 군 생활을 했다는 사실을 주변 사람들이 알고 있었다. 변영식 화자의 집에서 조사가 진행되었다. 집에는 변영식 화자와 아내(윤옥금)만 있었다. 화자는 귀가 잘 들리지 않아 질문을 한번에 듣지 못했다. 아내가 중간에서 질문을 듣고 다시 변영식 화자에게 전달해 주는 방식으로 조사가 진행되었다. 변영식 화자는 잘 듣지는 못했지만 기억력도 좋았고 구연도 잘 하였다.

[구연자 정보]

고향은 공주이고 1925년생이다. 가족은 3형제이고 그 중 둘째이다. 국방경비대에 22세에 지원하였는데 결혼 후 7개월 만에 입대한다. 그리고 1960년 5월에 제대한다. 처음에는 군대에 머무를 생각이었으나 상황이 여의치 않아 포기한다. 제대 후 군대 퇴직금으로 불도저를 사서 농사를 짓는다.

[이야기 개요]

먹고 살 것이 없어 국방경비대에 지원한다. 총알이 무릎을 관통하여 2년간 병원에서 지낸다. 다시 군대로 복귀하여 의무병으로 근무한다. 4.3 사건이 일어난 제주도에서는 현장이 잔혹해 군인들의 유골을 전해 주는 업무를 맡는다. 화자는 여수, 순천 사건 때 좌익 세력이 식당의 여인들을 매수해서 밥에 쥐약을 넣는다는 소문을 듣는다. 화자는 이 소문을 들은 후부터 유독 군인을 보고 아양을 떠는 여인들을 경계한다. 결혼 칠 개월 만에 군대를 갔는데 삼년 만에 보는 아내의 얼굴이 기억이 나질 않아 찾질 못한다.

[주제어] 가난, 입대, 국방경비대, 총상, 관통상, 병원, 의무병, 4.3사건, 여순사건, 유골, 유족, 좌익, 쥐약, 아내

[1] 국방경비대에 지원하여 근 20년 복무하다

나 귀먹어서 살살 해서는 못 알아들어. 이거 해두. [조사자: 아 크게 얘기하면 돼요? 크게? 할아버님 연세가 어떻게 되세요?] [윤옥금: 여든 여덟.] 목적이 뭐야? 목적이. [조사자: 아 전쟁 때 겪은 일 들으려고 왔어요. 전쟁 때, 육이오 전쟁 때.] [윤옥금: 육이오 전쟁 어떻게 전장 치뤘느냐고 하러 오셨대유.] 아-

육이오 전장? 그거 문제여, 그거 얘기 일일이 다 못햐. [조사자: 다 하셔도 돼요. 하루 종일 하셔도 돼요.] 육이오 전장을 첫 번엔 일어나는데 그 때 무리없이 죄다 사흘씩, 나흘씩 휴가를 보냈어, 남한에서. 그래 인저 휴가를 보내고 나니까 전장이 좔좔이 내려오는 겨.

그라니께 인저 각 급하게 연락을 해서 어 휴가 보낸 저 이박 삼일 저 휴가 가는 걸 빨리 불러들이라고. 막 인저 각 면이로, 군이로 인저, 연락을 해서 인자 해서 인저, 모두 들어간다 했는데, 벌써 이미 저 사람들은 삼팔선을 넘어온 거여. 그라고 우리는 전쟁하야 엠으완(M1) 총하고 칼빈 총, 장교들은 권총뱁에 더 있어? 뭐 있어. 그려 인저 당하는 거지 뭐. 그렇게 돼 있어 그게.

그래니께 인저 남쪽에도 북쪽, 가진 사램이 많아 가지고, 북쪽하고 이렇게 내통을 해가지고, 남쪽 사병들을 전부 휴가를 보냈다고. 이박 삼일씩, 이박 삼일씩. 그랬는디 와서 하루 저녁 자니까 빨리 불러 들이라고 연락을 하니 그때는 지금 마냥 자동차가 있어? 많지 않어. 없잖아. 그러니께 시간이 걸리지. 불러 찾아 들어가려면. 그래 부대 사람들 있어봐 부대를 못 찾어 간 사람도 있어. 낙오병 된 사람. 그런 사람도 있어. 애초에 저 전장 첫 번에 시작이 바로 그거여.

[조사자: 그때 할아버지 연세가, 그때 나이가 몇 살이셨어요? 나이?] [윤옥금: 그때 나이가 몇 살이었었느냐고?] 나? 스물 셋. 스물 둘인가, 셋인가 그려. [조사자: 그때는 결혼하셨었어요? 결혼?] [윤옥금: 결혼했냐구요? 그때. 그때 결혼했었냐구.] 결혼? 결혼하구서 저 처갓집이 갔다가 그 이튿날 저 지원해서 갔어, 지원. [조사자: 아 지원하셔서?] 국방경비대. [조사자: 전쟁 나기 전이죠?] 예, 국방경비대여 그때는. 군인이 아녀, 예 군인이 아녀. 왜정 때 군대 갔다 와가지고 할 일이 없어서 해먹을 일 없잖아. 그러니께 인제 또 국방경비대를 인자 뽑는다고 그래서 지원해서 시험 봐 가지고 들어갔지.

[조사자: 저 국방경비대 월급이 얼마였어요? 돈, 돈?] [윤옥금: 그 때 월급이

얼마였었느냐고? 그때 월급이 얼마였었느냐고.] 월급이 어디가 있어? 월급 아마 지금 돈으로 하면은 오백 원 아니면 천 원일 껴. 오백 원 아니면 천 원. 그런데 그때는 저 월급을 주는지 어쩌는지 알지도 못했어. 저 배가 고프잖아. 저 외국의 밀, 그거 가져온 거 삶아줬단 말이여. 그라고 어, 이 집에서 입고 간 옷 입고, 일 년 동안 훈련을 받았어. 옷이 없어서.

그래 일 년 받으니껜 인저 일본 놈들 어, 군복 그거 입다 벗은 거 인자 빌려주더라구. 그래 인자 또 몇 달 있으니껜 인자 그걸 걷어가고 미군. 인자 미국서 원조한 그 작업복을 주더라구. 그래 배고파서 아이 난리지. 요만큼 조그만 그것도. 그런데 인자 저녁에 선임하사가 그랴 니들 도장 죄다, 배고프면 빵을 사다 줄 테니께 도장을 죄다 내라는 겨.

[조사자: 도장?] 예, 그래 도장을 죄다 찍어서 인자, 목포 가져가서 빵을 이렇게 갖다가 두 개, 세 개 이렇게 나눠 주더라구. 그게 바로 인자 월급. 월급 나오는 돈이루다가 인저 빵을 사서 주는 거여. 그래 한 달이 빵 두 개가 월급이여. [조사자: 빵 두 개?] 빵 두 개. 그러니께 인제, 선임하사들 돈을 먹었겠지 뭐. 빵 두 개 값이야 주겄어?

[윤옥금: 그때 무슨 빵이냐구. 건빵이냐구 뭐냐구?] 건빵 아니여. 이 이렇게 저 저저 뭐야 지금 풀빵이루 맹그는거 그런 거. [윤옥금: 고물 없이 인제 해서.] [조사자: 응, 속에 아무 것도 없고? 속에.] [윤옥금: 속에는 아무 것도 안 들고? 앙꼬 같은 거 안 들구요? 속에는 아무 것도 안 들구?] 팥. 팥 들었어. 팥. 아 요만한 거 두 개씩이여. 말도 못해 아 우리가 첫 번째 가서 고상(고생)

한 거 말도 못해.

[조사자: 그거 더 얘기해주세요, 할아버지. 고생한 이야기.] [윤옥금: 군인 가서 고상한 얘기 좀 해보시래요.] 군인 가서 고상? 참 말도 못하지. 그래 인저 전쟁이 터졌는데, 에 전쟁하다 총을 맞았어 내가. 총을 맞아서 여그서 이리 이렇게 관통이 됐어. 그래 병원 생활 인저 한 언 이 년 동안 했나? 그러니께 육이오가 이제 정전이 되더라구. 이 년인가 얼마 안 되니. 그래 나는 총을 일찍 맞기 때문에 에, 고생을 덜 한겨.

그런데 또 그 인저 나서서 또 인저 군인을 들어갔어. 나서서 또 복무를 하는데, 또 전장이 또 일어나. 그래 인저 이 나서서 총 맞은 사람은 보병이었는데 그때 재기(자기)가 가고 싶은 병과를 희망하면은 그대로 간다 그래서, 내가 병원 근무를 희망을 하니께는, 위생교육을 저 진해가 가서 석 달을 교육을 받았어, 석 달. 교육받고 와가지고서 의무중대 근무를 하는데 전쟁이 터졌는데 총 맞은 환자들 끌구 돌아댕길라니께 엠브란스가 맻 대 안되니께 엠브란스는 총 맞은 사람들 실어 보내구.

왜 사병들하고 우리는 저 걸어서 인저 가는데, 뒤에서는 이 저 인민군하고 중공군. 이눔들 나팔 불고, 막 북치고 이라고 막 쫓아와 저기서 막, 그래 우리는 인저 아무 도망가구. 그라다가 인저 미군이 인저 침입을 하니께 이 사람들이 못 내려온 겨. 그래가지고서는 우리가 이렇게 저 충청북도 제천, 거 어느 부락을 들어가서 큰 집을 이렇게 큰 집을 점령하고서 야전병원을 채렸는데, 그 집이 가니께 부엌에를 가보니께 떡도 해서 냄겨 놓고, 엿, 엿 고은 거, 엿, 엿을 고아가지고서 인저 다 못 가지고가고 거기다 냄겨 놓고 그래서 우리가 그런 것도 먹고, 말도 못햐.

육이오사변 때는 배고파가지고서 먹을 게 없고. 그런데 인저 군량은 우리가 후방에 근무를 하는데 에 또 그 이상하데. 군대는 그렇게 배고파 죽겄는데 이 농업 창고, 쌀이 잔-뜩 쌓였는데 그거 쌀은 인자 중공군하고 인민군하고 오면은 실어서 군량한다고 썩 불을 질르랴, 그 창고에다. 쌀 창고에다, 그래

또 불을 놓았지. 그런게 배고프면서도 식량은 없어지는 그런, 전쟁을 할라면 그렇다구.

결혼하고 삼 년만에 집에 왔는데 어떤 게 인자 총 맞고 이렇게 전쟁하다 왔다니께 웬 동네 젊은 부인 뭐 여자 할깝새 수십 명이 왔는데 어떤 게 내 부인인지 알지도 못했어. (일동 웃음) 누가, 누가 내 부인인지 알들 못 했어. [조사자: 그래서 어떻게 찾으셨어요?] [윤옥금: 뭘 못 찾어, 다 가구 인제 저녁 먹고, 다 가고 저녁 먹응게 알지. (웃음)]

[조사자: 그럼 할머니 결혼한 지 아까 얼마 만에 가신 거예요?] [윤옥금: 결혼한 지?] [조사자: 응, 얼마 만에 군대를 가신 거예요?] [윤옥금: 칠 개월 만에.] [조사자: 아 칠 개월 만에. 할머니 총 맞은 얘기 좀 자세하게.] [윤옥금: 여기 총 맞아 가지고서는 이렇게 하구서 작대기 짚고 왔어. 그 지팽이 그거 짚고 그렇게 하구 와.] 총 맞아 가지고서 이러고서 집이, 그것도 휴가가 아니고 병원에 있는데 내가 아주 집이 오고 싶어서 몰래 왔어.

그래 인저 그때 전장하다 이렇게 가니께 뭔 누가 시비하는 사람 있어? 거

군복입고 이럭하고 다닌께 아무렇지 않아. 그래 왔다가 갔어. 가니께 또 어, 워디 갔다 왔느냐고 그래서 집에 갔다 왔다고 그랬더니, 니 저, 나보고 군인이냐는겨. 왜 상부에 허가, 저 휴가증도 없이 마음대로 왔다 갔다 하느냐 이거지.

[조사자: 그 총 맞으실 때요, 총 맞으실 때 상황이 어땠어요? 어떤 일이 있었어요? 총 맞으실 때.] [윤옥금: 총 맞을 때 무슨 일이 있었느냐고.] 총 맞을 때? 총 맞을 때 우리 저기 저 강원도 고성 싸움을 했는데 저 뭐여, 인저 산간만치에서 서로 막 쏘는 겨, 인저 상대방을 안 죽이면은 내가 죽는 거니까, 아 될 수 있는 한 막 쏘는 거여.

그래 인저 여기를 인제 이러 엎드려서 이렇게 하는디 여그를 맞구서 이렇게 앉는디 그래 인저 수류탄 여기서 맞아서 이렇게 이, 지금은 흉터가 이렇지만 살이 이렇게 없어서 그래 이럭하고 꼬맸다구. 그래 인저 아물어 붙으면 또 찢구 또 이럭하구. 이 세 번 수술한 겨. 이 끊을라고, 끊을라고 의사들이 하는디 내가 막 못 끊게 막었어.

[조사자: 그럼 할아버지, 군대 총 몇 년간 있으셨던 거예요?] 내가 군대를 십팔 년인가, 근 이십 년 했어. [조사자: 군대를요? 그때 뭐 상사로 제대하셨다고 그러던데.] 예, 육공 년(60년) 5월 30일 날로 제대했거든. 어 그라고 인저 8.15 해방되고 이 년인가 있다가 들어가 가지고. [조사자: 그럼 그동안 의무중대 계셨던 거예요? 의무중대 계셨어요?] 예. 첫 번에는 보병. 총 매고 싸우는 거 하고, 야중에 나올 적에는 의무중대여. 별걸 다했어.

기차, 기차 채금 질고서(싣고서) 저 강원도서 환자, 총 만난 환자 데려다가 대전병원에다 풀고. 저 밀양병원에다 풀고, 부산병원에다 풀고. 이렇게 하고 또 올라가서 또 사고, 이것도 해놓고. 의무관폐, 육군본부 의무관폐에 가서 근무도 해보고 뭐 별짓 다 해봤어. 높은 자리도 있어보고, 얕은 자리도 있어보고 그랬어.

[조사자: 그럼 할아버지 지금 유공자세요? 유공자?] [윤옥금: 야(예). 야(예).

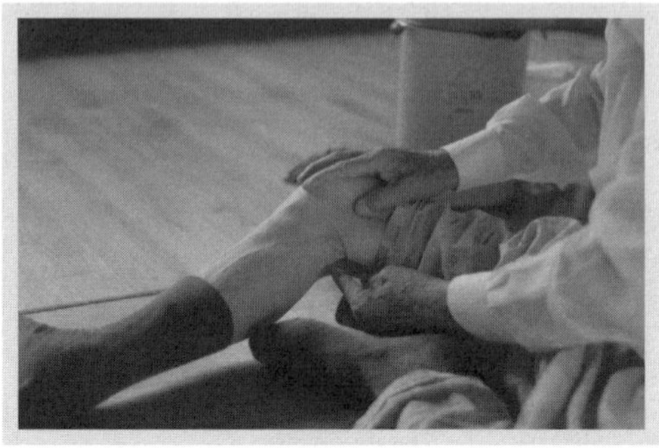

유공자냐고?] 예예, 유공자에요. 유공자도 영 안 시켜줄라고 그러는 겨. 그래 서류상이루다가 십 년 이상을 싸왔어. 내가 서류로 계-속. 그랬더니 지금 국가유공자 된 지가 삼 년째여, 삼 년째. 이런 놈들이 있어, 이런 놈들.

그런데 전장도 안 하고 노무자 갔다가, 쪼금 다친 놈이라두 거 집안이 빽 좋고, 장관이 이런 사람들은 총도 안 맞은 놈이 유공자가 많아, 지금. 재조사하면은, 아주 뭐 떨어질 놈 많아 내가 알아도, 이 계룡면에도 둘인가 돼. 그런 놈들이 그런데 이럭하고 죽겄는디도 거슬려. 안 해줘, 유공자. 이만만 하면 그냥 지나갔다는 거여. 아파서 그냥 무르팍 아파도 그냥 지낼 수 있어 유공자 해당이 안 된다는 겨.

그래 나 또 이유신청하고, 어 막 육군본부에다도 집어넣어 보고. 어 또, 육군본부 어 여그다 집어넣고, 저기에다 집어넣고. 어 이렇게 계속 한 십 년 이상 하니께 나중에는 한 삼년 후에 대전서 해당된다고 오더라고. [조사자: 그럼 얼마 받으세요?] 지금? 첫 번에는 삼십 얼매 주더라구, 한 달에. 그러더니 지금은 사십오만 이천 원 줘.

[조사자: 그럼 몇 급이에요? 몇 급? 국가유공자 몇 급? 급수요.] [윤옥금: 급수가 일급이. 급수 급수. 유공자 급수가 일급?] 칠 급(큰소리로). 제-일 끄트머리. 일, 저 육 급도 백만 원이 넘어. 칠 급은 오만 사천. 오 급은 한 백삼십 얼맨가, 백오십만 원 돼야.

그런 차이를 어 지금, 그래 실지 보면 육 급이라는 거 하고 오 급이, 칠 급이라는 거 하고, 깨깡하다. 칠 급 된 사램이 더 부상이 심해도. 이런 차이가 있다구, 그러면은. 육 급 칠 급에 이 삼십만 원씩 차만 있어도 괜찮은디 백만 원이 넘어, 백 얼맨가 돼야. 육 급은. 그런데 어 칠 급은 오십사만, 어 오십오만 이천 원(위의 금액과 다름). 그러니 그게 얼매나 차이가 돼야. 일급 차이 너무 하잖아. 그런게 그 행정기관도 너무 공신하질 못해. 내가 보기에는.

[조사자: 그럼 처음에는 등록이 안 되셨나 봐요? 국가유공자?] [윤옥금: 안 됐었어. 처음에 빠졌어 그게. 응 빠져가지구서는, 인저 할라고 그렇게 해서. 빠져가지고. 처음에는 국가유공자가 빠져가지고 그렇게 됐다구, 우리가. 아니여?] 아니여, 안 해줘, 첫 번부텀 빠져서 안 해준 게 아니여. [조사자: 아 그냥 안 해주신 거예요?] 아 서류 집어넣어도 안 해주는, 첫 번에는 아 여, 사회 나오니께 나보고서 왜 아저씨는 그런 사람은 그만 못해도 나라에서 돈을 받고 이라는데 아저씨는 왜 가만히 있느냐고.

이래도 내가 이랬어. 우리나라가 돈도 없고 가난한데 뭘 그렇게 후원해줄 돈이 있겄느냐고, 그냥 있었어. 그냥 있었어. 그랬더니 혼자만 그렇게 생각하면 되느냐고, 한번 나보고 쑥맥이라고 그랴, 쑥맥. 쑥맥이라고. [윤옥금: 쑥맥이지.] 그래서 인저 그때사부텀 인자 쑥맥이라고 그래서 오기가 나서 그때사부텀 인저 아무 진정서 합의서 찾아 계속 넘겨.

내가 워디서 전장을 어떻게 맞고. 언제 어떻게 해서 어떻게 되고. 지금도 무릎 많이 아파가지고 내가 지팽이를 짚고 관절염이 생기고, 이렇다고 하니깐. 또 신체검사 하야해. 그래 가면은 안 돼. 무효여. 그걸 한 십 년 했는데 월매나 애를 먹었어, 내가. 에이 이눔의 것. 인제 늙어서 할 일도 없고. 심심하니까 그래 인자 왔다갔다 하면서 계속한 겨 장난하듯이, 농사꾼 농사짓듯이.

그랬더니 글쎄 한 삼 년 전에 인제사 해주는 게 그게 말이 돼야? 그래니께 이거 안한 사람이나 공부를 해도 선생이 제자를 가르칠 적에 이 제자나 이 제자나 똑 같으게 평범(평등)하게 가르치고 평범하게(평등하게) 지시를 해야 하는데, 제기(자기)가 맘에 있다고 한 사람만, 열심히 가르치고, 맘에 없다고 소홀하게 기도(지도)하고 이럭하면 안 돼, 사램이.

아주 사람은, 또 돈이 있다고 데리고 그 사람만 따르면, 돈 없는 사람을 더 안고, 거시기 하야 햐. 있는 사람은 있으니께 상관이 없지만 없는 사람을 도와줘야 할 거 아니여. 그래야 똑같이 먹고 살지.

[2] 가난하여 힘든 아내를 위해 제대를 결정하다

[조사자: 그럼 할아버지 제대할 때 나이가 몇 살이셨어요?] 마흔, 마흔 대여섯 됐을겨. 마흔 대여섯. [조사자: 좀 일찍 제대하셨어요, 나이는. 일찍 제대하셨어.] 뭐? [조사자: 일찍, 나이가 젊을 때 제대하셨다구.] 젊을 때. [조사자: 제대를 하셨다구요.] 잉, 젊을 때 제대했지. 그 때도 마흔 대여섯 살이면 군대에서 장성보덤 저 거시기야, 저 나이가 더 많애. 저 별자리보덤 나이가 더 많아. 그래도 내가 나 제대할 때 백인엽인가 백선엽인가 하고 같이 제대했어. 백인엽인가 백선엽인가 그 분, 장군하고 같이 했는데, 육군 대령이나 저 소령, 중령은 내 퇴직금을 못 쫓아왔어.

그 백선엽이 그 분 퇴직금이 최고 많지만, 나는 이렇게 퇴직금을 줄 적에 이렇게 주더라구. 전장 일 년이면 평상시 삼 년으로 계산햐. 그럼 나는 육군 저, 경비대 저기 갈제 가가지고서, 좌반, 대구사건, 제주도사건, 옹진사건. 계-속 전장에를, 전장터로만 댕겼거든. 그게 다 아 기록부에, 인저 내 기록카드에 또 올라가가지고서 제대할 때 그놈을 일 년을 삼 년으로 가산해서 퇴직금을 주니께, 타니깐 엄청이 많더라구.

[조사자: 그게 얼마에요? 할아버지? 얼마?] 몰러, 얼맨지. 얼맨지 모르고 지금, 그래 인저 저 내가 그때도 월매 안 있으면 또 전장 날 것 같어. 내 생각에. 그래서 내 고상한 거 돈이나 이렇게 만져보고 죽어야겄다 하고서 일시금을 탔네. 그걸 연금을 탔으면 지금 아마 한 삼백만원씩 탈겨, 달달이. 삼호 올라가면 그것도 올라가고 올라가고 해.

[조사자: 근데 제대는 왜 하신 거예요? 왜 제대 하셨어요?] [윤옥금: 내가 못

하겄는데 어떡해. 돈이 없응게 내가 못 살겠는거. 내가 못 살겄네.] [조사자: 할머니 자제분은 어떻게 두셨어요?] [윤옥금: 육남.] [조사자: 육남매, 그럼 군대가 계시는?] [윤옥금: 가기 전, 가서부터 낳은 게 육남매.]

[조사자: 그럼 중간중간에 휴가를 오신 거예요?] [윤옥금: 그라구선 하나만, 둘, 싯(셋)이네, 셋은 제대하고 낳네.] [조사자: 그럼 이사 많이 다니셨겠어요.] [윤옥금: 이사 거, 일 년이면 한번 씩. 군대생활 할 때는 일 년이면 한 번씩,] 야중에 끝날 판에는 내가 인저 어 상사였어, 상사. 특무상사였어, 연암 부대 대장. 집을 사가지고, 둘이 살림하고 군대 생활하다 다 봤어.

[조사자: 할머님, 시부모님이랑은 같이 안 사셨어요?] [윤옥금: 같이 살았쥬, 군대 갔을 때는. 시부, 시어머니, 시아주버니, 동세(동서), 시동상(시동생) 막.] [조사자: 그러면 결혼하고 이제 한.] [윤옥금: 칠 개월만에 갔다니까.]

[조사자: 그러니까 칠 개월만에 갔으니까, 군대를 거의 한 십팔 년이나 이십 년 있다가 왔으니까.] [윤옥금: 그래서, 어떻게 모시기가 원체 힘들어 친정에를 왔더니 그때 시절 만해도 겁나게 어렵잖아. 그러니께 가 있는 사람도 미안하더라구. 그래서 도저히 난 인저 못 살겠응께 이혼하자고 그랬어. 이혼하면 내가 다른 집을 가더래두.] [조사자: 그러게 먹고 살구.] [윤옥금: 그랬더니, 제대한 거지.] [조사자: 제대를 하신 거예요?] [윤옥금: 그래 이제.]

[3] 유골을 유가족에게 가져다주는 임무를 맡다

[조사자: 그 원래 여기서 계속 사셨어요? 여기. 하대리에서?] [윤옥금: 이 여기가 본토 고향.] 나는 대한민국, 국방 병장이야 상사라서 이 반란사건이 지방에 빨갱이들이, 제일 말이야. [조사자: 할아버지, 제주도 4.3사건 때도 갔다 오셨어요?] [윤옥금: 제주도 사건 때 갔다 오셨어?] 응. 사삼 사건 때. 그 때가서 일 년을 내.

[조사자: 그게 4.3이 어떻게 된 일이예요. 그게? 어떻게 된 일이예요?] [윤옥금:

어떻게 되었냐구, 그 일이.] 그거 제주도 사건 얘기하면은 비참해서 말을 못 햐. [조사자: 저희 모르니까 좀 말씀을 해주시면.] 그 그 사람, 그 사람들두 잘 못하고, 이편짝도 잘못하고 다 그려. 왜냐하면은 그, 그 사람들이 첫 번에 가니까 사연들하고, 여 전라남도 여서 창설한 부대가 제주에 가서 빨갱이 됐단 말이여.

그러니께 똑같은 군복. 똑같은 무기가지고서 인저 반란을 일으킨 겨. 그래 여기저기 가면은, 잘못하면 저희 편 저희가 쏴 죽여. 그러니께 인저 금방 내 이편짝에다 빨간 끈, 좌측에다 끈 맬 때 있고, 우측에다 끈 맬 때 있고. 또 새-까만 헝겊대기로다 암호. 이렇게 하고 하는데 그 사람들이 군인을 죽이면, 잡으면은 도막도막 이렇게 왜, 코 돼지 잡아, 돼지 잡아서 걸듯이 군인들 댕기는 길가를 다 나무에다 패서 걸어, 대가리는 끊어서 벌써 우에다 딱 이렇게 놓고, 그러니 그 겁이 안 나?

그러니께 그 사람들 어 인제 붙잡고, 어 그 순사들은 지방에서 인제 지방 치안, 인제 운동하는 사람들 잡고, 이렇게 내 그래 인자 빨갱이들을 지리산 그 관음사라는 그 밑에 또 절이 있어. 그래 거기서 붙잡았는데, 군인들이 부애(부아)가 나니께 이 이렇게 서로 등을 대고 묶어서 다이너마이트를 여기다 놓고서 튀었어. 뭐 사람 신이 그렇게 돼.

[조사자: 그러면 할아버지, 4.3 때, 제주 사삼 때, 그 때는 그러면 국방경비대였을 때예요? 그 때 무슨 일하셨어요?] [윤옥금: 국방경비대였었냐구.] 아녀, 군인이여, 군인. 그때는 군인. [조사자: 그때는 군인?] 응, 예, 군인. 군인, 그때는 인제 집이를 또 하도 오고 싶어서 제주도에서 그 전사자들 그 제주도 집을 때려 부셔가지고 거기다 화장을 해서, 거기 유골이라든지 이렇게 담아가지고 이 육지를 갈 저, 그 채비를 나 주는디, 집에 올 생각으로 그걸 맡아가지고 유골을 맡아가지고, 한 그루에 하나 빌린다 해가지고, 육지를 나왔는데 아주 혼났어.

왜냐하면 오면은 인제 기사, 그 회장되는 기사 갖다 얘기를 하면 옌변장(연변장) 모두 다 이렇게 해가지고선 인자 그 집이를 가는디 아이 그 부모들이 가져온 사람이 죽인 줄 알고, 아 막 달려 들어서 가져온 사람을 막 팰라 그라고, 죽일라 그랴. 아이 그래가지고 아주 혼났어, 그, 그건 안되겄더라. 그 유골을 가진 사람은 같은 군인인디, 가진 사램이 죽여서 가져온 중 알고 내 자식이 왜 죽었냐 그냐고 이놈아, 막 이러다 막 그래. 그렇게 그래서 다시는 아주 그거 안 맡았어.

[4] 군인들에게 접근하는 여인들을 경계하다

[조사자: 그리고 다음에 여수, 여수. 여수도 갔다 오셨어요?] [윤옥금: 여수.] 여수 있을 땐 또 말도 못해 또. [조사자: 그것도 얘기해주세요.] 팔월 달이여, 인저 베(벼)가 이렇게 늘늘-하고, 이렇게 꼬부라지고 늘늘하고 인저 배고프면 끊어다 베어 먹을 그런 때 여수반란 사건이 났거든. 우리가 교육이 끝나고서 충청북도 영동에 철도, 기차굴 지키는 거 그걸 하고 있었어.

그랬는데 몇 달 후에, 소집을 내리더니 출동이라는 겨 그래 인저 대전이여, 2사, 2연대 본부, 2연대 본부는 전부 모여가지고서 기차로다 가는데 저 그 빨갱이들이 기차에다 멍석을, 멍석을 갖다 쭉 깔아서 기차가 가다가 길에다 나자빠졌네. 그래 다친 사람, 안 다친 사람 이랬어. 그 인자 성한 사람만 편짜 가지고 갔는데 이 거기도 똑같은 군인이지, 거기도. 4연대, 그 군인이, 반란을 일으켰으니까.

그래 거기도 헝겊대기로 다 새카만 놈, 하얀 놈, 빨간(빨간) 놈. 이런 걸로 다 바꿔가지고서 해가지고서 인저 서로 저희 편을 알고 이랬는디. 그 전라도 여자들을 밥 해먹는 그 식당에다가 촬영을 했단 말이여, 촬영을 했는데. 밥하는 데다가 쥐약을 넣어서. 쥐약을 군인들 아주 다 죽일라고, 그래 그걸 미리 발견해서 인저 그건 아 방재하고.

또 군인들이 여학생들, 여학생들이 군인한테 아양 떨고 어짜고 그라니까는 저 군인들을 같잖게 하면은 속에서, 속치마에서 권총을 빼가지고 쏘아 죽이고. 여학생들이 그래 다음에는 여학생들 아양 떨고 하면은 초진에 베고. 상사도 안 통해. 그렇게 말도 못햐. 여수서 반란 일으킨 사람들이 못 당하갔으니까, 육지서 못 당하였겠응게 배를 갖다 대구서 타구서 제주도 가서 여 4.3 사건 막 일으키기 시작했다고.

여기서 못 당하겠응게 제주도로, 섬이로 가가지고. 그런 사삼 사건 때 그 안 죽을 사람도 많이 죽고, 죽을 사람도 안 죽고 그라지만서도 제주도, 그 사삼 사건에 가담된 민간인들두 그런 사람은 죽어야하지만, 민간인 가담 안 한 사람도 이게 휩쓸려두 죽은 사람이 많다구, 거기서. 아이 에, 이게 아, 할 소리는 아니지만, 그 제주서 민간 빨갱이들을 잡아가지고서 큰 국민핵교 교실에다 인자 감옥이지, 여그서 말하면, 거그다 딱 넣어서 인자 군인들이 간수 노릇하고 이라는디 야중에 군법이로다 재판을 해가지고서 사형을 더러 받으면은 일일이 다– 사람을 쏴 죽일 순 없응게 구덩이를 파고서 그냥 몰아 넣구서 그냥 묻었다구.

그런 거 말도 못해. 이건 도저히 한 민족으로서 할 수 없는 했다고 그때. 또 그 사람들도 군인한테 그렇게 악질로 놀고. 군인만 잡으면 막 가지가지 죄다 찢어서 걸구, 모가지 짤러 여 바위 둑에다 요렇게 보라고, 군인들 보라고. 그러니께 이걸 누가 잘못이고, 잘잘못을 가릴 수가 없어 지금.

[5] 전쟁을 같이 겪은 전우 두 명만 살아남다

이걸 왜, 왜 알라고 그랴, 이거 왜 알라고, 알라고 하는 의문이 뭐여. [조사자: 아 저희가 책을 만들 거예요.] [윤옥금: 책을 맹기를라구 그란데요. 책.] 책 맨들을라면 이거, 이거 면밀하게 맹글어야 하는데, 그렇게 세밀하게 얘기해 주는 사람이 없어, 그 이게 나 같은 경우, 어 국방경비대서 지금 여든 여덟이여. 응? 응 여기서두 여 계룡산 밑구녕, 이 계룡면에서 이 국방경비대를 하러 간 사람이 각 면에서 최고 많았어. 그라고 오래오래 살은 게 최고 많고.

그런데 다 죽어버리고, 딱 두 사람만 남았어. 나하고 저기 계룡 소재지 이용근이라는 사람하고, 그때는 이 이 국방경비대를 부를 적에 어떻게 뽑았느냐 하면은 언간하고 재기(자기) 이름만 주소, 성명하고 이름만 쓰면은 합격시키고 뽑았단 말이여. 그게 왜 원인이 뭐냐. 아 그것도 좋아 가지고서 이 좌익사상 가진 사람들이 연구한 거 같아. 내가 생각할 적에. 왜냐 지방에서 빨갱이 하다 순사한테 묶여가고 징역을 살게 되면 국방경비대로 들어와 버리면 못 잡어. 잡아가덜 못햐.

그라고 더군다나 잡아가면 경찰서 국방경비대가 습격해서 순사는 꼼짝 못했거든, 국방경비대한테. 그라니께 피신하러 온 사람들 많다 이거여 국방경비대로 몸 피신하러. 그랬잖어. 이걸 정확하게 지금 마냥 신분조사, 뭐 이렇게 철저히 해서 뽑아줄라면은 그런 일이 없는데 무조건 주소, 성명만 써 놓으면 합격시켜서 해니께 거기 좌익사상 가진 사람이 많잖어, 그 속에.

[조사자: 그러면 할아버지, 아까 계룡면에 두 사람 있다고 했잖아요, 할아버지

랑, 이용근 할아버지.] 이용근인데, 그 사람은 좀 단문하제. [조사자: 단문?] 예, 글이 좀 단문햐. 웬만하면 아이큐가 안 나와. 단문이여. [조사자: 그 분은 어디 사세요?] [윤옥금: 계룡면 소재지.] 계룡면 소재지 사람. [조사자: 계룡 소재지가 어디에요?] [윤옥금: 월학.] [조사자: 아 월학리.] [윤옥금: 보건소 옆에 살아.]

그 부인이, 부인이 올 봄에 죽었어, 죽어서 혼자 있는디 여간해 집이 없어, 아주 돌아댕겨서. [윤옥금: 어제도 시장에.] [조사자: 바쁘시구나.] [윤옥금: 혼자 집에 우두커니 뭐하겠어.] 그 사람도, 그 사람도 여게 이게 총 맞아서 이게 똑 부러져서 이걸 이었는데 그것도 유공자 칠급이여. 여그가 이렇게 다리가 이렇게 우글라져서. 다 죽었어. 살이.

[조사자: 어르신 그 친한 친구 얘기 같은 거 좀 해주실래요? 전쟁 때.] [윤옥금: 전장 때 같이 친한 친구랑 같이 한 얘기.] 뭐? [윤옥금: 전장 때, 친한 친구랑 같이 얘기두 하고 같이 한 얘기.] 같이 얘기 못햐. 왜냐하면 정신도 없고, 왜냐하면은 또 우리가, 우리 군대 생활 할 적에 편하게도 하고 고상도 하고 그랬는디, 이사단 사단장이 한병선이 준장이여, 장군.

그런데 그 사램이 평안북도 사램이여. 이 그 사램이 충청남도 공주 사람을 아주 그렇게 좋아해, 에 공주 사람이 집이 살림하는 사람, 너 인저 비서로 갖다 두고 재기(자기)가 데리고 댕기는 호위병도 공주, 사무실서 비서노릇 하는 사람도 공주, 전부 공주여.

그런데 그 인저 계룡면이 또 그 사람이 이사단에 들어간 사람이, 계룡면 사램이 또 엄청히 많으네. 그라니께 그때는 좀 거시기 했는디 여기 현석고라는 사람, 김공섭이 나, 아 저 거시기 모두 각 중대 인사계여, 인사계. 인저 계급이 올라가서 전부 인사계여. 그러니께 그때는 이사단 사령부가 공주 계룡면 사람만 있어가지고, 아주 이 충청도 사람만 오면은 우리가 아주 잘 보살피고 잘 했지. 그래 이 평양 사람도 이 충청도 사람을 좋아하는 사람이 많아. 이 한병선이라고 있어.

그라고 우리는 그때 당시 뭐여, 어 그 현석고라는 사람이 사도사령부 본부

중대 인사계고, 각각 그 한병선이 호위병인데, 내가 의무중대 있으니께 차를 한 대, 에 세 대. 세 대를 주더라고. 화물차 세 대. 왜냐하면은 저 노무대라고 있어, 그 사람들이 강원도에서 나무 벼서 이렇게 장벽(장작)을 패면 그걸 실어다가 서울에다 팔어.

그때 서울도 불 때고 살을 때거든. 그래 인자 팔아서 그 돈 가지고, 환자실 오락실, 책 그런 거 이제 핼줄 아는 게 이제 나두고, 그래 나는 맡아가지고 돈 가지고 환자들 오락실하고 책 사서 돌려주고, 인자 이런 거시기도 하고 어, 한때는 재밌었어.

[6] 제대 후 군대 퇴직금으로 농사를 짓다

그런데 돈을 몰라, 내가 돈을 몰르고 살았어. 집이서는 고상을 하는데 월급 같은 거 이런 거 받아서 주도 않고 그냥 애들 휴가가면은 휴가비나 주고 이래, 이랬단 말이여. 그래 야중에는 그래 집이를 와 보니께 인저 아, 처가에 가 있었어, 친정에 가. 아 친정도 인저 잘 살도 못 허고 하는데, 또 이제 형이 죽고 형수가 또 뭐여 혼자 사네. 어린 조카 둘 데리고. 또 내 동생이 혼자 살아서 남의 집 머슴 사네.

그러니께 인저 그때서부텀은 정신을 채려서 부대서 올 적에 돈을 지금으로 말하면, 몇 백만 원 가져. 가지고 오면은 제일 형수한테 가서 주고, 그 다음에 동생한테 가서 좀 주고, 그 다음에 인저 끄트머리 가서 주구 이래. 나, 지금 사람은 안 그럴겨, 왜냐하면 지금 사람은 재기가 돈 벌어 가지고 있으면 자기 부인먼저 주고 형수나 동생을 줄 테지만 나는 그렇게 안 했어. 다 하구서 제일 끄트머리에 있는 데를 주고 그럭하고.

[조사자: 그럼 할아버지, 제대하고 농사지으셨어요?] [윤옥금: 제대하고 농사 지셨네요.] 농사 안 졌지. 아, 농사도 졌어. 농사져서 백 석 넘게 해 봤어. 백 석. 백 석 넘게 해보고. 또 부르도자(불도저), 농사를 짓다 보니께 여기가

어느 땐가는 비가 아주 와서 네논 내논 할 거 없이 다 부서졌었어. 그래 인저 저 월학 소재지 거기 놀러 갔더니 큰 걱정들을 하는겨.

그래 뭘 걱정 하느냐고, 그까짓거 불도자 갖다 푹푹 밀면 죄다 제나 넘어갈. 불도자가 뭐이냐, 여기 사람들이. 그래 아이 그거 왜 그거 없느냐고, 군대에도 있고. 차에도 있을 거라고. 아이 그래가 그래서 인저 그래니께 그거를 갖다 해달라고 그랴, 해달라구. 그래 인저 가서 대전 가서 그놈을 계약을 할라고 그라니껜 한발, 선불을 먼저 달라는겨. 지금이로 말하면 한 시간에 오십만 원씩이면은 하루에 여섯 시간 잡고 얼매여? 오팔 사십. 사백만원씩 아니여. 한 달에 빌려 주면은 그 놈을 한 몫 돈을 내라는 겨 저기서.

그래 그러라구, 퇴직금 받아놓은게 쌓여 있으니께 그러라구 아이 이 그 사람이, 그라고 그때는 농사꾼이 아니고 인저 군인 생활하다 사복을 입고, 사복을 입고 그라고 가니께 촌사람이 아닌 거 같거든. 저 차주가 볼 적에 저 건달한테 사기 당하는 거 아닌가 이렇게 생각한 거 같어. 그러니 안햐. 돈을 다 줘도 안햐.

왜 그러냐고 그라니께 그 지방에 가서 갖추고 풀을 멕여 입고 바지저고리 입은 노인네 데리고 오라는 겨, 기양 가라믄. [조사자: 응, 믿을만한 사람 데리고 오라는 뜻이구나.] 응 나한테. 그래 와서 여기 노인 저, 동네 가서 그 얘기 했더니 가, 그래 가지고 인저 계약을 했어. 계약을 했더니, 여그 와서 인저 그 불도자 사업을 하는데 한 시간에 쌀 한 말 값에, 한 시간에.

그런데 운전수가 차는 왔는데, 운전수가 둘이여, 조수, 운전수. 24시간 계속 돌리는 겨. 저기서는 차주는 하루 여섯 시간만 따지는데 이십사 시간 다 돌리면 그놈은 기양 어떻게 되는 겨. 남은 것은 운전수하고 조수가 먹드라구. 어 그래서, 그렇게 하는데. 그것을 하루도 안 빠진 게 한 삼 사년 넘겼어.

그래 인저 여관엘 같은 데를 가 잘라면은 거 운전수를 유테기 밑에다가 깔고 너희들이 드러누워 자라고 그러면은 나보고 깔구 자라고 그라고. 이 그때는 화폐교환이 안 돼서 지금 십만 원이 백만 원 뭉치라고. 백만 원 뭉치. 엄청히 많아. 그래가지고서 어 그렇게 벌어 놓은 놈도 다, 건달들한테 다 뺏겼어. 뭐 하면은 돈 남으니께 돈 좀 대라고, 하여튼 보증을 무슨 차용증서나 뭐 이런 것도 없고, 뭘 줘. 가져가면 고만이여. 다 뺏겼어. 건달들한테.

그때는 사람 마음만 맞으면은 증서니 뭐니 할 거 없어 약속. 말로다가 몇 월 몇 일 날까지 줄텐게 돈 얼매 달라고, 그랴 그렇게 주었어. 고정한 사람이 이짝해서 딱 그날 가져오고. 참 예전에는 어떻게 호랭이 담배 먹던 시절이여. 지금 같아봐 차용증서나 아 보증서라 그라 그라고, 뭐 해야 돈 얻지. 그냥 구두로다 안다고 해서 돈 그냥 줄 사람 없어. 예전에 다 우리, 우리 그러니께 한 사오십, 오십 넘어서 그런 시절에.

그래 나는 내 이름은 육십 이상 된 사람은 계룡면에 산, 논, 어느 동네가도 다 알아. 알어 왜냐하면은 이 하천이 그때는 황무지여 황무지. 하천이. 황무지라 어느 동네고 가면 다 예 부르도자로 논매고 밭 맹글 수가 있어. 그러니껜 논, 산, 이 하천을 따라서 왔다갔다 하면 어느 동네 다 이렇게 해서, 알어나 그래. 여러 집 밥을 하루에 세 끼 밥을 먹을 때 있어. 점심 같은 건 해다 주거든. 그래서 여러 집 밥을 먹어서 이렇게 오래 사는 거야.

[조사자: 아, 그럼 그때 돈 진짜 많이 버셨겠네요.] 아이 벌었으면 뭐야 그래. 뭐 안다고 아이 안다고 와서 내 해서 벌어드릴게 좀 달라 그라믄 주고 뭐고 다 그래. 그래 아들들 교육도 못 시켰어, 교육 한참 가르칠 때 군대 생활을 했어. 그런데 학비를 대고 제 어머니한테 줘서 했으면 됐는데, 고등학교에서 모두 끝났어. 그래도 다 밥은 먹고 살어.

우리 첫아들은 대학 졸업한 사람보담 돈 더 많이 가지고 있어. 그라고 나, 내가 오래 살은 게 할아버지서 군대 생활, 아들도 군대 생활, 손자들도 다 군대 생활 다 마쳤어. 내 증조손자도 있어. 증손자. 손자의 손자가 또 있어. 내가 예만한 내 얼렁 죽어야 하는데 이게이게 어떻게 하구 죽을라나가 이제 걱정이여.

그래 날마다 내 친구 하나, 요게 내 동갑인데 대소변을 삼 년인가 사 년 받아내고, 이 멕이고, 옷 갈아입히고 그거 자손들, 아들딸들이 좀 들겄느냐고. 한 달에 병원비는 육, 칠십 만원씩 간호비 내야 한다. 그런데 잘 살도 못햐. 저그 올 봄에 죽었어. 오 년인가 육 년. 그렇게 죽으면 안 돼. 그냥 자다 슬그머니 죽어야 아들딸들 부자 만들지, 그거 큰일이여. 늙어서.

[7] 아직도 기억에 남아 있는 송장 냄새

[조사자: 할아버지 조금 더 기억나는 건 없으세요?] [윤옥금: 조금 더 기억 나는 거 없냐구. 전쟁 하는 데에서 조금 더 기억나는 거 없냐구.] 전장하는데 왜냐하면은, 제일 기억에 나는 건 삼팔선 옹진이라고 있어, 거기서 육이오 사변 전에 이, 그런 게 반란이지, 인민군 하고 우리하고 월매(얼마) 거리가 얼매 안 했어. 가운데 조그만한 저 산봉우리가 있어, 그게 남한 땅이여, 남한 땅.

그렇게 이렇게 삼팔선이 요기가 남쪽 경계 여기가 하면은 여기 가서 딱 요만치 남쪽 산봉우리가 있어. 그래 여기 인저 홀을 파고 이눔을 지키고 하면은 인민군들이 밤에 이렇게 포위해서 여기 있는 사람 싹 죽여. 그라면은 저 어 그놈들이 여기 점령하고 있으면 남쪽에서 작전을 해서 이렇게 해서 이렇게 해가지고 요 또 싹 죽여.

그래 인저 거기를 들어가서 인질을 맡었는데 가보니께 송장이 인민군하고 남한군인 하고 죽어서 썩은 게 이렇게 군화 있잖아. 그놈을 안게 이 군화 끈이 있는 데가 자고 일어 나니께 퍼래. 굼빙이. 굼빙이가 하얗게 다 배겼어 어? 그런데 인자 그 다음에 가마니를 저녁에 중대장이 전부 석 장씩 가지고 가라는 겨, 그래 가니깐 이 다리를, 다리면 다리, 이렇게 잽어(잡어) 당기면 썩어서 쑥쑥 빠져 그 가마니다 넣어서 집어넣어 버려두는 겨 이 물 바깥으로.

그렇게 하구 나니께 코에서 냄새가 나서 뭘 먹을 수가 있어? 먹을 수가 없어 전부 송장 냄새, 그래 계란이루 하고 사과 그걸 하루에 한 각하고 사과

두개씩 줘, 그래 그거 먹고 그렇게 했어, 그래 그게 아주 제-일 아주 기억이 나. 말이 그렇지, 쑥 빠져서 가마니다 넣고 집어넣고 그것도 낮에는 못햐, 낮에 하면 저놈들이 쏴, 실탄이 거까지 오거든. 그 거리가 얼매 안 된 게, 밤에 해서 집어넣어 밤에.

[조사자: 그러면 할아버지는 사람 죽는 거 진짜 많이 보셨겠네요. 사람 죽는 거.] [윤옥금: 사람 죽는 거 많이 봤겠다구요.] 말도 못햐, 말도 못햐. [윤옥금: 내 말은 아주 익어서 인저 귀에, 다른 사람 말은 못 듣는데.] 말도 못햐. [조사자: 그럼 뭐 안타까웠던 사람들 혹시 있어요? 뭐 같이 있던 사람들 중에.] [윤옥금: 같이 있던 사람 중에유, 죽은 사람, 안타까운 사람.] 아이 많지 여게. 많아 전장에서 죽은 사람.

[윤옥금: 당신이 안타까워한 사람.] 안타까워하는 사람? 안타까워하는 사람 저기 손석호라고 하는 사람하고, 진공섭이 이라는 사람하고, 안타깝지. 진공섭이라는 사람은 이 월급을 타서 그 놈도 집이를 안 보내. 그래 인저 그게 통신 중대 인사곈디, 이 통신 자재를 저 원주 가서 타 오야(와야) 하거든.

강원돈데 가는데 운전수를 이북 사람 분속을 썼어. 분속. 그런데 그 사램이 옆에서 이렇게 운전하는디 돈보따리 놓고 이렇게 자니께 자동차 이렇게 트는 거 있잖아. 그 놈이루다 후려패가지고, 후려패가지고 반은 죽여 놓고 돈 보따리 가지고 도망가 버렸어. 그래 그 사람이 인저 저 칠 육군 병원으로 후송됐는데, 그래도 낫었어. 낫어가지고 정신이 이상해져가지고 왔다갔다 하다 그 후손 아들들이 그 워트게 해서 돈 잘 벌어가지고 지금 잘 살어, 그 사람은 다 죽구. 내 위 다 죽었어. 그런 사람들.

[조사자: 또 다른 말씀 하실 거 없으세요? 다른 말씀 더 하실 건 없으세요?]

다른 말 뭐 나 알 거 없어, 묻는 거나 대답할까. [조사자: 그래도 생각나는 거.] 내가 생각나서 하는 거구. [조사자: 군대 생활 하실 동안, 전쟁 나고 막 그럴 동안 할머니는 어떻게 지내셨어요?] [윤옥금: 아이 나는 그런 게 친정에 가 있다가 인제, 이제 전쟁 다 가라앉고 조용할 때 가서 살림 이 년간 하구.] [조사자: 그러면 친정은, 친정도 요 근처세요?] [윤옥금: 노송.]

[조사자: 그때는 먹고 살기가 되게 어려웠잖아요. 그때.] [윤옥금: 어렵고 어쩌고 그때만 해도 쌀 한가마니 가져가, 갖다 먹으면 다섯 말 줘야. 닷 말. 한 가마니 먹고 닷 말 그 이듬해에 줘야 해. 이 농사져가지고. 그렇게 살은 시절이유.] [조사자: 장리쌀이라고 그러나?] [윤옥금: 응응, 장리쌀, 어쨌든지 살림은 박정희 대통령이 잘 해놓고 죽었어. 왜냐하믄 통일베(통일벼), 그것들에 우리네가 보릿고개가 없어졌다구. 보릿고개가. 어디 가서 그 통일베를 갖다가 해가지고 통일베 하믄, 일반 쌀 한 가마니 해먹을 게 그저 두 가마니씩 먹었거든. 그래가지고 보릿고개가 없어졌어, 보리농사들도 안 짓고.

그 때는 쥐방울 같은 거 이렇게 생긴 보리, 찌륵찌륵한 보리 따다가 붙어갖고 솥에다 쪄서 비벼서 그걸로 밥을 해서 이렇게 먹은 시절이야. 근디 어쨌든지 박대통령이 그 통일벼 뚫어가지고 한 삼년 통일벼 하니께루 보릿고개가 확 없어지더라구. 근디 그 양반이 조금 참었으면 하는디 또 한 번 나오고 싶던가벼.]

[조사자: (웃으며) 또 한 번 욕심 부려서?] [윤옥금: 잉.] [조사자: 그럼 따로 피난은 가시지 않으신 거예요?] [윤옥금: 왜 피난 한 번 갔다 왔어요, 친정에 가 있는디 육이오 사변 나는 걸 어뜩해. 저기 저 논산 가는데 어디 산이루 한번 갔다가.] [조사자: 올라갔다가 내려오신 거예요?] [윤옥금: 우리 친정오빠랑 올라갔다가, 싹 한 번 갔다 왔지.]

[조사자: 그러면 그때 혹시 할머니도 군인들 좀 보셨어요? 그때 전쟁 났을 때?] [윤옥금: 봤지, 그럼.] [조사자: 국군 봤어요? 인민군 봤어요?] [윤옥금: 인민, 인민군들이 막 이렇게 내려오고 이렇게 이런 데까지 와서 막 밥해달라고 그라고. 뭐 그냥 아무거나 자기네 마음대로 가지가고, 아무두 없이 대문도 잠그고 가서 저기 산에 가서 가만히 쳐다보면 막 문 발질로 차고.]

[조사자: 할머님은 그러면 할아버님이랑 연세, 나이가 얼마나 차이가.] [윤옥금: 칠년.] [조사자: 칠년? 그러면 올 해, 팔십?] [윤옥금: 팔십 하나.] [조사자: 할머니 성함은 어떻게 되세요?] [윤옥금: 윤옥금.] [조사자: 윤 옥자?] [윤옥금: 금.] [조사자: 아 금자, 그러면 할아버지 원래 형제는.] [윤옥금: 삼형제. 시부모님들은 다 살아계셨구. 시어머님만 살아계셔.] [조사자: 그러면 삼형제 중에 장남?] [윤옥금: 아니 둘째.] [조사자: 아니 형이 있지 죽었다 그랬구나. 예. 감사합니다.]

피난 갔으면 1등 국민, 피난 가지 않았으면 2등 국민

송 규 섭

"우리는 가서 죽어도 괜찮으니까, 너희 삼형제가 내려가 가지고, 후손들과 잘 살아라"

자 료 명: 20120608송규섭(상주)
조 사 일: 2012년 6월 8일
조사시간: 70분
구 연 자: 송규섭(남 · 1931생)
조 사 자: 정진아, 김경섭, 김효실, 이부희
조사장소: 경상북도 상주시 공성면 노인회관

[조사과정 및 구연상황]

상주시 공성면은 6.25 당시 인민군의 주요 주둔지 중의 하나로 낙동강 전투 후방의 주요 거점지였다. 공성면에 근무하시는 공무원 분의 도움으로 공성면 노인회관과 연락이 닿았다. 노인회장을 오랫동안 맡고 있었던 어르신이 전쟁 경험담을 구연해 줄 제보자들을 몸소 섭외해서 조사팀에 안내해 주었다. 노인회 회의실에서 도착 당일 오후와 다음 날 오전에 걸쳐 구연에 나선 여러 제보자들을 만나 이야기를 들었다.

[구연자 정보]

송규섭 할아버지는 마을 회장을 현재까지 12년 동안 해 오신 분으로, 가족과의 피난 경험과 인민군 치하의 생활상을 구연하였다. 3형제 중 둘째로 태어났으며, 6.25가 발발하자 가족회의 끝에 부친이 자식들만 피난을 떠나라고 결정해 낙동강 쪽으로 내려갔지만 도강에는 실패하고 돌아왔다.

[이야기 개요]

부모님이 자식 3형제만 피난을 떠나라고 결정하시는 바람에 형제들끼리 낙동강 선산으로 피난 갔다가 국군이 강을 건너지 못하게 하는 바람에 다시 고향으로 돌아 왔다. 인민군 의용군 모집이 시작되어 상주시 누님 댁으로 다시 피난을 갔다. 여러 번 집으로 돌아왔다가 다시 피난을 떠나는 과정을 거쳤다. 당시에는 피난을 갔으면 1등 국민, 피난을 안 갔으면 2등 국민으로 낙인 찍혔다.

[주제어] 낙동강, 피난, 의용군 모집, 호주 제트기, 1등 국민, 2등 국민

[1] 가족회의 끝에 3형제만 피난을 떠나다

[조사자: 여기가 낙동강 전투도 치열했고, 그리고 저희가 알기로는 인민군들도 여기까지 많이 내려왔었다고 그러더라고요?] 하이고, 말이라고 [조사자: 피난 얘기나, 아니면 개인적인 전쟁담이나, 피난담이나 두서없이 해주시면 그거를 저희가 찍고 녹음해 났다가 책으로 다 전사해서 그게 자료집으로, 지금 이제 70대, 80대 시니까?] 내가 팔십서의, 내가 머리가 정정한데. 작년에 내가 뇌수술을 두 번 했어요. 12월 달에, 10월 달에 다쳐가지고 그래가지고 건강을 많이 회복된

편인데, 무리하게 좀 움직이면 좀 피곤하단 말이야. 근데 아래 저녁에 밤중에 자단께, 아! 몸이 막 아파서 빙빙 돌아가는 거야. 온 세상이 막 돌아가서 어디가 댕기지 못하겠더라고, 그래 내가 점촌에 있는 딸을 불러서 아침을 하라 하고 병원에 가서, 한 1시간 반 정도 입원 해가지고, 주사를 맞고 하니까. 난데, 어제 점촌에서 행사가 있었잖아. 내가 그 주동 인물인데, 내가 안가면 되지 않는단 말이야. 어제 갔다 오는데, 애를 먹었어.

내가 겪은 애기를 쭉 해볼까? 아는 애기. [조사자: 네, 사장님 성함만 먼저] 송규섭 [조사자: 송, 규자 섭자, 그러면 30년생이신가요?] 31년생. [조사자: 31년생 이시구!] 근데 겨울아침에는 경오생이제, 30년으로 들어가지, 한 살 줄여야지. [조사자: 이제 편하게 말씀해 주세요?] 본적지는 여기 상주고. [조사자: 상주시고?] 공성면 내가 겪은 게, 그때는 학재가 6학년 이였어요. 상주농장학교 5학년 이였는데. '6.25 사변이 났다.' 그러면서 공부는 하나도 안하고, 목총을 들고 매일 2킬로 이상 구보를 했어요. [조사자: 아! 훈련 비슷하게 받으셨구나!] 글치 구보 했어요. 교련 선생이 있었으니까. [조사자: 그때가 벌써 스물 한, 두 살 되셨을 때니까?] 그때 그렇지. 교련 선생 있으니까? 교련 선생이 기합이 대단했어요. 그래 교련선생이 6.25 저 재방으로 돌고 뭐 그래가지고 그래 했었는데. 7월 달 들어서면서 7월 10일께가 되니까.

"학교를 나오지 말라!"해요.

방학한다고. [조사자: 이미 사변이 난 다음이니까?] 6.25사변 났으니까? 그때 한번 알았지. 6.25사변 난거 알고 있었지. 못나오게 하더라고. 못나오게 해요. 그래서 뭐 집에 있었지. 그래서 6.25사변이 난 뒤에 한 20일째 되니까. 피난민들이, 죄- 우리 집이 도로가 있으니까. [조사자: 벌써 내려왔구나!] 한번 내려오더라고, 쭉 피난민들이 내려오더라고. [조사자: 강원도 쪽 사람들 주로] 사방 내려오고 그랬는데, 내려오는 소식 그것 밖에 모르지요. 우리는 모르는데. 그 뒤에 31일 날 되니까. 여기서 소개를 하더라고. [조사자: 집을 다 비우라고요?] 그래, 우리 집에도 영농을 했는데, 머슴 한 놈 있었고, 소에다가 싣고 가족이 그때는 대가족 아니야. 한 여나무 가족이 뭐, 좀 중요하다 하는 거는 땅에다가 묶고, 그래가지고 출발을 했었지. 출발을 했었는데, 그래가 우리는 어디로 갔는가 하면, 선산군 여기서 얼마 안돼요. [조사자: 선산으로 피난을 가신 거에요? 그러니까?] 전부다 그 당시에는 우리 공성면 사람들은 전부다 선산, 선산 도로로 이리 빠져 나갔지. 전부 이리 빠져 나갔지. 딴데는 갈 길이 없으니까. 전부 이리 빠져 나갔지. [조사자: 피난을 가셨구나!]

그래가지고 피난 가다가 송삼리라 하는데, 내 육촌 누이가 거이가 살았어. 살았는데. 그 마을에 가니까 거도 뭐 우석 우석하고 반가워하는데. 그 집에 가서 피해를 좀 시켰지, 시키고 그리고 하루가 지낸 뒤에 보니까 UN군들이 깜둥이하고, 뭐, 쭉 돌아 댕기더구만, 내가 그때만 해도 내가 약간 영어가 좀 서툴지만은 발짓, 손짓영어를 했는데. 그래하니까, UN군이라 하는기야. [조사자: 그럼 부산으로 들어온 UN군이 벌써 선산까지] 아니지요. 여기서 후퇴하는 UN군. [조사자: 아!, 후퇴하는 UN군이요.] 후퇴 UN군 그 흑인이 거기에 맞춤 나하고 만났단 말이야. 거기를 칭찬했지.

"뷰리풀! 아름답다. 당신네 여기 와서 고생을 한다."

하는 얘기를 하고, 쭉 그분이 가면서 천을 하나 줘. 옷감을, 그 당시만 해도 우리들은 무명에다가 물을 드려가지고 새까만 물 드려가지고 교복을 맞추고 했었거든. 근데 그것은 박박해가 주고, 아주 보기가 좋고, 질기더라고. 그 당시에는 그런건 아주 명물이라고 생각했지, 명품이라 생각했었지. 나한테서는. 그런 것이 없으니까는 그것을 받았었어.

그걸 받고 거기서 사흘 있었는데. 사흘 있으니까? 도저히 못 있어요.

'이제 떠나야 되겠다'고 말이야.

딴사람들은 많이 내려 갔고, 우리도 마지막 길인 것 같아. 그래야 떠나는데. 가족회의를 했는데 나는 고등학교 3학년이고, 내 동생은 중학교 3학년이고, 아버지가 계셨고, 어머니 계셨고, 형수님 계셨고, 형님 계셨고, 조카들 이질녀가 넷 있었단 말이야. 조카도 넷 있는데.

“너희 셋만 내려가거라!”

[조사자: 형제들만] 암만.

“우리는 가서 죽어도 괜찮으니까, 너희 삼형제가 내려가 가지고, 후손들과 잘 살아라.”

그런 그런 유언 비슷하게 하는데. [조사자: 아버님이요?] 아버님도 그랬고, 어머님도 그랬고, 거기서 붙들고 얼마나 울었는지 몰라. 한 없이 울었어. 그래서 전부다 소에 싣고 되돌아갔었지. 전부 되돌아 온 거야. 공성으로 뒤돌아 가고, 우리는 낙동강 급내로 가는 길인데. 보니까? 가다 보니까? 피난민들이 쭉 오고, 낯 설은 젊은 사람들이 그때는 선발대에 싶어 아무 무기도 없이, 물론 그 뒤에 권총이 있었는지 그건 모르겠고, 그래가 간 것이 어디냐 하면 선산에 일생조라고 있어. 일생조. 지금은 그때는 다리가 없었어. 일생조가 지금은 크기나 하지. 박정희 대통령이 들어 정권 잡은 후에 일생조를 아주 크게 놔았었지.

그래서 그때 가니까. 7월 그러니까? 3일날 되고. 3일 날이가, 4일 날인가? 삼,사일 될꺼야. 삼,사일 됐는데. 강가에 가니까 막 사람들이 오골오골 좌악 있더라고. 쭉 많이 있는데. 먼저 건널 가려고 드니까. 저쪽에 아군이 못 오게 총을 쏘는 기야. 못 오게. 못 건너게. 갈 수가 없잖아요. [조사자: 그게 낙동강입니까?] 낙동강이지, 선산서 일생조를 건너가지고 선산읍을 지나서 거까지. 선산읍까지 5킬로, 사오 이십 거까지. 아마 한 아마 28킬로까지 될끼야. 아마 8킬로까지 될 거야. 제방인데, 강가가 아니라 쭉 사람들이 있으니까. 못 건너게 있으니.

[조사자: 왜 못 오게, 못 건너게 했을까요?] 모르지 뭐 그건 모르지. 이유는 못 건너게. 물은 보니까, 건너겠더라고. 요래 까지 오고. 그날 오후에는 못 넘어오게 총을 쏘고 이러더라고, 그래 못 건넜지. 뭐, 못 건너고 내가 이제 그때는 요새 같으면, 미숫가루라 하지 왜 빠아 가지고 한거 걸머지고. 구삼포로 짊어지고 갔었는데, 내가 저녁을 한다고 하다니까. 아군이 포를 쏘는데,

우리 있는데서 아마 삼백메다까지 산에다 막 포를 막 쏘더라고 그래 뭐 뭐 뭐 죽는다 싶어 놀랬지. 뭐! 그 당시에는

'아! 큰일 났다.'

말이야.

죽는다 싶어서 밥을 냄비에다 안쳐서 가지고 그때는 뭐도 없었잖아? 뭐라 자꾸 말하면 뭐도 없었잖아. [조사자: 버너요?] 버너 같은 것도 없고 .밭에는 불을 사따구리 같은 나무를 주어다가 떼고 하는데 보리하고 쌀하고 안쳐가지고 불을 떼는데, 나는 얼마나 울었는지 몰라요. 한없이 울었어요. 하면서 울어 울었다고, 그래 울고 나서 하니까. 조용한데 밥을 먹고 나서는 우리 형님이 하는 말이,

"강은 건너지 못하니까, 여기선 못 건넌다."

도로 뒤 빠꾸해서 고기서 한 2킬로 올라오면 산이 지금도 마을이 있어요. 산이 있는데 고 도랭이 산기슭에 도랭에 조운기(좋은게) 있다고 푹파진 도랭이 있었어요. 그래서 여기서 자고 내일 아침에 건너자, 모두 그 안에서 많이 잤어요. 그 도랭에서 수 없이 많이 잤어요. 난 헤아려 보지는 못했지만, 옆에서 '웅성 웅성'하는 소리를 듣기는 보면은 많이 잤다. 이거야. 자고 인나서(일어나) 아침에 인나니까? 모기가 얼마나 많은지 잘 수도 없고, 눈으로 세웠는거야. 눈으로 세웠는데. 세우고 나서 인나서 우리 형님 말씀하시기를 말하기를,

"야! 규섭아 우리 건너지 말자 가면 죽는다. 너 가면 다 죽으니까? 가지 말자."

그러니까 형님이 그렇게 말씀하시니까. 부득이 우리는 안들을 수가 없지. 형님이 그래 말씀하시기 때문에 뒤빠꾸해서 왔어요. 오니까? 피난민들이 다 가고 아무도 없는기야. 선산에 드러서니까. 돼지, 개. 돼지, 개만 우굴 우굴 돌아다니고 있더라고, 사람은 하나도 없고, 그 욕심 새데 난 그런 이런 욕심이 들어요. 요기 이런 좋은 집이 있어가지고, 부잣집이 있어가,

'책이 좋은게 없나. 책 좀 가져 갔으면.'

그런 생각이 다 들어, 그런 생각을 했지. 내가 그 책을 가져오지는 않았고, 그래서 그래서 거기서 오다가 뭐, 아침을 먹지도 않았지. 아침을 몇 미숫가루가 뭐! 그거 타 먹고, 종일 걸었지. 뭐! 거기서 오후 아마 그때가 여름이니까? 7월 어 4일, 그러니께 7월 28일에 했으니까. 그렇죠. 6.25 나고, 한 달 6월 28일 출발했으니까? 7월 암만케도 4,5일 됐을 거야. 돌아오는데, 아무도 없어 없는데. 내가 오잖니까. 젊은 청년이 하나 아주 맑끔해. 그런 사람이 나를 흘큼 쳐다보고 가더니만, 선발대 공작원인가 그 뭐야 6.25 [조사자: 인민군] 공작원이 평복을 했더라고, 양복을 입고 이래오는데. 그래서 뭐 생각했어? 요기 가면 무얼가면 산태백이라고 재가 쪼만한게 있어. 요 건너다 보면, 요 십리가면, 요래 일명 산태백이라해 우리가. 고 가서 내려오자는데. 제트기 말이야. 호주기라고 하잖아. [조사자: 제트기가] 제트기가, '생-'하고 마지막에 내 머리 위를 싹 지나가는데. '야! 이제 죽었다.' 호주기를 첨 봤는기야. 6.25사변이 났을 때는 일기가 그렇게 안 좋았다고, 항상 꾸리무리지고 이렇게 돼가 있었지. 그런께 애 맑은 날이 별로 없었다고, 그날도 꾸리무리이라고 해서 매일 구름위로 떠다니는 비행기만 '휑휑'하는 소리만 들었지. 그게 무슨 비행긴지 몰랐단 말이야. 비로써, 그때

'아! 이게 제트기라구나!'

하는 거구나, 호주 비행기구나. [조사자: 일명 쌕쌕이라고] 쌕쌕이 익하고, 그래가 집에 들어오니까, 막 어머니가고 가족이 전부 살아왔다가 막 울고불고 했어.

[2] 인민군 의용군 모집 선전부장이 되었다가 상주로 피신하다

그때. 그래가 우리는 뭐 일군 머슴을 두고 농사를 짓고 하는 부유한 케이스지. 그래도, 고기서 우리 사는 집에서 한 삼, 사백메터 떨어진 도로가 있는

데. 외간 가는 통로데. 도로 옆에다 집을 하나 지었어요. 점방을 하나 본다고 우리 선조께서 아버지께서 점방을 본다고 지났는데. 거기서 그해 거기서 국수를 뺐어요. 국수를 빼는데. 대구에서 국수 공장을 했기 때문에 경험이 있기 때문에 국수를 틀로 국수를 뺐는데. 그해 밀은 잘됐다고, 근디 막 처밀려와 그때 그래가 그때 피난 갔었지. 뭐, 피난 가는 바람에 다 닦지도 않고 갔었는데. 그날 점 때 점포에 간다가 갔으니까. 아이 막 총을 막 '따따따' 싸데니까. 내 머리 위에서 쏘는거야. 내 머리 위에 그래 엉겁결에 의자 속 밑에 드가고, 다리 밑에 드가 엎드려 있으니께. 조용해 졌어요. 아닌게 아니라 그날 인민군이 [조사자: 들어왔구나! 이젠] 내려와 가지고 요거 요 앞에 병천 요 도로 다리가 있잖아요. 옛날에 조만했는데. 요기 또. 거기서 인민군이 몇이 죽었다고 해. [조사자: 전투 하다가요?] 전투한거 아니지, 인민군들이 지프차 타고 가다가 호주기가 [조사자: 폭격 맞아 가지요.] 폭격 맞여 가지고, 죽었단 말이야.

그러곤 뭐, 내가 집에 있었는데, 집에 며칠 있으니까. 피난 안간 학생들이 그때 뭐 5학년 있고, 6학년도 있고, 3학년도 있고 3, 4학년이고 이런 학생들이 연락이 왔어요. 나오라고 연락이 와서 안 갈 수도 없고, 의용군. [조사자: 학도병 모집 하는구나.] 학도병이 아니고, 의용군. [조사자: 아 의용군.] 인민군 의용군 조직을 했는거야. 그런데 지금은 보다시피 내가 좀 화술이 좋습니다. 내가 강연도 많이 하고 주례도 초청 팔백번도 더 서셨어요. 그 당시만 해도 내가 화색이 좋으니까,

"너 선전 부장하라!"

하하, 선전 부장을 했어요. 선정 부장을 하고서 고 이튿날부터는 마을을 돌아다닙니다. 교회 나가고 '교회인 못 쓴다'고 핍박을 하고, 돌아 다니면서 한 사흘인가 뭐 돌아 댕기고 이랬어요. 돌아댕니다 보니까 집에서 하는 말이

"넌 도저히 여기서는 안 된다. 여기서는 그러니까 너 혼자 피신을 해라."

난 그때 한 스물아홉 살 됐으니까. 정령기라 말이야. 적기라, 내 동생은 작으니까 괜찮고. [조사자: 아직은 괜찮고] 다른 사람은 나보다 많고. [조사자:

형님하고는 나이 차이가 얼마나 되세요?] 열 살 차이. [조사자: 동생분 하고는?] 동생하고는 다섯 살 차. [조사자: 딱 붙들려 간다면?] 내가 가야지. 그래 밤에 이젠 도피 했어요. 내 혼자만 도피는 어디로 갔냐면, 도피를 어디로 했냐면 상주시 오대지라고 하는 데가 있어요. 여기서 한 사십 사 사 16킬로 둘째 형님이 거기 살았어. 한산이씨라고 그 옛날에는 양반가 집안인데. 우리 자형은 농잠학교를 나오고 그 당시에 은행을 댕기고 이랬으니까. 잘 귀하게 살았어요. 거 가서 피난을 했었지. 거 가니까 매일 호주기가 와다 갔다 하고 그래도 난 뭐 그것도 생각도 안 하고 있었는데. 내가 그걸 보면 그 나무를 그해, 피난 가는 고 해 때 봄에 농잠학교 다니고 그러니까 전기도 배우고 할 줄 아니까. 복숭아 나무를 한 100포기 심었어여. 밭에다가 그러니 그게 그렇게 궁금하데. 그래서 가만히 누님한테 얘기하고 왔단 말이야. 근데 붙들려 가지고 왜 와가지고 너 잡으러 몇 번 왔다 이거야.

"같이 의용군 조직한 사람들이 이놈 어디갔냐?"하면,

"만나면 죽인다."

말이지. 죽인다하고, 난 그것도 모르고 밭에 가서 복숭나무 자란 것을 좀 구경하고 집으로 돌아와 가지고 그날 저녁에 다락방에서 자고 우리집이 좀 컸어요. 다락방에서 자고는 새벽 일찍 누님 집으로 또 갔어요. 갔단 말이야. 가서 그 누님 집에서 또 한 열흘 동안에 동네에서 이상한 말 들리고 하니까.

"너는 딴데로 가라."

이러는 거야. 고 전에 뭔가하면 그게 인연이라, 친구하나 전주이씨네 왕족이지. 그니께 선조 내 저 우리 집에 식구가 선조 17대 손이다. 17대 손인데. 정자가 있고 한데. 거가서 내 친구라 친구가 농잠학교 같이 있다 할 때 내 친구데. 거가서 매일 낮에 가서 정자에 가서 놀곤 했는데. 지금은 식구고, 그때는 처녀지, 국수를 해가지고 왔어. 날 먹일라고. 그리 자기 사촌 집에, 삼촌 집에 피난, 점촌서 피난을 왔는기라. 내 집에 형제 사는 식구가 점촌서 피난을 와가지고. 혼자 와서 거기에 있었단 말이야. 처녀들도 안되니까. 거

와서 산골이니까. [조사자: 지금 사모님이?] 거 와서 있었는데. 그 당시에 이름이 정희데, 정희가 국수를 해가지고 왔더라고,

"오빠 국수 갔다났다."

해서 국수 잘 먹었지. 지금도 가끔가다 그런 얘기하는데. 그래 그래 오대에서는 보니까 매일 포격하는 거야. 상주 읍에다 막 이 포격하고 이러는데. 도저히 거기서 내가 배기지를 못해요. 떠났어요. 어디로 갔냐면, 낙동강을 건너면은 어 중동면이있어요. 중동면 죽암리. 죽암 대죽자 바위암자 소이 일명 대바위라하지. 대바위 거기에는 첫째 누님이 거기 있었어요. 김종희씨라고 아주 그집에도 사대부 집안인데. 그 저 자형은 장교까지하고, 아주 면에서 이렇게 하는 어른인데 그분은 다 어디가고 없고, 우리 누님하고 내 생질하고 몇 사람만 다 있어요. 거기에 그 내 누님에 시동생은 그 당시에 아매 소령인가? 뭐! 그랬을꺼야. 국군 [조사자: 아 국군이셨구나!] 국군이었어요. 피난 다 갔어. 제주도로 가고 다가고. 우리 누님하고 아들만 남아있었어요. [조사자: 조카하고] 그래가지고 배를 건네 가고지 갔어. 누님 끼어 안고 막 울고 좋아하는 거야. 그래나 거기서 한 보름이 되지. 아들 들고 낮이면 매일 내가 웃음꺼리 이야기를 털어놓고 털어놓고. 들어가서. 재미나게 잘 났어요. 뭐도 '꽝, 꽝, 꽝' 간섭없지. 나중에 들으니까. 강진구라고 있었어요. 강진구, 강진구 농잠학교 동기데. 그 놈아가 나발부고 악대부 하는데. 야가 빨갱이라. 거 인제 농잠학교 교장이 문대수데, 문대수를 뚜드려 패라하고, 익한 놈이야. 그러니 날 잡으러 온다고 하는 소리가 들리더라고, 혹시 몰랐는데. 그놈은 이북으로 월북하고 없지. 죽은 사람 그러지 뭐, 그런 행동을 하면서 그래가고.

그래 지내다가 음력 14일 날 보름 아니야. 그때 14일 날 저녁인데. 우리 누님 집에서 제사를 지낼 나고 준비를 하고 했을꺼 아닙니까. 떡도 하고 뭐 이랬었는데. 포 소리가 들어나면서 아침에 인나니까(일어나니까), 강 건너 길이 이래 있을꺼 아니야. 강 건너 길이 막 인민군 올라가는데. 아! 수없이 올라가더라고. 거 국군 아니고 틀림없이 인민이라 말이야 보니까. 인민군이

라 하는지라.

'인민군이 올라간다.'

소문이 나는기라. 뭐 무지하게 올라갔어. 올라갔었는데. 그래 나는 거서 인제 나무위에 감나무가 있는데, 감나무 위에 올라가 이래 보니까. 전부 쭉 올라가더라고 그래가지고 하루 지내고 보름날이 추석날 아니야. 추석날인데 그때 국군이 점령 다했고, 누님하고 나하고

"집에 가자!"

내가 참 너무 대담했어. 죽을 작전 한 사람이야. 그래 강을 건너가지고 낙동, 대구 가자면 백두점이라고 있어. 백두점 고거 적어 봐여. 고기가 백두점 알지요. 몰라? 낙동가 백두점 낙동가 가자면 대구가자면 백두점하는거. 고요 조만한 점 백두점 있었는데. 거기 오니까. 국군들이 평복을 하고, 전부 다 의자를 요만한거 두 개를 놓고 신분조사를 하더라고, 그래 그 당시에 내가 인민군도 비슷하지 머리는 깎았지. 학생 때니까? 머리 깎았을거 아니야. 그때만 해도 또 설사해서 바짝 좀 말랐고, 농구화 신고 이거 니꼬사꼬 뭐라해

요. 우리말로 뭐라해요? [조사자: 가방, 학교 가방이라 해야 하나, 배낭] 배낭 뭐 집에 맨들은 거지 만드는 그 놈을 지고 오다니까 딱 세우는 기야. 신분 조사를 하는데. 우리에야 하면 방법이 없지. 대번 여 수첩에 있는거.

"학생이다 농잠학교 학생이다. 학생인데 상황이 이래 이래 해가지고 누님네 집에서 피난을 하고 집에가는 길이다."

"아! 그러냐"고.

"가라!"

하데.

그래가지고 무사히 어디까지 갔느냐면 처음 피난 가던 상주 오대 우리 누님 집에 또 갔는기라. 아! 누님들하고 사장 어른들하고 그렇게 반가워 하더라고. 그래서 거기서 이제 점심을 먹고 또 집에 출발을 했는거야. 출발을 여 지금 현재 이 도로야. 아스팔트 이 도론데, 큰 도로데. 도로에 오자니까. 막 국군들이 줄섰어. 5미리 간격으로 계속 군인들도 타고 일반인들도 보이면 타고 쭉 가더라고. 가는데 신촌이라하는 마을이 있어. 신촌 상주시 상주서 요래 오는데 신촌이라는 요거 마을 있는데. 거 오니까 또 책걸상을 쭉 해놓고 말이야. 조사를 하는기야. 그래 딱 쉬우디니, 이래 보디. 군인 헌병인가 헌병한테,

"데려가라!" 이캐여.

가라싸하는 것은

"죽여라!"

이 소리야. 그 소리지 싫어서 학생증을 내가지고 보이면서,

"내가 학도 학교 있을 때, 학도 호국단 간부데. 도저히 못 배겨 가지고 피난 갔다가, 피난 안 가고 낙동강까지 갔다가 오는 길이다."

누님이 앞에 가는데 그때 누님만 있었어도 쉬이 빠졌었는데, 누님도 앞에 멀리 가 빼렸네. 가가지고 난 뒤에 처져서 오다가 조사하다가 보니 그래 됐는기라. 처음에 오는데 차를 하나 주더니만 나를

"타라!"

하는 기라.

요거 검문소 전에 나를 타라하는 기라. 타면 같이 가자 타라하는 기라 나 사정이 이래 이래하니 못가겠다 하니까. 놔주대. 그래 오다가 검문소에 딱 걸렸는데 거 현병한테 데리고 가라 익하는데 이게

'죽이라!'

이 소리야.

내 육감에 딱

'아! 내가 죽는가 보다!'

그래 내가 수첩 가지고 이기 학생증 내놓고 학교 호국단 간부데 사실 내가 여기에 있었으면 죽었다 말이야 이래 이래 이야기 하더니 보더니 고개를 끄덕 끄덕 하더니,

"가라!"

하대.

'아! 이젠 살았다!'

그래 이젠 집에 왔었지 집에 오니까 그렇게 반가워하고 그랬었는데, 그 뒤에는 아무것도 안하고 집에 있었는데.

[3] 피난 갔으면 1등 국민, 피난 안 갔으면 2등 국민

피난 갔다 온 학생들 있잖아 피난 갔다 온 학생들이 이렇게 학도 의용대를 조직한대. 학도병인가 뭐 조직한다고 쭉 또 나오라고 하는기라. 내 친구들하고 있는데. 거 와서 들으니까? 그 당시에 피난 못가고 여 돌아다닌 내 친구들 한 20명은 지서에 끌려가서 무지하게 맞았대. 무지하게 맞았단 소리를 들었는데. 그래 오니까 총도 말이지 기관장 총 딱 여고, 정남섭씨라고 여기 있는데. 그 분이 빨갱이 집으로 다 망한집이야. 대단이 그집이 아주 와가도 대단히 크고 컸었는데. 망했지 다 망했는데. 그 집에 거서 매일 모이는데. 그래

나도 아침 못 먹으면 거 나가고 나가고 나가서 그랬는데 저 기관총 걸머지고 댕기면서 뭐 갔는데 하루는 거 갔다 오니까, 이름이 서기소가 그렇지 아마, 서기찬인가 서기소가 그랬는데. 이 사람이 간부데. 아, 날 무조건 하고 나를 막 뚜드려 패는 거야.

"너 피난 안갔지?"

말이야.

"너! 인마 너 의용군에 그때 간섭했잖아?"

안한다고 할 수도 없고. 내가 삼일 하다가 내가 도피했다고 하는거는. 내가 넘어지다가 국기 기봉 길은 거로 때리는데 넘어지다 탁 맞아가지고 이 귀가 이건데 만져봐! 딴 귀보다가 두툼하다고 터져가지고. 엉덩이를 얼매나 맞았든지, 집 가서 엉금 엉금 기어가다 시피 해가지고. 한 열흘간 집에 들어 누워 있었어. 아파가지고. 들어 누었는데. [조사자: 인민군 도와 주었다는 의심을 받으셨구나!] 그니까 피난 안갔다 하는게. [조사자: 피난 안갔다 하는게 죄다!] 죄다! 너도 삼일간 여기에 가담 했었잖아. [조사자: 피난 안간게 죄구나!] 아! 이제 나는 사실 이래 되는거야.

그래가지고 이제 뭐 나가도 안하고 있었는데 한 그 뒤에 한 보름 이십일 됐는가. 학교에서 연락이 왔어요. 등교하라고 하—하—, 그래 가니까 죽은 놈도 있고 죽은 사람도 있고, 학도병으로 간 사람도 있고, 뒤죽박죽이지 뭐. 그래 쭉 모여서 하고는 그 뒤에는 쭉 학교를 다녔지. 학교를 다녔고 다녔는데 그 당시에만 해도 학교 다닌 다하는 게 귀찮아. 노다지 연착이고 수증기 연기 아니야. 연착이고. 여—서 농잠학교를 아침마다 아침 다니고 했었는데. 내가 다녔는데. 그전에 거슬러 올라가서 얘기한다면 음 해방 되고, 내가 대구 농림학교를 시험을 쳤는데. 그때는 뭐 여기서 아 한 백한오십 명 졸업했다. 한 사람도 중학교를 간 사람이 없어요. 내 혼자 대구 농림고를 지원했더니, 내가 6학년 때 항공학교를 시험을 안쳤다고 해서 원서를 내 놓고 안쳤다고 해서, 담임이 있는데 고까지 원서를 사러간 담임이 있는데. 그래 원서를 냈는데.

시험 치러 안 갔다 말이야. 직싸게 뚜드려 맞고 그래 그 다음에 와가지고, 그 전이고. 그래서 서울 가가지고 성도중학교 있었거든. 거기 입학 했다가 전학을 왔어요. 그 당시에. 상주서 전학을 온 사람인데. 그래 인자 5학년인데 5학년 땐데 개편이 됐다. 이거야 고등학교가 된다.

옛날에 고등학교 가면 일제 때는 고등학교 가면 대단했거든. 일본 개다 나막신, 개다 신고 말이지, 아— 삐닥거리고 으시대고 고등학교만 가면 대단한 줄 알았단 말이야. 그 당시만 해도. 그 당시는 시험쳐서 들어가한다 이기라. 그래서 마침 편입을 했었는데. 그 내가 피난 가기 전에 약혼을 했었어요. 중학교 5학교 때. 학교 딱 있단게, 장인된 어른하고 처남하고 서림을 왔는데. 서무과에서 나를 불러요. 이유 없이 나를 부를 일이 없는데. 들어가 보니까 선보라고. 그래가지고 피난 갔다 와서, 고 다음에 양력 1월 5일 날인가 결혼을 했어요. 결혼을 했어요. 그 뒤에 얘기 좀 더 할까요. 물어 볼 것 있으면,

[조사자: 인민군 치고 내려와서 사람들 막 피난가고 어르신 피난 갔다 왔다 하고 고 이후에 인천상륙작전하고, 인민군이 다시 쫓겨 올라갔을 거 아니에요?] 올라갔지. [조사자: 그때는 뭐 경험하신 거 없으세요? 인민군들이 막 그냥 내던지고 쫓겨 갔다 하던데요?] 난 난 뭐 하나도 인민군하고 경험한 것 없어. [조사자: 아 그때는 숨어계셨으니까 댁에?] 나하고 인민군하고는 상대한 일이 없었지. [조사자: 인민군이 저가지고 다시 올라갔다 그런 소식도 못 들으셨어요. 댁에 계시면서?] 고때 낙동강에서 패잔병이 여기 와서 나중에 인천 상륙 맥아더가 인천 상륙을 해서 그래 가지고 올라 간줄 그래 알았지. 뭐 [조사자: 나중에 일사 후퇴 때 중공군 내려왔을 때 얘기?] 그래가지고 이젠 그때 결혼을 하고, 1.4 후퇴가 딱 됐다하는데 피난민이 매일 내려 오는 거야. 피난민들이 매일 내려 오는 거야. 매일. [조사자: 그때는 결혼하시고 난 다음인가요?] 그렇지, 결혼 한 다음이지. 결혼 한 다음인지 모르겠다. 근데 인민군이 매일 내려오는데. 마을 마다 한 집에 그냥 밥을 먹을 수 있는 집 같으면, 삼명 내지 사명씩 배당을 시키는 거야. [조사자: 아, 그때는 그렇게 했구나!] 아 1.4후퇴 때 그래 했다

고. [조사자: 워낙 많이 내려와 가지고] 오면은 우리 사랑방 있는데, 나랑 같이 자고, 서이도 자고, 너이도 자고, 대중없이. 계속 그러더이 끊기대. 1.4후퇴가 끊기고 끊기더라고. [조사자: 그러면 밥도 좀 해주고 그러 셨어요?] 밥도 해주고 다 해줬지. 밥도 해주고 다해줬지.

[4] 전쟁의 와중에 기억나는 사람들 그리고 보도연맹

또 물어 보고 싶은거이? [조사자: 학도병 같은 것이 이 지역에서 많이 안 나왔어요?] 여기는 학도병 간 사람은 별로 없었어요. [조사자: 별로 없었어요?] 학도병 가서 죽고 한 사람은 없었어요. 그래도 여기는 무풍지대야. 이래 보면은 [조사자: 그러면 의용군을 지원해서 간 사람 많이 없었나요?] 여기서 의용군을 지원한 사람도 없었어요. [조사자: 그럼 아까 강진국, 그런 분들은 북으로 갔을 가능성이 많겠네요?] 그건 북으로 갔지. 나발불고간 아 똑똑했어! 얼굴에도 의젓하고. 나하고도 아주 남도 아니야. 척이가 있는 사람이야. 나를 잡으러 가면 죽인다고 하는 소리가 그래 했더라고. [조사자: 학교 때 부터 그런 좀 운동도하고 이랬었나요? 강진국] 그니께, 우리가 중학교하면 그때 이제 좌익사상이 조직되고 이래했다고. [조사자: 아! 학교 안에 있었어요. 그런 사람들이] 아 학교 안에서 그런 게 있었지.

학교 안에서도 있었는데, 나도 중학교 4학년 땐가 여 차기영이라고 있었어요. 외남면에 그 놈 아는 아– 빨갱이야. 가는 보도연맹 가입했었어. 보도연맹에 가입한 사람이고, 학생이고, 내가 우리 그 집안에 송주식씨라고 있었어요. 일본 와사다이대학 나와 가지고, 와사다다이가고 나와 가지고 초대 때 농림부장관, 조봉함이 농림부장관 할 때 농림 국장까지 한 사람이야. [조사자: 송주식 저도 들어 본 것 같습니다.] 주자 식자, 그분이 키가 화짝 커, 음성 이 완전 신사야. 음성이 괜찮아. 그 당시에는 뭐 송주식씨라고 하면 전부다 뭐 그 했었지. 여기 뭐 면장한 사람이고 뭐 벌벌 댔었지. 근데 그 사람이 왜 그랬냐면 보도연맹 간사장을 했답니다. 알지? 보도연맹 간사장, 군마다 하나씩 있었잖아. 군마다, 내 처남도 문경서 보도연맹 간사장을 했는데, 그 월북해 가지고, 죽어버렸어요. [조사자: 근데 보도연맹 하신 분들이 전쟁 나고 많이 돌아가셨다고 그러던데요?] 트럭으로 한 트럭 실고 가서 죽이고 했잖아. 근데 이 사람도 송주식씨라고 이 사람도 위에 항렬인데, 아래데 놔줬다 말이야. 놔줘서 안 비켰어. [조사자: 풀어 줬는데.] 풀어 줬는데, 눈치를 못 알아 차리고, 한데 가 죽었단 말이야. 그 사람이 살았더라면, 상주에 인물이고, 대한민국에 인물이야. 일제 때 와세다 대학 나오고, 똑똑 했으면, 뭐 대단한 인물 아니야. 국회의원 뭐 평생 했을 낀데. 그런 인물이 죽었단 말이야. [조사자: 보도연맹에 가입하고 이러는 통에?] 암만, 보도연맹에 가입해가지고.

[조사자: 이 지역, 여기도 보도연맹에 가입한 분들이 많았습니까?] 여기는 극히 많진 않았지, 않았는데. 여기서는 요기 삼리라고 있었어. 안사이하는 사양 삼리 그 동네가 하루 저녁에 제사가 한 육백 명 대, 막 싸 죽인거야. 모두 그 뭐 가입했다고, 애매한 사람도 좀 죽었어. [조사자: 그러신 분들 돌아가시고 난 다음에는 인민군 왔을 때, 또 뭐 보복하고 그런 일은 없었나요? 그런 일도 다른 마을이나, 다른 지역에는 많던데.] 피난 갔다와서? [조사자: 아니 이젠 그 보도연맹 가입한신 분들이 주로 좌익사상 가진 분들이 많으니까? 그분들이 경찰서 내 돌아가시고 나면, 인민군 들어온 다음에는 또 가족 분들이나 이런 분들이나 인민군들이, 경찰, 역으로 뭐!] 여기는 뭐 극히 심한 게 없었어. 여기는 조용했어요. 인민군들이 와가지고 여기에 누굴 죽였다 하는 일은 별로 없었다고, 아군이 오면 다 죽였지. 아군이 와서 데모한 사람도 죽고, 억울한 사람도 죽고 뭐 하루 어디 부역 갔다, 우리 형님도 저 하봉 어디까지 부역 갔다 왔다는데, 밤에 갔다고 했는데. 그래도 형님도 마침 그 당시에 좀 지식께나 있었으니까. 아군 따라 있다가, 대번 치안대 유치 반장 이래가 차고 다니고 해서, 그리해서 잘 지냈어요. [조사자: 치안대 활동도 굉장히 활발하게?] 여 많이 했지요.

[조사자: 부역하신 분들 많이 고생 하셨겠는데요?] 부역한 분들도 고생하다가 더러 죽은 사람도 있고, 그냥 괜찮고, 근데 그 당시만 해도 피난 안 갔다 온 사람은 이등국민이야. 피난 갔다 온 사람은 일등국민이라고 했고.(웃음) [조사자: 피난 안간 것 자체가 잘못했다 이거네요.] 이등국민이라고 이 그 소리했지나 자신도 이등국민이라고 그렇게 인정을 했었고, 갔다 온 사람이 일등국민, 안 갔다 온 사람은 이등국민이야. [조사자: 억울 하셨겠어요? 왜냐하면 뭐 도망간 것 보다는 안가고 마을 지킨 사람들인데 그런거 아닌가요?] 그리 생각 안 들지. 인민치하에 너무 고생을 했으니까? 한 달이라 인민치하에 공작을 받았으니까. 여기 있는 사람 들으니까, 뭐 가서 노래도 배우고 했다하네. 난 뭐 그것까지는 모르고, 근데도 곳곳이 다 인민군 들어와서 심한 데가 있었고, 안심한데 있다 이거야. 요요 부회장 말 거도 인민군이 들어와 가지고 굴에 안에 들어가 저 저 굴 안에 철도굴이 인민군이 그 안에 인민군이 딱 있었단 말이야. 날이면 날마다, 기총 사격을 해 재꼈가고, 인민군이 굴 안에 있으니 죽지는가, 죽지도 않았지.

[조사자: 이쪽 지역이 그 저기 인민군들이 많이 내려와 있어서 포격이 굉장히 심했다고 그러던데?] 여기는 그런 것 없었어요? [조사자: 비행이 포격?] 포격은 했지. [조사자: 밤에도 했습니까?] 여 창고가 하나 있었는데. 요-따만한 창고가 거기 뭐 한 몇 달 동안 계속 타던데. 나란히 벼가 포격을 해가지고. [조사자: 아! 거기를 먼저 포격했구나, 식량 창고] 몰라 하튼. 그래 하더라고, 근데 내가 생각하기에는 여기 들어와 가지고 인민군들이 활동 한 것도 없었고, 조용하게 지나갔고, 또 여기가 전선지가 아니다 보니까. [조사자: 더 내려가야 되니까?] 여기는 조용 했었구! 포격이야, 가끔 가다가 호주기가 날아다니고 하고 했지만, 피해는 아군 올라오는 때 피해야. 여기 아마 그때 20명, 공성면이 한 20명 정도 됐을 거야. 근데 개인의 감정도 죽은 사람도, 억울하게 죽은 사람도 방위대 소위가, 그때 방위 소위거든 방위 소위대가 있었는데. 내려갔다, 올라와서 평소에 감정이 있어가지고 쌓아가지고 죽은 사람이 있어.

여기는 그래도 에 6.25때 무풍지대야. 그리 생각하면 돼요. 여기가 그리 생각하면 돼. 난 뭐 그리 고생이라 하는 게 그래 고생했지. 달이 고생한건 없어. [조사자: 보도연맹을 안사리 거기만 많이 했어요?] 그 집에 거기는 경남섭 씨라고 인민위원장 뭐 했는데, 여기 연락이 많이 되고 했으니까. 그걸 했는 거야. 그 집안이 좀 살았고, 백씨데. 그 집안이 거 살았어. 그래가 했었지. [조사자: 집안에는 뭐 이렇게 다치시거나, 희생되시거나 하신 분 없어요?] 난 뭐 하나도 손도 까닥하지 않은 일이 없었어. 지금도 아까도 내가 울었지만은, 난 6.25사변 이 얘기만하면, 눈물부터 먼저 나, 헤어질 때 그 감정, 말도 못 하지요. 자 삼형제는 살러간다, 부모는 죽으러 간다. 그 심정이 어떻겠어요. 얼마나 울었는지 몰라요. 난 워낙에 몸이 또 굉장히 울음이 많은 사람인데. 그런 사람인데.

[5] 전쟁의 와중에 만난 인연과 전쟁 이후의 삶

하고 싶은 말씀 또 해봐요? [조사자: 그때 그 국수 삶아 오신 분, 문경 처자 분 그 사모님이랑 그 다음에 1월 결혼하신 거에요? 6.25 난 이태? 그 다음해 1월에 결혼하신 거에요?] 그 결혼은 상처를 했었어. [조사자: 아! 그래서 제가 약간 이상해서 여쭤본거에요.] 글세 약혼은. 얘기 안했는데. 6.25사변 나고 와가지고 1월 5일날 결혼을 했는데, 여 고주철에 가면 고성지댁이라고 있어. 성지(승지), 옛날 자게 증조부 성지 했어. 대단한 집입니다. [조사자: 그렇겠네요.] 그걸 내가 했는데, 그 뭐 처음에 그 농잠학교 다닐 때 선보러 왔다고 했잖아요? [조사자: 아!, 아까 약혼하셨다고?] 그 이젠 왔는데, 뭐 얼굴도 모르고, 코도 코가 돌아갔는지, 째본지 그것도 모르고, 약혼을 했는데, 그래 1월 5일날 눈 오는 날인데, 그날 결혼을 했었는데, 어린애 하나 놓고 죽었어요.

그때만 해도 이슬이 뭔지도 모르고, 뭔지도 모르고, 내가 그 학교에 선생질 할 때라, 내가 교사로 발령 받아가 있을 땐데, 옥상학교, 그때 교육 강습을 대구에서 서문학교서 한 달 받는데, 거 갔다 오니까 하니 뭐. [조사자: 위중하구나!] 위중하니, 다 못살겠더라고, 못살겠더라고, 보니께. 그리고 죽고, 그래 죽고 재혼한 여자가 아까 그 국수한 여자야. [조사자: 아! 그렇구나!] 그 부인이 내 부인이야. [조사자: 그때 사모님 먼저 좋아 하셨나봐요? 국수 삶아다 주신] 인연이 될라고, 인연이 될라고, 거기도 척이가 있는 집이고, 그 참 옛날에 말하면, 사대부 집안이 잘 살았어요. 잘 살고, 첫째 부인 집에는 조성기 알잖아요? 와가 많잖아요? 조성기 [조사자: 아! 조씨네] 조성기, 성기가 내 친구, 처 증조부가 성기였었어. [조사자: 지금도 거기를 고택으로 할라고 지정하려고, 문화재로 하려고 애를 쓰는데.] 아! 맞아 그거 많이 무너졌어. [조사자: 많이 무너졌어.] 그런데, 고택 해야지, 아니면 돈이 많이 들어가기까. 그때만 그 권력이 대단했지, 뭐 양반 세도가 말도 못해 요즘은 양반 사람이 없지만, 그때만 해도 대단 했잖아, 대단했어, 키가 훌쭉 크고, 아주 미인이었어. 미인. 근데 아깝게. 죽었어. [조사자: 전쟁 때만 해도 양반 세도가, 뭐 이런게 아직도 남아 있었나봐요?] 그때 남았었지.

나는 우리 집은 어머니가 권양 이씨데, 우리 증조부, 조부가 학자였었어요. 학자였는데, 외삼촌을 그 당시에도 서울 사문학교를 시켜다 하는 거야. 일직 개원했지요. 그래서 목산초등학교 일, 이회 가르쳤다 그래요. 삼촌이, 외삼촌이. 그래서 어머니가 우리 참 교육 한 가지는 참. 어머니 때문에 다녔어요. 보통 농촌에서 중학교 고등학교 이 둘 시킨다하는 거는 힘듭니다. 그때만 해도. [조사자: 어머님이 대단하시네요.] 어머님이 삼비(삼베) 짜고, 길삼 해가지고, 밤낮해서 우리 공부시켰어요. 물론 머슴을 두고, 뭐 농사짓고 하지만 그건 아 이거 안 된단 말이야. 돈 되는거 아니잖아요. 그런가 가지고 공부를 가르치고 그랬어요. 공부를 했어요. [조사자: 전쟁 때 보면 머슴 사시던 분들, 소작하시던 분들 많이 인민군들 왔을 때 그 막 활동도하고 그러셨다는데] 활동도 하고 했다 하지만 별도로 몰랐어요. 그 뒤에 내가 이젠 에- 한 15년 가까이, 10년 가까이 학교에서 선생질을 하다가 김인이라고 있었어요. 경북도 지사하다가 국회의원 출마해가지고, 육군중장인데, 출마해서 됐는데, 이분이 어- 사표내고 도와주면은 비서장 주겠다. 그래서 사표를 내고, 비서장 했는데, 비서관 되도 안하고. [조사자: 성함이 김인] 김인 경북지사였어요. 그래했는데, 그러다 어쩌다 안하고 2년 고생했죠. 2년 고생하다가 마침, 대구일보 수석기자 시험이 있었어요. 쳤단 말이야. 한 백삼십명이 왔어요. 단 뽑았는데 너희 뽑더라고, 합격이 됐어요. 그래서 김천 여 기재를 받았는데, 받았는데, 받았는데 3개월 되가지고 뭐 대구일보가 폐간이 되어부린거야. 왜 폐간이 되부리네, 그 당시만 해도 민주당 정권 대 박정희, 이 민주당 정보 벽보를 할 적에 삼십만 량인가 밖에 없데요. 그래가 박정희가, 박정희를 키운 사람이 대구일보데, 대구일보를 딱 그만 폐간 시켜버렸지.

그 뒤에 오도 갈대가 없네요. 오도 갈 때가 없는 거야. 또 고생을 했지. 뭐 그래서 그 당시에 수소문 끝에 부산일보 대구 취재기자 반장을 하라했지. 대구 취재기자를 한 10년도 더 했지요. [조사자: 오래 하셨네요?] 오래 했어요. 하다가, 치우고 내가 뜻이 있어가지고, 농협장 출마를 했어요. 조합장 당선이 되어요. 그래 그것도 내가 뭐 죄가 있나, 아무 죄도 없는 사람, 우애 칼농(가톨릭 농민회)들이 데모를 해가지고 사표를 안낼나 하니까. 한사코 사표를 내라 하는거라. 안내면 구속시킨다 해서, 그래서 사표를 냈더니 열흘 만에 유치장 갔다 나와 가지고, 벌금 50만원 그때하고, 난 뒤에 한 1개월인가, 1년 이따 대구 일보가 복갈댄다. 이러는거야. 아! 댔다. 날 오라 하데. 오래면서 받아가지고 나를 상주에. 대구일보 차장 받아가지고 상주서 삼년간 멋있게 일하다가 딱하고, 노인회장 2001년 여 선거를 해가지고, 당선 되어가지고, 지금까지 십이년간 부임하고 있어요. [조사자: 아! 노인회장 십이년 하시는 거에요?] 사년 되면은 가는데, 12년 해도 아무도 나하고 대립도 없고, 내가 자랑이 아니라, 멋있게 하고 있다 참말로, 한문도 가르쳐가지고 1급, 2급 많이 땡겼어요. 1급까지 때어요. 1급이면 3천5백자라지요. 한문도 가르치고, 또 지역에서 활동을 많이 하고 있어요. 주부대학 강의라든지, 뭐 노인대학 강의라든지, 다 참석해주고 [조사자: 저 사진이 옛날 사진이 아니고, 노인회장 처음 하실 때 사진이구나! 12년 전이니까?] 고거 할 때 조금 전일 거야.

그게 초대 회장 이기호씨라고 이사하던 사람인데, 고다음에 문영세라고 사춘 야당이라. 야당으로 골동분자로 이십년 한 사람이고, 고 다음에도, 고 다음에도, 그래 그래 했고 [조사자: 상주에서 야당 활동하기 쉽지 않을 텐데.] 야당 활동 하지요. 뭐 야당 활동 하던 사람 많았어요. 야당은 내가 대충 얘기했는데, 내가 지금 이젠 작년에 잇몸이 아파가지고, 아무리 약을 먹어도 안돼요. 그래가지고 진찰을 해가지고 수술했어요. 수술하고 CT 찍어 놓고 왔는데. 그 결과 보고 왔는데, 또 수술해야 된다고.

국민 방위군 사건의 실상

서 성 석

"당시에는 돈 없고 빽 없고 그런 사람은 전선에 가서 인민군 따총 맞으면서 죽을 때 '악'하고 죽은 게 아니라 '빽' 하고 죽었다"

자 료 명: 20131216서성석(인천)
조 사 일: 2013년 12월 16일
조사시간: 90분
구 연 자: 서성석(남 · 1933년생)
조 사 자: 김경섭, 김정은, 박샘이
조사장소: 인천광역시 연수구 청릉대로 6.25참전유공자회 인천연수구지회

[조사과정 및 구연상황]

조사팀은 사전에 약속을 하고 인천광역시 연수구에 있는 6.25참전유공자회 인천연수구지회를 방문했다. 지회에서 미리 서성석 화자를 섭외해 조사팀이 도착했을 때 이미 화자가 대기하고 있었다. 지회 일도 오랜 시간 앞장서서 하시는 분이라 사무실 분위기를 주도하시며 조사 과정이 편하게 진행될 수

있었다. 시종 지회 사무실 소파에서 구연이 펼쳐졌다.

[구연자 정보]

서성석 할아버지는 '국민 방위군'사건을 몸소 겪은 분이다. 그는 1950년 12월 20일에 국민 방위군으로 차출되어 걸어서 부산까지 내려가게 되었다. 그들 국민 방위군에게 제대로 보급품이 제공되지 않아 방위군의 행렬은 거대한 거지 떼와 같았다고 한다. 1952년에 논산훈련소 1기생으로 다시 정식으로 입대하였고 간부후보 시험을 거쳐 임관하였고 줄곧 군 생활을 하다가 1968년에 대위로 예편했다.

[이야기 개요]

국민 방위군 사건은 인민군의 병력 차출을 사전에 대비하고, 국군 병력을 미리 확보한다는 목적아래 1950년 12월 20일부터 1951년 3월까지 18세에서 45세 사이의 남성을 대상으로 매일 수 백 명의 장정들을 뽑아 도보로 남쪽으로 남하시킨 일종의 특별대 사건이다. 국민 방위군은 혹독한 대우와 보급으로 수많은 장정들을 기아에 시달려 죽어가게 했던 한국전쟁의 또 다른 비극적 사건이었고, 그 책임을 물어 당시 사령관이었던 김윤근 준장이 군법에 회부되어 사형에 처해 진 바 있다. 화자는 50년 12월 20일 첫 차출 시에 뽑힌 병력에 속해 도보로 한 달을 걸어 부산 구포에 도착했다. 당시 선린상고 재학생 출신이어서 방위군 내에서 행정업무 및 보급임무를 맡았다. 그 과정에서 방위군에 가해진 살인적인 대우를 몸소 체험한 장본인이었다. 화자에 의하면 하루 동안 걸어 도착할 숙영지에 미리 연락해 숙식을 알아서 해결했다고 하며 거의 거지 떼와 다름없는 몰골로 남하했으며, 철교를 건너 갈 때는 떨어져 사망하는 사람들도 많았다. 이후 화자는 52년 3월에 논산훈련소 1기 생으로 다시 정식 입대해 병으로 1년간 지내다가 간부후보 시험을 거쳐 53년 9월 임관하여 68년에 제대했다고 한다. 6.25 때 빽(뒷배경)없는 사람은 군에 끌려가 인민군 총 맞고 '악'이 아닌 '빽'하는 소리를 지르며 죽어 간다는 말이 돌았다고 한다.

[주제어] 국민 방위군, 참전용사, 의용군, 특별대, 굶주림, 아사, 김윤근 준장, 선린상고, 거지떼, 논산훈련소

[1] 의용군에게 차출당하지 않게 하려고 국민방위군을 만들다

[조사자: 국민방위군 사건 저희도 들어는 봤습니다. 책에서] 들어봤죠? [조사자: 그거 이상도 그거 이하도 아닙니다. 사실 잘 몰라요. 무슨 사건인지.] 근데 그 방위군 사령관이 책임을 지고 계곡에 총살당했던 그러한 기록이 그건만 얼능 나와 있지. 실제 내용은 하나도 안 나와 있어. [조사자: 몇 년도에?] 50년도지. 50년도 6월 25일 전쟁이 발발해 가지고 서울에 거주하는 장정들이 6.25가 나면서 재네(인민군)들이 6월 28일 날 서울을 점령하고 나서 9월 28일까지. [조사자: 세 달 정도 사이에] 석 달 동안 걔네들이 점령하고 있었어요. 서울에. 그래가지고 1.4후퇴가 되면서 서울시에 있는 장정들을 전부 국민 발굴 서준 영장을 발휘해서 이 사람네들이 하루 500명씩 나갔어요. 서울서는, 남하를 했어요.

[조사자: 전선으로 파견된 거예요?] 전선이 아니고 소위 병력을 차출해 가지고 재네들이 (인민군이) 3개월 동안 점령하고 있을 동안에 서울 시내에 있던 장정들을 전부 의용군으로 뽑아갔단 말이야. 의용군으로 뽑아가고 나서 3개월 동안 뻐팅기고 있던 사람들을 다시 이제 우리 한국에서 소집영장을 내 보내 가지고 하루 500명씩 남하를 시켰단 말이에요. 그래가지고 이제 경상도 요소요소에다가 방위군 교육대를 창설해서 거기서 수용을 하고 있다가 수용하고 있는 중에 제주도에 현역들이 와서 그 방위군 수용대에 있는 장정들을 와서 차출해 가지고 제주도 훈련소에 입교를 시켜서 현역을 맨들어 가지고

전선에 보낸 거예요.

우리 한국군이. 서울에 6월 28일 날 재네들이 점령을 하고 나서 9월 28일 날 우리 인천상륙작전을 해 가지고, 수도 서울을 탈환하기 전까지 3개월 동안은 개네들이 서울을 지배했다. 이거야. 그 지배하는 동안에 우리 서울에 있는 장정들을 전부 의용군으로 강제로 의용군으로 잡아간 거지. [조사자: 차출?] 차출이 아니라 강제로 잡아 간 거야. [조사자: 그게 국민 방위군?] 아니, 그것이 그런 사태가 벌어지니까 1.4후퇴가 다시 나오니까 그 재원을 뺏기기 싫어서 서울에 있는 장전들을 하루에 500명, 하루에 500명씩 남하를 시키는 거야. 그것이 이제 방위군 '국민방위군' 시초가 되는 거예요. 그게 그래서 경상도 각 요소요소에 수용을 시켜가지고 있으면서 필요한 병력을 제주도 훈련소에서 와가지고, 거기서 장전들을 자기네들이 봐서 선출해 가주고 제주도로 입교를 시켰다고 훈련소로 그래서 훈련시킨 다음 현역으로 해서 전선에 배치하는 거예요. 그 기간이 언제냐면 9월 28일 날 서울이 수복되고 나서 1.4후퇴 때 하루 500명씩 남하를 해서 가는데, 51년도 3월까지 국민 방위군이 유지가 됐었어요. 그 당시에 사령관이 김윤권 중장이야. 근데 그때 당시에 방위군으로 수용되어 있던 인원들을 내가 수용하고 있을 당신데. 그때 비참했지.

[조사자: 아! 그러면 국민 방위군이 그럼 정규 국군하고 좀 다른 성격이죠?] 다르지. 그건 소위 군대 용어로 말하게 되면 예비 병력을 확보하기 위해서 재네한테 뺏기지 않기 위해서 이걸 소개한 거야. 소개. [조사자: 이제 제가 알아듣겠습니다. 이게 뭔지 국민 방위 위원회라는 게 뭔지.] 그게 그래서 이제. [조사자: 이런 제도가 있었구나! 51년에 51년 3월까지 이걸 했다고요?] 그렇지. [조사자: 혹시 또 뺏겼을 때 차출 당할 것을 데려갈 것을 예비해서 다 빼놓은 거구나! 병력을 미리] 병력을 미리 재네들한테 안 빼기기 위해서. [조사자: 이제 이해했습니다. 51년 3월 까지요.] 네. 51년 3월까지 수용하고 있을 당시에 그 생활 이모저모가 말로는 형언할 수가 없어. [조사자: 주로 경상도에 가 있다가 제주도에 가서 훈련받고] 전선에 배치되고 [조사자: 전선에 배치되고. 제가 다른 데서 듣기로는 제주도 쪽으로 훈련을 많이 간걸로 알고 있거든요. 육군 병력들이?] 그 당시에는 논산 제2 훈련소가 창설이 안 될 당시니까. [조사자: 국군 정규도 제주 쪽으로 갔고 이 병력도 제주도 쪽에서 훈련받고 그런 겁니까?] 그렇지. [조사자: 네, 알겠습니다.] 그러니까 그 국민방위군이 수용되어 있던 그 장소에 제주도에서 현역들이 와서 봐서

'이 사람은 현역으로 훈련받고 전선에 투입할 수 있는 체력을 유지했다.'

판정이 나가 되면 그 사람들은 다 그리로 데리고 가는 거야. [조사자: 그랬구나! 그러면 나이가 좀 어린] 그때는 18세에서 45세까지. [조사자: 18세에서 45세까지, 처음 자세히 듣는 것 같아요. 그 국민방위군이라는 거에 대해서] 그걸 내가 실제 수용도 하고 내가 거기서 생활을 한 사람이니까. [조사자: 그 얘기를 들어야겠어요. 어르신 그러면 6.25때 연세가?] 18살, 만 18살 [조사자: 그러면 32년생?] 33년, 전부 학업을 중지하고. [조사자: 성함이?] 서성석 [조사자: 그러면 원래 고향은 어디세요?] 서울이지. [조사자: 서울 어느 쪽이십니까?] 종로5가. [조사자: 아! 정말 서울이시네요.] 50년 12월 20일 날 창경원에서 집결을

해서. [조사자: 날짜까지 정확히 기억하시네요.] 집결을 해서 500명이 법으로 부산까지 내려 간 거야. [조사자: 그게 제일 처음으로 국민 방위군이겠네요? 거의] 그렇지. 우리보다 먼저 내려간 사람이 있는데. 내가 내려간 것은 12월 20일 날, 50년. [조사자: 더 먼저 내려간 사람도 있었고] 그렇지요. [조사자: 걸어서 부산까지] 걸어서 부산까지.

[2] 일요일 교회를 가다 6.25 전쟁 소식을 듣다

[조사자: 근데 전쟁 날 때 초기부터 잠깐 얘기해 주시면 안 돼요? 처음 전쟁 서울에 인민군 몰려왔을 때 어떻게 하고 계셨어요. 서울에서] 그러니까 6.25 나가지고 지금으로 말할 것 같으면 고등학교 3학년이야. 우리가 [조사자: 그렇지요. 18살] 고등학교 3학년인데 졸업을 앞두고 대학 진학을 해야 될 사람인데. 대학 진학을 못 하고 소집을 당해서 이제 나가는 거야. 12월 20일 날.

그때 이제 6월 28일 날 인민군이 들어와서 서울을 점령했을 때는 인민군이라는 걸 생전 처음 보지 않아? 이북이. 학생 시절에 한국군의 우리가 전방에 진지 구축 작업을 나가서 진지를 구축해 주는 지금으로 말할 것 같으면 도움이 사업이지. 도움이. 도움이 역할도 하다가 6.25가 딱 터지니까 친구가 미아리에 사는 사람도 있었고 돈암동에 사는 사람도 있었고 근데 6.25일 날 아침인데 우리가 그 당시에 기독교, 학생 기독교 가입이 되어 있어 가지고 교회를 갈라고 그러는데 저 돈암동 신설동 이쪽에서 사는 학급 친구들이 와 가지고

"야! 지금 전쟁 났어."

그래. 포 소리는 들었지. [조사자: 포 소리는 들리고?] 그런데 우리는 그걸 실감을 못 하고 "야! 전쟁이 무슨 전쟁이야. 오늘 일요일인데."

"아니야. 지금 저 의정부 방면에서는 난리가 벌어졌다."

는 거지. 그래서 자기는 피난 나왔다는 거지. 그래가지고 교회를 갔다 나오

니까 문제가 심각해지는 거야. 막 피난들 가고 서울 시내에 차량에는 마이크를 전부 대가지고

"외출 나온 한국군은 빨리 원대 복귀하라!"고.

그러고 마이크로 막 선전을 하고 그래서 막 부랴부랴 가는 사람들도 있고 그러니까 서울 시내가 갑자기 이상해졌지. 그러고 인민군이 6월 28일 날 아침에 딱 왔어. 들어왔어. 그러니까 인민군에 대한 사전 지식도 없고 해방되가지고 45년도 8월 15일 날 해방 되가지고 50년도에 전쟁이 났으니까 38선이 생겨가지고 이북과 이남이 이렇게 갈라져 있어가지고 왕래를 못 하고 있다는 것만 알고 있었지. 뭐 자세한 내용은 모르잖아. 원래 또 서울서 낳아서 서울서 자란 사람이 이북 갈 시간이 없었잖아. 그러니까 이북에 대한 지식은 하나도 없었단 말이야. 공부만 하고 있었는데. 그 전쟁 났다고 하니까 이상하다. 뭐, 하여튼 일은 벌어지긴 벌어졌는데. 뭔지 피부로 느껴지는 못하잖아. 더군다나 열여덟살 학교, 학생 신분인데.

[3] 인민군이 서울에 들어와 의용군을 강요해, 겨우 빠져나오다

그러니까 인민군이 탱크를 몰고 동대문을 들어오고 [조사자: 그거 보셨구나!] 그냥 뭐, 탱크도 그때 사실 처음 본거지. 탱크도 아이 인민군이 부상을 입었는데 부상, 붕대를 딱 감고 말이야. 아주 보면 당당히 들어오더라고. 그런가 보다 했지. 그래 놓고 3개월이 지나는 거야. 3개월을 지나는데. 소위 지방 빨갱이들, 지방 빨갱이들 지금으로 말할 것 같으면 친북 사상이 있는 사람들이 그 지금으로 말할 것 같으면 동사무소야. 동사무소, 동사무소에 인민 치안대가 거기에 들어가 가지고 그 종북자들을 이렇게 포섭을 해서 그 사람네들의 조언을 받아 가지고, 반역한 사람들, 소위 이북의 노선에 반기를 들거나 반감을 가지고 있는 사람들 또 좀 생활이 부유하게 지냈던 사람들. 이런 사람들을 이제 파악을 하는 거야. 파악을 해 놓고 재네들이 9월 28일

날 철수를 하게 될 그럴 당시에는 병역 손실에 대한 병역을 쟤네들이 수집해야 될 것 아니야. 그러니까 학교로, 학교로, 학교로 이제 연락을 해 가지고. [조사자: 거기서 데려가려고] 학생들을, 학생들을 등교하라고 그래요. 그래 가지고 등교를 하려고 가서 봤더니 우리 학생 중에 빨갱이들이 있어 가지고 [조사자: 학생 중에서, 어느 고등학교였어요?] 어. [조사자: 고등학교 어디 고등학교였어요?] 선린 상고. [조사자: 아!, 그러셨구나!] 갔더니. 빨갱이들이 의용군으로 전부 나가야 된다는 거야. [조사자: 그렇게 말하고] 조국 전선 통일을 시키려면, 통일을 시키려면 성전을 완수하려면 우리는 [조사자: 해야 된다.]

"우리는 지금 용감한 인민군에 가서 전쟁을 수행해야 한다."

이래 가지고 거기서 걔네들 무리들이 감시를 하는 가는데 데리고 가는 거야. 근데 우리는 이제 운동 좀 하고 그러고 있던 사람들이니까 낌새가 이상하잖아. 이북으로 갈 지금 단계야 의용군으로 가게 되면 [조사자: 그렇죠.] 완전히 집안이고 뭐고 이제 전부 헤어지고 인민군으로 가는 판이데. 가서는 안 되잖아. 거기에 친구들 몇몇이 이탈을 하는 거지. [조사자: 학교 나가셨다가

이렇게 빠져나오셨구나!] 그렇지. 의용군으로 몰고 가던 중에 이제 친구들 마음에 맞는 친구들

"야! 가면 안돼!"

"빠져."

이래가지고 빠질 사람들은 빠지고. [조사자: 잡혀간 사람은 그대로 또 친구 중에 있었습니까?] 잡혀간 사람은 지금 소식도 몰라. [조사자: 소식도 모르겠네요.] 그래 난 동창도 없어. 지금 동창도, 동창도 없어. 산 사람을 휴전 되가지고 두 사람인가 만났는데 그 사람들 어디가 있는지도 모르고 아무것도 몰라. [조사자: 대부분 끌려간 것 아니에요? 그러면은?] 그럼. 그때는 엄청나게 끌려갔지. 그때 그 끌려간 사람들이 서울 시내에 지금 초등학교, 초등학교 학교 교사 건물에 전부 수용이 되어가지고 거기서 맨날 저 뭐야 거 인민군 장교들한테 세뇌 교육을 받아 가면서

"나는 인민군으로 가겠습니다."

헐 때까지는 세뇌 교육을 받고 거기서 자기가,

"난 인민군 해군으로 가겠습니다."

하는 사람은 해군으로 가고 '육군으로 가겠다' 하면 육군으로 가고 그렇게 해서 다 끌려간 거야. 그 사람들은 하나도 몰라.

[4] 1.4후퇴 때 국민방위군으로 차출되어 부산까지 걸어가다

그러고 나서 1.4후퇴가 나니까 아까 얘기했던 500명이 이제 우리가 후퇴하는 거지. 민간 복장 입고 민간인들이 전부 모여서 이제 편성을 해가지고 내려가는 거야. [조사자: 그러면 그걸 주관하는 사람들은 군인들이?] 그건 방위군, 그 당시에 방위군이 장교들이 있었어요. [조사자: 나눠요. 방위군 장교라는 것도?] 방위군 장교는 그 당시에 계급장이 무궁화 일자 하나 소위가, 둘은 중위, 셋은 대위, 영관 장교는 어떻게 됐더라. 기억이 안 나네. 하도 오래돼

서. 그런 사람들이 이제 우리를 인솔에 가는 거예요.

나는 같이 가면서 우리 인솔하고 가는 사람하고 쫓아서 이제 한 달에 걸려서, 한 달에 걸려서 이제 부산을 갔어요. 부산 구포라는 데에 갔어요. 구포에 [조사자: 구포?] 구포에 갔는데. 구포에 그때 협동조합. 지금 농협이야. 지금. 협동조합 빈 창고에 우리가 수용이 돼. 그러고 이제 수용되기 전에는 그거 지금 구포에 수용된 것은 해산 직전에 환자들만 수용되는 데가 구포고 여기서 내려가 가지고 수용되어 있을 때는 김해가 있었어. 나는 [조사자: 김해] 김해, 김해 [조사자: 다 내려갔네요. 부산까지 김해도] 김해에 가가지고 김해에서 이제 그 사람 내들을 수용하고 있는데. 김해에서도 어디 한 공한을 이제 하나 얻어 가지고 [조사자: 주둔할] 밑에는 짚을 깔고 위에는 거죽을 쌀가마니가 그때는 거적이니까 그걸 뜯어 가지고 깔아서 거기서 가지 간 이불하고 자기 입은 옷하고 그걸 가지고 생활하는 거야. [조사자: 그러면 따로 피복이나 식량 같은 게 지급된 그런 건 별로 없고?] 식량은 이제 그 부대 가고 형성되고 나서 수용되고 나서 취사장도 만들고 임시 건물에 들어가 있는 막사 [조사자: 막사 같은 거] 같은 거.

거기서 수용돼 있는 사람들이 인원에 의해서 국민방위군 사령부에서 일정을 타다 밥을 해주는 거지. 밥을 해 주는 게 달걀만 한 것. 주먹밥을 이렇게 해서 주는 건데. 오리 알 만해. 오리 알 [조사자: 양이요?] 응, 근데 그것이 부식이 있어 가지고 반찬이 있어 가지고 먹는 것이 아니고 소금물을 타가지고 소금물을 손에다 집어넣어서 이렇게 주먹밥을 만들면 그 손에 묻은 소금기가 이렇게 만져서 간이 맞어. 그것만 먹는 거야. 국도 없이. 그렇게 먹고 있다가 아까 얘기했었지 제주도 훈련소에서, 제주도 훈련소에서 현역들이 오게 되면 이제 자기네들이 쭉 육안 검사를 해서 색출을 해내는 거지. [조사자: 뽑는구나!] 그래가지고 몇 명, 인수해서 인수증을 우리한테 주면 그 사람네들이 데리고 가서 부산에서 LST 타가지고 제주도 훈련소로 입격 시키는 거야. 우리는 수용하고 있다가 그 사람 내들이 오게 되면 그 사람 내들이 필요한 인원을 선발해서 가주 가게끔 항상 수용하고 있는 거지.

[5] 부식 비리로 방위군 사령관이 총살되고 국민방위군이 해산되다

[조사자: 그러면 어르신은 거기 수용소 관리하는 걸로 계셨구나!] 그렇지. 그것도 우리 선배가 거기 장교로 있기 때문에 도움을 받았지. [조사자: 그러셨구나!] 그래가지고 이제 51년도 3월 달까지 있다가. 그 문제가 장정들이, 저 국민 방위군 수용된 인원에 대한 급식, 부식비 이것을 그 당시에 관여하고 있던 사람이 부정을 해서, 부정을 해서 수용된 인원들을 잘 못 먹인 것에 대한 책임을 그 당시 사령관 김윤근 중장이 있어. 스포츠맨이야. 씨름 선수. 근데 그 사람이 군에 일찍 들어가 가지고 우리 국민 방위군 사령이 됐는데. 그 책임을 지고 그 사람이 총살형을 당한 거지.

[조사자: 아! 그러면 그때 해체됐습니까? 국민 방위군이] 그렇지. 그렇게 문제가 있어 놓으니까. 해체됐지. 해체가 되가지고 남은 인원들이, 남은 인원이 각 처에 얼마씩 다 남았을 것 아니야. 그것을 우리 구포에 전부 수용을 했다고 구포에 수용되어 있는 인원이 한 일개 중대나 되나. 한 200명 그래서 내가 수용하고 있는 그 환자들 최후에 그 사람네들은 수용하고 있을 때 영양실조에 걸린 것. 또 부산에 물이 그 당시에 물이 굉장히 나빠요. 상수도가 제대로 돼 있지가 않아. 그래 가지고 논에 가서 논을 파가지고 논에서 고인 물, 물이 지금으로 말할 것 같으면 비눗물 만양 뿌-예. 그 물을 가지고 밥을 지어먹고 국을 끓여 먹고 그래 놓으니까 전부 이질이 걸려 또. 이질이 걸리는데 아픈 사람 약을 줘야 될 것 아니야. 아픈 사람 [조사자: 약도 제도로 쓰지 못했겠네요?] 그러니까 그때 의무대라는 데가 없어. 약을 줘야 하는데 약줄 물품이 있어야지.

[6] 국민방위군이 해산되어 한강을 헤엄쳐 건너오다

그래가지고 51년도 3월, 3월 해산을 할 무렵에 각자 고향으로 가게끔, 쌀 8kg [조사자: 1인당] 1인당 쌀 8kg. [조사자: 그때로는 꽤 많이] 그러니까 8kg 주고. [조사자: 지고 가는 것도 힘들겠다.] 짊어지고, 짊어지고 가면서 거지 생활을 하면서 1달 동안 걸어서 서울을 오는 거야. 서울 오니까. 서울 오니까. 한강을 건너질 못해. 그때는 도강증이 없으면 안돼. 그때는 주민등록이 아니라 그때 당시에 그 뭐야. [청중: 도민증 아, 뭐에요?] 도민증이지. [청중: 도민증] 도민증에 직업란에 농부라고 쓴 사람은 건너 줘. [조사자: 농부] 왜냐하면 농사를 지어야. 생산되니까. 학생 하게 되면 학생은 '보류'야. 우리는 잠실로 밤에 몰래 빤스만 입고 물로 그냥 [조사자: 헤엄을 치셨어요?] 응, 물로 건너서 서울로 들어가는 거야. [조사자: 한강을요? 대단들 하시다.] 지금 잠수 [조사자: 잠수교 다리 밑에] 잠수교 다리 있는 대가 물살이 세요. 유속이 빠른데. 가다가 잘못 밤에 가게 되면 그 당시에 아줌마들이나 부인들은 잘 못 디뎌 가지고 미끄러져 나가떨어지게 되면 그냥 뚝섬으로 떠내려가는 거야. [조사자: 익사한 사람들도 많았겠네요?] 많지. 그래 난 한강을 건너서 집을 찾아 들어갔지.

그래가지고 들어가 났더니 학교를 이제 복학을 해야 할 거 아니야. 9.18 수복 됐으니까. 근데 그 당시에 학교들이 전부 개학을 해야 할 땐데. 학교 인원이 있어야지. 인원이 없으니까 그 당시 문교부 장관이 이상문이던가. 그 사람인데. 서울 시내를 동부하고 서부 이렇게 두 개로 나눴어요. 그래서 동부에 소속되어 있는 학교들은 어느 학교가 됐든지 간에 동부로 다 집결시키고 서부로 소속되어 있는 학교들은 서부로 집결을 해가지고 그 당시에 뭐라고 했느냐면 동부 훈육소 학교가 아니야. 훈육소야, 훈육소. [조사자: 동부 훈육소, 서부 훈육소] 서부 훈육소. 그래 가지고 이제 공부를 시작한 거야. 거기서 [조사자: 전쟁이 끝나기 전이죠. 그지요. 아직은 51년?] 51년도 3월달이니까. 그래서 이제 거기서 공부를 해가지고 52년도 3월에 내가 학교 졸업증을 받았어요. [조사자: 52년 3월에요?] 52년도 3월 에 이제 졸업을 하는 며칠 앞두고 소집 영장이 또 나온 거야. [조사자: 그치요. 졸업하니까.] 그때는 현역 [조사자: 현역] 현역 소집 영장이 나온 거야. [조사자: 그러면 어르신 동부 훈육소 나오셨습니까?] 그렇지 동부 훈육소 나왔지. 지금 덕수상고 [조사자: 덕수상고에서 동부 훈육소였구나!] 응 [조사자: 훈육소라 것도 처음 들었습니다. 어르신한테] 훈육소 [조사자: 그런 말 들은 적이 없어요. 이런 걸 알아야 하는데.] 그게 전부 물알로 가라앉아서 이런 걸 뭘라. [조사자: 이런 걸 알아야 하거든요. 지금의 덕수장소에서 동부 훈육소가 있었구나!] 그렇지. 서울운동장 바로 건너편에 있는 덕수상고 [조사자: 그러면 서부 훈육소는 어디에 있었을까요?] 서부 훈육소는 모르지 나하고 관계가 없으니까. 그건 마포 어디 쪽에 있었다고 그러던데.

[조사자: 고등학교 졸업할 때 또 영장이 나오고, 고등학교 졸업하니까 영장이 나오지요?] 낼 모래 졸업식인데 졸업식이 이제 내가 3월 15일 날 입대를 했거든. 현역으로 입대를 하는데 3월 초승 경에 현역 입영장이 나왔다고. 그래가지고 현역 입영장이 나오니까 졸업장을 이제 가 졸업장을 써서 준거야. '이제 안정이 되게 되면 그걸 가져와서 정식 졸업장을 받아라.' 그 식이지. 들어가고 나니까 계속해서 전쟁이 일어나잖아. 52년도 [조사자: 8월, 53년에 끝나잖아요?] 53년도 7월 27일 날까지 전쟁이 났잖아. 그러니까 52년도 3월 논산 제1 훈련도 내가 1기생이야. [조사자: 논산 훈련소 1기생이시구나! 그때 논산이 생겼구나!] 그때 논산이 처음 생겨 가지고 우리가 입소하면서 건설을 하면서 우리가 훈련을 받은 거지.

[7] 국민방위군의 희생이 참담했지만 보상은 하나도 없다

[조사자: 그러면 방위군 갔다 오고 이런 거 전혀 참작이 안 되고요?] 그건 아무 소용도 없는 거지. [조사자: 아무것도 없는 건데 고생만 하셨구나! 그 당시엔 군번도 없고?] 그 당시에 군번도 없고 그건 하등에 도움이 되는 게 하나도 없고

그 당시에 그 많은 장정이 당했던 그 고통에 대한 것을 어느 누가 인정도 안 해줄 뿐더러 얘기하는 사람이 없어. [조사자: 그러네요. 괜히 부산까지 걸어만 갔다 오시고 군대 거의 2번 가신 거네요?] 그렇지. 그러니까 서울서 부산까지 내려가는 동안에 당한 희생들이 얼마나 많겠어.

[조사자: 방위군 걸어서 내려가실 때] 방위군으로 이제 소집돼서 내려가면서 걸어서 내려가는데 하루 40리 50리. [조사자: 하루 40리, 50리] 최고로 걸을 때가 충주에서 문경 넘어갈 때. [조사자: 아! 힘들었겠다. 진짜 새재] 새재, 그 당시에는 도로로 가는 것이 아니라. 전쟁 당시기 때문에 [조사자: 큰길로 못 다녔겠어요.] 큰길로 보급 수송을 하는 바람에 인간들은 전부 국도로 다니는 것이 아니라. [조사자: 산길로?] 전부 샛길로 가는 거야. 우리 전부 샛길로 해서 물 건너, 산 건너 그냥 그렇게 가는 거지. [조사자: 그러면 이때는 보급이 거의 없었겠네요? 걸어 내려 갈 때는?] 저 500명이 서울에서 출발하게 되면 다음 이제 유영지를 여기서 얘기를 해줘요. [조사자: 어디까지 가서 묶는다.] 어디 가느냐 하게 되면 서울 창경원에서 그때 눈이 여기까지 왔어. 창경원에서 출발해 가지고 어디까지 가게 됐냐 하면 음 처음에 어디를 갔느냐. 양평으로 갔나. [조사자: 그쪽으로 가셨어요? 천안 쪽이 아니라 양평 쪽으로 가셨어요?] 그렇지. 지금 중앙고속도로 있는 쪽으로 시골 길로 가는 거야. 망우리를 넘어서, 망우리를 넘어서 덕소를 거쳐 가지고 아니 우리가 덕소 가서 하루 저녁을 잤을거야. [조사자: 아! 덕소요. 그다음에 여주 이천 이쪽으로 해서 내려가셨나. 그러면] 응, 그렇지.

서울에서 출발하게 되면 다음 숙영지가 덕소면 덕소에다 여다가 연락을 해서 몇 명이 내려간다 그러면 거기서 이제 행정구역별로, 행정구역별로 몇 명이 도착 되니까 무슨 동네는 몇 명, 무슨 동네는 몇 명 이렇게. 분할을 해가지고 [조사자: 준비하라하고 먹을 걸 같은 걸] 먹을 것을 준비하라고 해서 가게 되면, 가게 되면 저녁에 민간 부락에 방을 전부 이제 해가 지고 거기서 잠을 자고 [조사자: 잠자리도 그렇게] 그 집에서, 그 집에서 [조사자: 밥을 먹고] 저녁을 먹고 그 다음 날 아침에 아침을 먹고 그 집에서 이제 점심 주먹밥을 [조사자: 주고] 만들어 주게 되면 가주고 가면서 점심을 먹으라고 하는 게 아니라 가면서 점심을 먹는 거야. 그러니 이제 주머니에다 집어넣은 사람은 얼어서 그냥 얼음 씹어 먹는 거 모양 아작아작 씹어 먹고 [조사자: 겨울이니까.] 그렇게 해서 다음 숙영지를 가게 되면 '여주'다. 그러면 여주에 가서 이렇게 하고. [조사자: 동상 걸린 사람들도 되게 많았겠다.] 응. [조사자: 거의 뭐 이렇게 떼거지 같은 몰골로 다녔겠네요?] 그 완전히 뭐 저 거지 집단이지. 뭐! [조사자: 그렇네요. 폭격은 안 당하셨어?] 폭격은 이제 내려가는 거니까 남쪽으로 남하하는 거니까 전선하고는 머니까 [조사자: 멀어서] 그런 건 안심이지.

[8] 비참한 행군으로 철교에서 떨어져 죽는 사람도 많았다

그러고 산길을 가기 힘들 때에서는 밤에, 밤에 철길을 따라서 가는 거야. [조사자: 밤에는 철길] 철길을 따라가다가, 철길을 따라가다가 철교가 나오잖아. 철교를 나가게 되면 별빛도 없고 깜깜한데 후라시가 있어 뭐가 있어. [조사자: 아! 무섭다.] [조사자: 떨어지면 바로] 떨어지면 가는 거야. [조사자: 생각만 해도 너무 무섭다!] 그러니까 열여섯부터 마흔다섯 살까지 인원이 지금 가는 거니까. 그 당시에 마흔다섯 살 이래면 노인이야. 노인 [조사자: 거의 노인이지요. 그 당시에는, 네, 노인 맞습니다.] 마흔다섯 살 먹은 그 영감님들하고 우리허고 같이 가는 거야. 그러면 거기에 삼촌도 있고 작은아버지도 있고 전부 짬빵(짬뽕)이 되가지고 동네 어른들 아니야. 한동네에서 소집되어서 가니까. '아무개 삼촌 아무개 삼촌' 이러고 그러면서 가는 거야. [조사자: 어르신은 제일 어린 나이?] 그렇지. 그 당시에 내가 제일 어린 나이지. 그래 가지고 가면서 이제 그런 희생을 당한 사람이 많지. 근데 지금이나 그 당시나 행군하면서,

"술 먹지 마!"

술을 안 먹어야 할 것 아니야. 자기가 살라면 추우니까, 추우니까 말이야.

막걸리, 막걸리 한 두 잔 먹고 가면 좋은데. [조사자: 많이 먹으니까.] 그게 또 가면서 배고프니까 이게 술 배를 채우는 거예요. 농사짓던 사람들은 도시에서 산 사람들하고 양이 틀려요. 우리는 요만한 거 하나 먹어도 견디지만, 농사짓는 사람들은 새참 먹지, 아침 먹지, 점심 새참 먹지 또 막걸리 먹지 이러던 사람들은 응, 밥도 이렇게 산더미같이 사발을 하나 부어도 두 사발이 될 정도로 먹는다고, 그걸 제대로 못 먹지 가니까 술이라도 먹고 가면서 [조사자: 그러니 사고가 더 많이 나지.] 사고가 더 많이 나지. [조사자: 어떻게요. 깜깜한데.] 우리가 이제 철교를 이렇게 밟고 건너가다 보면 무슨 소리가 들려. 그러면 뭔가 하고 이렇게 들어보면,

"사고요, 사고요."

그래. [조사자: 떨어져서] 가서 보게 되면 철로 밑에 물이 있는데 얼음이 잔뜩 얼어 있는 것도 아니고 [조사자: 살짝 얼어져 있구나!] 그냥 두께가 떨어지게 되면 '퐁' 들어가게끔. 들어가기 좋게끔 얼음 두께가 얼어 있어요. 그럼 이렇게 철교 위에서 내다보게 되면 사람이 빠진 것이 머리가 보여요. 머리가 보여요. 이렇게 보게 되면 그러면 급하니까 이제 새끼고 뭐고 전부 연결을 해가지고 내려 줘가지고 잡으라고 소리소리 지르니 물속에 있는 사람이 그게 들려 그래 얼마 안 있다가는 물을 거기서 먹고 그냥 그대로 [조사자: 가라앉고] 가라앉고. 그래 우리는 갈 길이 바쁜 사람들이니까는 가고 나머지 있는 사람들이 수습하게 되면 사망자로 이제 끄집어내는 거지. 그런 비참한 행군을 했다고.

[9] 거지몰골을 하고 다니며 일주일에 시체 아홉을 매장하기도 했다

우리가 그러고 아까 51년도, 51년도 3월 달 이전에 우리가 환자를 수용하고 있을 당시는 환자들이 전부 우리한테 모였잖아요. 모였는데. 그 사람네들이 내가 봤을 때는 배는 고프지, 입고 간 옷은 이가 득실득실하지, 여기다

집어 넣어가지고 이렇게 훑아 내면 이가 한주먹씩 나와요. 이걸 일일이 죽일 수가 없으니까 쏟아 놓고 발로 비벼 그러면 콩 볶는 소리가 나 태우면 그런 것을 50년도, 50년도 12월부터 51년 3월까지, 근 4개월, 4개월 입고 갔던 그 옷 그대로 빨아 입지도 못하고 세수도 못 하고 이발도 못 하고 마흔다섯 살 먹은 수염은 이 수염이 스탈린 수염은 저리 가라야.

밥을 먹어야 하는데 수염 때문에, 밥을 먹을 수가 없어서 이걸 벌려가지고 순갈을 집어넣어. 그러고 마지 못해서 바리깡을 하나 이발기를 가져오게 되면 이발을 시키는 게 아니라 [조사자: 수염을] 수염을 깎아줘야 밥을 먹잖아. 그런 아주. 지금 같으면 상상도 못 한 그런. 지금 그런 얘기하면 누가 곧이 들어 안 들어. 뭐 그런 일이 있느냐고. [조사자: 당군에 있으면 그러면 그 제주도 현역으로 차출되기를 오히려 바랐겠네요? 워낙 처우가 안 좋아서.] 거기서 내가 마지막 수용하고 있던 사람 중에 내가 일주일 동안을 아홉 사람을 죽은 것을 갔다 버렸어요. 생각해봐 나이 스무 살도 안 된 총각이 초상을 일주일에 아홉 번을 치르는데 아침에 죽은 사람은 그래도 대접을 해줘가지고 가마니에 다 말아서 갔다 버리는데 매장을 하는데 저녁에 죽은 사람은 밤인데 어떡해 갔다 묻어야 할 것 아니야.

묻어야 되는데 전부 환자들인데 누가 나와. 들고 가야 하는데. 쌀가마니에 당과를 만들어 가지고 거기에다가 거죽을 말아서 거기에다 당가에다 싣고 호미고 뭐, 고깽이고 얻어서 그것도 경상도에 가가지고 그 당시에 호미나 고깽이 하나 빌려 달라면 외면하는 것이 보통이야. 안 빌려줘. 빌려주는 사람도 있어서 우리가 하긴 했지만 그걸 빌려 오기가 힘드니까 안 갖다줘. [조사자: 그러니까 또 안 빌려주고] 그걸 갖다 주고 또 빌려 다 쓸려면 저번에 빌려 갔는데 뭘 또 가져가느냐고 안 빌려 준단 말이야. 그러니까 그걸 안 갖다줘. 그러니까 서로에 [조사자: 불신 아주] 서로에 불신이 거기에서 생겨가지고 국민 방위군이 뭐하러 왔다 하게 되면 있어도 없다고 그러는 거야. [조사자: 그러겠네요?] 그런 갈등이 있었어요.

아홉 사람을 갔다가 매장을 시켰는데 뭐가 있어야 기록을 남길 수가 없잖아요. 난 아홉 사람을 갔다 버리고도 그 사람이 어디 출신이면 이름이 무엇이며 생년월일 난 지금도 몰라. 그 당시에 같이 있던 사람들은 전국에서 이남 전체에서 모여든 사람이라 누가 누군지도 모르잖아. [조사자: 서로 모르니까.] 죽었으면 이 사람이 어떡해서 죽었다 하는 진단서를 끊을 사람도 없을 거고. 또 가족에서 통보해줄 그런 여력도 없잖아. 그 당시에 전쟁이니까. 그냥 갔다 묻으면 그만이야. 그런 비참한 방위군 생활을 하고 나는 살아난 사람이라고.

[10] 52년에 현역으로 다시 입대하고 53년에 장교 배치를 받고 휴전되다

그래서 이제 아까 얘기한 것을 쭉하게 되면 52년도에 현역으로 가가지고 현역에서 사병 생활을 한 1년하고 전쟁을 하는 동안에 '죽을 놈은 죽고 살 놈은 산다.' 내가 배운 건 한 번이라도 써먹고 죽어야 될 거 아니야. 그래서 시험을 친 거야. 간부후보생 시험을. [조사자: 그 당시에 고학력자시잖아요.] 응. 그럼 고학력이지. 그래 가지고 53년도 9월에 내가 임관을 했어요. [조사자: 53년 몇 월에 임관하셨어요?] 9월. [조사자: 전쟁 끝나고 이신 거죠.] [조사자: 그러면 전쟁 지나고도 계속 군 생활 좀 하셨겠네요?] 그렇지 68년도까지 했지. [조사자: 정말 오래 하셨다. 그러면 68년이면 최소한 대령?] 나는, 나는 53년도에 임관해 가지고 전후방 다 댕기면서 근무를 하다가 68년도에 5.16군사 혁명 나가지고 68년도에 내가 자원예편 했어요. 대위에 예편했어요. [조사자: 대위하셨구나!]

[조사자: 시기, 시기가 어르신은 또 전쟁 끝나자마자 장교 생활을 하신 거네요?] 그렇지. [조사자: 그러면 전쟁 바로 직후에는 어디에서 강원도 쪽에서 근무하셨어요. 어디서 근무하셨어요?] 저 뭐야. 우리가 바로 임관하기 직전에는 전선이 아주 저 뭐야 오르락, 내리락 하던 그 찰나야. [조사자: 시들할 때] 시들

할 때. 그러니까 우리가 임관하기 전에 미리 졸업을 하고 전방에 투입할 그럴 예정이었어. [조사자: 장교가 한 명이라도 급하니까.] 응, 그러니까 53년도 7월 달에 7월 27일 날 휴전되는데, 휴전이 되는데 휴전이 되는지도 모르고 우리는 훈련을 받고 있는데 완전 무장을 꾸려가 지고 출동 준비를 시키더라고 그러니까 훈련도 이것으로써 끝마치고 전방에 가는구나! 우리 전기에 있던 사람들은 헬리콥터를 다 타고 전방에 투입됐어요. [조사자: 헬리콥터 타고 가셨구나!] 근데 우리는 7월 27일 날 다행히 휴전이 되는 바람에 남은 훈련 기간을 마치고 9월에 임관을 했지. [조사자: 첫 부임지가 어디신지?] 제2 훈련소. 내가 [조사자: 논산, 아!] 내가 논산 가서 신병 훈련을 시켰지. [조사자: 어르신이 손수 지었던 막사에 그냥 다시 가신 거예요?] 그렇지. 내가 갈 당시에는 벌써– [조사자: 좀 많이 번뜩해졌겠어요?] 그 당시에는 우리가 전부 저 뭐야! 흙벽돌이죠. [조사자: 네.] 그 흙벽돌을 찍어 가면서 막사를 건축하고 그러고 반듯한 막사를 다 지어서 들어오는 훈련병들이 우리가 훈련받았던 그 시절하고는 천지 차이지. [조사자: 그때만 해도.]

그러다가 55년도에 전방에 가가지고 전방 근무를 했지. [조사자: 어디로 가셨어요?] 전방, 문산 [조사자: 아! 문산, 서부 전선 쪽에 계셨구나!, 그때만 해도] 동두천 [조사자: 살벌했지요? 55년도 이때는] 우리가 들어갈 때는 [조사자: 전쟁 직후라서] 전쟁 직후가 돼 가지고 거기가 연합군이 있어 자리라, 연합군이 있던 자리라 거기는 뭐야 지뢰 매설이고 뭐고 [조사자: 그런 게 잘 돼 있었구나!] 그것을 정확하게. [조사자: 아! 어디에 무엇이 있는지.] 기록을 해서 우리한테 넘겨줘야 하는데 저 왜 외국 사람들은 자기네들이 알면 고만이야. 남겨 준 것도 정확하게 우리가 인수를 받으면 좋은데 그냥 아우트라인 에어리어만 이렇게 설정을 해가지고 여기가 지레 지대다 이렇게 해서 했는데 가다 보면 밟아 가지고 떠져서 [조사자: 아!, 그런 일들이 많았고] 비전투 손실이 그때부터 일어나는 거야. [조사자: 그랬구나!] 그래서 내가 전방에 올라가니까, 전방에 올라가니까, 이 안전사고가 무척 많고 [조사자: 무척 많고] 전방에 그래서 또 다행히 내가 사단 사령부에 떨어져가지고 그런 행정 조사 기간에 내가 근무를 하기 때문에 밤이고 낮이고 맨날 조사를 하러 댕기는 거야. [조사자: 사건사고가 되게 많았겠네요?] 그러니까 비전투 소실이 그렇게 많은 일어났어. 그러다가 이제 초등군사관 교육받고, 고등군사관 교육받고 그러고. 내가 11사단에 갔을 때에는 전방 11사단 갔을 때에는 9연대에 있었고, [조사자: 9연대] 13연대 [조사자: 13연대] 최초에는 9연대 갔다가 후방에 왔다가 다시 갈 때는 13연대.

[11] 국민방위군에서 80%정도가 다시 현역으로 가다

[조사자: 국민방위군 한 가지만 더 여쭤볼게요?] 응. [조사자: 그쪽에서도 아마도 행정일 좀 하셨을 것 같아요. 대강 짐작 해가지고 몇 퍼센트 정도 정규군으로 제주도를 넘어 갔고 몇 퍼센트 정도가 비전투 병력으로 부식이나 후생이 안 좋아서 사망했는지. 퍼센트로 한다면 어느 정도 될까요? 정규군으로 넘어 간 사람이 백 명 중에 몇 명 정도 될까요? 30명?] 아니지. [조사자: 그 정도도 안 됩니까?] 더 되지. [조사자: 50%로 이상은 넘어 갔나 봐요?] 60-70% [조사자: 정규군으로 넘어갔고?] 80%로는 갔다고 봐야지. [조사자: 거의 다 그러면] 거의 다 병력 그때는 부족한 상태니까. [조사자: 80%로는 그렇게 갔구나!] 어지간한 사람은 45세 된 사람을 포함해서 환자만 남겨놓고 거의 다 갔다고 봐야지. [조사자: 실제로 사십 이상은 잘 뽑아가기 그렇겠네요?] 안되지. 그 사람들은 벌써 동작이 다르잖아. [조사자: 그 당시에는 노인 나인데.] 그 당시에 30세만 되도 빠릿, 빠릿하지 못해. [조사자: 많이 정규군으로 넘어간 거예요.] 우리가 서울서 500명 내려갈 때는 소졸, 중졸자리가 없어. 전부 다 고등학교, 대학교 재학 중, 또 대학교 졸업 맡은 사람 그런 사람들이 합해서 내려 간 거니까. [조사자: 굉장히 고학력 경력이네, 인재들이 그냥] 그 당시에 인재들이니까 내려가면서 전부 필요한 [조사자: 중간 중간에 다 빠져나갔구나!] 빠져나갔지. 나 모양 구포

에 가서 기관 요원으로 근무하고 그러고 그중에 있던 사람 중에는 학력들이 다 좋으니까 [조사자: 그랬겠네요.] 방위군 사관으로가 가지고 방위군 훈련을 받고 제2 국민병 관리자로다 전부 근무를 했지. 그러다가 그 사람네들이 다 급하니까 현역으로 전부 들어왔고 그래요. 6.25 때 그 서울 시민에 한 사람이 겪은 과정이 그런 과정이야. [조사자: 그러네요. 그러면 원래 위대 어른 신들도 다 서울 사셨습니까?] 그렇지.

[12] 의용군에 잡혀가지 않으려고 도망

[조사자: 그런데 조금 궁금했던 게 의용군 도망가셨잖아요. 그동안 잡으러 오거나 인민군 치하였는데 그런 일은 없었어요?] 아 참 [조사자: 그때 얘기도 조그만] 그 당시에 [조사자: 계속 숨어계셨겠네요?] 그 당시에 지금 얘기하던 친북자들, 지방 빨갱이지. [조사자: 지방 빨갱이.] 동네 빨갱이지. 동네 빨갱이지. [조사자: 바닥 빨갱이라고 할머니들 그러시던데.] 그런 사람네들이 내 친구도 있고 또 우리 형 친구도 있고 또 동사무소에 근무하던 직원들이 가정에 사정을 다 안단 말이야. 그 사람 네들이. 그러면 예의 감시를 한다고 그 사람네들이.

"야! 성석이가 오늘 보이던데 오늘 저녁에 급습하면 그놈 잡으러 갑시다. 응?"

그러면 또 나를 숨겨주려고 하는 사람이 있잖아. [조사자: 미리 알고 도망가고 그렇게]

"야! 너 너희 집에 있지 마!"

[조사자: 간다더라.]

"수상한 얘기가 들리니까 너 톡겨라."

그러면 시골로 가는 거야. 밤에 [조사자: 어디로 가셨어요?] 금곡. [조사자: 금곡.] 그 당시에는 금곡이 저 제일 가까운 시골이니까 [조사자: 제일 가까운 시골] 거기 가다가 거기 오게 되면 고쪽에서도 눈독을 들이는 사람이 있어.

[조사자: 거기도 있으니까.] 거기서 낮에는 꿈쩍도 안 하고 그런 얘기 들으면 또 밤에 서울로 또 잠입하는 거야. [조사자: 금곡에 거기 연고가 있으셨어요?] 작은 누님이 거기 살았지. [조사자: 아! 거기 사셨구나!] 왔다 갔다, 왔다 갔다 하다 보니까 3개월이 지나는 바람에 [조사자: 6월 28일부터 9월 28일까지 주로 그렇게 왔다 갔다, 왔다 갔다] 그렇지 그러고 그 당시에는 먹을 게 없잖아. 먹을 게 없으니까 걸어서, 걸어서 양평까지 와야 해. 왜 오느냐 여름 아니야. 여름 [조사자: 예, 여름이죠.] 그러니까 시골은, 시골을 여름옷이 없어. 그러니까 동네 문 시장 종로 5가 시장에 러닝구, 빤스 그러한 내복을 가지고 가가지고 식량하고 맞바꿔. [조사자: 바꾸느냐고, 그러셨구나!] 식량하고 맞바꾸는 거야. 맞바꿔 가지고 그 식량을 가지고 와가지고 우리 식구들이 먹고사는 거야. 그렇게 3개월을 버티는 거지. [조사자: 그 와중에도 그렇게 하셨구나!]

그러니까 지금은 서울 시내에 지리가 그 당시에 지리하고 다 다르잖아. [조사자: 그렇지요.] 집도 많이 생기고 전찻길도 다 없어지고 뭐 저 지금은 요만한 땅도 빈자리가 없잖아. 우리 학교 배속 장교가 종로3가 파출소에서 부역하고 있더라고 살아야 할 거 아니야. 그 사람도 그러니까 배속 장교 하던 사람이 살래니까 할 수 없잖아. 나는 가면서 이렇게 봤지. 보면 아니까 응 아는 척을 하면 안 되잖아. [조사자: 그렇죠.]

[조사자: 그러면 결혼은 언제 하셨어요?] 55년도 [조사자: 그러면 임관하고 나신 다음에 하신 거구나! 임관하고 난 다음에] 응 [조사자: 원래 형제가 어떻게 되셨어요? 어르신 형제가] 둘이지. [조사자: 누님하고] 누님이 둘 [조사자: 누님이 두 분이 계시고] 두 분이고, 형님하고 나하고 밑에 누이동생이 하나 있었어. [조사자: 그러면 2남 3녀] 그렇지. [조사자: 5남 매셨네요.] 5남매지. 지금 저 뭐야 장녀하고 장남은 세상 뜨고 나하고 금곡에 있는 작은 누님하고 김포에 살고 있는 내 누이동생하고 셋이 있지. [조사자: 형님도 고생 많이 하셨겠네요? 형님도 같이 끌려가셨어요? 어떻게 하셨어요? 형님은 그 당시에] 그저 영장이 나와서 바로 해병대 들어갔지. [조사자: 바로 해병대 하셨구나! 형님은?] 9.28

수복되면서 즉시 해병대 입대해 가지고 해병대에서 근무하다가 제대하고 나와서 [조사자: 그러셨구나!] 나 중위 때, 나 중위 때 제대하고 나와서 가업에 종사하시다가 지금 세상 뜬지 가가 10여 년이 넘나. [조사자: 어르신은 정정하시네요?] 응 [조사자: 정정하시다고 올해 흙 나이로 여든하나, 여든하나 시잖아요?] 저 뭐 [조사자: 장교 출신이라 그러신가?] 때려잡아야 할 거 아니야 끝까지.

[13] 군대 가서 총 맞아 죽을 때 '빽'하고 죽었다, '빽'이 없어 죽는 거라고

[조사자: 그러면은 서울에서 계셨을 때 아시는 분 중에는 인민재판 가거나 그런 분들은 없었어요?, 끌려가거나 그랬던 일들은] 인민 우리 또래나 우리 친구들 우리 형에 친구 뭐 이런 사람들이 '인민재판에 회부 됐다.' 그런 얘기는 내가 못 들었어. [조사자: 그러지는 않으셨구나!] 그러니까 서울 깍쟁이들 아니야. 잘 피하는데 미꾸라지는 저리 가지. [조사자: 아! 그렇구나. 또] 요리 빼고 저리 빼고 해서 [조사자: 그 학교, 학교에 동기생 중에서도 좀 저쪽 북한으로 넘어간 유명한 사람들 좀 있었지요? 선린상고만 해도 명문이니까?] 많지. [조사자: 많이 배운 사람들이 많이 했잖아요? 그렇죠.] 그렇지. 내가 축구를 했는데. [조사자: 축구를 하셨어요?] 우리 축구부 주장이 빨갱이야. 박태환이라고. [조사자: 그러면 월북했습니까?] 고 자식이 저 학교 불도 두 번 내고 선린 상업이 그래서 망했어. 그 자식이 불을 내가지고 일본 시대 때에 저 뭐야 지어 놓은 학교를 그 당시에 선린상고 들어가려면 최하가 33:1이야. 그러고 졸업하겠다 하게 되면 그 당시에 뭐야 한국은행, 조선은행, 조선은행 자가용이 와서 졸업과 동시에 모시고 가가지고 근무를 하던 시절이거든. 그런데 이놈의 새끼가 빨갱이가 되가지고 불을 냈어요. 학교에 그래 우리는 몰랐지. 우리는 나중에 조사하는 과정에 보니까 그 자식이 잡혀가지고 왔다 갔다 하더라고 학교에 왜 그랬느냐 하는 것을 궁금하니까 물어봤을 것 아니에요. 그러니까 박태환

이가 불을 질었다는 거야.

그래가지고 6.25가 났어. 6.25가 나니까 그 이제 다시 풀려서 나왔잖아. 그래 가지고 학교에 나와 가지고 이 자식이 학교를 새로 건축을 했어요. 이 일본 사람들이 만들어 놓은 건축물은 [조사자: 다 없애고] 불이 타서 없어졌는데 새로 공구리 학교를 건축 해 낳는데 거기에 또 불을 냈어. [조사자: 왜 그랬을까?] 그래 가지고 학교가 불이 났으니까 공부할 때가 없잖아. 강당을 이렇게 지금 얘기하게 되면 저 뭐야 동네 마을 회관 이렇게 나누듯이 나눠가지고 1학년 몇 반은 여기 몇 반은 여기 이래가지고 공부를 했다고 그니까 공부가 제대로 됐겠어? 그 빨갱이가 그 지랄하는 바람에 그 새끼가 활개 치는 거지. 빨갱이들이 왔으니까 학교에 통보를 해가지고 아까 얘기하듯이

"다 등교하라"

이거야. 등교하라고 해가지고는 지들 실어가 데리고 가는 거야. 그러니까 아까도 얘기했지만 우리 학교 동창이라는 게 없어. [조사자: 이젠 그러셨구나!] 인민군에 끌려간 사람이 있는가 하게 되면 한국군에 편입되어 가지고 전사한 사람들 그중에 내가 하나 살아서 지금 남아 있는 거야. [조사자: 그러셨네. 그 사람은 월북했겠네요?] 월북이 아니라 끌려갔지. [조사자: 박태환인가? 그 사람] 그건 아주 뭐 데리고 가니까 지가 데리고 가니까 [조사자: 앞장섰으니까.] 앞장 섰으니까 가겠지. [조사자: 선린상고였구나!, 몇 반이나 있었어요? 그런 것도 궁금하네.] 우리가 [조사자: 한 학년에] 우리가 저 일반, 이반, 삼반 [조사자: 몇 명씩, 한 반에] 어 한 반에 그때가 50명. [조사자: 적었네. 그래도 생각 보다, 그러면 150명 정도 되네요. 150명 중에 지금 거의 안 남아있다고] 그렇지. 어딘가는 한 두 사람 있겠지. 대한민국 전체를 틀어서 나만 해도 이렇게 인천에 와서 박혀 있으니까 [조사자: 몇 회신 거에요?] 몇 회지도 몰라.

[조사자: 그러면 어르신 연배 그때는 다른 학교도 많이 그렇겠네요? 서울 시내 다른 학교도] 눈에 불을 썼지 개네 들이 [조사자: 선린처럼 그런 사정이 많을 테니까?] 그 당시에는 별명이 돈 없고 빽 없고 그런 사람은 전선에 가서 인민

군 딱궁총 맞으면서 죽을 때 악하고 죽은 게 아니라 '빽' 하고 죽었다고 '빽-이 없어 죽었다'고 [조사자: 그런 말씀들 하시고] 그러니까 내가 임관해가지고 훈련소에 가가지고 훈련병 교육시킬 때 들어 온 사람들 학력 조사를 하게 되면 중졸이 '하늘의 별 따기'야. 문맹자가, 문맹자가 많이 있어가지고 문맹자는 전부 선출을 해가지고, 선출을 해가지고 국민학교라는게 훈련소에서 분대만 양 만들어가지고 [조사자: 훈련소 안에서 한글 가르쳤습니까?] 응, 훈련소에서 국민학교라는 것을 만들어 가지고 [조사자: 훈련소 안에 그런 것이 있었구나!] 응 [조사자: 논산에요?] 논산에 그래가지고 내가 거기에 선발되서 국민학교 거기에 [조사자: 선생님처럼 가르치셨구나!] 부임해 가지고 [조사자: 가갸거겨 가르치셨겠네!] 지금 학교로 말할 것 같으면 교무주임이야. 교육관. 그래서 초등학교 교육과정 중학교 교육과정 그걸 작성해가지고 교육을 시키는 거야. 문맹자들 [조사자: 입대한 사병들 대상으로] 응 문맹자들, 문맹자들을 전부 우리한테 보내니까. [조사자: 그런 것까지 같이 하셨구나!] 응 그건 휴전되고 난 후에 일이야.

[14] 전쟁 전 선린상고를 다니며 지점장의 꿈을 꿨었다

[조사자: 어르신, 선린상고 다니셨을 때는 나중에 뭐 해야겠다. 하는 그런 것 있을 셨어요? 군인은 아니셨을 것 아니야.] 장경희 알죠? 장경희가 한국일보 사장 아니야. 거기에다 5.16 군사 혁명 나가지고 한국은행 총재로 왔지. 그 사람이 우리 선배야. [조사자: 꿈이 크셨을 것 같데.] [조사자: 선린상고 나오신 분 중에 훌륭하신 분들 많잖아요?] 지금 저 뭐야. 전주에 미원, 미원 하는 박 사장, 저기 저 삼양라면인가 광주사람 하도 오래되니까 이름도 다 잊어버렸어. 그런 뭐 재력가들이 사업가들이 많이 나오고 [조사자: 거기가 그랬었구나!] 우리 장경희라는 분은 5.16 군사혁명 나가지고 그 사람이 한국은행 총재로 들어가면서 확 바꿔 놨잖아. 금융시스템을 응 그러니까 나는, 나는 연대 상과

를 내가 목표로 했거든. [조사자: 공부하셨고] 연대 상과를 가 가지고 졸업하고 되면 내가 최하는 지점장을 해 먹어야 하겠다. [조사자: 그렇게 생각하고 계셨는데.] 그러고 선린이라는 학교 타이틀이 선배들이 우리 금융기관에 짝 깔렸기 때문에 [조사자: 그렇지요.] 나가기만 하면 앞에서 끌러주고 뒤에서 밀어주고 자기 할 탓 아니야. [조사자: 그러면 전쟁 후에 임관 하시고 그럴 때 다시 그냥 금융 쪽으로 나오실 생각은 안 해 보셨어요?] 못했지. [조사자: 이미 늦었어요?] 늦었지.

[조사자: 아! 아쉬웠겠다.] 그래가지고 그 당시에 내가 이를 악물고 시험을 친 이유가 전쟁 동안에 아까 얘기했지만 [조사자: 너무 배운 게 아까워서] 너무 써먹지도 못하고 한스럽고 이게 가서 [조사자: 아쉬우셨을 것 같아.] 죽으면 너무 억울하다. 그러니까 죽어도 내가 국군묘지에 가서 무쳐야 하겠다. [조사자: 그때는 그런 생각으로] 그래가지고 사병 생활을 하면서 장사병들 병력을 내가 전부 다 볼 수 있는 그런 위치 아니야. 보면 그 당시에 장교들이 3개월 만에 소위에서 중위 되고 또 3개월만 되면 대위 되고 괜찮아 진급이 이런 식으로 하게 되면 내가 그 당시에 스물한 살인데 내가 십년을 투자하자 [조사자: 그렇게 생각하셨구나!] 서른 살이면 나 하길 따라서 무엇이나 내가 스타를 하나 꿈꿀 수 있지 않겠느냐 그러던 것이 전두환이 11기들이 나오는 바람에 우리 갑종 출신들은 다 찌그려 진 거지. [조사자: 그런 일이.]

그러니까 그때 내가 신경질이 나가지고 여기 있어 봤자 소용이 없구나. 68년도에 5.16 군사혁명 다 끝나고 나서 육군 본부에 가서 내가 자원 예편을 했지. [조사자: 그렇구나! 갑종 출신이라도 별 다시 받으신 분들 꽤 있지요?] 있지. 우리 동기생들은 최상 진급한 사람들은 대령이야. 장군은 없어. [조사자: 어르신 동기생들은, 장군이 없으시구나! 그때 겹치는구나!] 그러니까 [조사자: 겹치는구나!] 우리가 육군 중위 때 전두환이가 이제 소위 달고 나왔어요. 나오니까 우리하고 같이 근무하면서 전부 추월하는 거야. 걔네들이 [조사자: 무슨 말씀인지 알겠어요. 한참 짬밥이 밑인데. 어르신 너무 말씀을 너무 재미있게 처음

듣는 얘기가 많았어요. 하도 좋은 얘기를 많이 들어서 너무 중요한 정보가 될 것 같습니다.]

[15] 국민방위군의 비참한 생활과 죽음이 알려지지 않아 안타깝다

나는 항상 지금도 국민방위군 생활 면모가 이렇게 묻혀있고 알려 있지는 않으니까 너무 아쉬워. [조사자: 정말 고생, 보상도 하나 못 받고] 거기에서 고생한 사람들이, 고생한 사람들이 한국을 지금 지키면서 6.25 참전 유공자가 다 된 사람들이요. 그 사람네들이. 그러니까 지금 남아있는 6.25 참전 유공자들은 나를 위시해서 다 무식해. [조사자: 무식하지 않으신데요.] 아니, 지금 학력 수준에 비해서 이렇게 비교하자면 아주 무식하지. [조사자: 아니에요.] [조사자: 그때 그 김윤] 김윤근 [조사자: 근 자니까?] 빛날 윤 자에 [조사자: 빛날 근자에] 뿌리 근자 [조사자: 그 사람이 비리를 많이 저지른 거죠] 그 사람이 비리는 저지른 게 아니고 그 휘하에 있는 사람들이 [조사자: 휘하에 있는 사람들이?] 전부 비리를 질러서 그 사람이 [조사자: 책임지고] 책임지고 총살을 당한 거야. 하도 여론이 빗발 치니까 국민방위군들이 저 현역도 못 가서 병력 손실이 되니 그 책임을 어떻게 감당해. 그러니까 그 당시에 여론이 너무 비등하니까 김윤근이 희생되는 거지. [조사자: 그때는 전쟁 당시] 전쟁 중이지. [조사자: 전쟁 중이었겠네요.] 응.

[조사자: 그러면 국민방위군이 대략 몇 명 정도 되었을까요?] 그건 모르지. [조사자: 숫자가 많았을 것 같아요?] 그건 전국적으로 국민방위군들이 전부 남하해가지고 몰려서 각 지역에 수용되어 있는 거니까 내가 국민방위군 본부에 있던 사람이 아니니까 모르지. [조사자: 그러면 한 50년] 50년 12월부터 [조사자: 50년 12월부터 51년 3월 까지면 몇 달 한 건 아니네요.] 그렇지. [조사자: 그러면 추울 때 하셨잖아.] [조사자: 3, 4달 정도 전국적으로 쫙 모집한 거네요. 소개시키려고] 어. [조사자: 인민군이 또 내려왔을 때 차출 당할까 봐] 어. [조사자:

취지가 그거였구나!] 그렇지. 국민방위군 취지가 '우리 병력 손실을 최소화시키자.' [조사자: 병력 손실을 최소화시키자. 미리 빼놓자] 그렇고 '우리 한국군 예비 병력을 확보하자.' [조사자: 예비 병력을 확보 하자] 그 취지야.

[조사자: 서울에서 김해까지 걸어가는 데 한 달 걸렸어요?] 한 달 [조사자: 도보로 가니까.] 올 때도 한 달. [조사자: 그것도 겨울에 내려가시니까. 그러니까 너무 힘드셨지. 동상 걸린 사람들이 얼마나 많았겠어.] 서울서 부산까지 부산에서 서울까지 왕복 행군한 사람 있으면 나와 보라 그래. [조사자: 진짜 왕복 행군하셨네요.] 행군하는, 행군하는 도중에서 그 피 참상은 말할 수 없어. 걸어가는 도중에 물집이 생겨가지고 절뚝절뚝하고 간 사람 여기에 물집이 생겨가지고 여기를 딛지 못해가지고 뒤 금치에 딛게 되면 뒤꿈치에 물집이 생겨가지고 걷지를 못해가지고 질질 끌고 가 그러고 성냥불을 거기에 대가지고 화약을 대가지고 지져. 구워버리는 거야. 그래 가지고도 가. [조사자: 거기서 도망간 사람 없어요?] 거기서 도망가야. 남쪽으로 도망가지 북쪽으로 도망갈 수가 없지. 도망가야 먹을 것도 없고 그래도 여기에 쫓아 내려가게 되면 다음 숙영지에 가서 [조사자: 먹을 수는 있고.] 따뜻한 방에 배정을 받고 먹을 것이 나온다. 그런 희망이라도 있잖아. 근데 나가 봐, 거지 생활이지.

아까 얘기하듯이 8킬로 가지고, 젊어지고 부산서 서울까지 올 때는 거지 중에 그런 거지가 없어. [조사자: 그랬겠네요.] 가지고 내려간 것 전부다. 4개월이 되니까 너덜너덜하지 입은 건 몸속에는 먹지도 못하는 지들 먹고 살겠다고 이가 득실거리지. 발은 아파서 걷지 못 하지. 추워서 더 입을 내야 입을 것도 없지. 밥을 지어 먹을 내야, 지어 먹을 내야 지어 먹을 기구가 없잖아. 옛날 뭐 도라무통(드럼통)이라고 있어. 미군들 도라무깡통 지금 두레박 많이 쓰던 것. 요만 한 것 있잖아. 그걸 얻어다가 거기다가 씻어서 쌀을 집어넣고 돌멩이 이렇게 세 개 받쳐서 우리가 나무 주워서 떼 가지고 밥을 해 먹어. 밥을 해 먹는데 국이 있어 뭐가 있어. 아무것도 없잖아. 반찬이 그니까 민간집에 가가지고 밥 좀 먹게 소금 조금만 주시오. 해가지고 소금 조금 얻어서 먹는 거야. 그 소금을 찍어서. 그래 가지고 그렇게까지 서울까지 올라오는 거야.

올라오면서도 영양실조가 심하게 걸린 사람은 오다가 또 죽은 사람도 있어요. 그것도 묻어 주고 왔어요. [조사자: 누군지 모르는 그런 사람들을 그냥] 누군지도 모르지. [조사자: 그렇게] 우리 같은 방위군 생활을 하던 동네니까 묻어나 주고 가자 그래서 묻어나 주고 온 거지. 실제 이렇게 지금 얘기를 하니까 그렇지 그 실상을 이렇게 우리가 입체화 시켜서 얘기하자면 눈물 나서 얘기를 못 해. 지금도 내가 그 얘기를 하려면 목이 메 불쌍해서 전부(눈물을 흘리며) 나보다 나이가 많은 사람들이 눈치나 살살 보면서 먹을 것 찾고 이질이 걸려 가지고 화장실에 가게 되면 맨 피똥 천지고 그게 얼마나 불쌍하냐 말이야. 지금 사람들은 그런 것 하나도 몰라요. 휴전되어가지고 그런 얘기를 열차간에서 얘기하니까 '라면이라도 삶아 드시지' 불난 속을 휘발유를 끌어주는 소리지. 그게. 지금도 마찬가지야.

지금도 우리 6.25 참전 유공자들이 팔십이 넘은 사람 아니야. 그중에는 포로, 포로 석방해 가지고 나온 사람들이 지금 6.25 참전 유공자에 해당하는 사람이 우리 회원이 [조사자: 소위 말하는 반공포로] 반공포로지 그 사람네 들은 기반은 잡은 사람들은 사는데 기반을 잡고 살다가 마누라 세상 뜨고 자식은 자식대로 나가 살고 혼자 사는 사람들 사방을 둘러봐야 뭐 누구 하나 먼저 오는 사람 없어. 비참한지. 자식들은 기반이 있어 가지고 무슨 기반 위에서 생활하는 것도 아니고 아버지 생계 지원을 할 여력이 없어. 그런 사람들이 지금 있는데. 그 사람네들이 지금 우리 12만원 6.25참전 수당 12만원하고 구청, 시청에서 주는 8만원하고 지금 20만 원을 받고 연명을 하고 있는 사람들이야. 비교를 한번 해봐, 비교를. 5.18 민주화 운동에 가담한 사람들은 수억씩 받아가지고 그 사람네들은 떵떵거리고 지금 살아. 6.25 참전해 가지고 고생한 사람들은 20만 원을 가지고 연맹을 하고 있고 그래도 지금 아무 말 안 하고 우리 조국을 위해서 그래도 6.25를 알려야 하겠다 하는 정신을 살아서 여생을 보내고 있는 사람들이 6.25 참전 유공자란 말이야.

[15] 군 생활의 여러 가지 사연

[조사자: 그러면 11사단에 중대장 하셨어요?] 11사단 9연대에서 중대장 했지. [조사자: 중대장 하셨구나!] 13연대 가서는 수색 중대장 [조사자: 아! 수색 중대장 하셨구나!] 우리 아들이 저 뭐야 11사단 걔가 저 몇 년도에 나왔더라 9연대 나왔어. 9연대 내가 9연대 있었는데 [조사자: 그런데 우연에 일치로] 동기생이 육군 본부에 저 인사과장으로 있었거든 우리 아들이 저 35사단 전주에서 훈련을 받았어요. [조사자: 그런데 어떻게 홍천까지 갔어요.] 어 근데 이제 입대를 하고 나서 배치를 받아야 하는데 이 자식이 군대 들어가고 나서는 편지도 안 하고 아무것도 안 해. 뭐가 삐쳤나 어디로 갔느냐 알 길이 없잖아. [조사자: 정말요.] [조사자: 몰라 알 수 없어.] 그렇다고 해서 35사단 가서 군번대로 이 사람 어디로 갔느냐고 물어볼 수는 없고 내가 인사과장한테 내가 얘기했지. 야 얘가 우리 아들인데 지금 배치 지가 어디에 근무하느냐. 좀 알아봐 달라고 했더니. 전화가 왔어. 11사단 9연대 있어. [조사자: 그런데 그렇게 멀리까지 올라가지.]

그 이제 11사단 9연대 가 가지고 10중대 건물, 10중대 이제 뭐야 행정병으로 근무하고 있어. 내가 가서 대장 만나고 내가 여기 몇 년도에 중화기 중대장을 하던 사람이다. 그래서 만나서 얘기하고 그래 이제 유대를 가졌지. [조사자: 그게 우연에 일치가 싶지 않은데. 자제분이 같은 연대에, 중화기 중대장 하셨구나!] 그러다가 13연대 후방에 왔다가 다시 11사단에 가가지고 13연대 수색중대 정보주임 하다가 [조사자: 그래 보통 그렇게 한 사단을 나왔다가 다시 그 사단으로 발령 날 때가 많습니까?] 그렇지. 나 같은 케이스가 있지. 그래서 13연대 가니까 전방으로 저기 저 서하리 현거봉 밑에. [조사자: 화천입니다. 거기가] 인제, 인제 가면 언제 오야. 하는 [조사자: 원통에서 못 오겠네.] 원통해서 못 오겠네. 그 거기 들어가서 내가 수색중대 정보 주임을 하는데 연대 수색중대장이 갑자기 전후방계로 나가 그러니까 수색중대 전방이 DMZ에 있던데. [조사자: 아! 그때는 화천에 있었습니까? 11사단이 60년대는 화천에 있었습니까?] 그 치 저 원통에 있지. 원통에 [조사자: 원통] 우리 13연대는 서하리 향로봉 밑에. [조사자: 그때도 화랑부대였습니까?] 그럼 화랑부대지. 6.25 나가지고 전투 경험이 있던 사단이 11사단 15사단, 15사단 까지만, 전투 경험 있는 사단 그 밑으로 있는 사단은 [조사자: 아! 번호 상으로 1부터 15까지요.] 응 [조사자: 전투 경험이 있고] 그러고 20사단이 있었는데 내가 20사단에 최초로 부임했었거든. 거기 갔을 때에는, 갔을 때는 거기 갔을 때는 그 사단이 노출이 많이 되어서 해체가 됐어. 사단 해체가 됐어. 사단 해체가 20사단 22사단하고 해체가 됐어. 해체됐다가 나중에 다시 20사단하고 22사단이 복귀됐지. 다시 창설돼 가지고 다시 돼 있는데. 그 당시에 20사단이 전투를 참가한 기간이 조금 있어. 그래서 휴전되어가지고 공비토벌 다니느냐고 무척 고생했어.

[조사자: 어디로 가셨어요. 공비토벌을] 여기 저 뭐야 [조사자: 원주, 치악산?] 아니. 67년도 68년도에 무장간첩들 한참 나왔잖아. [조사자: 김신조] 응 김신조는 62년도에 파주로 나온 사람이고 왜 저 나는 공산당이 싫어요. [조사자: 동해 삼척 저기] 동해 삼척 [조사자: 울진] 울진 삼천 [조사자: 울진 삼천] 공비토벌을 11사단이 했어. [조사자: 그랬구나! 군 막바지에 거기 계셨구나!] 응 그때는 11사단 수색 중대장이 거기서 또 전투도 많이 했지. [조사자: 공비 맞상대로 실제 전투도 많이 벌어졌습니까?] 그 치 그때는 엄청 많이 벌어졌지. 게네들은 울진 삼천 그 작전을 11사단이 해서 전과를 올린 거야.

피난민에게 들은 '비 내리는 고모령' 노래

김 항 중

그 집이 서울서 온 사람들인데 그렇게 툇마루에 나와서 노래를 먼 산을 바라보고 불르더라구, 그 남자가. 얼마나 좋았는지 몰라요."

자 료 명: 20130314김항중(청주)
조 사 일: 2013년 3월 14일
조사시간: 66분
구 연 자: 김항중(여 · 1937년생)
조 사 자: 박경열, 유효철, 김명자
조사장소: 충청북도 청주시 흥덕구 봉명동 청마루 중국식당

[조사과정 및 구연상황]

김항중 화자는 지인의 추천으로 만나게 된 화자이다. 조사팀은 사전약속을 하였고 약속한 날 화자가 운영하는 식당으로 찾아갔다. 화자가 조사장소를 마련해 주었는데 식당 2층에 위치한 작은 방이었다. 방에는 원형 테이블이 있었는데 조사팀은 화자와 함께 원형 테이블을 중심으로 둘러앉았다. 화자는 조사팀이 장비를 설치하려고 하자 만류하였다. 화자는 사진과 영상 찍는 것

을 완강하게 거절하였고 조사팀은 화자의 의견을 받아들여 음성녹음만 진행했다.

[구연자 정보]

고향은 충북 영동이고 생활은 충주에서 했다. 1937년생으로 가족관계는 5남매 중 장녀이다. 할아버지와 친정아버지가 모두 공직에 계셔서 풍족한 생활을 하였다. 전쟁이 나자 아버지는 미리 피난을 가셨는데 피난을 가셨던 아버지가 군에 입대한다. 아버지가 군에 입대하자 가족들은 경제적 어려움을 겪는다. 숙명여대 약대에 다니다가 몸이 좋지 않아 휴학한다. 학기 중에 결혼하였고 지금은 청주에 산다.

[이야기 개요]

전쟁 당시 초등학교 3학년이었다. 친정 할아버지가 도청에 근무하셨고 아버지가 교육 공무원이셔서 유복한 집안에서 자라났다. 집이 미군 부대 앞이어서 'give me'라는 영어를 처음 배웠다고 한다. 전쟁이 나자 빨갱이들이 남자들을 죽인다는 말에 아버지가 먼저 피난을 가시고 화자는 할머니, 어머니, 동생들과 함께 상막골로 피난을 간다. 동막골로 이동하여 살았는데 교전이 끝나자 다시 집 근처로 돌아온다. 집에 가 보니 집은 무사하였으나 아버지 사진이 눈이 도려진 채로 훼손되어 있어 놀란다.

주위에 피난 온 사람 중 누군가 노래를 불렀는데 후에 알고 보니 '비 내리는 고모령'이라는 노래였다. 그 노래가 참 구성지고 슬퍼서 아직까지도 기억에 남아 있다. 친척 언니가 매우 예뻤는데 미군 대위와 눈이 맞아 연애를 한다. 대위는 당시 가정이 있는 사람이어서 주위에 소문이 무성했는데 미군이 철수한 뒤 사촌 언니는 이민을 간다.

[주제어] 아버지, 공무원, 미군부대, 영어, 피난, 인민군 간호장교, 로맨스, 대중가요, 비 내리는 고모령, 미군 장교, 연애

[1] 공직에 있었던 할아버지 덕분에 외제 식품을 풍족히 먹다

[조사자: 이제 시작할 건데요.] 응, 사진은 찍지 마세요. [조사자: 제가 몇 가지 조금만 여쭤볼게요.] 네. [조사자: 어머님 성함이 어떻게 되세요?] 김, 항, 항상 항(恒), 중. [조사자: 중?] 돌림이 중 자에요. [조사자: 37년생 맞으세요?] 예, 37년생이에요. [조사자: 고향은 어디세요?] 우리 고향이 여기 충북 영동이라는 덴데, 내가 청주에서 태어났어요, 그 청주서. 저기 해방되던 해를 청주에서 겪었지, 해방. [조사자: 그러면 원래 친정 가족은 어떻게 되셨어요?] 청주에서 사시다가 해방되고, 고향 영동으로 이사하셨어요. [조사자: 그때 형제가족관계는 몇 남 몇 녀?] 내가 오 남매 맏이지 내가. [조사자: 장녀신거예요?] 장녀, 맞아요. [조사자: 그러면 지금 자제분은 어떻게 두셨어요?] 둘, 형제. [조사자: 아들만 둘 두셨어요?] 예, 예.

[조사자: 그러면 전쟁이 났을 때 그때 나이가 어떻게 됐는지 기억나세요?] 내가 국민학교 3학년 때 같아요, 37년생인데, 내가 보통 아이들보다 1년 먼저 들어갔어요, 그러니까 우리 동기생들이 나보다 한 살들이 많아, 그니까 청주에서 해방됐지.

[조사자: 그러면 그때 해방된 건 어떻게 아셨어요?] 해방됐을 때, 그 우리 친정 할아버님하고, 아버님이 다 공직에, 일정 시대 때 공직에 계셨어요. 그래서 우리 할아버지는 뭐 도청에 근무하셨는데 일본으로 출장도 왔다 갔다 하고 그런 기억이 나구. 해방되었을 때에는 청주에 우리 집이 수동, 지금 수동이라고 있는데 그 앞이 미군 부대, 부대였었어요. 그래서 우리가 해방 되구 처음 영어 배운 게

"기브미(give me), 기브미 초코레뜨(chocolate)."

얻어먹고.

"헬로(hello) 헬로."

하고 그렇게 애들이 하구 그랬어.

그때를 군정시대라고 그랬죠? 미군정시대 때 그 앞이 미군, 우리 집 앞이 미군 부대인데, 그니까 먹구는 지금 얘기하면 그 짬밥 응? 그런 걸 막 그, 얻어다 먹구 그랬는데.

그때에 우리 집은 일정 때도 다, 아버지가 대구사범 나오셔서 학교 선생님 하셨고, 할아버지도 공무원으로 있다가, 저 해방 되구는 그 후생국장, 도청에 하셨었다구, 그래서 나는 고생을 몰르구, 그때 그 미제에 맛있는 뭐는 그 때 내가 다 먹어본 거 같아, [조사자: 그때 뭐 드셨어요?] 아우, 그때에 그니까 겨란도 캔으로 나오는데 겨란 가루, 응 그렇게 맛있던 게, 그러고 연유가, 우유는 없지만 연유가 흔해서 그거 먹고 막 설사했던 기억도 나고, 그러고 그때에는 나는 커피는 안 맛있던 거 같애.

그때는 레이숀(ration) 구경을 그때는 못 했는데, 6.25 후에 내가 군대들 레이숀 박스 있잖아요, 그거 그때, 그러고? 햄, 그때는 하무라고 그랬어, 하무, 일본 발음으로. 그래서 그 햄이 과자 상태로 아주 맛있었던 게 기억이 나고. 그거는 일정 시대 때 여기 사직동에 그 하무 공장이 있었어요, 그래서 그거를 군대들한테 보내기 위해서 일정시대 때 우리나라에서, 청주에서 그 생산했던 게 기억이 나요, 그래서 우리 할아버지로 해서 갖다 주셔서 그걸 그렇게 맛있게 먹었던 거. 과자야, 그 고기가 바짝바짝 한 과자로, 그 말른 햄, 그 햄이 기억이 나고 그 그래요.

그러구 해방되고 나서 우리 할아버지가 공직에 계시다 돌아가셨기 때문에 그 나, 그게 수정국민학교라고 다녔는데. 그 후원회에 저기 이사, 후원회장 하셔 가지고, 그 장례식 때 그 저기, 수정국민학교, 교동국민학교에요 지금은. 거기 다 학생, 선생들 하고 다 장례식에 참석하고 뭐 그랬든 게. 그 내가 국민학교 3학년 때 기억이에요, 고런 기억이 나.

[2] 아버지 없이 떠난 피난생활 중에도 집을 지키다

돌아가시고 나서 영동으로 이사를 가서 영동에서 국민학교 6학년 졸업 하구 6.25 사변이 일어났어요, 그러구 6.25 사변이 일어났는데 며칠 전부터 인제 피난 갈 준비를 하는 건데 빨갱이들이 오면은 남자는 다 죽이고 끌고 간다고 그래서, 저희 아버지는 학교에 계셨는데 그때, 부산으로 피난을 가시고, 우리 식구들 할머니, 어머니, 내 동생, 그때 내가 동생이 둘 있었어요, 그 친척뻘 되는 사람이.

그전에는 이런 게 있었어요, 우리 대소가도 선산이 있으면은 산지기를 거기 살려. 살려서 기제사는 집에서 지내고, 한식하고 그런 거는 산지기들이 차려서 거기서 올리고는. 그 음식을 다 가지고 우리 집으로, 한식 지나고 채려 와서 그거 먹었던 기억이나, 그런 집이 산막골이래는 데 있었다구, 거기 동막골, 산막골 이런 데 있어.

우리는 6.25 사변이 난다고 막 그러니까 아버지는 혼자 부산으로 내려가시고 우리는 이제 피난을 가는데, 광채. 우리 집이 영동, 우리 그때 이사 갈 당시에는 영동에서 제일 좋은 집을 사가지고 간다고 그렇게 이사를 했는데 그 원채가 이렇게 기역(ㄱ)자로 있고, 여기에 목욕탕하고 광채가 있고, 이쪽에는 저기 그, 문, 대문간채가 있고 그랬었는데. 그 그릇 같은 거, 어머니하고 할머니가 그릇 같은 거를 차곡차곡, 차곡해서 그 그릇을 다. 집이 컸는데 대청마루가 지금으로 말하면 한 이삼십 평 됐던 거 같아요. 대청마루 밑에다가 다 숨겨 놓는다고 거기다가 하고.

대충 이 저 이제 대충 이제 짐을 꾸려가지고 보따리 보따리는 가서 우선 필요한 거 가지고 피난을 갔는데, 하 내 기억에 밤에 막 깜깜한 밤인데 가다가 여기 산막골로 가다가, 거기도 위험하다 하니 그래서 더 어디로 더 들어가는 데로 가는데. 밤이 오니까 막 돌멩이 비고 서로 드러눕고 졸리니까 자고, 그담에 막 교전하는 게 막 총알이 왔다 갔다 하는 걸 나는 봤다구, 꽝-꽝-

울리고, 너무 공포 분위기고 무서운 거. 그런 거 우리 다 겪어봤어요.

그래서 거기 인제 그 산지기들 사는데 글루 가가지고, 먹을 게 없어서 진짜 소금에 밥을 비어 먹는 식으루 그렇게 먹고 살다가 인제 그 교전이 끝난 거야. 끝나구는 빨갱이들이 인제 그 저기 영동 확 그 밑에까지 내려갔었잖아요? 그때 내가 장녀래는 그런 그거고, 내가 좀 이렇게 뭐 그게 리더십 같은 게 있었든 것 같애,

"할머니하고 나하고 집을 한번 가보자."

조용하고 아무 일도 없으니까, 집이 우리 집이 어떻게 됐냐 궁금해서 가기로 했어요.

그때 소문으로 듣기는 거기도 교전이 심했어요. 영동에, 그래서 다 이렇게 폭탄 맞고, 뭐 따따따따 그냥 비행기 공중전이 최고 무서와, 쾅– 쌩– 하면 따따따따. 뭐 이런 거를 다 들었기 때문에.

집에 한 번 가보자고 가는데 영동에 그, 영동천 한강 같이 영동천이 있는데 그 산막골에서 뚝방으로 해서 다리를 건너서 집으로 돌아오는 길에 시체를 많이 봤다구. 나는 그때 교전에서 죽은 시체가 인민군 죽은 건 못 보고, 외국, 미국 사람 죽은 걸 몇 사람 본거 같애.

그래서 집으로 오니까 우리 집이 그대로 있는 거예요, 뒷집도 없어지고 앞집도 없어졌는데 그대로 있는데 그게 이쪽 광채, 목욕탕채는 폭탄 맞아서 날라 갔고, 날라 갔고. 대문간채하고 우리 안채가 있어요, 그러고 그냥 아우, 인민군의 소행인지, 동네 사람들 소행인지, 그때도 피난 안가고 그 동네 지키고 있는 동네 사람이 있더라고.

그런데 뭐 앨범 사진 같은 게, 다 방에 아주 산만하게 그렇게 있구. 장 속을 막, 장을 잠구고 간 걸 다 이렇게 비틀어 가지고 다 옷가지 같은 거를 그냥 쓰레기같이 널려 놓구. 막 사진은, 우리 할아버지 사진 같은 거, 아버지 사진 같은 건 막 눈을 태웠어 이렇게. 그거는 동네 사람이 그러, 그게 지금 기억에 남아요. 그, 그렇게 했던 게 기억에 남고, 그래서 그렇게 돌아보고

다시, 다시 시, 그 시체보고 그러니깐 무섭잖아. 그러니까 다시 시골로 갔는데, 그 다음에도 미, 미군 폭격이 그렇게 심한 거야.

그러고 얘기를 들으니까 우리 집은 인민군이 점령하고 그 집을 쓴다구, 어 그렇게 소문이 들려오더라구. 응, 그러구는 그렇게 폭격이 심하고 밤에, 그럴 때 그렇게 해서, 한번 조용—할 때 또 한 번 와본다고 와봤더니, 이 대문간채가 또 날려 간 거야, 폭탄 맞어 가지고, 그러고 이 원채만, 원채 그거는 아주 끝까지 남아있었어요, 그렇게 했던 게 기억이 나지. 그러고는 조용해서 들어와서 살았어요, 그 집에서 우리 식구들이.

근데 아버지는 부산으로 피난 가서 소식도 없지, 응? 그러니깐 우리 할머니는 저녁때 되면 이렇게 노을을 쳐다보고 멀-거니 먼 산바래기 하고. 아버지 외아들인데, 아들 생각을 하고 그렇게 있고, 고생이 말도 못 했어요, 뭐가 있어야지 먹고 살지, 응? 그니까 아버지 친구라고 요만큼 알던 사람이 있었는데 그 저기 아리랑 고개라고 영동에 있는데 그 동네에서 조금 잘 사는 그런 집이 있으면 가가지고 양식을 꾸어다가 보리죽 쒀먹었어요, 보리죽이 하— 얼마나 맛있는지 몰라, 보리, 하하하 (웃으면서) 보리죽이, 그걸 불 켜가지고, 응? 으깨서 죽을, 된장 풀어서 죽을 쑤는데 그렇게 보리죽을 그렇게 먹어봤어요.

그러구는 아, 그러구 대문간채 날라갈 때에 이런 이야기가 있다, 우리가 들어와 살기 전에, 동네에서 양복점 하던 이웃이 있었어요, 그 이웃이 집이 날라가니까 우리 집에 들어와 살았다구, 근데 그 집에 결혼해서 이혼하고 온 여자가 하나 있었는데 나중에 내가 가보니까 대문간채가 날라 가고 없고, 이 이혼한 이혼녀가 화장실에 있다가 폭탄에 죽었어. 응, 이런 거 소설에 없죠, 응? 소설에 없죠. 그게 그게 기억이 나네, 그래서 나중에 우리가 들어와 살았죠, 그 사람들 내보내고 우리가 들어와 사는데도, 거기 그냥 화장실에 그는 무서와서 못 가는 거야, 막 이렇게 끄잡아 댕기는 거 같고, 그런 게 있네?

[3] 피난 간 큰댁 과수원집에서 인민군, 피난민들과 함께 잘 지내다

그 뭐 또 물어보세요. [조사자: 인민군이 와서 집을 점령해서 살았다고.] 인민군이 집을 점령해서 살다가 그러고 1.4 후퇴 그때가 왔잖아요, 응? 그래가지고 이 그러니까 우리가 또, 또 피난을 간 건데 그때는 더 깊숙이 안가고. 우리 큰댁에서 과수원을 하셨었다구. 과수원 집에 가 살았었는데 그때는 청주에 사는 우리 고모님들, 고모가 계셨었는데 의사 하시고, 고모 계셨는데 그 1.4 후퇴 때 그전에 고모님들이 다 청주로 피난을 오시고. 우리는 이제 그 큰댁 거기 저 과수원하는 댁에 가 있었는데 그때에 인민군을 겪어본 게 그때에요.

그니까 인민군이 점령했을 당시에 산막골에서 살다가 조금 얕은 이제 대수, 우리 큰댁 과수원에 왔다가, 집으로 들어오기 전에. 그 과수원에 살았을 때에 얘기는. 인민군들이 막– 여자 장교들이 그냥 대청으로 방으로 막– 앉아서 거스(거즈) 같은 거 치료, 응 병사들, [조사자: 거즈.] 그런 거를 쓸어서 이렇게 해서, 딱 해서 이거 준비하고 그런 작업을. [조사자: 여자 북한군.] 예예, 여자, 여자 간호 장교인지, 그 그렇게 되겠죠.

그러구는 인민군 밥을 해줬어요, 그때가 밥을, 어, 맽겨서 민가에서 밥을 해주면 자기들도 큰 파티 하구 잘 먹는 거야. 그렇게 하면 이제 고기를 어서(어디서) 소를 잡았는지는 모르지만은. 근데 인민군을 밥 해주면 그 동네가 다 배불리 먹는, 응 그렇게 그러고. 참 그렇게 대민관계 같은 것도 지금 내가 책에서 읽는 거처럼 그러지 않았어, 너무 좋고.

그중에 기억에 남는 거는 김일성 대학 다니는 장교가 하나 있어, 아–주 잘생기고 그랬던 게 기억이 나요, 그래서 그이도 가다가 죽었나 어쩌나 우리가 모여서 얘기(웃으며) 그, 그 얘기를 한다구.

그러고는 또 도로 들어와 집에 들어왔는데 1.4 후퇴가 되가지고 또 밑으로 내려가고 이런 일이 생기고, 우리 아버지는 그 길로 군대에서 집으로 올 수가 없지, 거 오지 못하고. 올 수가 없어. 얼마 있다가 오셨어요, 아무튼 한참, 이제 완전히 제대하고 온 게. 그때는 아주 구사일생으로 살아오셨다고 그래, 우리 아버지가 6.25 때 내려가다가. [조사자: 아 군인으로 가셨던 거예요?] 군인에 입대하셨어요, 하다가 어느 전투에서 포로로 잡혔다가 포로에서 다시 넘어와 가지고 그렇게 구사일생으로 살아오셨더라구. 그러군 다시 교편 잡으셨다가 교장 선생님으로 계시다 정년하고 돌아가셨다고.

그래니까 우리가 6.25 때 고생한 거는 아버지의 부재로 인해서, 그때는 군대가 뭐 월급을 많이 줬겠어요? 생활비를 줬겠어? 굉장히 고생했는데. 그때에 나는 청주여고 1학년을 오고, 그때가 여중 1, 2학년 때에요, 내가 그때 1.4 후퇴에 6.25가 여중 1, 2학년 때 같애. 해방은 3학년 때, 국민학교 3학년 때 같고. 인민군이 그렇게 해서 기억에 남구.

우리가 쪼금 저기 시골 저기 큰댁 과수원에 살을 때는 서울 사람들이고 뭐고 많이 와가지고, 이 채에는 누가 살고, 이 채에는 누가 살고, 그렇게 피난민이 많았었는데 그때가 또 그렇게 재미있는 일도 많더라구. 서울서 온 사람들, 난 그때에 '비 나리는 고모령' 같은 노래를 들었던 게 기억이 나요, [조사자: 피난 오신 분들이.] 예, 서울서 오는 사람들이 뭐 대학생도 있고, 뭐 그런 사람들도 있는데 '비 나리는 고모령'을 그때 들었던 기억 그게 나는 거 같애.

그러고 '인민군이 착취를 하고, 누굴 죽이고', 그런 거는 '보도연맹을 죽였다.' 이런 건 말로만 들었지 현장은 안보고 이렇게 대민관계를 참 잘했어요, 그 사람들이. 그러고 우리가 여학교 다닐 때니까 가위 같은 거, 고런 거 예쁜 거 그런 것도 선물로 주고. 거스(거즈) 같은 것도 얻고 그랬던 게 기억이 나, 나는 거 같애. [조사자: 아 북한군이 선물도 주고 그래요?] 그럼, 그럼요, 그렇게 잘해주는. 근데 우리 그 과수원 하는 우리 큰댁에 언니가 한참 처녀하고, 이게 그런 나이에 언니가 있었으니까 더 많이 잘했을 거야 아마. 그러고 집이 크니까 와서 밥도 잘 해 달래서 밥도 잘 해줘, 인민군이 밥을 잘 해줬다고. 인민군에 밥해주면 동네가 아주 배가 터졌었어, 그렇게 후하게 그렇게 하더라구, 그 사람들이.

[조사자: 그런데 그 잘생긴 김일성대학 그분하고는 얘기해보셨나요?] 그게 얘기도 하고 같이 장난도 치고 그런데 기억에 없지, 기억에 전혀 없어요. [조사자: 무슨 얘기를 주로 하셨나요?] 글쎄 그런 거는, 근데 그 우리 언니들하고 얘기가 더 많았을 거 같애, 나는 여중 1, 2학년이라.(웃음) [조사자: 그때는 뭐라고 부르셨어요, 그분을, 뭐 오빠?] 그때 인민공화국이라고 그랬고. [조사자: 그니까 이제 김일성대학.] 뭐라고 그랬는지 그게 기억이 안 나, [조사자: 오빠, 아저씨 뭐.] 오빠, 아저씨 뭐라고 불렀는지 기억이 안 나네.

[4] 똑똑한 인텔리 일가친척들 몇 분이 월북하다

그러고 그때에 우리 주위에서 월북, 월북한 분들이 많은 게. 내 기억이 남는 게, 우리 가까운 친척 분이었는데. 우리 당고모 되시는 분의 영감님이 그 서울대 약대 나오시고, 돈암동에서 약국을 하신 분들이 아주 인테리(인텔리)인데 피난 오셨잖아. 오셨는데 올라갈 때에 월북하셨어, [조사자: 따라가셨군요.] 예, 월북 하셨어. 응, 그런 게 그때는 쉬쉬하고 얘기를 안 했는데 그래서 나머지 자녀분들이 참 고생을 많이 하셨지. 월북, 그 아-주 뭐 똑똑하고 인물도 좋고 그런 분인데 월북. 그 그런 분이 몇 분 계셔. 몇 분 계셔, 우리 내 주위에, 몇 분 계셔.

[조사자: 인제 그렇게 월북했다는 건 어떻게 아신 거예요?] 본인 그 당시에는 쉬쉬해도, 잘 알지. 그러고, 우리 그 과수원으로 간, 피난 갔던 그 댁. 그 건너 댁에도 우리 진외가, 우리 외가의 외가댁에 큰 아저씨라고 계신데, 그 김용구씨라고 그 양반도 가셨다고. 가셨다 그러고. 보도연맹에 돌아가신 분들도 주위에 있고. [조사자: 끌려가신 건 아니고?] 아니, 보도연맹, 그것도 억울하게 죽, 죽은 거지. 그거는 우리나라들한테 죽은 거 아녀, 빨갱이로 몰려서, 죽은 거여, [조사자: 몰려서.] 어어, 그렇지.

[조사자: 그니까 분명히 빨갱이 아닌 것은 누구나 다 아는 거 아니에요?] 근데 올라가신 분들은 좀 사상이 있었던, 있던 분이고. 그기 왜 우리가 해방 되구요 해방되고 공비토벌 그런 거 얼마나 많아요, 빨갱이 빨치산, 청주에도 그렇게 교전이 있고 그랬든 게 내가 기억이 나는데.

빨갱이가 있었어요, 솔직히 그때, 어 그러니까 그때에 박정희 대통령, 그때도 그거 그, 저기 청주에 CIA가 여기 주둔했었잖아요, 청주에도 있었고. 우리나라에도 그 옛날에도 안기부를 뭐라고 그랬나, 그때 뭐라고 그랬죠? 그 빨갱이가 많았어요. 그러, 그런 게 기억이 나.

나는 그때에 이 우수했던, 머리가 좋았던 사람들 계층에 그런 분이 많았다고 기억, 기억을 해. 그리고 우리 주위에 간 사람이 내 주위에도 인제 우리 그 당고모부 되시는 분하고, 그 우리 진외가에 그 큰아저씨 그 생각나고, 또 그 우리 외가 쪽으로 근, 옥천에서 병원 하시던 의사였었어요, 그때 굉장히 화목하고 자녀분들도 똑똑하고 다 그래, 그 분도 월북 하셨더라구. 이렇게 몇 분 있어.

[조사자: 그렇게 이제 똑똑하시고 잘난 분들은 월북을 하시고.] 응, 응 하시고, 월북하셔서 나머지는 얼마나 고생을 해.

그래서 우리 그 1.4 후퇴 때 피난 내려오는데 장사시켰어요, 먹고 살 길이 없어서 그때는 미제 물건이 많이 들어오더라구, 그러니까 그걸 사가지고,

"껌 사세요, 껌 사세요."

"김밥 사세요."

"떡 사세요."

이거로 장사를 시켰대니까. 역, 역으로 내보내면 1.4 후퇴 때 막- 내려오는데 거그서 막 이렇게 그거 했어요, 나는 안했는데 우리 동생들이 핸 거 같애, 나는 한 기억은 없어. 그런 건 안 팔리고 오면 막 맛있게 먹고 그랬던 게 기억이 나. (일동 웃음)

그 1.4 후퇴 때에도 아주 큰일 나는 줄 알고 다들 왔어요, 청주서도 다,

청주서도 영동으로 다 피난을 다 왔었는데, 청주서도. [조사자: 영동으로 피난을 많이 가는 이유는] 아니 그거는 청주서 우리 고모 친정이 영동이니까 영동으로 와서 동막골로 가고 그랬지, [조사자: 근데 영동 쪽은 피해가 별로 없었나요?] 영동이 피해가 많았지요, 거기 시가전이, 시가지전이라고 그게 아주 심했어요, 많이 폭격 맞았어.

[5] 유복한 가정이었지만 아버지의 부재 이후 주변의 도움과 장사로 먹고 살다

[조사자: 아까 그 아버님께서 처음에는 부산으로 피난을 가신 줄 알았는데, 군대.] 대구에서 군대에 자원을 하셔서 들어가신 거예요, [조사자: 아, 부산으로 가시는 중에.] 예예, 중간에서 군대를 가신 거예요. [조사자: 중간에 자원하셔가지고.] 네네. 그렇게 가신 거예요. 그래서 우리가 그 아버지 돌아오실 동안에 굉장히 고생 했구. 하나 지금 내가 살림을 하고 해보니까 느끼는 거가. 일정시대 때 일제 때, 그 할아버지가(랑) 아버지가 이렇게 월급쟁이하고 공직에 계시니까, 고생을 안 한 집이야 우리 집이.

그런데 그 6.25 피난 가느라고 그릇 같은 거 그냥 그런 거 다 저 대청마루 밑에 피난시켜 놓는다고 다 거기다 갖다 놓는데, 나는 그 일제 그릇이 지금 체코 크리스탈보다 더 좋았던 거 같애, 너-무 이 칼라 유리가 화채 색에서부터 뭐 이런, 이런 그릇들이 너무 좋았던 게 생각나고.

그때 그릇들은 그 지금 저기 노리다께(Noritake). 어 그런 거나, 구라파(유럽) 쪽 그릇보다도 일제가 그렇게 앞선 거야, 일본 사람들이. [조사자: 노르다께가?] 노리다께 일제죠, 노리다께. [조사자: 브랜드 이름인거 같아요.] 본차이나, 차이나, 그릇인데 노리다께가 있어요 일제, [조사자: 그 숨겨놓으신 그릇은 멀쩡했나요?] 다 저 아주 그냥 다 요렇게 들고 가라고 다 가져가라고 좋은 일 하고 갔지, 다 없어졌지, 다 없어졌어요.

지금 내가 백화점 뭐 그 쇼룸 보면은 최고급이 백화점에다 들어와, 갤러리 아니 뭐니 다 들어와 있잖아. 남대문 시장에도 있고. 근데 그때 내가 봤던 그 우리 집만 한 그릇이 없는 거 같애. 응, 이런 것들, 이런 것들이 그렇게 좋았었어.

[조사자: 아 그러면 그때에 일제 그릇은 어떻게 사나요?] 할아버지가 뭐 일본 출장도 다시 잘 가셨구. 그때에 그 안목 있는 사람들은 다 챙겨서 잘 살었던 거 같애요. 그래서 바로 인제 미군 부대가 집 앞에 있으니까 미국 사람들하고, 군정시대에 해방되고 바로 앞에 미군 부대가 인제 주둔핸 거야, 그러니깐 6.25때 없어진, 뭔가 그게 몰라도 그렇게 해서 우리나라 사람들이 저기, 초코렛트 기브미 하고 막 차, 그 그 지엠씨(GMC)라고 그래 그 미군 차 그거, 그런 게 기억에 남아요.

[조사자: 아버님은 피난 가셨다가 얼마 만에 오셨어요?] 그러니까, 피난 갔다는 사람 다 돌아오는데 못 돌아오셨지요, 군에 계시니까. [조사자: 소식도 그동안 없으셨고요?] 소식이 나중에 그냥 있었는데. 그때는 그렇게 소식도 있고, 이런 게재가 아니였어요. 그때니까 아주 격렬하게 했기 때문에, 그러고 포로로 갔으니까 어떻게 해. 그래서 응. 근데 그렇게 돌아가셨나, 살았나 그거 때문에 할머니가 그렇게 걱정을 하셨었구. 그렇게 해서 우리가, 우리 식구가 고생 6.25 때 고생 많이 했어요. 군에 가셨기 때문에.

[조사자: 그래서 제대를 언제 하셨어요?] 그게 햇수로 몇 년 인지는 몰라도 내가 그때 영동 그 때 여중 1, 2학년 때에 6.25 저기 그 났잖아요? 영동여중 3학년 마치고 청주여고로 왔어요, 내가 청주여고로 왔는데 그때 우리집이 가정형편이 안 좋고, 아버지는 계셨어, 그러니깐 1, 2년 있다가 오신 거 같애, 그래서 내가 청주서 공부를 했지. [조사자: 아니 그 전쟁 중에 어떻게 영동에서도 다니시고.] 이제 고모네가 청주에 살으니까 고모네한테 와서 내가 요거 나왔고 대학을 갔죠,

[조사자: 고모댁은 별로 피해가 없으셨나봐요.] 의사가 나는 좋은 걸 알은 게,

의사는 피해를 볼 수가 없어, 어디가도 필요한 사람이 된 거야. 그러고 청주에 저기 1.4 후퇴에 다시 그 수복한다고 그러죠? 하구나서 금방 시립병원이 되었는데. 일정 시대 때 건물을 완전히 공짜로 그걸 맡아가지고 시립병원 원장을 하시더라구. 그 딱 그 집도 그냥 얻은 거지. [조사자: 근데 이제 영동으로 피난을 가셨는데 전쟁 중에도 학교를 다니시고.] 전쟁 중에는 못 다녔지만 수복해가지고, 와가지고 다 됐지요, 학교 다녔지.

전쟁 1.4 후퇴 나고 금방 인제 도로 밀고 올라가 저기 인천상륙작전. 그거 내가 기억에 남는 게 청주여고 다닐 때,

"신탁통치 절대 반대."

공부 무릅쓰고 그 데모를 그냥, 무심천 광장에 고등학교 중학교 다– 모여가지고 그 데모하고, 비가 질질 오면은 비를 맞아가면서 신탁통치, 아니 그때 판문점 회담 할 때 그랬는데. 기억나는 게 비가 오면은 교복을 그 전에 인제 광목 같은 걸로 교복 위에 입고, 스카트(스커트)는 인제 곤색 스카트를 입었는데 브래지어 없어가지고, 이렇게 조끼 허리같이 광목으로 맨들어서 브래지어를 하고, 그러지 않으면 안 입었어요. 그래서 데모하다 비 맞으면 다 여기 이게 붙는 거야, 이 스카트가 남색인데 거기서 물이 빠져가지고 이 종아리가 남색 물이 줄줄, 그 그렇게 했던 게 기억이 나요. 그건 내가 여고 다닐 때야, 여고 다닐 때,

"신탁통치 절대 반대."

그, 데모를 격렬하게 했었어.

[조사자: 영동으로 피난을 가셔서 얼마 만에 청주로 오셨어요? 어느 정도 피난 생활을?] 그렇게 긴 동안은 안 하고, 긴 동안은 안 했어요, 그 깊은 그 산막골에는 얼마 있다가 나와 가지고, 우리 큰댁 과수원집에 있다가 들어와서 살어서 뭐 했냐 하면, 콩나물 장사? 응? 콩나물 길러가지고 집에서 할머니하고 어머니, 다 집집마다 그런 거야, 콩나물 장사하고 김밥 장사, 뭐 이런 거 하고.

그리고 우리 집은 그 시골에 땅이 좀 있어서 가을에 도지 받아다, 도지 받아 먹어. 그런, 그렇게 했던 거 같고, 요만큼 그 안면 있는 아버지 친구댁에 가서 아버지가 안 계시니까 이렇게 좀 도움을 청하고 그렇게 해서, 어머니하고, 그렇게 우리 어머니가 강인하시고, 응? 지혜 있으셨던 거 같애, 응? 그래서 다 애들도 공부시키고, 그 6.25 때도 다.

[6] 인민군과 이북피난민에 얽힌 옛날 집 추억

[조사자: 그때 이제 그 간호장교 언니들하고도 뭐 얘기 좀 해보셨나요?] 근데 그게 그렇게 그냥 앉아가지고 작업들 하고 그러는 게 생각나는데. 글쎄 어떻게 좀 이렇게 자세한 기억은 잘 나고, 나는 그 썼던 핀셋트(핀셋) 가위 이런 비품이 그렇게 좋을 수가 없드라고. 이렇게 저쪽 물건이 좋았던 게 생각이 나요. 그게 그 저기, 우리가 팔 때는 왜 막, 이북 괴뢰군이라고 그때 선전을 과잉으로 그 사람들을 너무 이렇게 비하, 그랬기 때문에 그거하고는 전혀 다른 게 내 머리에는 남아 있어요.

그리고 그 사람들이 참 친절했어, 사투리를 써가면서 아주 그냥 아바이, 어머니 뭐 이러가면서 잘 섞일라고 그랬던 거 같애. 그러고 절-대 민폐 안 끼쳤어, 민폐를 안 끼친 거 같애, [조사자: 그 인제 말투가 다르잖아요.] 아, 달라 완전히 다르지 응, [조사자: 알아들으실 수 있었어요?] 그러믄, 그러믄요,

'애 이북 사람이다.'

'서울 사람이다.'

그럴 정도로 금방 들으면 알지.

[조사자: 그 저기 피난민들이 내려와서 여러 가구가 살 때 그때 얘기가 좀 궁금한데요.] 근데 그때 이렇게 생각이 되네, 이쪽 엄마 방, 건넛방에는 우리 당고모네 분이 있어요, 함양이 고향이신 분들이, 어 정서남댁이라고 그래서 정씬데 그 내외가 살고. 우리는, 우리도 우리 식구들은 할머니하고 그렇게 매 이

렇게, 이렇게 각각 썼었는데 살고. 사랑채에는 나중에 아, 이 생각이 난다. 사랑채, 우리집 사랑채가 이북에서. 세 넘어온 닥터가 살았어, 이생원, 이씨야. 이생원이라고, 그의 사람한테 세를 줬어, 세를 줬던 거야.

그러고, 이 함양댁 아주머니네 우리 당고모 되시는 분이야 그분도, 이 양반도 계시다가 가고. 여기도 문방구 하시는 분, 그 영동사람 세를 주고 그러는데. 이 사람들이 완전히 이북에서 피난 온 사람들이야 근데, 그 의사 선생님은 연세가 많이 드시고, 딸 내외하고, 딸애하고 사위하고 그 거기 애들하고 고렇게 해서 거기서 그래서 우리 집에다가 병원 간판을 들고, 거기 병원 하셨어, 어 병원 하셨어. [조사자: 그 영동 동네서요?] 우리 집에서 우리집 사랑채에서, [조사자: 전쟁 중에?] 그러니까 이북에서 내려온 사람이지, 이 사람들이 이북에서 피난 온 남한으로 월남한 사람, 월남 가족이. 예 예.

[조사자: 그니깐 거기가 영동이었죠?] 영동이었죠, 근데 그 사위가 뭐냐하면 왜 우리 집에 왔냐 하면, 우리 아버지가 중학교 선생님인데 이 사람이 수학 선생님으로 영동 중학에 있었어요, 중학교 선생, 나도 그이한테 과외 받았던 게 기억이 나, 거기서 그 사위 때문에 와서 병원을 하셨었다구, [조사자: 지금 영동읍 있는 그 자리에요? 그 큰집이?] 우리 집이 지금은 내가 가고 싶다고 그래서 드라이브해서 막 가자고 그래서 한번 가봤는데 형체가 없어, 하도 변해서 없어.

거기다가 우리 집이 집이 컸기 때문에 누가 여관 같은 걸 했대요, 여관 같은 걸 해가지고, [조사자: 그럼 굉장히 큰집인데.] 집이 좀 컸어요, 마당도 크고 정원이 소나무에다가 그냥 막 이렇게 넝쿨, 노-란 넝쿨가시장미가 있구, 뭐 저기 목련, 뭐 이런 것들이 저기 옥잠화, 이런 그 지금 돌이 있고, 이런 화단이 기억에 남는다고. [조사자: 아깝네요.] 형체도 없더라구요, 그게 다.

[조사자: 그니까 그 자리 터가 시가지 있는 그쪽에 있어요?] 예 예, 네네. [조사자: 그리고 그 시골집이라고 하는 데는.] 거기서 쭈욱― 그 십 리는 가야, 한 3, 4키로가면은 큰댁 과수원이 있어요, 응 거기 과수원집. [조사자: 과수원은

산중에 있었나요?] 아니에요, 이 길에서 영동에서 무주 가는 길이로 그쪽으로 가다가 길가에 과수원 있고, 집은 조금 들어와 있었어요. [조사자: 거기가 말하자면은 가장 후미진 피난처?] 아니 거기가 후미진 데는 산막골이래는 데 갔다가 여기로 나온 거지.

[조사자: 그러니까 여가 인제 영동 시내 쪽에 큰집 있었고.] 가까운데 3키로 밖에는 안 돼. 예, 거기. [조사자: 쭈욱 가다보면은 과수원댁이 있었고.] 응, 큰댁이, 과수원, 응응 [조사자: 과수원에서 더 들어간 곳이 산막골.] 그렇죠, [조사자: 아 피난을 그렇게.] 예, 거가 동막골, 산막골. 그 그렇게 하는 데가 있어요, 지금은 찾아가래 그래도 못 찾아가지. 뭐가 그 도움이 되는 얘기 좀 있어요? [조사자: 아 그럼요.]

[7] 서울 피난민의 '비 내리는 고모령'을 들으며 좋았던 기억

[조사자: 지금 그 비 내리는 고모령도 부르고 했던 그 시절 얘기.] 우리는 나이가 어려서 재밌었다고 그때가. 아버지도 안 계셔도 아주 할머니하고 어머니는 그냥 근심에 차 가지고 있어도 우리는 재밌, 재밌었어. [조사자: 그러니깐 그 이야기 좀 해주세요.] [조사자: 그니까 노래도 하고, 얘기도 하고.] 그니깐 피난 온 사람들이 그렇게 오래 머무르진 않고, 그때 그 저기 우리 큰댁, 저기 과수원에 오빠가 그 영동에서 3, 4키로 들어가는 과수원에 오빠가 고등학교를 휘문고등학교를 나왔어. 그러니까 굉장히 그 귀한 아들로, 그렇게 공부시키고 그런 아들이지, 그러니까 우리 또래가 몇이 얼마나 재밌었겠나, 어어 그랬지.

[조사자: 그러니까 이제 외부에서 온 사람들한테 얘기도 많이 듣고.] 얘기도 많이 듣고, 인제 전세가 어떠니 뭐니 뭐 그런 얘기들을 어른들끼리는 하겠지, [조사자: 아까 노래 중에 비 내리는 고모령을 그때 처음 들으셨다고 그러셨잖아요?] 글쎄 그때 그, 그게 그 이후에 나온 노래 아니에요?

근데 나는 그 노래가 그때 들은 노래 같애, [조사자: 비 내리는 고모령은 그 전이죠.] '비 내리는 고모령을 언제나 넘나' 뭐 이런 노래야, '가랑잎이 휘날리는' 뭐 이런 걸 그때 들었는데. 그 집이 서울서 온 사람들인데 그렇게 그 툇마루에 나와서 노래를 먼 산으로 바라보고 불르더라구, 그 남자가.

[조사자: 분위기가 아주 쫙.] 얼마나 좋았는지 몰라요. 거기 우리 큰댁에 과수원이 이렇게 있으면 여기가 영동이라 거기, 영동에서 무주 가는 길에요, 여기 무주 가는 길이면 여기는 사과밭, 복숭아밭이고, 배밭은 이쪽에 있었다구, 근데 이 배밭에도 또 한 채가 집이 있었어요, 집이 있고 원두막이 있는데 그 나오면은 그 배밭 중간으로 좁은 도랑이 흘러가는 거야, 거 말-간 물이 그 글로 흐르고 이런 과수원이었다구, 지금은 어떻게 됐는지, 하하하(웃음).

[8] 서울 대학생활 중간에 학업을 그만두고 고향에 내려와 결혼하다

[조사자: 결혼은 언제 하셨어요?] 63년, [조사자: 아까 그 학교를 대학까지 나오셨다고.] 대학 좀 다녔죠. [조사자: 근데 그때 당시에는 여자가 교육을 받는 게 쉽지 않는 일이잖아요.] 우리 때 안 그랬어요, 우리 때는 공부 잘하는 아이들 다 서울대 가고, 의사된 애들도 있고, 내가 청주여고를 나왔거든요, 나도 약대를 갔는데?

그러니깐 가는 애가 지금같이 많지는 않았지만 그렇게 옛날같이 대학 들어가기가 어렵지도 않았고, [조사자: 그때도 시험보고?] 그렇죠, [조사자: 근데 약대를 들어가신 분이 왜.] 내가 숙대 약대를 들어갔죠, 들어갔는데 그때도 6.25 나고 얼마 안 됐기 때문에 우리 아버지가 오셔서 얼마 안 되고, 형편이 별로 안 좋았어요, 그런데 내가 하도 가고 싶어 해서 간 거야, 갔어요, [조사자: 서울에서.] 의녀로 다녔어요, 다녔지.

[조사자: 근데 약사가 안 되시고.] 아니 중간에 결혼했어요, 그게 이런 게 있더라구, 가니까 경기 아이들이 막 판을 치고 응? 경기 아이들이 판을 치고,

[조사자: 경기?] 예예, 그러군 참 그게 맘대로 공부가 어렵더라구요, 쉽지가 않더라구. 그러다가 뭐 이참저참 해서 건강도 안 좋아지고 해서 그래서 고만, 꼭 내가 결단코 지금 같으면 했을 거 같애 그런데, [조사자: 왜요? 공부를 왜 끝까지 하시지.] 그러니까 뭐 바람이 들어간 거지.

[조사자: 그 저기 연애결혼 하셨나요?] 예, 연애결혼 했어요. [조사자: 그러니까 대학 다니는 중에?] 대학 다니고 내가 휴학을 했어요 중간에. 그러다가 여기 그 우리 고모부 되시는 의사 하시던 분이, 그 사실 건강이 서울 가서 아주 안 좋았어, 스트레스도 많고 그러고 내 집이 아닌 데서 학교를 다닌다는 그런 부담감 같은 거, 그런 거 여러 가지 때문에 어떻게 병이나 신장이 아주 안 좋아지더라구요. 그래서, 뭐 자연히 공부가. 의사가 쉬라니까 와서 치료차에 있는데.

"놀면 뭐하니?"

하고 취직을 시켜주셨어 나를, 그 그러다가 어떻게 공무원 다시, 2년 다녔어. [조사자: 공무원.] 응 공무원.

[조사자: 그래서 공무원 생활을 하시면서 그때 연애를 하셨군요.] 예, 그럼, 그렇게도 했죠, 그렇게도 했었어요, [조사자: 그러고 바로 여기 청주로 결혼 생활?] 여기서 직장 생활하다가 여기서 결혼해서 여기서 살게 된 거죠, 이제 지금은 다 서울 가 계시고, [조사자: 그 어르신은 원래 여기 분이신가 봐요.] 그 우리 아버지, 원 고향이 우리가 영동이에요, 큰댁 대소가가 다 영동에 계시고, 지금 영동군 양강면 우리 그 아주 큰댁은 그 저기 뭐야 지방 무슨 문화재로 보존되고 있어요. [조사자: 그 집이? 종가집이?] 집이, 예 예, 눈에 선하지 문간, 문간 들어가면 막 연못도 있고 그런 집이, 지금도 있어, 지금두.

근데 아무도 안 살을 거야 지금, 그래 영동군이 고향 그렇지. [조사자: 양강면? 한번 가봐야겠네요.] 내가 지금 가고 싶다고 늘 그러는 거야, 근데 영동에 내가 국민학교, 여중을 나왔으니까 내 동창생 중에 누구 아는 사람이 없나 지금 수소문해서 하나래도 있으면 찾아 갈라고 지금 나도 가고 싶어서. [조사

자: 연락되는 친구들이 아무도 안계신가 봐요.] 하나 서울에 사는 친구가 하나 있는데 이애도 나랑 마찬가질 거 같애, 다.

[9] 졸업식 기념 새 옷을 미리 입으려 떼쓰다 아버지에게 뺨을 맞다

그때 영동에서 나랑 학교 다니던 친구들은 대부분 그 지리적으로 봐서 대전여고, 충남여고를 많이 갔죠. [조사자: 피난 가실 때 아주 간단하게만 싸고 가셨다고 하는데 뭐뭐 들고 가셨어요?] 이거는 했던 거 같애, 미숫가루 같은 걸을 많이 준비했던 거 같애, 예, 미숫가루 하고. 뭐 깨를 어떻게 해서 뭐 하구, 그런 먹을 준비를 해가지고 갔던 거 같애.

[조사자: 그때 옷은 어떻게.] 기억이 안나, 옷은 기억이 안나요, 어떡해. 기억이 안나잖아, 전혀 그런 기억은 없어요. 아무튼 뭐 소금하고 밥 먹는 식으로 반찬이 없어서 그랬던 거 기억이 나고, 하구 그 보리죽이 그렇게 맛있든 거 그런 기억이 나구.

[조사자: 그러면 보통 예전에는 옷을 다 지어서 입었잖아요?] 보통은. 응. [조사자: 그러면 옷을 사서 입기 시작한 때가 언제인지 기억하세요? 아까 교복 같은 거도 사실은.] 그거는 어, 그거는 맞춰 사서 입었지, 교복은. 근데 그때는 브래지어가 없어서 그거는 집에서 맨들어 입었던 거 같애, [조사자: 응 브래지어는 만들어 입고.] 그건 여고 때니까 훨씬 이후지요. 으응 여중 때도 다 교복 맞춰 입었어요, 맞춰 입었어.

그래 나 기억나는 건 국민학교 6학년 때에, 내가 우리 아버지한테 내가 뺨을 맞았는 게 기억이 나는 거야, 그게 그래서 안 잊어버려. 근데 그 지금은 영동국민학굔데 나 다닐 때는 남정국민학교라고 지금도 있어요, 영동에서 제일 큰 국민학굔데, 근데 6학년 졸업식을 하는데 내가 남자, 여자 뭐 남자가 몇 반, 여자가 몇 반 이런 식으로 따로 그때 섞지 않고 그렇게 했는데, 내가 전교 1등을 했어요, 1등을. [조사자: 전교 1등?] 응응.

그래서 졸업장을 내가 대표로 나가서 받는 거를 해서 이게 막 설레이고 좋은 거야, 엄마도 좋아하고 막 좋은데 그 저기, 졸업식을 그거 뭐야 미리 하는 걸 뭐라 그래, 응 예행연습을 하는 거야, [조사자: 리허설 같은 거.] 응, 리허설 비슷한 거 있어요. 그 다음날 리허설 한다고 그러는데. 우리 엄마가 굉장히 솜씨가 있어요. 나도 그런 쪽인데, 애들 이거, 저기 젊어서는 애들 그냥 모자, 스타킹, 잠바까지. 다 만들고, 다 짜 입히고. 피아노 배우러 가는 피아노 가방도 내가 그렇게 해서 다 가방 만들고. 우리 엄마가 세라, 응 세라 후크를 만들었어, 날 그 졸업식에 입힐라구.

근데 오후라 어떻게 아버지가 집에 계셨었나, 그런 그때 내가,

"그 옷을 입고 갈 거야."

그러니까 엄마는,

"내일 입자고 안 주는 거야."

그걸 들고 떼를 부리고 그러다가 아빠한테 맞았어,

'그땐 왜 이렇게 때리지 나를? 응?'

(웃음) 이해가 안돼서 그랬던 그게 기억이 나. 그때는 옷을 맨들어 입었던 거 같은데.

여중 가서는 단체복을 그 있어요, 물 많이 빠지는 거. 그, 그런 걸로, 맞춰 입었던 게 생각이나, 내가 영동여중 가서 연대장, 대대장 했다구.(웃음) [조사자: 그때면은 한창 37년생이시까 그때 전쟁 때.] 그러니까 전쟁이 난 거예요, 저 여중 들어갈 때 났나, 여중 들어가서 금방 전쟁이 난 거 같애.

그러구는 내가 나이롱(나일론)을 처음에 구경을 한 거가, 나이롱 양말, 나이롱 보재기, 아 어쩜 그렇게 좋아 보여, 지금 치면은 명품이야, 명품. 양말도 자꾸 신으면 빵꾸 막 나는데, 나이롱 양말은 얼마나 안 떨어져. 그게 좋다구, 그게 여고 때에요 내가. 우리 전부 구경하고, [조사자: 전쟁 끝나고 막 들어왔나 보다.]

[10] 전쟁으로 인해 가족들이 갖은 어려움을 겪다

전쟁 끝나구 나 여고 다닐 때도 전쟁 후유증 같은 게 가정, 가정 마다 다 있었어, 다 있었어. [조사자: 예를 들면 어떤 건가요?] 그 잘 살지 못 했대는 얘기지. 그러구 우리 고모댁은 병원을 하시니까 내가 거기서 고등학교, 처녀 때고 뭐 거기서, 엄마 아빠가 고모네 집에서 거의 청주에서 생활을 하다시피 했는데 아주 이 댁은 풍부한 집이지.

그러는데도 가끔 소고기 국을 끓이면은,

"장화 신고 들어가야 건져."

우리가 우스갯소리로.

"누가 장화 신고 들어가서 건져, 소고기를 건져 와."

그렇게 했던게 기억이 나네.

그러고 그때 여고 다닐 때도 병원 하는데 우리 고모네가 육 남매, 애기들 많이 낳으셨어, 애기하고 고모하고 고모부하고 여기에 자면 이쪽 약국방에 방 하나에 약사, 간호사, 다다다닥 붙어서 나까지 그렇게 그러니깐 그때도 6.25야, 그때도 그렇게 했어요. 그 그렇게 잤어, 그런 생각이 나, 그런데 그 때는 고생인지 몰랐지.

[조사자: 몇 남매 중에 장녀라고 하셨죠?] 오 남매, 우리가 오 남매. [조사자: 그 밑에 동생이 줄줄줄줄.] 그렇지요, 그 여기도 나하고, 그러니깐 내 동생이 지금 큰동생은 직장 나갔어요, 다 정년하고, 걔도 박사학위 가지고 그렇게 해서 대한 유하라고 그 석유회산데 굉장히 좋은 회산데, 거기서 상무까지 하다가 고만 두고는 금방 외국인 회사로 그러니깐 나이가 많은데 얼마나 좋겠어, 거기서 작년에 고만뒀어. 그 동생이 인하공대를 나왔는데,

6.25 때에 하 걔가, 아우 비참해, 지금 생각하면 이 머리에 지금 그거 하나도, 부스럼, 이가 뭐 아우 그렇게 해서 막 우리가 그냥, 그게 지금 기억이 나네. 그러구 참 6.25 때 1.4 후퇴 때 6.25때 이가, 아우– 굉장히 많아가지

고 길거리에 미국 사람들이, 지나가면 붙들어가지고 여기 들추고 디디티(DDT)를 여기다가 새카먼 입에도 막 들어오구, 냄새 나구 디디티 다 뿌려주고, 우리 그랬어, 야이 정말 기가 맥히는 거지.

지금 우리가 저 소말리아 뭐 뭐 이런 거 보는 거 같애, 그거 다 나도 뿌리고 그러고는. 우유가루, 우유가 우유가 아니라, 나는 이제 일정 시대 때 연유 같은 거 잘 먹었다고 그랬잖아? 할아버지 잘 만나서, 6.25 나서는 저기야, 우유가루 배급을 줬는데 그게 무슨 우유가루라면 탈지, [조사자: 응, 탈지분유.] 응, 드라이 그 해가지고 이거를 반죽을 해서 그전에 양은 도시락을 싸갖고 다녔는데 그 도시락에다 인제 밥에다 찌는 거야, 그거 간식으로 먹었어.

아이구 디디티 뿌리고 이가 많으니까 그이 옷을 갈아입고 빨라면은 그거를 여름에 이 얼어 죽으라고 밖에다 내놓는 거야, 아이구 이 얘기 처음 들어봐요? [조사자: 아니 인민군한테 이가 되게 많았다는 얘기는 들었는데.] 아니 우리나라 사람들한테 많었지, 그렇게 해서, 그렇게 해서 세탁하고 삶고 뭐 이렇게 했어. [조사자: 그럼 얼어 죽어요? 이들이?] 나 그거까진 모르겠는데.(웃음) 그래요 옛날애기, 아유 다시 생각을 하니까 나도 새로우네? 그렇게 했던 게.

[조사자: 전쟁 때 동생들이 아까 누구랑만 갔다고 그랬는데.] 아, 동생이 둘밖에 없었는데, 이 6.25 나고 와서 또 낳으셨죠, 아들, 내 밑에 바로 여동생이 있고, 고다음에 아들 그 중머리에 부스럼 난 애가 낳고, 고다음에 저기 둘째 남동생은 서울대학 교수 됐어요, 서울대학 부교수야, 부교수해서 서울대에서 박사하는 아이만 가르친다고 그러더라구.

그러고 맨 꽁무니 다섯째가 아버지 인제 정년퇴직 하신 무렵에 그 그렇게, 다 됐는데 걔는 혼자 내팽겨쳐 뒀는데도, 의사해, 어떻게 공부해가지고. 충남대 의대 나와서. [조사자: 집안이 아주 그냥 빵빵 하시군요.] 아이구 빵빵 하긴 뭐, 고생 그렇게 했대니까, 콩나물 장사 이렇게 해 가지고.

그리고 이것도 생각나, 6.25 때는 기름, 기름 같은 걸 참기름을 짜가지고 그거를 서울에 있는 친척들한테 갖다 파는 거야, 그럼 도와주는 셈 치고, 그거 진짜고 그러니까, 그 기름, 참기름, 콩나물 이런 거 하고, 그리고 대부분 어머니들이 옛날에 다 저고리 저, 바느질하고 그러고 그렇게 했어요, 그렇게 해서 먹고 살았던 거 같애. 게 그때는 그게 흉이 아니지, 그때야 다 그러니까.

[조사자: 동생 둘하고 같이 피난을 가는 거잖아요?] 예 예, [조사자: 근데 이 동생들을 어떻게.] 글쎄 나는 동생은 별로 생각이 안 나는데, 할머니는 너무 내가 불쌍해서, 할머니를 그렇게 돌봤던 거가 기억에 남고, 그러구는 6.25 막 격전 겪고 나서 왔다 갔다할 때 그 할머니 모시고 왔다 갔다 했는데, 그다음에 얼마 안 있다 돌아가셨어요, 그 막 잘 잡수시고 해다가 심장마비를 일으키셔서 돌아가셨어, 그래서 내가, 난 할머니를 그렇게 그냥 그랬던 게 기억이 나, 아주 할머니가 이렇게 불쌍하더라구. [조사자: 걸어 다녔을 거 아니에요.] 근데 옛날에 돌아가실 때도 육십 몇 밖에 안 되셨는데 지금 생각하면 팔십 넘으신 분 같은 할머니셨어, 그때는 그랬어. 육십 삼세에 돌아가셨는데.

[조사자: 피난은 다 걸어 다니신 거죠?] 아이구 그렇죠, 우리는 차 꼭대기에 타고, 기차로 어디 가고, 이게 없어요, 요기서 동네에서 왔다 갔다 했으니까, 응응 걸어서. [조사자: 많은 피난민들과 함께 가셨나요? 피난민들이 많았나요?] 아유 그럼 그 동막골, 산막골 갈 때는 길이 빽빽했었다니까, 그니까 졸리면은 그냥 그 사람들이 그냥 냇가에 돌 같은 거 베고 그게 기억이 남는 대니까, 그래고 막 쌩쌩 하고 막 탄환이 왔다 갔다 하고, 총 쏘는 소리가 그냥, 이런 데도 그런 게, 그런 걸 겪었지.

그래서 나는 인민군 나중에 인제 겪고 그런 다음에 그 집, 집이 대문간채하고, 광채하고 날라간 거가 다 미국 사람들이 그런 거야 그게, 그렇죠, [조사자: 그럼 그때 화장실을 어떻게 다니셨어요, 무서워서 못 가셨 [조사자: 폭격으로?] 다고.] 근데 그게 그 화장실은 그대로 썼어요, 그래두 그게 폭탄을 맞았는데 그대로 고쳐가지고 썼다구, 우리가 영동에 살았기 때문에 전쟁을 더 실감 나게 겪었을 거야.

[11] 주둔하던 군인들이 동네 처녀들에게 추문을 많이 남기다

[조사자: 미군하고 국군이 들어왔을 때는 어떠셨나요?] 그게 미군하고 국군이 주둔했을 때는 스캔들이 많았어, 좋지 않은, 응 그런 게 내 기억에 남아요.

예를 들어 얘기하자면 우리 과수원집 큰언니가 아주 인물도 좋고, 그 나는 항중이고, 그 언니는 정중이었어. 아-주 갓 피어나는 그런 처녀 때였거든 그 때가? 근데 고기 그 과수원에 국민학교 그, 양강국민학교라고 시골 국민학교에 그 부대가 주둔해 있었어, 응? 부대가 주둔해 있는데, 우리 언니가 박 대위라고 이렇게 눈이 맞은 거야, 부잣집 과수원 집 딸하고 맞은 거야, 그런 게 기억이 나요.

[조사자: 청춘남녀가 눈 맞는 게 뭐.] 아이구, 그 눈 맞는다고 옛날에. 그게 처자식 있는 사람이야. 대위쯤 됐는데. 처자식 있는 놈일 수도 있고, 다 그런 거지, 그래서 내가 내용은 어쩐 줄 모르지만은, 나중에, 나중에가 아니라 이 언니가 이민 갔어. 이민 가서 잘 산대, 이민 가서 동생까지 싹 데려가고. 그 아버지의 소실의 소생까지도 다- 데려갔어. 그 그런 게 기억에 남아.

[조사자: 인민군한테 밥해주고 이랬다고 국군이나 미군이 왔을 때 복수를 당하거나.] 아이고 그런 거 없지, 없어요. [조사자: 이쪽 편이 왔다가, 이쪽 편이 또 들어왔다가.] 그 부대 주둔한 것도 나왔다 갔다 다 봤는데, 그 필리핀이 우리나라 들어왔었죠? 필리핀 미군이? 그 부대가 영동에 있었어요. [조사자: 어 맞다, 그 얘기해주세요.] 예. 그게 이렇게 와선 우리 큰댁 가다 보면은 그 개울 그, 그러니깐 그 저기 주변에 그게 뭐라 그래, 그 강가, 개천가에 공간이 있잖아요, 이게 저기야, 공원부지가 되어 있는 데가 있지 왜, 이렇게 땅이 그 넓은 그런데 부대 있었던 게 생각나고 우리나라 사람들이 거기서 뭐 얻어 먹을라고, 막 부대 주위에서 거지같이 그냥 막 깡통 그, 그런 게 생각나고.

[조사자: 그때 필리핀군.] 그 필리핀 군대라는 게 생각나는 게 아무튼 무슨 안 좋은 그런 말들이 많이 들려오고, [조사자: 안 좋은 말들?] 아이유 그러니까

는 뭐. 그 사람들이 동네 처녀를 뭐 어떻게 했대던가 뭐 이런 게 그, 그런 얘기를 들었던 거 같고. 그런 사람들이 오므로, 그 부대 물건들이 많이 부대에 나오구, 그때는 나는 양공주 같은 저기는 안 들어봤어 그때도, 그때도 그랬어요. [조사자: 그때는 양공주라는 말이.] 응, 안 들어 봤어.

[조사자: 그러면 그때 유엔군이 들어왔다는 얘긴데.] 그럼 그 유엔군이 들어왔지. [조사자: 그럼 외국인 군인은 미군하고 필리핀군하고 또 다른?] 아니 전혀, 겪어보지 않았어. 그 사람들은 민가에다 밥을 해 달랄 일이 없으니까 우리가 모르지. 얘기 뭐가 참고가 돼요? 그러니깐? [조사자: 예, 그때 생활도 알 수 있고.] 그땐 생활이 그렇지, 그 집집마다 채마밭에 금방 저녁 찬거리를 가지 따고 고추 따고 뭐 이렇게 해서 그렇게 그, 그게 그 맛이 그렇게 좋았던 향수가 있어요.

북에 두고 온 남편과 남에서 만난 남편

김 순 희

"이 영감은 애덜 둘하고 마누라하고 있으니깐, 그 마누라하고 살 꺼고, 난 또, 내 영감 오면 글루 따라갈라구. 그렇게 살았어."

자 료 명: 20130513김순희(인제)
조 사 일: 2013년 5월 13일
조사시간: 40분
구 연 자: 김순희(여 · 1925년생)
조 사 자: 오정미, 김효실, 남경우
조사장소: 강원도 인제군 인제읍 김순희 화자의 집

[조사과정 및 구연상황]

전날, 어론리 마을회관에서 만난 김순희 화자는 사연이 많은 분이었다. 여럿이 함께 한 자리에서 자신의 이야기를 매우 조심스럽게 꺼내시는 모습이었기에, 다음날 다시 인터뷰를 하기를 청하였다. 이른 아침, 약속시간에 맞추어 김순희 할머니 집으로 찾아갔고, 어제 함께 마을회관에 계셨던 김수남 할머니도 조사자들을 기다리고 계셨다. 작지만 깔끔한 김순희 할머니의 집에서 조사는 시작되었고, 전날보다 훨씬 편안히 이야기를 구술하셨다. 그러나 서울에서 방문한 따님으로 인해, 40분간의 인터뷰로 마무리했다.

[구연자 정보]

인제는 전쟁 전에 북에 속한 땅이었다. 김순희 화자는 전쟁당시 인제에 살고 있었고, 전쟁이 발발하자, 군에 간 남편을 두고 시어머니와 두 어린 아이들을 데리고 남쪽으로 피난을 나왔다. 피난 중에 두 아이를 잃은 화자는 주변의 권유로 비슷한 처지의 남자를 만나 재가를 하였고, 그 사이에 3녀를 두었다. 현재도 인제에서 살고 있지만, 몇 해 전에 남에서 만난 두 번째 남편도 세상을 떠나 홀로 살아가고 있다.

[이야기 개요]

북에서 살던 화자는 남편은 북에 두고, 아이들과 시어머니와 함께 남쪽으로 피난을 나왔다. 피난 중, 아이들은 모두 죽게 되었고, 몇 년 동안 남편을 기다리다 같은 처지의 남자를 만나 재가를 했다. 10년 넘는 시간동안, 두 번째 남편과 화자는 북에 두고 온 서로의 배우자들을 기다리며 살았다. 두고 온 북의 남편과 아내가 각각 돌아오면, 서로 보내주기로 약속하면서 그렇게 2번째의 가정을 꾸렸다.

[주제어] 북한, 월남, 아이, 죽음, 남편, 재가, 제2의 가정, 통일, 결혼, 기다림

[1] 피난 나오다 두 아이를 모두 잃다

[조사자: 할머니 성함이 어떻게 되세요?] 김순희 [조사자: 연세는요?] 팔십아홉? 인젠 나도 잘 모르겠어. (웃음) [조사자: (웃음) 어르신들 다 그러시더라고요. 이제 안 세어봐서 모른다고요.]

[조사자: 원래 결혼해서 사시던 곳이 어디셨어요?] 서화. [조사자: 서화. 거기가 예전에는 북한이었던 거죠?] 거기 서화서 또 서흥리라는 곳으로 와서 살았어, 시집을. [조사자: 그럼 남편 분과 몇 년을 사신 거세요?] 한 이십년 살았나? [조사자: 처음 남편 분하고요? 이십년이나 사셨으면 몇 살에 헤어지신 거세요?] 열다섯에 시집을 와서 스물아홉에 히졌으니까(헤어졌으니까). 난리에 히졌지. [조사자: 그럼 그때 아이들은 몇 살?] 아이들은 뭐, 하나는 아홉살이고, 그 위로 또 다 죽고, 아홉살 먹고, 니살(네살) 먹은 거 데리고 갔어. 하루에 다 죽더라. [조사자: 아-.] 피난 가서. 혼자 나와서. [조사자: 그러면, 서화에 살다가 어떻게 남편 분하고 헤어지게 되셨어요?] 난리에 히졌다고. [조사자: 그 이야기를 저희를 손주처럼 편하게 생각하시고 해주세요.] (웃음) 난리나서 겪는데, 원산으로 강습을 가래, 신랑은. 강습을 가라니까 강습간 뒤에 이틀만에 난리가 후떡 벌어졌지. 그래서 못나오고. [조사자(남경우): 강습이 훈련 같은 거를 말씀하시는 거죠?] 훈련이야 이게. 저기 저 원산인가 글루로(거기로) 강습을 갔어. 훈련을 갔는지 뭘 갔는지, 강습을 갔다고 그러더라고. [조사자: 난리가 나니까, 막 피난을 가라고 그래요?] 그럼. 얘기하면 모를 거야. 이포리, 장승리라고, 아주 이북. 거기 들어가 있다가 나왔지. [조사자: 그럼 그때 시어머니, 그 다음에.] 시어머니, 애들 둘, 이렇게 데리고 갔다고. 애들은 나오다가 하루에 둘 다 죽고. 그 담에 시어머니는 여기 와 돌아가셨잖아. [조사자: 피난을 나오실 때, 남편 분하고 헤어지실까봐 안내려오고 거기서 있어야지라는 생각은 안 하셨어요?] (웃음) 아니, 있을라면 어디 있어? 있을 데가 있나. 들어간 사람을 언제 만내(만나). 일루(여기로) 나오라니깐, 미군이 내모니깐 나왔지. [조사자: 아-. 그러셨구나.]

[조사자: 그러면, 너무 마음이 아프시겠지만, 아이들이 어떻게 그렇게 된 거예요?] 그러니까, 둘 다 아픈 걸, 일곱 살짜리하고 시살(세살)짜리하구, 업고, 할머니가 하나 업고 그러고 오다가. 약이 있음 죽었나? 약이 없으니까 죽은 거야. 약을 못 먹으니까 다 죽었어. 그 애들이 그러는 거야. 우리 큰 게. 일곱

살짜리가, '엄마, 집이(집에) 가서 꿀 먹으면 산대.' 꿀 먹으면 산다는 게 집을 몇 십리 앞두고 죽는 거야. 그래, 나와서 그 꿀병을 찾으니 어디가 있어요. 광 속에다가 넣어 놨는데 그것도 다 처먹었어. (웃음) 그렇더라구. 아이구. 그렇게 살았어. 에유, 지겨워. [청중: 그 명을 이어서 할머니가 오래 살잖아.] 응? [청중: 그 명을 이어서 할머니가 오래 산다고.] 아이구, 너무 오래 살아. 죽어야 하는데. (웃음)

[2] 호적도 없이 재가를 하다

[조사자: 전쟁 나기 전에는 남편 분하고 뭐하고 거기서 사셨어요?] 남편은 나가서 기관 생활하고, 나는 시아버지, 시어머니하고 농사짓고 살았지. [청중: 공무원이셨어요? 할아버지가?] 그럼. 관대리 나와서 저 공무원 하고. [청중: 그 얘기도 했어, 할머니? 다시 만나면 살라고 혼인신고도 안했다고?] 거기서 왜 혼인신고를 안 해. [청중: 아니, 여기 할아버지 만나가지고.] 만나서 어디, 그걸 해올 데가 있어야 혼인신고를 하지. 그래서 만날(매일) 쌈(싸움)을 하면 가서 호적을 해오래. 어디가 해와. [조사자: 그게 무슨 이야기예요?] [청중: 새로 만난 할아버지하고 사시면서, 호적은 본 남편한테 혼인신고를 해서 전쟁에 다 없어져가지고, 새로 만난 할아버지하고는 혼인신고를 못 하고, 딸만 둘을 낳았는데 딸자식도 할머니 앞으로 안 되어 있고, 할머니 혼자 사시는 거로 돼있어요.] 다 없어졌어. 내 앞으로는 자식도 없어. 딸 둘이 있어도 내 앞으로는 읎어. [조사자: 그럼 어쩔 수 없이 여기 내려와서.] 영감을 얻어서 살긴 살아야지. 딸을 둘을 낳았는데 호적에, 내 호적에는 없단 말이야. [조사자: 아-.] 영감 호적만 있지. 그래서 지금 나는 딸도 없고, 엄마는 엄마지만. (웃음) [조사자: 할머니 그러면 여기에 내려오셔서 시어머니하고 얼마나 같이 사시다가.] 시어머니하고 한 일 년 살았지 뭐. 일 년 살다가 저- 소재도 가 있다가, 소재 가서 물레 자주고 있다가, 일단 영감을 얻어 사는데 있을 거야? 못 있겠

으니까 저- 소재 가서 있다가 병이 드니깐 데려왔어. 그리고 와서 돌아가셨지. [조사자: 피난 와서, 아이들은 다 죽고 시어머니랑 둘이서 의지하고 어느 정도 사시다가 개가를 하신 거세요?] 뭐, 한 일 년을 저기서 피난하고 나오다가 여와서(여기 와서) 영감 읃어 사니깐 할머니는 저 너머 가서 살고. 그 담에 병이 드니깐 도로 갖다 줘서 몇 달 있다가 돌아가셨지. 칠월, 칠월 달에 돌아가셨어. 봄에 갔다가. 한 두어 달 있다가 왔어.

[조사자: 남편 분하고는 어떻게 결혼 하시게 된 거세요?] 어떻게 결혼해? (웃음) 남의 집에 있는데 서로 만나서 사는 거지.

(김순희의 댁에 도시락을 가져다주는 봉사를 하는 청중이 가면서 잠시 서로 인사를 나누었다.)

[조사자: 그래서, 재가하신 남편 분도 첫 결혼이 아니셨어요?] 여기와 살던? [조사자: 예, 예.] 그렇지. 이렇게 짝 맺어 살다가 죽고 말았지 영감은. [조사자: 오-.] 그래 딸 둘이 있어요, 지금은. [청중: 저 할머니가 호적이 없기 때문에 딸도 호적이 저 할매한테 안 돼 있어. 저 할매는 아주 혼자야. 아무도 없어.] 애들은 저 아빠한테로 돼 있고, 난 혼자. [청중: 여기 그런 사람 많아.] 많아요. 나만 그런 게 아냐. 욜로(여기로) 쫄래쫄래 시(세) 집이 있었잖아. 어떻게 그렇게 쫄래쫄래 서(셋)이지? (웃음) [청중: 아들 딸을 숱하게 낳았어도 호적에 없어. 어따 호적 할 데가 없어서.] 그래 이제, 서로 억다구니를 하더라구. 가서, 어디 가서 수양이라도 해서 호적을 해오면 내가 해준대. 그담부터는 말도 않하는 거야. (웃음) [조사자: 그래서 할아버지가 막 구박 하셨어요?] 아니, 구박은 안하구. [청중: 할아버지가 돌아가신지가 오랜데.] 벌써 몇 해가 됬더라, 한 삼십년 됐을걸? [조사자: 할아버지 돌아가신지가?] 내가 육십되서 갔나 그랬을 거야.

[3] 피난 중에 소중한 가족들을 모두 잃다

[조사자: 할머니 아이들이 큰애가 먼저 죽었어요?] 아니 그걸 어떻게 알겠수, 큰애 둘은 난리 전에 젖먹다가 죽구, 질(제일) 많이 큰 게 일곱살 먹구. 피난 갔다가 죽은 게 질 큰 건데. [조사자: 피난을 가다가 어떻게? 보니까 등에 업혀 있는 애기가 죽어 있었어요?] 아이고. 피난을 가니 그 추운데가 자고 병이 들리니 뭐 약이 있어야 살지. 그러니까 다 죽은 거야. 둘 데리고 갔다가. [청중: 피난 때는 홍역이란 병이 있었어. 홍역만 걸리면 다 죽었어.] 홍역은 안 했어. 홍역은 안 했는데, 딴 병이 들어서 그렇게. 싸구. 싸는 병인데 약이 있어야 살지. 그렇게 해서 다 죽었어. [조사자: 그러면 할머니가 묻어 주셨어요?] 우리가 묻어야지 누가 묻어. 쪼끄만 거는 업고 오다가 등어리서 죽으니 저 산 아래다 그냥, 뭐 있어야 파묻지. 고 밑에 가니깐 집이 하나 있더라구. 그 전에는 벽창호라고 있잖아. 그걸 시어머니가 얻어 와서 파구선, 이걸 어떻게 파는지 알아? 작은 구뎅이 파고서는 거기다 이렇게 (다리를 접으며) 발을 디밀고 이렇게 해서 그러고 나온거야. 사람을 어떻게 묻는지 알았어야지. 그러구 예중에(나중에) 모두 산들(무덤들) 쓰는 거 보니깐 쭉 펴서 그렇게 질게(길게) 파고 묻더라고. 나는 요렇게 파고 갖다 놨어. (웃음) 생각하믄 참 이상허지. 그런 것도 못 봤으니 그때는. 우리 어머니 아버지도 다 난리에 돌아갔어. 그냥 저기 굴러대녀도 도망갔지 뭐. [조사자: 친정 어머니 아버지가 돌아가신 것도.] 할머니랑 모두. 함께 돌아갔는데 어떻게 죽었는지 몰라. 동상(동생)은 또 폭격을 해서 폭격에 맞아 죽었어. 그건 그래도 구뎅이를 파고 묻었어. 그런데 우리 할무이, 어머니, 아버지는 막 굴러대녔대. 난리 났으니 그러고 댕기다가, 그러고 나니깐 군인이 들어왔잖아. 그게 다 쓸어내 버렸지 뭐. [청중: 폭격을 막 해니깐, 항아리 속으로 들어갔는데, 항아리 속에서 죽었더라구. (웃음)] 항아리 안에서 죽으나 마나, 그 산골에는 이렇게 논둑이 높잖아. 논둑 밑에 요렇게 앉아서 죽었어. 나오다가 보니까. 요러구 앉았어. 그래 이

렇게 마구 폭격을 하니깐 요렇게 앉아서 죽었어. [청중: 우리 아부지는 솜이불을 가져다가 그걸 다 뒤집어쓰고 업디래. 솜에는 잘 못들어 간다고. 그래서 이불속에 바짝 업드렸다. 나오니깐 그 항아리 속에 들어간 사람은 죽었더라구.] 그렇지. 항아리가 터지면서. 그래, 집에를 오니깐, 우리 집 뒤에 방공호를 크게 해놨거든. 거기 들어간 사람은 다 살았어. 바깥에 있던 사람은 다 죽고. 에유, 에유. [청중: 어론 거기 금정굴에 어론 사람들 들어가 있다가 다 죽었잖아. 아주 몰살을 했잖아.] 거기다가 들이대고 쏘니까 다 죽지. [청중: 인민군들이 거기로 사람들이 들어가니깐 거기다 폭격을 해서. 아주 거기 대닐 적에 무서워서 혼났어.] 여기도 그렇다고 그러대. 저기, 장지동 위에, 거기에 굴이 있는데 거기도 그렇게 가득하다고(시체가 가득하다) 그러대. 거기 들어간 걸 디리 쏴서.

[조사자: 할머니, 그러면 친정 식구들은 어떻게 되셔요?] 친정 식구들도 다 죽고 없지 뭐. [조사자: 가족관계가 어떻게 되셨는데요?] 많죠. 우리 식구들은. 많은데 들어간 사람은(북한으로) 들어가고, 우리 친정 식구들은 다 죽고 없어. [조사자: 전쟁 중에?] 그럼. 그때 다 죽었지. 피난 갔다가, 피난 가서 병이 들리니깐, 그 방공호에서 죽으니깐, 그냥 끌어냈대. 나도 못 보고. 이웃 사람들이. 그러니, 난리는 다 자기 부락하고 가. 친정이고 뭐이고 못 들어가. 그러니깐 난 우리 부락 따라가고, 친정은 친정 집 식구대로 가고. 다 죽은 거야. [조사자: 이웃들이 이야기 해 주신 거예요?] 그담에, 난리 겪은 담에, 여기 원통에 가면 과부세대라는 게 있어. [조사자: 과부세대?] 과부세대. 그러니까, 다 죽고, 그걸 모아서 과부세대를 만든거여. 그래, 가서 물으니깐, 여기 과부세대라는 게 있다고, 거기 가서 물어보라고. 거길 가니깐 오촌 고모가 거기 하나 있더라고. 들어가서 '우리 식구들은 다 어떻게 됐어?' 물어보니깐, '느이(네) 식구들은 장승리서 다 죽었다.' 그러더라구. 그러니 다 죽은 줄 알지 뭐.

[조사자: 그러면, 피난 가다가 폭격에 죽은 사람 많이 보셨겠어요.] 많이 보고, 내려 폭격을 해서 논둑에, 산골 논이 이렇게 높잖아. 요렇게 앉아 죽은 사람

이 전연해. 아유, 그걸 보니 아주 끔찍하더라구. 그러니 그걸 뭐이 치우기를 할까, 그냥 거기서 썩어서 주저 앉았어. 뭐 논을 해먹으니 갈을까. 그럴 거야 거기.

[조사자: 피난 나오실 때 시어머니랑 애들 말고, 주변 이웃들하고 같이 나오신 건 아니세요?] 같이 나왔지. 같이 나온 담에 뿔뿔이 다 흩어졌지. 뿔뿔이 다 헤져, 저– 원주 수용소라는 데를 가니깐 다 있더라구. [조사자: 할머니는 수용소 안 가셨어요?] 나도 수용소 가 있었지. [조사자: 어디 수용소?] 원주 수용소. 거기서 나온 사람들은 거기 다 갔어. [조사자: 원주 수용소는 걸어서? 차타고? 트럭 타고?] 군인 트럭 타고. [조사자: 군인 트럭 타고.] 그럼. [조사자: 수용소 생활이 어땠어요?] (웃음) 어떤지 누가 알아? 수용소 생활이? (웃음) 가보니까, 이런 널래집에(널판 집) 그저 모래 위에 이만큼씩 노나주고, 거기서 밥 해먹고. 밥 해먹을라니 그릇이나 있어? 냄비 하나씩 가져가 거기다 불때고, 냄비가 뭐 말도 못해. 그, 산에 불탄데 가서 나무 주서다가 그거 넣구 불때고. 거기서 자고. 베루기(벼룩) 웬게 그렇게 많우? 모래위에. 아이구, 베루기 때문에 못 살아. [조사자: 아–. 수용소에?] 수용소. 수용소가 이렇게 널레집을 짓고 요만큼씩 갈라주는 거야. [청중: 그래, 그거, 이. 그땐 이가 왜그렇게 많아.] 그땐 그래도 이는 없어. 베루기가 많지. 그 모래무지서 베루기가 생기는 거드라구. [청중: DDT 뿌리면 다 죽어.] 응? DDT는 다 죽어. [청중: DDT만 뿌리면 아무 벌러지나 다 죽어.] 세상, 나무를 해다가 때 봤우? 저 산이라는 게 불이 타서 아주 새–카만 소나무가 있어. 그거를 가서 인제, 낫이나 있우? 그걸 어떻게 쥐 뜯어서 막 이만큼. 사람이라는 게 거멍 투성이야. 그래 이제 내려와서 모이면 서로 웃구, 서로 나는 못 보니까, 저 사람은 날 보구 웃구, 저사람은 날 보구 웃구. 이렇게 살았우. 살던 생각하면 참 기가 맥히지.

[조사자: 거기 탄 나무에 가서 뭐를 캐러 가신 거예요? 할머니?] 그 나무를 쥐 뜯어서, 소나무 죽은 거래두, 탄 거래두 쥐 뜯어와야 밥을 해먹고 살잖아. 돌멩이를 이렇게 걸어놓고 거기다가 양수 채워논거 하나 올려놓고 거기다가

밥을 해 먹어. 냄비라는 게 뭐이 냄비야. 새카만거, (웃음) 그런데다 해 먹고 살았어. [청중: 먹어야 살지.] 아이구, 지겨워. 별 짓 다했어. [청중: 테레비 보면 나오잖아.] 응? 테레비 보면 나오지. 저게 우리 살던 그거구나 해. [청중: 그래두 거기다가 끓여가지고 먹는다고 난리야.] 가지(갖은 양념)나 있어? 소금을 어떻게 구해서, 소금을 해서 그렇게 먹구. 아이구, 책을 메도 몇 권 메지. (웃음)

[4] 북에 두고 온 각자의 남편과 아내를 기다리며 살다

[조사자: 이제, 할 수 없이, 먹고 사시려고 결혼을 새로 하셨잖아요? 그런데, 전 남편 분이 혹시라도 찾아오면 어떡하나 그런 생각 안 해보셨어요?] 찾아오면 어떡할거야. 첨엔 그것도 의심이 들더라구. 만날 꿈에는 와. 꿈이면 와. 와서 섰어. '야, 저렇게 이제 찾아오면 어떡하나. 에이구, 찾아오면 또 가지 뭐, 쫓아가지.' 우리 외사촌시아주버니가 같이 사셨는데, '제수씨, 동생 만날 생각 마러. 재혼을 해야 살아유, 못 살아유, 혼자.' 그래서 우리 시아주버니가 시집을 줬어. [조사자: 그래도 만약에, 전 할아버지가 찾아오시면 그 할아버지 따라서 가야지 생각하셨어요?] 따라가지 뭐, 그럼. 여기 영감도 마누라가 있는데 따라가야지. [조사자: 여기 영감님이 마누라가 있으셨어요?] 그 마누라도 들어가고(북으로). 다 들어갔지 뭐. [조사자: 아-. 그 할머니도 들어가시고?] 요기 강 건너에 인제라는 데 살았으니까, 다 들어가고. 영감은 혼자니까 그 개울을 건너 나온거고. 저기 어디 가는 길이 있대. 개울을 건너가 그 길 따라서 내뺐대. 그래서 살았대. [조사자: 그러면, 두 번째 할아버지도 그 전 부인과의 사이에서 아이는 없으셨어요?] 둘. [조사자: 둘 있으셨고? 그럼 그 두 애를 할머니가 키우신 거예요?] 그 애들은 즈 어멈이 데려갔지. [조사자: 아-. 할머니처럼?] 그럼 다 그렇게 된 거야. 그 난리에는. 그리고는 방골이라는 데가 있어, 방동. 그 방동으로 해서 나왔대. [청중: 시방도 그 방골에 나물 뜯으러 얼마나들

많이 가는데.]

[조사자: 그러면 할아버지하고 그런 이야기 나눠 보셨어요?] 나눠보지 뭐, 나눠보면 뭐라겠어. 우린 이렇게 살다가 서로 오면 따라가야 되. [조사자: 아, 그런 이야기도 나누셨어요?] 그럼, 그럼. 그렇하구 살았지. 이 영감은 애덜 둘하고 마누라하고 있으니깐, 그 마누라하고 살 꺼고, 난 또, 내 영감 오면 글루 따라갈라구. 그렇게 살았어. [조사자: 서로 그런 이야기를 나누시고?] 그럼, 그럼. 그렇게 살았는데 못 만내잖아. 이젠 뭐 만내지도 못하고, 죽었지, 여태 살았겠나? [조사자: 마음 한 편으로는 걱정도 되셨겠어요?] 걱정은 뭘, 될 것도 없어. [조사자: 전에 마누라가 찾아오면 어떡하나.] 찾아오면 내버리고 아무데나 가면 되지. 사니까 그까짓노무거. 그렇게 사는 거지 뭐. 저기 원주 나가서도 애를 둘을 데렸어. (손을 가슴 높이로 들며) 하나는 요만하고, 하나는 업고. 그랜 마누라가 신랑이 순경이래. 그런데 서로 떨어져서 원주 수용소 나가고, 애 둘을 데리고 뭘 해 먹을 게 있어? 벌어먹을 수 없으니까 신랑을 은었어. 신랑을 은어 두어 달 살았는데, 본 신랑이 찾으러 왔더라구. 찾아 오니까 글루 따라 가는 거야, 애 데리구. [조사자: 그렇지, 애가 있으니까.] 그래, 따라가더라구. 그래, 우리도 그렇더라구. 저렇게 찾아오는 사람들은 좋은데, 우리 같은 이는 찾아 오지도 못 한다. 우리 산 생각을 하면, 아유, 아유. 그래서 안 죽는 가봐. [청중: 그 명을 다 이어 살아서 그래.] 친정부모네 다 먼저 죽었지, 시부모네 그랬지, 신랑꺼정 다 죽었지. (나는) 왜 안 죽어. [청중: 그렇게 하면 거 누구 가잖아.] (웃음)

[조사자: 두 번째 할아버지하고 사신지 얼마 만에 첫 아이가 생기신 거예요?] 한 이태 만에 애가 생겼지. 지끔 그 애가 육십하난가? 이제? 올해 환갑이지. [청중: 뱀띠야?] 뱀띠. [조사자: 그러면 할머니, 언제쯤 전 할아버지가 꿈에 안 나타나고, '그래 이제 나는 지금 할아버지랑 영원히 살아야겠다.'고 생각하신 거예요?] 생각을 하나마나, 안 오니까 같이 산다고 그러는 거지 뭐. 다 죽으니까 나 혼자 이렇게 사는 거지 뭐. [조사자: 아-. 첫 애 낳으니까 찾아와도 이 할아

버지랑 살아야 겠구나.] 아! 찾아오면, 찾아오면 쫓아 가야지. [조사자: 여기서 애기를 낳았는데?] 그럼 뭐. 내삐리고(내버리고) 가지. (웃음) 내삐리고 간데도 못 내삐리고 갈걸? 업구 가면 업구 갔지.

[조사자: 첫 번째 결혼하신 할아버지가 더 기억에 남으세요?] 남지요. [조사자: 아-. 더 잘해 주셨어요? 첫 번째 할아버지가?] 몰라. 그때는 어려서 시집살고 하니까 설워서 그런지 암것도 몰라. [조사자: 그럼 첫 번째 할아버지와는 첫 정 때문에?] 그렇지요. 그렇게 산 거지. 나는 서화 살고, 여기 관대리에 나와 있었는데 뭐. [조사자: 잘 만나지도 못 하셨구나.] 관대리 나와 근무 했으니까. 잘 만나지도 못 했지. 서로 다 떨어져 살았지. [조사자: 지금도 얼굴 생김새나, 젊었을 때 그 모습이 기억이 나세요?] 이젠 잊어버렸어. 벌써 몇 십년이야. [조사자: 그렇죠.] 우리 큰 딸이 지금 육십하나니까, 육심 한 오년 됐나? 칠 년 됐나, 그렇게 됐겠네. 떨어진지. 에이구, 지겨워.

[조사자: 그러면 지금 이쪽에는 할머니가 직접 낳으신 따님 두 분 외에는 아무런 연고와 가족이 없으신 거네요?] 없어. [조사자: 그러면 두 번째 할아버지와는 뭐 하고 사셨어요? 농사 짓고?] 농사나 있어? 그 난리에 뭐, 집 짓는 기술 배워서 그거 짓다가 나무 하니까 내고. [청중: 할아버지가 목수야, 목수.] [조사자: 아-.] [청중: 이 목수.]

[조사자: 두 따님도 할머니 이런 이야기 아세요?] 알긴 뭘 알어. 얘기를 해야 알지, 알어? [조사자: 모르시죠?] 그렇지. [조사자: 큰 따님도?] 큰 딸도 내가 얘기 안 하면 모르지. [조사자: 따님이 엄마 호적이 없잖아요. 그러면 '엄마, 왜 나는 호적이 안 되어있어?' 하고 물어본 적이 없어요?] 없어. 암 소리 안 해. [조사자: 그렇구나.]

[조사자: 할머니 그러면, 피난 다니시면서, 원주 수용소에 계시다가 다시 이쪽으로 오신 거예요?] 여기 있다가, 저쪽으로 가는 데가 무슨 수용손가, 거기가 몇 달 있었어. 거긴 몰라. [조사자: 거제도?] 아니, 저 쪽으로. 양구 쪽으로 가서 있었어. 거기 가 몇 달 있다가 배급 줄어 진다고 하니까 일로 들어온

거지. 들어오니 혼자 살 수 있어? 영감 읃어 가라구, 신랑 읃어 가라고 그러니까, '아니, 안 간다.'고. 우리 외사촌시아주버니가 여기 와 살았는데, '제수씨, 재혼해야 살지, 혼자서는 못 살어요.' 그래서 우리 시아주버니가 날 시집을 보냈어. [조사자: 똑같은 처지의 남자한테?] 그럼. 우리 시아주버니는 마누라랑 다 같이 나왔다가 저 인제 들어가 다 돌아가시고. 나 혼자만 이렇게 남았지. 그래, 그 조카딸들을 좀 들여다 볼래도 들어가기가 싫어. 지끔 만내면 반가워 할텐데. [청중: 살았을까?] 응? 아, 거기 살아. 그쪽에. 이평리. [청중: 그럼 놀러 좀 가고 그래요.] 그 다리 건너와서, 쪼끔 들어와서 인제 밑에 거기 살았어. [청중: 아, 놀러도 가고 그럼 되지.] 아이구, 어느 집이 사는 지, 그 전 집에 있는 지.

[조사자: 따님들은 다 어디 사세요?] 우리 딸이요? 하나, 큰 딸은 인천 살고, 하나는 춘천 살아. 지끔 온다 그러네. [청중: 작은 딸이?] 응. 온다고 엄마 점심 먹지 말고 있으라고 그래. [조사자: 자주 왕래 하세요?] 아, 저도 벌어 먹으니까, 자주는 못 오지. 시어머니가 또 여기 있으니까. [조사자: 춘천은 가까우니까.] [청중: 사우(사위)가 버스 기사거든, 관광차.] 그러니까, 저희 노는 날 오는가봐.

혼자서 당차게 이겨낸 전쟁이야기

신 영 길

"군인 여자라면 안 건드렸어요. 개인 여자는 데리고 와서 막 욕을 뵈고 그래도 군인 여자라면 못 건드렸다고."

자 료 명: 20140408신영길(정선)
조 사 일: 2014년 04월 08일
조사시간: 45분
구 연 자: 신영길(여 · 1927년생)
조 사 자: 오정미, 김효실, 한상효
조사장소: 강원도 정선군 여량면 신영길 화자 집

[조사과정 및 구연상황]

정선의 작은 슈퍼 주인의 소개로 신영길 할머님을 만났다. 기찻길 옆의 작은 집에서 홀로 살고 계신 신영길 화자는 처음에는 이야기하기를 꺼려했지만, 곧 자신이 어떻게 남편 없이도 전쟁을 잘 이겨낼 수 있었는가를 구술하기 시작했다.

[구연자 정보]

정선이 고향인 신영길 화자는 전쟁 당시 결혼한 새색시였다. 전쟁이 터졌을 때, 당당히 친정으로 피난을 가겠다고 할만큼 씩씩하고 활달한 성격으로, 남편 없이 친정에서 전쟁을 이겨냈다. 그 후에도 일찍 남편을 여위고, 행상을 다니며 홀로 아이들을 키우며 살아왔다.

[이야기 개요]

열아홉에 시집을 왔고. 스물 네 살에 6.25 사변이 일어났다. 피난을 갈 때 시부모님께 말하고 친정으로 피난을 갔다. 친정은 산 속에 있었는데, 국군이 친정집 방에 머물면서 여자들을 데려와서 잤다. 간혹 국군이 남편이 어디에 갔느냐고 물었지만 남편이 국군이라고 이야기하며 위기를 모면했다. 그 중에 열 세 살이던 시동생은 다른 곳으로 피난가는 아저씨를 따라 나섰다가 산 속에서 얼어 죽었다. 큰 시어머님은 집을 지키기 위해 가족들과 떨어져서 집에 남았는데, 군인들이 찾아와도 귀가 먹어 안 들리는 것처럼 했더니 해코지 당하지 않았다.

전쟁이 끝난 뒤 집은 인민군들이 불태워 없어졌고, 월세방을 전전하며 살았다. 시아버지가 집터에 집을 다시 지어 살았지만 시어머니가 결핵에 걸렸다. 시아버님은 병을 고치기 위해 집과 논, 밭을 모두 팔아 치료를 했지만 결국 고치지 못하고 시어머니는 돌아가셨다. 시어머니 장래를 치른 다음 해에 시아버지도 갑자기 돌아가셨다. 없는 살림에 연이어 장래를 치르니 살림이 더욱 어려워졌고, 남편도 서른살쯤에 죽어 생계를 돌봐야 했다. 일찍 군대에 간 첫째 아들을 뺀 여섯 아이들을 보따리 장사를 하면서 키웠다.

[주제어] 피난, 친정, 국군, 여자 짓, 피난, 과부, 월세, 시아버지, 결핵, 생계

[1] 말 많고 탈 많았던 나의 삶을 이야기하다

스물 네 살에. [조사자: 음. 스물 네 살에.] 스물 네 살에 6.25사변을, 내가 그럴 적에 시집살이를 했다구요. 시집을 열아홉에 가가지고 시집살이를 했는데. 시집을 가서 6.25사변이 있었거든요. 근데 지금 생각하면 인제는 그 난리는 다 잊어먹고 이제는 나이가 너무 많아가지고. 벌써 내가 세상을 떠나야 되는데. [조사자: 에이 무슨 그런 말씀을.] 아이고 이 할머니가요 숨이 안떨어져갖고 살고 있네요. [조사자: 건강하시고 이렇게 정정하신데 무슨 말씀이세요.] 집도 하나 마련을 못하고 이래 산다고. [조사자: 자손분도 선생님이시라고 자랑하고 가셨는데.]

선생님요. 옛날에 없어가지고요. 우리 시어머니, 시아버지가 옛날에 그 말라죽는 병이 들러가지고 옛날에 논 댓마지기 있고 터 밭 한 천 평 있던거 다 팔아서 강릉 의료원에 갖다주고. 우리 시어머니 돌아가시고. 시어머니가 시월에 돌아가시고 기 한해지내서 석달에 시아버지 마저 돌아가시고. 장사지내고 나서니 지금은 우선 장례를 이래 촌에서 옛날 그 행상 틀에다 장례를 치르고 나니 이 사람들이 뭐이가하는고 하니 거지 거지 저런 알거지가 없대요. 아무것도 없거든. 재산 그 땅 좀 있던거 병 고칠라고 다 갖다주고. 나는 이 몸뚱이만 남은거여. 시집살이. 그러니까 내가 한 4년 한 5년 했는데. 그러니까 아니여. 한 10년 했구나. [조사자: 기억력이 이렇게 좋으신데.]

[조사자: 할머니 잠깐 저희가 이거를 하기 전에 할머님 성함 좀 여쭤볼께요. 할머니 성함이 어떻게 되세요?] 신영길이. [조사자: 신자 영자 길자.] 그럼 할머니 올해 연세가 어떻게 되시는거세요, 할머니? 내가 호적나이 줄어가지고. 올해 내가 원래는 용띠거든. 팔십 일곱이에요. [조사자: 원래 연세는 용띠세요.] 용띠. 팔십 일곱이라구요. 근데 옛날에 친정어머니가 딸을 하도 냅다 낳으니까 나를 우리 아버지가 두 살이 줄거서 출사를 했대요. 딸이 우글우글하니 옛날에 딸이 많으면 그 무식하잖아요 그래 내가 나이가. [조사자: 호적 나이는 팔십 오세로 되셨구나.] 예.

[조사자: 할머니 그러면 지금 전쟁, 고향은 어디신거에요, 고향.] 고향이 여기 저 산골에 여 옛날에 막두둑이란 데서 토방집에 나서 커가지고. [조사자: 거기도 정선? 강원도 정선?] 여기 여 산골이에요. 여 막두둑 요 산길을 올라가면 시커먼 산골 밑이여. 저런 산 밑이라니까요. 그런데서 나서 커가지고. 시집을 여 흥터라는 데 저- 올라가보면 물내려오는 다리 건너 이짝에서. [조사자: 네, 흥터.]

흥터라는 데 와서 열아홉 살 먹어 시집을 거 내려와가지고 거기서 시어머니, 시아버지 모시고 살면 내 맏시아주버니가 나하고 동갑인데. 6.25사변 전에 군에 가가지고 6월에 갔는데 설 쇠서 정월 초이튿날 가 사망이 됐거든. 그래가지고 내가 둘째로 들어왔는데 내가 맏이로 시어머니, 시아버지를 모셨거든요. 그래서 시어머니, 시아버지 다 그런 병이 나가지고. 시아버지는 갑자기 돌아갔지만 시어머니는 그 병을 7년 앓았어. 7년 앓으며 그 재산 땅 다 팔아서 갖다 모이하고.

그래고 내가 이 아들을 그럴 적에 나도 낳는 족 족 7남매를 낳아가지고 우리 시어머니, 시아버지 돌아가시니 장사지내고 나니 다 거지 거지 하는데 아무것도 없지 뭐 있어. 나는 아 들 데리고 내 손 뿐이여 내 몸뚱이 뿐이여. 그래가지고 저 개금벌이한테 집을 다 빚을 집 있는거 빚에 다 잽히고 오막을 지어 헌 오막을 저 건너 올라갔어요.

거 가서 옛날에 여 광산이 있었어. 거 가서 우리 집에 가들 아버지가 그 일 안하고 낭구 저 올렸다고. 옛날에 이 속에 굴 파면 토막난거 들이 받히는 거 들어갔거든. 그 낭걸 저 올리면서 그 낭구 저 올리면서 벌어먹고 살았어요. 땅도 없이. [조사자: 땅도 없이 나무만 하시면서.] 근데 그 가서 그러고.

우리 큰 아가 그럴 적에 갸가 출생 하나 빨리 돼가지고 스무살에 군대를 갔어요. 그래 군대가고. 이럭-저럭 내가 서른 일곱. 몇 살에 내 혼자 됐나. 갸들 아버지 세상 떴고. 내 혼자 몸뚱이로 아 들 7남매를 맏이는 군대를 갔고. 고 밑에 6남매를 데리고 아이고 사는 생각하면 나는 말도 못해.

옛날에 뭐 있어? 없으니까 여 가서 저 보따리 장사를 해서 보따리 장사를, 보따리 장사가 뭐인지 알아요? 모르지. [조사자: 말씀들 많이 들었어요.] 보따릴 장사를 매고 다니는데. 어깨에다 보따리를 옛날에 이런 바지요 이 몸빼라는 거여. 이런거 가서 한 보따리 떼서 두르면 옛날 돈으로 사천오백원에 띤다고. 그래가지고 오천원 받으면 한 장 오백원 남아요. 그걸 주일마다 돌아댕기며 팔았어. 팔도강산을 돌아댕기며 띠어가지고 그래 팔아서 애들을 멕여 키우니.

우리 막냉이가 네 살 때 갸 올해 사 십 다섯 살하고요. 막내 아들이. 사십 다섯인가 오십 다섯인가. 사십 다섯이야. 그기 여 여랑초등학교, 중학교. 딸이 4형젠데 딸도 내가 옛날에 못배웠으니까 초등학교는 내가 다 끝냈어.

“나는 못배웠으니 너희는 이름자라도 봐라.”

이래고 초등학교는 여랑 초등학교를 다 가르쳐서. 그러고 그어 인제 가르칠건지가 없으니.

"니 이름자 아니 됐다."

이래고. 기양 다 지가 커서 초등학교 나와가지고 서울 뭐 양말 공장을 나갔어요. 딸네가 올라가고 우리 막내 아들을 여랑 중학교 나와서 강릉 고등학교 지가 가게 되가지고 강릉 내려가가지고 저런 건축관에가 들어가가지고 못을 빼어 못을. 거 가서 5년 했어요. 건축일을 5년 해가지고서네 그걸 고등학교를 가르치고 대학 1학년 때 그게 또 군대를 갔어. [조사자: 음. 대학까지 보내셨구나. 아이고.] 그래가지고 지금 강릉 그 명고라는 데 선생 시험 쳐가지고 군대 갔다와가지고 마지막 쳐가지고 시험 쳐가지고 선생 아직 하고 있어요. 게 그거 하나만 지가 그래고는. 아들이 3형제 되는데. 나도 산 얘기하면 말도 못해.

[2] 전쟁 때문에, 집이 모두 타버리다

[조사자: 할머니 저희 그 얘기 한번 먼저 해주시겠어요? 처음에 여기 시집 오셔

서 시집 와서 바로 전쟁이 난 거에요?] 전쟁이 난기 그기 내가 열아홉에 시집와 스물 네 살에 전쟁이 났거든요. [조사자: 아, 십구세에 시집오셔서 이십사세, 스물 네 살에 전쟁이 났어요?] 스물 세해 났구나. 세해 나고 너이에 우리 큰 아들이 났으니까. [조사자: 스물 세 살에 그럼 전쟁이 나신거에요.] 예. 스물 세 살에 전쟁이 났어.

그래가지고 내가 피난이라는 데를 저 고랑데니 저 들어가했어. 거 옛날 오막살이 집이 있었거든. 거 드가 피난해가지고. 한 거기서 한 일주일 살았어. 옛날 오막살이 집 조그만게 하나 있는데. 거 방을 들어눕지도 못하고. 막 몇 집이 있었는데 뭐이 올라가가지고 밤을 막 앉아 세우고.

그기 동짓달에 여기가 6.25사변 난리 났는데. 저 우리 있던 집은 집 비워 놓고 올라갔더니. 닭이, 옛날에 닭을 키웠잖아요. 이북사람들이 들어와가지고 집이 비었으니 닭 잡아먹을라고 불 싸놔가지고 태워버렸어. 그 6.25사변에 그 전장에 이 사람들이 여 들어왔다가 저 들어가서 7월에 들어갔다가 그기 동짓달에 나오면서내 그랬어. 7월에 이북사람이 구절 사단안에 들어가있다가 동짓달에 나오면서 그 불 쏴났다고. 동짓달에 저거를 올라가가지고 집 잃고는 고마해 내려와가지고는 집 다 탔지 여기 끝나니까. 여기서 한국 아군들이 여기 죄 들어와가지고 여기와 이 사람들은 여기 있고 마주 전투를 몇 번 했어. 아주 마주.

그래가지고 저기 있다가 끝나면 면에 셋방 월세방을 살았지 뭐 돌아댕기며. 그래 몇 해 뒤에 우리 시아버지가 집을 지었다고. 그 자리에다가. 또 집을 이렇게 지어가지고 살면 우리 시어머니가 살면 옛날 결핵이 들었어. 그래가지고는. [조사자: 결핵.] 결핵병이 들어, 그 병은 말라죽는 병이라 하더라구요. 옛날에는 그 병이 걸리면 남자들은 고쳐도 여자들은 못 고쳤대요. 그런걸 사람들 다 못고친다하는데 우리 시아버지는 내 식구니 내 고친다고. 저 강릉 의료원에다 갖다 놔두고. 옛날에 그 차도 없었어요. 그 댕기는 차도. 걸어댕겼어 강릉까지.

그래 갖다놓고는 그래 고치는데 못 고치고 돌아가셨잖아요. 그 가 3년을 있다가 4년 만에 집에를 9월에 왔는데 10월에 돌아가셨어. 못 고친다고 데려가라하니까는. 가서 입원하고 있다가. 게 돌아가시고는. 고마 집 다 팔아 없애고. 한해 옛날에는 한 해 지내며는 벵수라는 거를 봐 놨다가 아주 옛날에는 3년씩 그래 모셔놨는데. 중년에는 제 보내면 내보냈어요, 벵수를. 그래 10월에 벵수 내보내고 우리 시아버지 석 달에 또 돌아가셨어요. 그리 장사지내고 나니 나는 아주 거지지 뭐 없어 아무것도.

[3] 군인 아내인척 해서 위기를 모면하다

[조사자: 할머니 근데 여기 처음에 저희가 여기 정선 쪽은 잘 몰라서 여기 지역이 전쟁났었을 때 여기 여기 전쟁 났을 때 상황이 어땠어요, 할머니? 인민군들이 많이 들어와 있었어요?] 여기는 없고. 쭉쭉 빠졌어. 저 사단 안에 들어가 있고. 여기는 없었어요. 여 고양산이라는 데를 들어가 있었고. 주둔하고 그 패거리. 여기 동네는 없었어.

[조사자: 그러면 할머니께서는 인민군들 들어와서 혹은 국군한테고 무슨 억울한 사연이나.] 나는 그런 거는. 내가 그 결혼했댔거든. 열아홉 살에 결혼 했으니까 스물 세 살에 6.25가 났으니까. 여 막두둑이라는 데 난 집에 나는 피난 올라가있고. 또 우리 시집은 저기에 또 가있고 갈라있었어여. [조사자: 그럼 온가족이 피난을 안가고.] 그렇지. 헤어져살았지. 헤어져서 여기저기 갔지. 맏이는 또 군에 갔고. 그래니까 헤어져 사는데. [조사자: 할아버지는, 할아버지는 어디계셨어요.] 할아버지는 어머니하고 따라 댕기고. 그 청바나갔어, 청바. 우리 내, 우리 남자는 청바 따라갔다고. 방위대라고 또 군인 밑에 방위대라고 나가는 게 있었어요. 그 따라가 있었어.

그래가지고 이걸 나 저기 가 있으니까. 그랬지. 군인들이 들어와가지고 우리 친정집 방이 네 개 있댔어. 그 살아와서 며칠 있었어요. 군인들이. 그 군인들이 댕기며 일곱 집이 가 있었어. 저 산 꼭대기 일곱 집인데. 여자들이요 이 동네서 젊은 여자들 그 피난 올라갔단 말이여. 이 여자들을 군인들이 끌고 가. 가지고. 우리 친정집 살아와서 막 데리고 자는 거야.

그런데 나는 부엌에 있는데 와가지고. 옛날에는 머리가 이렇지 않고 비녀라는 거 쪽 찔렀거든요 게. 지금 젊은 사람들 모를기요. 근데 내 비녀를 쪽 지르고 주방에서 밥하고 설거지하니까 군인들이 와가지고 게 옛날에는 아주머니요.

"아주머니는 왜 혼자 있네?"래.

"아이, 난 남자가 군대가고 나 여 와있다고. 나 여 피난와있지. 그런 줄 알라."고.

알았대. 군인 여자라면 안 건드렸어요. 개인 여자는 데리고 와서 막 욕을 뵈고 그래도 군인 여자라면 못 건드렸다고. 게 나는 옛날에 젊었을 적부터 말 수단은 있었어. 나는 남자는 군대가고 나 여 친정와있다고. 알았대요. 그래가지고 거기서 피난했지. 게 며칠 주둔해있다 그 사람들 가면 해방이 돼있단 말이여. 그래가지고는 여 나도 아주 아이고 옛날에 시집사람이 그기 난리 겪으며 산 생각하면 말도 못해.

[조사자: 그러면 할머니 그때 절로 피난을 가신 거는 할머니랑. 할머니 혼자서 가신거에요? 산속으로? 왜 시부모님들은 안 따라가시고?] 시부모님들은 옛날에 식구가 많았어. 우리 옛날에 시어머니, 시아버지가 아들, 딸을 많이 나가지고. 식구가 열 너이 됐다고 열 너이. 열 너인데. [조사자: 며느리 필요없었구나.] 며느리 필요없고. 우리 저 내 우에 맏동서도 살았던 데를 갔고. 딸 하나를 업고 걸어갔고. 나는 또 내 친정을 갔고. 우리 시어머니, 시아버지도 저 처 올라갔고. 아들, 딸 데리고 거 올라갔고. 뭐 그러고 살았지요. 옛날에 피난은 그래 겪고 나왔어. 뭉치서 안 있었다고요. [조사자: 아, 그랬구나.] 그렇게 살았어요 내가.

[4] 전쟁 후 남편죽고 혼자 장사하며 아이들을 키우다

그래 삶이 보따리 장사를 내가 안 해 본 장사가 없어요, 옛날에. 한 사오십 대까지요. 강릉 내려가서 그 건축을 한 5년 거 매달 일 하고. 내가 장사를, 보따리 장사를 내빼렸잖아요. 그래 벌어먹고 살았어. 내가. 이문도 없는 장사. 이 농사일할라해 땅이 없지. 할 게 없거든요. 그러니까 보따리 장사를 핸거에요. [조사자: 그러면 할머니.] 나는 본래 클 때 농촌에서 커가지고. [조사자: 농사해야되는데.] 농사. 우리 어머니, 아버지가 농사를 짓고 따라 했거든. 그 산골에 댕기면서 요런 쪽지게해주면 걸어지고 댕기며 나무하고 꼴 베고. 여름 김 멜때 김메고 씨앗이 넣어주고. 그러고 컸어요. 내가.

[조사자: 그러면 할아버지는 다시 돌아오셨어요, 할머니.] 야. 갔다 왔지. [조사자: 그래도 다시 오셨네요.] 군인들 끝나니 어떻게 집으로 왔어. 와가지고 거내 어머니, 아버지 데리고 농사짓다가 가빼렸지. 게 나도 일찌간이 혼자 되가지고 아 들 데리고 여즉지 사는거여. 다 키워서 짝 지워서 다 나가고. 내 혼자 이렇게 사는거여. [조사자: 고생 많으셨네요.]

아들이 오라해도,

"나는 느이 집에 가면 나는 니한테 손님이고 안 된다."고.

"나는 여 혼자 살다가. 내가 만일에 죽을라고 뭐이 달라지면 전화할게." 그랬지.

"와 설라므네 파묻고 가라."

이래요 나는.

나 안가. 아 가면 서로 불편하다니까. 피 시럽고. 이웃사람온거하고 똑같애요. 안그래요? 나 그렇게 살아요. 내가 뭐 죽을라면 뭐이 달라도 다르겠지. 정신이 달라도 다르고. 그럼 내 전화할게. 그랬지. 와서 파묻고 가 그래요. [청중: 석환이 어매는 전화기 붙잡고 죽었다 그러는데.] 그러면 급하게 어디 전화할라고. [청중: 이 할머니도 그럴지 모른다고.] 어. 나도 그래. 전화를. 그래도 미리 전화를 해야지. (웃음) [조사자: 아휴. 씩씩하시네요.] 나 그렇게 살고 있어요.

[5] 전쟁 중에도 겁이 나지 않았다

[청중: 이 할머니도 6.25때 그렇게 고생안하셨네.] 어이고. 나는 이거 피난을 거 친정에 가 피난을 했고. 우리 시어머니, 시아버지 저 석골 최서방네 알아요, 최서방네? 잘 모를껄. 우리 아버지 외가거든. 거 가서 피난했어. 그러고 난 친정에 하고. 헤어져서 돌아댕기며 살았어요 옛날에. 식구도 모르고. 열아홉에 결혼해도 식구라는 거를 지금 사람들은 서로 연애하고 펜팔하고 총각 색시 잘 만내 얘기 잘해도. 옛날에는 중매를 했는데. 내가 열아홉에 해도 부부생활을 모르고 살았거든. 그렇게 살았어. 그래 열아홉에 결혼해가지고 스물 네 살에 내가 첫 애기를 낳았다니깐. (웃음) 부부생활을 모르고 살았어. 나는. 그래 여즉지 내가 산다고요.

[조사자: 그러면 친정에 피난갔을 때 친정식구들이나 누가 이렇게 전쟁 때문에 돌아가시거나 다치거나.] 우리 친정 식구는 그런 사람 없어요. 그랬지. 막 이랬거든. 내 밑에 동생들이 내가 제일 맏딸인데 막 그 이래서 좀좀좀좀 했어요. 그래 없었어. [조사자: 누구 군대에 갔다가 죽은 사람도 없고.] 죽은 사람. 우리 시아주버니가 맏이가 사망했고, 사망이 됐지. 친정 식구는 그런 게 없어. 내 친정. 내가 제일 맏이기 때문에 밑에는 동생들이잖아요. 그러기 때문에 없었어.

[조사자: 그러면 그때 아무리 친정에 있어도 국군이든. 뭐 아무리 국군이래도 무섭거나 그러진 않으셨어요?] 나 안 무서웠어요. 자들 빠져가지고. 내가 하도 돌아댕기매. 옛날에도 좀 그래도 내가 어둡지 않았어 내가 좀 무뚝뚝하고 그렇지않애가지고 무서운 게 하나도 없었어. 내 나름대로 대꾸하고 그 얘기, 활동대로 말 탁탁하고 그랬다구요. 겁이 안 났어요 그 군인들이고. [조사자: 왜냐면 옛날에 막 국군 아까 여자짓 얘기하셨잖아요. 국군들도 그렇고 왜 깜둥이, 미국군들도 와서.] 막 겁탈을 막 하고 그러는데 나 당한 적이 없고 안해봤어.

그러니 그거 말로 때우면 되지. 그 사람들한테 말이 밑져야 당하지 내가 말 우에 올라가는데 자기네들이 할 말이 없거든요.

내 옛날 이 원주로 제천으로 차를, 지금은 차 몰면 차를 못타도. 돌아댕기니 팔도강산에 유람했어. 서울로 돌아댕기면. 이제는 이 버스를 타면 차를 타면 내 멀미를 하잖아요. 멀미가 나가지고 차를 못 타기 때문에 여기 들어앉아있지. 지금도 이리 텔레비 여섯시 내고향을 보면 좋은 데 나오잖아요. 차만 잘 타면 내가 차타고 댕기미 팔도강산에 유람하고 싶어. 차를 못타니 못간다구요. 내 여 들어앉아있어요.

[조사자: 나는, 내 남편은 국군이다 그렇게 하면 어쨌건 다른 국군들이 나쁜 짓은 안했군요?] 안했지요. 어디 가서 그러고해요. 못해요. 나는 본래 여즉까지 있어 삶이 내 남편 하나 그 그만이지 그런 거 없었어. [조사자: 아니 그런데 다른 여자분도 그러면 우리 남편 국군이다 이러면.] 그 사람들이나 머리가 어둡거든. 그 사람들도 그럴 적에 남자가 청바 나갔지. 피난갔지. 이러고 거 가서 피난 자기네도 하는데 말 주변이 없잖아. 말주변이. 그 당하는거야. 맹지기처럼굴어. 알아요? 맹지기처럼. [조사자: 아, 멍청이.] (웃음)

[조사자: 그러면 할머니 주변에 아는 누구 동무나 아니면 아는 동생이나 그렇게 그렇게 몹쓸 짓을 당한 아는 친구도 있었어요?] 그렇죠. 거 그러고. 그렇죠. 내가 젊은 청춘이 되나니까 모르는 사람들이지. 내 아는 사람은 없었어요. 군인들한테 붙들려 와 당한게 내 처녀고 내 또래 우에 두 살 우, 세 살 우 그런게 시집안가고 그랬지. 그 웃동네에 처녀가 살았거든. 그래 와서 모두 당하고 이랬지. 나는 그런 거는 몰랐거든. 그 일 주마 들어오면 남편 어디 갔나. 남편 군대 갔다고. 날보고 그런 건 절대 묻지 말라고 나가면 그만이야. 내 남편 군대갔는데 내가 당신들하고 할 말이 뭐가 있냐고 해면. 알았대. 그면 그만이야.

[조사자: 맞어. 역시 말을 잘해야 돼.] 아 사람은 말을 해야지. 말이 강산이잖아요. 옛날에 나 요래 클 적에부터 말은 아주 끝내줬어요. [조사자: 그러셨을

거 같아요.] 산골에 컸어도 말에는요 남한테 뒤따라가지 않았어요. 그래니까 나는 본래 지금도 어디가 앉아서 노인들하고 이래 앉아 놀고. 심심풀이 앉아 십원내고 쳐도 거기 앉아서 그 아주머니 사람 돈을 따면 안가져와요. 그 잃은 사람 주고와. 잃은 사람 주고 몇 푼을 잃던지 잃은 사람 다 갈라주고 가져오는 게 아니야. 그 심심풀이로 앉아 놀다 오는거야. 나 그러고 살아요. 이래 삶이. 내 용돈씩 그저 조금씩 나오잖아요. 나 그거뿐이 없어. 옛날에 없이 돌아댕기는거같애. 적금 넣은 것도 하나 없고 예금한 것도 없고. 내 손만 이래 들고 댕기고 입만. 여즉지 그리 먹고 살아요.

[조사자: 피난가셨을 때 따로 가셨잖아요. 시아버지랑 따로 가셨잖아요.] 친정 어머니, 아버지있는 데 있었거든. [조사자: 안서운하셨어요?] 아 그런거 없었어요. 몰랐어 그런거. 남자가 가도 모르고. (웃음) 내 어머니, 아버지만 중요한거여. [조사자: 친정에 간다고 하니까.] 그래 모두 피난을 가니 나는 어머니, 아버지한테 피난하겠다 하니 시어머니, 시아버지 가라 하더라구요. 내 어머니, 아버지가 중하지 시부모는 서름서름 하잖아요. [조사자: 그렇지 그렇지.] 내 어머니. 아버지가 최고거든. 그래 어머니, 아버지한테 갔지. 나 그렇게 살았어요. [조사자: 그니까 그것도 말로 하신거네. 나는 친정 엄마, 아빠한테 가겠다.]

엄마, 아빠한테 가지 시부모는 못따라가겠다하니 가래. [조사자: 멋지세요.] 아무데 가도 내 인생 내가 똑바로 살면 되는거 아니여. [조사자: 그러니까 시아버지, 시부모님이 너는 절로 가라 한 게 아니라 나는.] 내가 한거여. [조사자: 할머님이 먼저. 그러셨구나.] 어, 시어머니, 시아버지 저짝으로 가면 나는 친정 어머니, 아버지한테 피난하고 그런 줄 아는거야. 잘 건강하게 잘 가라 하고. 옛날에 차도 없고 곧바로 저 산골로 올라간거야 혼자서. 저런 솔 밭 속에 길이 요만한게 있는데 거 올라간거야. [조사자: 혼자.] 그러고 살았어요 나는.

[조사자: 그래도 혼자 갈 때 안무서우셨어요?] 아이고 나는 요래서부터 솔밭에 혼자 댕겨도 무서운 게 없었어. 옛날에 저 댕기면 옛날에 호랑이가 흔했

어. 요 이래 댕기면 요 질바닥 부시럭 부시럭 같이 댕겨요. 알아요? [조사자: 같이 댕겨요? (웃음)] [조사자: 할머니 옛날에 호랑이도 많이 보셨어요?] 그러믄요.

[조사자: 안 잡아먹어요?] 아이 그기 요 산신이 내둬야 잡아먹지. 호랭이는 아무나 사람이고, 토끼라도 니 먹어라 해야 먹지. 굶어죽는 호랑이 땠어요, 알아요? 옛날 세상에 이 호랑이가 사람을 요 산신이 저 사람 호환해 갈 팔자니 가져오너라해야 가져오지 못가져왔대요. [조사자: 아, 호랑이가. 산신이 호환해라 하고 허락해야 호랑이가 잡아먹지.] 응.

이 토끼라도 한 마리 갖다 먹어라 해야지 못 갖다 먹었대요. 굶어죽은 거는 호랑이댔데요. [조사자: 아, 호랑이가 오히려 굶어죽었대요?] 지금은 그 동물 뭐이 해가지고 고기를 자꾸 갖다 먹여 살리잖아요. 옛날에 그런거 없었잖아. 그리 산에 댕기다가 산신님이 토끼가 아무데 있으니 그거 갖다가 니 끼니 떼워라. 가지고 가거라. 굶어죽지 않을 만 하면 한번씩 멕이고 그랬데 옛날에는. (웃음)

[조사자: 우리 할머니 너무 얘기 잘하신다. 할머니 그러면 호랑이 봐도 안 무서우셨겠어요.] 어? [조사자: 호랑이 봐도.] 어. 안무서워. [조사자: 진짜 호랑이 눈 앞에서 보신 적도 있는거에요?] 그렇지. 여기 앉아 있어도 괜찮지. 나는 옛날에 그러고 살았어요. 집까지 댕기다 이 부스럭 부스럭 같이 댕기고. 그래 나하고 같이 가자 이래고 그양 댕겼어. [조사자: 고양이네, 고양이.] 고냉이 산에 요 요 고냉이 알아요, 고냉이? 상이 똑같어. 동그란 게. [조사자: 고양이?] 고양이. 고양이하고 상이 똑같다니. 고양이가 이 머리가 호랑이 사촌이란 말이

야. 그 똑같애. 호랑이 얼굴을 똑똑히 보고 고양이 얼굴을 보라고. 서울 동물원에 가면 많잖아. 똑같어. 서울 동물원에 많이 댕기면서 많이 봤거든.

나 여 지금 늙어서 여 앉아 있으니 그렇지요 한 육십대 서울가서 한 십년 있다 왔거든 또. 근데 우리 그 외손주 키워달라 해가지고 애기 봐주러 거 가 있었어. 그랬는데 동물원 내 실컷 댕겼어. 근데 차를 못타니까 지하철을 한 역 타고 가다가 멀미가 나 또 내려 앉아 있다가 고 다음에 또 가고 고 다음에 또 가고. 그래 댕겼어요. 지하철에 확 타면 멀미 확 올라와요 아주. 지하철도.

옛날에는 나는 이 무색옷은 안입고 할머니 옷을 입고 내 머리가 삼십대 이 새치가 많아서 하얗게 샜어. 그래놓으니 무색옷을 안입고 지하철에 가면 줄로 섰어요. 줄로 서는데. 내가 줄을 서면 나는 노인 옷을 입고 머리가 하-얗게 되가지고 그 표 내주는 사람이 머리 끄떡하고 인사를 하면 거 나서라하고 여 내줬어요. (웃음) 거 표 내주면 받아가지고 앞에서 가는거야. 나는 만날 그래 살았어요. 지하철 타고 댕기면서도 여즉지 경로장이 없이 살어. 경로장 보자는 소리가 없고 주민등록 보자는 소리가 없어. 차를 그래 지하철이고 열차고 뭐 버스고 타고 댕겨도요 사람들 보면 대면 보면 경로증 보자고 하고 뭐 주민등록 보자고 하고 주소가 어디고 하는데 나 그런게 없어. 머리가 허-연게 아주 노인색으로 댕기니 아주 할머닌줄 알고. 묻는 게 없어. 나 여태 경로증안내고 살았다니까. 주민등록도 보잔 소리가 없고. 나는 묻는 사람이 없어요. 차를 그리 타고 댕겨도.

서울가서도 차를 못타니 하루 온종일 걸어가는데 걸어댕겼어. 서울도요. 좽일 걸어 댕겨. 가다가 다리가 아프면 모이 앉아 놀면. 또 그 앉아 세월보내고 얘기하고 또 실-컷 앉아 놀다가. 더 놀다가라해도 아이 난 갈 적에 가야 된다 또 가다 또 그래고. 그래 온종일 댕기고 가 자고 올때는 자고 오고. 서울 가서도 난 그러고 댕겼지요. 시내버스 못탔어요 멀미가 나서. 그렇게 살았어 내가.

[조사자: 할머니 참 여기가 인민군들이 몽땅 마지막으로 북한으로 들어가기 일

보 직전에 지역이었다면서요, 할머니.] 여기 들어와서 옛날에 우리 큰 댁이 내 시집 큰 집이 여 이 집 지은 게 여기 있었거든. 새로 짓고 그랬는데. 거 와서 막 군인들이 여 막 그랬대요. 주둔하고 있었대. 우리 큰 시어머님이 그럴적에 한 육십대, 육십도 안됐을 거야. 육십 안됐지. 한 오십, 사십 넘었겠구나.

그런데 여기 계셨는데. 군인들이 와서 막 여자들 데려와서 머이하고 자고 뭐이 이랬는데. 우리 큰 시어머니 말 주변이 없고하니까 고 막 귀 먹었다고 댔대요. 귀가 먹어서 못듣는다고. 요 귀가 먹어서 싹 못듣는다고 손질만이 하고 피난했대요 집에서. 막 싹가고 식구가 싹 가고 집을 비워놓으니 안되겠어 군인들이 확 들어와 자고. 못가고. 저 고간에 있다보니까. 고간에 찾아와서 막 뚜드러대. 나는 귀가 먹어 못듣는다고. 해코지를 안하더래요. 귀가 먹어 못듣는다 하니. 그래 우리 큰 시어머님은 집에서 피난했다니까요.

야, 나도 참 군인들 들어왔을 적에 모두 참 말도 못했어. [조사자: 왜, 왜 할머니? 뭐가 말도 못했어.] 아 그래 산 사람들은 그 삶이 고생하고 사는 기 없으니 고생이지. [조사자: 그죠.] 없으니. 일제때는 일본. 일본사람이 나와서 살다가 갔는데. 그 농사지으면 공출해라 뭐 석갱이 공출해라 뭐 갖다 공출해라 했는데. 여 있다가 갔잖아요. 내 클 적에 나 나라가 아주 그냥.

(조사자들이 사온 음료수를 돌려주려고 하셔서 이야기가 잠시 중단됨.)

본래 저게 이 뭐하러 이런 것도 안먹고. 음료수도 뭐이고 여적지 안 먹고 살았거든요. [조사자: 그래서 이렇게 건강하신가봐.] 내가 애기를 봐줘도 거 가서 우리 막냉이 딸 싹 넷을 낳아 키우는데. 요구르트를 그 멕이고 우유를 멕이고 그래 키웠어도 입에 한 개 안 넣고 살았어요. 고 여 내 밥만 먹고 살았어. 여즉지 그래 나는. 저런 거 뜯어먹고 밥 먹지. 뭐 음료수고 우유고 이 술, 담배 같은거 여즉지 안먹고 나 그렇게 살아왔어요 그러니까 이것 안먹어요 본래 옛날부터.

[조사자: 그러면 전쟁이 끝나자마자 남편분이 오신거에요? 할아버지가 바로 찾아오셨어요? 할머니 데릴러? 할머니 데릴러.] 그렇죠. [조사자: 데릴러?] 예. [조

사자: 그때 반가우셨어요, 할머니?] 뭐 반가워는 줬지. (웃음) 죽지 않고 살아왔는가. [조사자: 그 오셔서 뭐라세요, 할아버지가? 무슨 고생하셨다고.] 뭐 옛날에 뭐 하는 얘기도 없어요. 우리집에 남자는 옛날에 담배도 잘 피고 술도 잘 먹는데 말이 없더라구요. 아이고 무딱무딱 뭔 말이 없어.

뭐 부부라는 관계도 모르고 옛날에 이런 저거 족두리 내사 마 뭐 하고 그기 뭐 아 가 어른이 됐는가 이래고 살았지. 열 아홉에 결혼 해가지고 그래니까 스물 네 해 첫 애를 낳았으니까. 몇 년이야. 한 사오년 됐는가. 부부생활도 모르고. 서로 때 되면 어른들 밥해가지고 먹고 일어서면 그만이고 이렇게 살았어요. 몰랐어. 그 뭔 사람인가 그랬는데 나는. [조사자: 그래도 일곱이나 낳고 사셨네.] (웃음) 시작하니까. [조사자: 시작하니까. (웃음) 그렇구나.] 시작하니까 그 낳은거여.

[조사자: 그러면 제대하고 오셔서, 거기 오셔서는 따로 집을 짓고 사신거에요?] 아니 어른들 모시고 한군데 살았다니 옛날에. 사는데 우리 시어머니가 시아버지가 어린 거 많이 낳아서 데리고 댕기면서. 그 많던 게 6.25사변 겪은 뒤에 다 잃어버렸어. 그 홍역하다가도 잃고. 네 살 다섯 살 먹은 게 막 죽대요 아주. 그래가지고 다 잃어버리고 내중에는 막냉이 딸 하나 아들 하나.

또 참 군대. 그 저기 피난 가가지고 열 세 살인가 먹은 게 바로 밑에 시동생이 남잔데. 저- 산 중앙에 타서 저- 산 안에 있는 아저씨가 하나 가니까 거 따라 가다 얼어죽었어. 저 산마루에 가가서. 동짓달이거든 그기. 그거 하나 얼어죽었어요. 없어져서 그 사람이 무리 따라가다 얼어죽었다해서. [조사자: 그래서, 아니 왜 따라가.] 피난가느라고.

그 사람들이 온다니 무서우니까 사람이 쫓겨가니까 따라 가다 그랬지. [조사자: 아니 부모님을 쫓아가야지.] 그러니까 부모를 안따르고. 부모 따라가가지고는 그 사람을 따라 갔대요. 열 세 살 먹은기. 어머니, 아버지 있었으면 안 죽지. 그 사람이 자기는 먼 데 살러 간다 하니까. 죽지 않고 살라고. 거 여기 있다 죽을까하고 살라고 따라갔겠지 열 세 살이니까. 그래 가다 죽었대.

저 두 넘어가가지고. 여기서 시작해 저 산 밤에 넘어가니 어떻겠어 그게. 동짓달에. 게 그 사람도 그렇지. 그거 따라가는 걸 인생인데 그래도 끌고가지 혼자갔대. 내 삐리고. 그러니까 사람이 사는기 참 내가 그래 그건 사람도 아니라고 그랬어요. 사람이면 그 데리고 가지. 얼어 죽어도 같이 앉아 얼어죽어야지. 지는 가서 살고. 그걸 아무리 남으 자식이라도. 그걸 내삐리고 가요. 나는 그렇게 못해. [조사자: 그러게.] 남으 자식이라도 나는 어떻게해서든 데리고 못간다. 아무리 남자래도요. 그 사람이 자체가 그래도 그렇지. 그 사람은 자체가 아주 머리가 아주 잘못된 사람이라고. 내 자식이나 남으 자식이나 똑같지. 그걸 내버리고 가요. [조사자: 시체를 찾아왔어요?] 산에 고 자리에 갔다가. [조사자: 그대로 있어요?] 서이하고 아버지하고 거 가니 이래 가다가. 낭기있는데 낭기에 이래-기대고 앉아있더래. [조사자: 아이고. 어떡해.] 그런거 가서 묻고 왔다. 서이가 그놈 묻고와 막 울더라구요. 게 사람이요, 내가 사는기 나도 벨 고생 다하고 벨 속 다 썩고. 사람들이 날,

"못살고 시집살이 못하고 저런 사람이 어떻게 시집살이 하네."

하고. 시집이 하—도 하도 우환을 치고 하니. 거서 또 사내 소리. 못 산다 소리가 남들이 먼저 자꾸 했어. 그래도 내 곧 살았어요. 게들 어른들 다 모셔 내 손으로 감장 다 하고. 내 남자까지 내 손으로 감장다했어.

3년 전에 우리 큰 아들이 올해 육십 세 살이여. 그런기 여 내 친정이 이 앞에 있는데. 우리 어머니가 백 세 살 먹어 돌아가셨는데. 이 노인네가 치매 든가배. 몇 해 전에 자꾸 이 자식들이 자꾸 이 자식들 있는데 안 있고 나가 돌아댕기는데. 내가 서울 서 강릉에를 3년을 살았어요. 혼자 살라고 저 강릉 우리 막내아들 그 선생이 보고 집을 하나 마련해달라고. 그 융자를 내가지고. 집을 이런 옛날 집 하나 사주는거 거 가서 혼자 2년을 있었는데.

혼자 2년을 있다오니 우리 셋째 올캐가 아주— 어머니가 내빼가지고 못산다고 농사지을 때만 와서 좀 데리고 있어달라고. 석달만 데리고 있어달라고 해가지고. 게 여기를 왔어. 내려와가지고. 3년을 한달을 못채우고 어머니가

돌아가셨어요 내가 데리고 있다가. 3년을. 데리고 내려갈라고 노인네가 자꾸 내뺀다고 해가지고. 시골에는 내빼봐야 여 밖에 더 가요? 골목이 좁잖아요. 강릉같은데 데려가면 찾기 힘들어.

그래가지고 생각하다가 동생을 보고 빈 집을 하나 마련해달라고. 내가 어머니 데리고 있어보겠다고. 아들이 데리고 있어도 내빼는데 딸이 데리고 있어 안 가겠냐고. 내가 데리고 있어보마 우리. 빈 집 하나 수리해주는 거 거가서 엄마 데리고 있으니 이 노인네가 안가요. 그래가지고 한달만. 스무날만 더 있으면 딱 3년을 채우는데. 스무날을 못채우고 돌아갔어요. 내가 3년을 데리고 있은 거야. 그래 있다가 우리 어머니 장사를 모시고 나니 또 내 혼자 또 여 그 집은 3년을 융자를 내줬으니. 막냉이보고 집 팔아가지고 융자를 갚아버리라고. 내가 만일 또 가게 되더라도 갚으라고. 그 자꾸 필요없다고. 팔아가지고 융자를 갚았잖아요.

우리 큰 아들이 여 서울에 있었는데 그 다 며느리 보고. 나도 인제 증손주가 다 있어요. 손주, 증손주 다 있는데. 그 큰 아들이 집을 마련해가지고 다 있다가 내가 혼자 있으니까. 이 아들, 우리 아들 내 그러니까 손주 며느리, 손주가 따로 이렇게 살다가 아버지있는 대로 들어온거여. 들어오고. 오니까 며느리가 변변찮으니 그랬는지 내가 여 혼자 있으니 내한테 와서 2년을 있다가 고마 사망이 덜컥 됐잖아요. [조사자: 돌아가셨어요?] 네. [조사자: 큰 아드님이?] 큰 아들이.

사람이 다 좋다고 하고. 사람이 좋았어. 그 내가 아들을 잊어버리고는 고마 내가 이 정신이 없어지고. 지금 이 사는기 대신에 아 내가 앞서가고 내가 갈 사람이. 아들이 앞서갔으니 내가 이 사는기요. 올해 생각. 이노무 풀은 자꾸 올라오지. 우리 아들은 없잖아요. 요 왔다갔다 하는디. 이렇게 살아요 내가. 숨이 안 떨어지니 산다니. 내가 이 참말로 나는 이렇게 살아요 사는기. 아무리 참 내가 그러지 말아야지 하면서도. 그러지 말아야지 하다가도요. 참 우리 아들이 효자댔다구요. 그런데 그 생각하면 그것도 그래도 옛날에 내가 글을 못배워서 집안에서 한문도 좀 가르치고. 여 초등학교 가르치고. 다 가르치는 참 한문도 뭐이고. 보는 거는 눈이 멕히잖아요. 뭐이 했는데. 그 잃어버리고 생각하니. 가르친 본전도 없고. 나는 못배워서 못보고 못쓰지마는 자식들은 내가 그래도 그 이름자는 다 가르쳐놨거든요. 내가 못배웠으니. 지금은 다 뭐도 대학 가르치고. 나는 우리 막냉이만 뭐이해서 그리 했지. 못가르쳤어요. 그래서 이래— 살면서 생각하니 풀잎은 피고. 이노무 아들은 간 거 얼굴은 못보고 해마다 살면 이래. 숨이 안 떨어지니 사는거여. [조사자: 에이, 할머니. 다른 자손분들도 계시잖아요, 할머니.] 또 손자 손이 있으니. 내가 이래하면 안되겠다 하면서도 또 그러고 또 그러고. 그러지 말아야지 하면서도 또 생각나고.

어린아이가 겪은 파주의 6.25전쟁

황도흠

"이 손목 쪽 짤라서 저기 떨어진 걸 죄 주웠어. 그런게 좀 참혹한 거야?"

자 료 명: 20130121황도흠(파주)
조 사 일: 2013년 1월 21일
조사시간: 50분
구 연 자: 황도흠(남 · 1938년생)
조 사 자: 오정미, 김효실, 남경우
조사장소: 경기도 파주시 금촌 2동 1통 노인정

[조사과정 및 구연상황]

마을회관에서 만난 황도흠은 비교적 적극적인 태도로 파주의 전쟁 상황에 대하여 구술하였다. 직접 체험한 경험뿐 아니라 간접적으로 경험한 이야기들을 구술하였지만, 당시의 피폐했던 파주의 참상을 충분히 알 수 있도록, 여러 에피소드들을 구술하였다.

[구연자 정보]

화자는 경기도 파주가 고향으로 평생을 파주에서 살아왔다. 그래서 6.25 당시 파주의 전쟁 풍경을 비교적 상세하게 기억하고 있었으며, 특히, 지역의 특성상 인민군과 군인 중공군, 연합군을 모두 경험하면서 그 속에서 펼쳐진 이웃 간의 잔혹한 상황을 주로 구술하였다. 다만, 당시에 어린 나이었기 때문에 직접체험보다 간접체험 중심으로 구술하였다.

[이야기 개요]

어려서 군대에 가지는 않았다. 인민군들이 기차를 이용해서 물자를 수송했는데, 폭격으로 기찻길이나 다리가 망가지면 민간인들을 동원해서 복구를 시켰다. 당시 복구 사업이라고 불렀는데, 부모님들도 밤에 끌려가 일했다. 비행기에서 조명탄을 터뜨려 확인을 했는데 민간인들은 폭격하지 않았기 때문에 민간인을 동원해서 복구를 시킨 것이다.

가족들이 피난을 갔지만 한강 다리가 일찍 끊어져서 멀리 피난을 가지 못하고 행주산성으로 갔다. 그러나 거기서도 미군들이 폭격을 하는 바람에 며칠 만에 다시 집으로 돌아가서 지냈다. 파주에 머물면서 인민군, 중공군, 한국군, 유엔군, 영국군 들을 모두 겪었다. 인민군들은 후퇴할 때 식량을 뺏어간 것 외에는 힘든 일이 없었고, 중공군은 비행기 폭격을 피하기 위해 낮에 흰 광목천을 쓰고 다녔다. 한국군이나 유엔군은 젊은 여자를 찾아다니면서 괴롭혔다. 인민군이나 중공군은 그렇지 않았는데 개별 활동을 하면 사살됐기 때문이다.

당시 지방 빨갱이가 가장 무서운 존재였다. 경찰가족이나 공무원 가족들을 잡아다 죽였다. 파주는 이북과 이남이 교대로 주둔하면서 서로 가족의 원수를 갚기 위해 상대방 가족을 찾아 죽였다. 인민군이 후퇴할 때는 채 이북으로 따라가지 못한 가족들은 산속에 숨어 있다가 발견되어 끌려가 죽었다. 세월이 흘러 떠들지는 않지만 살아남은 가족들은 그 앙금이 아직 남아있다.

[주제어] 어린아이, 인민군, 중공군, 연합군, 지방 빨갱이, 폭격, 방공호, 가난, 식량, 꿀꿀이죽, 민간인, 사살, 폭탄, 학교 공부, 원수, 복수

[1] 인민군이 들어오다

요긴 이북이 가까워서 저 이 말하자믄, 전쟁날 때 그 저 새벽에 쾅쾅쾅쾅 그러는데, 이틀인가 사흘 만에 이 내 여기 요 4키로 안에 살았는데. 그 전에 학교가 없더랬어. 그 걸어댕겼어 그 6.25때는. 걸어서 책가방 메고 4키로를 걸어댕겼어. 그런데 그 사흘 만에 인민군이 역전에 들어왔더라고, 역전에. 그 저녁에. [조사자: 사흘 만에.] 사흘 만에. 게 내려온거지.

그 여자군인들 누구냐. 이쁜 여자들이 왜 여자 군인들이, 인민군 여자들이 아주 참 어려서 보니까 이쁘고 그냥 근사해비어. 어 애될때, 열세살짜리때. [청중: 거긴 옷 잘 입었나보다.] 이북 차림은 여자들. 거 이북 여자들이 이쁘잖아. 그럼. 그래가지고 그런게 기억에 남고.

[2] 꿀꿀이죽으로 연명하다

한 가지는 우리 그 배고픈 설움 밖에는 없어, 우린. 그 미군이 또 인제 이렇게 들어왔다 나가고 미군들이 들어와 가지곤. 이제 동네 주둔을 했어. 우리 동네 포부대 들었어. 이북에 쏜 포부대가. 그럼 만날 먹을 거 달라고 쫓아댕겼어. 그 그들 이제 자기 고향에서 와. 크리스마스 때 그냥 제, 미국은 잘 살았잖아. 그저 사탕마다 막 가져오믄. 그거 달라고 막 쫓아댕겼어. 그렇게 하고 얻어먹을라고. 그 전에 여기 먹을게 뭐 있어. 먹을 게 하-나도 없지. 그라고 돌아댕기고 짭짭 달라고, 짭짭. [조사자: 짭짭.] 그래그래. (웃음) 그래갖고 그때 아-무거나 그냥. 그러고 이제 미군들 먹다 남은 그 쓰레기를 통에다가 담아다 개울에 갖다 내뿌러, 내삐리 와. 그러믄 몇 시에 저 온다 그러믄

동네 개울에 갖다 내뻐렸거든. 그럼 그것도 기운 센 사람이 먼저 띠어올라가(뛰어 올라가서) 빠캐스(통) 들고 그걸 퍼가. 빠까스. 그거 죽이지. 게… 먹고 내비리는. 미군들. [청중: 꿀꿀이 죽이라고 그러지 그거.] 그걸 퍼다가 그 그냥 여자들은 그 막 대가리도 치고 막 그래. 왜 그러냐믄 서로 퍼가니까. 도라무 통에 있는 걸 퍼다 그거 먹고 살았어 그거. 그거 먹고 그럼.

그것도 거긴 곱게도(고맙게도) 고기도 있구. 그 전에 고기라는건 우리나라에 어딨데. 고기도 없데. [청중: 꿀꿀이라 그래.] 꿀꿀이 죽이야, 꿀꿀이죽. 고기 한 덩어리만 얻으면 아주 생일신거야. 생일. 미군들은 먹다 내삐리지. 그렇게 살았어, 그렇게. 다른 건 없어. 우리 나이 때는 배고픈 설움이 제일, 배고픈 설움이. 저 주로 어디 가든지, 어디 가든지 먹을 거 밖에는 눈에 안 띠어 먹을거 밲에. 먹을 거 밲에. 그래 지금 강아지들 얼마나 고급이야. 강아지들이 고급을 막 먹어, 사람보다 더 잘 먹어요. 그 전에 그렇게 배고프고. 그래서 지금 애들은, 젊은 애들 먹다 하루만지나면 다 갖다 내삐러. 그래서 우리는 그게 마땅치 않아. 뭐 몰라 여기 다 그런 사람은 음식을 아낄 줄 알아야 돼. 암만 잘 살아도 애껴서 남 줄 줄도 알고 저걸 좀 그래야되는데. 지금은 그냥, 그냥 조금만 한 번에 내삐리잖아 막. 쓰레기가 좀 많이 나가 그냥?

[3] 인민군이 점령하다

[조사자: 어르신 아까 고향이 파주라고.] 에 여기야, 내가. 여기 태어나서, 여기서 학교도 댕기고. [조사자: 평생 그러면 파주에서.] 그래. [조사자: 사신거에요?] 여기서, 평생을. [조사자: 피난도 안가시고.] 피난은 행주, 저기 가야지. 저기 이북서 나온대니까 들어갔다 나왔다 하니까 인제… 그냥… 저 일로 갈 땐 한국군이 나가라그러고. 인민군이 이북으로 갈 땐 저 이 인민군들이 와서 밤에 붙들, 저 같이 가자고 대문 두드리고 지랄해서 끌고 가고 그랬어. 그런데 나는 이북으로는 안 갔어. 어머니도 안가고, 아버지도 안가고 동생들도

하나 안 갔어. [조사자: 형제 어떻게 되셨는데요?] 나 동, 동생이야, 내 동생이 셋이야. 이렇게 셋이나 있는데. 그 밤에 와서 그냥 대문 두드리고 이북으로 끌고 갈려고. 그래 그걸 많이 끌고 가다가 죄 죽였데. 왜 죽이냐. 저들도 살아야하잖아. 비행기 폭격을 허고. 그러니까 갖다 저 산골짜기 들어가다가 그 이북으로 끌고 가다가 그냥 쏴죽이고 그래해 놨어. 이북 놈들이 그래 해놨다. 그 왜 끌고 가냐고. 그러게 죄 죽이고 산골짜기에 죽이고 다 그랬어. 그래서 그 빨갱이 이런 거, 참 그 놈들이. 근데 또 좋은 점도 있고 나쁜 점도 있어. 그래, 근데. [조사자: 그 역전에. 6.25 터지자마자 역전에 왔던 인민군, 보셨던 그 기억나는 인민군.] 나는 여자만, 여자 그런. (웃음) [조사자: 할아버지만 그러신게 아니라, 다 할아버님들 그 얘기 많이 하세요.] [청중: 나는 남자만 봤어. (웃음)] 그 전에 군인 여자들이 없더랬잖아. 지금은 한국도 여자 군인있지. 남자 군인들 막 있는데 그 인민군들 여자 군인 그 옷 깨-끗이 입고 왜 댕기는데. 참- 근사해요.

학교 돼가지고 또 나 막 댕길땐데. 여기저기 포막쳐놓고 비행기 무서워서 인제 어 밤이 이저 인민군 나와가지고 밤이믄 불러. 노래 배라고(배우라고). 인민군이 저 저기 김일성 장군 노래. 학교 만날 밤이면 가리키는데. [청중: 배웠어요?] 그럼 그럼. 우리들도. [청중: 지금 알아요?] 다 잊어부렸지 뭐. [청중: 나는 알어.] 걔들도 거 나와선 다 가리켜야지 이북껄. 그러니깐 첫째 인제 낮에는 비행기 때문에 그러고 밤이면 불러다가. 이제 이렇게 각 동네마다 게서 저 가리키고 그랬어. 김일성 장군 노래 뭐 애국가. 거도 애국가 있잖아? [조사자: 네네.] 그래 그거. 그런 것들 가리키고 그랬어. 그래도. 다 그랬어.

[4] 폭격에 얽힌 사연

[조사자: 전쟁. 여기 파주가 가깝잖아요 북한이랑.] 그럼. 그럼. 판이지. [조사자: 막 폭격되고 전쟁 막 나던 그 장면이 혹시 기억이 나세요? 너무 어려서 안나

시나?] 그래 그러니깐 어 반공구뎅이를 많이 팠어 그땐. 반공구뎅이를 많이 파서 가 우리 아부지가 이제 우린, 나는 어린애니깐, 열 세살이니깐 우리 아부지 또래는 반공구뎅이 안 판데 없어. 그러면 이제 그 반공구뎅이 들어가있으면 그 이남에 미군에서 비행기로 폭격을 해. 인민군 그 어디 주둔했는지 정찰기가 와서 죄- 정찰하고 가믄 귀신같애. 그러고 고 다음에 비행기 폭격기가 와. 폭격기.

우리 동네 비행기가 떨어졌어. 비행기가, 이북놈 저 미군 폭격을 하다 저 그 떨어졌는데. 그 자기 미군들이 죽었지? 그러니깐 그 고 다음에는 비행기가 수십대가 와서 동네 집, 다 놓는거야 그양. 아 딥다 그냥 참 막 폭격을 허고. 그래 논바닥에 가서 게 태극기 들고 이북놈이 막 인제 갔는데도 어 잘 저기 하는데서 인민군 남았는줄 알고. 폭격을 하다 비행기가 떨어졌으니깐 그 자기 그 거 인민군있는줄 알고. 그냥 그 비행기 꺼먼거 있어 그거 여덟대가 와서 땡-땡 하늘을 돌면서 폭격을 허는거야. 그래서 죽겠이니까. 저 동네에 가서 태극기를 들고 인제 논바닥에 가서, 논바닥에. [청중: 인민군이?] 우리, 우리가, 우리 아부지, 어머니가들이, 동네 사람이 다 나가서 태극기 흔드니까 폭격을 안하고 가더라고. 폭격을 안해. 그 거 동네 있으면 다 죽어. 다 죽일라고 미군도 비행기 떨어뜨렸으니까 인민군이 떨어뜨린줄알고 고 다음에 멫 수십대가 와서 그양 막 폭격을 허는거야.

비행기 하나 떨어져가지고. 그면 그 그 그 비행기는 지가 잘못해 떨어졌어. 너무 너무 요렇게 얕이 떠가지고. 산을, 산을 들이받아서. 그래 살펴보니깐 인민군이 그런줄알고 그냥 비행기 수십대가 와서 하도 그러니깐 도망을, 바깥으로 논바닥으로 나왔대니깐. 그래 살았어. 그래도 여태까지 사는 거야. [조사자: 태극기를 휘날려가지고.] 그래 나가서 태극기 휘날리고 그러니깐 그건 민간인이다. 죽겠으니깐 나왔다 그래서 폭격을 안 하고 가더라고. 그래 6.25 때. 그래서 살아서 어떻게. [조사자: 그때 막 폭격이 떨어질 때는.] 태극기. [조사자: 반공호에.] 반공호에 있다 자꾸 폭격을 허니까 반공호 헐어지면 그 포탄이 좀 커? 그 한방 떨어지면 기관총 포알갱이 총알이 이만한거 막 쏘지. 그러니 뛰 나갔지. 논바닥 다 저기 저 절로 저 벌판으로. 다들. 그러니깐 그 사람도 돌다보니깐 내려다보니깐 군인은 아니거든. 보니깐. 그래서 살았어. 다 죽었어. 거기 있는 사람들. 그래. 비행기에서 폭격하는 게 제일 무섭잖아. [조사자: 그렇죠.] 포탄이 들어붓는데. 다리 부러지고 뭐 총알 맞으면 생명 뭐. 그 어릴 때 그렇게 살은 거야. 그쪽에 살아 남은거야.

[조사자: 그때 그럼 가족 중에 누구 다치시거나.] 우리집 우리 동네는 그래도 폭격 맞아 죽은 사람도 없고 다친사람도 없더랬어. 논바닥으로 다 나가 태극기들고 국기들고 막- 휘둘르니까. 다 거기단 안쏘더라도. 우리 동네 그 동산에단 막 폭탄 덤겨서 그 웅뎅이가 몇 해까지 풀이 안나. 풀이 안나. 그 떨어진 자리. 폭탄 떨어진 자리 풀이 안나. 산에도.

[5] 전쟁당시 파주의 상황

[조사자: 워낙 파주가 임진강전이라고 해서.] 그래. [조사자: 유엔군들이 제일 많이 주둔했던 데라고. 영국군.] 맞어 그래. 영국군이 1사단 저 8백몇명이나 여기 저 적성. 몰살했잖아. 몰살. 중공군. 그 중공군한테. 그 저 골짜구니. 난 모르는데. 골짜구니에 들어갔다가 이놈 중공군이 꼭 뒤집어싸고 그 중공군들 인해전술로다. 그 놈들은 목숨 안바치잖아. 그냥 여기 앞에서 죽으면 그냥 넘어가고. 그러니까 오죽해서 미군들이 도망을 쳤네. 그 놈들이. 그 죽은 걸 무서우니까 미군들이 또 후퇴했잖아. 그냥 죽어도 넘어오고 죽어도.

[조사자: 중공군도 보셨어요?] 그럼 중공군도 여기 와서 있고 했는데 그럼. 그럼 1.4 후퇴때. 아 중공군도 우리나라 사람이야. 다 똑같애. 사람은 똑같애. 게 동류. 일본사람 우리나라사람 비슷하잖아. 다 똑같애. 뭐 그래. 저기 하면 사상만 달라서 이제 이렇게 된거지. 똑같애. 생김새하고 다 똑같애. 이렇게 봐서 그럼 말만 다르고 언어만 다르지. 그래 언어만 다르지. 다 그 사람

도 사람인데 뭐. 강제로 전쟁하라 그러니까 그 사람도. 근데 그 사람들은 미군보다 무기가 없더랬어. 수류탄 하나가지고 죙일 돌아다니고. 그저 수류탄. 총도 긴 거 하나씩 매고 댕기고. 내가 볼 땐.

그 파주가 제일 먼저 게 가서 사는거지 뭐. 6.25때. 여기 금방 들어왔지. 사흘만에 들어왔을거야 사흘. 6월 25일날 저 전쟁나서, 새벽에 나서 사흘만에 역전 점령해서 그냥 여군 까지 나왔으니 얼마나 빨라. 금방이야. 땡크몰고 쭉 들어오는거 뭐이.

[조사자: 그래도 그때 열 네 살밖에 안되서.] 그렇지. [청중: 열 세 살.] [조사자: 열세살. 뭐 군인이나 인민군으로 징집이 되지는 않으셨나봐요.] 난 못해. 몸이 장애인이래서 그런거. 그때 그 이북서 넘어 저 인민군 우리 동네 주둔했는데. 총을 매면 그 어떻게 나이가 저거 따발총을 그 긴 총이 있어. 이 그런 총이 땅에 닿아 이렇게. 그 이북 사람도 애들. 학생들 막 잡아들여. 그냥 막 넘어 왔어. 몇 살이냐면 열 여섯 살. 군인 나올 때, 인민군으로. 열 여섯 살. 우리 동네서 그 인민군들이 그 산에. 검산이랬는데. 그렇게 이북에 애들이 없으니까 그냥 막 잡아들이는거야. 그래서 갖다가 며칠 그냥 총 쏘는 거 그냥. 그건 총알이 여섯발이여 여섯. 나도 그 땅콩총을 아는데. 이렇게 한번 쏘고 한번 이렇게 돌리고. 우리 동네서 맨날 그거 구경했어. 구경. 그때 가르켜서 또 내보내는거지. 그 좀 많이 죽었어? 그 이북 애들도. 그래. 김일성이가 사람 많이 죽였지.

[조사자: 어르신은 몸이 좀 편찮으셔서.] 어. [청중: 다리가.] 그때는 또 그 나이에는 어 그때 6.25날 때 열 세 살, 열 네 살 전쟁을, 군인 못 나가지. 그런 양반들은 연세가 많으니까 이제 다 나갔고. 여기도 막 막 잡아갔어. 이남서도. 이 일 모낼때도 그냥 여 군 저기 군인 모자라니까 그것도 그때는 전쟁터에 안나갈려고 피했어. 우리 손윗사람도 전쟁터에 나가면 죽지 않냐. 그러니까 그 도망가고. 우리 나라도 그랬어. 그거야 그런거지. 그 돈 쓰고 안나가고. 소 팔아서, 소 팔아서 데구 안나가고. 소 팔아서. 그 저 우리 아는 사람

돈 멕여서 안나가고. 그 시절에. [조사자: 그때도 그런 게 있구나.] 그래. 많이 그렇게 했어. 나가면 죽으니까. 죽는 게 많잖아. 전쟁터에 가니까.

그러니까 난중에는 그냥 막 잡아갔어. 젊은 사람만 보면 잡아다 군인을 맨드는거지. 막 잡아다 막 잡아. 그것만 알아. 난 군대 안가서. [조사자: 그럼 파주 사시면서 미군도 보시고.] 그럼 중공군도 다 봤지.] [조사자: 북한군도 보시고.] 응? [조사자: 북한군도 보시고. 그러니까 인민군도 보시고.] 그래 인민군이야. [조사자: 중공군도 보시고.] 그럼. [조사자: 또 영국군도 보시고. 미군도 보시고.] [청중: 저기 영국묘지 있잖아.] [조사자: 그러니까요.] 그럼 맞어. 여기 다 댕겨서 가잖아. 동두천 저 쪽으로.

여 기차가 이리로 가는거 아니야? 이 금천 그 나 학교 댕길땐데. 난리통에도 학교를 댕겼어. 댕겼는데 비행기가 폭격을 해서 기차가 홀랑홀랑 뒤집혀서 그냥. 또 그 놈들이 와서 다 쥚어지고 또가고. 무기 싣고 가고. 여 우리 칠강다리라고 다리 하나 있어. [조사자: 무슨 다리요. 어르신?] 칠강다리. [조사자: 질?] 칠강다리. [조사자: 칠강다리.] [청중: 금천에서 기차타고 가다보면 거기 다리가 있어.] 다리가 있는데 미군 만–날 와서 그 폭격할라 다리 건너라고. 그 군사물자 못가지고가게. 그놈들이 기차로 그냥 날랐어 무기를. 이북서 맨들어서 가서 기차로 가는거야. 저 부산 갈 적엔.

그 다리를 끊어놓으면 기차가 못가자네. 또 밤새도록 복구사업해서 복구사업하라고 우리 부모들을 그 전쟁터에 나가서 그 뭐 부러진거 길막고 그 밤이면. 밤이면 고치러 우리 부모들은 만–날 데리고 다니면서 인민군들이. 댕기면서 그럼 이제 조명탄이 미군들이 밤에도 그런거 보면 폭격을 하나봐. 조명탄이라고 그냥 불을 대낮처럼 비행기에서 떨어뜨려서 개미 가는 거도 빈대(보인대). 민간인은 미군들은 폭격을 안했어. 죽이질 않했어. 그래 복구사업 나왔으니까. 우리 부모들은 만날 그거 댕겼어. 그 고치러.

폭격을 하면 차도 못댕기고 트럭도 못댕기니까. 그 복구 사업이야, 복구사업. 복구사업. 인민군이 복구사업이라 그랬어. 내가 기억에 남아. 난 가진 않았어도 우리 부모들은 그거 며칠가서 하고 나오고. 만날 그거지. 서로 그랬지 뭐.

그래서 한 세월 가고. 노인네들 나이 먹어 죽을 때가 가까워왔어. 지금 세상이 좋으니까 내 나이. 우리 부모들은 우리 아버지, 어머닌 환갑 조금 지나면 다 돌아가셨어. 일흔살만 되면 노할아버지라 그랬어. 노 할아버지. 내 나이면 할아버지의 할아버지야. 내 나이. 세상을 잘 만나서 잘 먹고 잘 살아서. 잘 먹고 잘 살아서 그래. 옛날 노인네들은 못먹고. 병원도 없지. 그 맹장같은 거 걸리면 그냥 다 죽었어. 그 나이 먹으면. 수술도 못하고. 지금은 암도 고치잖아 암도. 그러니 연장하는거야 늙은이들을. 그래서 늙은이들이 이렇게 많아. 우리 한국에 늙은이들이 많아.

[조사자: 그때 부모님들이 복구사업 가시면 어르신은 동생들하고 집에서.] 그래 그럼. 우리 어머니보덤 먹을 거 백에 생각하는 거 없어. 그저 감자 내서 먹고. 보리 심어서 보리 그 보리 그 찧기가 저 저 방아로 찧어. 절구로 찧으면 얼마나 힘든지 몰라. 지금 생각하면 허지도 못해. 베(벼)는 잘 까지게 잘 되지만. 보리라는 건 고 새에 저거 찧어서 무지하게 힘들어. 절구질허는게. 절구질도 했어 6.25때 절구질. 그리고 또 인민군들 죄 뺏어가고. 쌀 많은 건 뺏어가고. 지들 먹을 건. 지들도 굶어 죽겠으니까. 민간인한테 쌀 뺏어가고 그랬어. 떡도 해달라 그러고. 지들도 먹어야 살지.

[조사자: 그럼 기억 속에 어르신.] 그래. [조사자: 제일 그래도. 그래도 나쁜 짓 안하고 그래도 제일 신사적이고 좋았던 어 군인 좋았던.] 근데 사람도 나름대로라는데. 6.25겪을 때 중공군허고 인민군은 끄트머리 조금 갈 때 배고파서 쌀 좀 달라그러고. 민간인들한테서는 절-대 해를 안끼쳤어.

근데 이 한국군, 유엔군이 올라와서는 여자란 여자 죄 여자만 찾아댕기고. 여자. [조사자: 군인들이?] 그래. 그 놈들은 그냥 밤새도록 찾아댕기는 거야. 그 여자. 여자 어디 젊은 여자 있으면 붙들어가고. 근데 중공군하고 인민군들은 민간인은 끄트머리 밤에 조금 배고파서들 그랬겠지만 절-대 민간인. 총

살인가봐 총살. 어디 개인적으로 나가서 뭐 나쁘게 하면 그짝에서 총살인가봐. 그렇게. 그러니까 못나왔지. 어디 그래. 중공군도 그랬어. 중공군도. 민간인은 저거 그쳤어. 해를 안끼쳤어.

[조사자: 다른 어르신들도 똑같이 얘기해주시더라고요.] 그래 그건 맞어. 우린 중공군도 인민군도 다 겪었는데. 암만 어리지만 미군이 미군허고 유엔군놈으 새끼들이 도둑질허고 뭐가 어디 색씨좋은데 있으면 그거 뜨고 댕겼어. 그때 비판하는 건 아니야. 그냥 그래 지난 얘기허는거야. 그럼. 그런건 그런거지. 내가 암만 나이가 들어도 나쁘게 하고 좋은게 모르겠어? 그래 그래도 걔들은 총살인가봐. 그 자리에서. 절-대 못나와 민간인.

중공군 그렇게 많이 해도 밤에 댕기고. 걔들은 밤에 댕겨, 밤에. 낮엔 저 광목. 눈으로 그러면. 그 전에는 광목이라 그랬어 하얀 옷. 그거를 뒤집어 쓰고 댕겨 비행기가 무서워서. 비행기가 무서워서. 하얀거 뒤집어쓰고 댕기면 눈으로 비면 잘 안보이잖아 높으니까. 우리 동네 만날 그러고 댕겼어.

[조사자: 그러면 그러시다가 중간에 피난을 어디로 가셨어요, 중간에.] 난 나는 저기 저 행주산성백에 안갔어. [조사자: 행주산성.] 행주산성갔다 거기서 미군들이 저 대군 포를 쏘니까 우리 어머니, 아버지가 죄 쫓겨서 쌀 그 가져간거도 죄 팽개치고 팽개치고 그냥 도로 들어왔어. 행주산성. [조사자: 행주산성 가셨다가.] 그래 거기가서. 거기까지밖에 안갔어.

그리고 우리 동네 사람들 부산까지 간 사람들 일찍 간 사람들. 거 다리를 6.25때 그냥 다리 일찍 끊어서. 일찍 끊어서 그냥 많은 사람들 죽었잖아. 다리 일찍 끊었잖아. 다리가 드물었지. 하난가 그것밖에 없대. 그것만 끊었지. 그래서 사람 많이 죽었어. [조사자: 그러면 행주산성으로 피난을 가셨다가 금방 며칠만에.] 강을. 한강을 못건넌거지. 한강을 못건넜어. 한강. 그 도로 그냥 딱 빼서 왔지.

그래서 인민군들 와서 중공군 다 겪고 사는거지 뭐. 농사를 지었으니까. 저 저 안에서. 그 전에 농사 밖에 더 있어? 먹고 살려고 농사지어먹고 살았지. 지금에야 뭐 뭔 알맹이 뭐 있지. 감자 심어먹고 보리나 보리 심어 보리 먹고. 제일 배가 고픈 설움이. 배가 고픈 설움이 제일 많았어. 배가 고픈 설움이지. 그래.

[조사자: 그러셨구나. 그럼 피난하실 때 어르신 가족만 딱 피난하신거세요? 어머님, 아버님. 형제들만?] 또 형제들하고 그랬지. [조사자: 이웃들은 함께 안하셨어요?] 에. 이웃들도 가다가 뿔뿔이 헤어지는거지. 그럼 가다가 어디 갔다가 저뭄 방을 얻어야 어디서 찬 방이라도 얻어야 하잖아. 우리 집은 또 이북서 나온 사람들 사랑방 몇 씩 들었다가, 서로 또 우리가 나가면 나가면 어디가서 밤에 한 데서 안자고 방이라도 저런 헛간이라도 얻어야 거기서 자고가고. 그러니 뿔뿔이 자꾸 헤어지는거야. 같이 나가도. 뿔뿔이 그런. 한 가족은 그래도 거 그래도 같이 댕겨야지. 그지? 같이 댕기니까. 우리 어머니, 동생하고 근데 한 가족도. 동네 사람 서로 헤어지지. 가다가 가다가 헤어지는거야. 걸어가니까. 차가 있어 뭐 있어. 걸어가니까 힘드니까 헤어지는거지.

[조사자: 그러면 그 영국군, 유엔군이요. 사실 영국군. 유엔군은 다른 지역은 흔히 볼 수 있는.] 영국군은 드물었어요. 영국군은 그 차가 차가 그 앞대가리가 내가 보는데 우리나라처럼 그런 요 앞이 짧아. 영국군 차는 이 앞이 요고 이렇게 저거 있잖아. 고거 짧아요. 그래 영국군. 영국군은 드물었지. 여기는 이 지역엔 영국군이 저 이 저 적송 저쪽으로. [조사자: 설마리.] 그래 그쪽으로. 이 이쪽으로는 미군들 저거야. 미군들. 영국군은 자 그쪽 가끔 지나다니는 차에 영국군만 봤지. 고때 주둔하고 여기 파주에는 주둔하고 이런게 드물어요. 미군들은 그냥 포부대가 들었어 우리 동네 그 큰 포부대. 들어가지고 이북대고 만날 포 쏘고 그냥. 우리동네 포 부대가 들었어. 여기서 한 4키로 들어가면 거기 들어들었어. 거기 들어드랬어. 미군들. 유엔군하고 있는데. 우리 한국군허고 유엔군허고 미군하고 섞어서 부대가 들어드랬어. 이북대고 만날 포 쏘고.

갈 때. 그 미군들이 나갈 때 불을 놓고 갔어. 학교 죄 태우고. [청중: 미군들이요?] 그럼. 그럼. 학교 우선 태우고. 학교 뭐 뭐 큰 건물 있으면 그 일부러 놨어. 그 사람들이 일부러. 휘발유 뿌리고 그래 전부. 거 자기 거 들은 거 그냥 저 불 놓고. 학교는 우선적으로 태우고 갔어. 학교. 학교라고 뭐 드문드문 조그만 거 있는데 무조건 그런건 태우고 나갔어. 다 태우고.

그때 후퇴할 때. 후퇴할 때. [조사자: 왜 그랬을까요, 어르신.] 그건 우리네는 모르지. 그럼. [조사자: 창고도 태우고.] 그래 그런거. 어쨌든 건물, 공동 건물은 무조건 태우고 갔어. [조사자: 인민군들 못들어가게.] 그래 그런건 몰라. 무조건 태우고 갔어. 그건 내가 알아. 우리 동네서 불을 놨으니까. 학교 쬐끄만 거 저 학교 저 창곤데 거기서 공부를 우리는 했는데 무조건 그런덴 불을 놓고 갔어 불을. 가면서 저녁때 나갔는데 휘발유 뿌리고 거 인제 짐 다 싸서 차에 다 실어놓고 죄– 불 지르고 갔어. 나감서. 나감서 싹 그냥.

[조사자: 그럼 사람들 사는 집은 괜찮았어요?] 집은. 민간인은 안놨지. 사람이 살았으니까. [청중: 흔적을 없앨라고 그랬나보다.] 나가며는 우리가 뒤 쫓아 나갔으니까. 미군이 설마 이 지키고 있다가 미군들이 불을 놓고 나가니까 쫓아 나간거지. 고 다음날쯤 돼서 인제 쌀 짊어지고 뭐 이부자리나 짊어지고. 그 전엔 저 지게를 지고. 우리 아버지는 지게를 지고 나가셨어. 지게에다가. 행주산성까지 가니까 미국놈들이 포를 써서 그러고 하니까 도로 도망왔지.

개를 데리고 나왔는데 개. 개. 개를 데리고 나갔는데. 그 개가 사흘 만에 들어오니까 집에 와서 있어. 집에 와서. 행주산성. 그래 집에 와서 있어. 게 영물이야. 개가 집에 와서 우리가 들어오니까 아–주 그냥 반갑다고 그냥. 개가 들어오더라고. 거 까지 갔는데. 같이 따라 갔는데 집에 들어와서 있어 먼저. 하얀갠데. [조사자: 개가 집 지켜줬네요.] 그럼 그럼 (웃음) 영물이야. 그 개도.

[조사자: 그러면 주변에 막 이웃 중에 폭격을 맞아서 뭐 되게 누가 죽었다거나 이런 이야기같은거 보거나 들으신 건 없으세요, 어르신?] 우리 나는 어 인제 이북서 이렇게 왔다갔다 할 때. 지방빨갱이라고 있어. 지방빨갱이. 지방. 집에

거 인제 이북서 나와가지고 이제 동네 뭐 누구누구 인제 말하자면. 누구누구. 뭐 경찰을 댕겼다던지 뭐 냉기면 뭐 이제 거기다가 저 뭐고 댕겼다가 꼬시잖아. 그럼 이제 그게 이북편을 들었어. 이북편.

그럼 이북편을 들었다가 이북놈이 또 가니까 그 자기 부모들을 죽이고 그 인제 갔던지 경찰댕기고 뭐 댕기고 갖다가 불러다 갖다 내 죽여. 그래가지고 또 다시 이남사람이 여기 올라오면 올라오면 자기 부모형제를 죽였단 말이야. 죽였잖아. 게 죽였잖아? 그거 앙심을 먹고 채 도망을 못가고 그냥 서로 붙잡아다가 그냥 막 산속에 갖다가.

그 전에 우리 동네는 이 대낭구(대나무)로 저게 없어서. 이 저 총도 없어서 대나무 깎아서 산에다 굴을 파고 온 한 가족을. 한 가족을. 근데 이건 이남사람이 하는거야. 그 사람이 자기 부모형제를 죽였으니까. 그냥 굴속에다 넣고 그 찔러 죽였어. 참혹한거지. 서로. 서로 죽인거야. 나 동네 그 서로. 자기 부모를 죽이고 그러니까 와가지고 그 고자질한 놈들 그 가족을 몽창. 채 이북을 못넘어가면 그냥 때려죽인것도 아니고 대나무 깎아서 그냥 죽였어. 파묻고 산에다. 우리 동네는 그랬어. 아이 참혹해. [조사자: 파주는 그랬겠어요.] 그래. [조사자: 계속 왔다갔다 했기 때문에.] 몇 번 들낙날낙했으니까.

그러니까 그래 6.25그래. 서로. 서로 죽인거야. 우리나라 사람끼리. 그 전에 같이 살던 사람이 같이 이렇게 동네 사람이 살던데 웬수같은거야 웬수. 내 부모 내 뭘 죽였으니까 또 수복이 되니까 그 사람이 들어와 또 채 가족이 몽창 갖다 그냥 그냥 막 죽인, 서로 죽인거야 서로. 그러니까 참혹한거지. [조사자: 그럼 뭐.] 사람 죽인게 그럼. 우리 동네도 그랬어. 그렇게 죽였어. 서로 웬수가 돼서. 그러니까 자기 부모 죽였다. 그러니까 부모를 죽였으니까 그걸 잡아다, 가족을 가다 서로 그랬어. 나 그거는 봤어. 아휴. 참혹한거지. [조사자: 아, 직접.]

굴 파고. 그 잡아다. 또 채 이북 못간. 저 저 산에 가 숨은 거 저 이남 사람이 찾아서 조직해서 게 찾아다 잡아다 그냥 잡아다 죽이고. 서로 그랬어 우리 동네는. 전쟁이란 게 그렇게 무서운거야. 지방 빨갱이. 지방 사람들이 더 서로. 경찰 저거 있으면 모르는. 군인 나가서 죽인 게 아니고 서로 싸우다 죽은 게 아니라 민간인도 그렇게 죽였어. 서로. 우리 동네도 많이 죽었어. 그래서 웬수가.

그 그게 저게 남아서 그 인제 그 가족이 그래도 또 서로 서로 남았잖아? 살은 사람끼리 그러니까 고게 지금까지도 앙금이 남은거야. 이 집하고 저 집하고 응? 이 집은 이 집을 가족이 죽이고 이 집은 또 이집 가족을 죽였으니까 그래도 그런 앙금이 쪼-금씩 남은거야. 그래 지금도 그렇게 오래돼도. 그렇잖여. 내 할아버지를 죽였다던지. 또 저기 저 놈은 우리 할아버지를 죽였다던지. 식구들이 남은 사람들이 있잖아. 그러니까 그게 앙금이 그래도 쬐금씩 남아. 그래도 조곤조곤 살아도 그래도 말은 못하지. 그렇지만 야 우리 할아버지 죽였구나. 우리 어머니 죽였구나. 이제 이렇게 완전히. 그저 가족들. 남은 가족들. 그래도 좀 남았어.

[6] 전쟁이란 정말 참혹한 거다

됐지? [조사자: 어르신 얘기가 너무 재밌어서.] 뭘 재밌어. 그땐 그런 [조사자: 지금 얘기해주신 게 사실 파주라는 지역적 특성 때문에 유독 더 많이 있었을 거 같은데. 만약에 그렇게 이웃간에 그러면 그.] 잊었는대도 조-금 앙금이 남았다 이 소리야. [조사자: 그럼 그때 당시에 주변에 다른 이웃들은 어떻게 하고 있나요? 모두 모른척 안보고 있나요?] 그래도 나같은 조금 아는 사람들이 이 사람은 이렇게 죽었다고 이제 그 또 많이 죽고. 우리 또래도 죽었어. 죽었지만 아는 사람들은 그렇게 또 그래서는 생각들을 허지 나도. 근데 그것도 남과 남 사이지만 떠올라.

그래 아랫사람들 또 손주래던지 딸이던지. 또 보면 누구의 자손 아니야? 누구의 자손, 누구의 손주딸. 그러면 그 꼭대기가 넌 이렇게 죽고 넌 이렇게 죽고 가족이다 알고. 서로들 그 또 알잖아. 자기 할아버지 죽였던지. 또 잘해서 죽였던지 못해서 죽였던지. 그럼 자기가 다 아는거지. 그러니까 그 앙금이 여태까지 그래 좀 남았어. 그렇잖아. 자기 부모, 할아버지 몇 대를. 손주의 손주래도 우리에 누굴 저 집 누가 죽였대는거 조금씩 남어. 그 생각.

우리 가족은 그런 사람이 없는데 우리 고향에 조금 들어가면 그런 사람들 자손들이 남었어. 그런 생각이 난다 이거야. 참혹했던 생각. 서로. 서로 죽이고 서로 죽이고. [조사자: 혹시 그 죽이는 장면을 보셨어요?] 그냥 그 끌고 가는 건만 봤지. 근데 낭중에 그 어디 어디 자리에 어디 골짜구니 골짜구니 이제 그 죽은 사람들 얘기가 우리 손에 또래 좀 웃사람들이 누구 가족이 죽었다 그런 기억 남잖아.

그런 요 산 거기 가면 또 우리 동네 거기는 화장터가 있더랬어. 그 전에. 군인들 죽으면 그 그전에 솔깨비있어. 솔깨비 낭구(나무) 막 갖다. 군인들 죽으면 죽으면 그냥 거기다 갖다 막 쌓아. 백 몇 명 열 몇 쌓아. 우리 동네 그 길 깨인데. 갖다 쌓고 거기다 기름, 휘발유 뿌려. [청중: 사람한테다 휘발유 뿌려요?] 그럼. 휘발유 뿌리면 그 청솔개비라고 있어 나무 그래. 그걸 뿌려서 그냥 타면 휘발유가 좀 잘 타요? 그냥 갖다 거 해서 낭중에 그 인제 다 타면 불 꺼지면 이렇게 죄 뼈다구들. 그거 니 자식 내 자식이 없어. 그걸 갖다가 자기 그러니깐 이제 죽은. 연락을 해서 이제 봉투에 넣어서 보내줘. 그럼 내 뼈다구가 아니라도 요렇게 섞인거지 이놈 저놈. 막 갖다. 기억이 났어. 우리 내금리에서 그렇게 했어. 내 동네서.

그 전에 기름 휘발유가 참 휘발유가 참 붙기가 무섭게 타고. 솔깨비들 뭐야 그냥 타고. 휘발유 몇리터만 그냥. 만-날 시체가 오는거야. 전쟁에 시체가. 그 화장터가 어딨어 그전에 그지? 솔깨비 떼다 그냥 척척척 저 생선굽듯 척 척 걸어서 휘발유뿌리고 불 넣어서 태서 불 다 꺼지면. 그러게 드문드문허지. 마서. 마서. [조사자: 모아서.] 어. 하나 하나씩은 못해. 게 긁어서 뼈다구 담아다 이제 부모들한테 보내는거지. 자식이 죽었다. 전사했다고. 이제 니 뼈다구 내 뼉다구 찾는 게 아니라 다 함께해서. 전쟁 한창일 때 우리 동네서 했어 우리동네. 그 전에 화장터가 있어, 그지? [조사자: 그렇죠.] 신체를 어따 산에 다 묻으려니 고생이 거 그 전에 파서 뭐해 묻을 데도 없고. 휘발유 뿌려 불 딱 해서. 그럼 다 뼉다구 하면 얼마나 돼. 그거 해서 그냥 제 부모들. 가족한테 보내는 거지. 그렇게 많이 했어 우리 동네. 차로 실어 오잖아. 송장을. 죽은 송장을 거 실어오고. 이전에 그렇게 했어.

[조사자: 그러면 어르신 마을에서도 군인으로 나간 사람들이 많았어요?] 그렇지. 그거 인제 어 전쟁 내 손윗사람들. 그 인제 제주도가서 훈련받은 사람들이 유공자야. 6.25참전 용사라고. 그 사람들 지금 나이가 여든 셋 이상으로 넘은 사람이 6.25 참전용사야. 그래 인제 그 전에 의용군을 저기서 넘어와서 거 인제 동네 댕기면서 의용군을 뽑았어요. 이북 저 사람들이 와서. 이북서 사람이 모자르니까 남한사람 뽑아간거야. 남한 사람. 의용군 지원하라고. 그래서 인제 출정거리잖아. 그거 동네 사람이 의용군으로 죄 나갔지. 의용군으로 나갔다가 또 도망친 사람. 여기도 많아 여기도. 여기도 근처 사람 많아. 많은데. 저-기 저 압록강 거 어디까지 가서 도망쳐서 구사일생으로 살아서 어디 산 노인네도 있어. 여든 넷 산. 현정이 영감님 의용군으로 나가서 도망쳐서 나왔잖아. [청중: 그 아저씨도?] 그럼. 그 도망쳐서 그냥 며칠-씩 걸어서. 그 고향 찾아와 거 살았어 여태까지. 또 그러고 의용군으로 나갔다 또 한국 군인으로 나가고. 살지.

다 그렇게 지냈지 뭐. 서로 사람이 모자르니까. 사람이 모자르니까. 지금은 군인들 넉넉하지만 자꾸 죽으니까. 또 도망가고 안나갈라고. 돈 있는 놈은 그 전엔 군대 안갔어요. 돈 많은 사람은 다 안갔잖아. 돈쓰고.

내가 한창 떠들었네. (웃음) 됐지? 우리 고생한 건 이 나이에 배고픈 설움이 제일 첫째고. 그럼 죽고 사는 운명이지. 또 재수 없으면 폭격에 맞아 죽고 그렇지만 그래도 배고픈 설움이 제일 고생했다 이거야. 지금 라면도 먹고 빵도 먹고 잘 먹고 그렇잖아. 미군들 쓰레기 갖다 내버리면 그거 주워먹으면 그거거든. 우리 부모들 고생들 했어. 박정희가 저 혁명 일으켜서 그 밀가루. 밀가루 있지? 밀가루 갖다 그냥 그 팍 푸는 바람에 수제비 세 그릇 안먹은 사람 없어. 수제비, 밀가루. 그래. 밀가루 갖다 풀어 배고픈 설움 면했어.

[조사자: 전쟁이 끝난 거는 딱 어떻게 아셨어요? 뭐 방송이. 전쟁이, 6.25전쟁이 끝났다.] 그거 이승만 대통령이 여기 저 전쟁 그냥 이북을 쳐들어가라고 만날 사람들 가서 저 인천가서 데모하고 그랬어. 전쟁 그거 휴전하지 말라고. 그러니까 다 알지. 그 저 거 개인들 잡아 휴전하지 말고 이북놈들 다 쳐가자고 데모하고 그랬어. 미군이 이제 그걸 한거지. 트루만 대통령인가 대통령이 휴전을 하는데. 우리나라 사람 이승만 대통령이 반대를 하는거야. 그래서 여기 우리 부모되는 사람 뭐 사람 가서 데모하고. 왜 휴전하냐고 그랬어.

그런데 그것도 군인들은 하루라도 죽겠으니까 나갔고. 군인들은 휴전하고 좋았잖아. 그럼 이거 암만 나라도 죽는 거 좋아하는 놈이 있어. 그래서 군인들은 싫어하고 민간인은 저 이승만이가 대통령이 휴전 못하게 반대. 만날 민간인들 가서 데모하고 데모하고. 데모하고 그렇게 가고 그랬어. 그런건 다 안잊어. 나는 안갔지만 거 데리고 가서 데모하고. 휴전하지 말자. 그냥 밀고 들어가라.

[청중: 우리 엄마가 지하에 계시거든요. 일요일날 그 한강에서 배 타고 노는데 펑펑 포 소리가 나서 그게 폭격하는 줄 알았더니 그게 전쟁이었대. 그래 갖고 집에 오니까 그 이튿날 군인들이 막 울면서 북쪽에서 이쪽으로 남쪽으로 오는데 우리 외할머니가 막 잘 사니까 면장님네니까 막 달걀을 막 큰- 솥가마로 두 개로 삶아서 군인들을 멕일라고 그러니까 군인들이 하나도 안먹고 울면서 갔대. 후퇴할 때.]

이 한국 군인도 도망가는 놈이 많았어. 왜 그러냐면. 우리 동네 들어와서 옷을 갈아입고 가거든. [청중: 안 죽을라고.] 안 그럼. 총은 내빼리고 저 옷 달라 그래가지고. 옷 달라그래가지고 민간인 옷을 입고. 우리 한국군도 도망을. [청중: 탈영하는 거지 뭐야. 안 죽을라고.] 안 죽을라고. 그냥 그냥 가면 죽지. 그러니까 옷 좀 다 주세요 사정하고. 옷들 갈아입고. [청중: 그 인민군들이 조직이 엄청 빠르대. 동네 머슴사는 사람들이 전부 빨갱이 완장차고. 동네 사람들 다 공무원에 했던 사람들. 동네 이장 뭐 교회다닌 사람들 잡아다가 열두토막내 죽였대요. 그거는 보지 않은 사람은 말도 못한대. 그 사람들 조직이 그렇게 빠르대. 조직이. 그래서 우리 친정어머니도.] 통장이 얘기 좀 해. [청중: 아휴. 저는 엄마한테 들었잖아. 우리 엄마가 밑에 계시거든.] [조사자: 그러세요? 혹시 어머님께 이야기 좀.] [청중: 근데 똥내가 나서 안돼. 치매가 좀 있으셔서. 근데도 옛날 얘기는 잘 하시는데 똥 내가 나서 안돼. 밑에 계시는데. 외삼촌이 면장님이셨어. 그러니까 말도 못하게 고난을 당하셨지. 면장님. 엄마가 동생이지.] 전쟁은 안나야돼. 지금은 더 해.

우리 동네 또 인민군이 쫓겨갈 때 우리 산에 산 속에 그 전차 아군들이 올라올 때 그 길깨에다 지뢰탄을 묻었어. 지뢰탄을 묻어가지고. 그 인제 할머니가, 할머니가 그 아는 사람하고 이제 그 땅에 뭐 묻은 것만 대강 아는데. 이게 뒷걸음질을 치다 인제 저기 얘기를 이렇게 뭐 어쩌고 얘기를 하다 파주가면 이상하면 갔으면 되는데. 그거를 지나가다가 이 그게 터졌어.

근데 사흘만에 그 며느리가 인제 어디 갔다 오다 어디서 그랬어. 야 그게 참혹한거야. 그 다리는 이 손 짤라 저기 가 붙고. 또 살이 찢어져 간 그걸 며느리가 와서 그걸 주워서 말하자면 주워서 담아다가 어따가 인제 거 어따가 인제 그것도 있어.

그거 좀 참혹해. 얘기하다 뒷길에 뒤로 가면서 얘기하다 바로 갔으면 이상하면 좀 피해갔으면 되는데 뒷걸음칠라 가다가 뭔 전차 그 폭탄을 밟아가지고 손을 손목째로 밟았는데. 사흘만에 그 며느리가 와서 그걸 집게로 와서 그걸 줍는 걸 봤어. 이 손목 쪽 짤라서 저기 떨어진 걸 죄 주웠어. 그런게 좀 참혹한거야? 우리 동네 바로 앞에서.

게 여름인데 그냥 쾅 소리가 나서 보니까 연기가 뽀얘. 전차 그거 폭탄 그걸 밟아서. 노인네 하나 그렇게해서 참혹하게 죽었어. 우리 동네서. 도망갈 때 여기서 전차를 그걸 폭탄이라는게 전차 폭탄. 전차 뒤집히는 거. 그걸 묻은 놈을 할머니가 모르고 이렇게 얘기 얘기 허다. 바로 갔으면 이상하면 이렇게 피해가면 되잖아. 그런데 뒤로 물러서다 그걸 밟아서. 손은 손대로 머리는 머리대로 다 흩어져가지고. 그거 참혹하기가. 사흘 만에 집게갖다 주워가는 걸 내가 봤어. 전쟁이 그렇게 무서운거야.

[조사자: 어르신 나이가 그때 어리셨는데 기억력이 아주 좋으세요.] 아휴 지금 애들 같으면 지금 애들은 그 전엔 그래도 좀 어수룩하지. 열 세 살이 지금 열 세 살이면 모르는 게 있어? 뭐 나오기만 해도 다 아는데. 거 벌써 노래하는 거 봐라. 얼마나 잘하는지. 그때는 그래도 지금 열 세 살이면 지금 뭐 지금 애들은 그냥 몇 살만 먹어도 뭐 영어를 못하나 뭘 못하나 그냥 하지. 우리 자랄때만해도 참말로 저거지. 머리가 덜 깼지 암튼. [조사자: 그래도 알 건 다 아시고.] 기억력은 있지. 기억력 그럼. 그렇지 기억력은 그래도. 중학교 댕길 때 백점만 맞았으니까. (웃음) 옛날에 난리통에 그냥 그래 고등학교는 못갔지만 어려서 못가고 이렇게 살았어.

교사 남편을 대신해 생계를 책임진 피난살이

한 채 남

"남편 선생질하고 있다고 나를 고생없이 살았다 하겠습니까마는 하, 말도 마소"

자 료 명: 20140826한채남(거제)
조 사 일: 2014년 8월 26일
조사시간: 100분
구 연 자: 한채남(여 · 1924년생)
조 사 자: 김경섭, 이원영, 김명수, 이승민
조사장소: 경상남도 거제시 고현동 주공2차 아파트

[조사과정 및 구연상황]

화자는 거제시 고현동의 주공아파트에서 홀로 생활하고 있었다. 차분하고 정갈한 화자의 차림새와 어울리게 1층에 있는 그녀의 집안도 깔끔하게 정돈되어 있었다. 거제시 이북도민회에서 추천할 만큼 북에서의 생활과 월남이후 피난 생활을 대표할 만한 연륜을 지닌 분이었다.

[구연자 정보]

한채남 할머니는 함경남도 한주군 천선면이 원춘리가 고향으로 교사였던 남편, 딸과 함께 거제도로 내려왔다. 친정은 무척 부유했지만 공산치하에서 다 빼앗겼다고 한다. 고령임에도 불구하고 장시간 동안 비교적 또렷하게 구연에 임하는 모습이었다.

[이야기 개요]

남편 근무지였던 함흥에 연합군의 야간 폭격이 너무 심해 시어머니와 친정어머니가 함께 고향에서 함흥의 학교 관사까지 걸어서 온 적이 있었다. 친정집이 천석꾼에 가까울 정도로 부유했지만 공산치하의 토지정리로 모두 몰수당했고, 이 일을 계기로 부친이 사망했다. 거제로 내려왔을 때 고향보다 수준이 매우 떨어진다는 첫인상을 받았다. 남편이 교사였지만 술로 일관해, 집안의 경제를 혼자 도맡아 책임지느라 매우 힘들었다.

[주제어] 함경 한주군, 장승포, 교사, 남편, 야간 폭격, 친정, 부유, LST, 흥남 철수, 이산가족, 함흥 음식, 생계, 장사

[1] 27살에 함흥에서 교사인 남편과 함께 배타고 거제 장승포로 피난오다

[조사자: 그, 배 타고 내려오셨죠, 그죠?] 네, 배타고, 배타고 장승포에 내렸다 아입니까. [조사자: 어디요?] 장승포. [조사자: 아 장승포. 저기 성함부터 좀 다시 말씀해주실래요?] 한, 채, 남 [조사자: 한] 채 [조사자: 최요?] 채! [조사자: 채, 채소 할 때 채?] [조사자: 몇 년 생이세요?] 아나 그걸 어째 아노. [조사자: 연세가 올해 어떻게 되세요?] 하, 너무 많아서 어째 알겠어. [조사자: 하하] 구십 아홉, 하나 [조사자: 구십, 아흔 하나세요?] 네, 구십 하나. [조사자: 아— 그렇게 안보이세요.] 아구, 넘어져서 이 다리 째져가지구 수술이 아우해두기 콕 찍

어갔어. [조사자: 그러면, 이십, 이십 사년 생이시네. 할머니 저기 전쟁 때 그러면 연세가, 스물일곱, 스물일곱 살이셨네요.] 예예. 일곱 살입니다. [조사자: 스물일곱 살, 원래 고향은 어디세요?] 저저, 함흥서 조끔 나가서 저저, 천선면 원촌리란데. [조사자: 천선?] 함흥군 천선면 원촌리 [조사자: 아, 함흥] 아예, 남준부 [조사자: 함준?] 남.준.부. 천선면 원촌리. 그, 그 [조사자: 무슨 군이라고요? 다시 말씀해 주세요. 함흥군이라, 함흥은 아니구.] 한주군. [조사자: 한주, 한주군 천선면 원천리.] 함흥은 저저 조끔 이케 올라가서 저저 촌, 좀 촌 있재. [조사자: 한주군 천선면 원천리.] 원춘리. [조사자: 아, 원춘리.]

[조사자: 아 그러면 고향에서 그 원춘린가 거기서 함흥으로 걸어나오셨어요?] 저 원춘리거기서요, 우리 돌아가신 할아버지가 선생질하고 있었습니다. [조사자: 아 교사셨구나.] 예예. [조사자: 그러면 몇 남 몇 녀셨어요?] 저저, 딸 하나 두고 온기, 오래 몬(못) 살아서. 그래 거기서 스무 살에 낳았다가, 저저 원래 이기는 청이리. 청이리고, 내홍 국민학교 나갑니더. [조사자: 아 그, 그러면 그 아버지 어머님하고?] 또 영 떨어졌죠. [조사자: 아.] 떨어져서 선생질 한다꼬,

우리 둘만, 아 하나 업고 둘만 거기서 살다가 피난 나가라하니까 거 내가 그랬어. 나, 내 자란 곳은 이 저저, 함흥서 떨어지니까 선생과 딸이, 선생과 딸이거든요. 함흥은, [조사자: 아, 그, 그러면 남편분하고 할머니하고] 같이 나왔디. [조사자: 그 자제분은 못 데리고 나오시고?] 자제분이라고 딸이 하나 있던거, 업고 나왔고. [조사자: 업고, 같이? 저기 내려 오신거에요? 아아, 그러면 가족 세분이 내려오셨구나. 남, 남편분이랑. 그래서 장승포로 도착하셨어요?] 네, 장승포 도착해, 장승포 도착해가지구예, 그날밤에 가족, 얼라 있는 사람은 교실 들어가 자구, 남자들은 밖에 자라 하는데, 서이 왔다가 나만 내삐리고 난 교실에서 들어가지 못하고. 그래서 고마 그 저, 땅바닥에서 서이서 자고, 아침엔 머꼬, 주먹밥을 줘서 먹고, 그리고 장목에서 장승포에서 장목으로 바로 가라해서 해서, 하루 종일 그네 삼고 업고, 다섯 살 먹은거 업고 하루종일 걸어가다가, 가다가 배고파서 앉재서 쪼그맨 냄비하나 얹고 무시라서 장파국 끓여 묵고 그러고 어느데까지 장목으로 걸어갔는가 모르제.

저 그다음 시방이야 길이가 저르게 저저, 그 뭐지 막 곡하로문디르 발라서 시방 참 길이 참 쉽습니다. 장목재가 여 살이 안 높았거든예. 장목재하고 또 하천재하고 그른데도 걸어서 세상에 참 어디 걸어봤습니까 기지? 그러다가 하루종일 그 다섯 살 묵은거 업고 하루종일 걸어가고 아니면 밤새도록 걸어가 장목국민학교 얼매나 걸어갔는가 모르지. 그래갖고 걸어가가지구, 가니까 거기서 거 주먹밥 해주니까 끓여먹고 저저 학교 교실에 자라꾸 뭐 덮자 주디요. 그래서 교실에서 자구.

[2] 장목 국민학교에서 남편이 선생님을 하다

그, 그 고마 거기 저 떨여져서 몇 해 사다보니까는 저저 이북아들이 첫 해부터, 아들에부터 이 야들이 한 달 두 달 지내가서

"야들을 그냥 놔두면 안 되겠으니까, 우리 저저 아-들을, 선생님이 방 하

나 얻어갖고 즈 공부 좀 시켜주라."

고 그 부형이, 그래갖고 아들 머드매다 들쳐안고 방 얻어 갖고 공부 한다고, 공부하다 보니까는 거 학교서 어느 동네서 말해가부고 그러다가 저저, 몇해 지나다가 합쳐갖구, 저 여기 아들하고 저 이북아들하고 그래 함께하다가 장목국민학교 오래 있었습니다. 저저 이북에서도 선생질하면서래 참 부단히 살아 넘어갔습니다. 그래서 특수하게 배야주다 보니까나, 릴레이도 선수재, 저저 체육도 가르치고 아아들은 저저 무용하는 것도 저 마스게임로 하기 때문에 좀 특수합니다, 우리 할아버지가.

그러드마는 부인들이 나와서, 이북부인들이 나와서 방 한 칸 얻어주디요. 그래 거드서 살고있다가 그 학교 그냥 있었나봐. 학교서 저저, 운동회 하게 되면 그 마스게임허고, 또 저 연구주임도 있고 또 저저, 전기 기계도 내카나 보는 사람이 없서가지구 전기 아들 배아두는(배워주는) 거거든 특수하고. 그럼 내 연구주임 있었습니다.

그래, 그래하오 참 내 애기가 저저 칠년되니까는 장목국민학교서 내심 해라 해가지구 잠, 저저 눈에 학부모들이 대비 저, 선생이 안되겠으니카는 저저 더 배우주구 하라구. 그래 연달아서 십일년살다가 하천국민학교 전근 됐으까. 고마 사는기라는게 그래가주구야, 어떤 세상 나는 살았냐 하문 그로면 선생질하고 있다고 나를 참 재밌게, 고생없게 살았다고 안 하겠습니까마는 하, 말도 하지 마소.

[3] 아이를 업고 통영까지 소금을 팔러 오갔고, 남편은 병이 나다

장목에서라도 저, 거기 푼 웅덩이, 장삿집에서 큰 배가지구 저기, 어디, 어디가가지구 소금이 청림이라는게 없었어. 청림실어다 놓으면 그거 팔아가지구, 우리 할아버지가 어뜬가 하믄 어휴, 시골 나는 자랄 적에 식구 열여덟에서 자라다 시집가가지구 식구 열둘이 살다가, 또 학교사 댕긴다고 나와서 살다가 이래, 나와서 사니까 사는게 아닙니다. 맹절(명절), 딱 사다지 딱 이북에서 온게 속은 모르니까. 그래, 자기는 나보다 행복하게 못 살았는데 이북에서. 그래도 남자는 남자라고 저저, 자기 자신이 몬(못)느껴서 맹, 맹절이 되나 또 저녁에 묘 모임이 있으은 머더 저 가정집에, 집에 갔다 오고. 다 업고 이런 것 보면, 집에 와서 울었어. 술 한잔 잡수고. 그 술도 미워서, 말도 못했습니다. 내 산다는게 나는 그랬어요.

이북에서 그만한 거 다 내삐리고 손빼기 왔는데 할아버지 잡수는게 난 괘안타고 생각했는게 병날 줄 생각안하구야, 술 그렇게 잡솨도 나았거든. 그래 참 술을 가지구 그렇게 세월 보내다가. 엄칸 아-들이 잘 뵈랴, 뵈야주니까 옛날에는야, 하청 하정우 저저, 장목국민학교 댕겨도 하청이랑, 부산이가 간 아들이 국민학교 아들이 다 중학교 가면서 그 여기 저기 막, 그전에 자율로 나갔다 아입니까. 이제는 그렇게까지 자율 없었지만, 그래 하여튼 나가서 저저, 붙잡혀 들어온 아들이 없었는 기라예. 나 사는건 말도 하지마소, 선생님.

젊은 사람같아두예 저 선생님네는 여기서 통영 사양면 이라는거 아입니까. 통영사양문 모르제? 통영 사양면이면 저저, 통영 충무에서 저저 뭐꼬 최고 끝에 우리 여기서 살다가 끝에 가면 장승포지에. 그것처럼 충무에 가게 되면 통영 사양면에 가게 되면 사양면이라면 최고 큰 저저저, 읍입니다. 그런데르 가가 가지구 훈련받으러 나와가지구, 그거 만날 나간다고. 난 다섯 살 먹은거, 다섯 살 먹은거 업혀서 나갔단 말이에요. 돌아간다구. 별 장살 다해가지구 돈 쪼깨 매다가지구 그거 업고 장목였어요. 배 타고. 저저 건너가가지구 저저, 장목에서 여기를 저 먹고, 통영 사양면을 간다고야, 저저 장목이 그 높은 재를 몽땅 걸어서 그 다섯 살 먹은거 업고, 이 저 개나라, 옛날에는 저 나리성이 있었어. 시방 다르제에. 옛날에는 나리성 쪼까난 배 사람 건너가고 건너가고 이랬댔제. 그래 그- 나리성 건너서 장목에서야 통영 사양면까지 걸어갔네. 걸어갔다 걸어갔어.

나 그러고 살고, 우리 할어버지가 술 잡수고 아무리 봐도 저 다섯살 먹고

온 딸아는 중학교도 못내켰는기라.(못 가겠내는기라.) 할아버지 따라 살믄, 저저 원래 장목에서 소금 고여낼, 장목에선 동이 트기 전에 소금 이리 이고 고연에 가서 팔고 또 고연에서 피난 나온 사람들 배급이 나왔다고 하면 헐는기라. 그거 싸가지구 장목에다 팔고 그래

[4] 술꾼인 남편 병수발을 하며 부산에 나가 별별 장사를 다 하다

살다가 살다가 아는 커지고 할아버지 축 늘어지고 병들 늘어지고, 안되겠디야. 부산 나가서 나 별 장사를 다했어, 진짜. 저저 짱아치 전이 남북면아요. 남북면 나, 나가서, 짱아치 남붐민 앉아 저 딸사래 바치고 국시, 진작에 포목장사를 해봤지. 또 저저, 포목장사래도 남아, 십원도 돈이 없으니까는니 심부름빽에 못한다 아이요. 그래도 학부형이 뭐 또 잘 살아서, 학부형 밑으로 나가서 그래. 저저 아, 아미도 안 믿다가 동에지고, 집이 저 구연동 집에서라도 저, 하다하다 내끼 너무 없으니까 쌀장사래도 아침에 갰다가 저녁

에 팔아요, 잠깐. 할 짓이 아닙니다 예. 또 그래 저 하다하다 또 국지시장 내 아무리 봐도 안되겠다 했거든. 응, 그래 자기 있는데로 오라해. 그래 또 앉아해도, 그른데 나를, 나, 나 먹은 나를 심부름 시키잖아요. 좀 미안코 그지? 바쁘기는 바쁜 일도 아니여. 또 할 수 없어서 또 나가서, 양목 같은 일들을 저저 오,오 옷을 이고.

저, 핸, 해운댈 아이구 말도 안나와서, 그래 이구 갔다가 와서 마당 그래 댕기다가 또 안되겠디요. 또 저, 저 난닝구를 이 가지구 댕기다갔을 때, 지내를 이고 댕기던 장사라. 또 안되겠대, 내키(내것이) 너무도 없으니까. 그러쿵 지시항에 저저, 나 옛날에 이북에서 틀리랴, 틀 일이 이북 가, 가정영화로 틀 일이 있었어 틀으. 저저, 그래 그거 틀아, 이랴하는 거 알기 때문에 저 솜틀 아이고 발틀로 우리 친정집에 있다가, 그래 여기 와가 아 국제식 양말을 저저, 그 공장 좀 이어주라고 말했드만 또 이어주는 기라예. 그래 들어갔드만은 저저 남봉살때 단추고리치는거 하고, 또 찌봉에 어굴안고 하고 트, 둥글게 앉아가지고 그거 해서 지금 그 최고로 얻는건 직장생활이 낫디. 좀 쏘급했는 기다. 예? 한 것도 없고 아침이 되었다가 저녁에 가져가는 놈은 꼴었고 그저 눈물빽에 안나오고, 나쁜사람이에요.

아, 아 여덟살이노 아비, 저 아부지 사택에서 사니까는 학교 잘 댕기게 장목에다 나아놓고 내 혼자 갔어. 하, 그래가지구 우리 할아부지 술병이 나서 병 그리 입원해도 나 수발하고 약 달하고 내보면서 다하고 그래가지구 얼매나 빼지게 했든가, 우선 내 집을 쪼개난거 한 개 싸가지구 또 저 남에 두었다가 아, 낸중에는 아들을 쟁가 보내고 그거 팔아서 손주 아들 줬다. 그리고 장목에 우리 할아버지 퇴임하면 살끼라고 또 장목에다가, 고연에다, 고연에다 집을 지어가지구 한지 얼마 안됐어, 한 삼 년밖에 안됐어. 저짜기 저 수임리 밑에 집이 참 좋았습니다.

[5] 술병으로 남편이 죽고, 아들은 장사한다고 집 한 채를 날리다

그래 살다가, 하 우리 아들이 장사가 하면 한다는기, 장사 안되가지구 자꾸 빚을 지는기라예. 그래 집을 잡혀가 빚을 내쓰구 내쓰구 하다가 빚을 자, 잘 지고 내 다쳐서 넘어져서 이제 걷지도, 걷지도 모, 못 걷는게 되꼬.

그래 낸중에 참 살다가 살다가 할아버지 돌아가시고, 저저 결국엔 술병이 나서 돌아가셨어. 마, 술값하고 약값하고 말도 못합니더. 집 한 채 값 들어갔어요. 그래도 나 좀 잊이부야도 좀 익숙한 몸이지이암. 자랄적에는 안빼시럽게 자랐는디 환경이라는 게 참 무섭습니다, 환경대로 살아야되요. 옛말에 내 이불집 보고 밥짓푸라고 했지, 함경도에서는. 그래도 내 온카 모시라기 저기, 터, 집터이가 백열 평이 되다보니까는, 파니까는 그래도 아들 빚 이카고, 또 빚을 갚아도예, 싸악 갚지 못하고. 비, 집에 따라서 저저, 저 먹고 빚 낸거만 갚아지고 못갚으라 하드만. 그런 것도 있데 법에서. 그래 할 수 없어 서울 집이 내 앞으로 쌌든거, 여기 집은 아,아 저저 할아버지 응칸 아파서 아들 앞에 얹져서 그 서울집 같은거 채 안된다해 내 앞으로 쌌다가, 그, 그거 가지구 저, 저 빚내서 장사를 시작하고, 시작하고 안될라 하니까는 참 술먹고 담배를 안 피야도 고생할 사람 되가지고 그리 미카서 아들이랑 사는게 그리 고달픕니다. 하하 예, 나는 그래도 이때에 저저, 그래 번기라꼬(돈 번거라고) 응캅 일찍이 하다보니까는.

[조사자: 그, 그러면은 내려오실 때 따님 한분 데리고 내려오셨다 그랬잖아요?] 그래, 따, 딸을 데꼬 내려왔는데, 쩌기 육십네살 먹꼬 죽었어. [조사자: 그, 그러면 내려와서는 더 자제분] 아, 아들 하나 나았지. 시방 그 아들 있어. [조사자: 지, 지금 그러면 아들, 아드님이랑 같이 사세요. 아니면] 안 삽니다. 내 따로 [조사자: 아드님은 그러면 여기 거제에 안 사시나요?] 서울에 있어. [조사자: 아, 서울에 사시는구나.] 서울서 사는게 저, 좀 꼴았다. 저는가 하는기 나는 이전에 저저, 이리 해보면 밑 까는게 없디요. 가중 나가면 팔리면 오르가 까든가

이 저저, 이,이 손아귀에 내 노무 돈이 없이 살다가 장살하다 보니까는 내 손에 지무르기 만채나 그르지. 내 하는 짓은, 그래 하는 것 마다 되야지대. 그래 참 마이 벌었습니다. 그래 부산, 내 벌어가지구 내 손으로 부산집을 싸서 팔구 싸(사)기두 허고. 아 여기것도 내 벌어서 이케 모으니까는, 할아버진 뭐, 모은시 없고. 저저 아들만 잘되야준다면 그거뿌에 없었습니다.

[6] 남편의 교사 월급은 다 술값으로 나가 장사를 해야만 했다

[조사자: 그러면 원래 이북에 사실 때도 선생님이셨고, 내려오셔서 장목, 서현 초등학교 거기 내려오셔서 할아버지는 특수교육 선생님을 하시고, 할머니는 애를 놔두시고 이제 장사하러 다니신거죠.] 그리안하믄 딸아 하난거 중학교도 못 보내겠는데, 저 성수까지 빚을 지니까, 내 장사 내가 소금 팔고 뭐 해가지구, 저저 돈 맞춰서 먹는거 내 벌어먹는디 술값이 모자라서 명절이 되면 술값 못 갚아 가지구, [조사자: 술을 너무 많이 드셨구나.] 참말로 술 잡수면 곱게 잡수고, 아들 잘 배야두니 교장선생님한테 가서 우리할아버지 저저, 어찌 쪼금 술 안마시고 우리 내 안받아주고, 부인들이 안줬다하면 모를낀디, 부인들이 모-다 주지. 내 안받아주지, 걔 갈추(가르쳐)주면 대우받지. 응? 저저 그다음에 여기 운동회도 있지. 운동헐 하게 되면, 저저 장목국민학교 운동회는 김선생님이 마스게임 보러가다고 이리 소문났거든. [조사자: 아- 잘 가르치셨구나, 그거를.] 그래면 간데마다 저저 데꾸가갔지, 뭐 이 넷이 안나갔지, 뭐 또 선생이, 저 교장선생님이 자기 학, 교 되면.

[조사자: 아아- 그러셨구나. 그러면 언제 퇴임하셨어요? 할아버지가.] 저, 88년에. [조사자: 88년에, 그럼 저기 돌아, 돌아가신?] 그때가, 돌아, 저저 살아서, 저저 칠십다섯은 잡수고 돌아가신거니까는 퇴임하고. [조사자: 퇴임하고 난 다음에] 퇴임하고도 저그 하시고 돌아가셨어, 칠십다섯에 돌아가셨으니까. [조사자: 교장선생님까지 하셨어요?] 네.

[조사자: 그래두 그, 어르신 남편 분은 연구주임 선생님 하시면서, 아주 인기가 좋으셨는데, 할머님은 밖으로 돈벌러 다니시느라 너무 바쁘셨네요.] 내 안 벌면 술값은? [조사자: (웃음) 아이 교사 월급은 술값이.] 아이, 교사, 옛날에는 교사 월급일랑 없었어. 거기서 아들이 책값, 책을 주문해야 대서 내고, 책값 안 받으면, 책을 돈을 안내면 그것도 선생님이 다 대야. 또는 저, 양반은 어땠는가 하게 되믄, 아들하고 돈 두(주)라고, 치대게되면 아들 공부 못한다고, 이렇게 하믄 아들 공부 못시킨다. 그로고 회비를 못 받아 학교다 못 받아내서 저, 월급으로 다 제하고 그래 본래 없는데 나왔다고 그러지 하지, 또 술값은 이제, 술값은 어찌 갚을겨, 그래서 술집에서 뭐라고 소문이 뭐라고 났는가 하면 나하고 직접 그래,

"저 김선생님은 우리에 술집에서 저저, 월급 받아서 물고 저 낸중에서 밑에 술집에서 물고, 그러고 가운데는 통발에 못 준다해.

[7] 이북 사람들이 같이 내려와서 선생님을 할 수 있었다

[조사자: 그러면 그 딸은, 어 저기 이북에 있을 때 낳으셨고 아들은 여기로 오셔서 낳으셨고. 그러면 그 아들은] 장목에서 낳았고. [조사자: 국민학교 앞에 이북 아주머니들이 얻어준 그 집에서 사실 때 애기를 낳으신 거예요? 아니면 사택에?] 사택에서 낳았어.

[조사자: 한 가지 궁금한 게 있는데, 그 이북에 교사 했던거를 남한에서 그대로 인정해 준겁니까? 아니면 뭐 따로 채용시험을 보신거예요. 어떻게 된거예요?]인정 안 해줬을낀데. 하여튼 선생님 좀 했다고 RI들이 그대로 와서 배워주니까는, 낸중에는 풍천읍 운동장에다가 내줘서 나, 저, 나라서 풍천 내줘서 그대로 배우다가 그르, 그대루 합쳤는갑죠. 그리고 그래 이북거는 저저, 관리 안 하는거 같든데요. [조사자: 그래두 그, 거기서 교사를 하셨던 경력을 인정해주시니까 바로 교장선생님까지 하신거죠?] 그렇지, 그렇지. [조사자: 따로 시험을 보

신건 아니죠.] 아니지, 아니지. 그대로 올라갔지. 저 이북 부인들이 우릴 부인들이 그리 싸고 돌대요. 부인들이 저저 말해가지구 방 얻어가지구 배야(배워) 주고. [조사자: 아, 이북에 있던 학부형들이 같이 내려왔으니까?] 예, 그래그래. 그 아껴주고 양미교 아닙니까. [조사자: 같은 동네있다가 같이 왔다?] 그렇죠 예. 그 사람들이 저저 방 얻어줘가지구 선생질 하다가 낸중에는.

[조사자: 이북에 동네가, 한주군 천선면 원춘리라고 하셨죠?] 네 원춘리는 내, 내 친정이고 또 우리 신랑은 한주군 천선면 신흥리인데 [조사자: 아, 신흥, 신흥, 신흥리.] 그게 똑디기 내 모르겠네.

[8] 흥남에서 여러 번 기다려 사흘만 내려갔다고 오려고 LST 배를 타다

[조사자: 그럼 배는, 배는 어디서 타신거예요?] 배는? [조사자: 그 LST 배 타신 곳이 함, 함흥이나 뭐 흥남이나 뭐] 흥남이지. 저저 간다하고머 저저 하, 함흥 선중근 다리 밑에 쭉— 내려서 저저 내호까지는 길을 막아가지구 가도오도 못했어요. 고 밑에 있는 사람만 내려왔지. 그러니까 낮에 저 우리는 저, 내호 하등리 국민학교라고 하등리, 저 앞에 가면 청이리고. [조사자: 아 그러면 사시던 곳은 흥남 안쪽이었어요? 내륙 약간 안쪽.] 흥남이지. [조사자: 배 타러 많이 가신 거예요. 걸어가신 거예요?] 응, 저저 걸어가도 뭐꼬. 그다음에 걸어 댕기지. 거드 많이 걸어는 아이지. 저저 시방, 시방 사람으로 치면은 걸음 없지. 그러나 그전에 옛날에 걸음기가 되면 뭐 아들 끼고 왔다갔다했으니까.

[조사자: 그러셨구나. 그러면 그 딱 전쟁 나고 그 배 탈 때 어떻게 배 타는 거 아셨어요? 다 배 타러간다, 이렇게 말씀하신거예요?] 그래, 간다하면예 저녁이 되믄

"간다!"

해가지구 아침에 줄을 섰다가 또 뭐 배에 사람이 가득차면 또 못가고 집에 왔다가, 그 남의 집에 그러구 들어가서 잤다가 또 저저

"간다"

고 하게 되면 또 나가 줄서. 한 삼일 한 오일, 모르겠어 오일 그랬는가. 그렇게 치대다가 내중에 엉칸(엄청) 많으니까 그게 민란이라는게 그게 민란이거든 에? 엉칸 많으니까 그 차 저 미읕에 그렇게 실어내도 미국배에서 저 저 전쟁할라고 쌀이고 무시기고 싣고 온거 따다다 막 쳐 넣고, 그거 사람만 싣고 왔어예. 그다음에, 그다음에 저저 우리 내려오면서도 더 위에서는 쌀, 쌀창고 움지말등이라는 토빽 담아놓고 하, 말도 하지마소, 말도 하지마소. 그 드라마 같고.

[조사자: 배 안에서 생활은 어떠셨어요? 내려오실 때?] 배 안에서 생활은 나우리카나 아이카나 저저 밀가루가지고 떡도 조금 해가지고 오고 빵, 빵 좀 해가지고 오고. 인제 저기하다 그 먹어지요 어디. 그 입에 쪼개씩 먹다가 배 안에서는 먹지구따구도 못한데요. 그래 우리 가져온거. [조사자: 배멀미는 안 하셨어요?] 배멀미는 안했어요. [조사자: 며칠 내려오신거 같애요? 기억에? 한 삼일 내려오신거?] 어, 한 사나흘. 하여튼 저저 떠나서 한동안은 저쪽에 뵈야도 저 한 사나흘은 가운데 바다, 바다뿐이야 아무것도 못해야디, 아무것도 맨 새파란 물뿐이야. 나는 또 어찌게 되었냐믄, 어 먹기도하고 뭐하다가 배 꼭대가올라 누워있었어. 꼭대. 꼭대기 사람 저저 눕구로 되있데. 응. 두 채뿐인가 우인가 모르겠네. 그래 생각하이. 하여튼 우에는 사람은 없고 올라가있었어. 그래 눕어서 참 배멀미를 할까봐 멀미를 하고 먹자고 해놓을까봐 노다지 누어있었지 배에는. 뭐 밑도 끝도 없제. 그고 설마 한 사나흘 있다가 올기라고, 그러고 떠난기, 어, 내 이제 구십하나 먹도록 여 살지는 내가 몰랐지.

[9] 북에 가족을 다 두고 왔는데, 선생님이라 겨우 굶지 않았다

[조사자: 그럼 북에 두고오신 가족분들이 있으세요?] 그건 내 말도 몬하지. 많지. 저저 친정에서 살적에 열너이서(열넷) 자라고 친가 가서 열둘이 살았는

디, 그 그 가족은 말할게 있어. 그래 여기서도 또 내 신랑이랑 내신랑 어릴 때 할아버지는 어렸어서. 좀 나보다 과하지도 못하고, 어려서. 선생, 선생 묶이면은 내는 좋은거지.

[조사자: 할아버지가 할머니보다 나이가 더 아래세요?] 한살 아래요. 한 살 아랜데 저저 적어드릴 적에 저저 부형들이 한 살 위라고 적어드려서 퇴직을 2년이나 땡겨해 줬어. 부형들이 그랬어, 부형들 덕에. 그담에 와가지고도예, 부형들은 잘살아 놓으니까네 자기 고향 이제 장사를 하던 사람들이 돼서, 가져오는 게 많았거든요. 나 우리 올 때, 진짜 냄비 한개 들고 가다 밥해먹는다 칼 때, 그래 가다 밥해먹는다고 냄비를 한 개 들고 이불은 저 덮는거 저 한 개 하고 그러고 아를 업고, 저저 뭐고, 밥짓는 쌀을, 걸어오는데, 얼매나 갖고 왔겠어. 쪼깨 여어가지고, 빵 쪄가지고, 이제 왔지. 그러고 오다 보니 저저 와가지고도 이불뿐인데도 방 하나 받습니다.

"선생님! 선생님!"

하고, 참말로. 그래 안했으면 굶고. 난 저, 누 집 가서 저저, 저 세 때 묵겠는거 한 때 묵으면서 손 보는 줄도 모르고. 나가 죽어도 싫고, 나 죽을, 저, 내 이리 살아도, 참말 피난 생활했제, 저 십원 남한테 저 빌리지도 갚구두 안했습니다. 강하게 살았어. 소금 장사를 하고 다니고 하니까는, 돈도, 내 못 됐습니다.

그리고, 선생들이 이제 어디 역에서 선생님들이 잠시 버스 타고 우리 장보고 위쪽으로 나왔는디 아이고, 우리 저저, 뭐고 옥수수 튀긴거 내놓으니까 뭐라하는게 사택에 처음 전근 와 하드노. 하이고 우리 장수포서 이런거 앵간히 먹었드만 여그도 이런게 있다고 아 저 쪽 앞에는 저저 틀렸다, 나 사람 볼줄은 몰라도 니 말하는 소리는 들음 내 대충 안다.

세상에 와서 한달도 안되서 저저 쌀이 없어서 쌀 채, 저저 좀 맡아주라 하고, 무, 뭐좀 맡아주라. 난 점방에 가서 맡아주 한게 한 개도 없어. 참, 내 산 것만은 깨끗이 살았어. 믿은건 없어두. 뉘한테 눈치 안 받았어.

[10] 남편은 일제 강점기부터 선생을 했다

[조사자: 그럼 일제시대도 기억이 나시겠네요?] 하. 일제시대에도 저, 기억하는 게 있지. 그때부터 슨생질(선생질) 했으니까. [조사자: 저기, 뭐야, 남편분이?] 응. [조사자: 그때도 이미 결혼을 하신 상태고?] 그 때, 그 때 선생질 했는가, 저저 우리 할아버지가 두 번을, 이북에서 두 번을 저저저 으 뭐시야,

한번에는 신간회당 서기질하고, 저저 쌀을 배급주는 그런 사람들 거기가서 서기질 하다가, 한 번은 읍내 안에서, 읍내 안허고 선생 시험쳐가지고, [조사자: 그러면 할아버지가 공부를 많이 하신 모양이네요? 사범학교 이런데 나오신 거잖아요?] 거 뭐 많이 했겠죠. (웃음) 내 못 배웠지.

[11] 친정은 동네에서 제일 부잣집이었고, 대식구가 살았다

[조사자: 그러면 저기, 시댁이 좀 잘 사셨어요? 시댁이?] 나는 내 잘살았지. 우리 시댁에는 좀 모르데. 내는 뭐 진짜 잘살았어. [조사자: 아, 할머니 친정이

잘살았다고?] 어, 내 친정이 우리 동네에서 일등. [조사자: 아, 농사를 많이 지으셨어요?] 농, 거, 농사가 하는데는 농사 천지제. [조사자: 네 그렇죠.] 그리고 시가 가니까는, 저저, 뭐고, 우리 어머이가 사람만 보면 좋아가지고, 저저, 우리, 내, 우리 내 잘하던 친정에다 대믄, 뭐라 말하까, 많이 뒤떨어졌지. [조사자: 아, 맨 처음에 좀 놀라셨겠다. 근데 어떻게 중매를 하셔가지고, 그렇게…] 그래, 서로 옛날엔. [조사자: 연애 결혼을 하셨어요?] 아이고, 옛날엔 연애는 해보지도 못하고 자랐다. [조사자: 할머니가 몇 째셨는데요? 몇째 딸. 할머니가 몇째 딸이셨는데?] 둘째 딸. [조사자: 둘째 딸. 자식이 몇 분이셨는데요? 형제가 어떻게 되세요?] 형제, 오빠 우로 둘이고, 그리고 우리 큰아버지가 할아버지하구 이우 안 맞아가지구, 메누리 새엄마 이게 안 맞아가지고 큰아버지 살림 나가구, 우리 할머이 할아버지 모시구, 어머이 아부지 있제, 우로 오빠 둘 있제, [조사자: 야, 대가족이네.] 저저, 내 우에 언니 있재, 내 밑에 동생 하나 있재, 그, 그러이까 열너이 살았제. 근데 조카 몇하구 우에 오빠 둘이 다 살림 안나가이까 조카들이 있재. 그래 여 살구 저저 우리 언니가 시가 갔다가 돌아올 때 열넛이 있었재. 그만치, 뭐, 방이, 이런 저, 방이 어디여. 노다지 잔칫상처럼 채렸는데. [조사자: 야, 그럼 집도 굉장히 컸겠네요.] 컸어. 아이고, 아래채라 우리집은 살았네, 내 잘살았다 하믄 밥을 해야 잘 사는 법이여. 아래채만 해도 근가, 일곱채나 되 여. 그래도 제일 컸어. [조사자: 아래채만 여섯 채가 있었다구요?] 그래, 일곱 채. [조사자: 일곱 채!] 그래. 저저, 소 썰어주는 집부터 넣는데 있제, 써는데 있제, 저저 무고, 쌀 옇는데 있제, 나락 옇는데, 저 나락 넣는데 있제, 또 저 여름이 되믄 싸는 자리를 또 하는데 많잖아, 그래보면 참 넉넉하이.

[조사자: 소는 몇 마리나 있었어요?] 소는 고마, 저저, 집에서 키우는데 을마나 키운다고. 그거는 많이 안 키웠제. [조사자: 아, 잘 사셨구나 친정이.] 나, 나는 그러다보니까 촌에서 아들이 옛날에 소를 타고 소 멕이러 댕겨서 나는 소 고삐를 안 쥐어보고 살았어. [조사자: 귀하게 크셨네요.]

다른, 다른 일을, 어, 여기와서 참 사람 사는 일을 다 배왔어. 내 시방 지금, 아 하이튼, 볶는 일은 다 했어. 그러나, 나 저저 친정에서 자랄 적엔 참 저저, 여자들 모 안 심으면 안되거든, 그래 저 친정에 자랄 적에는 모 심을 때, 친구들, 내 친구들은 모두 모 심는다고 가들이 재봉해줬어. 그래 되믄 잘하는 아들이 덮고 자면, 더운 잠은 그기 잘하는 애들이 덮는 거였어. 그래 재봉해주면 어떤 아들은 그 재미로 저저 못 살믄 그래 몬하제.

[12] 친정 때 베틀 배운 걸로 무용복, 체육복 등을 만들었다

오빠가 내 델고 온 아들은 싹 계산해서 날 돈을 주는거라. 그 재미로 오빠 나는 시방도 내 바보 같더랍니다. 밤에 삼일 사일을 안자도 자불도 안합니다. [조사자: 그렇게 잠이 없으세요?] 그래놓으면, 저 그래 아들이 운동회를 하게 되믄 아들이 뭐고, 무용복, 무용복. 한 학교를 가니까는, 저저, 선생 내 체육복 쭈봉, 그때는 뽀푸랑, 뽀푸린다고 할 때, 저저, 충무에 사러가니까는 다 팔리고 없다캐서. 저저, 학교, 그 때는 좀 먼 학교 갔을 땐데, 저 선생들 쭈봉을 한다고 이틀 밤을 자지를 못하고 그랬어. 그래 얼매나 지루해서, 틀이 지루했으면 나 이거 다 치기 전에 틀을 놔가지고 내 이제 틀을 보기도 싫고, 참 따로 쪼아뿌리고 틀을 없애 부렀어. 근데 어떤 놈들, 시방도 나, 시방도 이 속옷이나 엥간한 것은 남의 손에 안 맽기고 내 손에, 손으루 해도 내가. [조사자: 아, 지어 입으세요?] 응. [조사자: 그래두 베틀을 배우신게 있으시니까, 여기 오셔서, 그걸로 돈 버셨다 하셨잖아요.] 어, 아이고 저저 부형들이 옷은 남방산 전부치고 여름이 되믄 그 저 한 쭈봉 얼마나 해 댔는지 그게 너무 싫다 했어. [조사자: 아, 그렇게 만들어 놓으면 부인들이 막 사가고 그러는 거예요?] 사가는게 아니라, 저저 해주라고 가져오는 거. [조사자: 옷감을 가져오는 거예요? 그리구 해달라고?] 응. [조사자: 그래두 그러면 뭐 수고비라도 줘야지. 그냥 어떻게.] 수고비 준다는게, 저저, 먹을거 이리저리 그러체. [조사자: 아, 먹을 거.] 나는 과하게 안했으니까. 참 내 살믄서 내 과하게 한 적이 없어. 돈 이자를 줘도 난 헐게 줬지. 뭐 비싸게 안 줬다고. 그러나 과하게는 몬했어.

하드라도 한 부대 내에 구장인데 어디 가서 어째 해가지고 몬해가지고 빚잔치를 했어. 거기 나 또 있어서 갚는기라. 빚잔치를 한다 해서 저저, 덜렁거리면서 참 갔다. 청에 딱 올라서니까는 그 안에서 빚 가지러 간 사람들이 어찌 떠들고 있는지. 아, 내 가서 말두 한마디 못할긴데 떼여두 좋다, 그렇고 대바 돌아갔제. [조사자: 그래 돈 떼이셨네요.] 그러믄, 가도 저저저, 원금은 못받는디, 안가는데 어쩔거여. [조사자: 가도 못받았는데.] 그래. 돈이 됐으믄 갔지.

[13] 북에 두고 온 가족이 피해를 볼까봐 연락이 와도 만나지 않았다

[조사자: 할머니 그러면, 오빠 가족이나 이런 분들은 안 내려오셨어요?] 하조이따가 오니까는, 함흥에서 거리 멀거든, 거리 멀어요. 함흥에 와가지고 내호 가는 차를 타야되는덴데. 그래가지고 내 따라선 줄은 하나두 없어. 부형들 빼군. [조사자: 그러믄 그 가족분들 중에서 할머니랑 남편분이랑 딸만 내려오구 나머지는 다 북에 계신거예요?] 그렇체. [조사자: 안 내려오시구?] 안왔다. 아무두. 그래 한 번에 저저 우리 할아버지 계신 저 쪽에 나는 이북 사람들 찾는다구 내 신내랑 해서 자 한번. [조사자: 아, 예예예. 이산가족 찾기?] 예 이산가족. 돌아가신 다음에 그게 통지가 왔는기라. 저 사램이 있다고. 나는 그래서. [조사자: 할아버지 돌아가신 다음에 거기 살고 있다고 통지가 왔어요?] 예예. 그래 어리석었어. 내 못되고도 어리석은게 있어. 어리석어두 후회를 안하는 어리석은거제. 나는 여기서 저저 만나보러 가는데에 대해서 내 돈만 쓰러지지 이유 없다 아니요. 갔다 와도, 저 왔다 갔다 해두. [조사자: 예예, 괜찮죠.] 가들은 낸테 와서 만나서 보고 가믄 이득이 있을 일이 하나두 없거든. [조사자: 아, 북한은?] 응. 내 뭐 때문에 가들은 궁한, 뭐하는디. 가들 보고, 아, 그럴

것 같으믄 나는 안보고 싶어. 왜 보기 싫으믄, 한번 손을 잡아서 마주앉아서 다독거려보나, 하룻밤 같이 자보나, 이짝에 저짝에 앉혀놓고 말하는거. 뭐하러 하노. 나 그거는 싫어여. 하룻밤 자고 손잡고 참, 머리 맞대고, 옛날 이야기라도 몇 마디 하고 그러제. 이거는 말도 잘 몬하고 잽히는데. 가들한테 가는데.

[조사자: 그, 저 북한에 있는 가족들이 오히려 피해볼까봐 안 만나시는구나?] 그러체. 피해보요. 피해 안보는게 아니제. 내 말 잘못하믄 가들한테 다 가지. [조사자: 그, 누가 살아있다, 누가 남아있다는 안하고? 그냥 가족이 있다만 확인이 되서 왔어요?] 그렇지 그렇지. 나 살던 가에 거기 살었다, 하는 거기지. [조사자: 그게, 잘 사는 집이라서, 피해가, 피해가 좀 있었겠네요?] 있었지 있을 뿐 아니라, 마주쳐서, 내가 말을 잘못하믄 가한테 피해가 간다고. 거 뭐하러 하룻밤 더 옳게 마주쳐서 못 자는거, 가를 고롷게 하겠어. 내 돈은 돈대로 쓰러지고. 그래서 가라고 했지만 '내 아파서 무조건 몬간다' 하고, 여기서, 여기서. 다해놔서 가라고 하는거, 나는 아파서 몬 간다그러고. 또

"그러면 자석은 델고 가도 되느냐?"

"나는 도우미 몬한다 캐. 내가 혼자가서, 내가 내 몸을 운신을 못한다."고,

"안되겠다, 무조건 안되겠다."

캤어. 그 어디 막 가서 저저, 신청을 하고 뭐 하고 해서 아파서 신청한 적도 없다 캤어.

[조사자: 아, 신청을 할아버지가 하셨구나. 그런데 연락이 온게 할아버지 돌아가시고 난 다음에 연락이 왔다 이거죠. 그러면 결혼해서 분가하셨어요? 북한에서? 결혼해가지고?] 아니, 관사에 있었으니까 사택에 있었지. [조사자: 아, 관사에. 사택이 있었구나. 그래서 할머니 가족만 그렇게.] 그래, 그렇게 엉칸에 거리가 머니까 혼자 몬나놓니까는 내 따라왔지.

[조사자: 아 그러면, 아버지어머니한테 간다는 말도 못하고 오셨겠네요?] 거기서 못하지. 어데 연락할 데가 있어야 하지. 뭐 저저, 밤 선성헌 다리 옆에는

조로지 오고가고 몬했는데 바로 총살이다 아니요. [조사자: 아 막아놨다 그러더라고요. 어제 얘기 들어보니까.] 바로 총살이야. 총살이야. 가고 오고 하믄. [조사자: 그러면 시댁에서는 우리 아들이 여기 간 줄도 모르고 그냥 갑자기 사라진거네요?] 그렇지. 없어졌다는, 그거, 그거만 나오구. 그러구 다 갔다는 그거만 아니까는 남한 갔다는건. [조사자: 소문만 들으신거네요.] 그렇지.

[14] 흥남에서 폭격으로 불바다가 되는 걸 보고 서로 죽은 줄 알았다

그래 옛날에 한 번 폭격해가지고 흥남에 저 비료공장 폭격해가지고 불이 붙을 적에 우리 친정 집에 높은 곳에 올라가서 보니까는 흥남 땅에 바로 불바다더랍니다. 공장에 불이 붙을 적에. 그래 우리 시어마이하고 우리 엄마하고 친정 어마이하고 밤새 떨고 그랬어. 그랬는데 왔데. 죽었다 캐서. [조사자: 아, 사돈끼리? 같이? 걸어서? 둘 다 죽었을 줄 알고?] 흥남 땅이 불바다더라. 저 우리 오빠가 와서 그러드라.

“어머니는 이래 앉아서 웃구 사는데, 그그, 뭐고. 체내는거 있어도, 앉아 웃는다.”

그러드라고. 고마, 그 소리 듣고 두 사돈이 연락해가지고 떠나서 갔지. 밤새도록 와서 참 그래 뻔은. [조사자: 아, 한번 확인해 보실려고. 살아있나.] 응. [조사자: 그럼 비행기 폭격 때 굉장히 무서우셨겠다.] 폭격할 때는 말도 하지 마소. 내 참, 크다고 보믄 어디가서도 간이 큽니다. [조사자: 그, 굉장히 무섭다 하던데. 밤에 폭격하면.] 무섭긴 뭐가 무서브요. 저, 우리 할아버지는 자기만 알지, 나를 몰라. 일이 있어두. 자기만. 저저, 방공호만 들어가뿌면 언제 도망가버린지 몰라. 없어. 내 혼자 막 있고. 일하다 보믄 어디갔는지 없어. 합심이 없어서 어짜겠어. 저저, 요 하나 쓰고 이 속으로 갔다가 조 속에 갔다가. 에이, 기왕에 죽는거. 그, 몇 번을 그러다가, 낸중에는 간이 커지거든. 첫 번에는 무시갔다가 갔다가 낸중에는 간이 커지니까 사람이라는게 참 무섭습니다.

'에라이 기아라(기왕에) 죽는거. 어디, 어다 어디다 떠라넘기는지 보고 죽는다.'고.

학교, 저저, 뭐고, 실습실, 같은디 저, 매호 학교가 어둑이 있고 고 밑에 실습실 있는데 거다 몽쉐이 숨어가 모다 숨는데, 그 가운데 들어가서 저저 폭탄 떨어진거 봤어요 나는. 아이고, 아, 나 참, 어떻다고 말할까. 저저, '여기 나와서야, 죽으믄 죽고 살믄 살고. 몸만 버리믄 겁날 일 없어.' 나 아무리 빰에(밤에) 공동묘지에, 우 공동묘지에 비오고 닿고 해도 내 간 다하기 전에 가는 길은 가여해. 강하여.

[조사자: 야, 대단하네. 누구 닮으신거예요? 할아버지 닮으신거예요 할머니 닮으신거예요? 아버지, 어머니.] 아이요, 아무도 안 닮고 내 또디 그래요. 이북에서는 내 참 어졌어요. 저저, 친정집의 언니가 차반 해오믄 엿이나 이런거 차반해오거든. 그면 그그, 저 도르다 보면, 복숭아 가져왔을 땐데. 복숭아 저저 남으 집에 도라주다 보니께 내 먹을치는 없데요. 그래해도, 내, 그, 없어서 어떻는가, 그래하고 안했어요. 좀 어졌어요. 저저, 지것도 못 찾아묵는다고 디게 욕을 먹던 내가 그래 강했지비. [조사자: 전쟁, 겪으시면서…]

그래. 그래가지고 그 십십이 댕기면서래, 댕기면서 안본다 싶은데 저저 치다보니까는(쳐다보니까) 청기로 어디로 댕기면서루, 폭격기가 이렇데요. 요 밑바닥 보면 하얘서, 배때이, 어, 배때이 하는데, 저저 폭탄이 널질 쩍에 딱가리 요래 딱 열데요. 참 그런건 내 하나빼이 없어요. [조사자: 아, 다 보셨구나.] 다 봤어. 거 보이면, 내 눈에 보이면 먼데 해야 떨어진다 카데. 그러고 나서 이 얘기를 하니까. [조사자: 아, 할머니 눈에 보이면 적어도 여기는 안떨어진다.] 그래, 참 먼데 떨어져요. 그래 이래 하 치다보다 이래 낮게 뜨지 높게 안 떴다 아닙니까. 그지. 폭격기, 그 전충기 있고, 또 뭐꼬 쌕쌕이 있고, 이래, 지가 올 적에 그래 댕기거든요. 쌕쌕이 오믄 우리 잘 온다, 이러면서 봐났어. 요래 가만 치다보니까 배때이가 요래 하얀기라. 요래, 딱가리 폭 열고.

열기만하면, 한 번도 안 놓치고, 백 수십개나 되는지 모르겠어. 뭐 총알 같은 기 내 눈에는, 아래 까만게 요래 들다가 포옥 널뛰고. 또 한번 널찌면 또 폭 널뛰고. 그래. 폭격하는게 그렇대요. 그거 이름이 폭격긴데.

[조사자: 그게 그 비료공장 폭격하려고.] 그렇지요. 또 전투기는 오게 되믄 쌕쌕이를 날리는데 '싹, 싹, 쌕쌕'(크게)한데. 거 총알이 날아오는게 참 겁나데요. 밤에. 진짜, 뭐고, 밥그릇까지 난다는 그거. 나 그런 것까지 다 봤어요.

[15] 해방 전에 결혼하고 6.25나서 피난 다니다

[조사자: 아 그럼 할머니 해방 전에 결혼하셨어요?] 그렇지. [조사자: 몇 살에 결혼하셨어요?] 그래도 나는 저저 늦가이 결혼했어요. 스무살에 했어. 언니는 열다섯에 시집 보내다 보니까는, 진짜, 안되겠다 해서. [조사자: 해방 이틀 전에 결혼하셨네. 43년. 이틀전에.] 그래 저저, 다 시집가서 저기 했지. 참, 그 저저, 피난 댕길 적에, 어우, 말도 하지마소. [조사자: 6.25날 적에 승민이(조사자) 나이네. 거의. 할머니 나이가. 승민이 지금 몇 살이야? 스물일곱. 저 나이에 육이오가 났네.] 이북서 전쟁할 적에, 한참 전쟁할 적에, 참 피란 댕긴다고. 촌에서도 피난 피난. 저기,저 지뢰, 저 지뢰 피란댕기다가 지뢰 걸리고, 빨갱이들한테 걸리고. 여-기에서 단순해서 졌어. 왜 졌나. 이북에, 저저, 저 만주란데, 만주란 데만 가면 에에에 저저 빨갱이들이 몰려갔는 기라. 예. [조사자: 아. 도망쳐서?] 예예. 도망쳐서 우 하고 그 지뢰, 그 그것들 가는 질(길)에 아 댕기는 거 다 죽었어요. 그라고 뭐 물에 간대다가, 우리 흥남 땅에 올 적에는 참 서울터 올라왔어요. 싹 밀캐서 가버리고 나가고.

흥남 땅에 미군이 올라온다 할 적에 기리 두고봐두 참 신사적으로 잘 올라왔어요. 그래따가설에, 저저 우로, 우로 밀어야 되니까 전쟁 하고. 우로 올라가서 단순하게 해가지구 가들한테 잽혔어요. 그래 되게 내려왔어. 후퇴됐다는게, 그, [조사자: 중공군이 내려와서?] 우로 올라갔다는게, 만주에 가가지고 그렇게 됐습니다.

[16] 6.25 전에 친정아버지가 당에 재산을 뺏겨 화병에 걸려 돌아가시다

[조사자: 그러면, 육이오 났을 때는, 북한이 내려온거니까, 오십년 유월 칠일 때는 그냥 그그 편안하게 집에 계셨겠네요?] 그렇지 그래, 이, 난리나구 빨갱이 세월이 세상될 적에, 이 해 저 해 3년에 걸쳐서 여 왔거든? 그럴 적에, 난 그럴 적에 겪으서 내 이북이 어떻다 아는기라. 아무리 내 저저, 뭐시라 한다 하더라도, 일이 있다 하믄, 저저, 뭐고, 거기, 밭일을 한다하믄 안가고 안돼여. 가서 잠을 자지. 가게 되믄 그 반동인디. 마침 가하여. [조사자: 그런데 그때, 친정, 친정에 땅이나 이런거 당에서 뺏아가고 그러지 않았어요?] 뺏아서 우리 친정 아버지는, 진짜 잘 살다보니까는, 싹 뺏기고, 저저 뭐고, 부치는 사람들이 다 저 부치라해놓고 뺏기고, 하는 말씀이 뭔가 하믄 병이 들어서, 누워서

"나는 약이 없다."

카데.

"왜 약이 없노?"

"내, 내 노력해서 자자고 먹자고 해서 준 사람들이, 그전쪽에서 사람이, 사람이 되야 하기만 하면 된다."

이거라. 그전, 옛날처럼, 응. 내 토지 주고 나믄 주지라고 좋게 했다 아이요. 그럴 적 처럼 그래 안하고, 또 저거는 저 자식 있겠지. 남의 꺼 그냥 먹으니까네, 또 미안해서라도 다 했을끼고. 그렇제? 그래, RI들이 내 것 주고 가들이 나를 사람으로 안보기 때문에, 나는 살 희망이 없다 이랬제. [조사자: 많이 뺏기셨구나.] 아이고, 말할 것도 없제 그것도. [조사자: 화병, 화병 드셨구나.] 예, 화병. 그래가지고 오십다섯에 돌아가셨는데 나는 약이 아무두 없으

니까, 아들보고 약 쓰지 말라구. [조사자: 화병으로 돌아가셨구나. 그렇게 힘들게 일구셨는데 당에서 다 뺐어 가셨구나.] 그래, 저저, 약을 쓰지말라 하더만, 결국 그 병으로 돌아가셔, 젊어서 돌아가셨어. [조사자: 당에서 다 재산 가지고 간 다음에는 좀 생활이 힘들게 사셨겠어요. 원래 편하게 사셨는데.] 그래 편하게 살아두, 있던 거를 쓰니까. [조사자: 아, 원래 있던게 있으니까?] 그래서, 집에 것은 빼앗아 안갔으니까. [조사자: 아, 집은 있으니까.] 그래, 집에 먹던거 이런 거는 저저, 딱 저저 한 패기 할만큼만 두고 빼앗은 그것만 빼앗았제. 그래도, 아무래도 입는 거 이런거 매터에는 추억 좀 성했제. 내 올 때까지도 거러분건 없었어요.

거, 거 재정 때, 이북 놈 밑에서 얼마나 압박을 받았나. 쌀을 가지구 못 먹구로 해가지고. 선생질 하구 담부터 갈 적에 참 묘하게 했어요. 그러구 보다 참 저저, 해방됐다 그래서 얼매나 좋다캤노. 그러자 또 빨갱이 세상이 와서. 줘어도 많이 줘었어.

[17] 남편은 팔이 다쳐 인민군에 끌려가지 않다

[조사자: 그럼 이북에서도 피난을 많이 다니셨어요?] 어. 저저, 그 때, 전쟁하구 저저 뭐고, 미국 사람들 올라올 적에, 피난 안 가믄 빨갱이들한테 잽히면 다 죽으니까. 빨갱이들이 만주로 간다고 갈 적에, 아 댕긴건 다 죽였어. [조사자: 아, 그렇게 해코지를 했구나.] 저, 저, 죽는게 뭐시 안되니까, 아무래도 해로운기지. 그래 되는게 없거든. [조사자: 그럼 어디로 가셨어요, 피난?] 피란. 뭐고, 첨에 어데 춘만, 춘… 하는데 갔지. [조사자: 그, 사변날 때, 남편분 군에 이렇게 잡아갈라 그러구 그러진 않았어요? 인민군이?] 저저, 인민군에 잡혀갈 적에, 저, 무조건 군대나가게 될 적에, 우리 할아버지가, 어데, 어데 뭐 널쪘다했다(넘어졌다 팔을 못쓰시게 되었다는 뜻) 어쩐다 하다가, 하여튼 어데서 널쪄가지고, 그래 선생질할 때도, 요기 팔이 요래 오른쪽 여기 닳아서, 숨긴

다 뭐 어쩐다 하다가, 하여튼 병신. 그때는 병신. 팔을 못 쓴다고 그러구 있었지. [조사자: 아, 그래서 안뽑혀 갔구나? 팔자가 좋으시네요. 술을 드시는 데는 아무 지장도 없고.]

[18] 함흥에 비하면 남한은 거렁뱅이 삶 같았지만 주인집 할아버지가 잘해주다

부모 형제가 내삐리고, 술이 아이면 자질 못했어요. 그래 뭐 그래가 술병이 났는기지. 그담에 명절에 있다 오믄, 뭐도 집에 가나, 나도 야, 10년은 더 기랬을 겁니다. 10년만 그랬을까. 명절이라 하믄, 저저 팔월 명절이라 그러믄 모다 형제 간에 찾아댕기고 안하요. 그럴 적에는 사택에 있었으니까, 큰 방에두 있고 작은 방두 있고 이래 살다보믄, 그 사람들은 자석들이나 모두 부모들이나 형제들이 모두 오는데 나는 참 울다 눈물 닦고, 그 느낌이 빠져야 밖에 나갔지, 밖에 안나갔어요. 그러고 10년 더 그렇게 살았어요, 10년만 그래 살았을까. [조사자: 지금도 그렇게 생각 나시겠다.] 날 때는 말도 못하지. [조사자: 지금도 누워계시면 이렇게 고향 집이랑 이렇게 다 생각 나시겠네요?] 날 적이 많지. [조사자: 그러면 맨 처음에 그 장수포 이렇게 내려서는, 좀 그, 워낙 이북에서 큰집에 사시구 그래가지고, 수준 차이가, 야 남한이 더 안좋다 이런 생각도 하셨겠다.] 남한에 여기, 처음에 오니까는, 거랭이 삶이었지. 사람 사는 게 아니었어. 저저 집이라는게 소마굿간. 정재라는데.

[조사자: 그리고 저저 흥남이나 함흥만 해도 굉장히 대도시잖아요. 그죠?] 아이구, 여기서 시방 배추랑, 그때는 진짜 그렇게 먹었어요. 속 비개도 부사지게 그렇게 단단해요. 배추가. 그런데 여기 오니까 배추이실 때 모두 성그랗게 요고만하고. 또또 짐치 닮았다는게, 저 메리치, 퍼런 메리치 척척 이개가지고. 나는 내 손으로 안 담을 적에 짐치를 안 먹었어요. 나 간장 찍어 먹는거 좋아했어. 간장이라는게 또 어땠는가 하면 저저, 비오게 되면, 촌집에 비오

게 되면 그것 씻은 물이 저 웅덩이 있재, 저, 콩이 여기 없을거나거나, 콩이 여기 없을까봐, 오면 메주를 쑤는 거. 그게 없을까봐 메주라는게 또 맞게 넣어야 간장에 까마끼리하지 에, 또 저 으수 샘물에, 우리 또 저 먹는 걸 으수 샘물이라 하거든. 그 콩국냥물이 떨어진 그것같다가 간장이라 그러고. 꼬치장(고추장) 담았다 하믄 꼬치장이 어디 꼬치장.

장목에 가니까, 또 저 이북에 저저 원산에, 원산에 나가서 배타고 가서 돈 벌어오는 사람들이 많아요. [조사자: 아, 원산 사람들이 장목에?] 장목 사람들이 원산에 가서 돈 벌어오는 사람들이, 와가지고 모다 집을 기와집 지었어. 그런데 마축한다고 얻어준 방에다 그제 아래채 한 방을 얻어준 집이 그집 그 할아버지 집에 갔는기라. 그 할아버지 집에 가니까는, 그 할아버지가 괄시를 안하데. 이북에 가서 살아보니까. 그라고 이북에 가서 고치장 담는거 배워가지고 와서, 고치장 담그고. 또 가자미식혜 담는 것도 배워가지고, 가자미식혜, 그런 할아버지가 참 참하제. 가자미식혜도 담그고. 할머이 메누리가 일하러 간 담에 나 주방, 주방에 가가지고 고치장 쪼매 떠가지고, 이게 내 고치장이라고, 할아버지 고치장 떠간다고 내 고치장이라고 그랬제.

"고치장 너 안묵제, 여기 고치장 먹는단다. 저저 나 이북에서 이런거 먹은 담에 배워가지고 와서 내 담아서 내 고치장 된기다."

그리고 또 한번은 가자미식혜를 했는데, 영리한 할아버지지제. 이제 뱃일하러 가가지고, 그거 배워가지고 또 식혤, 메누리들 일하러 나간 담에 도적질 해주대. 그래 뭐. 쑥 갖다주니까.

[19] 함흥의 감자 전분 물냉면 이야기

[조사자: 함흥 쪽에 음식도 좋죠? 맛있고.] 좋기만 좋아요. 저저, 아 저저, 부형들이, 응카면 맨 거기서 살다가, 응카면 거기서 밀케서 내려오니까 잘사는 부형들이 많아가지고. 나는 저저, 뭐고, 국제시장 그런데를 부차를 나가게

되믄, 참 최고, 그 저, 냉면 집에 가가고, 서울에 가두 저저 부형들이, 우리 할아버지 제자들이, 이북에서 나온 제자라고, 또 잘사는 게 많아가지고, 진짜 여그 사람들이 어쩐다 어쩐다 해도, 최고 맛은 저저, 이북에서 저저, 공장하든 사람들이 여그와서 쭉 한 바퀴 돌드만은 삼년에, 우리는 나는 사는 거 삼년은 여기 뿐이는 뿌리고 안갑낍니다. 그래서 나와가지고 뭐 공장하든 사람은 공장하고, 저저 은행 지점장하는 사람들은 지점장하고, 그런 사람들이 많아 놓니까, 가게 되믄 진짜 인부, 저 대학생들이 그 저저 식당에서 일하고 주는 그런 것만 먹어놨데.

[조사자: 그러면 고향에서 드시던 냉면 맛 기억나세요? 함흥냉면? 뭐 이름이 함흥 냉면이라고, 비빔.] 비빔. 여기서는 비빈 거 좋아하드라. 나는 비빈건 싫어. [조사자: 원래 함흥에서는 어떻게 먹어요?] 물냉면. 물냉면 빼이 아무것도 아이. 여기는 짐치도 순장에 쩌뿌리고 해서. [조사자: 아, 거기는 젓갈을 안 넣어요?] 젓갈을 안 넣습니다. 진짜 무 짐치(김치)만 새우조금. 그래도 진짜 맛있어, 삼동에 거기다 국수를 찢어서 비벼먹으면 얼마나 맛있는지. 얼어 죽어도 좋다고 그거. 그리고 우리는 우리 손으로 감자를 손 봐서 냉면, 저저 녹맬을 만들어, 우리 손으로 국수 뺍니다. [조사자: 아, 감자 전분으로. 그걸로 국수 뽑는구나.] 쫄깃쫄깃하고 막, 안 끊어지지. 진짜로 하면 안 끊어져. 여기서 뭐 뭐, 소금 이거 잘 사가지고 첫 번에 이북 사람들 와서 냉면한다고 어쩐다고 그래, 점심으로 냉면 먹으라고, 뭐도 따라서 여기 할아버지들이 냉면 좋아해서 따라서 먹는 길에 허고 잡숫드만, 세상에 그거 끊어지나. 이 손으로 죄잡아도 누가 댕겨도 안 끊어져서. 시방도 그기 잊히지 않고.

또 여기서 점심 먹으라 해서 점심 먹으려 하니까, 칼짓해서 뚝 잘라놓은 대가리에 그 갈치 창사배기가 그대로 있는거라. 그걸 밥 위에다 척 걸쳐서 먹으믄, 그런게 잊어 안부려져. 그게 눈에 첫 번에 너무 이상하게 뵈야서.

[20] 함흥과는 다른 남한 말, 그리고 고마운 남한 사람들

그담에 한 번에는 또, 집을 얻어서 나갔을 적에, 하이고, 오늘 아침에 가서 어느 집에 가서 장공 가지구 어느 집에 가서 장공 가져오라고, 오줌 버리는 거, 장공이라 그래. 아 여기도 장공이 있나. 문고리 요래 떼여보고 장공 본다고 요래 보니까. 세상에 오줌싸는게 툭 집어들고 오는기라. 그걸 장고이라 한다. 또, 저저 아래방 아들 조떡을 주라 그래요. 조떡. 아 뭔 또 조떡을 주라 그러나. 그래 할아버지가 저저, 매우 그리워서 살다보니까는, 저, 이북에 어떻다는 것을 내는 아니까, 대우를 그래 몬해주지 않았어. 잘해줬어 우리를. 참 조떡을, 아랫방 애들 조떡을 줘라 조떡을. 뭘 또 가져와서 조떡이라 하는가 보니까는 세상에 좁쌀같은걸 만든 걸 조떡이라 해. [조사자: 그 조떡은 함흥쪽에서는 안 먹고 여기서만 먹는 거예요?] 먹기는 먹어. 먹기는 먹는데 좁쌀떡이라고 부르고, 그렇게 조떡이라고는 안부르지. 그래 조떡이라 하니까는 무엇을 가지고 조떡이라 하는가. 차좁쌀이라고 얘기하지. [조사자: 무슨 쌀이요?] 차좁쌀. 차조로 해야 저 찰떡이 되지.

[조사자: 주인집 할아버지가 참 잘해주셨네요?] 응, 잘해줘. 야, 숨카서 내나 반찬 그래 주고 그러는데. 원산에서 배를 들어와서 기와집 졌다고 그랬다고. 참 좋게 짓고 살아. [조사자: 그 집에서는 얼마나 사셨어요?] 그리 오래 안 살았지. 아 저저, 하여튼 관사 들어가고 그랬으니까.

그 다음에, 할아버지가 연구주임으로 있으니까, 학교 안에서 안 내보내. 갑자기 무슨 일이 있으믄 쪼까와야되니까. 그래서 내처럼 살데가 없으믄 숙직실이라두 가지구 살았어. 학교 들어가서는 몇해루 거서는 그래 살았습니다.

그런데 우리 할아버지 돈 벌어서는 안되구, 내 장사를 하고. 하, 진짜 말을 몬하요. 이 디담에 물어봐서 장목에서 통영사양면이 할만한데가 어딘가. 함흥 끝에 갔다가. 여기서 충무 가재도 얼마나 오래가요. 통영 가자고. [조사자:

통영에서.] 여기는 또 가참제(가깝제). 장목에선. [조사자: 예, 멀죠.] 배타믄 있는데 또 배타자면 돈을 줘야제. [조사자: 걸어서 다니시고.] 걸어서 가야제.

[조사자: 피난민들이 갑자기 막 들어가실 때, 그 동네 사람들이 괄시하거나 안 도와주거나 그런거는 없었어요?] 그래도 여기 사람들은 순하고 어지제. 착하제. 여기 사람들은 과하지 않습니다. 또 못된 사람도 있다고 볼 수 있지만 나는 또 과한 사람은 안 당해봐서. 다른 사람은 그랬대.

[21] LST배에 내리니 동지에 배추가 있어 놀라다

[조사자: 그런데 다들 얘기 들어보니까, 딱 LST에서 타고 내리면 주먹밥을 먹었다고 그러드라고요. 전부 다 그러시던데. 그럼 그 주먹밥은 누가 주는거예요?] 아저저, 그 뭐고, 여기, 동네 사람들이 모다서, 부장이 저저 아우서서, 모다서, 부장이 주먹밥을 했지. 그 이장이. [조사자: 아 그럼 그냥 보통, 보통 사람들이 해가지고 나온거예요?] 그렇지. 그 보통 사람들이 모두 쌀을 메다가지고, 한 군 자리서 해가지고 주먹밥을 만들었지. 욕을 봤지.

[조사자: 맨 첨에 배에서 내리실 때는 여기가 어딘지도 모르고 내리셨겠다. 내리자니까 내리고.] 천지 모르지. 함흥, 함흥 땅 안보이는 데서 며칠을, 한 사나흘을 왔는데 그럼 다가서 여기 모르지 어디여 어디. 그런디 내리니까, 시퍼런 배추랑, 야무지게 저저, 그 파란게 보이는거라. 우리 이북은 벌써 저저, 동짓달이 되믄 아무것도 없는데. 이야 여기 이런 데도 있나. [조사자: 훨씬 따뜻하고.] 그래. 또 이런 데도 있나. 저기 뭐꼬, 저 밭에 있는기.

[조사자: 그죠, 그 할머니도 12월달에 오신거죠?] 그렇지, 12월 달, [조사자: 동짓달에. 12월 달에. 22일, 이렇게 오신거죠.] 그렇지. 그것 잊어도 안버려. 우리 할아버지 생일이 동짓달 초나흘 날이거든. 4일 날. 그런데 그날부터 피난생활 한다고 떠내댕긴게 며칠 댕긴가 몰라요. [조사자: 그럼 배 타신 날은 며칠인지 기억나세요? 며칠인지?] 그건 모르겠어. 그땐 정신이 없어가주구. [조사

자: 그럼 14일이랑, 새해 사이에 이렇게 오신 거죠.] 그래, 새해 전에재. [조사자: 새해 전, 크리스마스, 그 하는 전에. 22일날 타신 건 다 똑같으신 것 같애. 22일에 타셔서, 크리스마스날, 25일에 여기 도착하신 것 같은데.] 그리 몬했을 겁니다. 차, 배에 옹칸 많이 타니까. 메칠(며칠)을 그 속에 탔는데. [조사자: 아, 하루 만에 온게 아니라. 이렇게 계속.] 그렇지 그렇지. 그런게 모르겠는거라. 왔다갔다, 뭐 장판에 탄다. 그 정신이 있어, 어디. 배탄다 하믄 또 주루루 왔다가 주루루 갔다가 주루루. 그래 동짓달은 초나흘부터 떠나댕기다라는 건 생각이 나는데, 떠나 댕긴거는 생각이 나. 그런데 그 전에 꺼는 생각안나.

[22] 배의 사다리 줄이 끊어져 많은 사람들이 죽다

[조사자: 어떤 할아버지 말씀하신거 보니까, 큰 배 타고 있는데 밖에, 바다 밖으로, 다른 배, 작은 배 타신 분들을 봤다, 이러드라구요. 그러면 할머니도 배 완전 꼭대기에 있으셨으니까 다른 배들 보셨겠네요.] 아유 보기만 봐. 말할 게 없지. [조사자: 그 때 배가 많이 떠 있었어요?] 그렇지 많지. 시퍼런 바다 안에 배 댕기는데. [조사자: 다 그럼 피난민 실은 배예요?] 그런게 아니고, 여기 배도 있고, 피란민 실은 배도 있고, 그러고 또 한 배, 피란민 배 저 한배는 여 내려오다가 사다리 줄이 끊어져가지고, 하, 많이 죽었어. 그래 저저 잘 죽도 바다가 철렁. 죽은걸 우짤기라. 죽은 사람도 많아요. 밧줄이 떨어져가지고. 밑에 낑겨서. [조사자: 그럼 배 안에서 굶지는 않으셨어요?] 그렇게 저저 내 가주고 간 주먹밥, 저 주먹밥이란다. 빵이 있어가지고. [조사자: 아, 만들어 오신거요? 그거 정도 먹고. 그 어른들은, 몇 끼 굶어도 되는데 애기가 있었으니까, 딸이 괜찮았어요?] 딸도 저저, 다섯 살이 되니까는, 저 그 해 저 해, 떠날 적엔 네 살이지. 피란생활에서 뭐.

[23] 안 해 본 장사가 없고, 돈도 많이 벌었다

[조사자: 오셔서 돈버시느라 너무 고생 많으셨네요.] 세상 모르고 살았어. [조사자: 장사를 그럼 어떤 거 어떤 거 해보셨어요?] 그 쪽에서 저 여기 와서 소금 장사를 했고, 쌀 장사를 했고, 할아버지 저 면회 간다고 저 바닷물에나 쪼까 다니며 고기두, 그때는 그래도 어때 수지볼 때 였어요. 저저, 물에 나가면은 저저, 그 빨간, 저저, 뭐냐, 볼갱이. 빨간 볼랭이 댕기믄 주서가지고 팔아가지고, 돈 모다가지고. 저,저저 면회를 하러 갔다 아이가. 그래가 차비 모으고 무시 모으고 그거 또 올 때 그거 있는거, 다 쪼매 있는거 주고 그래가 오니까는 차비 어데 또 있나.

거 뭐고 저 쌀 장사도 해봤제. 장사 마이 했어요. 부치지서 앉아서 했제. 양고모들 있는데 해운대 댕기믄서 양고무들 옷을 이고 댕기며 했제. 또 저 남의 꺼 입고 이고 댕기면서 진해, 저저 뭐고 진해가서 댕겨보고. [조사자: 지네? 벌레 지네요?] 지방 진해. [조사자: 아, 창원 옆에 진해? 거기까지 가셨어요?] 거기 저 뭐 많이들 살았어 선생님들이. 난 부산서 살고. 부산서 난 얻고 지고 다닌 게 있어서. 부산 사람이야. 아이구, 참 중공 장사는 안 해봤지요. 중공이 고기 장사는 안해봤어. 고기 장사는 입이 걸어야 돼. 나 입이 안 걸어서. [조사자: 쌀, 소금, 물고기, 옷, 이런 거 하셨구나.] 물고기도 내 잡아가지구 와서 한 개씩 팔았지, 요 바다 놈의 고기는 안 팔아봐 가지고, 물고기 장사는 입이 걸어야 돼. 선수라고 안 지고 안 그러면 고기 장사 몬한다. 쌍쓰럽고 억세야 돼. 난 장사를 해두 신사적인 장사를 했제 못된 장사는 안했제.

[조사자: 그럼 장사는 언제까지 하셨어요? 몇 살 정도 때까지?] 저저, 우리 아들은 저기, 서른 세 살에 낳았는데, 저 아들 가지기 전에는, 장사를 하구 아들 가지고 나서는 난 잇해(두 해)는 너무해서 몬해. 아들 자석 때문에. 그전에 그렇게 돈 벌었었지.

그래 놓으면 야, 또 어떻냐 하면, 부형들은 나를 사기했제. 돈 버는 것도,

돈 쪼깨 벌어놓으면 국제시장 앉아있는 부형들이, 난 그때는 이찌하리됐어야. 두달을 까주고도 그 돈이 되는기라. 이찌하리. 저저, 백만원, 백만원인데 일년이 지나면 백만원인데. 부형들이 나를 살려줬지. 날 벌어서 주게 되믄 그렇게 이자 주고 해서 이자 주고 벌어서 주고주고 했어. 그래서 내 손으루 부산 가서 집으로 내 손으로 사기고하고 팔기도 내 손으로 팔아가고, 여기 집을 짓는 것도 땅 한 평에 25만원 3만원 하는 거, 앞에가 저저, 땅이 얼마 안돼, 한평 반이 있는거, 산 땅인데 백만원 주라 해서 집이 딱 배치가 되는기라. 우리 집이. 그래서 그거 안살군(안사고) 집이 안되는기라. 그래 참, 우리, 그거 땜에, 우리 할아버지 거기 사인 안하겠다 하데. 나 하룻밤 안 자고 계산해봤어. 그거 몇 프로 받는가에, 백만원을, 이짝에 그 저 논을 산 사람은, 논을 조금 저 벼루게 생겼다 해서 헐게 팔았거든, 내 개냥 헐게 준다고. 그래 헐게 준다 해가지고 거기다 되 풀이를 해봤는기라. 그 백만원을 잠깐 뜯어가지고 같이 하니까는, 그래 해도, 비싸게 주는 땅보다는 더 안비싼기라. 그 값이 됐제.

그래가지고 나는, 밤새도록 계산을 해보니까는, 돈풀이를 해보니, 저저 쌓여있는기나, 새로 산기나 한 가지니까, 내 땅이 이래, 저 중목도 쥐뿔 안되니께, 돈을 좀 괜체, 저저 땅이 조금 좋으면 비싸제, 집이 좋으면 비싸제, 장삿집을 아이믄 안사구로 딱 마음을 딱 그래 먹어, 장삿집을 해야 낸중에 해도 잘 살 집이제. 돈이 저, 가정집은 돈이 안돼요. 그래 장삿집을 찾아가 저저, 메누리 내세워가지고 두달을 댕기다가, 돈은 쥐꼬리만허제, 땅은 크제, 어째할 도리 없어서. 또 고연에 와가지고 우리 메눌, 어마이를 내세워가지고 또 쪼까 댕겨볼까, 저 저, 천주교 집이, 천주교 뒤에 땅이 있는거는 땅은 좋은데 집이 안되겠데요. 어느 집에는 가이까는 집은 아구막이 2층인데, 참 좋은데 또 저저 아무것도 땅이 없고, 우리 할아버지는 화단이 없어 안되겠다 하데요. 꽃을 좋아해서. 집을 짓는 것도 밖에다가 꽃집을 져놨어. 그래 겨우내 그래 계속 댕기다가, 터, 그래 그거 쌓아놓은거. 그거는, 배 옆편이니까 집을 안치

우구두 다 저거 남아있었어. 시방도 안치우고 죄 남아있더라. 그래가지고 좀 도, 하는 일마다 난 못때구로 안되데. 되는 일이.

다 아들이 집, 돈을 내서 자꾸 그르면 죽는다 캐도 나는 맘이 안맞데. 그 집을 팔거를. 어찌 어찌하다가, 아, 내 요때 집을 안 팔면 내 안되겠구나, 딱 마음이 그래 되데. 그래 보면 내 살 적에 헐케 산기니까, 헐케 안내놓으면 내께 아이다. 저저, 헐케 팔아야 내 팔리는 기지, 그래, 참말 남의 생각에, 팍 내놓으니까, 아이구 이제 둘이 서이 나대요. 서이 나는데다, 하나를 헐케 헐케 주니까는, 아주 저, 뭐고, 하, 우리, 나는 내 손에다가 구억을 팔아두, 내 손에다가 팔억 오천만원만 내 손에 쥐어두 나는 판다. 그거 남아 먹는 것은 더 팔든가 덜 팔든가 내게 소용없고 팔천 오백만 내 손에 쥐어주. 그 소리를 듣구 모두, 우리 집에 와가주고 그그, 저 구억을 주꼬말꼬. 저저, 내 손에다가 구억을 딱 쥐어주고 그러데. 그러믄 오천만원이 내게 남는다네. 그래 구억을 주고 가니까 이 파는 운이라는게, 내 맘에 좋다고 그게 엎어지면 안돼. 내 맘에 들게 딱 해야지. 서이 막 헐게 준다해도, 비싸고 좋단데다 줘두, 그것들이 어째 흠을 잡아서 뒤벼지면 둘다 안사요. 저저, 무슨 물건이라든가 첫판에 좋다고 딱 달라붙어야 저쪽이 내 돈뿐이제.

[조사자: 할머니 그러면 사신 거는, 부산이랑 통영에 나가서 사신 적은 없고 거제도에 계속 사신거예요?] 이사나가서 장사를 할 적에 부산에 가 살았지. [조사자: 아, 살으셨어요? 그런데 할아버지는 계속 여기 사택에 사시고? 할머니 혼자?] 내나 여덟살 먹은 딸아를 델고 여그서 살았지. 나는 부산에 혼자 댕겼어. 혼자 안댕기면 장사를 할 수 있어. 그러잖으면 돈도 못벌지. 내가 이래 장사를 마이 했어. 그래, 그래 참 쫓아댕기며, 말도 하지마소.

노다지 여서 여래 살고. 이 사는기. 집은 크단한 집에 살다가, 여기 들어오니까나, 옛날에 저저, 뭐고, 무막이고, 여림에는 그 뭐고, 참외막을 저저, 오똑하니 짓고 있거든, 이북에는. 지키려고. [조사자: 아, 거기 들어오신 것 같아요?] 똑 그같이 사니까. 이 사는기가, 안사는기가. 밤에 눈을 떠보면 일찍

가. [조사자: 답답하세요?] 너무, 너무 슬피 뵈얐어. 그래도 인제는 내 노력 몬하고, 꼼짝 못하고. 저저 넘어져가지고 수술 많이 하는거, 작년 재작년에 열 달은 누버있었어. 이이게 나스면 한달은 대 누버있었는데 일어나면 어지럼병이 나와서. 뼈 안에서 새고 넘어져서 꼼짝두 못했어. [조사자: 지금은 좀 많이 좋아지셨어요?] 지금은 아 이래 날로 댕긴다. 그짝엔 누버서 꼼짝도 못 했어. [조사자: 할머니, 띠가 무슨 띠세요?] 쥐띠. [조사자: 쥐띠세요? 할머니 되게 똑똑하신 것 같아요.] 좀 못됐지, 똑똑한기 아니라. [조사자: 똑똑하신 것 같아.] 안 똑똑하믄 그렇게 못살지.

홍천의 6.25전쟁

강 정 식

"인민이 주인이래 이 놈들이."

자료명: 20130303강정식(홍천)
조 사 일: 2013년 3월 3일
조사시간: 125분
구 연 자: 강정식(남 · 1941년생)
조 사 자: 오정미, 김효실, 남경우
조사장소: 강원도 홍천군 홍천읍 희망로

[조사과정 및 구연상황]

전쟁 소설을 쓰시는 선생님의 소개로 강정식 화자를 만났다. 조사를 흔쾌히 허락해주셔서 강정식 화자의 댁에서 만남이 성사되었다. 먼저, 조사의 취지를 말씀드리자, 2시간 넘게 전쟁에 대한 여러 가지 이야기를 구술하셨다. 그러나 많은 부분이 전쟁의 경험보다 현재의 삶에 대한 교훈들이었다는 아쉬움이 있었다.

[구연자 정보]

강정식 화자는 한평생을 횡성과 홍천에서 사셨다. 전쟁 당시에 어린나이였기 때문에, 간접적으로 보거나 들은 이야기가 대부분이었다. 그러나 퇴직 후 글을 쓰며 보낸 덕에, 화자는 이야기를 짜임새 있게 구술하시는 능력을 가졌다. 특히, 삼마치 고개와 같은 역사적인 전투에 대해서 소상하게 알고 계셨다.

[이야기 개요]

열 살 때 인민군들이 내려오는 것을 구경했다. 인민군들도 보통 민간인들에게는 나쁘게 굴지 않았다. 모든 것들은 인민의 것이라고 말했다. 조나 보리 이삭 알갱이들을 전부 세어서 조사를 했는데, 나중에 보급을 공평하게 하기 위해서였다. 인민군이나 중공군은 내려오면서 식량을 가져오지 않았다. 그래서 양식을 땅에 묻어 숨겨두어도 모두 찾아 빼앗아 갔다. 외양간 소똥 밑에 파묻거나 얼음을 얼려도 다 찾아갔다.

피란을 가지 않았기 때문에 홍천에서 6.25때 일어난 일들을 봤다. 미군부대 근처에는 양공주들이 많이 있었는데 식구들을 먹여살리기 위해서 그랬다. 원칙주의자인 대대장과 사이가 좋지 않은 사병이 제대하기 얼마 전 대대장의 집에 들어가 도끼로 죽인 고재봉 사건이 있었다.

삼마치 고개에서 인민군, 중공군, 한국군, 유엔군이 전부 삼만명 정도가 죽었고, 근처 피란민까지 죽어 많은 인원이 죽었다. 비행기에서 휘발유통을 떨어뜨린 다음 화약탄 총을 쏘아 불바다를 만든 전투였기 때문이다. 또 칠정리에는 인민군 탱크 안에 포탄을 넣어 터뜨려 인민군 진격을 3일간 늦춘 육탄7용사 전적비도 있다.

[주제어] 인민군, 양식, 미군부대, 양공주, 고재봉, 인민군, 중공군, 한국군, 유엔군, 몰살, 피난민, 탱크, 삼마치 전투, 식량

[1] 전쟁이 터지다!

[조사자: 선생님 그러면 그때 전쟁이 났을 때 그 풍경이라던가. 기억이 나는 사건들.] 다 있죠. 한번 얘기해줄까? 초등학교 3학년때. 6.25 3학년때 학교갔다 오니까 난리가 났다그래. 뭐 난리가 뭔가. 이래가지고. 난리가 났다 그래가지고. 뭐 난리나도 우린 뭐 난닝구 입고 개울 고기잡으러 다니고 막 돌아다녔는데. 신작로가 있는데. 거기 인제 애들 한 다섯 명 정도가 목욕을, 6월이면 목욕을 못하지. 약간 추우니까.

갈 거 없고 그러니까 인제 모심고 막 이럴 때 돌아다니고 그러니깐. 신작로로다가 말이야. 인민군이 이거 모자에다가 풀을 막 꼽고 총 이렇게 맨 사람이 쫙-내려오는거야 자동차없이. 게 우리 가서 구경을 했지. 구경을 막 옆에서 하니까 뭐 우리 그때 열 살이니까. 지금 열 살 애들 귀엽잖아. 우리들도 열 살이니까 인민군들이 막 이래는거야. 우리도 이래고. 내려가더라고. 인제 그러러니하고 나중에 좀 있다가 집에 와보니까.

한 삼. 이 인제 6.25나고 인민군들이 막 큰 길로 내려가고 한 이삼일 있으니까. 우리 동네에 인민군이 많이 오더라고. 딱 오더니 이제 왔다갔다 하면서 뭐 이런거 조직하고 막 그러더니. 애들한테는 그 어떤 그 이렇게 막 쏴죽이고 이러지 않았어요. 우리는 다 인정해야돼. 나쁘게 굴고 그렇지 않고. 물론 이제 뭐 군인가족, 경찰가족 이러는 사람들은 혼내고 이랬는데. 순수한 민간인. 또 애들한테는 그래지 않았어요.

그래면서 그 당시에 걔들이 뭐라하냐면 해방시키러 왔대. 뭔 해방이냐고 그랬더니 여기가 저 독재니 뭐니 해가지고 해방하러 왔으니깐. 그때 우리는 뭔가하면 지금은 장난감이 많았지만 장난감을 만들어가지고 있었거든. 활도 만들어 쏘고 총도 만들고 그러면서. 그 시골에는 제재소라는 게 있어. 톱을 기계로 했는데. 그 당시엔 이 손으로 했어. 큰— 톱이라는 걸 가지고 송판 이런 걸 막 쌓아놨거든.

그럼 우리가 말이야. 이제 이렇게 해서 저 송판 저거 하나 얻어달라고 그래 인민군들은 막,

"어. 그 너 가져도 돼."

그래.

"주인이 혼내면 어떡해."

"아, 우리가 다 주인이야."

인민이 주인이래 이 놈들이. 막 그런 생활을 걔네들하고 같이 했어요. 같이 해다가 이제 그때 지금 생각하니까 고등학교 쯤 되는 놈들이야. 한 아주 젊은 사람들이야. 거기에서 지금 우리로 얘기하면 한 소위쯤 되는거같애. 저 소대장. 이런 사람이 거기 왔다가 이제 우리 동네에 이렇게 해면서 왔다갔다 하면서 그 여름동안 이제 6.25를 겪었어요.

6.25를 인민군들한테 우리가 직접 겪은 게 한 삼 사개월될거야. 그러니깐 6, 7, 8, 9. 4개월 정도네. 걔네들 생활을 하면서 농사 그대로 짓고. 근데 지금도 기억남는 건 그거야. 그 조 조를 많이. 조라는 거 알아요? 조를 세는 거야. 하나하나. 그 조가 하나에 아마 천알도 넘을거야. 게 조를 하나 세어서

왜 세냐 난 기억이 지금도 나. 평균을 알을라고 한 대.

그러고 보리 있잖아. 보리 이삭도 하나하나 시어(세어). 게 보리 하나 이렇게. 우리가 그 왜 시느냐고 또 평, 이게 얼마냔 평균을 알아야된대. 그래가지곤 요개 한 평, 1평방미터에서 이 벼 저 조가 몇 대다. 거 몇 대며는 거기서 나오는 게 수확이 얼마나. 그러고 보리는 요렇게 하면 요걸 역삼을 하고 환산을 하면 만약에 우리껄로 하면 천평. 평방미터 하면 삼천 삼백 삼십 삼 평방미터. 그럼 이 우리 쉽게 평으로 하자고.

그 걔네들이 그럼 조를 알으기를 시고 보리를 알갱이로 시는거는. 에 그 평균을 내가지고 그 천 평에서 보리 열가마 나왔다. 그럼 열가마니에서 뺏어갈라고 그러는거야. 정확하게 뺏어갈라고. 그 당시에는 우리가 인제 일제때서는 대개 이랬어. 반이야. 만약에 천 평에서 벼가 열 가마 받았다 그럼 다섯 가마는 지주한테 줘야 돼. 다섯 가마는 우리가 가져야 돼.

그래가지고 평균치를 낼라고 그래서 그래 공평하게 걷어가는 거야. 그 열 가마가 딱 나오면 자기네는 공출이라 그, 공출 아니고 저 분밴가 이래가지고 열 가마 나온 놈은 열 가마 다 가져가. 가져가서 배급을 줘요 다시. 그 너희 동네에서는 열 가마가 나왔으니까 열 가마 바쳐라 이거야.

바치라고 해서 그걸 그 보리나 쌀을 얼로 가져가는 게 그 동네에다 놔둬. 이건 국가꺼니까 요건 국가꺼니까 아 손대지마 이래가지고선 인제 여기는 농사를 잘 했으니까 세 가마. 여기는 못했으니까 한가마. 여기는 노동력이 좋았으니까 여섯 가마. 이렇게 나눠줘. 분배를. 분배하기 전에 물론 자기네꺼 제해놓고. 열 가마에서 한 네 가마 쯤은 냄겨. 이거는 국가꺼다. 인민군을 먹여 살려야 된다. 여섯 가마를 그거를 정확하게 하기 위해서 해 놓는거야. 그러니까 못살지. 왜 사느냐. 지네 먹을 건 미리 정해놓고 가져갈 껄 가져가니까 그게 바로 이론과 실제가 안 맞는다는 공산주의인거야. 왜. 교육 공짜, 의무 공짜. 다 공짠데 뭐가 있어야 공짜지.

[2] 미군, 인민군, 중공군

그래서 6.25때 그렇게 거쳤는데. 고 다음에 한 단계 넘어가면 이제 그래가지고 9.18 민주수복이 됐잖아? 올라오는데 그때 나는 미군을 접하게 됐어. 그때는 미군들이 올라올 때 인민군이 내려갔던 길을 미군들이 올라가면서 그 짚차 있잖아? 짚차 이렇게 올라오고. 미군들 껌둥이, 백인들 쭉— 올라오고. 통역. 통역하는 사람들 하나씩 끼고서 쭉— 올라가는데.

그때 우리가 이렇게 걔네들도 미군들이 인제 우리 귀여워해주고 그러면 이런거 껌주는데 껌이 뭔지 몰랐어. 껌이 뭔지 먹으니 좋긴 좋은데 먹고. 쪼꼬렛 맛있고. 또 이렇게 가며는 그 막 과자를 줘요. 그러면 우리나라가 그 생각이 하면서 막 떠올라 똑같은 거 같애. 그러면서 인제 껌 인제 처음 얻어먹었지. 그 다음에 뭘 우유같은 걸 요만한 걸 주는 두 개씩 그렇게 주는데. 뭔지 몰라가지고 이게 뭔가 했더니 지금 생각해보면 커피야. 커피 봉지 커피에다가 우유 있잖아. 우유하고 설탕 이렇게 세 가지 타는 커피를 주는데 먹을 줄 몰라가지고 막 내비리고 인제 그런. 커피야 지금 생각하니까. 그러고 인제 담배 막 주고. 물질 전쟁이야 걔네들은.

게 쫙— 인제 전쟁하면서 올라가고 또 그 사람네들도 뭐 미군들이 뭐 부녀자 겁탈하고 이런거 안했어. 겁탈 이런거 안하고. 이제 올라가면서, 올라가면서 이제 마을 주변에 올라가고 그러다 인제 북한으로 쭉 올라갔잖아요. 그래가지고 압록강까지 가고 막 이랬는데 그 과정이 많았는데. 거 뭐 너무 얘기할라면 수 없지.

올라갔다가 중공군이 참여했잖아. 그때 중공군이 참전할 때 미국에 그 맥아더 장군은 원자폭탄을 터치자고 했어 만주에다. 그럼 우리나라는 역사가 확 달라졌겠지. 그래가지고 인제 못했는데. 중공군이 백만대군이 넘으니까. 후퇴를 막 해는거야.

막 후퇴했는데. 우리 또 나 그때 횡성 시골에 있다 그랬잖아. 여기 여기는 뭐 불바다야. 있는데 또 인민군이 내려온거야. 그땐 인민군하고 중공군하고 같이 내려 왔어. 게 인제 인민군하고 중공군이 같이 내려왔는데 우리집은 산 밑에 있었는데. 쭉– 있는데 인제 우리집은 산 밑에니까 동네 한 가운데 있던 사람 폭탄이 막 떨어지니까 산 밑으로 가 있는데 우리집에 한 열사람씩 이렇게 모여있고 그랬는데.

이렇게 봤는데 한 놈을 봤어. 왔더니 인사를 하는거야. 우리 아버지, 어머니한테. 딱 보니까 6.25때 왔던 걔야 소위. 그놈이 미군 총. 칼빙총이래는 걸 딱 갖고 왔더니. 자기 동무들 잘 있었느냐는거야. 게 이렇게 아 이거 어떻게 됐냐 그랬더니 우리 길잡이를 해서 우리 선발대로 또 왔다 이거야. 그 인민군이 다시 인민군으로 온 거야. 그래가지고 거기 있다가 인제 안동으로 내려간다고 원주로 해서 쭉– 내려가고.

그 다음에 인제 그래면서 인제 6.25가 전쟁이 계속 되는거야. 그러면서 그 당시엔 인제 정부가 없는 상태지. 한국군 정부도 없고 인민군 정부도 없고. 이제 그 3년동안은 우리는 그 안동까지 못내려가고 인제 그 원주가 되면서 전쟁하는 과정이었어요 그때가. 게 인제 우리집에도 인민군, 중공군이 있고. 있고 또 인민군에는 인민군 여자도 많이 있었어. 여자도 있고. 우리집에도 왔다가.

그 쌀 같은거 농사 지은거 이런걸 땅에 다 묻고 이제 겨울인데 묻고 파갈까봐 위에다 물을 해서 아주 얼어버렸어. 이 중공군들은 양식을 안가져와. 인민군들도. 곡식을 얻고 현지 조달이야. 그러니 맨 먼저 인민군들, 중공군들이 선발대가 오면 총 들고 왔다가 가. 가면 그 다음에는 그 보급부대라고 꽂게 이런거 가진 사람이 와서 어따 묻었는지 찾아내는거야.

어떤 게 어떤 사람들은 이제 마굿간이라는 거 외양간. 외양간이면 이제 지금은 저거했지만 옛날 재래식은 외양간 뒤에 소똥 이런거 쌓아놓는 데가 있어. 그걸 파내고 그 밑에다 묻고 그걸 덮어놔. 요런것도 이 중공군, 인민군들이 잘 알아 아주. 막 파가. 게 인제 우리는 그렇게 안하고 뒤에다가 곡식을

묻어놓고는 물을 부어서 얼궈놨어. 그래도 그 놈들 다 파가. 게 인제 굉장히 식량 때문에 애 많이 먹었지.

걔네들은 그렇게 해갖고 6.25때 왔다갔다 하면서 그런 전쟁을 해서 결국 다시 국군이 들어왔는데. 그러는 과정에 이런 게 있었어요. 내가 그 이렇게 있으면서 저 바깥에를 보니까 헛간이라는 게 있어가지고. 옛날에 디딜방아래는 거 알자. 방아 찧는 거. 그걸 이렇게 인제 우리 아버지, 어머니들이 방아를 찧고 난 뒤에 이렇게 보니까 저 바깥에 인민군들이 쫙-내려가더라고, 우리가

"저 새끼들 또 내려가네."

욕을. 이 그때 그 4학년. 그니까 3년동안에 6.25가 났으니깐 그때 아마 4, 5학년 쯤 됐을꺼야. 그랬더니 뒤에서 와서 쿡쿡 찌르면서 이러는거야. 이렇게 보니까 인민군이 장총을 해가지고 기다란 창을 내리고서 쿡쿡 찌르는거야.

"학생, 학생. 학생동무."

이래.

“야, 욕하면 혼나 임마.”

인민군 욕하면 아주 죽인대. 우리가 저 새끼들 또 내려간다 그랬거든. 혼나 혼나 그러고선 욕해지 말라고 말이야. 이 자식들이 막 그러더라고. 그러고 가고.

그렇게 하고 있는데 그 우리집이 산 밑이라고 했잖아? 우리는 사랑 웃방에 있고 안방에 인민군들이 막 차지하고. 부엌에도 있고 그 다음에 중공군들은 정말 음식 먹는 게 지저분하고. 오줌바가지라는 게 있어. 오줌 그 거르는 오줌 바가지 있지? 그걸 이렇게 놓으면 그걸 갖다가 물 떠먹고 거기다가 빵 같은거 막 담궈놓고 이래. 오줌, 똥 이렇게 하고 뭐 저 불결하긴 이유 없지 뭐. 그렇게 하고.

그 다음에 내가 묘하게 본 게 지금도 생각난 게. 그때 아마 열 두 살쯤 5학년 땐데, 겨울이야. 국군 포로가 아 한 네 명인가 되는데. 인민군들이 총을 들고 국군 포로들을 개울가로 데리고 가더니 빨래를 시키는 거야. 물이 하– 차가운데 피빨래 있잖아. 막 시켜 이렇게. 보초들은 이제 저만큼 떨어져서 지들끼리 얘기하니깐. 이 국군이 얘 오래. 이렇게 저렇게. 너 몇학년이냐니까 내가 한 5학년인가 뭐 그랬을거야. 4학년인가 그랬더니

“너 인민군이 좋아, 국군이 좋아.”

날 보고 그러는거야.

“인민군이 좋아, 국군이 좋아.”

그래 그래도 우리는 그 만해도 꾀가 있으니까 어물어물했지.

“우린 국군인데 지금 포로가 돼서 와 있어. 멀지 않아 국군이 들어오니깐 잘 있어.”

이 놈들이 빨래를 하면서 그래 국군들이야. 그 다음에 인제 그러면서 얘네들이 인제 그러면서 6.25가 올라오면서 이 갔는데 그 다음엔 어떻게 됐는지 모르지. 죽었는지 살았는지도 모르는거야.

그러고 있다가 며칠 있다간 군인들이, 국군이 우리 집을 앞으로 다 한 이십

명 쪽–내려가더라고. 내려가면서 얼로가야 원주를 가느네. 글로 가면 횡성으로 원주로 간다 그랬더니 또 원주까지 가면 원주선, 뭐 이런 걸 묻는거야 우리한테. 자세히 알으켜줬지. 알으켜줬더니 보니까 포로 저 그 이렇게 포위당했다가 도망가는 국군들인거 같애. 게 쪽– 내려가더라고. 인제 6.25때 겪었던 얘기고.

그러고 인제 6.25라는 게 이 딱 3년 됐잖어. 인제 천구백 이제 오십삼 년 칠월 이십칠일. 우리 중학교 1학년 때 휴전이 됐어요. 휴전될 때 우리 중학교 1학년 때 여기 홍천에 미군이 얼마나 많았나하며는 한 이십만 명 가까이 한 십, 이십만 명 있었는데. 양공주 얘기 들었죠. 양공주 한참 많을 땐 삼천명까지 있었어. 삼천 명에서 천 명 정도를 대구에 여학생이었어. 대구쪽에 있는. 근데 그 모르지. 삼천 명이나 이런 숫자 개념은 모르지만. 하여튼 굉장히 많았다는거야.

우리가 왜 삼천궁녀라고 하잖아. 의자왕 때. 삼천궁녀라는 게 삼천 명이라는 게 아니고. 우리 뭐 문학적으로 생각하면 많다는 표현을 그렇게 했는데. 그 뭐 삼십 명이라는지 정말 삼백 명이라는 지 많다는 어떤 뜻으로 삼천 명의 궁녀가 낙화암됐다는 데.

여기 얘기면 그쪽 애들은 삼사천명에 양공주가 와 있는데. 그 중 몇 천명이 대구 여학생이다 이런 얘기들 있는데 여기서부터 한 4키로 지점인데. 거기 미군부대. 미군비행장도 있고 미국보급물자 병참부가 있었어. 미군부대 있고.

그런데 그러면 대구 여학생이 왜 그렇게 많았다 이런 얘기가 있었냐면. 대구에 미군부대가 많았잖아. 그런 미군부대하고 자매결연도 맺고 응원도 가고 그러면. 미군들이 결국 우리가 인제 그 미군 그 병사들한테 어떤 그 뭐 양공주라던가 뭐 어떤 의미에선 우리 문학적으로 보면 제공했다는 뜻도 될거야. 우리가 추리해보면.

왜 그러냐하며는 그때 인제 먹고살기 힘들고 막 이러고 그러니깐. 그 미군부대있고 그러면 여학생들이 어떻게 뭐 하고 그러면 미군들이 뭐 주고 그러면 이 여학생들이 뭐 손수건도 주고 뭐 이뤄지는거야. 미군들이 달러주고 막 이러니까 거기서 아버지, 어머니 굶어죽고 막 이러니까 거기서 일단 먹고 살자고 그러는거니까. 그런게 자연스럽게 되는거야.

지금도 서울에 룸싸롱식 이런 식으로. 지금도 쉽게 말하면 뭐 돈 십억만 주면 탈렌트 데리고 여행간다는 식으로 똑같은거야. 그러니깐 막 그러니깐 이십대 이런 학생들이 이래되면서 걔네 따라오는거야. 미군들 그렇게 사귀다가 미군 떠나가지고 의정부 이런데로 가고 홍천으로 오니깐 따라오는거야. 쉽게 말하면. 그게 어떤 홍천의 그 불우한 한국 여인네의 역사상이라고.

그 1945년 우리가 해방되면서 일본이 망했잖아요? 일본이 망하면서 일본이 부강하게 된 기본 동기가 일본 여자들이 미군을 상대해서 몸 팔은거야. 한 그때 미국한테 그 사람들은 달러를 달래지않고 물품을 달랜거야, 물품을. 물품을 받아가지고 국가를 진정시킨게 일본이고.

6.25가 남으로써 부강된 게 또 미군, 일본이야. 일본이 유엔군들의 기치참이 됐어. 병참기지참이. 게 우리 속담에 떡고물. 떡을 만지다보면 떡고물이 떨어진다 그랬잖아. 일본에 병참기지참이 있다보니깐 많이 보탬이돼고. 또 급한 건 일본에서 막 만들게 해서 일본이 갑자기 부국이 된거야.

그와 비슷한 게 우리가 월남전에서 어 월남전에서 우리 인제 박정희 대통령이 월남 파병해가지고 군인 월급이 예를 들어 삼백만이다 하며는 백만원은 군인월급주고. 우린 그때 십만원도 못벌때야 공무원들이. 백만원 국군주고 이백만원 국가가 받았잖아. 그거 가지고 지금 이 정도 이제 우리가 살 게 됐는데.

그 월남에 파병했던 얘기 그거 조금 해줘도 돼? 홍천이 최초의 비둘기 부대가 갔어. 간호원. 간호사 비둘기 부대는 간호원. 국군 간호부대가 월남을 가는 그게 여기서 한 3키로 정도 가며는 그 옛날에 미군부대 있을 때 양공주가 이삼천명이 있댔는데 그 동네야. 그 동네에 의무중대 있는데 거기 간호사들이 최초에 갔어요. 비둘기부대가.

그 다음에 맹호부대라는 전투부대가 갔는데 그것도 홍천서 갔어. 게 맹호부대라는 게 최명신 장군이 별 두 개였는데. 그 사람이 인제 맹호, 맹호부대를 데리고 파병을 했고. 거기에 깃든 재밌는 얘기가 여기하고 관계없지만 얘기해줄게.

그게 작년도에 국가 기록원에 가가지고 방송국, 조선일보 이런데 막 거기서 뭐 교재로 쓴다는데. 우리 친구가 지금 칠십 사세된 초등학교, 중학교, 고등학교 동창이 있는데 얘가 키가 일미터 오십구인데. 국군에, 인제 집안이 아주 가난해 얘가. 가난해가지고 중학교때 신문배달하고 땅 장사까지 했어 학교가서. 여러분들은 생각도 못할 정도야. 게 고학을 하면서 했는데. 군대 저 동국대학교 다니다가 중퇴해가지고 군대갔는데 하사관으로 갔어. 지금 부사관이라고 그러더라고. 부사관갔는데 키가 일미터 오십구밖에 안돼서 장교를 못가는 거야. 장교를 가고 싶은데.

부사관 가가지고 아-주 수단가야. 왜냐면 어려서부터 고생을 했으니까. 정용환이라고. 고생을 해가지고 재주가 좋고 수단이 좋으니까. 그 부대에 인제 오십구. 저 뭐야 일미터 오십구. 저 뭐야 일미터 오십구밖에 안되는데 육십세가 되야 장교가 돼. 이 안되니까. 키에 그 안 되잖아.

어떻게 했냐하며는 그 장교 뽑는 담당자로 갔어 얘가. 그 기록 담당자로. 근데 얘가 타자가, 특급 기술이 있어. 1분에 뭐 삼백오십자 치고 그랬는데. 그 당시에 타자쳤거든 남자가. 그래가지고 그 부서로 가서 지가 뽑는거야. 지가 뽑는다니까 지가 써놓는거야. 일미터 육십일. 자기 키를. 일미터육십일 해놓고서 하사관에서 장교시험을 본거야. 게 됐지 뭐 무조건.

일미터 육십일 키를 해가지고 가가지고 월남을 갔다. 그때 월남을 갈 땐 두 가지 이유가 있었어. 지금 뭐 여러분들은 말하지만 아 뭐 국가를 위해서 공무원을 하고 아이들 교육을 위해서 선생님 되는. 오십프로야. 자기 월급받기 위해 선생님을 하는거지 공짜로 가르는 사람 어딨어. 다 인제 그러거든. 이 친구는 나 돈도 벌고 국가 저겄도 한다 이래서 월남을 갔어요.

월남을 가가지고 이제 2년을 근무했거든. 2년을 근무하고 2년 근무는 못해. 첫 번에는 뭐로 갔냐며는 그 정보통신장교로 갔어 얘가. 게 2년 근무해서 딱 와가지고 그때 돈도 모아서 빚도 갚고 이랬는데. 또 갈라그러니까 못갔거든. 첫 번에는 서로 저 첫 번에는 이제 막 차출하면 죽으러 간다고 말이야. 막 이제 이렇지만 그 다음엔 서로 갈라 그랬어. 월남에서 죽은 사람이 만 몇 명정돈데. 월남에서 죽은 사람이 만 몇 명돼 우리 나라가. 미군이 우리나라에서 죽은 게 사만오천명이지만.

그 다음에는 서로 갈라하니까 못가는거야. 한번 갔다 온 사람 못 간다 이러니까. 얘는 한번 갔다 왔으니 못가잖아 그 다음에 어떻게 갔겠어. 월남 파병 지원하는 부대로 가가지고 자기가 작성하는 부대로 갔어. 자기가 너 또가 못가 하는거야 지가. 그 지가 저 못가게 하는거야? 지가 다 해서 써 놓는 거 써놓고서는 파병간 다음에 그니까

"너 이놈아 한번 갔다왔잖아."

그러니까. 딴에

"아, 발령나지 않았어요?"

다 알아. 지가 쳐가지고 지가 해놓은거야. 지가 지 지가 자기를 파병한거야. 너 그러니까 높은 놈들이,

"너 임마 재주 좋다. 그럼 잘 갔다와."

이래가지고 갔다 왔는데.

[3] 고재봉 일화

그 다음엔 6.25하고 더 재밌는거는 내가 직접 경험한 건 아닌데 이거 6.25의 비극이 하나야. 여러분들 고재봉이란 얘기 들어봤어요? 안 들어봤어요? 야 그게 지금부터 한 사오십년전에 비극적인 얘기야. 뭔가 여기서 신남이라고. 한 팔십 한 삼십키로 되는 지점에 육군 부대가 하나 있었어. 육군 부대가

하나 있었는데. 거기에 인제 그 사병이 하나 있었어요. 사병이 하나 있는데 대대장하고 사병하고 의가 좀 안 좋았어. 그래서 대대장은 아주 원칙주의자야. 그런데 이 사병은 껄렁껄렁허는 그 좀 이렇게 변칙주의자고. 그러니까 대다장하고 마찰이 자꾸 일어나는거야. 게 마찰이 일어나니깐 뭐 혼낼수도 있고 이러잖아. 이러니깐 이 그 사병이 이름이 고재봉인데. 이 유명했던 얘긴데. 가만 얘기해요.

이 사람이 이제 제대를 얼마 안두고. 그 사단장 이제 인제 지금 내가 대강의 줄거리만 얘기하고 요 부분이 더 필요하다면 이 다음에 자세히 해줄게. 대강의 줄거리만 얘기하는데, 앙심을 제대를 며칠 앞두고 휴가를, 제대를 앞두고. 제대 앞두고 휴가 가잖아요. 휴가갔다 와가지고. 와가지고 이제 제대를 했어. 아 휴가갔다 와가지고 이제 제대를 할 때믄 휴가갔다오고 고 제대 며칠 기간은 안나간데 부대에. 제대기간을 빼고.

안 나갔는데 대대장님의 집에 들어가가지고 밤에 대대장 때려죽였지. 도끼로 까 죽였어 도끼로. 대대장 부인 죽였지. 애들 셋. 애들이 셋인데 저기 아들 하나만 남기고 딸 둘. 그러니까 네 명을 도끼로 다 까 죽였어 그냥. 아주 그 대단한 그때 아 1960년초야.

근데 그때 그 대대장 연락병이 우리 동기동창이었지. 홍천 연봉에 있어. 신창희라고 걔가 연락병이었어. 아침에 대대장이 안나와 가보니까 죽었더래는거야. 아 그래 도끼로. 그래서 근데 그거를 홍천에서 앰뷸란스가 싣고 가는 걸 봤어 또. 우리 집이 요 신작로 가였기 때문에 엥-엥 하고 갔는데. 저게 뭐야 했더니 그날 오후에. 내 그때 저 동아일보 홍천주재 기자 2년했다 그랬던 그 무렵이니까.

그 앰뷸란스가 가는 걸 봤다니까 그걸 중대장 싣고 가는 차에 그게 아주 그냥. 네 명을 때려 인제 다 죽였거든. 근데 죽였는 비극이 나서 아주 유명 그게 대대장을 사병이 도끼로 까서 죽였다그래서. 우리가 못살면

"저 새끼 고재봉 기질이 있네."

농담 막 이러고 그러는데 문제는 그거보다 더 묘한거는. 그 부인, 고재봉 씨. 대대장 부인이 초등학교 선생을 했어. 초등학교 선생을 했는데 어디냐 다부동전투라는 거 들어봤어요? 다부동. 알죠 여기에. 에 저 경상북도 대구 근처 그 대부동. 저 영화도 나오고 아주 그 굉장히 치열한 전투였는데. 그 다부동 전투에서 국군이 밀리면 낙동강이 무너지고 낙동강을 건너면 대구 함락되고. 대구 함락되면 부산 점령된다고 그 유명한 전투가 다부동 전투야.

그 다부동 전투 그 옆에서 그 대대장 부인이 선생님을 했었어. 초등학교 선생. 스물 두 살 때. 선생을 했는데 그때 6.25가 나가지고. 인민군이 거기까지 내려갔는데. 한 그때 또 그래. 선생들 다 불러가지고, 다 불러가지고 교육 막 시켰어서 그냥 시키고 이랬어. 그때도 인제 그런 모습인데 국군 포로를 한 삼백 명인가 얼마를 운동장에다 이렇게 모아놓고. 국군 포로를 모아놓고. 국군 포로를 모아놓고. 이 인제 보 얘네들 막 이래는거야. 이래는 과정인데. 이러는 과정인데 나중에 그 미군들이 올러오고 그래가지고 그게 반대가 된 거야.

똑같은 반대가 뭐였느냐면 인민군 포로가 인민군 포로를 거기다 수십 명 갖다 놓고 인제 미군들이 막 이러고 있는거야. 그게 세 번이 반복이 됐어 거기는. 다부동이 그렇잖아요. 주인이 매일 바꾸는거야. 바꾸고 바꾸고 그러는데. 하루는 인제 여 선생이 그렇게 있는데. 인민군이 그 운동장에 포로 이런 것도 아니고 그냥 수백 명이 모여가지고 뭐 뭐 이렇게 하고 있는데.

저쪽에서 전쟁해고 이래는 걸 갖다가 이 여선생이 연락을 취해가지고 미군 저 한국군 쪽으로 해가지고서 그 학교 인민군을 인민군 합한 거를 몇 백 명을 싹 죽였다는 거야. 집중 포격해갖고서. 인민군들도 그랬으니까. 그래가지고 이 삼 백 명인가 싹 죽고. 정부에 기여를 해가지고 이렇게 했는데. 아주 그 기억을 해가지고 인제 그렇게 했는데. 그 부인이 그 고 대대장 부인이야.

묘하게도 그게. 그러니깐 참 그게 아주 그 참 묘하지. 그러니까 이거는 어떤 그 정치라던가 이런걸 완전히 떠나가지고 그 참 목숨 대 목숨. 어떤 그

이데올로기라든가 이런 사상이라던가 이런 정치적인거 순수한 목숨 대 목숨을 걸으면 이 여자 때문에 사 수백명이 죽은 거야. 인민군이. 그런 참 그런 그 아이러니한 게 있었잖아요.

그래가지고 근데 그 여자가 인제 그 인제 대대장 부인으로 있었는데. 그게 또 재밌는건가. 그때 부인이 죽은 줄 알았는데. 목을 쳐가지고. 대대장은 현장 즉사. 애들도 현장 즉사. 그 식모도 죽었어 거기서. 식모는 왜 죽였느냐며는 부인인줄알고 죽인거야. 다행히 그 부인은 그 아들 하나가 서울에서 중학교를 들어가는데. 아들을 데리고 서울 중학교를 간거야. 그 선생하던 여자가. 게 중학교를 갔는데 그래 아들 하나 그 여섯명 죽고. 처음엔 전부 부인이 죽었다 그랬는데 식모가 가정부가 죽은거야 네명이. 게 부인은 거기가서 살았는데 어떻게해서 살았는지 아들이 살렸다 그래서 거기가 살렸는데.

그 여자가 한 작년인가 80에 죽었어 이제. 죽었는데 인제에서 그 저거 했어요. 죽은 사람들 이렇게 참 국군을 위해서 많이 희생한 사람하고 남편이 이랬다는 추모비를 세워줬다고. 그래서 그게 한 50년전 일이 가만히 있다가 다시 부각이 작년에 되가지고 이래서 막 이랬던 이야기. 그게 6.25가 곁들인 어떤 아주 그 아픈 얘기고.

[4] 삼마치 전투

이런 것도 있었어요. 우리 바로 뒤에 그 청솔가지 울타리한 뒤에 산 밑에다 방공호를 팠는데. 방공호를 파고서 이제 막 대포소리가 막 나니까 그냥 막 떨어지니까. 나는데. 그 방공호 안에 들어가 있고 문은 떡판이라는 거 혹시 들어봤어요? 옛날 떡판. 떡 내려오는 떡판에 밑에 나문데. 이거보다 커. 길이는 이정도 되고 이정도 해 통나무. 두께는 이만해. 이게 떡판이야. 이걸 갖다가 인제 그 방공호에 들어가 있고. 그걸 대문을 닫아놨어. 닫아놓고 한 열명쯤 이러고 있는데. 대포가 한 오십미터 쯤에서 이런 백오미리 포탄이 터지잖

아. 꽝 터지며는 탱 하며는 파편이 그 방공호를 이렇게 여기 와서 백히는거야. 그게 어느 정도 되냐하며는 아마 이게 이 정도 될거야 이정도. 이런 게 턱 백히는거야. 그런 그 떡판이 어느 정도 타요. 타면 우리는 귀를 막고 막 이러고 있고.

그러고 인제. 삼마치 전투라는 게 있어. 삼마치 전투 칼럼 썼는데. 거기가 대충 삼만 명이 죽었는데 우리가 이 어림수가참 필요해. 인제 우리가 그때는 거의 약 삼만 명이 죽었는데. 인민군 만 명. 중공군 만명. 그 다음에 국군하고 미군 유엔군이 한 만명. 이래가지고 삼만명이 죽은 데가 삼마치 전투에요. 그 당시 이 삼마치 전투가 뚫리면 원주가 바로 뚫렸어. 원주가 뚫리면 안동이 뚫리면 이 삼마치가 얼마나 치열하냐하면 여기서 그 8사단이래는 사단이 1개 사단이 만 명치잖아요. 그 당시에 만 이천 명 쳤는데.

8사단이 인민군이 먼저 절로 나가가지고 삼마치 고개를 막고 8사단이 후퇴를 했는데. 이 거길 못 뚫고 양 옆으로 나가가라는데 치열하게 전쟁을 했는데. 그 이튿날 횡성 거기. 횡성 궁근면 도곡리라는 데 지금 기념탑 큰 게 있어요. 도곡리. 도곡리 아침에 모여보라하니까 이천 명밖에 안모였더래. 만 이천 명 중에서. 그러니깐 팔구천 명이 죽은 거야 거기서. 인민군, 중공군 전체가. 그 다음에 피란민도 무지하게 많이 죽었어요. 죽고 미군이 저 중공군도 많이 죽고.

그래서 중국에서는 그 봉천에 가며는 나는 같이 갔는데 나는 확인 못했는데 우리 문화원 원장이들이 얘가 갔는데 거기는 봉천에 가면 큰 전쟁박물관에 에 조선국. 조선국 강원도 홍천군 동면 에 오음산. 게 오음산이라는 게 삼마치 전투라는 게 오음산 전투야. 붙었어 그게. 삼마치에서 제일 높은 봉우리가 오음산이에요. 천구백미터야. 지금은 통신대가 있는데. 오음산에 인민해방군 승리 전선. 이게 표시가 돼있데. 그래 빨간불이 딱딱 켜있고. 그래 친구가 이러더라고

"야, 난 본청 갔다가 강원도 홍천."

지금 그 친구 병이 들어가지고 그 아주 홍천에 자리하고 있어. 고향은 아니고. 아 걔가 그걸 보고서,

"중국에, 중국에서는 그렇게 표시하고 있는데 한국에는 거기서 그렇게 많이 죽었는데 아무 얘기도 없더라."

내가 이 얘기를 들었는데. 언젠가 삼마치 전투에 관한 비석이라도 세울라고 그러는데. 그래서 문화원장 나갔다가 내가 떨어졌어. 언젠가는 그 삼마치 전투에 대한 그 표적비 그걸 누군가는 해야 돼. 삼만 명이 죽었는데. [조사자: 강원도 쪽 이 답사 다녀보면. 삼마치 전투를 다 얘기하더라구요.]

저기 저기 철정리에 그 얘기도 했겠네요. 왜 저 철정리에 육탄7용사. 거기는 길이 좁아가지고. 길이 좁아가지고 차가 못 피하는데. 그 골목에 그 국군 그 일곱 명이 인민군 탱크문을 열고 들어가서 탈출해가지고서 그게 결국 3일간을 늦췄다는 장소야 거기가. 게 우리 나라가 춘천에서 이틀간 홍천 거기에서 불과 그 아 육탄 전적비도 있고, 동상도 있고. 거기서 한 이십키로만 올라가면 3.8선 경계야. 지금은 아니지만. 그것 때문에 3일이 지체됐다는 거야 인민군.

인민군들이 4개 부대로 내려왔잖아요. 저 동두천 쪽으로 내려오고 저 여기 춘천, 가평 쪽으로 오고 고성 쪽으로 내려오고. 4개 쪽으로 내려오는데. 승리 전투는 두 군데를 친다고. 지금 여기 칠정 그 7용사. 육탄 7용사 자리하고. 춘천에 가며는 춘천에 그 소양교 다리쪽에 지금도 발견인데 거기서 기관총 하나 놓고 그냥 수십만 발을 쏴가지고 저지시킨 데가 있어. 그 전투하고 승리의 전투 지역이라고 하는데. 그게 두 개 있고.

[조사자: 어르신 그 삼마치전투에 그 삼마치가.] 석 삼 자 말마자 고개치자. 그게 전설이 있는데. 저 간단히 말하면. [조사자: 고개치자요?] 응. 고개치. 고개 밑에 울음소리가 막 나가지고 젖히니까 말이, 날개 있는 말이 날아가지고 날아가면서 장수가 있으면 그런 얘기가 있어서 삼마치.

또 그 삼마치 전투에 이런 얘기도 있어. 비록 전쟁에 죽어가면서도 재밌는

건 그 인민군이, 아 중공군이 그 포탄에 맞아 죽었는데. 그땐 이런 게 있었어. 공중에서 휘발유 통이 하 게면 휘발유 통을 그 불 그 뭐지? 불나는 거 있잖아요. [조사자: 조명탄 같은.] 조명탄이 아니고. 총 쏘며는 거기에서 불이 붙는 게 있어 총에. 그냥 총알이 나가는 게 아니고. 총알에는 왜 철갑탄이 있고, 납탄이 있고 화약탄이 있어. 화약탄이 나가며는 그 휘발유 통에 불이 붙게 돼있어. 비행기가 그걸 떨구면 거기다가 철갑탄. 아니 철갑탄이 아니고 화약, 화약탄을 쓰면 불이 붙어 그게. 위에서 떨어지면서 죽이는거야. 그거를 많이 써가지고 그냥 타죽은 사람이 많아.

그러면 그 미군 병사들이 흑인들이 전쟁을 하면서도 6.25 그게 뭔가 미군 죽은 아 저 인민군이나 중공군 죽은 사람을 이렇게 다가 바위에다 세워놓고 입에다가 하나 물려놓고. 그 담배나 피워라 이런 식이겠지 우리 말로. 게 해놓고서 죽은 그 시체에다 담배를 하나 메워놓고서 막 태우고 그랬대. 그랬데 거기.

그리고 그 길 옆에는 인민군이나 뭐 피란민이 아주 많-이 죽었대는데. 근데 우리는 글로 안가고 아예 시골로 가 있었으니깐. 삼마치 고개에서 그 산쪽으로 가면 우리 산 밑이 불과 5키로 밖에 안돼. 5키로 밖에. 게 삼마치 전투할 때 그 총소리가 다들 들렸어. 그 뭐 엠왕총, 딱콩총 소리 이런 게 막 들리고. 그런 게 있지. [조사자: 피란을 잘 하신거네요.]

우리 아버지가, 그때 우리 어머니가 사십에 낳고 막내고. 이제 아들이 없으니까 났는가보지. 우리 아버지가 서른 여섯에 났는데. 그래가지고 내가 열 살 때 났으니까. 우리 아버지가 46에. 마흔 여섯이잖아. 마흔 여섯이면 군대는 못가지만 그때 그 저기 있어요. 저기 이렇게 등짐 지우고 이러는. 그 뭐라 그러더라. [조사자: 지게?] 지게를 해서 지우는데 그 이름이 있어. [조사자: 탄약 나르고 뭐 그러는 사람.] 그렇지. 뭐 탄약 나르고. 밥도 나르고 뭐 이런 거 밲에 이제 안 되는데. 안 되는 안돼서 국군엔 안 갔어. 안가고 있는데 인민군이 데려갈까봐 이제 다리를 다쳤다고 그렇게 가짜로 하고. [조사자: 아버님께서?] 그럼. 아버님. 주로 숨어있었지.

근데 그때 인제 다 뭐 그렇게 힘들었는데 아주 재밌던 게. 그 겨울에 꿀벌을 치잖아. 꿀벌이 인제 토종하고 양봉이 있잖아. 양봉은 인제 글자 그대로 이렇게 벌을 키워가지고 쭉하는게 양봉인데. 토종은 저절로 이래는데. 6.25 전에 우리 한 토종을 열통쯤 했었는데. 뭐 인민군 중공군들이 겨울에 다 퍼먹고 꿀 먹고 이래잖아.

이랬는데 봄에 토종벌이 한 통이 어떻게 살았어. 꿀 다 뺏겼는데도. 그래가지고 그거를 살려가지고 아주 열 몇 통씩 그냥 내가 4학년 때서부터 6학년 때까지 한 열 몇 통해가지고 학비도 거기서 좀 벌고. 중학교 이런데 어떤 도움을. 진짜 꿀. 그런 게 지금 생각나요. 6.25때 생각나요.

[조사자: 전쟁 때문에 누가 다치시거나.] 다행히 우리 집안은 없었어. 우리 집안도 없고 그 쪽에도 다 있고. 전쟁으로 인해서는 없는데.

[5] 슬픈 양공주 이야기

이거는 없는데 양공주 얘긴데. 친구 누난데. 이런 게 있었어. 동기 동창인데. 근데 이 친구는 우리보다 나이가 한 다섯 살 많아요. 근데 초등학교, 중학교 동창이야. 근데 이 분이 열 그러니까 누님이 열 아홉 살일때. 우리보다 열 살, 열 살이 많았. [조사자: 아홉 살.] 아홉 살이 많았는데.

어떻게 어떻게 해서 이 분 미군부대 양공주가 됐어. 양공주가 돼가지고 이 동네에서는 아까도 말했지만 대구나 서울같은 큰 도시나 볼 수 있지. 요런데는 손바락질 받잖아. 그랬고 그랬는데 그걸 다 이겨내면서 아주 조그맣고 이뻐. 뭐 6.25나면서 재혼을 했어.

재혼을 했는데 상이군인하고 했어. 상이군인은 군인갔다 다쳐서 온 사람인데. 이 사람이 월남인이야. 그 북한에서 내려왔다가 국군에 와가지고 국군했다가 다친 사람인데. 이 사람하고 사는데 애기도 없이 매 싸우는거야. 이 남자는 목수를 하면서. 남자도 평소엔 사람이 좋은데 술 먹으며는 폭력끼가 있어가지고 싸우다가 인제 결국 중간에서 헤어지고 남자는 인제 그렇게 살다 죽고.

근데 이 여자는 그렇게 혼자 살면서 그 집은 형제가 많은데 유독 그 동생을 아꼈어. 우리 동창을. 아끼면서도 한 돌아가신 지 한 십 여 년 백, 십 여 년 안 될거야. 한 칠팔년 되는데. 그 남동생 앞으로 보험을 들어주는거야. 내 그 농협에 은행에 있으니까. 나한테 와서 우리 동생 내 보험을 들려준다 그래. 아 그럼 왜 이 다음에 돌아가시는 거 내가 돌아가시면 제사라도 하는데 동생을 해줘야된다 이거야. 보험을 쭉 들어주고 이렇게 품 팔고 이래다가 교통사고로 죽었는데. 나중에 그건 내가 생각하는 건 자살이 같애 그게.

자기네 동생네 집 그 거기서 한 이백미터 떨어진 데서 길을 가다가 자동차에서 죽었는데. 교통사고 처리를 해가지고 보험을 그 동생이 탔는데. 착해. 게 내가 보며는 그렇게 차가 많이 다니는 동네가 아니야. 뭐 하루 한 백대는 다니겠지 아무래도. 그런덴데 교통사고로 돌아가셨거든. 동생이 다 짊어지고 그랬는데. 동생 앞으로 해서 6.25때 그렇게 고생하고.

[조사자: 그럼 그 누님이 양공주 생활하실 때 친구분의 누님이시잖아요.] 그렇지 그렇지. [조사자: 그때 당시에 양공주 하시는 줄 아셨어요?] 알았지 알았지. 우리는 몰랐는데. 우리도 나이 많은 사람들은 알았지. [조사자: 그때 당시에 모르시고.] 우리는 몰랐지 그럼.

그래서 내가 그랬지. 중학교 1학년 때 인제 휴전이 됐다 그랬잖아요. 그때 휴전을 하지 말자 그랬어 우리는. 조금만 더 올라가면 통일이 되고. 아니면 평양까지만 가도 되는데. 휴전이라고 그러고. 국군들은 이제 전쟁 막– 죽으니까 휴전하자고 그러고 일선에서는. 근데 이대통령이나 이런 사람들은 휴전하지 말자 이거야. 이번 기회에 통일하자 이거야.

그런데 이제 휴전하게 되니깐 휴전반대 데모를 하는데. 앞에서 양공주들이 장구치면서 한복입고 지금도 기억나. 양공주들이 앞에 짝– 하면서 장구

치면서

“휴전 반대. 휴전 반대.”

이러고. 우리는 이 학도 호국단이라는 게 그때 있었어요. 학도 호국단이라고 그래갖고 대대, 연대, 중대, 소대 쭉 해가선 그냥 여학생, 남학생. 그러니까 아까도 말했는데 양공주 그 양반들이 맨 앞쪽에 서는 거야. 그냥 한 백여 명 쭉 서고. 이렇게 미군 부대 앞으로다가 쭉 있고.

우리도 중학교, 중학교 때까지도 미군부대 근처에서 쓰레기 있잖아. 근데 그게 지금 생각하니까 미군들이 어떤 그 먹을 만한 거 있잖아요. 그걸 일부러 버리는데 먹게끔 버리는거야. 그러니까 깡통 이런 것도 따지 않고. 딴 것도 있지마는 안 딴 거 이런 걸 갖다가 이렇게 묻는데 아주 깊이 있게 묻질 않어. 살짝 보이게 해서 덮어놓고 가뻐려. 그럼 우리가 인제 우리뿐이 아니야. 더 나이 많은 사람들 가면 그걸 헤치고 가져가는데. 아주 뭐 예를 들으면 그 통조림 같은 건 아무렇지도 않잖아. 그냥 막 나와 그런게 나오고 또 그 뭐 그 인제 설탕같은 거 이 반만 먹다 버린거 이런 게 나오면 그거 수집해갖고 또 파는 놈들도 있고.

그 꿀꿀이 죽이라는 게 거기서 나온거야. 그 부대찌개라는 거 있지. 난 부대찌개 안 먹어 지금도. (웃음) 우리 애들은 자꾸 먹어, 맛있다고. 난 그거 그게 뭔가 하면 부대찌개가 원리가 이거야. 이제 그 쓰레기통에서 주워가지고 못 먹는 게 많이 나왔는데 아깝다 이거야. 고깃덩어리 뭐 이런 거 있고. 이거를 그냥 먹자니. 좀 이래 되잖아. 그래가지고 이거를 끓여서 먹자. 팔팔 끓여가지고 핸 게 부대찌개야 지금. 꿀꿀이죽이야 원래. 꿀꿀이 죽.

그래서 우리도 그 미군부대 병참부대 있던 데 가서 파헤쳤던 기억이 지금도 다. 거기 보며는 과자. 그런게 박스로 막 나온다고. 그게 내가 지금 생각하니깐 불쌍한 사람 줄 수는 없고. 자기네도 눈도 있고 또 주면 이쪽에서 자존심 때문에 뭐 이런 것도 이러니깐 일부러 그래던 거 같애. 지금 생각하면.

[조사자: 그러면 여기 홍천에 그냥 쉽게 지나가시다보면 그 양공주분들이 많이

이렇게 그룹을 지어서 아예 촌이 이렇게 형성이 돼있었던 거에요?] 그렇죠. 그게 삼배고지라 그래. 삼배고지. 왜 우리도 삼배고지라 그러는데. 홍천읍 결운리야. [조사자: 삼배?] 삼. 한글로 삼. 아라비아 숫자로 삼. 그 다음에 사과, 배 할때 배. 그 다음에 고. 지. [조사자: 아, 삼배고지.] 왜 그런지는 우리도 몰라. 그게 홍천읍 결운리. 홍천읍 결운리야. 홍천 시내에서 3키로 가면 있어. 거기는 지금 탄약부대가 있는데. 거기에 지금은 몇 년 전만해도 하코방이 있었어. 우리말로 하면 판자촌. 판자촌이 몇 년 전까지 있었는데 지금은 없어졌는데. 지금은 없어졌고. 거기에 몇 천 명은 몰라도 사오백 명은 있었어.

북쪽 신의주로 피난 간 사연

민 순 근

"우리 세 식구 살다 나 혼자 인제 이북을 가는데 시집간 언니를 따라 신의주 쪽으로 피난 간거야"

자 료 명: 20130219민순근(춘천)
조 사 일: 2013년 2월 19일
조사시간: 40분
구 연 자: 민순근(여 · 1935년생)
조 사 자: 김경섭, 김정은, 이부희
조사장소: 춘천시 신동면 증리 금병종합복지관

[조사과정 및 구연상황]

조사팀은 사전연락 없이 김유정문학관 사적비가 있는 춘천시 신동면 금병종합복지관을 방문하였다. 오전이었지만 삼삼오오 어르신들이 모여 담소를 나누고 있었고, 조사팀은 방문 목적을 설명하고 구연 의향이 있는 분들을 따로 모시고 조사를 진행하였다. 모여 있던 모든 분들이 조사목적에 공감하시고 조사팀의 활동에 협조해 주었다. 그 중 승순길, 민순근 할머니가 선뜻 구연해 응해 조사가 시작되었다.

[구연자 정보]

민순근 할머니는 경기도 연천 생으로 국군의 폭격에 피난을 오히려 북쪽 신의주까지 갔었다는 특이한 경험이 있는 분이다. 신의주는 화자의 언니가 시집갔던 곳으로 국군 북진 시 다시 고향 연천으로 내려왔다가 춘천에 정착하게 되었다. 신의주 피난 시절 인민군 치하의 학교생활을 한 분이다.

[이야기 개요]

임진강 근처 이북에 살다 전쟁이 나 폭격을 당하고 신의주로 피난갔다. 하지만 그곳에 있던 청년방위대는 빨갱이를 잡아 죽이는데 혈안이 되어 사람들을 괴롭혔다. 다시 연천으로 돌아와 1.4후퇴때 월남하고, 경기도 광주, 수원 등에서 숯장사를 하며 살다가 춘천으로 와 결혼했다.

[주제어] 피난, 폭격, 신의주, 청년방위대, 빨갱이, 국군, 북진, 월남, 연천, 숯장사, 미군부대, 러시아어

[1] 임진강에 살다 전쟁을 맞고, 폭격을 당하다

[조사자: 원래 고향이 어디세요?] 경기도 연천이 고향이여. 거기서 초등학교 졸업하고 중학교 2학년 올라가다 6.25가 터진거야. [조사자: 중2 올라가다가요?] 그럼. [조사자: 몇 년 생이세요?] 나 35년생. [조사자: 그러면 올해] 호적상으로는 79이고, 원래는 여덟이고. [조사자: 성함이 어떻게 되세요?] 민자 순자 근자 민순근. [조사자: 예. 경기도 연천에서 태어나셨구나.] 어, 경기도 임진강 바로 앞에 [조사자: 예전에는 이북땅이었죠? 6.25 사변 전에는] 그럼. 그래서 38이북이라고 하잖아. 임진강 다리 있는 바로 거기 살았지.

[조사자: 아, 그러셨구나. 그럼 사변 때 6.25 터졌을때는 이북이었으니까 혼란스럽지는 않았겠네요? 막 피난가고 그러시지는 않았겠네요?] 아유 혼란스럽지 않기는 폭격을 당해서 거기 맞아죽을 뻔 했고, 이북으로 피란을 들어갔지 처음에는 [조사자: 이쪽에서 올라 들어가니까 처음에는?] 그렇지. 들어가다가 나오다 또 들어가고 평양 남도 신의주까지 갔었어. [조사자: 피난을 그쪽으로 가셨구나.] 그렇지. 처음에는. [조사자: 그러니까 국군이 대응해서 전쟁해야하니까 38선 부근에 있던 분들은 신의주쪽으로 피난을 가셨구나] 그럼 이북이니까 그쪽으로들 갔지. 남자들은 의용군대로 인민군쪽으로 막 뽑아갔잖아 그때. 그때 가고, 엄마는 여자들 보급대 쪽으로 데려가고.

[2] 신의주로 피난가서 청년방위대에게 시달리다

우리 세 식구 살다 나 혼자 인제 이북을 가는데 시집간 언니를 따라 신의주쪽으로 피난 간거야. [조사자: 아 시집간 언니를 따라 신의주쪽으로 피난가셨구나.] 그래 그냥 따라 간 거지 열댓살 먹은게. 가서 내가 엄마땜에 울고불고 하면서 밥도 안먹고 그랬지. 말해 뭘해, 아이고 고생한 거야 말할 수도 없지. [조사자: 그래서 신의주까지 가셨어요?] 갔다가 거기서 이제 또 이쪽에서 아군이 쳐들어왔어. 그때 쳐들어올 때. [조사자: 저기 인천상륙작전하고 난 다음에 국군이 올라올때요?] 그럼. 그때 그냥 미군이 거기까지 들어왔어. 쭉들어왔어. 차로 다 그냥 들어온거야. 우리는 산에 가서 숨어서 있다가 내려와서 여기서 나왔다 그래가지고 그때부터 고향으로 도로 돌아서 나온거지. [조사자: 그때 다시 연천으로 내려가셨구나] 그럼. 나와가지고 그때 고생 많이들 했지.

여기서 들어오는 청방대 애들이라고 있었잖아, 여기로 말하면 청방대. 그러니까 청년들을 갖다가 청방대라고 했잖아. [조사자: 청년방위대의 준말인가요?] 그렇지. 그걸 말했을거야. 그 사람들이 무척 심했어. 그래가지고 아주 인민군으로 붙들려갔던 남자들이 도로 빠꾸해서 와야하는데 어디 붙을데가 없으니까 그런 사람들은 그 사람들한테 걸리면 무조건 죽이다시피 한거야. 막 두들기고, 총개머리로 때리고, 죽일 거 같이. 인민군 포로로 생각하고. [조사자: 아, 우익청년단이구나] 이 사람들이 나를 우리를 갖다가 또 한사람이 따라붙더라고. 보따리를 좀 갈라서 짐을 좀 같이 나르자고. 그래가지고 나는 [조사자: 짐꾼으로 쓰려고 하는거군요.] 아니, 짐을 같이 들고 어떻게 붙어가지고 고향으로 올라고. [조사자: 아, 인민군에서 떨어져 나온 사람들이.] 붙들려서 보급대로 붙들려서 쫓아가다가 저거하니까 다 내버리고 그사람들이 도망갔잖아. 이 사람들이 이제 맨몸이니깐 이제 청방대에 잡히면 반은 죽으니까. [조사자: 그래서 가족처럼 위장하려고요?] 그럼. 그래서 보따리를 좀 내달라 해가지고 같이 휩쓸려 나올려고 그런데도 그게 안되더라고. 내가 그 어릴적에 지금도 안 잊어먹잖아. 얼마나 그게 무서웠으면. [조사자: 그러면 그 청방대라는 것은 그 동네 청년들이었어요?] 그럼. 그 곳 사람들이 다 있지. 여기로 말하면 면단위 동네 리 별로 다있지. [조사자: 그러면 그 사람들은 인민군 치하에서는 힘들었던 사람들이 역으로 그랬겠네요.] 여기서 들어오면서 그랬으니깐 그것도 몰라. 처음이었잖아. 그때. 처음들어오면서 그랬잖아 그때. 뭐가 뭔지 알아. 그래가지고 나오다가 그 같이 나오던 사람은 기냥 어느 해인지 지서에서 한번 조사받잖아. 그리고 그사람이 걸려가지고 그리고 거기서 그냥 붙들려가지고 그냥 개 죽음이됐지. 죽었을거야, 보나마나 뭐 말도 못해. 많이 죽였어 그때. 같은 저거인데도 그 정말 그렇게 심하더라고 그때. 근데 중공군들 이런사람들은 나쁜짓은 안했어.

[3] 연천으로 돌아와 1.4후퇴 때 남쪽으로 피난오다

그래가지고 그사람들은 다 제껴들어가지고. 거쳐거쳐 해가지고 연천 이제 우리 살던 동네로 왔어. [조사자: 집은 그대로 있던가요? 폭격 안맞고?] 응 있었지. [조사자: 아 다행이네요.] 그리고 우리 사돈이 우리 언니 시아주버니가 바로 지서에서 그 책임자였어. 그러니까 거기로 오니까 그때부턴 대우지 뭐. 그러니깐 마음이 확 풀어졌지. 그래서 집에 들어와서 살다가. 몇 개월 살았지. 3월달쯤 들어갔다가 몇 개월 살다가 동지달 피난 때 쏙 나온거야. [조사자: 아, 그러니까 1.4후퇴때 아예 춘천 이쪽으로 피난 내려오신거구나.] 그러니까 처음에 여기서 몇 개월 살다가 동지달 피난때 광주로 쭉 빠진거야. [조사자: 경기도 광주요?] 그렇지. 그래가지고 수원으로 나가서 살다가. 원주로 가서 살다가. 여기가 인제 우리 아버지 고향이라고 춘천. 뭐 형님을 만나보러 가신다고.

[조사자: 원래 아버님 고향이 여기셨어요?] 응. 그래가지고 들어오시더니 형을 만났대나. 그러더니 아 원주에서 집 그냥 조그만 거 하나 사가지고 세식구 배급 타가지고 식구 한 곱절로 늘어서 배급타니까 남아돌아가더라고 우리집은. 왠만한 사람들은 때도 못밀었지(?) [조사자: 그렇죠.] 그런데 거기다 아버지 옛날에 지게품 팔고, 엄마는 가서 광주리장사 해서 시장 나가서 팔고. 이러니까 우린 태평생활했어 그래도 그때는. [조사자: 크게 배 안곯으시고…] 아,

배 안곯았지. 그리고 그렇게 살다가 아버지가 형님을 만나가지고 고향으로 들어가서 죽어도 형님하고 살다가 죽어야 된다고 춘천으로 이사를 온거야. 그 집을 팔아가지고. 미군부대 바로 옆에 집이 있었는데. [조사자: 아, 원주 집을 팔아가지구요?] 그럼. 원주에 문막가는데 시향소가 있었다고. 그래가지고서 동산면이라고 그리 들어온거야.

[4] 흑인에게 붙들려갔다 도망 나온 친구

[조사자: 할머니 6.25때 기억나는 또 다른 일들은 없나요?] 6.25때 기억나는 건 딴 거 없어. 그 전에 (청취불능) 깜디들. [조사자: 아 흑인들] 여자애들만 보면 막 (청취불능). 우리 친구 하나는 거기 임진강 우리 살 때 (청취불능) 바로 초등학교 5학년땐데 거긴 5학년 졸업이야. 그때 5학년 졸업인데 그때 깜디들 들어와가지고 그냥 걔는 우리가 임진강 둑에다 굴을 파고 피란을 나가 살았단 말이야. 그러다가 홀랑 뒤집히는 바람에 글로 들어간거지 첫피란에 근데 걔는 그 깜둥이한테 붙잡혀가지고 그래 인제 그 아래 내려와서 외딴집으로 끌고 들어갔는데 얘가 원체 약으니까 신발을 탁 벗어서 그 깜댕이를 주면서 아주 똥 싸겠다는 흉내를 내면서 이걸 가지고 있으라고 하면서 바깥에 가서 맨발로 뛰면서 (청취불능) 나온거야. 새카맣게 질려서 나와서 쓰러졌지. 그래도 약아서 그걸 피한 거 아냐. 두 번을 그렇게 저기했어. 그리고는 (청취불능)와서 그리 들어갔어. 그리고는 소식도 몰라. 지 동생은 연천 지금 사는데 죽었는지 사는지 모른다고. [조사자: 아 북쪽으로 올라가신 모양이네요] 그럼. 모르지. 내 친구도 하나 그렇게 올라갔는데 몰라. 그리고서는 그 다음서부터는 이리 나왔지 나는 여기까지 와서 여기가 고향이 됐다니까. 그거야. 내가 하는 얘기가 그거라고. 그렇게 살았어.

[5] 북에서 배운 러시아어, 음악 이야기

[조사자: 인민군이 해꼬지하거나 그런 건 전혀 없었나요?] 인민군한테? 인민군이 해꼬지하고 그런건 모르지. 우리가 그쪽 따라 들어가서 산 쪽에 있다가 그냥 나왔으니까. 그리고는 나와서 몰라. 아주 그때 내 책 보따리도 황해도에 버렸어. 내가 그래도 공부 할려고 책 보따리도 가지고 다녔잖아. 그랬더니 황해도이설랑 책보따리에 영어 인제 노어 책이지 노어. [조사자: 러시아어] 응. 러시아어. 그 책을 보더니 이걸 왜 가지고 다니냐고 지랄을 막 하더라고. 그래서 거기서 버린거야. 거기서 버리고 아주 여태 더 배우지도 못하고 이리 나와가지고 고만이지 뭐. 거기서 있으면 중학교 고등학교 대학교까지도 배울 수도 있지.

왜냐 그놈들이 그때도 지금도 그렇지만 학교에 대해서는 무료로 다 해줬거든. 그래서들 거기는 배움이 강해. 졸업식 때도 여기는 초등학교들 가고 싶은 대로 해서 가잖아. 거기는 그때 초등학교 시험 졸업식을 봐도 한사람씩 갖다 앉혀놓고, 구답시험, 필기시험 이렇게 했지. [조사자: 만약 못하면 졸업 못하는 거에요?] 아 못하는 게 아니라. 그게 인제 [조사자: 그렇게 시키는 거에요?] 그렇지. 학벌 중 하위로 가르치는 거지. [조사자: 아, 그럼 잘하면 잘하는 학교로 가고 못하면 못하는 학교로 가는 거에요?] 그렇지.

그리고 뭐 음악 같은 것도 거긴 음악이 쎘어(많았어). 밤에 공연을 하러 다니고, 초등학교애들도. 내가 무대에 가서 졸다가 나가자빠진적도 있어. [조사자: 너무 피곤해서요?] 아유 그럼 그 쪼끄만 것들을 강제로 끌고다니면서 했잖아 공연을. 그러니까 얼마나 졸렸겠어. 그러니깐 몰라 졸다 뒤로 나가 주저앉은 적도 있지. [조사자: 그럼 그때 북한 생활한 것도 기억이 나시겠구나] 그럼. 초등학교인데. [조사자: 그럼 점심같은 거 싸간 기억 없으세요? 학교에서 무료로 주나요?] 그건 싸가지. 점심은 싸가지. [조사자: 학비만 무료고?] 그럼. 거기 지금도 대학교까지 그냥 가르치는지 그건 모르겠어. [조사자: 교육이 좋았군요] 교육은 아주 강했다고 봐야지.

그런데 가만히 보면 여기 애들하고 저기 애들하고 졸업생을 놓고 보면 학력이 더 세. 솔직히 더 세다고. 그렇게 엄하니까 더 셀 수밖에 없잖아. 그렇잖아 엄하잖아. 여기다 혼자 갖다 앉혀놓고 그 조그만 거 구답시험 필기시험 다 하는데 얼마나 엄해. 엄한거지. 지금 내가 나이가 80이 다됐지만 안직까지 그렇게 세계까지 몇자리 곱셈 나눗셈도 지금도 다 할 수 있잖아. 그래서 그만큼 어렸을 때 한 일은 안 잊어버려. 나 지금 어제 한 일도 모르고 잊어버리지만. 어려서 한 일은 안 잊어버려. 이 다음에들 살아봐. 어려서 한 일은 안 잊어먹고 나이 먹어서 한 일은 어제 한 일도 몰라. 그런 적 있어. 나이 먹고 지내다 보면 그런 일 있어. 내가 지금도 그런 생각하고 그러지만 우리가 노래를 해도 옛날 노래 이렇게 많이 하고 가만히 들으면 그 옛날에 이미자 노래니 그런 것들은 안 잊어먹잖아. 그런데 지금 노래들은 들어서도 하다가도 어제 배운 거 오늘도 잊어먹어. 지금은 그렇다고. 근데 먼저 한 일은 안 잊어먹어. [조사자: 그때 어떤 음악 하셨어요?] 옛날 그 이미자 노래 가요들 얼마나 잘했어. 이미자 나훈아 이런 사람들 노래. [조사자: 합창대회때 그런 노래 부르셨어요?] 아 그때 우리가 30대 40대 땐데. [조사자: 아.] 노래도 많이 했지, 놀러도 많이 다녔고. 이제 늙어서 그런 거 못해. 어제 여기 동네 갔다가도 마음은 청춘이고 그대로이고, 신나서 흔들고 이러는건 그대로고. 몸은 안 따라줘 한참 흔들고 놀다보면 이 여기 가슴이 막 답답하고 땀이 쪽빠지니까. 친구들도 아유 저러다 쓰러지면 어떡하나 이러지. 그래서 내 맘이 청춘 그대로여. 근데 몸이 안따라주는거야. 몸이 안좋으니까.

[6] 숯을 팔아 생계를 유지하고, 미군 부대에서 일하며 살다

6.25사변때 별거 다했지 뭐. 저 뭐야 수원나가서 숯장사 산골에 들어가서 우리 아버지가 옛날에 숯을 팔았잖아. 모르지들? [조사자: 아, 예. 압니다] 숯

을 갖다가 이렇게 해가지고 둥글게 지어가지고설랑 이만큼씩 숯을 해서 팔았다고 옛날에는. 그걸 수원 시내에다가 내다 팔았다고. 엄마도 하나씩 이고 나도 이고 세 식구가 그거 갖다가 큰 고개를 넘어설랑 시내 나가서 팔아서 먹고 살았지. 고생 많이했지 6.25 사변나가지고. [조사자: 그럼 형제가 원래 몇분이셨어요? 친정에?] 나밖에 없어. 우리 사촌들은 많지. 우리 아버지 형제가 5형제분인데 아주 큰아버지는 저기 이북으로 들어가시고, 우리 고 밑에 큰아버지는 의정부에 살다가 돌아가셨지 이제. 그리고 우리 아버지가 셋째인데 우리 아버지가 제일 먼저 돌아가시고. 그리고 밑에 작은아버지가 연천 거기 사시다가 그래도 벌써 돌아가신지 한 벌써 10년 넘었어. 그랬지 막내 작은아버지 작은엄마가 거기 살으시다가 작은아버지 일찍 돌아가시고 작은어머니도 돌아가신지 한 5년 되었을거야.

그리고 우리 사촌들이 다 거기살지. 전곡 살고 동두천 살고 의정부 살고. 연천 살고 거기 강 건너가면 거 왜 문산 그쪽으로도 살고. 뭐 애들이 많으니까 사방 퍼져서 살지 뭐. [조사자: 그럼 가까운 사촌들은 다 그쪽에 사시는군요. 할머니만 이쪽 춘천에 사시는거구요?] 거진다있지. 나만 여기 왔어 나만. 그러니까 우리 조카 우리 언니도 연천 거기서 우리 형부 돌아가시고 애들하고 그냥 그래도 우리 언니도 6.25사변 나가지고 미군부대 다니면서 돈을 벌었어. [조사자: 어떻게요?] 세탁하고 뭐 별거 다했지, 미군부대 다니면서 뭐 옛날에 그 세탁 하면 저 빨래비누 이런거 빼다 팔기도 하고.

[조사자: 빨랫비누요?] 그럼. 그래가지고서 미군부대 댕기니까 돈을 벌었어. 우리언니가 그래서 연천에다 땅을 많이 샀지. 그때는 땅값이 쌌잖아. 연천 쌌어. 그래 땅을 몇천평 샀지. 그래서 그거가지고 우리 형부는 이발을 하고 그때, 6.25사변때. 우리 형부는 이발을하고 우리 언니는 식당에 들어가서 일을 하고. 그렇게 돈을 벌어다 고향에다 땅을 사고 이래가지고 그래도 괜찮게 살다가 형부 돌아가시고 시어머니 돌아가시고 다 돌아가시고. 우리언니 애들하고 살다 큰애 이제 둘째는 연천 도청에 직원이고 며느리도 직원이고 우리

막내는 정곡살지. 거기서 화원집을 했어. 꽃집. 우리 큰조카는 연천 백병원 부근에 아파트 하나 사 놓고 김포 비행장 공항에 아파트 하나 사고 우리 언니가 땅을 우리 조카한테다 등기를 다 노나줬어 아주, 큰아들 꺼 노나주고, 둘째아들 꺼 노나주고, 셋째아들 꺼 노나주고. 다 노나주고 죽었다니까.

그랬더니 우리 큰 조카는 그걸 팔아가지고 서울에 집을 사고 개인택시 사가지고 개인택시 운수사업을 했지. 그래서 아들 딸들 다 시집장가 다 주고 아들딸은 거기다가 두고 엄마가 돌아가시니까 고향 집을 지켜야 하잖아. 집도 새로지었으니까. 그래서 두 내외가 거기 내려가서 농사를 짓고 있는거지. 우리 조카딸은 연천 큰조카 딸은 연천 읍으로 들어갔어. 거기다 집은 아주 별장처럼 잘 짓고 성남 살다가. 성남 우리 사위가 수출품 회사에 다녀서 돈 좀 많이 벌었어. 그래가지고 성남 큰 부자촌네 아파트 거기다가 50평 아파트 사가지고 살다가 그거 팔아가지고 연천 나가서 2층 집 짓고 두 내외 아주 편히 살지. [조사자: 이야] 봉사활동 하러 다녀. 그래서 두 내외 차타고 우리 조카딸 봉사활동 하러 다니고 노인정 다니면서 노래도 해드리고 그게 걔네 일이야. 봉사하러 다니는 게. 걔네들은 잘 살지. 다 괜찮아. 나만 고생이지. 나 혼자만 고생이지.

[조사자: 6.25때요 숯 많이 팔렸어요?] 숯? 거기서 한 2년쯤 살았을거야. [조사자: 아 숯장사 하시면서요?] 응. 그러다가 수원으로 나가서 있다가 원주로 들어왔거든. 한 2년 숯장사 했을거야. [조사자: 그럼 원주로 넘어오실 때 점령이 아직 안 끝났나요?] 아 끝났지. 수원에 있을 때 [조사자: 벌써 끝났나요?] 우리가 피란나와서 광주갈 때, 한강 그걸 배로 건너갔단 말이야 그때. [조사자: 많이 건너갔어요?] 배로 못건너는 사람도 있고 배타고 건너갔어. 그때들. [조사자: 왜 남쪽으로 내려올 생각을 하셨어요? 신의주에 살아도 됐을텐데?] 단지 나 하나 데리고 세식구니까. 간단하니까. 내려온김에 고향까지 가보자 하고 들어가봐야 또 고생할거같으니까, 쭉 빠진거야. 그래서 광주에서 숯장사 한거야 그 산골에 가서. 그래가지고 수원 읍으로 나가서 1년인가 살다가 원

주로 들어간거야 원주가서 생계골이라고 문막. 거기 가면 큰 휴양소가 있었어. [조사자: 미군휴양소?] 미군하고 합친걸거야.

근데 우리 말하자면 미군들 그 옛 구제품있잖아. 이런 왜 옷가지들이나, 그냥 나눠주고 쌀도 나눠주고 안남미쌀. 그때 그거 타다 먹으면서 옷도 거기서 다 추려다가 입을만한 걸로다가 추려서 입고 그랬다니까. 그때가 내가 18살 먹던 해야. 내가 18살 먹던 해 거기 통장 반장들 많잖아 그 사람들하고 내가 자주다니고 이러니까 이런 구제품도 산처럼 갖다 쌓아놓고 노나주지. 인제 나는 거기 막 들락거리니까 이제 통장님들이 아 맘대로 입을만한 걸로 골라가서 입으라고 해서 나는 그래서 내가 입을만한 걸로다가 골라서 입고 그랬다니까. [조사자: 그럼 할머니 결혼은 거기서 하신거에요?] 거기서 18살먹을 때 거기서 살다가 집을 팔아가지고 이리 동산리로 왔어. 여기와서 19살 먹어서 결혼했다니까. 여기 19살 와서 여태까지 산거야.

[조사자: 그럼 할아버지 고향이 원래 여기세요?] 할아버지? 저기 동산면 저 원천리라고 거기가 원래 고향이래. [조사자: 여기는 그럼 동산면 증리입니까?]

여기는 신동면. 신동면 증리고 거기는 동산면 원천 1리야. 그리고 모래재 고개 넘어가서 있잖아 왜 모래재 고개에 (청취불능) 크게. 그 넘어가서야. 넘어가서. 그런 것도 들리면 거기 대충 큰 병원 있잖아 정신병원 [조사자: 예예] 거기 넘어가면 지서가 있고 학교가 있고 다있지. [조사자: 그럼 매일 여기 마을회관 나오셔서 소일거리 하시는거에요?] 지금은 그렇지. 지금은 아무도 집에서 밥이나 [조사자: 심심하셔가지고?] 그래 뭐 여기 와서 낮에 점심들 해먹고 놀다가 뻥도 치고 놀다가 해가 넘어가면 집에 가고 그래. 그래도 복지회가 잘 돼있잖아 지금은 혜택들을 많이 노나 주니까. 쌀도 저렇게 노나주고 부식값도 나와 지금은. 만에 하나 자금을 보태면 사실은 그래서 그렇게 해서 밥해먹고, 노인네들이 편하게 쉬는거지 뭐 지금은. 얼마나 살다 죽을려는지. 지금 저렇게 이북서 미사일 저거 시도하는거 보면 언제 죽을지 몰라. 그놈 새끼들이 언젠가는 터트릴 거 같애. 그 김정일이 그놈이 소원을 아들한테 하고 죽었나봐. 그러니까 그놈이 자꾸 그러지? 그런 거 같지 않아? 그런거 같지 않아? 그런거 같지?

[7] 춘천으로 와서 결혼, 그리고 시집살이

여기 저 지금 동산면 있잖아. 원촌 1리. 거기서 18살먹던해 들어와가지고 19살 먹던 해 결혼한거야. 결혼해서 지금 이리 시집온거야. 그러니까 나 토박이야. 아주 토박이라고. 19살 먹던 해 이리 시집와서 지금까지 살았으니까. 이리 시집을 왔는데 시할아버지 시할머니, 시아버지, 시어머니, 시동생, 시누이, 누이에 그걸 내가 다 그걸 시집살이 하면서 뭐 수발 다했지. 그러다가 시아버지가 먼저 돌아가시고 우리 첫아들 낳자 돌도 안되서 시어머니가 돌아가셨어. 위장병으로 지금 말하자면 위암일거야. 옛날에는 위장이라 그러면 (청취불능) 아이고, 굿하고 그래도 안 낫더라고. 그러더니 나중에는 그냥 돌아가셨어. 젊은 날에 시할머니 시할아버지, 시아버지하고, 시누이하고 4살짜리 8살 10살짜리를 내가 길러서 다 시집을 보낸거야. 나 말도 못하는 사람이야. 시할아버지 돌아가시고 수발 다해 장사 다 지내 옛날에는 여기 3년여기 지척 놓고서 3년 식상 놓고서 3년상을 했잖아. 모르지 그거? [조사자: 네] 옛날에는 그랬어.

저 마른 구석에다가 제상을 차려놓고 아침 저녁으로 3시 세끼 상 새로 올렸다고. 그렇게 3년이 되야 상을 냈다고. 옛날엔 그랬다고. 말하면 뭐해 늙은 이인데. 시할아버지 그렇게 했지, 시아버지 3년상 했지. 우리 시할머니는 1년 반. 할아버지 가장 먼저 돌아기시고 1년반이야. 그러니까 6년, 7년반을 상을 올린 사람이야. 거기다가 시동생 장가들였지. 우리 시누들 그 10살먹은 거 키워서 초등학교 다 가르켜서 그거 시집보내고. 둘째도 그렇게해서 시집주고, 막내도 그렇게 해서 시집주고. 나 많이 한 사람이지. 그래가지고 이제 아들 셋 딸 하나를 낳아서 내가 했는데, 그렇게 아무리 뒤치다꺼리를 해줘도 나는 부모가 그런 거 다해주면 좀 도와 줘야되는데 그런 거 없어. 다 내 팔자지 그게. 누굴 원망을 하겠어. 나는 원망 탓도 안 해 내 팔자가 그냥 그런데. 그래가지고 우리 아들 셋 딸하나를 낳아서 그거 기르니까, 시동생 시누 기를 때는 뭐 그까짓 거 나 일하느라고 일코에 빠져가지고 하도 그러니까 나 몰랐는데, 내 새끼들 키울 때 더 고생이야. 올바로 가르쳐야 하는데 아들 큰아들 중학교 갈 때 공부도 곧잘해. 그래서 여기 춘중(춘천중)을 간거야. 그래가지고 지 아버지 그게 기특하고 할아버지도 좋아서 말이야. 이게 바이올린을 한다 그러네. 이게 담임선생이 또 그러게 오래 그래서 지 아버지가 허락을 했지, 누가 뭐 그 중간에 도중하차를 할 줄 알았나. 그래서 중학교 다니면서 바이올린을 배운거야. 애가 벌써 그럴려고 보니까 그때 삐뚤어진거야.

그리고 중학교 나서 공부가 떨어지지 자연적으로 그거만 하니까. 바이올린을. 그래서 실력이 떨어진거야. 중학교에서 그래가지고 춘고를 가야하는데 춘고를 못간거야. 농고를 갔다고. 그래 농고도 전통이라고 우리 아버님은 옛날부터 농고가 아주 전통고등학교니까 괜찮다고 그래서 거길 갔는데 거기서 잘했지 또. 아닌게 아니라 상위권에도 들고, 아주 뭐 진짜 전교 회장도 하고 그랬었지. 그래가지고 교련은 대장훈련도 고등학교 학생들 예전에는 훈련식 했잖아. [조사자: 네] 교련훈련. 그런것도 다 우리 아들이 마이크 잡고 호령 붙여서 하고 그전엔 그랬어.

그러자 고등학교 3년 초에 전교 회장을 뽑더라고, 학교서도 그거 회장 뽑는것도 무슨 국회의원 뽑는 그식이야 똑같아. 왜냐, 그거 하면 사람들 다 투표해야되니까. 그래가지고 담임선생님이 우리집을 세 번이나 찾아왔더라고. 이근영이가 재목이라고. 인물도 잘나고 괜찮았지. 그러니까 지 아버지도 그렇고 나도 그렇고 담임선생님이 그러니까 좋다고 해보시라고 그랬더니. 조금 뒤를 밀어주셔야 한다고 그러더라고. 전교회장 출마하는것도. 그랬는데 거기서 인제 그 놓고 학교 교감이 우리 근영이 친구옆에 같이 사는 애가 있는데 교감이 바로 이모부야. 거기서 주창아버지라고 가서 동서한테 저기 해가지고 우리 근영이가 거기서 떨어졌어. 그래서 그때부텀 바르던 애가 돈도 많이 없애고 속도 많이 썩였지. 말도 못해. 내 탓하고. 근영인 이때나 저때나 사람이 될 줄 알고 나는 뒤를 밀어주고 자꾸 했는데 끝내 사람이 안되더라고 한번 망가지니까. 힘들어 그래가지고 그러더니만 집에서 심근경색증이 일고 속썩으니까 심장이 나빠지고 협심증에다가 심하면 심근경색증이 오잖아. 그 심근경색증이 와가지고 그냥 굴러자빠져서. 그 죽은걸 살렸지. 그냥 죽은거를 동네 큰 병원에 가서 약입니다 주사를 꽂더니 그건 편하더라고. 그래가지고 한 1주일 입원했다가 살아났지. 금방 낫더라고 또 그게.

그래가지고 나와서 돌아다니면서 과일장사 한다고 뭐 말도 못했지 팔난봉이 될뻔했지. 그래가지고 과일장사 하라고 한 차씩 떼다가 넘기고 캐비넷 하나 큰 거 세워놓고 그거 하나씩 실어다가 잠가놓고 내다 팔고 가게에다 날라주고 그랬지. 돈도 벌기도 벌었지. 돈을 벌면 뭐해. 다 버려. 그 뭐 포커인지 그런 거 했나봐. 그러니까 돈을 암만 이래도 한강에 돌 집어넣기야. 그래서 속도 많이 썩었지. 몇억 버린 놈이니까. 지금 여기 그전에 살던 집도 하도 해달라고 그래서 등기를 넘겨줬어. 내가 그때 아주 죽을 마음까지 먹다가도 또 밀어준거지. 또 밀어줬더니 1년도 안 되가지고 잡혀먹은거 아니야. 그거 4500에다 갖다 저당 잡혀먹은거야. 그거를 지금 저사람이 와 사는데 지금은 5억이 넘지. 현재는.

[조사자: 시집살이랑 자식 기르는 게 더 6.25때보다 더 속을 더 썩으셨네요.] 그럼. [조사자: 6.25때는 오히려 더 밥 굶지도 않고.] 그러다가 다 잃었어. 우리 둘째는 또 가죽 회사 거기 다녔는데 거기 기술자로다가 전공으로 있었는데 그 별안간 그냥… 이렇게 눈 오고 그럴 때야. 아침에 추위에 일찍 나가가지고 지붕이 뭐 올라가보라 하니 지가 밑에 사람을 올려 보내도 되는데 지가 올라갔다가 그 슬레이트. 슬레이트가 삭으니까 그냥 뻥 뚫리고 그냥 떨어져가지고 그냥 즉사를 했잖아. 그래서 둘째도 망자지. 지금 막내하나 저렇게 된 애. 그놈하고 왔다갔다. 난 여기 집에서 혼자 살고. 혼자 사는데 내가 저렇게 멀리 우리 작은아들은 안산 기아자동차 큰 회사야 거기서 인제 한 21년 근무해 지금. 그러니까 먹고 살만하지 이제 그런데, 내가 여기와 혼자 걔네들이 뭐 나를 오라고하지만 내가 안가지. 혼자 있는게 편하고 그러니까 여기 혼자 있는데 나 협심증이 있고 심장이 나빠.

그래가지고 조금만 걸으면 여기가 뻐근해지는거 같고 그래설랑 내가 그랬지. 신청을 한 거지 막내가 내가 이렇게 혼자살다, 병이 자다가도 죽는 병이잖아. 협심증, 심장은 자다가도 멎으면 죽어. 그러니까 내가 복지과한테다 신청을 했어 그랬더니 왔더라고. 그런 얘길 했더니. 여길 가정방문하는 사람 일주일에 한번도 좋고 두 번도 좋고 한달에 세 번도 좋다그랬어. 내가 혼자 죽으면 누가 들여다보는 사람 없어. 한달이 되어 썩어도 몰라. 그래서 내가 신청을 했더니, 그 복지과에서 가정근무하는 아줌마가 한번 찾아왔더라고 여길. 그래서 내가 그런 애기를 했더니 그러시냐고 면회를 왔더니 그런애기를 해서 담당직원이 애길해서 여길 왔다고 그래서 그런애기를 했지. 지금같으면 당장 죽는다고 하는게 아니라 내 병이 나쁘니까 자다가도 죽으면 내가 썩어문드러져도 아주 모르니까 일주일에 한번 두 번이라도 가정방문을 좀 해달라고 신청을 했었다.

그랬더니 그러냐고 그러면서 다 적어갔지. 생년월일 이런걸 다 적어가서 이제 앞으로는 그렇게 한다고 갔는데 아직은 몰라, 이제 새해 왔으니까 아직은 그 담당직원이 가정방문을 할런지는 몰라. 그 복지관 직원이 일주일에 한 번 두 번 전화를 해 면에서. 그래서 내가 항시 고맙다고 고맙다고 아직은 괜찮다고 그랬지 내가. 내가 그렇게 지금 사는 거야.

세상을 나와 전쟁을 이긴 소녀

박 명 옥

"거, 여자는 안 쓰나? 아부지."

자료명: 20130830박명옥(속초)
조사일: 2013년 8월 30일
조사시간: 57분
구연자: 박명옥(여 · 1928년생)
조사자: 오정미, 김효실, 한상효
조사장소: 강원도 속초시 노리5길 10 노리경로당

[조사과정 및 구연상황]

노리경로당은 비교적 큰 경로당이었지만, 전쟁담 구술이 가능했던 화자는 박명옥 뿐이었다. 박명옥은 조사자들을 방으로 따로 불러, 자신의 이야기를 매우 진지하게 풀어놓기 시작했다. 박명옥은 속초에서 산지 몇 년밖에 안된 탓에 타지인에 가까웠고, 그녀는 홀로 조사자들을 앞에 두고 인터뷰를 2시간 가량 구연하였다. 일제 강점기를 보낸 유년기 내용이 1부라면, 2부는 결혼

후 전쟁을 겪어나갔던 이야기이다. 특히, 전쟁을 겪은 공간적 배경은 강원도 홍천으로, 유년 시절을 제외하고는 강원도 홍천과 관련된 이야기가 대부분이다.

[구연자 정보]

경로당에서 만난 박명옥은 서울이 고향으로 부유한 어린 시절을 보냈다. 그러나 아버지가 재산을 모두 탕진하여 유년기에는 강원도 홍천으로 이사를 가서 매우 어렵게 살았다. 어릴 적부터 당찬 구석이 있던 화자는 스스로 일본 여관에 가서 일을 배우고, 후에도 자신이 원하는 남자를 선택하여 결혼을 할 만큼 씩씩하고 적극적인 성격의 소유자이다.

[이야기 개요]

박명옥은 어린 시절에 유치원을 다닐 정도로 유복한 집에서 자라났다. 그러나 아버지가 재산을 탕진한 뒤 서울 집을 정리하고 강원도의 광산이 있는 시골로 이사 오게 된다. 얼마 후, 아버지는 아들이 없기 때문에 데릴사위를 들이기로 한다. 그러나 박명옥은 데릴사위로 들어오는 남자가 마음에 들지 않아, 결혼을 거부하여, 결국에는 그 남자와 동생이 결혼한다.

그 후, 박명옥은 열다섯 되는 해에 일본인이 운영하는 여관에서 일을 시작한다. 박명옥은 일본말과 일을 배우며 손님들이 주는 팁을 모으며 하루하루를 보낸다. 결국, 여관에서 삼년을 일을 한 후, 집으로 돌아오니 마을에 몸을 버렸다는 소문이 돌고 있었다. 아버지는 술주정뱅이가 되어 일하고 온 자신을 재취로 보내려 하였고, 그때마다 박명옥은 재취자리를 무마시켰다. 그래서 박명옥은 동네 소문에 굴하지 않고, 일본 여관에서 배운 음식 솜씨로 돈을 벌기 시작하고 여기저기에서 혼담이 들어오기 시작했다. 그 중 키가 크고, 나이차이도 있으면서 맏아들이 아닌 남자가 나타났다. 박명옥이 평소에 생각했던 조건을 가진 남자였기에, 결혼한다. 다행히 남편은 결혼 후 시험을 봐서 경찰이 되나 6.25 전쟁으로 인해 남편과 헤어진다. 남편과 떨어져 전라도 수용소에 간 박명옥은 그곳에서 두 딸을 병으로 잃는다.

딸을 잃은 박명옥은 홀로 강원도 집으로 어렵게 돌아왔지만, 남편은 아이도 잃고 아들도 낳지 못한 그녀에게 이혼을 요구한다. 박명옥은 차라리 죽이라며 남편에게 항의하였고, 다행히 결혼생활은 유지되었다. 그 후 과로로 인한 유산을 여러 번 겪으면서 박명옥은 어렵게 아들을 낳는다. 그렇게 살다, 남편은 자살을 하고 박명옥은 홀로 자식들을 키우며 지금까지 살아가고 있다.

[주제어] 일제강점기, 서울, 강원 홍천, 여관, 종업원, 혼담, 거부, 결혼, 아버지, 독립, 딸, 유산, 남편, 이혼 요구, 자식

[1] 서울에서 부자로 유년시절을 보내다

[조사자: 할머니 우선 연세가 어떻게 되세요, 할머니?] 팔십 여섯. [조사자: 왜 이렇게 건강하세요, 할머니? 누가 보면 한 칠십대 초반이라고.] 에이고 하지마라. [조사자: 진짠데, 할머니. 그러면 성함은 어떻게 되세요, 할머니?] 박명옥. [조사자: 박?] 응 [조사자: 박자. 명자. 호자요?] 옥. [조사자: 옥자.]

[조사자: 고향이 어디신거세요, 할머니?] 서울. [조사자: 서울. 그러면 여기 속초는 언제 오신거세요, 할머니?] 어. 서울에서 내 나이에도 왕십리가 고향인데. 거기서도 유치원 댕겼다네 내 나이에도. 다섯 살 먹어 댕기고. 집에서 놀면 뭐하냐고 1년 더 댕기라해서 여섯 살에도 댕기고. 2년을 댕겼어. 그때 참 유치원 드물었어. [조사자: 그럼요.] 그때는 너무너무 부자래서 잘 살었어. 그래서 내가 유치원까지 갔어. 서울 왕십리 박선달네 집이라면 아-주 뭐. 말도 못하게 부자였거든. 임금님. 왕십리 시찰하러 나오시며는 시방으로 나오면 초도순시라고 할 거야. 아마. 그럴 적에 나오며는 우리 친정 집이서 안팎

으로 살으니까. 돈 받고 식사대접하고 그러더라고. 그러면 왕십리 왔다가 인제 왕진하고 가시는거야. 그때 부자로 살았어. 그래서 내가 유치원까지도 다녔고. 그래 너무 부자니까 우리 고모가 일곱인데 고 끝으로 우리 아버지가 나왔어. 게 내 우리 할아버지가 육십 쫌 넘으니깐 돌아가시더라고. 그래니깐 우리 아버지가 외아들이잖아. 그러니까 부자에다 외아들이니까 아주 이 이래 이랬지. 그런데 우리 할아버지가 돌아가시니까 우리 아버지가 딴 동생이 없으니까. 재산권이 외아들인데. 노나, 딸 뭐 노놔주지도 안 해. 옛날엔. 그래 가지고 그 재산을 다 가지고 서울에 저 뭐라 그러나 바람 피워서 기생 응 장춘단 기생이라면 알아주지. 그 기생집에 댕기면서 돈을 다- **[조사자: 탕진하셨구나.]** 응. 땅을 양평읍 용무리(용문리)라는 데 거기 땅을 다 팔아다가 인제 착-착 쓰고 있었어 그때. 옛날에는 이 저 인력거. 인력거 타는 사람이 제일 부자지. 고 다음에 인제 고게 들어가고 일본서 택시가 나오는데. 그땐 닥꾸시라고 그랬어 일본말로. 그 다꾸시가 나오면 또 인력거 타고 댕기고 기생 첩 얻어가지고 댕기고. 다꾸시 타고 그렇게 또 호강하고.

[2] 강원도 홍천으로 이사를 가다

게 우리 친정이 왕십리 살다가 남대문 거 형무소 있고 그런 행천동이라 그래. 거기가서 다 팔고 거가서 누리고 살다가 게 거기서 다 팔으니깐 이삿짐이 한 트러꾸(트럭)밖에 안되더라고. 고거를 싣고서는 이사를, 고모들이 일곱이 다 인제 그렇게 허면 되느냐 저렇게 하면 되느냐 그러니깐 아주 시끄러우니까 양평 용무리로 이사를 오더라고. 그러니까 이사를 아무데도 모르니깐 그래도 논 거기. 농사꾼이 인제 그 논 부쳐서 먹고 살으니깐 이제 그렇게 알으게되니깐 말하자면 부잣집이 논 부쳐 먹고 살으니까 경작으로다가 반 노놔먹고 살아. 그러니깐 그렇게 해서 양평 용무리로 이사를 오더라고. 거기 와서 또 또 인제 또 다 팔아. 왜 그러냐하면 거기서 양평 용무리에서 이름 모를 동네가 있어. 근데 그 광산 금캐고 그러는 광산이 있는데. 거기다가 또 친구들 꼬셔가지고 또 거기다 또 이사짐 도라꾸하나 되는거까지 다 팔아서 다 디밀더라고. 게다가 그러다보니깐 이제 아무것도.

이제 어디로 가느냐 홍천 여기 홍천읍으로 이사를 가가지고 거기서 우리 아버지는 또 재전거(자전거)포 남의 집에 직공 노릇을 하더라고. 음. 그런데 내가 그때 열-두살, 열두살 때였지. 그러니까 어쩔 수 없이 우리 아버지가 또 거기서 육십리 더 가면 어 내천 홍천군 내천면 이제 이 화성대리라는데 거기 광산이 또 있었었어. 게 거기 가서 인제 구뎅이 굴구뎅이 바람들여놓는 그 기계가 있어. 그거가 그거가 인제 봄뿌리샤라고 일본말로 봄뿌리샤라고 그러거든. 발동기 같은 거. 그거 돌리는 기술자로 우리 아버지가 가더라고. 그래니 뭐 사는 게 뭐 엉망이지 뭐. 야 참. 파란만장하게 고생을 하다 아버지. 그래서 거기서 인제 광산에서 고 월급 쪼금 받는거 봄뿌리샤 그 기관서, 구뎅이 바람들이는 거 기관소 그거 해가지고 사는데. 우리 할머니까지 있으니까는 여동생이 있고. 그러니까 살기가 어려우니까 또 발동기를 또 시골에 누가 가지고 있는데 그걸 가지고 세를 내가지고 더 산골로 들어가서 방아를

찧는거야. 이렇게 논에서 베(벼)베가지고 떨어가지고 오면, 그거 찌, 찧어서 세를 받아서 살고 그러는데.

[3] 데릴사위에게 시집보내려 하다

아 참. 게 내 우리 아버지가 아들을 못났어. 딸만 형제야. 딸만 형제니까 자기도 외롭고 인제 그러니까 거 방아찌러 갔다가 거기서 우리 딸이 형제나 있는데 응 데릴 사우를 하겠다고. 그 집이 손주가 있더라고. 인제 나는 우리 아버지가 인제 세를 받는데. 나는 그 쌀을 세 준걸 가지고 와야만 우리 이제 우리 할머니랑 동생이랑 먹어, 먹고 사느라고. 우리 아, 어머니는 아버지 따라 댕기면서 발동기 돌리고. 그런데 나를 우리 어머니가 부르더니,

"야, 바깥에서 너를 그 남자애 하나 봤지 않니?"

그래. 게 인제 방아 찧러 갔던 집에 할아버지가 아주 나만한 애가 있는데 그 손주래. 어머니 아버지가 없대. 아버지가 죽고 어머니가 후살을 갔데. 그

런데 그 손주가 한문은 배웠더구만 시골이니까. 뭐 공자왈 명자(맹자)왈하면서. 그런데 글루 시집을,

"아버지가 너 걔한트로(걔 한테로) 시집을 가라고 그랬는데 너 어떻게 했느냐?"

그래. 내가 어린 맘에도 약았지. 뭐 유치원 댕겼지 그래도 양평 용무리와서 4학년까지 댕겼는데. 우리 아버지가 이제 그 광산에다 돈 그냥 다 쓸어 넣는 바람에 날 6학년 졸업을 못시키더라고. 그래도 약았지. 시골사람하고는 천지 차이지. 내가

"싫어. 아까 그 저 놈, 시커머니 빨건 저고리에다가, 뭐 그 시커먼 뭐 바지 같은 이런 새끼? 난 그 새끼한테 시집 안가."

내가 그렇게 했어. [조사자: 그때가 몇 살이신거에요, 할머니?] 그때가 열, 두 살, 열 세 살. 남자는 열네살. 그래서 싫다고 그랬어. 그러니까

"그러냐?"

하면서 가서 얘기하니까 우리 아버지가 있다가 우리 동생은 나하고 형제지만 대비적이야. 동생은 아주 착허기만 해. 학교마당 가보지도 못하고. 우리 동생이 나 그럼. 난 명옥이고 동생은 명주고. 아 그럼 명주, 동생 이름으로 해가지고서는 결혼을 시키겠다고. 내 속으로 그러거나 말았거나 싫은건 싫다고 핼 수 밖에. 내 그랬어. 그래고선 쌀을 줘서 십리를 인제 그 쌀을 한 말 넘는 거를 그거를 짊어러지고 집을 왔어. 그래서 우리 할머니가 밥을 해놓고 나는 살림을 해고. 그러고 살어. 살았는데.

한 열흘 지내니까 소 큰— 소에다가 쌀을 이짝에 한가마니. 반말인지 한가마닌 그래. 양쪽에다 쌀을 싣고. 그 집이 작은 아버지. 큰 아들이 죽었응게 작은 아버지지. 모포 단지 하나 가지고 오더라고. 그러니 내가 예감이 이상해. 아니 뭐 사주라는 게 있대는데 뭐 저 사람들이 보따리도 가지고 오고 쌀을 먹을 걸 가지고 오고. 소에다 싣고 온가보다 그랬어. 그래가지고 그 내가 예감이 이상해. 그래도 조금 있더니 웬걸. 쌀을 갖다가 내려놓고 사주 보따리

를 가져왔는데. 저고리 하나 껍데기 하나만 딱 해서 두르 말고. 한문으로 요렇게 글씨 쓰는거하고 사주라는 거 가져왔더라고. 그래 가만보니까는 그 남자 이름있더라고. 아 이게 사주야. 약혼하고 시집가는 사주라는 게 그건가보다. 동생 한다고 해서 하겠지 뭐. 그냥 속으로 그냥.

그렇게 해가주고 소를 팔고 논도 뭐 열마지기 뭐 한 육십리 되는 동네에 논도 열마지기가 있대. 그러니까 소를 금방 팔아서 칠십리 되는 길에, 그러니까 인제군 기린면 상남리. 상남리라는 동넨데. 글로 이사를 가더구만. [조사자: 동생이?] 우리 아버지가. [조사자: 아버지가.] 그래니까 그 소를 팔아서 이제 헌 이런 저 리니까. 요렇게 좀 한 백여혼 될꺼야. 그런 장거리 집을 하나 사가지고 이사를 간다고 그래. 그래도 생각해보니까 논이 그짝에 있으니까 그짝에 논 열마지기 팔고. 이 소 팔고 하니까 인제 여섯칸 집을 사고 밭도 조금 있고 그걸 가지고 우리 아버지가 재전거포를 내더라고. 그래가지고 기술을. 우리 아버지도 배웠거든. 부잣집이니깐. 게 아주 뭐 뭐 시계고 뭐고 닥치는 대로 잘 고치더라고. 그래가지고 살고. 거기서 살더라고.

그런데 그러다가보니까 내가 열다섯살이 됐어. [조사자: 그럼 동생은 그 데릴사위한테 시집을 간거에요? 동생은?] 아니. 그 남자애가 우리 집에를 왔지. 데릴 사우로 왔지 처가. 처가 살이로 왔지. 그래서 인제 이렇게 살다가 보니까 그 애는 열네살이고 나는 열세 살이고. 고 다음에 같이 인제 이사가서 살고 이러다보니까 내가 열다섯 살이 되고 그 애는 열 여섯 살이 됐지.

야 그래가지고 하루는 우리 아버지가 아 너를 지서, 지서에서 그때는 경사가 지서장이었어. 저기 인제군 일반 여관있는데 음 종업원을 고른데. 그러니까 남자애를 구해달라고 그래서 그런데 그 인제 말하자면 동생의 남편 될 사람 그 애를 인제읍에서 여관을 하니까 거기서 인제 손님들 일하고 인제 그러는 데 이렇게 구하는데 이렇게 우리 아버지한테 와서 얘기를 하더라고 그래 그러니까 한문은 배웠지만 일본, 일정때 일본말을 모르면 바보취급 받거든. 이 말하자면 우리 미국 안가고 영어 안배우는 거하고 똑같애. 그러니까 일본

말이래도 학교도 못가고 그러니까. 그럼 한문은 아니깐 일본말이라도 배워서 사람 노릇을 하게 그래야되겠다고. 고걸 보내겠다고. 월급을 받고 인제 보내더라고.

[4] 일본 여관 종업원으로 독립해 나가다

"거, 여자는 안 쓰나? 아부지."

그러니깐 나도 인제 게 4학년까지는 댕겼지. 그러니까 히라가나 가타가나 그런거 시방 내가 눈으로 다 보거든. 근데 한글은 난 또 못 배웠어. 어 일주일에 한번 조선어 시간이라고 그래면서 한글은 가르키는데 그게 뭐 그렇게 못 들어오더라고. 한글은 난 또 못배웠거든. 그래가지고 그 다음에는 인제 안되겠다고 내가 저 나도 5학년, 6학년 못댕긴 게 아주 한이 되더라고 머릿속에. 친구를 고런 또래를 보면 자긴 못갔으니. 내 못갔으니, 돈 때문에 못간 거니까. 한이 되니깐 아구 나도 가겠다고 얘기 해보라고 그러니까. 갈 수 있다고. 여자도 구한다고. 그래서 둘이서 한 집엘 여관엘 간거야 일정 때. 야 나도 시방 차타고 거길 지나다 춘천 이 내가 제일 고향인데. 이렇게 지내댕기면서 집에 살았던 생각이 나. 여관에, 시장 복판이.

게 둘이 가가지고 여관이 크-지. 땅도 무지 많고 과일 나무도 없는 게 없고 뭐 말도 못해. 나는 거 가서 뭐하느냐하며는 밥허는 사람은 조금 나이가 있고 이제 결혼한 사람이 와서 인제 밥만 하고 설거지하고. 나는 인제 일본 사람 집이라는 게 복도가 쫙- 있거든 학교 교실처럼. 쭉- 있고 여관 방이 이렇게 있고. 이짝은 유리창이고 여긴 방이 있어. 무지 많지 방이. 일본 여관 방 하나니까. 일본사람만 자고 가니까. 한국 사람은 안자니까. 그래서 나는 거기서 인제 그 밥허는 이가 상보고 일본 여자가 반찬해가지고 주고 다 놓고 그래. 그러면 난 인제 와루바시 이런거 다 놓고. 밥상이 잔반이야. 시방으로 말하면 오봉이지. 일본말로 오봉이라고. 그거 갖다가 손님이 인제 오며는 현관에서 주인 여자가 인사하면은 몇 호실로다가 안내하라고 날 불러. 그럼 난 안내해주고 차 갖다주고 밥 갖다주고. 목, 목욕하라고 가르켜주고 이제 밥을 나르는거야 저녁, 저녁에 인제 자게 되면 저녁도 갖다 주고. 그 밥상 놨으면 가지고 오고. 그 다음에 거거 이렇게 말하자면 일본말로 오시래라고 그러는 데. 거기 이부자리가 있으니까 인제 이불 깔아주고 나오면 나는 끝이야. 그 이상은 뭐 별로 댈. 손님방에 들락거릴 필요도 없어. 그러고 인제 아침에는 이제 그 이불 개고 밥 갖다주고 간 뒤로 그 방 청소하고 이 복도 마루 이거 닦는거 혼자 못닦어 너무 많으니까.

그러니깐 이제 우리 동생에 남편은 뭐 하냐면 목욕물 폼푸(펌프)로다가 물을 퍼서 이런 목욕탕에다 장작불을 떼서 목욕물을 데우거든. 그러고 전기가 있나? 남포. 호야 그거에다가 인제 색유(석유)를 넣어서 불을 켜거든. 그런데 방방이. 그러니까 호야 소지하고 뭐 남자일을 하는거야. 주인남자하고 과수원 그런 거 채소 심거서.

야- 일본 사람 머리 못 따라가. 시방 생각해도 이십년도 우리 한국사람 떨어지게 살아. 내버리는 게 하-나도 없어. 내버리는 게. 설거지를 해서 으 식구가 세식구며는 저 잔반에다가 다꽝, 밥그릇 국그릇, 마른 반찬 두 가지 이렇게 해서 가지고가서 주인 이거 조르반이 상이잖아. 저 식구는 그러면 요거 요 사람 아버지 주고 요거 엄마 주고 애들이면 애들 주고. 반찬 다 각각 먹어. 같이 반찬놓고 먹는 거 없어. 딱 먹을 만치. 딱 요렇게 딱 아주 요렇게 국도 국그릇도 저 공기 밥그릇이 국그릇이야. 고런데다 반 밖에 안줘 국두. 밥도 그 안에 쏙 들어가게. 참 위생적이지. 하나래도 다꽝 한 조각이래도 냄기는(남기는) 법이 없어. 식구도 벌써 고거 먹을만치 다 그러고. 우리도 밥하는 이하고 동생 남편하고 나하고 셋이 한국사람이잖아? 고것도 밥상에다가 우리도 그렇게 각각 각각 먹어야 돼.

그래서 인제 설거지를 하며는 찌꺼지기라는 게 없어. 그런데 인제 생선을 하던지 뭐를 허던지. 이렇게 뭐 회를 뜨던지. 간생선 회가, 횟거리가 오더라고. 그러면 그것도 통에다 다 모았다가 햇빛에다 바짝 말려서 요런 돌 절구에다 찧어서. 왕겨놓고 버무려서 닭을 수십마리를 길러. 그게 사료야. 내뻐리는 게 하나도 없어.

그러고 또 거기서 맛있는 건 또 개를 길러. 큰 개를 일본개, 귀가 펄럭펄럭 허는 그런 개를 또 개주고. 내뻐리는 게 하나도 없어. 무서워. 그 사람도 우리 나라 사람처럼 이불을 이렇게 이렇게 시치는데. 우리는 이불 이렇게 이렇게 뜯으면 실 다 모아서 버리잖아. 다시 새 실로 누비잖아? 고걸 하나 하나 이렇게 다 풀러. 내뻐리지 않아, 실 내뻐리지 않아. 그래가지고 실에다 요렇게 요렇게 감아서 요렇게 요렇게 모았다가. 우리는 수건이고 뭐이고 한국 사람은 걸레를 그냥 닦지만 그 사람은 옷 떨어진 거 뭐 이런 거를 속에다 집어넣고 겉에는 이렇게 좀 넓적한 떨어지지 않은 걸레를 속에다 그걸 넣고 이렇게 해가지고 그 실로다가 누벼. 이렇게 이렇게 누벼. 걸레를 누벼. 그러니깐 이렇게 네모 빤듯하게 걸레가 돼. 게 내버릴게 하나도 없다니까. 무서워.

[조사자: 그게 그러니까 일정시댄 거네요, 할머니?] 어? [조사자: 일정시대.] 일정시대지. 일정시대지 그러니까 소하. 해방, 내가 열여덟살에 해방이 됐는데. 다 일로 얘기할 수 없고. 해방 열다섯살에 가서 열여섯 살, 열일곱살되니까 수로 3년을 살았지. 열다섯살 5월, 5월달에 내가 갔었거든. 그랬는데 핵교에서 일본말만 하지. 한국말을 하면 벌써 애들이 가서 교무실에 가서 가서 벌을 서야 되거든. 그래니깐 일본말이 능숙하지 못하니깐 애들끼리 말도 못해. 그냥 줄넘기만 해고 하나둘 서이 그렇게만하고. 웃기지도 않지. 벙어리처럼. 그랬는데 거 가서 일본말을 자꾸 들으니까 막 벌써 이렇게 눈빛만 봐도 벌써 뭐라 뭐라는거 3년 사니까 다 알겠더라고. 그러고 저절로 말이 다 나와. 어. 그래가지고 벌써 1년 한 반 되니까 뭐 일본사람 다 되더라고.

[5] 종업원살이로 많은 것을 배우다

아 근데 음식이 바뀌니깐 희한하게 고춧가루라는 걸 하나도 안먹으니까 매운거. 천날 그냥 뭐 댄뿌라니 뭐 댄뿌라가 시방 튀김이지. 도나쓰라는 걸 과자를. 그러니까 내가 요리라는 걸 다 배웠어. 전골. 전골을 스끼야끼라고 그래 일본말로. 전골서부텀 뭐 회뜨는거서부텀 뭐 맨날 보는게 그거니까. 아주 도사지. 싹 배웠어. 싹 배우고 말도 싹 배우고.

나는 왜냐. 돈 안 받고 갔어. 어 왜냐. 우리 아버지가 그랬어. 나는 일본말 소원이어서 나는 수양딸로 들어가겠다. 돈 안받고. 나는 멕여주고 입혀주고 나를 그렇게 해다 와. 우리 아버지가 내 말이라면 꼼짝을 못해. 그래가지고 그렇게 했어.

그렇게 해니까 댓바람에 그냥 머리 여기까지 쫑쫑 따서 뚝 짤랐지. 이렇게 머리 쫑쫑 따서 리봉을 들여 쓱 짤랐는데. 뭐 가니까 댓바람에 그냥 아주 그냥 요길 이렇게 짤라서 이렇게 갈라서 이렇게 해서 고무줄로 둘러 매주더라고. 양쪽에. 그러고 간당보꾸라고 해 시방으로 말하면 원피스지. 간당보꾸. 그 옷 입고 완전 일본 사람이지. 시방으로 말하면 스카또 치마. 그거입고 꼭대기 브라우스 입고. 완전히 일본사람이랑 똑같지 뭐. 그러고 살았어. 고무신이 어딨어. 게다짝 찍찍 끌고 댕기고. 그래가지고 그렇게 완전히 배웠더라고.

그런데 내가 생각을 해보니. 내 뭐라고 그 집에 오래, 오래 내가 저으 집에 봉사해주고 종 노릇을 해. 난 배울 거 다 배웠으니깐. 그래가지고 열 일곱살 되던 가을에 왔어. 집에를 왔어. 왜냐. 내가 이목구비가 괜찮게 생겼대. [조사자: 지금 봐도 이뻐요 할머니.] 괜찮게 생겼대. 그래가지고 한국 사람이 간성서 이제 그때는 버스가 없고 조그만 시방으로 말하면 조그만 봉고차를 쓰리고다라고해. 그런 운전수가 횟거리를 간성서 일본 사람이면 여관이 이거야. 뭐 서장이고 금태집이고 다 들었다 났다 해. 신사당에 신사에 그거 뭐라 그러나

식 올리러 가잖아? 가는데 그 여관주인이 이거더라고. 왜냐하면 저기다가 이렇게 일본 지금으로 말하면 도포같은 거 해서 입고 모찌떡을 해가지고 이렇게 해서 세배를 와. 그래서 그걸 갖다놓으면 찰떡을 다 해가지고 가더가고. 담당이 들어가 우리. 그러니까 그런 것도 다— 배우겠더라고. 다 배우고 뭐 겁날게 없어. 응 다 배우니까.

도지사. 강원, 군수는 일정 때 한국 사람이 했어. 군수 밑에 과장 있잖아? 과장이 일본사람이었더라고. 인제에선 그랬어. 다른 데는 모르겠어. 도에서 인제 손님들 온다면 몇 십명씩 오더라고. 그러면 아주 군청을 싹 아주 그냥 시, 시방으로 말하면 뭐라 그럴까. 연회상을 채리며는 그게 몇십 명이잖아. 그런 것도 골고루 다 배우겠더라고. 소고기도 시방으로 말하면 그때는 칼로 쳤지만 시방으로 말하면 믹서에다 갈으면 소고기가 뭉그러지게 갈아지잖아? 그럼 요만하게 겨란 묻혀서 똥글똥글하게 싼 놈을 홀딱 건져가지고 겨란을 삶아가지고 겨란 노른자 부숴뜨려. 부숴뜨려서 경단처럼 이렇게 겨란을 똥그랗게 묻히더라고. 그러면 보기도 좋고 먹음직스럽잖아? 귀한 손님의 연회상에는 그렇게 채리더라고. 많이 배웠어.

그러니 내가 음식 다 배웠겠다 일본말 다 하겠다 내가 주인집에. 조선 사람이니까 조선 사람을 일본 사람이 알기를 우습게 알아. [조사자: 그렇지 그렇지.] 아주 아—주 뭐라 그럴까. 뭐 아주 저질로 생각을 해. 내가 생각하는 보며는 매번. 저으 나라는 다섯 식구가 살면 이불이, 요도 다섯 개고 이불도 다섯 개래. 다 애들이고 어른이고 다 각각 다 덮고 자. 우리 나라 사람은 결혼하면 벌써. [조사자: 한 이불 덮죠.] 한 이불 덮지. 애들도 같이 덮지. [조사자: 예, 지금도 그런데.] 이불 하나에다. 또 못살으니까. [조사자: 네.] 온 식구가 다 덮고 한 방을 쓰잖아. 흉을 막 보더라고. 응. 저으나라는 안그런다고. 아 그런거 업신여기고 그러니깐 백성의 그 뭐라 그럴까 딴 나라 그 백성 그렇게 아주 업신 여기고 아주 그러는 것이 내 마음에 가지고 있게 되더라고. 그래서 뭐 어떻게하면,

"아이 그렇겠지!"

벌써 이렇게 들어가고. 그래도 한국 사람을 시켜먹을래니깐 조선 김치 해서 멕이고 일주일에 두 번씩 고기 멕이고. 그렇게 하더라고. 그런데 아주 조센징, 조센징 허면서 아주 그렇게. 내가 왜 더 너으 집에서 내가 뭐라고 오래 종노릇을 해. 나오는데 야- 십원하나 안주고. 그때 공무원이 어 5급 공무원 월급이 20원이야, 20원. 일정 때 20원 받고 월급쟁이 노릇을 했거든. 그럴땐데 글쎄 1원 한 장 안주더라고.

그래도 나는 내가 한 것이 일본 사람이 한국 여자가 내가 와서 그래 손님방에 들랑거리고 이렇게 하니깐. 여름에 인제 장따구를 입었으니까 이렇게 올라가잖아? 우리나라에선 이렇게 못입지. 적삼을 여까지 입어야지. 이렇게 올라가지. 내가 원래 피부가 조금 까만 피부거든. 그런데 그늘에만 있으니까 햇빛을 못보니까 아주 하-얗더라고 내가. 그래니까 하-얘가지고 한창 피는 게 이래가지고 복도를 왔다갔다 하면서 가니까 일본 놈들이 웃기는 놈들이래요. 아주 손을 딱 잡아보고. 나도 모르게 잽히지 어떡하나. 툭 잡아보지. 그래 복도에서 왔다가다 잽히지 어쩔꺼야. 게 그러니깐 그러면 또 미안하다고 그래면서 또 인제 뭐라그러나 돈도 조금씩 줘. 그러는걸 옥상을 갖다줘야 하는데 주인 여자를. 그 일본 여자가 그러더라고. 먼저 있던 애는 그 돈을 착착 자길 갖다 줘서 갈 때 그걸 줬는데 나는 안준다고 그러더라고. 나는 하나도 안줬어. 내가 생긴 돈인데 내가 널 왜 주랴. 월급도 안 받고 있는데 그런 마음에 들어가더라고 욕심에. 그래서 그걸 또 따로 모아가지고 내가 나왔지.

[6] 다시 집으로 돌아와 가장이 되다

그렇게 해가지고 와니깐 야- 일본말로 내가 박가잖아. 박간데. 일본말로 성이 박간데 모르모도야.

"아- 모르모도네. 자전거집에 큰 딸."

아, 일본집이가면 내가 망가지는 줄 알았던 모양이야. 처녀가 망가진 줄 알고 쑥덕쑥덕허고. 그 집안 나는 교양을 어서 뒀느냐. 못살으니까 먹을 게 우리 아버지가 벌어가지고 항상 그렇게 못살으니까. 광산이라는 데가 단결심이 대단해요. 여기저기 뭐야 참 그야말로 뭐라 그럴까 아주 와자탕들만 모여서 인간 같지 않은 사람도 많거든. 그러니까 우리 아버지가 술을 좋아한다. 아들이 없다고 핑계대고 내가 돈 벌어 뭐하나 딸만 둘인데. 이런 소외감을 자꾸 느껴가면서 자기가 기생첩을 얻어가지고 살아서 은비래는 성병이 있기 때문에 우리 어머니가 애를 낳다가 못 낳고 딸만 둘을 낳고 말았거든. 그랬는데 자기에 생각은 안하고 그런 죄책감을 가지고선 말이야 그저 술 먹고 돈 좀 생기면 고기 사다가 술 먹고 그런, 게 벌써 먹기는 잘 먹었어요.

그런데 그렇게 살으니까 그 광산 놈들이 또 단결심이 있어요. 나를 술파는 이렇게 대빡, 술장사하는 그런 사람. 우리 아버지 술만 많이 멕이면 딸들 다. 색시 공출을 했거든. 그래서 색시 공출을, 원체 시골에 가 있으니까 색시 공출은 피했지. 우리 아버지 술만 많이 나 시집을 주는거야. 승낙을 허는거야. 승낙을 허는거야. 그런데 거기서 내가 쇼크를 받았어. 이 나이에 내가 무슨 시집을 가나. 우리 아버지 술 좋아하는 거 내가 알거든. 만날 술 사러 댕기는 거야. 대포집에 술 사러. 그래가지고 내가 그거보면 내가 서울에서 컸고. 유치원도 댕기고 핵교도 댕겼었고. 그러니까 좀 약았지. 시골에 뭐 유치원이 뭔지 핵교가 뭔지 아나? 그러니 자꾸 내 머리에 그 생각이 나더라고. 우리 아버지 말 듣다가 내가 시집을, 내가 스물다섯살 먹은 사람한테로도 막 승낙을 하고 막.

하루는 이웃집에 아줌마가 애기를 못났는데 나를 참 좋아해. 게 내가 뭐 뭐 일이 있어? 그러니까 나무나 없으면 우리 할머니하고 나무나 인제 해다가 검불 끌어다 때고. 그러니까 애도 못낳고 그러니까 화투를 잘 치더라고. 그 쓰네기 육백이라는 걸 잘 치니까. 나를 가리키니까 내가 도사였네 아주 화토. 시방 고스톱은 내가 안 배워서 내가 안하지만. 내가 그 다 배웠어. 그런데

그것도 그 여자가 그래도 한글을 좀 알더라고. 게 우리 아버지더러서 나 한글을 모르니까,

"아버지, 얘기책을 하나 사다줘."

얘기책을 사다주면 그 한글 있으니까. 내가 그 아줌마하고 이렇게 해서 한글을 좀 내가 좀 배우면 알거 아니냐. 가나다라는 배웠지 이제. 그래가지고 한글을 그렇게 해서 그러니까 내가 좀 받침 둘을 내가 쓸 줄 모르잖아. 받침 하나만. 전부 옛날엔 다 하나였거든. 그렇게 해서 또 인제 한글도 눈을 떠서 인제 말을 붙여서 일본집이서도 우리 집으로 편지를 했었어.

[7] 내가 고른 남자와 결혼을 하다

야 그러니까 하루는 옆집 아줌마가,

"야, 너 아버지가 야 그 술집 대빡 술 잘사네, 화선이네 집이 그 집이가 중신을 해서 너 내일 모레 사주 보따리가 온댄단다."

"뭐, 그래요? 알았어요."

그러고 저녁에 어둑어둑— 한데 내가 그 집을 갔어. 우리 어머니한테 얘길하고 인제 갔어. 가서 그 늙은이가 영감인데 젊은 여자하고 술장사를 하고 사는데 그 늙은 영감이 화선인데. 그 화선이라는 이름을 불렀어. 화선이 나오라고 막 그랬어. 마당에서 소리 질렀어. 그러니까 이 영감이 뭔 소린가 문을 이렇게 열고 이렇게 보더니 내가 만날 술 사러 댕기는 여자거든. 기집아지. 아 이러이러 하니까는 이래 보니까,

"이 화선이 천지야. 내일 모레 중신을 해가지고 나 사주 보따리가 내일 모레 온다고? 우리 아부지 술을 얼마나 퍼 맥여서 우리 아버지가 나를 시집을 가라고 이래. 사주 보따리 와봐 아주 그날로 내가 아주 칼로 찔러 죽인다."

고. 이 강원도 사람 욕을 할라면 시펄이래는 소리가,

"이 시펄놈아."

아 욕을 막 했네. 욕을 막 퍼댔네. 마당에 서서 그냥. 이 늙은이가 어이가 없는거야. 생전 얌전하게 술만 심부름하던게 아 내가 화가 나가지고 열이 받쳐서 그래니 안 욱하겠나?

이렇게 했다가 내가 퍼부어대더니 돌아서서 왔지. 우리 어머니가,

"너 거기 갔다왔니?"

"갔다왔지."

"가서 뭐라 그랬니?"

"욕 막 퍼붇고 왔지."

"아이고. 넌 내일 아부지한테 맞아 죽었어."

맞아죽긴 왜 맞아죽어? 도망가지. 내가 핵교댕길 때 일등이었어. 아주 뛰는덴 아주 선수여. 도망갔지. 그땐 우리 어머니를 업신여기겠더라고.

내 우리 어머니를 존경을 안했어. 우리 할머니가 두 살 먹어서 내 동생하고 우리 할머니가 나를 키워주고. 머리도 빗겨주고 유치원도 우리 할머니가 데리고 댕겼지. 우리 어머니 혜택받은 게 없어. 그런데 우리 어머니가 그렇게 미울 수가 없어. 우리 할머니가 계셔도 그래서 그런데 어머니를 아주 무시하게 되더라고. 이야– 한 일주일 됐어. 그 아줌마네 집이가 우리 집에서 조금 사이가 조금 떠. 그 집 아줌마가,

"야, 저것 좀 나와봐라 명옥아."

그래. 올려다보니까 광산 사람이 단결이 되가지고 야 그 지집아를 중신을 서서 사주 보따리를 갈라는데 기집애가 와서 지랄지랄하고 갔는데. 야– 그런 일을 봤다고 이런가보지? 아 광산놈들이 그 소리를 듣고 말이야. 그 기집아가 얼마나 똑, 몇 살 먹었는데 얼마나 똑똑하면 그렇게 푸악을 해겠나. 그 지집아 좀 봐야되겠다. 야– 세상에 옛날에 막걸리 통이 대나무통처럼 통처럼 통짜라는 게 있었어. 그게 한 말짜린가 ,두말짜리. 야 그거 한말짜리 사 사람이 사서 지고. 또 한사람은 북어 한 쾌면 안주가, 아주 기가맥힌 안주야. 그래니까 북어 한 쾌는 또 한 사람이 지고. 야– 가마를 십 원을 주고 세를

내서 동네에서 그 한 놈이 그 가매를 탔어. 타고선 두 놈이 삐딱 삐딱 삐딱하고서는 아 저러고 보니까 이런 토끼집이 같은 촌에 신작로가 있나? 토끼집이 같은 데 해서 요렇게 내려오면 개울을 하나 건너면 우리 집인데. 아 글로 해갖고 외관이 이상해서 보니까 우리 집으로 쪼르르 들어가잖아? 아 이러난 일이다. 그러고 살았대.

우리 아버지가 마당에서

"우리 명옥아."

소리를 지르는데 온 동네가 들썩하게 소리를 지르는거야. 응. 아 그래더니 그 아줌마래도

"내가 가보고 올게."

그러고 집에 가보고 온거야.

"야, 시상에 니가 그렇게 영악하다, 영악하다고 소문이 나가지고. 그 광산패들이 단결이 있잖니? 그 와가지고 말이야 기집아 좀 낯짝이래도 봐야한다고 아 저렇게 돈을 놔가지고 술을 사고 가매도 세를 내고 저렇게 왔다는데.

아 늬 아버지가 그러는데 시집가는 게 아니고 장난허느라고 그러니까 와서 술심부름이나 해라."

술심부름 어떻게 하느냐. 그러니까 옛날에 오막살이집. 뭐 마루가 있어. 뭐 있어. 그래니까 인제 부잣집으로 살았던거니까 이쁜 그릇 뭐 주발 뭐 이런 거는 방안에 놓고 살다가 요만-한 괘짝하나 거기 인제 술잔이 있단말이야. 막걸리 잔이서. 그러니까 방에 들어가서 그거를 가지고 나오라 그거야 내가 가니까.

그래니까 내가 그러면 안방에 모여 앉았으니까 내 나를 볼 꺼 아니야? 아 안가고 되나? 우리 어머니 불 때고 막걸리 들고 난리났는데. 방안에 들어갔어. 들어가니까 나는 아직 열이 뻗쳐가지고 그냥 볼따구가 살이 쩌서 한창바람에 이런데다가 내가 화가 났으니 이래가지고 문을 열고 그냥 막 젊은 새끼들 보지도 않고. 문을 열고 들어가서 이짝에 그릇 있는데 가서 밥공기를 그냥 여덟 개를 이렇게 끌어안고 나왔어. 나왔더니 그 새끼들이 봤겠, 똑똑히 봤겠지. 그러고는 술에 쳐 먹고들 취해가지고 가고. 그러더라고.

나는 가만히 두고 그래. 게 나를 봤겠지. 그랬더니 그 아주머니가 즈이 얘길 한 대로

"기집아가 아주 눈 빵그래해가지고 보통이 아니게 생겼다."

고 그러더래 나를 갖고. 아주 코만 봐도 성깔있게 생겼다고. 내 콧날이 오똑하잖아. 아휴- 세상에 내가 그렇, 그렇게 허고. 그렇게 하고 컸네. 열일곱 살을.

[조사자: 그러면 할머니 전쟁은 그렇게 일정시대 보내시고. 전쟁은 열여덟 살에 나신거죠.] 여덟살에 해방이 됐지. [조사자: 해방이 되고?] 열일곱 살에 와가. [조사자: 맞아요. 18살에 해방이 되고. 그럼 6.25는?] 6.25는 결혼해가지고. 37년있지. 6.25전쟁은 박정희 대통령 나와 가지고. 응 혁명 나가지고 6.25 전쟁 겪었잖아. [조사자: 아니. 박정희 대통령 전이지요. 할머니, 박정희 대통령 훨-씬 전이지. 6.25전쟁. 6.25] 6.25전쟁이 해방이 되가지고. 일본사람 쫓겨들어

가고 한국 사람들이 정치한다고 그럴 적에. 이승만 박사가. [조사자: 예, 이승만 박사가.] 이승만 박사가 정치를 하셨잖아, 서울에서. 그때가 [조사자: 그때 할머니가 몇 살이셨던 거에요?] 해방이 서른, 37년이. 37년인가 38년 됐고. 해방이 38년 됐지. 그러니까 그 전에는 이승만 박사 정치를 만 받았지. 그땐 전쟁이 없었어. 일본사람 쫓겨 들어가고. 대통령으로 반장 뭐 한국사람 하고 있는데 6.25 사변 나고 일정 때 고생 많이 했지.

[조사자: 그러면 6.25 사변났을 때는 벌써 결혼을 하셨을 땐가? 결혼을.] 그럼 열일곱살 먹어가지고 가을엔가 나와 가지고 고 이듬해 열여덟살이 됐잖어? 열여덟살이 됐는데. 내가 효녀야. 효녀야. 우리 아버지가 아들이 없으니깐 들어와서 살을 사람을 골르고. 또 우리 아버지가 술 많이 먹으니까 술 안먹는 사람, 신랑을 고르고. 또 일정 때 스물 한 살이면 두서없이 군인갔지. 그런데 이 신랑 자리가 스물 두 살이래. 스물 두 살? 스물 시살. 스물 세 살이래.

"그 왜 군인을 안갔댔느냐?"

중신애비가 물어보니까 열여섯살 먹어서 자기 어머니가 죽어서 공부를 못가리킨대. 음 그러니깐 5학년을 뒤척면이라는 데 와서 5학년댕기는데. 저기로 돌아가서 공부를 못하니까 나처럼. 포은이 져서. 에이 나는 농사꾼은 죽어도 안되겠다. 나는 공부해서 공부로 밥벌어 살아야겠다. 그럼 어떤 방법이 있느냐. 자기 5촌이 패양북도(평양북도) 음. 패양북도 뭐라 그러더라 그 동네 이름을 이제 잊어버렸네. 무슨 남부던데, 거기 산대. 근데 건재약방을 한 대. 그래서,

"거기 가서 나는 낮에는 약방 봉양갔고 이런 건재일을 하고 돈을 벌고 밤에는 야간 중학교를 댕겨야되겠다."

그래가지고 괴나리봇짐 싸 짊어러지고 패양(평양)을 갔대. 여섯, 여섯 살 먹어서. 게 거 가서 그렇게 벌어서 야간 중학 댕기고, 야간 고등핵교 댕기고. 스물 두 살 되가지고 돈을 착착 모으고 야간이 돈이 조금 들지. 그래가지고 스물 두 살에 장가를 가야되겠더래.

게 내 내가 왜 우리 홍천에 사씨가 중국성씨야. [조사자: 사? 사?] 사가. 역사라고 쓰는 사기 사자거든. 그런데 그 사가야 성이. 그런데 중국 성이거든. 중국에서 3형제가 나왔대. 중국에서 한국으로 나와가지고 큰 할아버지는 파주가 이 사씨에 원 아주 족보야. 큰 할아버지 거기다 보따리 벗어놔서 씨를 퍼뜨리고. 또 둘째 할아버지는 삼척다가 씨를 퍼뜨리고. 우리 시할아버지되는 사람은 홍천 동면이라는 솔치라는 데가 있어. 장평리라고. 거기다 벗어놓고. 우리는 막내 할아버지의 손이지. 그래서 성이 인제 사씨야. 그래서 야 고향에 가서 장가를 가야. 옛날엔 사씨만 살았대. 다른 성은 안 살았대. 시방은 다 퍼져서. 그래서 거기서 장가들어서 대서가야 다 이렇게 하고 살아야지. 패양북도(평양북도) 거기 거기 가서 내가 장가면 아무것도 어, 어머니 돌아가시고 아버지, 형이랑 아주 못살고 그러는데 내가 돈을 가져가서. 옛날에 못사는 사람은 이렇게 나무토막을 갖다가 이렇게 집을 지었어. 돼지우리처럼. 집도 흙으로 발랐어. 그러고 집을 짓고 살았어. 그런데서 태어났대.

그랬는데 돈을 벌어가지고 마을로 이사를 갔어. 안채도 있고 바깥채도 있고 대문도 있고 논도 있고 밭도 있고. 그 벌은 걸 다 아버, 형님하고 아버지하고 살아다가 투자를 했더라고. 그러니까 맘을 잘 썼지 착하지 착해. 그래서 저는 아무것도 없대. 게 장가갈 때가 되니까 나는 또 벌어가지고 가던지 아니며는 뭐 뭔 수가 있겠죠 뭐. 형이 소 키우니까 소래도 한 마리 팔면 장개가겠죠. 우선 아버지 모시고 있는 형님이 살아야한다고 그렇게 마음을 잘 썼더라고.

그래서 얘길 하더만. 조건이 얼마나 걸리나. 또 내가, 내가 장년데. 우리 어머니, 아버지. 우리 아버지가 술만 잡수면 주정을 막 해. 살림을 다 때려부시고 아들이 없다고.

"아버지, 아버지 내가 아들노릇 허면 되지."

내가 이러고 그러면,

"그래 그래."

이렇게 허고 이제 주정을 하다가도 그치더라고. 그래니깐 내가 포원이 져서. 아이고 우리 아버지가 나를 맏딸이라고 데릴사위할라 그러는데 내가 맘이 없어서 싫다고 그랬는데. 동생한테 미안한 생각도 들어. 내가 장녀니까 내가 응 내 마음에 맞는 신랑을 데릴사위로 해서 우리 아버지해고 재전소하고 정미소를 했거든. 그러니까 이 재산도 물려받을 수 있고. 동상하고 나하고 가져야하지만 내가 장녀라서 할 수 있지. 내가 이렇게 포원이 졌잖아. 그런 내 맘대로 살아왔으니까. 우리 아버지가 술만 먹으면 절로 시집준다 절로 간다 절로 가라 뭐라가라 뭐. 선생 강사하는 사람에 재취로 가. 내가 왜 재취로 가. 아 이럼서 수도 없어 그런데.

그런데 내가 일본집이서 그러고 가니까 동네 소문이 났어. 거기 식당하는 사람 날 오라그래. 가는데 내가 안주상을 잘 채리거든. 여기 사람, 이 한국 사람 도나쓰(도넛)가 뭔줄 알아? 회를 뜨는 걸 알어? 아무것도 몰라. 나는 뭐 튀김이고 뭐고 척척박사고. 그래 소문이 나가지고 아 지림면이고 뭐이고 중신이 들어오는 데. 여덟 아홉군데서 막 중신이 들어와.

그랬는데 다 싫은거야 뭐. 재취아니면 나이가 많고 맏이고. 부자로 잘 살아도 나는 맏이한테로 안 간다. 나 우리 친정하고 살아야한다. 데릴사우. 그러니까 데릴사우 골랐지. 신랑이라는 게 나보다 나이를 더 먹어야 이제 철이나서 나를 리드를 하지. 나보다 똑같거나 몇 살 한 두살 먹으면 그거를 남편을 어떻게 존경하고 살겠나. 어린 맘에도 그렇게 들어가더라고. 그래 그거 고르지. 아들 스물 한 살인 아이고 시집도 나보다 조금 덜 먹은 사람은 스무살이나 이렇게 먹은 사람 들어가면 댓바람 그냥 아주 군인 가야지.

그러니까 더 먹은 사람, 왜 안갔느냐 그러니까 자기는 평양북도 가서 그렇게 있었었기 때문에 군인이 면제가 됐다 그거야. 그러니까 그러고도 출생 신고를 또 나중에 했대. 뭐 3년 늦게했대. 자식이 자꾸 죽어서. 아 그러니까 또 나갈래나 그런 생각까지 또 해봤어. 게 나(나이) 먹은 사람 고르지. 아휴 또 데릴사우 혼자 맨 몸뚱아리로 우리 아버지가 좋아하나? 작은 사우도 소

밭이며 논 열 마지기 가져왔는데. 그래니까 재산도 셋째 아들, 그러면 재산도 조금 있겠네. 밭이 사백평있다고 그러고. 조건을 다섯 가지를 고르니까 많은 사람한테 중신 들어와도 갈 데가 없더라고. 가만 생각하니깐 아이고 내가 또 이렇게 고르다가 시집을 못가고 몽달 귀신이 되는거 아닌가 이런 생각도 들어가더라고.

그래서 이 중신이 들어왔는데 조건이 딱 맞는거야. 딱 맞아서 그럼 [조사자: 하겠다.] 하겠다 소리는 안했지. 좀 신랑 얼굴도 좀 보고. 우리 내가 백프로 맞아야 가고. 팔십프로 맞아야지 우리 아버지 맘대로 못주지만도. 그래도 아버지 위신은 세워줘야 하잖아.

우리 아버지가 일정 때 정미소를 했으니까 길음면 가서 노저까지 이렇게 공출하는 쌀을 이렇게 방아를 찧었거든. 도정업이라. 그래서 거기가서 우리 아버지가 일을 하고 있는데. 거기서 가던지. 우리 아버지가 15일만에 집에 오시니까 보던지 우리 아버지 승낙이 있어야 가지. 나는 내 맘대로 어떻게 시집을 가느냐 그랬지. 그랬더니 장마가 져서 물이 여기 있는데도 그 강을 건너서 들어가서 우리 아버지를 만나보고 우리 아버지하고 같이 왔더만. 와가지고 술집에 가서 술을 먹으면서 술을 권하니까 신랑이 아 난 술을 못한다 그러더래. 속으로

'아 우리 딸이 원대로 됐구나.'

이랬대. 중신애비도 알거든 술 안먹는 사람 고른다고 그래고. 중신대로 고런 말을 했네. 그 아 결혼하고보니 술고래야. [조사자: 결혼하고 보니. (웃음)]

뭐 못 살으니 밭 사준거를 달래나 사백평. 아휴 안받았어. 못살아도 안받았어. 그래가지고 신랑은 봤으면 좋겠다… 그런데 내가 확실한 걸 모르고 내가 왜 잘났거나 못났거나 내가 왜 저를 대면을 해. 옛날에는 선보고 연애하면 딱지맞으면 시집못가. 그래서 저 외삼촌네가 우리 집에서 얼마 멀지 않은데 우린 행길 요 장거리 살으니까. 우리집을 지내가야 즈이 외삼촌네 집을 가거든. 일로 그러면 지내갈테니까 신랑을 얼굴을 봐라. 그러하더고.

"좋다."

게 내 우리 집이 괜찮았어. 나무 대문이고 그 우이가 쓰러진 게 있었어. 골로 이렇게 한짝으로 이렇게 보며는 볼, 보거든. 그래서 부엌에 가서 얼른가서 요렇게 봤지. 그런 시골에 누가 한사람 오며는 확 띄잖아. 게서 보는데 키가 크더랗지하고 호리호리한게 키가 크더라고. 그래도 남자는 그래도 키가 커야지. 내가 일단 크니까. 나 육십인데 이제 늙어서 꼬부라져서. 그래서 이렇게 지내가는데 이렇게 보니까 키도 크고 괜찮은데. 아 코가 그냥 이렇게 약간 메부리코 더라고. 일본집에 가서 그렇게 여러해 있으니까 관상도 보겠더라고. 야 사람 많이 접해보면 그래.

아 이래서 요렇게 보구나서 부엌에서 그렇게 보고. 우리 어머니, 부엌에 가서 이래니까.

"왜 또?"

그러기에,

"아휴 코가 오똑한게 메부리코에다가. 저런 사람이 신경질이 있거든."

그랬거든. 그러니까 우리 어머니가,

"그거 따지고 저거 따지고. 다 합당한데 그거 하나 때문에 뭐하면 그럼 시집을 안가면 될래느냐!"고.

소리를 꽥 지르대. 가지. 지가 소가지를 부리며는, 신경질내면 내가 참으면 되지. 응. 그래. 엄마말이 맞다. 어 하나땜에 내가 다 합당한데 하나땜에 못가겠느냐. 아 우리 친구들 동네서 여덟명이 살았는데 다 시집가고 나 하나만 남았어. 내가 제일 늦게 갔어.

아 그래서 간다그랬다 그러니까 우리 어머니가 좋아하더라고. 아 또 사주쟁이를 불러오더라고. 그래 사주쟁이가 보는데 또 어떻게하냐면,

"다– 좋습니다. 내가 용이고 신랑이 돼진데. 용이 돼지 얼굴 꺼멓다고 흉을 본댑디다. 그렇지마는."

저 내가 용이니깐 나무고 저 목이고 남자는 돼지니까 물이래네. 그래니까,

"수생목화니 대길하고 아휴 뭐 물을 줘야 나무가 살고. 궁합이 좋네요."

그래.

"그래요?"

그러면 또 생각을 좀 하고 있는대.

"그런데 자식이 좀 귀하네요."

그래.

"자식이 귀해요?"

번쩍 뜨이더라고. 우리 아버지가 아들이 없으니깐. 자식이 귀하니깐.

"그러면 자식이 귀하면 못낳는거에요?"

그랬어. 그러니까,

"아니, 자식을 두되 조금 둔다 그 소리지."

게 나 딸 여섯에 아들 하나밖에 못났어. [조사자: 딸 여섯에? (웃음)]

[8] 6.25 사변을 겪으며 자식을 잃다

그런데 6.25사변에 하나는 집에서 죽고 하나는 피난 나가 전라도 남성중학교 강당에서 천명이 피난해서 수용하는 데서 거기서 죽고 그래서 파묻고 왔어. 하나는 또 일을 너무 많이 해가지고 또 난산이 돼서. 서이가 빨리 죽고 서이를 키웠어. 서이 아들 하나 키웠어. 아들이 세 번 타자야. 세 번 타자가 아들. [조사자: 셋째? 셋째로?] 응. 셋째로 낳았어.

아 그런데 내가 피난 나가서 애가 죽으니까 남편이 순경이었거든. 그래니까 말하자면 돈을 벌어가지고 저이집에 그렇게 투자를 했지만 약장사를 하더라고. 이런 건재약 이런거 소질이 있으니까 그런거 사가지고 서울 갖다 팔고 약장사를 하더라고. 그래 그것도 돈이 없으니까 동업으로 해가지고 장가가고 처갓집 들어와 살라고 실업자로 놀더라고. 그래서 꼬박 일년을 놀았어. 아휴 애들 다 중간에 한 5개월, 결혼 10월달에 결혼했는데 그 이듬해 3월달이면

5개월, 6개월 밖에 결혼한지 얼마 안됐는데 화딱지가 나더라고 내가. 아휴 배운 것도 있대면서 어떻게 저렇게 처갓집에서 그냥. [조사자: 놀고 먹을까.] 놀고 먹을라고.

"왜 그러냐? 그 기술을 배워야하지 않나?"

그랬는데 그 재전거 포도 해도 그거 기름칠 손에 해야돼고. 정미소 할라면 먼지 뒤집어 써야 되는데 그게 자기는 맞질 않는거야. 그래서 내가 그랬어. 화딱지가 나서 아휴 서울 좀 가자고. 서울가면 고향이, 내가 고향이고 고모도 일곱이니깐 그 자손들 퍼졌으니까 얼마나 많겠냐. 우리 큰 집 작은 집.

거 가 이 집 가고 저 집 가고. 아버지 못 만나가가지고 시골 구석에 가서 그렇게 됐다고 그래면서 나 안됐다고 모두 그냥 고모들 이뻐해주고 그러더라고. 그런데 벌써 임신해가지고 벌써 5개월이 됐었어. 그랬는데 남편 생각을 요만큼도 생각 안 나고 거기에 좋아서 그냥 5개월, 6개월을 지냈어. 그랬는데 편지가 왔더라고 남편한테서. 우리 아버지가 오시는데 보냈더라고. 당신 독수공방해서 내가 이렇게 외롭게 쓸쓸하게 지낸다고 좀 와야할 거 아니냐.

와서 내가 그랬어. 아니 어떻게 남자가 되가지고 응? 맏사우가 맏아들 노릇을 해야되는데 그렇게도 못하면 배운 공부래도 써먹어야 할거 아니냐. 그러면 그 해방되가지고 순경 막 뽑았어. 순경이라도 들어가서 직장이래도 있어야지. 머지않아 세식구 되는 데 어떡할거냐. 이제는 독립해서 우리끼리 살아야지. 우리 어머니, 아버지 모시고 살긴 싹수 노랗다. 어 그랬지. 그러니까 아휴 공부 많이 했으면 뭐 역사도 잘 알겠구만 순경 시험에 역사 시험이 많이 나온다는데 내가 그랬어. 그래니까

"그렇지."

그러면서 공부를 집에서 허더라고 몇 개월. 하더라고. 하더니 순경 시험에 됐어. 돼가지고 인제 경찰 학교를 가더라고. 그때는 석달 열흘이야. 춘천가서 경찰학교 가더라고.

그래 발령이 나가지고 그때부터 따라 댕겼는데. 8년을 했어. 경찰 공무원.

8년을 했는데. 그 오니까 순경이 되가지고 음성까지 같이 피난을 갔지. 강원도에 살으니까. [조사자: 홍천에 살 때 전쟁이 났고.] 홍천에 살 때 6.25가 나니까 그 다음에 인제 가족들하고 충청도 음성이라는 데까지 걸어서 간거야. 우리 어머니, 아버지 뭐 다. 우리 동생 남편도 순경이 됐어. 그래가지고 거까지 가니까 거기서 계엄령이 딱 내리는거야. 경찰 가족은 호남지방으로 가라. 저 가족은. 경찰관은 부산으로 가라. 글로 다 모이는 거야. 갈라지는거야. 그러는데 인솔자 하나를 딱 붙여주대. 여덟 가정이 갔거든.

그래서 여덟 가정이 인제 호남 지방으로 가는데. 야- 시상 헌병 때문에, 헌병 때문에 미국 헌병 때문에 가기 힘들더라고. 걸어서. 아휴 미국사람 아주 추접스러워. [조사자: 여자들한테.] 여자들보면 아주 뭐 말도 못해. 내 아주 동짓달 피난가다 전라도 한달을 걸어갔어. 이리까지 가는데 눈만 요렇게 싸매고 아주 그냥 뭐 말도 못하게 하고 애들하고 그렇게하고. 그래 이리로 가가지고. [조사자: 네?] 이리, 전라도 이리. [조사자: 아, 글로 가셨어요?] 남성중학교 강당에 가길 가니까 고향 사람, 거기 고향들하고 천명이 수용을 하고 있더라고. 천명이. 우리 어머니, 아버지가 아 어떻게 나하고 같이 피난을 가야지. 동상은, 동상은 애들 업고. 나는 벌써 애를 둘째 낳아서 업고.

거기서 나는 그러니까 일년 반을 했어. [조사자: 피난 생활을?] 피난 생활을. [조사자: 이리에서?] 이리. 그 남성 중학교서. 그러면 인제 인솔자가 부산 가서 우리 남편을 만내서 내 편지를 주고 거기서 한달 봉급타는 거 하고 안부 편지하고. 그 인솔자가 갖다가 줘. 주고 또 인제 한달 되며는 우리 인솔을 해. 배급도 타게 해주고 또 예방 주사같은 거 맞을거 있으면 해주고. 요런거 좀 어려운 문제 이런거 좀 안내를 해준다든지 인솔자가 하나 붙어 있거든. 수용소에. 그 집도 가족이 있고.

그래서 겉이(같이) 이제 일년 반을 있다가 7월달이 됐어. 그러니깐 그때서는 인제 복구해서 들어왔지. 경찰이 먼저 복구해서 들어오는데 그런데 우리 남편이 못오게 하더라고. 더 있다 오라고. 그러는걸 왔어. 내가 고집했어. [조

사자: 홍천으로.] 내가 애도 없고 뭐 그까짓거 양석(양식) 하나 보따리 하나만 이면 되는데. [조사자: 애기 둘 있으셨잖아요.] 하나 죽고 다 죽었지. 피난 나와서 죽었대니깐. 이리 수용소에서. [조사자: 이리 수용소에서 둘다? 어떻게 죽은 거에요, 애기가?] 저 시방으로 말하면 홍역이라고 그러지 그땐 마마라고 그랬거든. 그게 걸리면 전염이 돼. 그때까지도 그런걸 놓지 않았었거든. 게 하나가 한집이 가면 전염이 되고 다 다 다 다 갖다 버리더라고. 그래서 갖다 버렸지.

그래니까 난 아무것도 없으니깐 그냥 빈 몸뚱이. 무서운 거 없더라고. 왔지. [조사자: 어떻게 가셨어요. 홍천?] 아니. 가족이. 가족이 모여가지고 가자. 응. 난 간다. 게 다른 사람은 그러더라고. 그래 가자. 이렇게 여기서 뭐 언제 평화가 돼서 가느냐? 응 가자. 무서울 게 뭐 있느냐. 내가 조금 여자로서 좀 억세잖아. 그러니까

"야, 사순경 부인 따라가면 돼. 앞장서."

그러더라고.

야 원주까지는 기차를 타고 왔네. 야 대전서까지도 기차타고 시청 복도에서 자고. 원주까지도 기차타고 왔는데. 거기서부텀은 횡성 뒷내로 오는데 저 소로길로 걸어와야 돼. 큰 길로 못와. 이 군인차 꽉 들어서고. 엔뻥이라고 해. 헌병을 가지고. 헌병이 꽉 찼는데 여자만 보면 죽을라고 그러거든. 아휴 그래가지고 소로길로 들어서는데. 야– 참 아군이고 인민군이고 뭐 반골고거 올라가는 게 쉽니 내려가는 게 쉽니 그 고개를 넘는데 총이고 뭐이고 다 내삐리고 송장 다 자빠진거 그 송장이 계곡에 보이더만. 그러는데 그 사이로 빠져서 그 길을 어디까지 왔느냐 여기 저 철저, 철정 여기서 우리.

(경로당 사람들이 집으로 돌아가면서 문단속 이야기를 하느라 잠시 이야기가 중단됨.)

소로길을 오는데 그 개울을 가니까 이놈들이 7월달이니까 목욕하면서 말이야.

"마마상, 마마상."

하면서 치는데. 그랬는데 그냥 [조사자: 아, 미군들이?] 그럼. 그런데 내가 걸음이 빠르다 그랬잖아. 내가 일로 섰으니까 내가 그 길만 보고 가는데. 가다보니까 아 거 순경이 가핑총이야. 딱 오더라고 와가지고 어디가느냐고 그러더라고. 아이 나 인제 경찰서 수사과에 아무개가 우리 남편이고 이게 다 경찰 가족들이라고. 가는데 이거 어떡하면 좋으냐고 그러니까. 아 알았다고. 안내해주겠다고 앞에서고 뒤에서고 순경 둘이 와서 서더라고. 그래서 우리를 복판에다 모아가지고서는 이제 가는 거야. 그래가지고 인제 그 여기를 가다보면 철정이라는 헌병이 그 전에 서었었어. 거기 경찰서가 거가 아무것도 아니야. 행길 옆에 가정집 하나 얻어가지고 그게 경찰 선거야. 인제 경찰서가 고기밖에는 못 오는거야. 여기를 못가는 거야. 저 인민군들이 막 그냥 쳐들어 가느라고.

[9] 아이를 잃은 어미가 위로 대신 이혼을 강요당하다.

그래가지고 거기를 오니까. 하 연락을 해가지고 우리 남편이 오는데. 그런데 애를 안갖고왔잖아? 편지에 다 썼건만도 그러니까 애 둘이 없잖아. 내가 애를 낳아서 기르지 못하는 여자가 돼버렸잖아. 총을 미고 여기서 저기를 가도 총을 메야 댕겼어 순경이. 거기서 십리를 걸어가면 우리 시누네가 있어.

"게 나 피난 나갔다 들어왔다고 시누 좀 봐야지."

내가 그러니까 보는 건 좋지. 그런데 데려다 줘야되거든. 나를. 데려다주면서 뭐라 그러는지 알아? 총을 철커덕 하더니 야 나를 애기 못 낳는다고. 못 낳아서 기르는 여자라고 이혼을 하자 그러더라고. 그래니까 총을 내리더니 그래. 날 죽일래나 그런 생각이 들어가더라고. 독이 오른거야. 그래서 내가 그랬어. 내가 남의 집에 들어와서 아들도 못 낳아주고 딸을 둘을 났는데 그것도 키우지 못하고. 내가 무슨 헐 말이 있겠느냐. 내가 마지막 할 말은 내가 병이 있거나 내가 병신이거나 뭐든 것이 저거하면 모르지만 나는 다른 남자한테 재혼을 해도 얼마든지 살 용기가 있다. 그런데 내가 응? 밀양 박가로서 정말 참 이 사씨가 쌍가 중에 쌍가래 또. 그런데로 결혼 했는데. 내가 이혼하긴 너무 내가 원통하다. 하지만 당신이 정 그렇다면 난 당신 전에 죽어도 한은 없다. 내가 그랬어.

내가 시집갈 때 많이 해가잖아. 서울 사람은 옷 많이 해가지고 가잖아. 그게 또 내가 벌어가지고 왔다 그랬잖아 일본 집이서. 다 한복 많이 해가지고가면 잘 해가지고가는 거거든. 헌옷이고 뭐고 다 가져왔는데 시집에 갖다 뒀더니 인민군이 들어와서 뒤적질을 하니까 또 산에다 또 파묻었더니 그 흔적이 있으니까 인민군이 파 뒤집어가지고 다 비가 맞고 다 썩고 아무것도 없대는 거야. 그래니까 나 아무것도 없는거야. 그래서 내가 그랬어.

또 소를 두 마리를 사서 인제 큰 집에서 키워달라고 줬거든. 그 동안에 순경노릇할 때 저 일선 원대리라는 데 일선지대에 가서 저 순경해서 봉급을 더 많이 탔어요. 거기 월남에 넘어오는 사람들 다 조사하고 이렇게 해서. 그래니까 하나는 인민군이 끌고가더래. 밥 싣고 가자고 그러면서 우리 시아버지더러 그러면서 소 내놓으라고 그러더래. 하나는 아무래도 이거 피난 나가게 되니까 나는 이 소를 팔아가지고 저거시키 돈을 가지고 나가야할거 아니냐. 두고가도 인민군한테 뺏길거니깐 팔자. 소를 잡아서 파니까 십만원되더라고 그때. 그래서 난 그걸 십만원이 이렇더라고. 집이서 오만원 돈 모은거 하고서 십오만원 배에다 하니까 애를 못업겠더라고. 그렇게 업고서 난 피난나가서 고생을 안했어.

그랬는데 그 다음에 그랬어. 재산도 없지. 옷도 다 살림살이 다 올라갔지. 자식도 없지. 당신하나 바래고 이리서 강원도 홍천이 천리래. 천릿길을 내가 이렇게 송장에 묻혀서 내가 천릿길을 왔는데 당신 손에 죽는게 내가 무슨 한이 있겠느냐. 죽여라. 내가 그랬어. 그랬더니 자기가 날 다시 봤겠지. 지독하던 여자로 다시 봤겠지. 그래고서는 말더라고.

그러고 자기는 그냥 경찰서로 가고 나는 [조사자: 시누.] 어떻게했느냐하면 시집으로 갔지. 시집으로 가서 여차저차하고 여차저차했다. 그러니까 우리 조카애가 아휴 얘기가 너무 길어서 안되겠네. [조사자: 아니, 괜찮아요.] 아휴 우리 조카 애가 4학년이야. 그런데 걔 옆에 앉아서 다 인제 내가 피난 나갔던 얘기도 허고 인제 느이 작은 아버지하고 이랬다저랬다 맏동서보고 죄다 일러바치니까. 우리 맏동서가 하는 말이 아 촌 여자가 뭐 알아? 집안만 거기 사니까.

"야 저 아무개 각시 알지? 얘 아무개 각시 아들 낳았어."

아휴 이러잖아 날보고. 그래니까 내가 열이 받치잖아. 남편한테 그러게 했는데. 열이 받치니까 내가 그냥 촌에서 기지 까는거 있지? 댓자리 그거 까는거 여기를 주먹으로 땅 치니까 먼지가 풀썩 올라오면서. 땅 치면서 나도 죽지 않고 살면 아들 낳고 산다고. 막 그랬다 말이야. 그러니까 우리 조카애가 4학년 짜리가 깔깔깔 웃더라고. 응 땅바닥을 치고 먼지가 올라오고 저이 어머니랑 그러니까 우스운가보지. 그렇게하고 인제 말았어.

말아가지고 그 다음에는 또 둘째 내가 맨 막내니까. 둘째 맏 동서네 집을 또 갔다. 피난 나갔다가 들어왔다고 인제 거기 가니까. 아 또 이 여자가 문을 이렇게 갔다 오면서,

"아이고 요 저녁에 아주버니가 왔다가 갔는데. 아휴 뭐 장개를 다시가야 하는지 뭐 어쨰느니 그러고 간대서 아휴 그런 소리 해나 생각했었어." 그래.

"아 다 알고 있어요."

내가 그래버렸지. 야- 상처를 그렇게 주더라고. 게 내 고 전에 우리 아버지를 찾아갔었대. 나 없는 사이에. 우리 영감이 장인을 찾아가서,

"아들 없어서 저거새끼 아들도 못낳고 그래서 작은 마누라 얻어야 되겠어요."

그러니깐 우리 아버지가 그러게 그러더래. 그래 장인 승낙 받았다고 좋다고 그러더라고. 야- 내가 그렇게 살아왔네.

[조사자: 그럼 그렇게 그 피난에 딸, 첫딸 두 번째 딸 잃고.] 응. [조사자: 그러고서는 와서 셋째로 아들을 낳으신거에요?] 아들을 낳았지. [조사자: 아이고. 홈런을 치셨네.] 아 그렇게 내가 상처를 받으니 애기를 가졌는데. 안집이가 아들이 서이더라고. 잘 아는 집이 한 동네서 살았었는데. 그때 순경은 방세도 안내고 그냥 막 순경 살을 때야. 그랬는데 그 집에 사랑방 한칸을 줘서 그 집에서 살림을 어떻게 했느냐. 내가 부엌살림 몇 개하고 이불하나 요 하나는 내가 요렇게 이고 인제 그거 그 먼저 먼저 또 인제 살던 집이 그 집이다가 그 인제 또 뭐라 그러나 저 부엌에 이렇게 광 같은 데 이렇게 두고 갔더니 그 집이서 아이고 사순경네 이불이고 살림이라고 이렇게 돌려 놓고 돌려놓고 그래서 살려 놨다 그러면서 밥해먹을 바가지 뭐 요런거 이불 요거 해 살려줬더라고 그 집이가. 그래서 인제 그집이 어떻게 살림있어야 하는거 아닌가 하고 거길 갔지. 그래 인제 거길 갔다가 우리 큰 집엘 갔다 그 꼴을 당하고서 올적에 인제 그걸 가지고 와서 인제 그 집 방 한 칸을 줘서 인제 거기서 살림을 허는데. 안집이가 그래. 아휴 황해도 사람이 할머니야.

"아휴 애기 엄마."

남자를 언놈이라 그러더라고 황해도 사람이.

"아휴 애기 엄마 언놈 낳아야 할 턴데."

그 집에도 애기 가졌는데.

"우리 메느리는 딸 낳아도 돼. 그런데 언놈 낳아야 될 턴데."

날보고 그래.

"아휴 맘대로 되나요."

그러니까

"아니야. 아들 낳을꺼야."

그집 메느리가 "아휴 내가 내가 저거시키 우리는 딸 낳아도 되니깐 집이는 아들 낳아. 아들 낳을꺼야."이러더라고. 아 그 동네 여자들이 다섯집이가 이장 마누래면 모두 다 애기를 가졌는데 내가 제일 먼저 낳았는데 다 아들낳았어. 아휴 시상에 그 할머니가 좋아가지고 저 물레질을 하는데 이렇게 발을 딛으며는 이렇게 뽑아가지고 발을 딛으며는 실을 못뀄데. 애를 들여야지마는 꽈야지만 바늘귀에 실이 들어가는데. 이 할머니가 나를 사랑하는 마음으로.

그새 그렇게 해서 우리 친정은 삼십린데 데려왔어 우리 남편이. 바라지하라고. 데려왔는데. 벌써 애하고 울으니까 벌써 문을 열고 낫을 들여보내면서 이걸로 짤르라고 그러더라고 탯줄을. 탯줄 그걸로 짤르라고 그러더라고. 아 그래더니 그 다음엔 실을 들여가지고서 이걸로다가 여기도 저고리도 이렇게 동그매고 그래야 아주 출세도 하고 명도 질고 그렇다 그러더라고. 야 참 [조사자: 낫으로 잘라야지?] 응. 낫으로 잘라야지. 잊을수가 없어. 아휴 세상에.

[조사자: 할머니 그러면 그렇게 인제 왔을 때 인제는 전쟁이 다 어느정도 종료가 됐을때에요 할머니? 6.25전쟁이 다 끝났을 때였어요? 더 이상?] 후퇴해서 다 못다들어갔지. 드믄-드믄 들어갔지. 그러니까 거기밖에 경찰관이 못들어가는거야. 거기 지내야 신남에서 인제. 인제읍에서 원통에서 미시령에 이 속초로 들어가는거지. 여길가야 38선을 넘어가지. 여가 38선이니까. 그냥 그때서는 인제 거의 들어가더라고. 들어가고. [조사자: 인민군이?] 인민군이 산골로다 토끼굴 같은 데로 그런데 모두 가더라고.

야- 무섭대. 그건 6.25때는 인제 6.25때는 동짓달 피난에는 인제 그 놈들이 그렇게 들어가고. 동짓달 피난에 또 난리가 나가지고서 2차 훈련이, 2차 이제 전쟁이 났지. [조사자: 중공군.] 그럼. 그때 중국놈들이 나왔는데. 그 놈들 들어갈 때에 인제 보니까 그냥 이 행길이 이게 모잘라. 그냥 모잘라. 아주 여기 바닥 빨갱이들까지 다 나가고 뭐 난리 났더라고. 신나게 가고. 내 속으로,

'참 아무것도 모르고 죽으러 가는구나.'

내가 그랬어.

그럴 적에 피난은 또 어떻게 했는줄 알아? 십리씩 걸어가서 애를 업고. 그때 우리 애 안죽었을 때야. 6.25사변 나고 1.4후퇴 때. 그때는 검불 속에 밑

에 가서 뱀이 있거나 말거나 그것도 알 거 없어. 그렇게 피난을 했잖아. 밤낮 사흘을 걸어들어가도 그래. 사흘을. 사흘. [조사자: 그럼 동난 때 피난을 또 가셨어요 할머니?] 그럼. 그러니까 동짓달 피난에 2차 훈련에. 그때 인제. 처음 6.25때는 안 나갔어. 안 나가고 나 시집에 가 있으라고 우리 영감이 그러더라고. 경찰가족소리 하지 말로 가만있으래. 우리 조금 갔다가 올꺼니까 응 그런 소리 하지 말라고. 그럴 적에 소도 잊어버리고 아주 짝 보고 있었지.

[조사자: 아, 처음에는 피난을 안 갔고 나중에 동난 때만 피난을 갔던 거군요. 그리고 그때.] 다른 사람도 간 사람있지. 나는 안갔지. 못가게 영감이 조금 머리가 저거 하니까. 조금 가다가 인제 후퇴를 헐꺼지 이 전쟁이 아주 커지진 않을꺼다. 순경이니깐 대강 알으니까 시집에 가서 삼십린데 가서 가만 있으니까 아 동짓달 피난이 피난이 피난 전에 한 10월달 쯤 됐나? 그럴적에 남편이 들어왔더라고. 어 부산까지 갔다왔더라고. 왔는데 한달 살으니까 2차 훈련이 이젠 아주 가야한다 그러더라고. 그럴 적에는 여기선 죽는다고. 이젠 아주 날 달라붙으라고 그러더라고. 그래서 따라서 음성까지 가다가 갈라져가지고서는 못갔지. 그래서 아주 피난을 오래 하고 있었지. 2차 훈련에. [조사자: 그러셨던거였구나.] 그렇게 됐지. 2차 훈련에 사람도 얼마 없었어. 1차 훈련에 다 들어가고 없었어 사람. 얼마 없었어. 바닥 빨갱이들만 오다가다 경찰관들 문초받고 두드러패고 맞고난리고.

아휴 그래가지고 열달 내내 애길 갖은 열달 내내 깊은 잠을 못잤어. 들어누워서 이렇게 아휴 이게 딸. 그런데 뭐라 그러는 줄알아? 남편 입에서 총으로 못쏘고 하는 말이. 그러면 둘이서 인젠 살림살이 갖다가 이 방을 하나 얻어가지고 둘이서 살림이라고 허고 사는데. 아들을 못 낳으면 첩을 얻을 것이요. 저 아들을 낳으며는, 딸을 낳으면 첩을 얻을 것이요 아들을 낳으면 재밌게 살 것이요. 그래서, 그래서 내가 그러라 그랬어. [조사자: 전쟁 중인데도 그런 말씀을 하신거에요?] 내가 그러라그랬어. 내가 남의 집에 들어와서 딸만 낳고 아들도 못 낳는데 내가 첩을 얻으면 내가 무슨 할 말이 있겠느냐. 내가 그랬어. 맘대로 그러라그랬어.

아 그랬는데. 그 날부터 이제 깊은 잠들기 전에 아휴 이게 딸이 나오며는 그걸 데리고 어디로 갈 수도 없고. 그걸 데리고 속을 썩고 살을라니 내가 속이 아닐꺼고. 그 꼴을 보고 살을라니 어떻게 하나하고. 깊은 잠들기 전에는 이저재 잠이 오지. 잠이 들어 자며는 이제 날이 새고 날이 새고. 열 달을 그렇게 지냈어. 열달 내내 봉급 타다 주는 거가지고 배급타온 납작 보릿쌀 그냥 보릿쌀 알라미쌀. 이게 밥이 아니야 냄새가 나서. 오래 오래 묵은거래서. 그거를 밥이라고 해먹고 사는데 밥을 먹을 수가 있어? 그걸 먹고 살았었어요. 나무를 해땔래니까 숭늉하고 정말 조금주는 나무도 못때. 내가 했댔어. 배가 이래도 나무 해때고 살았었어. 그래가지고 아들을 낳았어.

아들을 낳으니까 어떤지 알어? 아 인제는 아들 낳았으니까 돈만 벌면 산다. 아 공부해야 되겠다. 그래가지고 공부를 냅다 하더니 경사 시험을 보는데 경사가 떡 되대. 경사가 되니까 뭐라 그러는줄 알아? 전근 됐는데. 거기서 삼척 기동대로 발령이 났어. 발령이 나니까 사표를 내더라고. 왜냐. 거 가서 기동대에 가서 월급타가지고 따라가서 거 가서 애는 아들을 낳았는데 세 식구가 거 살림을 할라니 어떻게 살랴. 에이 사표를 내야 한다고 홍평가서 본적에 가서 사표를 내더라고.

그래 사표를 내 논거 퇴직금을 가지고서는 친정집이가, 우리 아버지가 기술을 있으니까 벌써 양조장에 소주 배굴소주 그 공장이 있었는데 그 공장에서 벌어서 벌써 밭을 샀더라고. 그래서 친정집이 사랑방에 와서 살면서 그 퇴직금을 가지고 밭 사백평에다가 집 삼칸 오막살이를 샀어요. 그래서 내천면사무소에 산업계장으로다가 써줬어요. 면장이 잘 알으니깐 경찰 댕기던 계급 있으니까 산업 계장을 해주겠다고. 그래설라므네 거기서 총 계장하다가 부면장하다 면장까지 했어요.

그래서 그 아들은 그 밑으로도 딸을 또 서이를. 너이를 났지. 하나는. [조사자: 아들, 손주 못놓고?] 아니. [조사자: 손자?] 그 밑으로 이제 아들을 낳았잖

아. 잘 컸지. 잘컸지. 잘 커서 춘고도 서울 그 춘천 춘고도 나오고. 초등학교에서도 이거고. 중학교를 가서도 반장을 해서 이렇고. 춘고도 공부 잘해서 일등으로 들어가고. 아휴 그래가지고 야 저 동기들은 서울 뭐 중앙대를 가네 연세대를 가는데 아들이 하나니까 군인 못보낸데. 그 밑으로 딸을 서이 낳아서 키우는데. 중학교, 고등학교 뭐 크는데. 아휴 안되겠다. 춘천으로 이사를 왔어. 춘고를 가니까.

그래가지고 또 아휴 박정희 대통령이 되니까 또 행정계에서 또 면장 부면장을 다 잘라요. 군인 제대한 사람을 갖다 세울라고 자르니까 실업자가 된거야. 그래고 2, 3년 놀으니 어떻게 해.(중략)

[조사자: 할머니 근데 전혀 이거 다른 얘긴데. 그때 그 수용소에서 잃은 두 딸. 첫애, 둘째 애기들 혹시 생각나세요? 가끔 그래도 할머니?] 아휴. 시방까지도. [조사자: 왜냐면 첫애라 생각날거 같애.] 아휴. 첫 애가 너무 너무 예뻐서. 세 살 먹어서 죽었거든. 그것도 강에. 시골가서 있으니까 병원도 없고 감기 폐렴이 돼서 죽었잖아. 그러고 둘째는 또 마마 걸려서 죽고. 그랬으니까 너무 너무 마음이 아프고 시방까지도 안 잊어져. 여기 있어. 있어.

그래가지고 그 갓 애가 섰는데. 누에치고 돼지 기르고 양계장하고. 너무 너무 많이 이런 활동을 많이 하니까 애기를 못 낳겠더라고. 10개월 됐는데. 그래서 또 그 애는 낳지 못하고 배에서 죽어가지고 이렇게 허고 그랬거든. 그래서 나도 서이가 그렇게 되고 서이는 그렇게 길렀어. 그래도 시집 다 잘 갔어.

전쟁이 가져온 다사다난 인생유전

김 창 배

"어쨌든 살아나야 되잖아. 살아가야지, 우리 가문이 살지."

자 료 명: 20120126김창배(성남)
조사시간: 1시간 55분
조 사 일: 2012년 1월 26일
구 연 자: 김창배(남 · 1933생)
조 사 자: 박현숙, 조홍윤, 황승업
조사장소: 서울시 광진구 화양동 (한정식식당)

[조사과정 및 구연상황]

제보자의 둘째딸 소개로 제보자와 인터뷰가 성사되었다. 화양동 한 식당에서 제보자와 만났다. 제보자는 간단히 식사를 마치고 구연을 시작하였다. 채록현장에는 조사자 외에도 김소연 둘째딸이 동석하였다. 제보자는 미리 구연 내용을 사전에 정리한 듯 순차적으로 구연하였다.

[구연자 정보]

김창배 제보자는 1933년 경기도 개풍군 대성면 대성리 옥산(큰말)마을 202번지에서 4남 2녀 중 넷째로 태어났다. 제보자가 18살이 되던 해에 한국전쟁이 발발하였다. 제보자의 대부분의 가족들은 피난길에 올랐지만 막내 여동생만 북에 남았다. 제보자는 1960년에 충남 강경에서 아내를 만나서 결혼을 하였다. 1961년도에 첫 딸을 낳고 현재 슬하에 2남 2녀를 두었다. 제보자는 1964년부터 1990년까지 27년간 대학교 교직원으로 근무하다가 퇴직하였다.

[이야기 개요]

황해북도 개풍군 대성면 대성리 만석꾼 집안에서 태어나서 귀하게 자랐다. 1950년 6월 25일 전쟁 개시일 개성에서 목격하고 대성리 고향으로 내려와 3-4개월 동안 숨어서 지냈다. 1950년 12월 24일 외사촌 형제들과 서울로 피난 나와서 김해 훈련소에 입소한다. 김해 훈련소에서 꾀병으로 겨우 참전을 면할 수 있었다. 제보자는 귀향조치 받고 배고픔에 평택에서 남의집살이 하면서 눈물겨운 고생을 했다. 연희대학교에 주둔한 미군부대에서는 허드렛일 하면서 돈 벌었고, 강원도 철원 백마고지에서 미군에게 소총탄환 보급하는 일을 하면서 전쟁을 경험했다. 가족은 뒤늦게 피난을 나왔지만 고향에 심어놓은 인삼을 팔기 위해 임시로 귀향했다가 왕래금지로 가족과 생이별하여 이산가족이 되었다.

[주제어] 3.8선, 6.24, 박격포, 잠뱅이, 서울, 문경새재. 하루살이 소위, 피난, 열병, 안량미, 한량미, 고생, 기아(飢餓), 허드렛일, 하우스보이, 이, 화물차, 배고픔, 인절미, 세이코시계, 노무자. 총알. 대성공민학교 설립, 호박찌개

[1] 한국전쟁 발발 하루 전 날의 개성 풍경과 6.25

거기(북한)서 나오는 이야기부터 하죠.

[조사자1: 네 어떻게 나오게 나오시게 됐는지부터 하시면 돼요.]

1950년도 12월 24일. 어 내가 일단 6.25가 나서부터, 고 때부터 시작하는 거예요.

6.25를 6월 25일 날, 내가 그짜 우리 집에 개성에 또 하나 있어 개성시에. 거기서, 거긴 노상기엔 3.8선이기 때문에 인민군이 뭐 박격포를 쏘고 요기서 또 활 쏘고 그래가지고서 전쟁이 가끔 있었어요. [조사자1: 가끔이요?] 어 개성, 개성이라는 데가. 그래서 거 동부지역, 개성 동부지역이라는 데가 있어 동부. 지금 순죽교. 순죽교 그 지방은 박격포가 많이 떨어졌어요. 거기가 밭이 많으니 때문에. 개성시 순죽교라는 데, 순죽동. 거기가 순죽동이지. 그런데 거기서 우리 집이 거 남대문이라고 중심가에 집이 있었어요. 저 또 올라가면 박물관이라는 데가. 거기서 가끔 그 전쟁을 하고 싸우니깐 '뭐 오늘도 또 싸우나 보다.' 이렇게 생각을 했었단 말이야. 그때 아침에 보니깐 땅크(탱크) 소리가 나고 요란해. 총소리가 나고. 그래 일어나가지고서 점심을 먹고 남대문에 나가보니깐은 마차 있잖아요? 마차가 그냥 새까맣게 와있더라고. 그러니깐 그 곡물을 싣고, 쌀을 싣고. 그때 그 '아, 얘들이 인민군이구나.' 하고 깨달았어요. 그래가지고 그때에 1사단 거 12연대가 송악산에 주둔하고 있었거든, 그때. 그래 걔들이 패잔병으로다가 미처 걔들은 후퇴를 못하고 패잔병으로 남았다가 거 집, 우리 집으로 들어 와가지고서 옷을 갈아 입혀 내보낸 적이 있어요. 걔네들을. 1사단 12연대 장병들이지.

[조사자1: 그분들이 집에 오셔서 어떤 일이 있었어요?] 그때는 잠뱅이라고 있어, 잠뱅이. 하얀 옷. 그때는 옛날 전부 다 흰옷이잖아, 흰옷. 뭐 딴 옷이 있었나? 그래 잠뱅이라고, 고 적삼같은 거 입혀 보냈고. 이 6.25 때니깐, 6월 달이니깐 좀 더웠단 말이야. 그래가지고서 입혀가지고서 보내고. 또 만약에

포로로 잡힌 애가 많아요. 그래 고 거기서 총을 쏴서 인민군들이 총을 쏴서 죽이고 그랬다고. 그 자리에서 잽히면은. 그래 안 잡힐려고 그래 그냥 개인집에 들어 가가지고서 옷을 갈아입고 그냥 또 도망가고. 그런 애가 많았어.

그래서 여기서 얼마 있다가 그 수복이 됐잖아, 수복. 9.28 수복이라고. 9월 28일 날 수복이 되어가지고서 3개월 동안을 인제 평화롭게 우리가 살았다고, 그 인민군은 다 후퇴하고. 그래서 다시 거 걔들이 또 서울을 점령해가지고서 그래, 우리 개성도 걔들 먼저 들어왔지. 그래가지고서 1.4후퇴 때, 그 1.4후퇴라는 거 뭐냐면은 50년도 12월, 12월 달이야, 12월 달. 내가 생각하기에는.

[2] 16일 동안 걸어서 김해 훈련소에 입소하다

12월 달에 우리 아버지가 우리 그 사촌하고, 지금 인천에 사는 사촌하고 우리 쪽의 사촌 형님이 있어요. 그래 그 당시에 연세대학 연희대학 다니던 1학년 막 입학해가지고서 한 6개월 다녔지. 그래 우리는, 나는 개성 중학교 다니고, 우리 사촌은 개성 저 송도 중학교 다니고 그랬는데. 그래 거 불러가지고서 쌀 한말 줬어, 우리 아버지가. 이거면 충분히 느히(너희) 일주일 동안 지낼테니깐은 돈 좀 얼마하고. 그래가지고서,

"사촌형한테 가있어라."

이래가지고서 서울을 올라왔다고. 올라오니깐 전세가 완전 뒤바껴 가지고서 그때는 집에도 오도가도 못 하고 죽을 신세가 됐다고. 쌀은 다 떨어졌지,

돈 다 떨어졌지. 그래가지고서 그 때 그 12월 24일 날, 걔 크리스마스이브였지, 요즘 말하면 크리스마스이브. 그때 그 창경원에 모여가지고서 그땐 그, 저기 뭐야? 평양방위들 황해도 애들, 또 개성 이북, 개성을 중심으로 해가지고서 원산, 뭐 그쪽 애들이 많았더라고. 그래 거, 어이 집합해가지고서 얼루 갔냐면, 그때 김해, 거 경상도 김해 있어요. 그래 거기를 어떻게 갔냐하믄은 경기도 광주 있잖아요? 광주를 거쳐서 이천을 거쳐가지고서, 여주를 거쳐가지고서, 그 께 충주라는 데 있어요, 충주. 저이 건국대학교 분교가 있잖아요, 충주. 거기를 걸러서 수안보라는 데 있어요. 충주서부터 들어가면. 수안보를 건너가게 되면, 거기 어있냐면, 거, 저이 오덴가 거기 저거지. 아이 잊어 버렸네. 이정윤 선생 집이 어디지? [둘째딸(김소연): 문경.] 아, 문경새재. 문경새재가 거기가 올라가는데 30리, 내려가는데 30리 걸려, 문경새재가. 엄청나게 거기가 고개가 길고 또 올라가기 힘들고 내려가는데 힘들고. 그래 30리, 60리 길이야 거기가. 그 해에는 눈이 엄청나게 많이 왔어요, 그 해가. 눈이 거 아마 내가 생각하는데 여쯤 왔을 거야. 그래가지고서 거 뭐 질러간다고 말이야, 팔공산이라고 있어요, 그 쪽 부근에. 팔공산을 질러간다고 해가지고서 빨치산이 많았거든, 그 당시에. 빨치산을 만나 잡혀가지고서, 거 빨치산 넘어가가지고서 걔들 훈련받고 죽은 애들이 많다고, 우리 친구들도. 그래가지고서 김해를 언제 도착했냐 하믄 2월 16일 날 도착 했어요. 그러니깐 서울서부터, 저 이 김해까지 16일 동안을 걸어갔어. 16일. 그래가지고서 먹은 거 없으니깐은, 먹은 거 없으니깐은 이 대변이 노랗게 타가지고 말이야, 16일 만에 똥을 누니깐은 똥에서 피가 묻어나오더라. 똥구멍이 그냥 늘어나니깐은, 째져가지고서는. 그래 나도 16일 만에 똥을 눴는데, 아주 피뿐이야. 딴딴하게 얼어, 그 굳어가지고서. 그 때다가 치질 걸린 것이 지금도 있어, 그 치질이. 고치지 않아가지고서. 왜냐면 지금은 고쳐봤자 그렇고. 그래가지고서 거기서 얼마를 훈련을 받은고 하니, 3개월이야.

[조사자1: 무슨 훈련을 받으세요?] 그때 우리가 여기서 간 아이들이 전부 다

학생들이야. 요 황해도에서 나온 애들, 피안도(평안도)에서 나온 애들, 저 함경도 원산서 나온 애들. 이래가지고서 창경원에서 모였잖아요? 걔들이 전부 다 학생들라고.

[조사자1: 그래 올 때 다 따로따로 오셨는데, 거기서 만나셨어요?] 그렇지. 고기서 다 고기서 이거 그날 간다 해가지고서 거기서 다 모여 있더라고. 나도 몰랐어, 무슨 영문인지. 가서 보니깐 그렇게 애들이 많더라고. 그래,

"넌 어디 왔냐?"

하니깐 다 달라. 거 우리들하고 고향이. 그전에 고향이라는 건 난 그때 처음 알았어. 야 고향이 어디냐. 고향이 자체도 난 생각지도 않은 거였어. 몰랐지, 고향 자체가. 생소하고. 그래가지고서 뭐

"평안도다."

"황해도다."

뭐 그래 그놈들이.

"아, 그러냐."

그래가지고서 걔네들 하고 같이 방을 해가지고서 그 김해 창고에 가서, 김해 창고가 꽤 크더라고. 거기서 왜 16연대. 그 연대가 또 있더라고. 16연대로다가 편입해가지고서 거기서 목, 총도 아니고 목총. 목총 가지고서 학생복을 입고 그냥 훈련을 받았어. 3개월 동안을. 아침에 집합하게 되보은 그 일본이거 넷산(닛산) 트럭이라고 있어요. 이렇게 저, 그때엔 한국 트럭이 별로 없었으니깐, 넷산 트럭이라고 둥그스로만(둥그스름한) 트럭이 있었는데, 고게, 그것이 수 십대 와져 있더라고.

[3] 꾀를 부려서 하루살이 소위에서 제외되다

[조사자1: 그러면 국군으로?] 그렇지. 국군으로다가 데려가는 거야, 최전방으로다가. 그땐 그러니깐 장교 간 애들이 많았지, 장교. 그땐 그냥 하루살이

소위라고 해가지고서, 가면 죽는 거야. 하루살이 소위라고 해가지고서. 거기서 있던 아이들이 거 장교들은 얼루 가냐면은 대구로 가요. 대구로 가서 6개월 동안을 훈련을 받아서 거기서. 6개월 동안을 다시 훈련 받고, 그냥 저 최전방으로다가, 소대장으로다가 배치시키는 거야. 그래 내 친구들도 많이 죽었지.

[조사자1: 그럼 어르신도 소대장으로 배치가 되셨어요?] 나는 그때 군인 빠졌어.

[조사자1: 어떻게 빠지셨어요?] 거기서 줄로 쭉 서

"있어라. 있어라."

해. 그럼 거기서 지명을 이렇게 해. 지명. 그럼 이렇게, 이렇게 숨지. 거 앞에 있는 애에다가 숨어. 그래서 나는 빠졌어. 근데 나도 참 여러 번 빠졌네. 거기서 꾀를 부려가지고, 왜냐면 내가 죽으면은 우리 집 손이 끊어지거든.

[조사자: 그렇죠.] 그러니깐 나 살아야 되겠다하는 거를……. 그랬어.

[조사자1: 천천히 말씀하세요.] 이 살아야, 살아야 되겠다. 여기 남으면 죽는다는 걸 뻔히 다 알기 때문에. 소문이 파다했지. 그래 거기 있던 애들이 전부 다 학생들이니깐은 포부대다가 많이 지원을 갔어, 포부대.

[조사자1: 그러면 모여 있을 때, 누가 강제로 데려갔나요? 김해까지?] 아니지. 거기다 데려간 거지. 아침마다 거, 현역 군인들이 와가지고서 모집을 해가요.

[조사자1: 그러면 다들 자발적으로 국군에 참여를 한 거예요?] 그렇지. 안 나갈 수, 지명하면 안 갈 수가 없지. 이게 소대별로 딱딱 집합시키잖아, 아침에, 새벽에. 그러면,

"너, 너, 너."

이렇게, 이렇게 봐서 말이야 이렇게 '저 놈 되겠다.'하면 이렇게 지명을 해가지고서 뽑아가지고 그놈 별도로 해가지고서 싣고 가버린다고. 그래 사병들은 최전방으로 가지만은, 그 기본 훈련은 다 받았으니까. 거 옛날에 우리 학교 다닐 때도 학도 호국단이 있었어, 학도 호국단.

[조사자1: 호국단? 네네.] 그러니깐 옛날에 중학교 들어가게 되면은 특히 그거 받았어, 특별 훈련. 요 각 반, 옛날에 고저 이 뭐냐하면, 소위들이 하나 배치 해가지고 각 학교마다. 배속장교라고 있어, 배속장교. 소위, 소위서부터 대위까지 있었거든? 학교마다 하나씩. 그 사람들이 그 학교에 책임을 지고 훈련을 가리켰어, 옛날에. 해방되고 나서 6.25 전까지 있었지. 그래가지고서 기본 훈련 다 받았기 때문에 다 안다고. 그래가지고서 걔네들이 그 김해에 가가지고서 훈련을 또 다시 3개월 동안 우리는 받았단 말이야. 그래가지고서 그것이 뭐냐면은 집합 해가지고서

"몇 소대 다 나와."

하면 다 나가거든. 또 몇 소대 다 오라면 나와. 그래 그 소대는 가는 거야. 그래 거기서 해서 장교 놈들 추릴 놈은 추리고, 사병 갈 놈은 사병 가고. 왜냐하면 다 기본 교육은 받은 아이들이니깐. 그래가지고 쭉 해산 해가지고서 대구로 갈 놈은 대구로 가고. 그래 걔들은 대구로 가게 되면 장교들이야, 소위. 걔들 다시 가서 걔들 훈련 또 받아야 되고. 한 3-4개월 동안을. 그래가지고서 나머지 안 받는 아이들은 저 최전방으로 뭐 포부대나 아니면은 그냥 저 사병으로다가 최전방으로 끌고 가가지고서 많이 죽었지.

[조사자1: 어르신은 사병으로 가셨어요?] 난 안 갔어.

[조사자1: 사병으로도 안가시고?] 어, 난 빠졌어. 내가 꾀를 부려가지고서.

[조사자1: 어떻게 꾀를 부리셨어요?] 아프다고.

[조사자1: 아프다고?] 왜나하믄 내가, 나도 군인가고 싶었지, 사실은. 근데 내가 가서, 그때 갔다 죽는다고 그냥 소문이 파다 해가지고서, 가면 하루살이라고 해가지고서 다 죽었지. 가면 장교거든.

[조사자1: 근데 어르신은 개성인데, 인민군이 아니라 왜 국군으로?] 난 피난 나왔으니깐.

[조사자1: 그래서?] 그렇지. 고기서, 개성에서 거기가 본래가 이남이야. 옛날에는. 6.25 전까지는 이남이야, 이남. 3.8선. 개성이 거 송악산이 3.8선이

야, 경계야 거기가. 그래가지고서 그때는 이남이기 때문에 거 침범을 하니깐은 우리가 피난을 나왔지, 그 당시에.

[조사자1: 북에서 남침을 해서.] 그렇지. 남침을 해가지고서. 그래가지고서 그 서울에 와가지고서 창경에 모여가지고서 김해로 간 거지.

[4] 아버지가 지방빨갱이로 인해 고초를 겪다

[조사자1: 그러면 전쟁이 났을 때, 제일 먼저 피해를 입었을 거 같은데?] 그렇지.

[조사자1: 네. 그런데 어르신이 아까 얘기하시는 거 보면, 12월 달에 나오셨잖아요? 6.25 때는] 6.25 때는 숨어 있었지.

[조사자1: 어디? 그러니깐 그 이야기부터 하셔야지요.] 6.25 때는 거 우리 집이 시골에 또 있잖아. [조사자1: 전쟁이 나는 걸 어떻게 아셨어요?] 전쟁이 나가지고서 얼마동안은 내가 개성 집에 있었지. 우리 사촌들하고 다. 그래가지고서 거기서 있을 상황이 안되니깐은 시골로 내려왔잖아. 시골이 우리가 한 20리 돼. 개성시에서 우리 개평군이.

[조사자1: 개평군?] 어, 개평군. 개평군 대성면이라고 있어. 거기서 한 20리 되는데, 거기 가서 내가 살다보니깐은 거기도 또 심허더라고.

[조사자1: 전쟁이?] 아니 거 전쟁, 지방 빨갱이들이. 지방 빨갱이들이 잡아갈려고. 그래 우리 아버지도.

[조사자1: 그때 어르신이 몇 살이셨어요?] 내가 열여덟 살이지. [조사자1: 열여덟 살?] 그렇지. 그래가지고서 그 산속으로 들어가서 숨어 있었어, 한 3개월 동안은. 그러니깐 수복될 때 까지. 그래가지고서 수복이 된 후에, 다시 그러니깐은 또 나왔지. 그러니깐 첫 번 6.25 나고 나선, 나올 시간이 없어가지고 못 나왔잖아. 그땐 다 거기 살았어. 6.25 때는. 근데 그 1.4후퇴 때는 거의 다 나왔지. 그때 나온 것이 지금까지 못 들어간 거야. 그때 나와 가지고서.

[조사자: 그때 누구랑 나오셨어요? 혼자 나오셨어요?] 아니지, 우리 사촌. 또

우리 외사촌 형님. 거 또 친구들 꽤 같이 나왔지. 그래서 거의 뭐 우리 고향이 아마 거의 다 비다시피 했을 거야. [조사자: 그러니깐 부모님이랑 다?] 우리 부모님은 나중에 나와 가지고서, 거 농사가 많으니깐. 뭐 인삼, 우리 인삼 심었거든, 인삼. 인삼도 심었고, 뭐 그것도 그걸 그때 추수 할 때란 말이야. 인삼들 캘 때가 됐어. 인삼은 언제 캐느냐믄 10월 달, 추울 때 캐요, 인삼은. 그래 그것도 캐야지 허믄 우리 아버지는 못 나왔다고.

[조사자1: 그때 어르신 집이 굉장히 부유하셨잖아요. 그러면 이렇게 인민군들이 와서, 이렇게] 약탈? [조사자1: 네.] 우리 아버지가 그때 잡혀 갔다가 어? 잡혀 갔다가 개성서 저기 저 형무소 가서 한달 동안을 잡혀 가서 있었대. 난 뭐 그걸 나와서 알았지. [조사자1: 숨어 계셔서 모르시고?] 그래가지고서 한 달 동안 나왔다가, 거기서 잡혀가 또 석방 돼가지고 나왔다가 여기 피난 나왔어. 우리 식구가. [조사자1: 어르신이 먼저 나오시고, 그 다음에 부모님이 나오시고?] 그렇지. 우리 식군 전부 다 그 후에 배를 가지고 먹을 음식, 쌀, 쌀이 있어야 먹잖아? 그러니깐 그 쌀 그 배를 싣고 인천을 나왔지. [조사자1: 인천으로?] 응, 인천으로. 우리 식구들, 우리 식구가 많지. 친척이 뭐 저 해가지고서 여간 식구가 많아? 그래가지고 그 식구를 배를 타고 저 쌀을 갖다가 싣고, 배에다 하나 싣고 나와 가지고서, 거 또 없는 사람들 또 노놔, 또 우리 아버지는 또 노놔준다고. 나는 그때, 그 김해에 가 있을 땐 몰랐지. 그래 나를 찾을려고 그러니깐 우리 아버지가 이 팔도강산을 다 헤맸어.

"어딨다."

그러면 거기 가서 보면 딴 사람이고,

"어딨다."

그러면은 또 거 가면 나 없고. 그래 나만 있었으면 우리 아버지도 여기서 큰 부자 됐을 거야, 아마. 왜 그때도 인삼을 싣고 나와 가지고서, 쌀도 싣고 나오고 돈도 좀 가져 나오고 해가지고서, 우리 살 거는 충분히 있었는데, 날 못 찾으니깐, 허탈하니깐, 거기 저 우리가 삼을 또 캘 거 있었어요. 그걸 캐러 들어간다고 해가지고 딱 맥혀 버렸지. 그래 그 후에 잡혀 갔대, 우리 아버지가. 그 저 인민군한테. 그래서 지금까지 소식을 몰르지. 아마 돌아가셨을……. 지금 백 살이 넘었으니깐.

[5] 열병으로 하루에 수십 명이 죽어나가다

그래가지고서 거기서 훈련을 받고, 예서 다시 시작하는 거야. 김해에서 끝나고, 그때 3월 달에 귀향을 시키더라고, 귀향. [조사자2: 아프다고 하시니깐?] 아프다고 그러니깐 귀향을 시키는데, 우리 사촌, 나보다 거 걔가 두 살이 아래야. 우리 사촌을 먼저, 나이 어리다고 해가지고서 먼저 보내고, 나는 그래도 그때 열여덟, 열아홉 살 됐지 그때, 열아홉 살. 열아홉 살이니깐 내 적령기 아니야? 군인 갈 나이 아니야? 그러니깐 아프다고 꾀부리니깐 거 창녕이라는 데 있어, 창녕. 그, 저 김해에서 조금 떨어진 같은 군인데. 창녕, 거 국민학교에다가 이송을 시키더라고. 그래 거기서 뭐 불과 아마 한 보름동안 있었을 거야. 그런데 그냥 뭐 맨날 사람 죽어 나가는 거야, 거 열병으로. 열병이라는 게 있어 애인병. 아마 자네들은 모를 거야. 열병 앓아가지고서 그 죽는 사람들이 하루에도 수십 명이야. 그래 그거를 거적땍(거적때기)으로다가 덮어가지고서 그냥 갖다 버리는 거야. 개죽음이야. 그래 '나는 여기서 살아나야 되겠다.' 이런 생각이 번쩍 들어. 왜냐믄 거적떼기에다가 사람들 이게 두 사람이서 이고 말이야 그냥 걸음 치듯이 갔다가 버린다고. 그제 사람 목숨이 목숨이 아니야. 파리 목숨만도 못해. '그렇게 죽어 가느니 차라리 말이야, 나도 어떻게 살아야 되겄다.' 하는 의욕이 생기더라고. 그래서 우리 거 사촌을 먼저 귀향 시키고, 나는 그 후에 한 달인가? 창녕서 창녕 수용소에서 있다가 귀향 시키더라고.

[6] 귀향길 고생 (1) – 머리와 몸에 득실거리는 이

그런데 그때는 돈으로 얼마를 주냐면 500환. 500환을 주더라고? [조사자3: 귀향비 하라고요?] 어, 그때는 환 단위 아니야? 그때는, 기본 단위 환 단위. 그래 500환을 귀향 돈으로 주는데, 배고프니깐 그냥 날쌀을 그냥 밥을 해먹기는 급하니깐, 배고프니깐 그걸로다가 그냥 날쌀을 다 먹어버렸어. 쌀을. 어, 배고프니깐. [조사자3: 500환이 얼마 정도 되는 돈이었어요?] 쌀 사니깐은 요만한 저 자루가, 조그만한 자루 있어요. 그걸로 하나더라고. 그런데 그 밥을 거 깡통이 많았잖아, 깡통. 맨 천지야. 거기다가 밥을 제야 되는데, 급하니깐 배고프니깐, 그걸 급하니깐 시간적 여유가 없으니깐 그냥 날쌀로만 다 먹는 거야. [조사자1: 생쌀로만?] 어, 그냥 안량미지 그때는. 우리나라 쌀이 아니고 안량미. 안량미라고 있지, 안량미. [조사자2: 안량미요?] 어 그때는 안량미라고 했지. 그걸 그땐 그 쌀이야. 우리나라 쌀은 이럴 땐 맛도 못 봤어. 요즘 이북사람 생활하는 거 똑같지. 그래가지고 그걸 먹고, 요기 저 집을 가야되겠단 욕심으로다 거기서 와가지고서 길을 더 파가지고서, 어떻게 어떻게 해가지고서 대구, 대구까지 왔어, 대구까지. 얻어먹으면서. 그냥 거지야, 거지. 그 학생복이 다 떨어진 학생복에다가 뭐 이 머리도 못 깎았지, 머리에는 이가 그냥 득실득실하지. 또 여기 여 학생복 입은 데다 여기 들추면은 배에, 이가 뭐 말하자면 뭐 아주 털었어, 털었어. 손으로 털었어. 거짓말 아니야. 그때 사실이야. 그때 그 아마 내 나이 또래 있는 사람들은 그 물어보면 그 사실이라고 그럴 거야. 내가 실질적으로 그걸 경험한 사람이니깐. 그 여, 뭐 여기 저 사타구니. 거기 제일 가렵잖아. 거기도 맨 이야. 털어보면 전부 다 이. 요즘은 이가 우리 다 없어졌지만은 옛날엔 이가 어떻게 많았는지, 여기 또 뭐 겨드랑. 전부 다 가려우면 그러면 이렇게 까보면 전부 다 이가 득실득실했지. 그래 제일 많은 거, 어디가 이가 많으면 여기 배. 이렇게 딱 까면 그냥 이가 전부 다 이야. 허애 이가. [조사자1: 이가 허얘요?] 허옇지. [조사자1:

꺼먼 게 아니고?] 아니. 허연 점도 있잖아. 거 까뭇까뭇하면서 허연 게. 그래 가지고서 그걸 털어버려. 또 털면은 그래도 좀 가려운 맛이 좀 가시잖아.

[7] 귀향길 고생 (2) – 남의 집 살이

대구서 그래가 대구 와, 대구서 와가지고서 얼루 또 올라 왔냐면, 기차, 기차 타고. 뭐 기차도 그냥 몰래 타는 거지. 화통 같은 데. 몰래 타는 거야, 거 짐차. 그래가지고서 오디 올라오느냐면 평택에 내렸어, 평택. 평택에 와 가지고서 하두 배가 고프니깐은 철길 그 저 둑에다가 내가 거기서 잠을 자고 있었어. 하두 배가 고프니깐. 그게 굶었으니깐. 먹을 것이 없으니까.

그러니깐 철길에 드러누워, 드러누워 있으니깐은 어떤 거 젊은 사람이,

"여보게, 여보게."

나보고 그래. 그래 이제,

"자네 왜 여기 드러누워 있나?"

그래.

"배고파서 드러누워 있다."

니깐

"그럼, 가세."

그래 시골이니깐, 거기만 해도 평택이니깐. 그래 자기 집에서 일하고 여기서 내가 밥을 멕여줄테니깐은 일 좀 허래는거야. 그때 봄이야. 그때 한참 감자를 그 저 뭐 밭에 심더라고. 근데 밭에 감자를 심는데, 거름을 줘야 될 거 아니야? 그래 이 사람들 삼태기로다가 거름을 담아가지고 이렇게, 이렇게 뿌리더라고, 고 저 밭에다가. 나보고 그렇게 하래. 그러니깐,

"농사일을 해보지도 않았는데?"

이랬는데 한꺼번에 막 다 떨어지잖아, 거름이. 그래 나보고 막 쿠사리 치고, 막 욕을 하고 그러더라고. 아, 그래도 밥 먹어야 되잖아 또. 먹고 살기위

해. 이렇게 해가지고서 며칠을 그 집에 있었어. 그래 나보고 나무를 해오래. 저 산에 가면은 그래 나무를 할 수 있으니깐, 그 갈퀴 있잖아? 갈퀴로다가 이렇게 긁어 모아가지고서 그걸 이리 둥그렇게 만들더라고. 그래 그걸 지게에다 지어야 되는데, 둥그렇게 지어가지고서 맬려 보니깐 푹 빠져 버리고 자꾸 튕겨 나오더라고 그 짚이. 왜냐면 그건 나무 이파리가 모여가지고서 그 둥그렇게 되는 거 아니야 왜. 그런데 그게 안 되더라고. 아니 큰일 났어 이거. 이거 지고 가야지, 이거 밥을 먹을 텐데 말이야. 그래가지고서 거기다가 가만히 이렇게 보니깐은 나뭇잎, 나무 그 저 대 있잖아? 나무 그 저 뭐야 이게? 나무 그 이렇게 있으면은……. [조사자2: 가지?] 가지. 가지를 이렇게 잘라가지고서 고기다가 밑에다가 대믄 가만두면 흩어지진 않겠더라고. 그래서 고기다 밑에다가 나뭇가지를 몇 개 대고, 또 옆에도 몇 개 대고 해가지고서 내가지고서, 송전 매듯이 이렇게 한 서너 매듭으로다가 매가지고서 그걸 지고 왔어. 뭐 지게질이라도 할 줄 아나? 그래가지고서 와가지고서 보니깐,

"나무 해왔나?"

주인이 그러더라고.

"아, 예, 해왔습니다."

"아, 그럼 점심 먹어야지."

"아, 점심 있어요?"

이러니깐

"아 이 사람아, 점심 그럼 있지 없어? 일했는데."

아 이럼 밥이 먹으면 먹을수록 그냥 댕기는데, 한이 없어. 한이 없이 맥혀, 밥이. 배에 속이 비었으니까. 뭐 기름기라도 들어가야 되는데, 그게 지금 들어갈 기름기가 있어? 뭐 고기가 있어 고기를 먹어? 그래가지고서 거기서 내가 한 한 달 동안은 있었을 거야, 그 집에서. 그래 일을 하는데 그런대로 그래도 먹고 살았어, 거기서 한 달 동안 일하며.

"내가 거, 저 고향에 올라가야겠다."

니깐은

"자네 고향이 어딘가?"

그래서,

"아니 뭐, 개성이라는 데가 거기가 내 고향이다."

하니깐은

"그럼 가보게."

그래가지고서 안양이라는 데 있지? 안양. 여기. 안양을 올라왔어. 안양까지. 그랬더니 거기서 안양서, 평택서 안양이 뭐 얼마 안 되는 거 같더라.

[8] 귀향길 고생 (3) – 배고픔에 인절미를 훔치다

그런데 걸어 올라오니깐 어떻게 먼지. 그래가지고서 거기를 와가지고서 하두 배가 고프니깐은 시장에 들어가니깐은 거 떡장사들이 그 요요 쭉, 지금도 뭐 이렇게 가새에 장사꾼들이 많았잖아? 옛날에도 거, 그런 거 많았어요. 그 인절미 장사가, 떡장사들이 쭉 있더라고. 거기서 하두 그냥 배가 고프니깐, 거기서 또 며칠 동안, 내가 이틀 굶었나? 굶었어. 그래가지고서 거기서 인제 무조건 떡을 인절미를 그냥 먹었어, 할머니가 파는 인절미를. 돈도 한 푼 없지, 내가 돈 있을 턱이 있어? 그래서 인절미를 내가 마음껏 먹었지 그냥. 그냥 뭐 가만히 눈치 보니깐 할머니가 혼자 같애. 그러니깬 도망치니깐 그냥 할머니가,

"저 놈 잡아라."

하고, 그러니깐 시장에서 사람이 다 나와 버린 거지. 그래, 잡혔지 내가. 잡혔는데 아무 것도 없는 놈이, 뭐 돈이 있어 내가 뭐가 있어. 두 불알 쪽밖에 없는 놈인데. 날 죽이라고 말이야, 내가 배가 고파서 먹었으니깐 나중에 갚아 드릴라니깐. 아, 그런께 이놈들이 막 때릴려고 그래. 아이고, 내가

"용서해 달라."고 말이야.

"한 번만 용서해 달라."고.

이거 어떻게 해줘? 어떡해. 그래 도통 도리 없잖아.

[9] 귀향길 고생 (4) – 화물차에 포탄 싣기

그래서 그때 안양에 빈집이 많았어요, 빈집이. 그래가지고서 그때 저, 기차역에 가니까는 그 포탄, 포탄들을 그 화물차에다가 싣고, 옮겨 싣더라고. 그 큰 205미리 그 포탄이라고 앞에 이렇게 되는 거 있어. 그거를 져가지고 기차에다가 옮기라는 거야. 그거 무척 무겁더라고, 그거 이래 먹지 못하니깐 그거 지다가 피척피척 넘어졌어. 그래 그 감독 놈이 발길로 들어차더라고,

"이 양반이 이것도 못 지나?"고 말이야.

"뭘 젊은 놈이 그렇게 비틀비틀하고 넘어지냐."고 말이야.

그래가지고 뭐 그때 돈 얼마냐면, 하루 일하게 되면은, 쌀 저이 한 공기에다가 저 한 되, 쌀 한 되에다가 돈 500환 줬거든. 그래도 그거이 하루 일하면은 쌀이니깐 한 2–3일은 먹고 살 수 있다고, 돈하고. 그래 거기서 내가 한 한 달은 있었어. 한 달은 있어가지고서 '아 나 고향가야 되겠다.' 하고. 그때는 우리 고향이 그냥 들어가면, 맥힌 줄도 모르고, 들어가면 가는 줄만 알았단 말이야.

[10] 무임승차로 서울에 도착하다

이게 한, 여기 저 한강, 한강을 건너야 되는데 돈이 있어? 이때 한강 건너면 돈이 있어야 되는데. 꼴은 이게 거지꼴이지. 어딜 가면 그냥 발길로 차버리고 말이야,

"나와 버리라."고 말이야.

"내리라."고 말이야.

"돈 내라."고 하면,

"돈 없다."고.

그러면,

"내려, 이 자식아."

그러면서 발길로 들여 차고 말이야. 그래가지고서 내가 한강을 못 건넜어, 거기서. 그래서 누구 말을 들으니깐 저 밑에 가면은 행주나루터라고 있어. 알제? 행주나루터, 행주. 저기 저, 지금 고양시 있는데. 지금 거기가 지금 다리가 무슨 다리가 있는 거니 저 다리가 있어. 뭐야, 제일 끝에 다리가 무슨 다리가? 지금 김포공항 나오는 다리. 그 다리가 그때 다리가 없었지만은 거기가 행주나루터거든? 그걸 건너야 되는데, 건널 수가 없어. 가만히 보니깐 이게 거기는 좀 한강보담 그래도 좀 이젠 어숙, 영 어리숙 하더라고. 저걸 건너야 되겠는데, 저걸 건너가서 서울로 가야 되갔는데, 도무지 건널 수가 없어. 그래 가만 보니깐 내가 꾀를 냈어. '무조건 타자. 타고나서 돈 달라면, 돈이 없다고 그러자.' 탄 놈 도로 내쫓을 수는 없고. 그래 무조건 눈치 봐가지고 타버렸다고. 타니깐은

"야 임마, 너 일루 와, 일루 와, 일루 와."

그러면서

"돈 내!"

이래.

"돈 없다."고 말이야.

"나 지금 고향가야 되는데."

"너 고향이 어디야?"

이러니깐, 그럼

"개성."

이라고 이야기해.

"그러니깐 좀 보내달라."고 말이야.

내가 갔다 와서 갚기는 뭘, 내가 언제 와서 그 사람 얼굴을 봐? 그래서 아, 아마 자기도 아마 불쌍했던 모양이야.

"그럼 타라."고.

그래서 건너가지고서 탔는데, 그걸 건너니까는 거기가 어디냐믄, 지금 저기 그 유적, 유적진데 무슨 장군, 그때 그 일본 놈들, 그 일본 놈 왜적지들하고 싸워가지고 부녀들이 그 저 행주치마에다가 돌 가지고서 막 싸우는 게 있어, 그래서 행주나루성턴데 거기가. 거길 가가지고서 서울로 다시 올라가야 되거든.

[11] 하우스 보이를 시작하다

거길 내려가면 거기는 저, 서울 지역이 아니거든 거기는. 그래가지고 서울로 다시 가가지고서 혹시, 일터나 있나하고 보니깐 돈 벌어먹을 데가 없어.

그래가지고서 어 연희대학교 앞을 지나가는데, 거기 미군 차가 연희대학 운동장을 가뜩 있더라고. 미군 애들이. 그때만 해도 서울에 사람이 없었어요. 나는 그래 서울에 그때 일찍 들어왔지, 한참 그 전쟁할 땐데. 그때 연희대학 앞을 지나가니깐 그 미군이,

"어이 보이! 보이!"

나 보고 부르더라고. 그래 나보고 그래.

"유 하우스 보이?"

그때 하우스 보이 한참 유명할 때야.

"오케이."

그래 나보고,

"하우 올드 유?"

그래. 열아홉 살이라고. 그러니깐

"오케이, 컴 인."

나보고 그래, 일로 오라고. 그래 가니깐 거기 천막이 있는데 거기 천막을 쳤어요. 고것이 일개 소대야. 그래 나 보고 너는 침대하나 주면서,

"너는 여기서 우리하고 빨래나 해주고 여기 같이 있자."고.

그러더라고. 그래 그것이 무어냐면, 그게 포부대야. 그 저 205미리 그 큰 이만한 포지. 그 포, 탱크에 달린 포. 그 포부대더라고. 그래 그거이 얼루 가냐믄 낮에는 지금 최전방. 그 1사단, 1사단 지역을 갔다가 지원 포격을 나가더라고. 그래 문산 지역을. 문산, 저 뭐 연천 그쪽을 간데. 그때는 그게 문산 지역이야, 서부전선. 그거를 아침에 갔다가 저녁에 들어오더라고, 지원을 해가지고 또, 그래가지고 저녁에 들어 와서는 거기서 밥을 거기서 먹어, 학교에서. 연희대학 운동장에서 그걸 전부 다 취사지원팀 딱 준비해가지고 있는데, 걔들은 이동이 심허잖아. 그래 거기서 한 몇 개월 동안은 있었는데, 얼루 얼루 또 이동을 하냐면은 연천. 연천지역을 또 이동을 하더라고. 연천지역을 이동해가지고서 거기서, 또 지원해가지고서 얼루 오냐 하면, 거 연천읍에,

읍으로다가 그 주둔지를 또 잡아서 거기 또 있더라고. 그래 거기서도, 거기서 내가 꽤 오래 있었어, 그 부대가. 부대가 한 몇 개월 있었을 거야.

그래 거기서 내가 여잘 하나 새겼다고. 거기서. 거 쪼끄만 이쁘장한 여잔데, 걔도 지금까지도 나 생각나. 거 얼굴모양은 이쁘장한데, 그때 걔가 열한 댓살 됐을 거야. 그래가지고 걔한테 내가 저 일본, 거 일본 미국아이들은 이제 일본으로 휴가를 갔어요. 그 당시만 하더라도 일본으로. 요 한국에서 놀데가 없으니깐 일본 가가지고 휴가가가지고 일본서 놀다오고 그랬어, 일주일 동안을.

그래 걔들한테 부탁을 해가지고서, 나 그때 돈 많이 벌었어. 미군, 미군에 있으면서. 뭐 우리가 일종에 백으로다가 이만한 군인백 있어. 그걸루 하나 있었어 돈이. 돈이 쓸 데가 없으니깐. 그때 뭐냐면 경동 베리벳또라고. 거 옛 여자 치마감이 그땐 최고였었어. 경동 베리벳또. [조사자1: 경동 뭐라고요?] 경동 베리벳또라고. [조사자3: 벨벳.] 치마, 치마감이라고 아주. 그 세이꼬 시계 [조사자2: 아 세이코 시계?] 그것도 그 있잖아 15불인가 했을 거야. 지금 저 기억으로는. 그래 그거를 저, 이리 주문하거든. 걔네들한테 사다 달라 그래. 걔들은 임금을 받으러 가는 거고. 그래 그 갔다 오면은 팔아가지고서, 서울서 팔아가지고서 내가 돈 만들고. 돈이 쓸 데가 없으니깐은 내가 그때 서울에서 아는 사람만 있었으면은 여기 서울에다가 내가 빌딩하나 샀을 거야. 진짜. 돈이 그땐 지천이야 쓸 데가 없어가지고는.

그래가지고서 그때에 연천 가서 거기서 있다가, 또 얼루 갔냐면은 화천이랬어, 화천. 그게 최전방이야. 최전방, 화천이라는 데가. 화천으로 아, 인제, 인제로 해서, 화천으로 해서 철원. 지금 생각하면 철원이가 아마 내가 백마고지 같애. 백마고지를 올라가는데, 산이 깪여가지고서니 포에, 요기서 포를 쏘아가지고서 깨트려가지고서 한 1메타는 깪여 나간 거 같더라고. 뭐 정상에 그 저 나무는 전부 포에 맞아가지고서 앙상하고, 대만 남았지. 전부 다 깪여가지고서.

그래가지고서 거기서 내가 다시 후퇴를 해가지고서, 요이 저 어디 나왔냐면, 저 연천 다시 나왔어. [조사자1: 혼자?] 아니 그 부대. [조사자1: 부대가?] 부대, 그 미군부대니깐. 그래가지고서 그 후에 동두천으로다가 또 이동해가지고서 또 전방에 또 갔지. 그땐 어디냐면은 요 화천, 화천이 아니고 저기, 요즘 거 고기, 저 고기 낚시 하는 데가 어디지? [조사자2: 백령도 그 쪽이요?] 아니, 저기 저 화천 있는데, 강원도. [조사자1: 거기가 화천 아니에요? 강원도 화천?] [조사자1: 그 산천어 축제하는 데?] 어, 거기 거 낚시하는 데. [둘째딸(김소연): 거기 화천이야.] 화천 아닌데. 거기로 갔어. 거기가 산이 엄청나게 그때 사나운 데가 그 지역이야. 화천 일대가. 엄청나게 산골짜기로 그때 사람이 별로 없었어. 거기 산 한번 들어가게 되면은 그 집이 보통 삼십, 십리 마다 하나. 거 완전히 그러니깐 화전민이야 화전민들, 거긴 전부 다. 그런데 가서 싸움을 하는데, 나는 거 어차피 군인이 아니기 때문에 군속 비슷하게 있었지. 그래 포를 갖다 재들이 인민군들이 포 엄청나게, 그때 중공군이 있을 때야, 중공군이 들어 왔을 때. 그래서 들어 와가지고서 나는 그 후에. 좀 기억이 암울암울 한데. 그러면서 어, 철원으로 와가지고서, 이 그 순서가 뒤바뀐 거 같은데? [조사자1: 괜찮아요. 다시 하셔도 되고.]

[조사자2: 그 연천에서 사귀셨던 분은 어떻게 헤어지셨어요?] 지금도 생각나는데, 그때 뭐 이 하고나서는 지금 몰르지, 얼루 갔는지. [조사자1: 그러니깐 철원으로 가시면서 그냥 인사도 못하고 헤어지신 거예요?] 그렇지. 갑자기 이동하는 바람에. 그 여자가 상당히 인상적인데. [조사자2: 거기, 그 부대 안에 있던 분이세요?] 아니야. 그 동네. 동네 여잔데, 동네 그 뭐 여자보다는 애지 그때는, 한 열 대 여섯 살 됐으니깐. 내가 거기 오래 있었으면 아마 걔하고 결혼했을지도 몰라.

[12] 미군 총알 보급 노무자에서 국군이 되다

그래가지고서 내가 다시 뭐냐면, 노무자 있지? 노무자. [둘째딸(김소연): 노무자, 일하는 사람] 미국, 미국 쪽 노무자. 거 뭐하는 거냐면, 저이 탄알, 탄알 매고 최전방, 미국 소총부대 있지? 소총부대 이거 뒤따라가는 거야. [조사자2: 보급해 주는 거요?] 그렇지, 총 보급. 그러니깐 보급을 해줘야지 싸움을 하잖아. 거길 또 어떻게, 나도 왜 그 어떻게 잽혀 가는지 몰랐어, 거기를. 그땐 막 잡았어, 그때는. [조사자3: 군인도 아닌데 그냥 그렇게?] 어어, 젊으니깐. [조사자2: 결국에는 전쟁터 가셨네요?] 파란만장 허지. 내 인생이 파란만장해 정말. 정말 아, 운명이라는 것이 사람.

그래가지고서 거기 가가지고서 내가 죽을 고비를 몇 번 겪었어. 왜냐믄 거기 최전방이야, 최전방. 총만 안하고 걔들하고 싸움만 안했지, 걔들 뒤따라가서 총알을, 저 화기를 담당, 담당해야 되니깐. 그거를 한 일 년을 했어, 거기서. 그래 돈도, 그땐 돈도 누가 주나? 그 월급 조금 밖에 안 줘, 걔들은. 노무자기 때문에. 그래 걔네들하고 같이, 지금 올라, 아까 백마고지 올라간 게 걔네들 따라 올라간 거야. 걔네들. 백마고지 내가 깎여가지고서 산이 그거 막 무너지고 했던. 내가 보기에는 한 1미터 이상은 깎여나간 거 같애. 거기가 막 어, 이 철원의 백마고지 같애. 인제, 인제를 통해서 내가 들어갔단 말야, 거기.

그래 저 연천 거 저, 어디야, 한탄강이라는 데 알아? [조사자: 네.] 한탄강. 거기가 주둔지였었거든, 우리 부대가. 연천서 우리가 보급을 받아가지고서 차를 타고 전방을 또 가는 거야. 포병부대 따라서. 그래서 거 올라간 것이 뭐 인제, 뭐 저기 저, 지금 화천, 뭐 미군부대 가는 길엔 다 따라 다녔어, 미군 소총부대. 그래가지고서 그때에 죽은 사람이 많지. 거 그건 개죽음이야. 군번도 없지. 돈을 타나? 아무것도, 아무것도 아니야, 그건. 그래서 도망해 나와야겠는데, 도망할, 걔들이 뭐 자기가 미국 애들이 붙들고 있는 것도 아니고 우선 먹고 살아야 하니깐. 거기서 있으면 양식으로다가 잘 먹거든. 걔들 음식 보급두 고대로 주고. 그래 총만 안 쐈지, 똑같은 대우를 받았어, 우리가.
그래가지고서 거기서 한 일 년 동안 있다가, '아무래도 내가 군인을 가야지. 이렇게 하다간 개죽음 당하고 아무것도 아니겠다.'하고, '죽어도 군인 가서 죽어야지.' 그래가지고 그, 내가 들어간 것이 언제 들어간 거냐면, 1954년도에 내가 군인을 갔어요. 자원을 해가지고서. 그래 자원해가지고서 논산 훈련소에 들어갔는데, 남들은 뭐야 면회도 오고하는데, 난 누가 면회 할 사람이 있나? 아무도 없지. 그래 거기서 3개월 동안을 훈련을 받고, 얼루 왔냐면, 공병학교, 김해. 김해 공병학교에 또 왔다고 내가. 지긋지긋한 김해. 그래가지고 거기서 4주인가 훈련 받았지, 공병학교에서. 거기서 훈련 받고 얼루 왔냐면 내가, 서울로 왔어요. 1201공병단. 그때가 그러니깐 휴전이 막 됐어, 휴전이. 그때 54년도. 휴전이 막 돼가지고서 그땐 뭐 죽을 염려도 없지. 그래 공병단이라는 건 죽을 염려가 없으니깐. 그 후방 가니깐 전쟁, 그거 다리 같은 거 놓고, 그런 거 아니야? 어떨 때 보면 또 위험한 점도 있어, 그것이. 그래서 거기서 내가 한 3년 동안 군인 생활 하다가 제대했지. 끝이야.

[13] 뒤늦게 피난 나온 가족과 재회

[조사자1: 나중에 부모님은 어떻게 만나셨어요?] 못 만났지. [조사자1: 그럼 얘기를 어떻게 들으셨어요? 부모님들 나오시고 다시 잡혀가시고.] 인편으로다가 들었어요. 인편으로다가 우리 아버지는 그 후에 납치당하고, 가가지고서 소식이 없고. 우리는 완전히 망했지.

[조사자2: 친척 분들은 인천에 그대로 계시고요?] 우리 사촌, 사촌 밖에 없어요, 우리. [조사자1: 그 분들은 만나셨어요?] 그럼, 사촌하고 얼마 왕래하다가 요즘은 뭐 서로 바쁘다 보니깐 그 사람도 나이 먹고, 나도 나이 많이 먹어가니깐은 만나기가 쉽진 않지.

[조사자1: 그럼 제대하고 여기 정착은 어떻게 하셨어요?] 제대가 내가 언제 했냐면은 59년도에 했어요. 59년도에 해가지고서, 우리 누님이, 우리 매형이 저기 충청북도 논산이라는 데가 있어요. 거기서 그 교회목사로 있었거든. 목사로 있었는데, 거기서 내가 저, 갈 데가 없으니깐, 그래가지고서 어떻게 할 수가 없잖아. 우선 먹고 살아야 되는데, 입이라도 풀칠을 해야 되니깐 우리 누님네 집에서 좀 있었지. 그런데 거기도 눈치가 있더라고. 누님은 괜찮은데, 그 매부라는 사람이 좋아 할리가 있어요? 젊은 사람이 비둥비둥거리고 있으니. 좋아 할리 없지. 그래서 거기서 있다가 어떻게 내가 서울로 다시 올라왔어. 다시 올라와서 60년대 초에 일자리를 내가 구해가지고서, 거기서 한 30년 더 있다가 퇴직해가지고서. [조사자1: 무슨 일 하셨는데요?] 뭐 그냥 왔다 갔다 했어, 그냥. 회사에서.

[조사자1: 그럼 어르신이 개성에 계실 때 학교를 어디까지 다니셨어요?] 중학교. 그때 중학교가 6년제 아니야, 6년제. 지금은 3년제이지만. [조사자1: 그래, 중학교 졸업은 하시고?] 중학교 졸업을 못했지. [조사자1: 못하셨어요? 몇 학년 때 전쟁이 났어요?] 5학년 때니깐, 6.25났으니깐. [조사자1: 5년 중퇴?] 그렇지. [조사자1: 그 중학교 이름이 어떻게 돼요?] 개성중학교. 거 명문이야. [조사자1: 그래요?] [조사자2: 도시 이름 들어가면 보통은.] 명문이고 공부 잘해야만 들어갔어, 옛날엔. 옛날엔 시험 봐가지고 들어갔잖아? 우리 때는 시험 봐가지고 들어갔어요. 그러고 내가 지금 초등학교. 지금 초등학교도 개성에 있는 만월 저기 국민학교라고. [조사자1: 만월국민학교?] 만월 국민학교라고 거기는 거 부자동네거든? 거기가. 거기는 돈 없는 사람들은 못 갔어, 옛날에. [조사자1: 왜 여기는 월사금이 비싸요?] 그러니깐 거 부자동네니깐.

[14] 자존심이 강한 아내

[조사자2: 60년대 초에 다시 서울에 올라오셔서, 어느 쪽에 정착하셨었어요?] 지금 우리가 내가, 어디야? 저 자양동. [조사자2: 자양동이요?] (제보자의 딸을 가리키며) 얘네들 거기서들 자라서 다. 자양동에서 거기서 초등학교 거기서 자랐어, 애들 다. 얘네들 서울 토백이야.

[조사자1: 그러면 결혼은 몇 살에 하셨어요?] 내가 스물여덟인가? [조사자2: 어떻게 중매로 만나셨나요?] [조사자1: 연애 하셨다던데요?] 어? 누가 그래? [조사자1: 제가 직접 (딸에게) 물어 봤죠.] [둘째딸(김소연): 아 그거를 얘기 해줘야지. 아빠가 논산에 있었을 때.] [조사자2: 아 논산에서부터 만나셨구나?] [조사자1: 충청도에 계셨으니깐, 그분.] 우리 마누라. [조사자1: 그렇죠.] 내 그 이야기 안하려고 그랬는데. 우리 마누라가 자존심이 무척 센 사람이라고. 그래 웬만하면 얘길 안 하는 게 [조사자1: 하셔야죠. (웃음)] 좋은데, 뭐 그냥 이 자리니깐 해야지, 어떡해.

그 집안이 좀 괜찮은 집안이에요. 나도 저이 처갓집 집안이 괜찮은 집안인 걸, 옛날엔 저이 우리 거 처형들이 셋이야. 둘. 우리, 우리 재네 엄마까지 셋이지. 그러니깐 삼자매야. 그래가지고 재네 엄마가 제일 막내고. 고다음에는 공주사범 나온 재네 바로 이모, 바로 우에. 그러고 대전에 있는 대동고여라고 있어. 지금은 대전고여지. 거기 나온 제일 큰 언니. 이래가지고 삼자맨데, 재네 엄마는 어디 나왔냐면, 거 강경여고. [조사자1: 강경?] 어. 그래 강경여고 나왔는데, 그래가지고서 저기 재네 큰 이모가 광주로 시집갔대. 광주로 시집 갔는데, 거기서 아마 거 재네 언니의 시아버지가 검찰청 지청장을 아마 했다 그러더라고. 그래서 그 연줄을 해가지고서 거기서 아마 핵교를 다닌 모양이야. 그래 우리 장인이 돌아가고 하니깐, 가세가 기울리니깐 뭐 학교를, 대학교를 아마 거 중단하고 못 다녔지, 돈 때문에. 가세가, 가장이 돌아가시니깐 어째. 그래가지고서 와서 고생들 좀 했는데, 아주 자존심이 강해가지고서 얘기도 안 해, 웬만한 건 뭐. 무척 강한 사람이야.

[조사자1: 그런데 어떻게 연애를 하셨어요?] 글쎄, 내가 그때 거기 내가 세무서를 잠시 동안 있었어. 거기. 그러다 보니깐 어떻게 만나가지고 보니깐은 정이 들어가지고. 이건 소문내면 안돼요.

[15] 이산가족 미상봉

[조사자1: 그러면 이산가족 만나고 할 때, 한 번도 신청 안하셨어요?] 안했어요. 뭐 뻔한 건데, 뭐. [조사자1: 그래도 한 번 가보고 싶으셨을 텐데.] 이산가족, 우리가, 우리 누님이 그 자기 아들이 하나 있어요. [조사자1: 아, 북에?] 어어. 우리 집에서 피난 나왔다가 못 나왔어. 거 둘째 아들이, 막내아들이지. 걔가 지금 칠십 살이야 칠십 살. 현재. 근데 우리 누님이 우리 아버지, 어머니를 어떻게 찾으려고, 면회할려고 그걸 신청을 했었는데, 내 조카아이가 아마 잘못 신청한 거 같애, 내가 보기에는. 우리 누님이 구십 이세인데, 그 당시에 아마 신청 할 때가 팔십 육센가 얼만가 됐어요. 저 우리 누님 큰 아들이 신청을 했는데. 근데 순서에서 빠졌다 그러더라고. 그때 나이로 봐서는 1순위에 들어갈 텐데, 빠졌다 그러더라고. 이상하다고. 그래 내가 증명을 다 해줬거든. 여기서 서류 다 떼어가지고서 보내줬어. 다 보내줬는데, 이거 안 나오니깐, 알아보니깐 이거 순서에서 빠졌더라고. 그래 충분히 거기 아들도 있지, 자기 부모 다 있지. 해당이 되는데도 순서에서 빠졌더라고. 그래 지금까지도 뭐 못 만났잖아. [조사자1: 그럼 소식은 전혀 모르시고?] 그렇지. [둘째딸(김소연): 아우지 탄광. 그쪽에 있었던 사람들은 다 아우지 탄광으로 갔다고.] 그래 우리 고향이, 그 저 이, 여기 남한하고 인접한 데 있으니깐은 전부 다 이주시켜버린 거야. 함경도 고 오지로다가. 그러니깐 우리 아버지는 벌써 이미 잡혀가시고, 돌아가시고. 그러니깐 우리 집안이라는 게 풍비박산 난 거지.

[16] 한국전쟁 발발 당일의 풍경

[조사자1: 그러면 전쟁이 일어난 건 어떻게 아셨어요? 뉴스? 뭐 이렇게 라디오.] 전쟁? [조사자1: 네.] 그건 내 눈으로 봤으니깐. [조사자1: 그러니깐 탱크가 이렇게 와 있는 거, 마차 와 있는 거.] 일요일 날, 어 마차. 그거 그것이 6.25 증거야. 그런데 여기선 뭐 여기서 '먼저 이북으로다가 쳐들어갔다.' 그러잖아? 그건 천만의 말씀이야. 내가 잘 알지. 내가 거기 그 지역 살았기 때문에, 수시로다가 전쟁이 있었어요, 수시로. [조사자1: 그러니깐 6.25 이전에도 계속 이렇게?] 그렇지, 그럼. 걔들이 포 쏘구, 여기서두 포 쏘구. 여기서 30리 동안 들어가고, 걔들도 쳐들어오고 그랬는데, 그래가지고서 6월 25일 날이 그 일요일 날이야. [조사자1: 그럼 전쟁이 날 거라는 걸 알고 계셨어요?] 몰랐지. [조사자1: 모르시고?] 거 전혀 몰랐지. 누가 상상치도 못했어, 전쟁 날거라는 걸. 왜냐면 자주 거기서 전쟁을 하니깐, 포만 왔다 갔다 했지, 전쟁이라는 건 생각도 못했지. 아주 평화스러웠어.

그래가지고서 6월 25일 날, 포 소리가 나고, 뭐 딱콩 소리가, 걔네들 거 장총이 딱콩딱콩 하거든. 걔들이 여기서 M1총알은 여기선 딱콩총이라 해. 그래보니깐 이상하단 말이야. 나가보니깐 남대문에서 우리 집에선 얼마 안됐어, 남대문이. 그래 나가보니깐 그냥, 마차가 말이야, 아주 새카맣게 몰렸어. [조사자1: 인민군들도 다 거기에 있고?] 군량미, 군량미 식으로. 군인들이야, 군인들. 이북 인민군들. [조사자1: 그러니깐 인민군들.] 그렇지. 그래가지고 그때 알았어. 그때에 뭐 여기 와서 북침이다 하지만은 이게 새빨간 거짓말이야. 그건 절대. 그때가 25일 날이야, 6월 25일 날. 1950년도 6월 25일 날. [조사자1: 바로 그 현장에 계셨네요, 그렇죠?] 그렇지, 내가 우리가 내가 점심을 먹고 나와서 보니깐은 대로에 나와 있더라고, 와 있더라고. [조사자1: 그 길로 짐을 바로 싸서?] 그렇지. 시골집으로 왔지.

사람의 운명이라는 건 뭐 누구도 장담을 못해.

[17] 지방 빨갱이 피해 숨어 지낸 삼 개월

[조사자1: 그러면 거기 시골집에 가 계셔가지고, 삼 개월 동안 숨어 계시면서 어디에 숨어 계셨어요?] 거 우리 집 산이 있어. 우리 집 산이 거기서 한 5리 들어가면 말이야, 산이 거 깊은 산인데, 그 우리 산이야 그게. 산이 아주 좋게 생겼지. 거기서 거기다 왜냐면은 집 짓고 사는 사람이 있어. 거 우리 집에서, 거 산 돌보니라고. 그 집에서 지냈지. 그 전에는 그냥 밥을 어떻게 했냐면 조밥 있지? 조밥. 모를 거야 조밥이 뭔지. 좁쌀, 좁쌀이라는 게 있어, 좁쌀. 좁쌀로다가 많이들 해 먹었어, 그 당시에는. 그 우리 고향에서는 흔히 하는 게 좁쌀이야. 그 6.25때 쌀이 없잖아. 그래 거기다가, 저기 쌀에다가 좁쌀을 두고, 수수 있잖아 수수? 수수 두고 이래 해가지고서 먹었지. [조사자1: 날라다 줘요? 일하시는 분들이?] 그래 그럼, 거기 일꾼들이. 그래 거 날라다 먹고 그랬지. 그래가지고 그거 가지고서 있다 보니깐은 국군이 왔다. 어, 가보니깐 그냥 인민군들 싹 들어가고 아무것도, 지방 빨갱이들만 그냥 해서 붙들어 놓고 말이야. 지방 빨갱이들 무섭다고, 그 사람들 무서워. 지방 빨갱이들이 전부 다 그걸, 거 자기 고향 사람들 담당 고발질 해가지고, 다 납치 돼가고 그랬어.

"이 사람은 아니다."

"이 사람은 기다."

하는 걸,

"이 사람은 대한민국에 협조했다."

"이 사람은 안했다."

다 가리는 게 지방 빨갱이들이라고, 지방. 그래가지고서 그 당시에 그거 서루다가 죽이고 살리고 많이 했어. 그래 우리 고향에서도 그때 6.25때 납치 당한 사람 많아. [조사자1: 그럼 어르신 숨어 계시는 동안 이렇게 위험한 상황은 없으셨고요?] 없지. [조사자2: 그쪽으로는 수색이 안 왔나 봐요?] 왜냐면 손이 모자라지. 손이 모자라니까, 그 지역이 넓으니깐 손이 모자라잖아. 그러니깐 거기까지 손댈 수가 없지. 뭐 한, 두 사람이야? 뭐 거기도 면이 상당히 크단 말이야. 그러니깐 그걸 뭐 하나 하나 따져버리면 손이 갈수가 없지. 또 깊이 있으면 정보가 있어야지, 정보도 없지. 거 정보를 제공한 사람이 있어야지, 어디 숨어 있다는 걸 알아야 잡지. 그래 무조건 돌아 댕기며 잡을 수도 없잖아.

옛날에도 거 건달들이라는 게 있었어, 건달이 뭔지 알아? [조사자1: 깡패?] 요즘 말마따나 그거 그냥 먹고, 거 깡패들이지? 옛날에도 거 건달이라는 게 있었어요. 술이나 먹고, 남의 돈 뭐야, [조사자1: 돈이나 뜯고?] 돈이나 뜯고, 술이나 얻어먹고 그런 사람이 있었다고. 걔들이 많이 잡혀갔지. 그런 사람들이. 그래 우리 동네 사람들도 그런 사람이 한 몇 사람 잡혀갔어. 왜냐면 술이나 얻어먹고, 그러니깐 인심을 잃었지, 그 사람들이. 타 동네 사람들헌테.

[18] 가문을 지키기 위해 꾀병을 부리다

[조사자1: 그럼 어르신은 12월 24일 날 짐 싸서 온 게 서울이에요?] 12월 24일 날? 서울로 피난 나왔어. 내가 와가지고서 여기서 다시 김해로 우리가 학도병을 갔어. [조사자1: 그런데 저는 그게 이해가 안되는 게, 여기는 피난 오신 거잖아요?] 그렇지. [조사자1: 그런데 거기 김해 그쪽은 훈련 받는 데잖아요? 어떻게 거기를 가신 거에요?] [조사자2: 창경원에 돌아다니시다가 그냥 끌려가신 거에요?] 아니지. 거기서 집합을 했지, 집합. [조사자1: 누가 집합을 하라 그래요?] 그렇지.

"언제까지 거기 나와라."

그러면 나가니깐, 나도 몰랐지, 우리도. 나가보니깐은 거기 수천 명이 집합해 있더라고. [조사자1: 그러니깐 누구한테 한 명씩 통지서 같은 게 온 게 아니라?] 통지서를 누가, 주소가 있어? 통지서를. [조사자1: 안 가려면 안 갈 수도 있는 거였는데, 거길 가신 거네요?] 그렇지, 어쩔 수 없이 가야 되니깐. [조사자1: 아, 젊은 남자들 다?] 그럼, 어쩔 수 없이 군인 가야되니깐, 어 거긴 가는 거야. [조사자1: 그럼 운이다? 그러니깐?] 그럼, 자원해서. 뭐 통지서 받아갖고 가는 게 아니고. [조사자1: 어르신도 이제 전쟁에 나가려고 이렇게 참전하신 건 아니잖아요?] 그렇지 전쟁, 거기가 전쟁을 하는지 뭔지 뭐 군인을 갈지 우리는 몰랐지. [조사자1: 그냥 모이라고 하니깐?] 그러니깐 그냥 집합하니깐 피난 가는 줄 알고 그냥 갔지. [조사자2: 그런데 이야기 들어보면 그냥 길 가던 남자, 청년들 그냥 잡아다가 끌고 갔다고.] 그건 후에, 그건 후에. [조사자1: 그 이후에?] 그건 언제냐면 그건 아마, 50, 우리가 내가 50년도거든? 그러니깐 51년도 후반기. 52년도, 53년도까지 그랬지. 그땐 막 잡았어. 길거리에 젊은 사람들 가는 거 있잖아? 막 잡았어. 그래서 나도 숨어 있었지. 그 당시 군인가면 아마 죽는다고 그래가지고 숨어 있었어. [조사자1: 그때 멋모르고 모여서 걸어서 김해까지 가셨다가, 훈련받다 보니까 전쟁터 나가게 생겨서 아프시다고 꾀병을 부리셨구나.] 그럼, 그럼. 나가면 죽으니깐. 어쨌든 살아나야 되잖아. 살아가야지, 우리 가문이 살지. [조사자1: 그렇죠.] 그런데 지금은 내 가문을 살리려고 했는데, 지금 뭐 아무것도 아니지. [조사자1: 어르신 살아 계시니깐 집안을 살리신 거죠.] 뭐 그런지는 모르지만, 내가 너무 유명무실하잖아. [조사자1: 그래도 어르신이 계셔야죠.] 내 존재라는 것이 아무것도 없잖아.

[19] 개성 방문 때, 북한 주민들을 보고 가슴 아팠던 일

[조사자1: 빨리 통일이 되어야죠. 그래서 한번 갔다 오셔야죠.] 내가 그렇지 않아도, 작년에 그 저이 맥히지 않을 때 관광을 했잖아, 개성으로. 그 당시에 신청을 했었거든? 신청을 했었는데, 아 이거 안 나오더라고. 하–도 어떻게 많이 밀렸는지. 어, 그래가지고 내가 그거를 저이 이북오도청, 이북오도청에다가 내가 한 번 아는 사람 통해서 한 번 애길 해봤어. 그러믄 케이스가 하나

있으니깐, 나보고 좀 서류해서, 서류를 주면서, 내라고 해서 냈는데, 그 후에 이거 저 뭐야, 금강산 그 관광에서 총 맞아 죽었잖아, 한 사람이. 그것 때문에 맥혀 버렸잖아. [조사자1: 그렇죠.] 그런데 그 개성 관광 갔다 온 사람들이 얘기 하는데, 우리 고향사람들 몇 사람 갔다 왔는데, 어휴– 차라리 안 가느니만 못하다고. 왜냐면 이렇게 손들면 보지도 않는데, 외면하고 이렇게, 안 반긴다고. 그리고 그냥 꼴들이 말이 아니래. 사람 뭐 그냥 삐쩍 말라가지고서 새카매가지고, 어 손 흔들어도 외면하고, 뭐 길바닥을 전부다 그냥, 저 뭐야 흙투성이고. 그래 우리 내 친구들 몇 사람 갔다 왔는데, 차라리 안 보느니만 못하다고. 자기들 갔다 와서 밥을 못 먹었대. 자꾸 그 생각이 떠올라가지고서. [조사자2: 옛날 모습은 하나도 안남아 있다고.] 아휴– 개성, 거 남대문, 저 도로가 상당히 좋은 도로인데, 거기 전부 다 그냥 저어 흙바닥이고 말이야, 먼지가 그냥 탁 쌔리고 그냥, 어떻게 그 뭐냐하믄 저기 저 시민들 걸어 다니는 거 보면 말이야, 아주 힘이 없고 말라가지고서, 새카매가지고서. 불쌍하기가 적당히 없이 불쌍하고, 그래 차라리 안 가서 안 보느니 만도 못 하더라고 그러더라고. 나보고,

"가지 말라."고.

"갈 필요 없다."고.

"괜히 마음만 아프니깐 가지 말라."고.

[20] 하우스 보이가 하는 일

[조사자1: 거기 연희대학교 가셔서, 미군 부대는 가서 그냥 일을 시켜 달라고 그러셨어요?] 그렇지. 내가. [조사자1: 그때 영어를 잘 하셨어요?] 영어 (웃음). 아니 그때 학교서 그때 뭐 그 학교 영어 책. 그대로 하니까 애들 못 알아듣더라고. [조사자2: 그래도 그 정도만 해도 하는 사람이 별로 없으니깐.] 못 알아들어. 못 알아듣고, 자꾸,

"왓?"

"왓?"

하면서 말이야, 계속 손짓 하면서 했지. 저기 그러면서

"나 여기서 이렇게 해서 일 이것 좀, 이것 좀 할 수 있냐?"

그러니깐

"아, 오케이, 오케이."

그래가지고 나 거기 있을 땐 참 괜찮았어. [조사자1: 수입이?] 아 수입도 괜찮고, 걔들이 미군 애들이 인간적이라고. [조사자1: 아 그래요?] 아– 인간적이야. 그렇게 그냥, 난리통에서도 말이야, 사람 사랑할 줄 알고, 불쌍히 생각하고. 그러니깐 걔네들이 돈 걷어가지고, 걔네 개인적으로 돈 주는 게 아니라, 천막 안에 12명이 있어요. 걔네들이 돈 걷어가지고서 주는 거거든. [조사자1: 그럼 무슨 일을 하셨어요? 거기서?] 거기서 빨래 널리, 군인들 거 저이 맨날 일선에 가서 먼지 쐬고 하는 바지 있잖아? 웃옷. 그거 다 빨래했지. 그래가지고 그걸, 빨래 값이 한 달에 꽤 들어왔지. 수 십 달러 들어왔지, 수 십 달러. 그걸 환전해가지고서, 그러니깐 일본 갈 때, 뭐 사달라고 하고 그러면, 그걸 팔아가지고 돈이 남지. 내가 개성사람이기 때문에 거, 장사 수완이 있거든. [조사자1: 그러게요.] [둘째딸(김소연): 그래서 아빠가 청소를 잘하는 거였구나, 집에서.] [조사자1: 아니, 너무 귀하게만 자라셨는데.] 내가 좀 깔끔한 편이에요. 그리고 소심하고. [조사자1: 안 소심하신데요? 가서 이렇게 일거리 찾아가서 하시는 거 보면?] 그런데 나는 집에서도 그래요. 집에서도 이렇게 뭐 좀 지저분하면 내가 치우지, 그냥 내버려두지 않지. 그런데 요즘은 좀 내가 기운이 빠지니깐 그런 건 못하지. 힘이 빠지니깐 옛날엔 좀 했는데, 나 또 직장 일에 바쁘다 보니깐 그걸 못했지만, 퇴직하고 나선 내가 많이 했지.

[21] 예배당 위에서 내려다 보이는 모든 땅이 집안 땅

[조사자1: 그러면 고향 어디에 제일 먼저 가보고 싶으세요? 그냥 집?] 집이지. 집이 그냥, 그 우리 그 동네가 예배당이 있어, 예배당. 거 예배당이 높은 데 있어요. 내가 얘한테 얘기를 못했는데, 내가 이 대충 다 적어줬는데, 예배당이라는 거이 우리 동네가 좀 약간, 예배당 보다는 얕아. 예배당은 좀 높구. 그래 거기서 내다 보면은 면 전체가 다 보인다고. 거 예배당에서. 그런데 그거를 거 밑에가 저 이, 목사님 사택이 있어요. 그런데 거기다가 쭉 보면은 고 밑, 이렇게 사방이 전부다 우리 땅이거든, 밭이. 왜 그렇게 땅이 많으면 삼 심느라고, 인삼. 인삼을 심을려면 밭이 많아야 되거든. 그걸 매년 심고, 캐고 심고하기 때문에 묵혀야 돼. 한 번, 한 번 거 재배하고 난 다음엔 그 다음엔 또 못 심어요. 순이 다 빠져나가기 때문에. 그때 갈아 엎어가지고서, 몇 년은 거 또 이 심지 말고 해서, 또 그때는 딴 밭에다 심고 그러거든? 그러니깐 땅이 많아야지. 밭이. 그래 밭이 이렇게 보면 끝이 안 보이지. [조사자1: 그럼 몇 평이나 되는지 아실 수 없겠네요?] 글쎄 난 그때는 거 내가 좀 대충은 알지만은, 밭은 몇 평이라는 건 모르고, 이 넓이를 봐서는 엄청나게 많았어. 거 저, 벼농사도 많이 짓고. 그래, 그러니깐 우리 아버지가 그거 동네사람들, 뭐 그 인근 사람들, 배고프다는 사람들 다 쌀 보내주고 그랬지. [조사자1: 그 소재지가 어떻게 돼요?] 우리집? [조사자1: 네] 개평군. [조사자3: 개성시 개평군.] 개평군 대성면 대성리. [조사자1: 대성면 대성리. 여기가 그 시골에 숨어계셨다는 데 아니에요?] 그렇지. 그 내가 거기서 나고 자란 데지. [조사자1: 그렇죠. 여기에 그만큼 땅이 많았다는 거지요?] 어, 어 땅이 많고 그랬지.

[22] 대성공민학교 설립자 부친의 행적

[조사자1: 아까 식사하면서 하셨던 이야기 좀 더 해주세요. 목사님들 월급 다 주시고.] 우리 아버지가? [조사자1: 네, 학교 세우시고.] 아, 그 저 공민학교 세

울 때? 고것이 언제냐면, 학교 세우는 거부터 이야기 할게. 어, 1945년도. 거 해방된 해가 1945년도거든? 그해에, 그 우리 동네사람들이 상당히 교육열이 강하다고. 그래가지고서 그때 그러고 우리 아버지가,

"그러믄 공부 못하는 학생들이 많으니깐은 면에다가 학교 하나 짓자."고.

제안을 했어.

거 돈이 있어야지? [조사자1: 그렇죠.] 그래,

"돈은 그럼 내가 제공하겠다."

그리고 그 저, 우리 동네에 저 은행나무가, 한 오백년 묵은 은행나무가 있어. 우에 있고, 밑에 있고. 그래 이 사람들 이렇게, 우리 사람 몇 사람 이렇게 바로 고 밑에다가 지었어. 그런데 그것이 내가 지금 생각하기에는 나도 거기 한 몇 달을 다녔어. 그 공민학교를. [조사자1: 그 이름이 뭐에요, 공민학교 이름이?] 대성공민학교. [조사자1: 대성공민학교?] 어. 그래 우리 아버지가 김수만인데. [조사자1: 김자 수자 만자요?] 지킬, 지킬 수[守]자에다가 일만 만[萬]자야. 여기가 그러니깐 원체 대상은 우리 동네 애들, 공부 못하는 애들, 돈 없으니깐 공부 못하는 애들, 옛날에 그 저 소학교도 못 다닌 애들이야. 돈이 없어가지고 못 다닌 애들이 많거든. 돈이 없어서, 월사금도 못 내 가지고서. 그것이 엄청나게 많았어, 옛날에. 그래 소학교 못 다닌 집이 거기가 거의 태반이야, 옛날엔. 그래 우리 동료들도 거 초등핵교 못나온 사람이 많아요, 옛날에. [조사자1: 그렇죠.] 그래서 그런 사람들을 우리 아버지가

"이걸 해결해야 되겠다."

그래 우리 아버지가 그게 뭐냐 하면, 기독교 정신이지. 거 기독교 정신 아니면은 그건 어려운 일이거든. 돈을, 그냥 아까운 돈을 갖다가 아무데나 뿌릴 수는 없는 거 아니야. 그래 그 정신 아니면 어려웠기 때문에, 거기 그러면 우리 아버지가 그걸 제안을 했어. 그러면 목수가 있거든? 거기 우리 동네 사람들이 목수가 몇 사람 있어요.

"그럼 집은 짓는 건, 그럼 자네들이 짓게. 내가 돈하고 이 땅은 내가 제공

할테니깐."

그래가지고 거기다 지어가지고서 그것이 6.25때까지 지속이 됐다고. 그래가지고 우리 아버지가 초창기에는 교장을 했어, 거기서. 저기 초대. 그래가지고 얼마 하다가 딴 사람보곤,

"그럼 이거 다 자네가 하게."

그래 거기 약은 사람일세, 거기. 그래서 그 사람이 시켜가지고서 우리 아버지가, 우리 아버지는 뒤로 물러 나가지고서 있었지. 그래가지고 그거 옛날에 서울신문에도 났었어. 옛날에 거, 해방되고 나서, 우리 학교 짓고 나서 얼마 있다가 서울신문에, 옛날 서울신문. 거기다 신문에 났었지, 옛날에. 그 우리 고향 사람이 거 서울신문사에서 사진기자 한 사람이 있거든? 근데 그 사람이 현재는 이북서 기자생활, 지금도 아마 돌아갔을 거야, 그 양반. 그래가지고서 그 당시에는 학생들이 꽤 많았지. 그 인근에선 거의 다 왔지. 학교, 돈 없어, 그래 월사금을 안 내니깐은. 그러니깐 글루 다 와가지고서 그래도 뭐, 한글은 나 깨쳤잖아. 우선 알아야 되지 거는 알아야 되잖아. 그러니깐, 그 점은 내가 우리 아버지 대해선 내가 칭송 할만 해. **[조사자1: 교사들 월급이고, 식비고 다 이제 집에서?]** 그러니깐 완전히 그건, 우리 아버지가 우리 집에서 전부다 밥 먹구 그랬어. 그래, 선생들두 다 멕이구. 그리고 또 이 뭐 학교 지을 동안에 목수들 우리 집에서 다 멕이구. 그래가지고서 학교를 지을 때, 고 저 상량 올릴 때 있잖아? 상량 올릴 때. 그때 그 이렇게 석가래를, 이거 뭐 대들보 같은 거 세워가지고 거 상량을 쓰잖아, 거기다가. 그것도 우리 아버지가 다 쌓아가지고서. 그래 우리 아버지가, 내가 칭찬이 아니라, 좋은 일을 많이 했어. 그런데 그걸, 우리 아버지는 티를 안냈어. 그거 뭐 좋은 일 하는데, 티를 안내고. 내서 뭐 할 거야. 그리고 장개 못가는 사람들, 집을 지어주고, 장개 보내주고. 거 저기, 삼포 있지? 삼포. 우리가 인삼밭을 하니깐, 삼포 밭에다 지키는 사람들 있어야 하거든? 인제 거기가 집을 지어가지고,

"너 이거, 여기서 살면서 지켜라."

그게 6년 근이거든, 6년 근. [둘째딸(김소연): 그럼 6년 동안 지키는 거야?] 아니, 거기서 더 살래면 더 살고 그러지. 그래서 삼은 6년 밖에 못 해. 6년 되면 캐야지. [조사자2: 마을 하나를 거의 운영하셨네요. 아버지가.] 우리 아버지는 좋은 일 많이 했지. [조사자1: 아버지가 장로셨다고요?] 어, 그래 지금 이 그때, 개성에 거 감리, 우린 감리교예요. 감리교 본부가 개성이야. 그래 거, 우리 고향엔 개성 그 근방은 전부 다 감리교야. 장로교 없어. [둘째딸(김소연): 원래 이북은 좀 다 그렇지 않나? 이북에 기독교가 제일 먼저 들어왔다 그랬잖아.] 그렇지. 남쪽에는. [조사자1: 그러면 그때, 그 마을에 기독교 신자가 얼마나 됐었어요?] 그 당시에 내가 알기에는 많았어. 왜 그때는 뭐냐하믄 구주탄일이라고 해가지고 구주탄일. 지금 크리스마스제. 그때 구주탄일이라고 해가지고서 저기 요즘 등불 캐지? [조사자2: 트리요?] 이거 이렇게 해가지고서 이거 불 켜가지고서, 길게 해가지고서, 요즘 궁전에서 하인들 들고 다니더라. [조사자1: 청사초롱 같은 거?] 어-어. 그거 가지고서 구주탄일 때는 그거 들고 다니면서, 찬송가 부르고 그랬어. 그래가지고서 거 없는 사람들 떡도 해다 주고 그랬어. 나도 지금 기억이 생생해. 그 당시에는 아주 인심들이 좋았잖아. 그런데 구주탄일 때는 저 뭐야, 학예회라고 있어, 학예회. 어, 그것도 하고 그랬어, 교회에서. [조사자1: 그러면 그 마을에 교회가 있었어요?] 우리 그 마을교회 있었지. 그 우리 아버지가 전부다 목사님 생활비 다 대고 그랬지. [조사자1: 그때 그 목사님이 외국인이라고 하셨어요?] 아니, 브라운, 브라운 목사는 설립하는데 저기 일조를 했고, 강목사님이라고 있어, 강목사님. 강목사님이 거 개성에서 있다가, 노인인데, 글루 이 고을 목산데 글루 내려왔지. [조사자1: 그 강목사님이 성함이 어떻게 되세요?] 강, 무슨 원잔데, 그 길 원자라고, 가운데 자는 모르겠어, 가운데 자는. 그 양반이 거기서 돌아가셨지. [조사자1: 그럼 어르신 어렸을 때, 거기 교회에서 옛날이야기나 아니면, 성경을 이야기로 들려주고 그러지 않았어요?] 그랬지. 그런데 난 기억은 안나, 그거는. 그래, 우리 아버지가 거기서, 우리 아버지가 설교하고 그랬지, 설교. 목사님이 노상할 수는 없잖아. 그러니깐 우리 아버지도 종종 가다 설교하고 그랬어.

[23] 가장 먹고 싶은 고향 음식, 호박찌개

[조사자1: 그럼 어르신 고향음식 중에 제일 드시고 싶은 건 뭐예요?] 나? 나는 호박찌개. [조사자1: 그 호박찌개? 그거 어떻게 만드는 거라 그러셨죠?] 호박을. [조사자1: 늙은 호박을?] 어, 이렇게, 이만, 이만하게 해서 생긴 이걸 이렇게 해서 숭숭숭 썬다고. 이걸, 그걸 김치를 담가. 김치를 그 저, 뭐냐면, 동태 있제? 동태. 동태 그 대가리 같은 거 넣고 그래 버무려. 고춧가루는 많이 안 치고, 우리 고향에서는 새빨갛게 안 해. 고저 허옇게 해가지고서 찌고. 그래, 그래가지고 찍을 땐, 들기름 있지? 들기름. 우리는 고향엔 들기름을 많이 써. 그래, 들기름을 치지. 그러면 구수해, 냄새가.

그래 그거 가지고, 나는 지금도 그거, 그래 우리 집에서 얘네엄마가 내가 그 이야기 하다가 한 번 했었어, 그거. [둘째딸(김소연): 옛날에 해줬어. 내가 대학 때.] 어, 그거, 그거 꾸리김치하고. 옛날에 그 보쌈. [조사자1: 꾸리김치요?] 거 보쌈김치거든. 우리는 꾸리김치라고 그랬어. [조사자2: 꾸러미 같다고 해서.] 응. 그걸 했었지. [조사자1: 개성만두가 유명하잖아요? 그거는 안에 속이 어떻게 달라요?] 그거, 숙주나물. 또 저기 김치, 김치 있잖아요? 거 저, [조사자1: 그것도 백김치겠네요?] 그렇지, 김치. 저이 뭐야 거, 두부. 그걸 버무려 가지고서. 일품, 일품이지. [조사자1: 자주 해 드셨어요?] 그럼. 또 경단이라고 알아? 경단. [조사자1: 네.] 경단. 우리 할머니가 나 개성에서 공부하고 토요일 날 집에 가잖아? 그러믄 거기 저 뭐야, 경단을 맨들어 놔. 거 저 경단이 똥그랗게 해가지고서 조청을 있잖아? 조청. 조청으로다 버무리는 거 아니야? 그래가지고 거기다가 콩가루. 콩가루 묻히면 김이 뭐 연기가 나거든. 지금도 생각이 나. 그 제일 생각 나, 지금.

[24] 돈은 없어도 열심히 살다

[조사자1: 그럼 2남 3녀 중에 넷째셨어요?] 4녀, 4녀. [조사자1: 2남 4녀?] 어, 그런데 우리 형님은 거기, 일본시대에 병장 나가서 죽고, 그리고 우리 지금 큰 누님이 구십 둘. 내 위로 여든 넷. 또 내 밑으로 걔가 지금 저기, 부산. 걔가 지금 일흔 둘. 또 내 바로 밑에 있어, 못 나온 애. 걔가 지금 일흔 다섯. 이렇게 우리가 5남매지.

[조사자1: 뭐 더 해주실 이야기는 없으시고요?] 글쎄, 뭐. [조사자1: 고생하셨던 이야기들.] 지금 이야기 하자면, 기억이 안 나는데? [둘째딸(김소연): 어릴 때, 동물을 키우거나 그러지는 않았어?] 동물이야 뭐, 개도 키우고 그랬는데. 우린 옛날에 나 어렸을 때는 우리 집에는 없는 거 없었어. [조사자1: 뭐 있었어요?] 유성기. 유성기라고 지금 아마 알거야. 유성기, 또 이 재봉틀. 참 자전거. 참 우리 집엔 옛날에 있던 건, 옛날엔 없던 건 다 있었어. [조사자1: 그럼 어르신도 유성기 음반 들으셨어요?] 그렇지, 그럼. [조사자1: 그러면 노래 말고 동화도 들으셨어요?] 동화는 없었고, 거긴 뭐냐면 육자배기라는 건 없고, 저이 경기민요. 서도민요. 거기에 그거야. 거기 우쪽이니깐. [조사자1: 개성에서 경기민요를 들으셨구나.] 그럼, 거기 근데 경기민요는 그래도, 서도민요를 많이 들었지. [조사자1: 그러면 거기 들은 민요 좀 한번 해주세요.] (일동 웃음) 내가 노래. [조사자1: 창부타령.] [둘째딸(김소연): 아빠, 그래도 하나 해줘야 돼. 아빠 밥 먹었으니깐 하나 해줘.] [조사자1: 아니 지금 얘기 충분히 하신 것만으로 돼요.] 노래, 노래 못 해, 난. 나는 노래라는 건 평생 안 해봤으니깐. [조사자1: 그래도 유성기 음반 듣고 자라셨는데.] 나는 직장에 있어도 야유회가 뭐, 일 년에 한두 번 가가지고도 안했어. 노래를 못 부르니깐. [조사자1: 그러면 서도민요랑 경기민요 중에 뭐가 더 듣기가 좋으시던가요?] 서도민요 중에, 나는 뭐야 그 이 그때 저이 기억이 안 나는데. 좋아만 했지, 내가 노래를 못 부르기 때문에 잘 모르겠어. [조사자1: 그럼 주로 누가 들으셨어요? 아버지가 들으셨

어요?] 근데 우리 아버지는 듣는 건 못 봤어. [조사자1: 그러면 그걸 누가?] 그냥 사다만 놓지. 유성기도 그 큰 거였어요. 그거 저 나팔 같은 거 달리고. 좌우간 우리 집은. [조사자1: 그럼 어르신 집에 텔레비전도 있었어요?] 테레비 그때는 없었지. [조사자1: 없었고, 그럼 라디오?] 라디오 있었고, 라디오도 그때 보니깐은 우리 집엔 거, 전기 없잖아. 그러면 약으로 한 거 같애, 내가 보기에는. [조사자1: 약으로?] 어. 그래서 그때는 전기가 개성시 밖에 없었거든. 개성시. [조사자1: 개성시에만? 시골이라?] 어, 여기는 시골이니깐. 가만히 내가 생각해도 '우리가 잘 살긴 잘 살았던 모냥이다.' 지금도 그렇게 생각해. 왜냐면 남 없는 건 다 있었으니깐.

[조사자1: 그럼 전쟁 일어나고 제일 힘든 게 뭐 어떤 거였어요? 먹는 거예요, 아니면 노동이에요? 어떤 거예요?] 먹는 거, 먹는 거지. 먹는 거. 난 지금도 그래. 지금도 애들한테 먹는 것만큼은 실컷 먹으라 그래. 아 난 먹는 건 애끼지 않아. 내가 돈은 못 벌어도 니들 먹는 것만큼은 먹어라. 애낄 필요 없단 말이야. 먹는 거에 대해선. 사람이 굶주리는 것만큼 비참한 건 없어. 참 비참하지. 얼마나 비참한지 알아? [조사자1: 그러게요. 겪어보지를 않아서.]

[둘째딸(김소연): 아빠 그때 있잖아? 아빠가 밸트도 팔고, 아빠가 거기서 형제들이랑 같이 넘어 왔을 때, 아빠 코트 같은 거 입었는데, 코트도 팔고 막. 배고프니깐.] [조사자1: 입고 계시던 옷을?] 그건 여기서 문경새재. 문경새재 넘을 때 배가 고파가지고서, 그때는 떡장사가 많았어, 떡장사. 떡장사가 많았는데, 하도 배가 고프니깐은 밸트 있잖아 이거. 밸트를 우선 풀어서 떡 바꿔 먹고. 그것도 하나, 떡 한 개. 근데 그것도 우리 사촌하고, 우리 외사촌 형님하고 서이 노놨지(나눴지). [조사자1: 한 개를?] 그럼, 한 개를. 그래가지고서 또 배고프잖아? 그래서 거기가 내가 보기에 김해 못 가서야 거기가. 오바(외투). 그 오바를 내가 그때 입고 갔단 말이야, 새 거. 그 오바를 벗어가지고서 떡 바꿔 먹고. [조사자2: 거기 데리고 가면서 밥도 안 줘요?] 그거, 그 밥 먹고는 배고파. 나 배고픈 고생은 거기서 처음 했어. 뭐 난 집에 있을 땐 밥

도 안 먹고 그랬는데. 배고픈 거는 몰랐어, '왜 배고픈가?' 그런 건 몰랐는데. 그래서 내 거기서 내가 배고픈 걸 알았는데, 참 비참한 건 배고픈 고생밖에 없다. 내가 비참해. 진짜 불쌍한 건 밥 못 먹는 사람 밖에 비참한 거 없어. 그걸 알아야 돼. 뭐 당신들은 아마 그걸, 배고픈 고생을 안 해봐서 모르지. 그런데 우리 세대가, 이 세상에서 가장 비참한 것이 우리 세대야. 70-80대. 고생 많이 하고 공부는 제일 못하고. 70-80대가. 전쟁 치루고, 공부도 제일 못한 것이 우리 세대야, 70-80대. 지금 60대만도 해도 괜찮아. 90대는 그 때, 우리 뭐 이미 공부한 세대고. [조사자1: 맞아요. 할 사람은 다 했죠.] 근데 우리는 보통 다 공부하다가 도중에 다 고만둔 사람들이거든? 이 얼마나 불쌍해. 고생은 고생대로. 이 나라를 일으킨 사람들이 우린데, 지금 와서는 우리를 갖다가 아주 하대한다고. 깔보고. 안 그래? [둘째딸(김소연): 여긴 안 그래요. 아버지 여긴 존경해요.] [조사자1: 저희는 안 그래요. 그분들을 존경해요.]

참, 우리 세대가 그렇게 고생해 본 적은 없어, 정말. 입을 거 못 입고, 먹을 거 못 먹고. 자기 후대에 가서 고생 안 시킬려고, 후대는 죽어라 공부시킬려고 말이야. 그래 우리 네 남매는 그래도 공부를 다 시켰어, 난. 죽기로 하고 그냥. 난 못 먹어도 애들은 이제 공부를 다 시켰지. [조사자1: 지금도 열심히 시키고 있잖아요.(웃음)] 그래 우리 큰 아들은 걔가 이공대 나왔는데, 거 저, 대학원까지 나왔어. 걔는 지금, 우리 큰아들은 저 미국 전자회사 이사로 있어. 거 여기, 걔 공대 나올 때도 공부 잘했지, 걔는. 영어도 잘하고. 걔 건국중학교 나왔어. 걔는 그러니깐 자양동이니깐. 그래 우리 딸도 대학 나오고. 걔는 국문과 나왔지, 국문과. [조사자1: 국문과요? 아, 다들 국문과구나.] 우리 아들은 그래도 아이가 잘 자라서 전부다 괜찮게 자랐다고. 창원에 살고. [조사자1: 어르신이 고생하신 보람이 있으시네요.] 나는, 난 그것만큼은 자부한다고. 내 돈은 없어도, 돈 없어도 내가 그것만큼은 내가. 열심히 살았어, 내가. [조사자1: 그러게요.]

[25] 인천에서 장사를 했던 부친

[조사자1: 그래도 그렇게 다 같이 피난 나와서 가족들을 만났으면 좋았을 텐데. 지금같이 핸드폰있고 이러면 연락이라도 닿았을 것을.] 내가 주책 부려서 미안한데? [조사자1: 아니에요. 그럼 어떻게 부모님들 기일을 챙기시는 건 참 어렵다. 그렇죠? 명절 때나.] 그래 명절 때, 일 년에 두 번 밖에 못하지. [조사자1: 그래도 살아 계시니깐 그걸 할 수 있잖아요.] 나 죽으면 애들이 뭐 하겠어? 그거를? 난 얘를, 얘를 다 믿는다고. [조사자1: 막내? 그럼 시집을 안가야 될 텐데, 혼자.] [둘째딸(김소연): 우리 아빠는 내가 만약 결혼을 하면 아마 펑펑 울 거야, 우리 아빠.] 얘를, 얘를 내가 믿어. 자기 조상들을. [둘째딸(김소연): 왜 오빠를 안 믿고.] (일동 웃음) [조사자1: 아니요, 딸이 해도 돼요.] 걔는 뭐 '아버지, 자기 할아버지까지는 지내 주겠지.' [조사자1: 그럼 할아버지, 할머니 존함을 다 알려 주셔야죠.] 내가 적어줬어. [조사자1: 다 적어줬어요?] [조사자2: 그거 받았으니깐 꼭 해야겠네.] [둘째딸(김소연): 해야지. 내가 해 줄게.] 어? [조사자1: 해준대요. 약속 했어요.]

[조사자1: 어르신 먼 길 나오셔가지고.] 멀긴, 아 왜 내가 두서없이 얘기 해가지고서. [조사자1: 왜 순서대로 다 이야기 해주셨는데요.] 뭐 질서 있게 좀 소설같이 이야기해야 되는데, 뭐 그렇지 못하고 미안한데? [조사자1: 아니에요.] [둘째딸(김소연): 아빠 그것도 있잖아? 사촌 동생하고 같이 막 의지하다가 헤어지게 되면서, 아빠 막 그때 울었다고 이야기 했었잖아?]

[조사자1: 사촌동생도 어떻게 잃어버리셨어요?] 나하고 같이 김해에 가서, 나이가 그때 나보다 두 살이 아래 아니야? 그래서 걔는 일찍 귀향을 했는데, 그래 헤어질 때가 참 비참했지, 나하고 둘이서. 천하가 무너지는 것 같앴어. 거 외지에서 내 동생하고 나하고 둘이만 있다가 헤어지는데, 걔는 나이가 어리니깐 먼저 그냥 귀향을 시키더라고. [조사자1: 두 살 어리다고 그러셨어요?] 어. 그러니깐 그 사람은 이렇게 열일곱 살. 나는 그때 열아홉이니깐. 그러니

깐 두 살이 아래니깐은 그 사람은 일찍 귀향을 시키더라고, 생각지 않게. 아 그런데 그 이야기를 들으니깐 그냥 천하가 무너지는 것 같고, 팔 하나가 떨어지는 것 같애. 참. 거 외지에서 내 창녕이라는 데가 어딘지 알아? 거기서 둘이 헤어졌으니 난 어떡하라고. 하― 그때는 정말 하늘이 무너지는 것 같애, 진짜.

[조사자1: 그런데 그 동생도 개성에서 왔잖아요? 그런데 어디로 가요? 다시 돌아가면.] 인천으로, 인천으로 갔어. [조사자1: 인천으로 그 친척들 와 계시는 쪽으로?] 인천으로 가가지고서, 그 사람은 여기 경희대학 나와 저, 절루 갔어. [조사자1: 그럼 그때는 이미 인천으로 가족 분들이 나왔다는 소식을 들으셨을 때네요?] 그래, 거기 걔는 거기서 우리 아버지도 만나고 그랬지. 인천서. 그때 우리 아버지가 인천서 장사를 했는데 꽤 잘 됐대요. [조사자1: 인삼?] 인삼도 그때, 인삼 농사를 지어가지고서 일부는 캐가지고 왔는데, 거기서 인천서 장사를 했다는 거야. 그런데 그 장사가 곧 잘됐대. 그래 날 찾는다고 사방 해다 보니깐은 못 찾으니까 허탈감에 그냥 산에 들어간다고. 그래 나를 만났으면 우리 아버지가 안 들어, 우리 식구들 다 안 들어갔지. [조사자1: 그럼 아버지만 들어가신 게 아니라, 다 들어가셨어요?] 우리 식구들 다 들어갔지. [둘째딸(김소연): 그러니깐 우리한테 할머니지? 다 같이 들어갔지.] [조사자2: 혹시 집으로 오실까 해가지고 가셨나 보다.]

그때는 내가 요이 뭐야 맥혀 버렸으니깐. 그때는 사람이 왔다 갔다 해도 돼. 그때 삼 캐가지고 들어와서 팔고, 도로 들어가고 그때 그런 모양이더라고, 말 들어 보니깐. 그래 우리 아버지도 그 삼을 캐러 들어갔어, 거 삼 캘 거 있으니깐. 그걸 캐가지고 나오게 되면 돈이 되니까. 그 돈이, 강화서 인삼밭을 하는 사람이 많았었어요. 그래 강화서 그걸 강화에다 팔아가지고서, 인천 가지고 와가지고서 돈을 그걸, 장사를 했는데, 그걸 괜찮게 된 모양이야, 장사가. 그런데 날 못 만나니깐. 날 만나야 되는데, 날 못 만나니깐 그냥 들어가서 삼이나 캐러 들어간다고 가서 딱 맥혀 버렸지. [조사자1: 그때 동생이랑 같이 나오셨으면 만나셨을 텐데. 그렇죠?] [조사자3: 그런데 동생 분은 할아버지

보다 나이가 더 어렸었잖아요?] 나보다 다섯 살 아래지, 다섯 살.

[조사자3: 그런데 할아버지께서 다시 올라오시는데 되게 고생 많이 하셨잖아요? 그런데 그 동생 분은 그렇게 고생 안 하셨대요?] 걔도 고생 많이 했대. 그래도 걔는 수원까지 올라왔는데, 수원. 수원서 어떻게 저기, 할머니를, 저기 그러니깐 양엄마를 거기서 병원에서 일하는 아줌마를 만났대. 지금 사는 거, 우리 제수씨 친정어머니지. 그 우리 제수씨가 덕성여고 나왔어. 그때 덕성여고 학생이었었어, 우리 그 제수가. 그래 걔하고 어떻게, 지금도 살아. [둘째딸(김소연): 양엄마를 삼으면서, 그 양엄마 딸하고 결혼을 한 거지.] 그때 그러니깐 우리 사촌동생이 상당히 성격이 아주 쾌쾌하다고. 그 그때 송도중학교 입학한 상황부터 권투를 했거든. 송도중학교 입학고서부터 권투를 해가지고서, 걔 경희대학 나왔어. 체육대학. 거 권투로 인해가지고서. 그래가지고 지금 그 사람은 권투계에서는 좀 알아줬는데, 지금 나이가 먹어서 은퇴해가지고서. 지금 뭐, 늙으니깐 그만이야. 늙으니깐. 지금 뭐 일흔 일곱 살인데, 일흔 여덟. 그래 나보다 활동적이지, 그 사람은. 내가 나이를 먹으니깐은 형제들도 좀 힘 있을 때 좀 만나고 그래야 되는데, 힘이 없으니깐은 만나러 다니기도 힘들고. 그 친구는 또 술 좋아한다고. 나는 또 술 좋아하지 않고. 그래 나는 얌전한 사람이라고 얌전한 사람. 나는 학교에서 얌전한 사람이라고 통했어, 옛날에. 얌전한 아이라고.

[조사자1: 감사합니다.] 아 나 주책없이. [조사자1: 아니에요. 그래도 이야기 하시면서 마음이 좀 풀리고 그러시나요?] 네, 네. [조사자1: 또 이런 자리 아니면 얘기하기가 그렇죠? 일일이 가족들한테도.] 예, 이 얘기가 애들한테도 이야기하기도 참 쑥스럽다고. 그러니깐 뭐 이런 자리도, 난 겁이 어제 '야, 나 이거 괜히 정했다. 내가 안 할 문제를 하나?'하고 말이야, 후회도 했지. 또 이런 자리 나 처음이란 말이야, 내가. 여러 사람 앞에서 내가 말한다는 것이 쉬운 일이 아니거든. 팔십 평생 처음이야. 그래서 '어떡하나?'하고 밤새 곧 생각했어.

[26] 쓰러져가던 나라를 바로 세웠다는 자부심

[조사자1: 고생을 너무 많이 하셨네요.] 고생 많이 했지. 10년 동안 내 고생했어, 10년 동안. 50년도부터 60년까지 내가 고생 많이 했지. 정말 한 많은 세상 살았지. [조사자1: 그러니 59년에 제대 하셨으면.] 한 많은 세상 살았어, 한 많은 세상. [조사자1: 제일 귀한 시간에 그렇죠. 그 시절을 다 전쟁에 쏟아 부으셨네요.] 그걸 후세대가 모르면 안 되지. [조사자1: 그렇죠. 그걸 저희가 알려고 이렇게 또 이야기를 들으러 다니는 거예요.] 고생을 그만큼 했기 때문에 이 나라가 이렇게 부흥해진 걸 알아야 되는데, 지금 늙은이를 완전 짐으로 생각하는. [조사자1: 누가 짐으로 생각해요.] 뭐 자기들이 멕여 살려야 된다고 헌다 하지만, 사실은 우리가 자기들 멕여 살렸지. [조사자1: 맞아요.] 그 어려운 전쟁 통에 아주 목숨을 버려가면서까지 우리 후손을 위해서 잘 살아보겠다고 했는데, 결과는 좋았지. 내가 이만큼 사는 것도 다. 내가 정말 어디 가서 자부심. 우리 세대가 이만큼 그래도 고생을 해가지고서 일으켜 세웠다, 이 나라. 그 다 쓰러져가던 나라. 그 뭐 50년대 제대로 먹기를 했어? 제대로 살기를 했어. 완전 다 쓰러졌지. 그런 나라를 갖다가 우리가 일으켜 세웠는데, 지금에 와서 이 못된 놈들이 말이야, 자기가 세상을 말이야. [조사자1: 그러게요.]

[27] 다리 다친 인민군을 살려주다

[조사자1: 그런데 그 노무자로 계실 때, 그때 그렇게 되게 위험한 일 많았잖아요?] 그렇지. 많았지. [조사자1: 지금 이렇게 말씀해주신 거는 되게 위험 했었고, 그렇게 말씀 하셨는데, 이렇게 구체적인 어떤 일화 같은 것도 이야기 해주세요.] 구체적인 일화래는 거는 하나의 단막극 같이 말이야, 흘러 가버렸는데, 흘러 가버려 가지고서 기억이 아리송해. [둘째딸(김소연): 아빠가 예를 들면은 아빠가 포탄을 들고 이렇게 뒤를 쫓아가는데, 갑자기 뒤에서 적군이 아빠한테,

포탄을 향해 아빠를 향해 딱 했다. 그랬을 때 아빠가 뭘 딱 피했다. 그렇게 해서 내가 죽을 뻔 했다. 그런 일을.]

내가 이런 일이 하나 있었어. 고지에, 고지에 딱 올라, 그때 지금 생각하면 그게 백마고지 같애, 백마고지. 요 이만한 총을 메고, 그 미군 애들이 나보고 물 좀 먹고 싶으니깐,

"물 좀 떠다 달라."

그래. 그래 물을 뜨려면은 저 밑쪽으로 골짝으로 내려 가야잖아. 골짝으니로다가. 거 숲이 막 우거졌는데 말이야, 거 젊은 애가 길 못 찾으면 죽거든. [조사자1: 그렇죠.]

나보고,

"물 좀 먹고 싶으니, 물 좀 떠다 달라."고.

그러더라고. 그럼 내가 총을 메고, 그 쪽에다 총을 주더라고. 총을 메고 내려갔어. 그래 장전을 장전해놓고. 밑에 쪽 내려가니깐은 인민군이 다리가 하나 부러져가지고 나 좀 살려 달래. 참, 이거 어떻게 해? 진퇴양난 아니야, 거기서. 저 죽일 수도 없고, 살려두자니 고생스럽고 말이야. 그 사람 내가 보기엔 죽었을 거야. 그래 내가 그걸 살릴 수 없잖아. 어떻게 무슨 수로 살려, 그걸. 그래가지고서 난 그냥 올라 왔어. 난 아무소리 안하고. 그래 내가 총으로 쏠려고 그러다가, 차마 이거 사람 목숨 그냥 쏴 죽일 수는 없는 거 아니야. 그래 그냥 올라왔는데, 지금도, 60년이 흘러도 그건 안 잊어버려. [둘째딸(김소연): 트라우마네? 트라우마, 외상이야 외상. 아빠 그런데 총으로 왜 쏠려고 했어? 그 사람을.] 차라리 죽는 게 낫지, 그 사람은. 그 아무래도 죽는 사람이야, 그 사람은. 누가 가서 치료를 해줘야지 발이 낫지. [둘째딸(김소연): 젊은 사람이었어?] 아 거, 군인이니깐. 인민군이 애들이 많아, 애들. [조사자1: 그렇게 직접 전쟁터에서 인민군을 본 거는 거기가 처음이에요?] 아, 여러 번 봤지. [조사자1: 여러 번이요?] 그럼. [조사자1: 그럼 그렇게 또 만났던 경험담들을 좀 모아서 해주세요.] 여러 번 봤는데, 나하고, 뭐 생명이 위협하다

하는 건, 그런 건 내가 못 느끼고, 내가 제일 생명을 위협적 느낀 건 뭐냐면, 포탄 떨어지는 거. 쐐—악 하고 그냥 소리 들리거든? 그건 벌써 내 이 머리 우로 지나가는 거야. 그건 죽지 않아. 쐐—아 저리로 쏘면서 팡하고 떨어지거든, 뒤쪽으로. 그건 박격포. [조사자1: 그건 직감적으로 알아요? 이건 내가 안 죽는 구나?] 알지, 그건. 응 안 죽는 거 알지. 거 왜냐면은 그런 것이 수없이 당했어. 거 포탄을 메고 가잖아? 그럼 미군 애들 뒤에 따라가지, 우리가. 걔네 우리가 보급하니까. 걔네 총 안 쏘면 죽잖아? 걔네들도. 그러니깐 우리가 포 보급을 충실하게 해줘야지 걔들도 살아남을 수 있고, 적군을 죽일 수 있으니깐. 그런 예가 좀 있었지. 그거를 지금 생각하게 되면, 군인들도 가만히 보면, 하나의 살인자지, 살인자. 아이고.(한숨) 뭐 없어.

[둘째딸(김소연): 그러면 아빠가 전쟁터에 있었잖아? 전쟁터에 있었는데 '내가 왜 이렇게 엄한 데 와서 이런 고생을 해야 되나?' 이런 생각은 없었어?] 그때는 그런 거 생각 없었어. '내가 왜 여기 와서 이 고생을 하나? 왜 죽어야 되나?' 이런 생각을 꿈에도 생각 못했어. 왜냐면 먹고 사는 것 땜에. 그때는 한 가지 뭐, 한 가지 목적이라는 게 뭐냐면

'우리가 살아야 되겠다.'

하는 그거 하나 밖에 없었어. 물론 딴 아이들은 어떻게 생각할지 모르지만, 나는 그랬어.

'살아서 고향가야 되겠다.'

한 가지 이념 밖에 없었지. 그게 신념이 깨지게 되면, 아무 것도 없는 백지가 되는 거거든. 그래서 나는 뭐냐 하면, 한 가지 목적을 위해서, 살아남기 위해서, 대를 잇기 위해서 살아야 되겠다. [조사자1: 그럼 노무자 그때는 월급을 받으셨죠?] 그렇지, 노무자 할 때는. [조사자1: 근데 왜 군대를 꼭 가야겠다고 마음을 먹은 거예요?] 군인 갔다 와야지 나중에 뭐, 무슨 활동 할 수 있지. 군인 안 갔다 오게 되면, 어떻게 활동할 수 없고, 뭐 살아 나갈 수 없구나. [둘째딸(김소연): 그리고 아까 왜 노무자는 군번이 없기 때문에, 거기서 죽으

면 개죽음이지만, 죽더라도 제대로 된 데서 죽어야 되겠다.] 나는 그 생각을 했지. 거 우리 거, 외사촌 형이 옛날에 거 군인 가서 죽었어요. 그 사람은 아무것도 없이 죽었지. 주소가 이북으로 되어 있으니깐은. 거 개죽음이라고. 그래도 나는 여기 누구 가족이라도 있으니깐, 우리 누님이라도 있으니깐, 주소를 거기다 놓고 죽었으니깐 죽으면 거기로 통지가 오겠지. '아, 내 동생이 죽었구나.'하고. 난 죽지 않았거든. 난 죽지 않으려고 무척 내 애썼어. 이것이 참 견디기 어려운 일이지. 왜 안 죽어야 되느냐 하면은 내가 죽으면, 우리 집안 아주 풍지박살(풍비박살) 나거든. [조사자1: 대를 이어야 해서.] 그럼. 그런데 요즘 아이들은 그걸 몰라요. 대를 이어야 된다는 거, 자체가.